柳鸣九文集

卷 10

巴黎名士印象记

米拉波桥下的流水

巴黎散记

海天出版社（中国·深圳）

图书在版编目（CIP）数据

柳鸣九文集．10，巴黎名士印象记·米拉波桥下的流水·巴黎散记 / 柳鸣九著．—深圳：海天出版社，2015.6
ISBN 978-7-5507-1332-1

Ⅰ．①柳… Ⅱ．①柳… Ⅲ．①柳鸣九－文集②名人－访问记－法国－现代③游记－作品集－法国－近代 Ⅳ．①I217.2 ② K835.650.6 ③ I565.64

中国版本图书馆 CIP 数据核字（2015）第 057316 号

柳鸣九文集．卷 10
LIUMINGJIU WENJI JUAN 10

出 品 人　陈新亮
项目负责人　于志斌
选题策划　林星海
责任编辑　梁　萍
责任校对　张　玫
责任技编　蔡梅琴
装帧设计　李松璋

出版发行　海天出版社
地　　址　深圳市彩田南路海天综合大厦（518033）
网　　址　www.htph.com.cn
订购电话　0755-83460202（批发） 0755-83460239（邮购）
设计制作　深圳市斯迈德设计企划有限公司（0755-83144228）
印　　刷　深圳市新联美术印刷有限公司
开　　本　787mm × 1092mm　1/16
印　　张　28.25
字　　数　366 千
版　　次　2015 年 6 月第 1 版
印　　次　2015 年 6 月第 1 次
定　　价　96.00 元

与米歇尔·图尔尼埃在其家中

在桥旁看塞纳河水流

柳鸣九在巴黎寓所写作

1981年，柳鸣九在法国著名作家西蒙娜·德·波伏瓦寓所。

与索莱尔斯在巴黎一咖啡馆

在阿兰·罗伯-葛利叶的办公室（1981年）

在巴赞的书房里，他正在展示《午夜的魔鬼》一书的创作图表

与夏洛特在其工作室（1981年）

与布托在其家中（1981年）

《巴黎散记》等书的各种版本

目　录

巴黎名士印象记

米拉波桥下的流水

巴黎散记

巴黎名士印象记

柳鸣九　著

“于格洛采地”上的“加尔文”

——阿兰·罗伯-葛利叶

我与罗伯-葛利叶并肩站在一个狭小的书架前，他用手攀着我的肩膀，在中国，同志式的合影经常就是这个姿势。从这张照片来看，我们似乎是老朋友了，只不过，他那巴黎风格的便装和我这身中山服，标明了我们分属于两个不同的世界。

这张照片，是我从未料想到的结果。

首先，我去巴黎时，根本没有想到会见罗伯-葛利叶，在下飞机的时候，我甚至也没有会见任何法国作家学者的计划。因为，我在国内，在美国，都不止一次听说过巴黎的作家和学者架子甚大的议论，我一直认为这种大架子是斯达尔夫人在她的小说《柯丽娜》中所批判过的那种法兰西文化自大狂在20世纪某些人身上的复发，我当然不准备去拜会。

然而，法国外交部文化技术司的接待一开始就甚为热情，他们主动要我提出希望会见的法国文化界人士的名单。既然外交部负责安排，那么，何妨一试？正因为我要在《法国现当代文学研究资料丛刊》中编一本《“新小说”派研究》，所以，我提的名单中当然就包括了“新小说”派的主要人物。

过了一个多星期，接待办公室的负责人马第维先生通知我，第一次会见已经安排好了，对象是罗伯-葛利叶，时间是11月16日下午4点半，地点在午夜出版社。

罗伯-葛利叶是我在巴黎一系列会见的“第一站”，这是我从没有想到的。

从我对“新小说”派的评论和我的观点来说，我自己也没有想到会在巴黎与罗伯 葛利叶有一次——用他后来赠书给我时所写的题词中的话来说——“友好的谈话”。对于“新小说”派，我的认识经历过一个复杂曲折的过程，即使在见罗伯-葛利叶之前，我对“新小说”派也抱着一种“复合”的看法，既有肯定，也有否定。因此，后来我在与罗伯-葛利叶交谈时，就难免要为如何在必要的礼貌、对他和“新小说”派应有的肯定与对他们的某种保留之间而费些脑筋。

过程是曲折的，认识也是复杂的，我必须在见罗伯-葛利叶以前，整理一下我的观点和思路。

起初的事情是这样的：

“新小说”派作为一个文学流派形成在20世纪50年代。1953年，罗伯-葛利叶出版了他的第一部作品《橡皮块》。它看来像一本侦探小说，但又和传统的侦探小说很不一样，其中的情节难以捉摸，整个故事扑朔迷离，很难说事件的真相究竟如何。次年，他的第二部小说《漠然而视》问世。小说写的是一件可能的凶杀案，但作者故意不把这个案件的真实确切性写出来，因之它仅仅只是可能而已。1956年，他发表了《未来小说的道路》一文，这篇文章与他2年后发表的《自然·人道主义·悲剧》一文，共同提出了在20世纪要抛开现实主义小说的传统，进行新的改革和实验以建立新的小说艺术体系的主张。它与娜塔丽·夏洛特在《怀疑的时代》（1950）中提出的主张前后呼应。那位女作家早已在进行一种脱离巴尔扎克传统的小说实验，并且写出了几部一反过去小说传统而后来被称为“新小说”的作品：《向性》（1939）、《无名氏肖像》（1948）、《马特洛》（1953）。不过，娜塔丽·夏洛特那种取消了情节、没有完整的人物形象、专注于人物心理描写的小说，不及罗伯-葛利叶的小说那样容易引起注意。罗伯-

葛利叶的小说并非没有情节，也并非没有人物，只不过缺少合乎逻辑的线索，事件本身的全貌难以看清，其某些方面和某些片段是通过人物精神活动和心理反应的折射而展现出来的。至于他对物的静态写生，则使人多少想起了左拉，但又比左拉更琐细。特别是，1957 年他又出版了第三部小说《嫉妒》，这一部以全新的方法来写嫉妒这一种感情的作品，更使他获得了广泛的名声。与以上这些事情平行发展的是，米歇尔·布托、克洛德·西蒙从 20 世纪 50 年代初也开始创作与传统小说不同的作品。这样，这些作家自然就形成了一股潮流，由于其共同的反传统小说的特点，人们就称之为“反小说”派或“新小说”派。“新小说”派一产生，其标新立异的创作实践与大声喧哗，就使它像一个穿着奇装异服的士兵出现在战场上一样，马上就招致了各方面的火力，人们出于各种原因指责它：反对巴尔扎克的小说传统，情节和人物都不完整，内容没有确切性，意义不清楚，过于追求文字技巧等。总之，它在法国就遇到“很多反对派”，用罗伯-葛利叶与我谈话时所讲的话来说，就是“很多敌人”。这种情况不仅发生在“新小说”派的初创阶段，就是在它大发展并取得了巨大的声势时也仍然如此。这个流派在追求标新立异的巴黎，尚且受到这种待遇，在我国也就可想而知了。

我国开始注意“新小说”派的 20 世纪 60 年代前期，那时，正是“新小说”发展的高潮时期。1959 年，法国重要的刊物《精神》为“新小说”派出了专刊。他们，包括罗伯-葛利叶、娜塔丽·夏洛特、米歇尔·布托、克洛德·西蒙，不断发表作品，其中还不止一部相继获得文学奖，特别是罗伯-葛利叶的《去年在马里昂巴德》（1961）改编成电影在威尼斯电影节上获得大奖，更是轰动了整个西方。当时法国的文学刊物宣称：“……‘新小说’派作家已经度过了阴冷的年头……”在巴黎，“报刊和批评界都关心‘新小说’派”，以反传统的方法写小说，也成了一种时髦。既是文艺评论家，也是“新小说”派作家的克洛德·莫里亚克，当时在他的一篇报道中这样说，“新小说”派在法国“受到推崇，并继续使青年一代着迷”，而罗伯-葛利叶更是成了“巴黎文坛上的权威人物”。在国外，“新小说”派的作品在美国、西欧、日本等国家和地区都有翻译出版，被视为“当前法国文学的代表”。这个流派的新技巧也成了大学学术论文的题目，成了学者、批评家写专著的对象。正因为如此，这才在中国引起了注意。那么，那时的中国理论批评界流行的观点是什么呢？

在我国，由于新中国成立初期向苏联学习的热潮，日丹诺夫关于西方现当代文学的论断，自然影响极大，几乎被视为经典，因而，长期禁锢着人们的头脑。西方现当代文学中，除了当时在政治上属于“社会主义阵营”的作家以及少部分“批判现实主义作家”以外，几乎全都被不加分析地遭到摈斥。而且，20世纪50年代中期以后国内接连不断的政治运动，又把意识形态领域里包括外国文学评介和研究领域里“阶级斗争的弦”绷得紧紧的，因此，对西方现当代文学中的“现代派”文学，自然都一概突出一个“批”字。正是在这种条件下，我也曾批判过“新小说”派。

“四人帮”被粉碎后，在党中央的号召和推动下，我国的意识形态领域经历了一次意义深刻的思想解放，人们在马列主义思想原则的指导下，以实事求是的科学精神，打破了过去在很多问题上一些不符合实际的极“左”的框框，冲出了某些偏颇狭隘的观念。如果说，在外国文学评介和研究的领域里，也有思想解放的话，那么最明显的标志之一，就是对日丹诺夫的论断进行了置疑和分析，就是西方现当代文学重新评价问题的提出。如果这次思想解放对外国文学工作也带来什么重要的结果的话，那就是对西方现当代文学的介绍和评论，已成为很多文艺刊物以及专门的外国文学杂志的重要内容。当然，全国各地出版社出版的西方现当代文学作品，也比过去任何时候为多。我在这个过程里，对西方现当代文学的重新评价问题，发表过一些意见，但当我这样做的时候，我觉得在学术问题上应该有诚实的态度，因此，我在发表重新评价的意见的同时，也公开地承认了自己过去对西方现当代文学的评价有不实事求是的缺点，我没有在自己的文章里指明那是对“新小说”派而言，好在我对西方现当代文学“批字当头”也就那么一次，所指其实还是很清楚的，何况，我又对“新小说”派的得失功过做了重新评价。[①]

正因为我曾经历过这样一个曲折的过程，又因为这次安排事出意外，所以，在会见的前夜，我放弃了观光巴黎之夜的愉快，把自己关在房间里，重新整理自己的观点，做些必要的准备。

窗外是灰黑的天空和树丛的阴影，又是一个阴霾的夜晚，没有月亮。附近一大片小别墅式的住宅的百叶窗都关得严严实实的，从里面透不出一点亮来，只有路灯照着一条阒无人迹的马路伸向远方，似乎这是一个无人居住的区域，就像罗伯-葛利叶的《在迷宫里》所描写的那个死寂的城市一样。过去我看那部小说的时候，对他把一座城市描写得像神秘的梦幻一样颇不以为然，但是，我眼前的巴黎郊区之夜不同样一片死寂，同样也带一点梦幻、模糊的情调吗？……不论怎样，眼前是寂静的夜，正堪做理论思维。那么，我要再次明确下来的思想立场究竟有哪几点呢？

第一，不论人们对“新小说”派做怎样的评价，不论对它是肯定还是否定，人们都不能无视它的存在。以它所拥有的作家作品而言，以它的理论主张和创作实践而言，以它在法国曾风行一时而又在国外造成了轰动而言，以它在巴黎文坛上坚持了自己的阵地达30年而目前仍在活动这一事实而言，它都要算是法国20世纪中期重大的文学现象之一，它总要在法国当代文学史上占有一席地位。因此，我们应面对它，研究它。这，便是我要编一本《“新小说”派研究》的原因。

① 《西方现当代资产阶级文学评价的几个问题》，见拙著《论遗产及其他》第169～177页。上海文艺出版社，1980年。

第二，“新小说”是小说艺术上的一种创新，它带有探索和实验的性质，它的探索和实验肯定并不都是成功的；但即使它的探索和实验很少成功，它在主张探索新路这一点上却是没有错的，应该得到我们的肯定。因为，如果没有探索和实验，也就不会有发展，既不会有“脱缰的发展”，也不会有正常的健康的发展，这，似乎是文学艺术发展的一条规律。

第三，不论对“新小说”派有多少非议，不论它目前的处境是如何说明了它不再会有广阔的前途，没有希望成为法国小说的主流，也不论它是怎样在相当大的程度上不会具有持久的艺术生命力，但人们对“新小说”派在艺术上的探索和实验，显然不能全盘否定，一笔抹杀。事实上，它在某些方面的确提供了一些有参考借鉴价值的艺术经验，至少提供了一些有合理成分的艺术经验，如：对内心活动、意识流、潜意识的描写；对某一事物或某一事件多角度、多重性的描写；静物写生的细致与准确等。所有这些，将不至于被未来的作家们完全遗忘。

“新小说”派的作品几乎都是在午夜出版社出版，这是他们的基地。这里出版的书都是雪白的封面，四边有四道蓝色的细线构成一个大框，作者的名字是黑色，书名是蓝色，铅字体，封面的中央有一个蓝色的“M”，乃法文 Minuit（午夜）的缩写，其左角挂着一颗由蓝线构成的五角星，这简朴的图案就是午夜出版社的标志。我和这种格式的书打交道已有多年，它那素净的封面，久而久之在我脑海里逐渐造成了这样的想象：在巴黎的一条幽静的街上，一幢风格别致、颜色洁白的楼房，那就是午夜出版社。

但，实际情形和我的想象完全不同。贝尔纳·巴里西街在巴黎一个繁华的地区，充满了嘈杂的音响。走进街口不远，在狭窄的人行道上，便可看见第七个门牌号，它像是一所普通的住宅，临街只开了一扇矮小的门，哪里有午夜出版社的影子呢？走近一看，那矮小的酱色的门正中，有一块像名片一样小的铁牌，上面刻着几个令我怀疑自己的视力是否有问题的字："午夜出版社"。

进门后，是一块只有十几平方米的过道，三个房间的门冲着这过道中央一架螺旋形楼梯，从三扇开着的房门，可以看见一捆捆包扎好的书籍，也有一些散落着尚未包扎的。大概这就是出版社的书库。楼梯相当狭小，旋转度又很大，上下都得小心。二楼和三楼的房间布局完全与底层一样，这两层都是出版社的办公室。我们到了三楼的一间房间里，一位女秘书正在紧张地打字、接电话，她招呼我们坐下，请我们稍等，说罗伯-葛利叶先生尚未来到，因为他不是每天都到"午夜"来办公，虽然，众所周知，他是这个出版社文学编辑部的主任。"他很忙，他经常不能守时。"女秘书笑着说，把两手微微一摊，似乎是表示对那位先生无可奈何，然后又去忙她的事了。

我无所事事，环视了一下这个房间。一壁是书架，上面陈列着两三百本"新小说"派作家的作品在世界各国的译本，有英文、德文、西班牙文、日文、俄文以及东欧和北欧语言等，其中以罗伯-葛利叶、娜塔丽·夏洛特和米歇尔·布托三人的译本为多，当然，又以罗伯-葛利叶的为最，特别是他的《漠然而视》《嫉妒》和《去年在马里昂巴德》；米歇尔·布托的《变》译本也不少。

没有多久，楼梯那边传来了急促的脚步声。"来了。"女秘书显然很熟悉这脚步声。接着，很快就气喘吁吁地跑进了一位先生，中等身材，浓密的长发，满脸络腮胡，一身便服。他上气不接下气地向我们表示歉意，说，他明天就要到加拿大去，今天有很多事要办，因此，来迟了一步。

他蓄的长发和胡须多少改变了我过去在书刊上常见到的他壮年时的形象，而且，他的须发白了不少，据我所知，他今年正好是 60 岁。

他把我们引到隔壁的一间房间里。这里比较宽敞，四壁几乎全是书，虽然并不太讲究，但很整洁。他进门后就向我们解释，这并不是他自己的办公室，他的那间是在楼上，于是，他灵机一动，又带我们去看他的那间。上一层像是阁楼，面积比下几层更小一些，只有两间房，罗伯－葛利叶的那间有十多平方米，狭小的书架前，有一张书桌，余下的空地就不多了。我没有想到他的办公室是这样“寒碜”，我更没有想到，他竟主动地把我们带来参观他的“寒碜”；我感到，他似乎有一种强烈的自信，相信自己的价值，他似乎要以此表明，他罗伯－葛利叶，可不在乎他的办公室是否有排场，是否有气派。

我们又回到刚才那间大的办公室，坐下后，几乎没有什么寒暄，就进入“实质性的”讨论。

“我很高兴在午夜出版社见到您，如果我没有搞错的话，也就是说，在‘新小说’派的‘于格洛采地’上，见到了‘新小说’派的‘加尔文’。”我这样开场。

于格洛采地，是指法国国王亨利四世在 1598 年南特敕令中所规定的新教的势力范围，那一项敕令旨在结束法国 16 世纪长期的宗教战争，以维持天主教与新教两派的妥协与和平。加尔文则是法国宗教改革的领袖人物，新教的精神导师——法国报刊曾在 20 世纪 60 年代以这两个史学名词比喻午夜出版社与罗伯－葛利叶。把一个寒碜的小规模的出版社和眼前这个穿便服的人提升到历史的高度来加以比喻，未免有一种明显的夸张，但我当时觉得以这种稍带玩笑性质的夸张来开始我们的谈话，也许可以使气氛更为活跃些。

罗伯－葛利叶果然显得很高兴，他马上接过我的话茬，先谈起午夜出版社来：午夜出版社经历过三个阶段，它创建于“二战”时期，那时，它出版地下书刊，参加反法西斯德国的抵抗运动；第二阶段是战后至 20 世纪 50 年代，它反对法国政府在阿尔及利亚的殖民战争，支持阿尔及利亚的民族独立，在这一时期，它出版了很多与此有关的书，因此处境相当艰苦；第三阶段就是“新小说”派时期了，它主要是出版一些与传统文学有所不同的作品，如荒诞派戏剧、“新小说”等。

他很注意突出午夜出版社在社会历史事件中的作用和贡献，而不是突出它在文学创新方面的所作所为，那么，为什么他在自己的作品里总是回避社会问题呢？以致读者在那里很难看到时代社会的影子，更谈不上时代社会巨大的课题了，如像他在《橡皮块》中所写的明明是一场政治斗争、政治阴谋，但他却有意把笔绕开了这个事件的内容，而去写琐碎的生活现象和混乱、不可理解的过程，写现实生活中那些与事件的实质毫无关系的“物”的存在和“物”的体积、形状、色彩等。他谈午夜出版社时，显然为它曾参加过进步的正义事业而自豪，那么，为什么他在自己的作品里又是那样缺乏对社会事物的是非感？他在《漠然而视》中写一个人物与一件伤天害理的案件的关系时，竟然那样无动于衷，津津乐道，这不能不使人感到惊异。嗯，这也许是罗伯－葛利叶作为社会人与作家的矛盾。但一个作家首先是一个社会人，因而，他身上的这种矛盾，不能不说是他作为作家的局限。我不由得这样想。

不过“新小说”派倒的确是一个“纯文学”的派别，它的理论和创作都不涉及社会政治问题。罗伯－葛利叶和其他同道一样，虽然没有在自己的作品里表现作家应有的是非感、正义感，但他也没有在自己的作品里宣扬某种错误的阶级主张，表现某种偏狭、消极的世界观和人生见解。总之，他似乎绕开了这些问题，而只对小说的技巧和新手法问题感兴趣。他这些年来一直致力于此，并且从理论到创作都有自己的一套，这才成了这个流派的“加尔文”。于是，我向他提出了这方面的问题。

“我想听听您关于小说艺术问题的哲理和您对于小说发展道路的观点。我想，您可能并不是反对巴尔扎克，而只是不赞成在20世纪仍然满足和沿用巴尔扎克的方法，正像贵国19世纪的浪漫派一般并不反对高乃依、拉辛，而只是反对古典主义的方法在19世纪再继续运用，是吗？”

关于他对巴尔扎克的态度，我有意缓和了他过去原有的激烈程度。要在小说艺术上一笔否定巴尔扎克，那简直就是荒唐的妄想，谁想这样做，就只会使自己变得滑稽可笑。又何必一定要把他置于那种境地呢?

他的回答是:“从巴尔扎克到‘新小说’派，小说艺术发生了很深刻的变化，巴尔扎克笔下有真实，‘新小说’派笔下也有真实，两种真实是有差异的。巴尔扎克的时代是稳定的，刚建立的新秩序是受欢迎的，当时的社会现实是一个完整体，因此巴尔扎克表现了它的整体性。但20世纪则不同了，它是不稳定的，是浮动的，令人捉摸不定，它有很多含义都难以捉摸，因此，要描写这样一个现实，就不能再用巴尔扎克时代的那种方法，而要从各个角度去写，要用辩证的方法去写，把现实的飘浮性、不可捉摸性表现出来。”

他这段话当时颇给我以新鲜的感觉，它显然比他在《未来小说的道路》和《自然·人道主义·悲剧》中的论点有所变化，对巴尔扎克的态度和以前也不完全一样了。既然20世纪的现实如他所说是浮动的，不可捉摸的，那么，他罗伯-葛利叶当然可以而且应该把现实描写得扑朔迷离、含糊不清，像谜语一样费解了。《橡皮块》中案件的真相究竟如何?《漠然而视》中真正的凶手是否就是那个手表推销员?《去年在马里昂巴德》中那一对男女过去究竟相不相识，有没有关系?所有这些，作者都故意使读者难以从形象描绘中得出确切的结论，甚至难以得出合理的逻辑，而他这样做完全是应该的!这时，我觉得罗伯-葛利叶不愧是“加尔文”，他善于制造出一种理论形态来解释他的作品，或者说，他善于根据他的标新立异的理论形态来制造标新立异的作品。我承认，20世纪的现实的确比较复杂，人们对纷纭繁杂、错综交织且具有多方面、多层次的事物要有全面、透彻的把握是不容易的，皮埃尔·加斯卡尔先生在和我谈话时也明确地谈到过这点，可见，在某种程度上这是法国作家的“通感”，不过，我总觉得罗伯-葛利叶的“飘浮论”有很浓的不可知的味道。文学艺术作品总要提供一定的对现实的认识，如果以不可知论来指导创作，作品中堆砌着、展现着的形象图景，自然也就不可解了。

他大概觉得刚才的那段话还不充分，不等我做出反应，便又继续讲下去，并且使我颇吃一惊地用了不少社会学甚至阶级论的术语：

“巴尔扎克的时代是资产阶级的上升时期，资产阶级的道德伦理与当时它的处境地位是相符合的，它当时并不认为自己是剥削阶级，它具有道义上的自信；但是，在20世纪，资产阶级被认为是压迫阶级，而且不是永世长存的，在当代法国资产阶级社会里，大家对现今的价值标准、道德、伦理都不相信了。19世纪对我们来说，是已经失去了的天堂，当时文学中宣传的东西与社会状况是相符合的，因此，我并没有任何瞧不起巴尔扎克的地方。不过，在上面我所讲的20世纪的条件下，我们当然不能沿用表现过去天堂的方法来表现现在；而且，一般读者在当代小说里也不满足那种表现。”至于如何表现20世纪的生活，他又做了一点解释，“现在，我们不能单单复述某一现实，而必须从各方面去表现某一现实，用这种方法去写的‘新小说’就不会只告诉你一种真实，而是把真实表现为浮动的。人们在现实生活里，既要在自己的内心世界里认识自己，也要从客观存在认识外部世界；但是，这两个世界都像迷宫一样难以辨识。”

“那么，您在小说《在迷宫里》中，就是要表现这种哲理啰？您是否可以对那部作品做点解释呢？”

那本小说的确很难懂，甚至很不容易把它读完，它所写的像是一个朦胧、神秘、不可理解的幻梦：一个士兵在一个巨大的城市里走来走去，城市像一个神秘的存在，几乎一模一样的街道，门窗紧闭，寂无人声，这个士兵也像一个梦游者，似乎是在完成他的朋友托给他的一件事……过去，我读这部小说的时候，就感到作者是要表现某种哲理，不过那哲理是很难看出来的，甚至有一次我在招待会上碰见一个法国朋友，他谈起这部小说来也耸耸肩。

“我那部小说就是要表现这个哲理，那个士兵想在外部世界找寻和发现一点什么，也想发现和识别自己的内心世界，然而，这两者对他来说，都像是迷宫。”

哦，原来如此。

关于哲理问题，他接着又做了这样的补充：“我的哲理不像萨特的那样，他是先有哲理，然后把哲理写进小说；而我，我的哲理存在于小说形式的本身，是体现在小说的形式上，因此，我们的‘新小说’并不是无思想、无意义的。”

他这些话虽然说明了他的小说的某种特点和他的某些思想，但的确更加深了我原来的印象：罗伯-葛利叶对现实的认识是不可知论。正因为他把这种认识更多地体现在小说《在迷宫里》，所以，我以为，这部小说至少比他其他的作品更不成功，如果我不说它是一部失败的小说的话。

哲理问题似乎谈得不少了。我继续我的思路，要求罗伯-葛利叶对“新小说”派的发展和得失做个总结：“在我看来，‘新小说’要求小说艺术的创新，这一主张是符合艺术发展规律的，而且，‘新小说’派的创新，无疑将在小说史上留下它的痕迹。‘新小说’如果从1953年《橡皮块》算起的话，到20世纪80年代，已经有将近30年的历史，这是一个该令人满意的不短的时期。雨果的浪漫剧从《欧那尼》到《城堡里的伯爵》，控制法兰西剧坛也不到20年之久。既然‘新小说’派已经有了30年的历史，您作为一个开拓者，是否可以对你们的创新事业做出几点历史性的结论？”我这段话直截了当的意思是：今天已经到了可以对“新小说”派做总结的时候了，那么，“新小说”派的实验成功在哪些方面，失败在哪些方面呢？

也许是由于我的意思讲得不明显，也许是罗伯-葛利叶有意绕过我的问题，他做了一个根本不涉及艺术上的成败得失和经验教训而没有什么理论意义的总结：“我现在是法国最著名的作家之一。我的名声是我的敌人们造成的，过去评论我的，都是反对我的，但他们的反对，反而引起了大家的注意。五六十年代，我成了新闻人物，那时评论我的人很多，真正阅读我作品的人却很少，而现在，青年人中读我的书的人就很多。”

这时，走进来一位矮个、秃头的先生，一看就是文人学者之类的人物。罗伯-葛利叶对他表示了欢迎，并且替我们双方做了介绍。他是米歇尔·里巴尔卡先生，法国当代文学的研究家，曾编过萨特的研究资料，在巴黎有些名气。据罗伯-葛利叶介绍，他现在正准备写一本罗伯-葛利叶的评传；而罗伯-葛利叶在向对方介绍我的时候，则又特别着重说明我正在编法国现当代文学丛刊，萨特是第一本，马尔罗是第二本，“新小说”派是第三本。他兴致勃勃地说着这些，似乎我与里巴尔卡先生的巧遇，正从不同的方面证明了他与“新小说”的价值。

我们坐下来继续谈话。我对他刚才的总结很不满足，为了使他对“新小说”派进行文学实验的成功与失败有所分析和议论，我提出了20世纪70年代法国的一本“新小说”《作品第一号》，请他做点评论。马克·萨波尔达的那部作品由散页组成，未装订，每页一个片段；这些散页可以任意排列组合，于是，这部“小说”就可以排列成各种不同的故事和结果，据统计，其排列组合的可能达10^{263}之多。在我看来，这部作品把“新小说”派的那种反传统的文学实验发展到了极端，倒也的确堪称一种实验；但这种实验对文学艺术创作有什么价值和意义呢?

“加尔文”对此人此作根本不予承认，拒之于他的教门之外：“我没有看过这部作品。这个人是赶时髦，他不是‘新小说’派，他早已销声匿迹了。”接着，他又加以说明，“‘新小说’派之后，有‘新新小说’派，那个人可能是‘新新小说’派，而我们‘新小说’派只包括我、娜塔丽·夏洛特、米歇尔·布托、克洛德·西蒙；其实最早写

'新小说'的是贝克特，实际上他也是'新小说'派，还有玛格丽特·杜拉斯，不过，她与娜塔丽·夏洛特都不承认自己是'新小说'派，虽然批评家把她们都划了进来。"他展示了"新小说"派最强大的阵容。的确，就他所列举的这些作家而言，他们在法国当代文学中的地位显然都是不能抹杀的。

这时，负责接待我们的马第维先生来了。按原定计划，他 6 点来午夜出版社接我们到离巴黎 100 多公里的安布洛斯去，以便第二天游卢瓦河上的古堡。于是，我和罗伯-葛利叶的谈话进入尾声：我们一同对《作品第一号》表示不以为然，他向我表示很希望到中国来访问等。

最后，就是摄影留念了。他准备就在这间宽敞整洁的房间里进行，我却要求到他自己那又小又挤的办公室去，我开玩笑说："为了您确定的而非浮动的真实。"他欣然同意了。进到那个房间，他把窗帘拉上，因为窗外巴黎的屋顶并不美观，他又把凌乱的桌椅顺手整理了一下。其实，这些都没有必要，金志平同志把所有这些都切出了镜头，只剩下了我们两人背后那狭小的书架。

离别的时候，他告诉我，12 月中旬他将从加拿大回巴黎，希望那时再约时间谈一次。

12 月中旬，我从午夜出版社得知他回到了巴黎，但我那时正忙于一次、两次、三次到拉雪兹神甫公墓去仔细瞻仰巴黎公社墙，去一一拜访莫里哀、巴尔扎克、肖邦、巴比塞……也正忙于一次、两次、三次以至四次到卢浮宫、罗丹博物馆去享受那难以企及的艺术美给予人的愉快。

我没有找出时间再去看望罗伯-葛利叶。

1982 年 3 月于北京

我们不能忘记的这位老朋友

——皮埃尔·加斯卡尔

在法国当代作家中，皮埃尔·加斯卡尔可算是中国人民的老朋友了。遗憾的是，他虽然是一位老朋友，但中国读者并不太熟悉他。他的简况大致是这样的：1916 年生，第二次世界大战期间，被关进德国法西斯集中营，1953 年，以描写集中营生活的《死亡的时代》而荣获龚古尔文学奖，至今发表过 30 多部作品，在法国文坛上，是一位相当有地位的作家。

不能忘记这位老朋友。我们来到巴黎后，把他列入了我们的访问计划，马第维先生很快就做出了安排。

加斯卡尔先生的家是在巴黎市中心一条不那么热闹的街上，下午 2 点，我们到达一幢灰蓝色的高楼前，推开了栅门，正在寻找门牌号，从一个单元的门洞走出来一位中等身材、穿着素雅的蓝色羊毛衫的先生招呼我们："就在这里。"根据过去在书上见过的照片，我认出了这就是加斯卡尔先生。他在等着我们的到来。

他一边带我们走上一架螺旋形的楼梯，一边介绍说："这是巴尔扎克时代的建筑。"的确，这幢楼房比较老，但并不显得旧，木质的楼梯和扶手都是浅黄色的，光亮洁净得令人喜爱。在巴黎，19 世纪的楼房，一般都得到房主精心的保养和维护，文化界不少名流就是住在这种楼房里。

我们进入三楼的一套房间，他的夫人，一个很有风度的中年妇女，在门口迎接。大家在一间宽敞雅致的房间里落座，房间的四壁有各种样式的书架，上面是成套成套的装帧精美的丛书，一看就是古典作家的精装本全集，而且，其中有几套很古老的版本。房间正中的墙前，则是一张旧式的书桌，墙上挂着一面古镜和一个古代青铜头像。这是一间书房兼客厅，其中的一切，都显出了主人对历史古籍的修养和爱好。虽然来此之前，我早已知道，加斯卡尔先生是法国作家中不属于现代派文学中的一位，但没有想到，他的趣味纯粹是传统的，以至在他的书房里有着浓浓的古雅的色彩，而看不到有半点巴黎文化界人士家里一般都有的现代派艺术的装饰。

他的夫人以一套漂亮的瓷器端上了咖啡。我们结束了寒暄，正式进入了话题。我向他说明了这次来巴黎做学术考察的目的，表示如果在这次考察中未能拜访中国人民的一位老朋友，那将是我们莫大的过错。我称他为中国人民的老朋友，是指他 20 世纪 50 年代中期曾经写过三本介绍新中国的书，即《开放的中国》《中国与中国人》《今日中国》，它们也许是最早在法国出版的系统地介绍新中国的书籍了。金志平同志这时也补充说，加斯卡尔先生那次访华时赠送给中国作家协会的书籍，至今仍保存在《世界文学》编辑部和外国文学研究所的图书馆内，其中一部他的得奖作品的合集上，他写下了这样的题词："赠新中国作家协会，以表示我对全中国人民深厚的友情——皮埃尔·加斯卡尔 1954 年 9 月 20 日于北京。"友谊回忆的话题引起了加斯卡尔先生的谈兴，他滔滔不绝地向我们讲述了他的中国之行和他写三部关于中国的作品的经过和艰辛：

那是 20 世纪 50 年代初，加斯卡尔先生是第一批对新中国感兴趣的法国作家，这些作家把新中国的成立视为人类历史发展过程中的一个伟大事件，他们组织起来，对中国进行了访问，这是法国作家对中国所做的最早的访问之一。"当时，我们要组织起来做这件事很不容易，而且，更难的是两国没有建交，联系的渠道也不畅通。"接着，加斯卡尔先生热情地向我们说明了，那次访问何以在他的生活中构成了一段重要的历史。首先是，新中国给了他极为深刻的印象。当时他是一家报纸的撰稿人，这家报纸希望他写些报道文章，于是，他得到了中国方面友好的合作，离开了那个访问团，带了一名摄影记者，单独进行活动，用了 6 个星期的时间访问了中国的一些城市、工厂、农村，写了一系列文章，发表在好几家报纸上。他的报道正符合各界人士想要了解新中国的需要，于是，他回国后应出版社的要求，连续写了那三本书。这三本书在当时出版，颇为轰动，它们给作者带来了很多很多的读者，不仅有知识分子，而且有工人、农民……

“6 个星期的访问，产生了三本书，当然不免写得有点肤浅，”加斯卡尔先生谦虚地说，“不过，我是以认真负责的态度来写的，尽我的可能写得客观真实，表达我友好的感情。”于是，他拿出这三本书放在茶几上供我们翻阅，我看见书里有不少反映 20 世纪 50 年代新中国生活的照片，其中一本的封面上，是一个儿童健康而幸福的微笑……

其次，这次访问特别令他难以忘怀，因为正是在访问中国的过程中，他认识了现在的夫人，当时，她是西班牙一个进步团体的成员，对于她来说，在佛朗哥统治时期要进行对中国的访问，就更不容易了。加斯卡尔夫人也参加了我们热烈的交谈，她讲了她对中国诗人艾青的欣赏，以及她曾经为艾青诗选法译本的翻译出版所做过的努力。

“时代发生了重大的事件，作家就应该是时代的见证人。”加斯卡尔先生这样总结他对新中国的报道。

他这种友好的感情和正确的文艺观点，当然使我感到很亲切。是的，加斯卡尔先生堪称时代的见证人，他经历过第二次世界大战期间可怕的岁月，他当过战俘，在集中营里受过折磨，战后，他就把纳粹的灾祸、非人的生活写成了《死亡的时代》。这部篇幅不大的作品，写得那样真切，充满了对那阴暗岁月的残酷性敏锐而痛苦的感受，无疑给那个时代留下了一份有力的见证；他在此之前的短篇集《走兽》，虽然写的不是人类社会题材，但动物世界一幅幅可怕的图景，其实就展现出作者眼里的人类痛苦的生存条件，充分地反映了战后欧洲人刚从灾难的噩梦里走出来的惊恐与悲观，是当时人们心理状态的一份真实记录；而后，他作为记者访问了很多国家，看到了战后时代的新潮流，特别是中国这片土地上惊天动地的变化，他又以明快的笔调描述了这个历史的巨变。不过，后来他转向写抒情散文，近几年他又把精力放在历史方面去了。

正因为他谈到了“时代的见证人”，所以，我从他的情况谈到了19世纪法国作家米谢莱。米谢莱既是过去历史的总结者，也是自己时代的见证人，他还是一个优美的散文家，他的抒情散文清新可喜。当然，我很清楚，任何比喻都是蹩脚的，任何联系都是人为的。米谢莱是19世纪的一个大作家，他具有高昂的民主主义激情，在历史和文学两方面都达到了很高的成就。不过，加斯卡尔先生仍在继续进行创作，如果沿着他原来做“时代的见证人”的道路走下去，为什么他不能成为米谢莱呢？

加斯卡尔先生做了谦虚地表示，认为他比米谢莱差得很远。不过，我这一联系，却引起了加斯卡尔夫妇新的话题。加斯卡尔夫人告诉我们，她的丈夫对历史一直很有兴趣，也很有研究。“我倒的确对现实、对历史都感兴趣，我写的题材比较广泛，现在正在写历史。”加斯卡尔先生补充说，说着，他从内间的工作室拿出他的两部近作给我们看。这两本书都是伽里玛出版社出版的，一本名《罗伯斯庇尔的影子》，另一本名《热拉尔·德·纳瓦尔和他的时代》。

这两个在历史上和文学史上有名的人物引起了我浓厚的兴趣，我先看了看第一本，封面上有罗伯斯庇尔的半身像，另外，还有一个年纪很轻的人，但他的样子却很老气。那么，这个“影子”究竟是谁呢？封底摘登了一段书评，对本书的内容做了简要的介绍，原来他就是马克-安东尼·于连。此人的名字在米谢莱的历史著作中，在马克思的论著中都曾出现，但由于长期以来史料的缺乏，史书对他语焉不详，而加斯卡尔先生却居然写了他厚厚的一整本书！

不等我询问，他就讲述了此书的由来。他先从书桌里取出一厚册信稿，信纸都已经发黄，显然是一两百年前的文物，他告诉我们，他作为某一位老太太的遗嘱执行人，在她的遗物中发现了一本文件，原来就是马克－安东尼·于连写给自己母亲的信。马克－安东尼·于连当时虽然只是一个不到 20 岁的青年人，但在法国资产阶级革命中不止一次担负了重要的使命，后来当了罗伯斯庇尔的私人秘书。从他这些信里，不仅可以看出法国资产阶级革命时期的某些真实情况，而且可以看出这个在雅各宾专政时期参与了罗伯斯庇尔一些机要大事的青年人所起的重要作用以及他自己的心理状况。加斯卡尔先生就是根据这一册珍贵的信稿，加上他对法国大革命史深入的研究，写出了《罗伯斯庇尔的影子》一书。这本书既是马克－安东尼·于连的传记，也是法国资产阶级革命那个历史时期的再现，因此，它已受到国际上研究法国大革命的历史学界的重视，并已在其他国家翻译出版。

第二本书是法国 19 世纪浪漫派诗人纳瓦尔的传记。纳瓦尔曾出色地把歌德的《浮士德》译成法文，而在诗歌创作上，他显然又是波德莱尔和超现实主义的先导，他才华横溢，可惜最后精神错乱而自杀。过去的文学史对这位作家很少有专章论述，而近年来，法国学术界、批评界对他特别重视起来了，甚至，他已经进入了瑟意版的《永恒作家丛书》，瑟意出版社董事长赠给我的书中，正好有这一本。出于个人编写《法国文学史》的需要，我当然对这一学术动向很感兴趣，并很想知道加斯卡尔先生写此书的意图和目的。

对于我所提出的问题，加斯卡尔先生做了如下的说明：纳瓦尔的一生很动荡不安，而他所生活的社会也是动荡的，作者的目的就是要置身于纳瓦尔的那个时代，表现出他的心境和思想状况、他对革命运动的看法以及他的动摇。关于自杀问题，他要写出正是由于生活的困窘、创作的艰辛、感情生活的痛苦和精神错乱，导致这个诗人悲惨的结局。从加斯卡尔先生的解释看，他显然是要以同情心写出一个诗人不幸的命运以及他与时代社会的关系。

加斯卡尔先生谈兴很高，他几乎不让我们插话，又谈到他另一本历史题材的书，即《兰波与巴黎公社》。这是他在美国讲学时的讲稿，后成集出版。于是，我们的话题自然又落在 19 世纪后期象征派诗人兰波的评价上。兰波作为一个政治社会的人，加斯卡尔先生的评价与我是一致的。兰波这个流浪的青年人来到巴黎时，正遇上激烈的社会阶级的冲突与斗争，他作为一个对传统习俗有反抗倾向的流浪汉，自然对公社抱赞同的态度，然而客观条件未能使他在巴黎待下去、参加公社的斗争，因为他是一个逃离了家庭的青年人，所以又被送回到家里，不过，他写的一些信件却充分表现了他对公社的同情。加斯卡尔先生还认为，兰波的作品中有博爱的精神、人道的精神，而这也是公社的精神，而他，加斯卡尔先生，正是要通过自己的书说明，兰波外在的政治态度正是他内心思想、即他作品中所表现的内心世界的直接表现。

对于他后一个观点，我基本上也同意，但觉得应该这样说明更确切些：与其说兰波的精神就是公社的精神，不如说，在巴黎公社时期，无产阶级革命运动中所使用的某些口号和词汇，还没有完全摆脱资产阶级民主主义影响的痕迹。

我听着加斯卡尔先生谈他这三部作品的时候，愈来愈明确地感到，它们构成了加斯卡尔先生创作的第三阶段。第一阶段，他的代表作无疑是《死亡的时代》；第二阶段，则是他对新中国的报道；第三阶段，他则愈来愈像一位学者，热衷于历史。如果说到目前法国文学状况的话，像他这样的作家，似乎也不止一个，因此，写历史题材、写历史人物也算是其中的一种倾向，一到书店里，你面前摆着的那些书，就这样告诉你。

当然，在一个中国的研究者看来，还是现实的社会问题重要。因此，我又谈到他的《死亡的时代》，这篇作品已经由沈志明同志译成中文，刊载于《外国文艺》，这是加斯卡尔先生第一次与中国读者见面。可惜的是，我们出国的时候，未能看到这期刊物，没有给加斯卡尔先生带来一本。加斯卡尔先生对他的作品已经介绍到中国当然感到高兴，但他说，这篇作品不容易译，那时他还年轻，不免追求讲究与雕琢。不过，说实话，我倒的确喜欢那篇作品，喜欢它深沉含蓄的感情、渗透着苦水的哲理和经过反复锤炼近乎散文诗的文句……

“第二次世界大战后，纳粹的灾祸在人们身心上留下的伤痕，使不少法国作家难以平静，由此，他们写出了不少杰出的作品。那么，现在，20 世纪 80 年代，有哪些社会的、政治的重大问题特别引起法国作家的关注，足以激起他们热烈的创作灵感？”我接着上面的话题提问，我的问题的含义是相当显而易见的。

对于这个问题，加斯卡尔先生表示很难回答，不过，他先讲了这样一些哲理：一般作家写作的时候，总要问自己，他为什么写，出于什么需要。作家所生活的环境，他所处的社会现实使他产生一种创作冲动，譬喻说，面对着太阳，产生了赞美太阳的冲动，那么，为什么要写？为谁而写？因为我有这种感受，我要写出来去感动别人，所以，写作的确应该写大家有所感的东西，写大家共同的感受。但是，很多感受都被前人写过了，要写出新的共同的感受是很不容易的事，首先，要捕捉到大家所感受的东西不容易，而后，要引起大家的共鸣更不容易。

接着，他又陈述了当代法国作家写作中的艰辛：文学创作，特别是小说创作必须跟着时代发展，时代在变化，现在法国作家和左拉所处的时代完全不同了。左拉的时期，社会问题很尖锐，矛盾对立很鲜明，比较起来好写一些，而现在的社会矛盾则错综复杂，很难像左拉那样去写；而且，左拉写作的时代，作家对他所写的对象能够拥有全面而丰富的知识，现在的作家，对复杂的社会生活，就很不容易拥有全面的透彻的知识，而社会生活的具体事件和具体事物，又早就有那么多新闻报道和电视转播，因此，要在小说中涉及很多重大的社会问题很不容易。而以他自己的感受来说，写历史比写现实要容易一些。

“加斯卡尔先生讲的困难完全是可以理解的，这就是一个作家攀登高峰的困难，要成为一个大艺术家的艰辛。不过，一个作家如果要在世界文学中占一个第一流的位置，那就必须在自己的作品里提出重大的问题，达到高度的艺术力量，当然，问题的关键并不决定于题材，并不一定决定于是现实还是历史。”我在听着的时候这样想。

“那么，加斯卡尔先生，您在自己历史题材的书里，力图表现一些什么思想见解？”

加斯卡尔先生对我提的问题，做了一个证实了他是一位历史学家、一位学者的问答：“我尽可能真实地表现过去的时代，并不想注入自己的哲理，而要让读者去思考和总结。”他显然对文学中的思想深度和哲理有某种保留。例如，当我们接下去谈到萨特的时候，他认为萨特是一个伟大的作家，他也认为任何文学与哲理是分不开的，但是，在他看来，萨特如果在纯文学上花更多的时间，他将更了不起，可惜他在哲学上花的时间太多了。

我们的谈话以紧凑而热烈的节奏进行，很快就由 2 点到了 4 点多钟，而 5 点，我们已经约定要与西蒙娜・德・波伏瓦会见。在谈话的尾声，加斯卡尔先生告诉我们，不久前，他参加了我国驻法使馆举行的纪念鲁迅诞辰一百周年的活动，并希望中国有计划地多向国外翻译介绍自己优秀的文学作品，再一次表示了他对中国的友好感情。最后，在热烈的道别气氛中，他又特别赠送了两本他自己的著作给我，并在上面写下了热情的题词。

我一直到走出那幢灰蓝色建筑前的栅门的时候，还没有平静下来，满脑子仍闪耀着刚才与他谈话时的景象。我深深感觉到，这倒不完全是因为加斯卡尔夫人款待我们的咖啡太浓而使人精神特别兴奋，而是加斯卡尔先生的朴实、浑厚、热情、友好、谦逊、亲切给我的印象太深刻的缘故。

“他是我们的老朋友，如果他再度访华，一定会写出新的好作品。”走到了街上，我们都这样估计。

与萨特、西蒙娜·德·波伏瓦在一起的时候

到了巴黎，安顿了两天以后，我关心的第一件事，就是到蒙巴纳斯公墓去看让－保罗·萨特。很自然，在我向法国外交部文化技术司提名要见的作家名单中，西蒙娜·德·波伏瓦也就名列首位了。我想去和她谈萨特。同行的金志平同志当然也乐于陪我去会见这位当代著名的法国女作家，萨特的挚友、终身伴侣。

其实，我去看萨特并不止一次，到达的第二天，我们在蒙巴纳斯区办事时，经过那有名的公墓，我就不大合时宜地要进去先看一看。我看见萨特就躺在进大门不远的墙根下。

正式凭吊的那天，气候阴凉，天空中迅速吹过一阵阵灰黑色的云，似乎雨意很浓，使行人有点担心，但又没有下。巴黎的 10 月总是这副德行，很少有晴朗的时候，不过，风倒是没有半点寒意，只使人感到凉爽而已。公墓外宽阔的人行道上，有几排高大的洋槐，在风的吹拂下奏出了和声，地面只散乱着少许刚刚发黄的树叶，如果不是前天夜间下了雨，也许它们还不会落下来。巴黎温和的 10 月，本来就无意于驱走绿意，更谈不上要以霜寒对枝叶相逼了。

蒙巴纳斯公墓就在埃德加·基内大道旁，外有高大的布着常春藤的围墙，看去就像一座巨大的庄院，站在大门口，面前呈一“上”形的两条柏油路，构成了墓地的主要交通干线，横路与围墙平行，从大门口往右走不上 20 步，就可以看到在一大片古老的灰黑色墓碑中，

有个浅黄的石墓，墓碑只有一尺来高，上面有简单的两行字：

让－保罗·萨特

（1905～1980）

要是没有那浅新的颜色，让－保罗·萨特是不引人注意的，他只在一片丛立的墓碑中挤出了一块小小的地方，远远不及那些不见经传但先占好了地盘的邻居们那么有气派，和他们那些高大的“门牌号”相比，他的那块低矮小巧，也没有任何装饰性的雕塑，朴实无华。但不同的是，我每次来的时候，萨特墓上都有鲜花：水仙花、菊花、玫瑰花、鸢尾……有的是花束，有的是盆花，而他那些邻居巍峨的府第前，却缺乏这些鲜艳的有生命力的色彩。

尽管墙外的大马路上汽车来往不断，墓地毕竟是墓地，一片凄清，一片寂寞。在这个简朴的墓前，如果只是为了“到此一游”，一分钟也就够了。可是，因为墓中这个人物和我自己近两年的工作颇为有关，所以这天我在这个毫无游览观光价值的地方，却流连了将近一小时之久。

萨特的作品我早就读过一些，对他的情况也算还不陌生，因此，1979 年在全国外国文学工作规划会上的发言（即《关于西方现当代资产阶级文学评价的几个问题》）里，专门谈到了他。那篇发言是针对日丹诺夫对西方现当代资产阶级文学偏颇的论断长期在中国的影响而发的，目的只求冲破一些不合理、不切实际的极“左”的条条框框，以促进对西方现当代文学的评介和研究。这个发言曾经引起了多数同志与读者的共鸣，也有一部分同志善意而坦率地提出过商榷，这些都使我感到亲切、自然。1980 年 6 月，萨特逝世，我应《读书》之约，写了《给萨特以历史地位》一文，发挥了前文中的一些观点，可是，不久，我就在一次全国性的外国文学工作会议上，亲耳聆听了一个针对该文的大批判的发言，什么“批评日丹诺夫就是要搞臭马列主义”等。我没有做任何答辩，只是下决心尽早把萨特资料专集编选出来，也算是一种答复。

正因为经历过这样一些事，所以我带着一种感情在萨特的墓前站了一会儿，而后，坐在它旁边一条木头已经发朽的破长凳上，不是为了休息，而是为了在这里多待一会儿。我的思绪泛泛地想起萨特生平中的一些事：参加反法西斯斗争，反对侵朝战争、侵越战争、阿尔及利亚战争，支持法国革命群众运动，挺身而出保护《人民事业报》，拒绝诺贝尔奖金和“一切来自官方的荣誉”……他在哲学上提倡人进行积极的自我选择，以获得积极的本质，过有意义的生活；他的文学作品在反法西斯的斗争中曾发挥过积极作用，他还在作品中抨击和讽刺过种族主义、法西斯残余以及20世纪50年代的冷战狂热。我想，所有这些不正是汇入了当代进步事业的历史潮流中吗？不是和我们所经历过的路线平行发展的吗？为什么不可以说他是属于无产阶级的？列宁曾把托尔斯泰的名字明确地和俄国革命联系在一起。说“属于”，并不是说“等于”，更不是说“就是”，这是常识，不应该引起误解。何况，一切优秀的文化遗产本来都是无产阶级应该继承的。

看着金志平同志已经完成了参观整个墓地的任务，从远处走了过来，我结束了我的思绪，也从长凳上站起来，准备往回走。面积不大的公墓只有少数几个凭吊者，的确显得有些空旷，可是，一年多前，萨特葬礼的那天，却曾有好几万人把萨特送到这里，它怎么容纳得了那么多人呢？

两天以后，当我和一位法国朋友谈起萨特时，他以一种不可思议的表情说：“我真感到惊奇，那天竟有那么多那么多人为他送葬，什么人都有。”在另一个场合，我又听说，法国学术界对萨特的研究越来越细致，已经有了相当一批萨特学学者，不久还将成立萨特中心。萨特是人们公认的思想史上的一个伟人，这在法国已经是无需再争议的了。其实，何尝在法国如此呢？在世界其他地方，萨特也作为人类精神领域中一块高耸的里程碑而成为学术研究中的一个巨大课题。今年上半年，我在美国哈佛大学著名的怀德纳图书馆的书库里，亲眼看到世界各国出版的评介和论述萨特的专著，就有整整两大书架之多。

可惜萨特已经去世，我来巴黎太迟了。不过，西蒙娜·德·波伏瓦还在，在我的心目中，她与萨特就是不可分割的一体。他们在求学时代就相识并成了终身伴侣，只不过他们为了表示对传统习俗的藐视，而从未举行结婚仪式；他们同时开始创作活动，她帮萨特建立了人类思想发展历程中存在主义这一独特的路标，她以与萨特思想倾向一致的作品，而和他在法国当代文学史上构成了影响深远的存在主义文学；她在政治上始终是萨特的同志和战友，共同参加过反法西斯的斗争，从事过种种进步的事业，一同访问过新中国，对中国一直怀着友好的感情；在生活上，如果用简单化的语言来说，她实际上是萨特的妻子，萨特一生得力于她实在不少。20 世纪 30 年代，萨特曾一度精神不正常，是西蒙娜·德·波伏瓦在经济上和生活上给了他极大的支持，帮助和照顾他恢复了健康。他们两人在巴黎虽然各有寓所，但相距甚近，几乎是每天，萨特总是从他的住处，步行来到西蒙娜·德·波伏瓦的家，在这里看报、读书、讨论问题、修改稿件，度过整整的一天……不过，当我来到巴黎后，却听到了关于他们的生活的一些传说：萨特生前最后 10 年身边包围了一批左派青年，他又收养了一个女儿，他与西蒙娜·德·波伏瓦疏远了，甚至逝世时并没有什么遗物留交给她。有人就企图利用这些情况，把这两个人分割开。

历史的基本现实，往往总有一些局部的现象来遮盖，正像蓝澄澄的天空里，有时总要飘过几朵障眼的云霾。我把上述的传闻与数十年来的基本事实做了一个比较，觉得它们微不足道，我还是把萨特与西蒙娜·德·波伏瓦看作一个整体，因此，我几乎是怀着见萨特的心情来到了西蒙娜·德·波伏瓦的门前。

门开处，一位衣着雅致、气派高贵的老太太站在我们面前，从面部的轮廓上，我马上认出了这就是我在照片上见过的与萨特在一起的那位风姿绰约的少妇。她的老态是非常明显的，虽然体格清瘦，但是动作迟缓，远远不如我后来会见的法国当代文学中另外两位著名的老太太娜塔丽·夏洛特和尤瑟纳尔那么精悍、灵活、自若，尽管她们的年龄比波伏瓦都要大五六岁。她裹着一条浅黄色的纱巾，包裹的式样有一点像斯达尔夫人那著名的头像，她穿着浅色的衬衫，灰蓝色开胸的羊毛衫里，又露出罩在衬衫上的雪白的绒背心，下面则是一条墨绿色的绒裤。如果说她身上的色彩是丰富的话，那么，房间的色彩就不知丰富多少倍了。浅黄色的墙壁、浅灰色的窗纱、深红色的帷幕，墙壁四周的上方是悬空的书架，书籍浩繁的卷数和式样，又必然带来缤纷的色彩。屋内的陈设琳琅满目，各种美术作品，东方和西方的古董，沙发、灯罩、茶几都呈现出各种式样和颜色。鲜花也有好几种：洁白的兰花、鲜红的玫瑰……墙壁四周的下方，是一圈着地的书架，除了书籍以外，还有数不清的唱片和更加数不清的小摆设，其中有中国的泥人和皮影。室内到处都有她与萨特的照片，有的挂在墙上，有的放在书架上、茶几上或书桌上。这是她的客厅，也是她的书房，她的书桌就在一个角落里，那里更是集中地摆着萨特的照片。房间的中央，有一架好看的绿色螺旋形楼梯盘旋而上，通往一套房间，显然那是她的寝室和其他的用房。

萨特就曾在这里度过了好些时光，这就是萨特的第二个家。他常坐在哪张沙发上听西蒙娜·德·波伏瓦给他念报？他是从什么时候起，微弱的视力开始失去了对这里丰富色彩的感受？

她把我们让在房间的一角，这里有好几张彼此靠近的沙发。我先向她表示问候，并针对上述的传闻和说法，特别强调我不仅是把她看作法国当代文学中的大作家，而且是把她看作萨特最亲密的战友和伴侣来致以问候的，这使她显得有些高兴。我感到，那似乎是一种突破了沉郁心情的高兴。

我们开始谈到了萨特。陪同的沈志明同志向她介绍了我对萨特的研究和评论。西蒙娜·德·波伏瓦一听到这些，像关心自己最重要的事一样，就单刀直入地问我对于萨特的观点和看法。我陈述了我的一系列观点，她注意地听着，不插话，不出声，只是点点头，从她的表情来看，我觉得她似乎对我认为萨特是法国文学史中从伏尔泰开始的作家兼斗士这一传统在20世纪最杰出的代表的这一论点最为欣赏。

在我说完以后，她对我的陈述总的表示了赞同的态度：“我同意您的看法。”这时，我发现，话语不多但却干脆而毫不含糊，似乎是她的习性。接着，她又详细问我《萨特研究》的内容，萨特的文论选了哪几篇，萨特的小说和戏剧选了哪几部等。我一一介绍的时候，她都频频点头，表示了赞同，并且向我提出，希望将来出版后，能寄给她一本。

这时，我发现一个对我来说颇为严重的问题，时间已经过了半个小时了，而我想要她谈的问题还没有开始。她的身体显得并不怎么太好，难道好意思占用她两个小时以上的时间？何况，听说她也是法国作家中轻易不见客的一个，每次见客时间都不长，甚至对法国那些萨特学的学者几乎一概拒而不见……

我赶快提出我的问题：“您是最了解萨特的人，我想听听您对萨特作为一个战士、一个文学家、一个哲学家所具有的最可宝贵的价值的看法。”

我想用这样一个大题目引起她大段的论述，没想到她的回答却是这样浓缩：“萨特作为思想家，最重大的价值是主张自由，他认为每个人必须获得自由，才能使所有的人获得自由，因此，不仅个人要获得自由，还要使别人获得自由，这是他作为社会的斗士留给后人的精神遗产。”

我并不认为这种自由观与马克思主义的自由观是一致的，但现在不是做对比和分析的时候，现在的问题是如何使她多谈一些，使她谈得具体一些，于是，我赶紧接过自由的话题，谈到了萨特与加缪在自由观上的区别，萨特不脱离社会条件，而加缪却有些形而上学。

果然她接下去了："在萨特看来，只要作为一个人，就要获得自由，并且，在争取自由的时候，要知道别人也是缺乏自由的，因此，也应帮助别人获得自由，当然，不是形而上学的自由，而是具有政治意义和社会意义的自由。是的，加缪也提倡自由，但只是人自身所要求的一种抽象的自由，而萨特，他虽然也认为自由是人自身的内部的要求，但他同时认为必须通过具体的社会环境，既要超出眼前的物质利益，也要通过物质利益表现。"她说这些话的时候，都是以干脆利落、斩钉截铁的口吻，声音有点发尖，因此，更加显得严肃，完全像是答记者问，而当她发言一完，就不再做声，等待着对方的新问题和新反应。

我把问题引到萨特与马克思主义的关系，在我看来，萨特并不是马克思主义者，但他可以算得上是马克思主义的朋友。

"当然，他当然是马克思主义的朋友。"西蒙娜·德·波伏瓦迅速地做出了回答，"他虽然也写过分析评论马克思主义的东西，但他是在尊重马克思主义的前提下这样做的，照他看来，马克思主义应该是发展的，所以，他主观上想要尽可能补充马克思在有生之年所创立的学说，譬如说，马克思对人本身的研究并不充分，萨特想在这方面加以补充。总的来说，他对马克思主义还是很尊重的。"

我很清楚，西蒙娜·德·波伏瓦是言之有据的，萨特在晚年的时候，就曾明确地说过，"马克思主义是我们时代最先进的科学"。不过，她说萨特企图在人自身的研究方面补充马克思主义的不足，这与西方批评家认为弗洛伊德在对人的研究方面补充了马克思主义的不足有何区别，于是，我要求她在对人的研究和发现上，将萨特与弗洛伊德做个比较。

“萨特是在尊重和吸收马克思主义的前提下，对马克思主义加以分析和补充的，而且，他主要是尊重与吸收，但他对弗洛伊德学说则不是这样，他主要是进行批评，他认为弗洛伊德主义是机械的，弗洛伊德看到了性、潜意识对人、对家庭的影响，这是对的，但他没有考虑到反作用，因为，人毕竟是人，不可能完全是性、潜意识的奴隶。”

她的回答简要而明确。我又赶快谈到萨特的存在主义哲学，为引起她的议论，我说，“自由选择”的主张是萨特存在主义哲学的核心，因而，这种哲学与其说是对客观世界的认识，不如说是对某种人生观的提倡。

她马上以萨特学权威的态度对我说：“不完全准确，萨特主要的思想是自由选择，不过存在主义哲学还有另外一些意思，如存在先于本质，在萨特看来，对人来说，人最重要的是本质，不过，人还是可以改变自己的本质的，即通过存在去改变它。”

我觉得她这些话只是存在主义的ABC，根本不是对我本意的回答，不过，她很快就表示了和我相近的理解：“的确，存在主义是一种人生观，不是对世界的解释，它是一种描述，对客观人生的一种描述。”

话题又转到了萨特与人民群众的关系，西蒙娜·德·波伏瓦告诉我们：“萨特的葬礼是19世纪以来，规模仅次于雨果的一次，从规模来看，人民很爱他，参加葬礼的人不一定很了解他的思想，但都知道他的为人，因为他曾为改善人们的生存条件而不断进行斗争。参加者有5万人，而且都是自发性的，不像马尔罗那次葬礼是由政府组织的，因为萨特一贯反德斯坦政府，政府当然不会来主持这件事。”从这里，我们很自然地谈到萨特的一生和他的为人，在西蒙娜·德·波伏瓦看来，萨特作为一个人是崇高的，拒绝诺贝尔奖金仅仅是一个突出的例子，此外，还有他保护《人民事业报》、为了越南难民，把个人的成见抛在一边，和他长期的论敌雷蒙·阿隆一同去向总统请愿等。她以明显外露的感情做了这样一个总结：“不仅仅这几个例子，他一生都是如此，因此，他的崇高要从他整个一生来看。”

关于萨特，我向西蒙娜·德·波伏瓦提出的最后一个问题是：萨特作为一个文学家在文学史上的贡献。

她简要而全面地谈到了对萨特作品的看法，虽然并未做概括性的评价。关于萨特的剧作，她说，萨特的戏剧完全是古典式的，与现代派的方法完全不同，与荒诞性无关，他剧中的人物和情节都很完整，主人公在历史、现实中都有一定的位置，并不是抽象的人，而在所有这些剧作中，她，西蒙娜·德·波伏瓦最喜欢的是《上帝与魔鬼》。关于萨特的小说，她认为《恶心》表现了作者的世界观，是他最重要的作品，因为他在这部作品里发现了人的存在，发现了人的偶然性以及人对世界的敏感性，世界的存在是靠人去发现的，如果人不去发现它，世界有什么意义呢？但发现要靠偶然性。萨特在这部作品里表现了这些哲理，在文学史上要算是一个创举了。她还谈到萨特另一部重要的作品：自传《文字》。她指出，这部作品反映了一个作家的“存在”，从萨特自己的内心生活反映了萨特作为一个作家的生活，其中很多句子看来很简单，其实有多重意思，不是单一性的，而是多重性的。她还特别着重谈到萨特的文集《境况种种》，认为这 10 本文集是人类的宝贵财富，一定能流传下去。她还告诉我，萨特最重视的也是他这一套文集，希望它能传之于后代，因为文集中有他的文学理论、哲学观点，有对当代政治和人物的看法，反映了萨特时代的人和事。

我在一种满足的心情下结束了与西蒙娜·德·波伏瓦关于萨特的对话，把剩下的时间献给她自己。

谈起她自己，她一点也没有一般人常有的那种津津乐道的劲头，其实，关于她，她可谈的实在不少。她不仅是当代的一位大作家，而且是西方妇女的一位精神领袖，她一直为争取妇女权利、为反对对妇女的偏见和不合理的习俗而进行奋斗，她的《第二性》（1949）一书已成为西方妇女的必读书之一，是当今西方女权运动的先声。在巴黎，还有这样的传说：西蒙娜·德·波伏瓦经常接见一些不相识的普通妇女，倾听她们诉说自己的痛苦、不幸和苦恼，为她们做些分析和指点，帮助她们解决在人生道路上所遇到的难题，如某个青年妇女为一个男人怀孕，负心的男人却抛弃她不管，她今后如何生活，走什么道路，在这关键时刻，她就来找西蒙娜·德·波伏瓦了。因此，西蒙娜·德·波伏瓦在法国有好心的老太太的美名。

然而，她却很少在我们面前谈自己，面对我所提出的一系列问题，她只做了最简单的回答，话语比她谈萨特时少得多，似乎她最感兴趣、最关心的是萨特，而不是她自己。关于她为什么写作、在写作中所怀有的信念和原则这个问题，她只说，她经常有所感，有很多话要讲，愿意把它们写出来，帮助其他的人了解世界，了解生活，帮助他们更好地生活。关于她自己的作品，她只简单地提了一提《第二性》一书的影响，指出她所重视的是自己的四部回忆录，因为她在那几本书里讲了自己的经历、观感、体会，以及有关和萨特的事。关于她近期的工作和创作，她告诉我，不久前她完成了对萨特晚年生活和创作情况的一部回忆录，将于12月出版，其中附有她与萨特在1975年的长篇谈话，那次谈话是根据录音整理的，最近，她就是为赶阅这本书的校样而搞得很疲倦。至于将来的创作计划，现在暂时没有。关于她的生活和兴趣，她说，她经常到北欧旅行，几乎每年都在罗马度过夏天；在巴黎时，常出去看看电影，对意大利电影颇感兴趣等。

半个多月后，巴黎文坛上发生了一件引人注目的大事：西蒙娜·德·波伏瓦的回忆录《永别的仪式》出版了，厚厚一大册。正如她告诉我的那样，前半是她对萨特晚年生活的回忆，后半是她与萨特谈话的记录。那次谈话，几乎是他们两人有意对他们大半辈子共同生活的回顾，它清楚地表明，这两个人不可分割。这是一本带有应战性的书，是对在巴黎流传的关于他们两人关系的某些说法的一种回答。

一位70多岁的老太太住在巴黎市中心的一幢公寓里，围绕着她的有丰富的色彩，但她孤单地住在那里。每天，可能有一个做临时工的女仆来替她收拾房间、烧饭做菜。在这个世界上，还有什么东西对她来说是最宝贵、最亲切的呢？该是对躺在蒙巴纳斯公墓墙脚下的那个人的回忆。

“怎么可以剥夺掉她最宝贵、最亲切的东西呢？”

当我收到西蒙娜·德·波伏瓦赠给我的她那本新作《永别的仪式》时，我这样想。

1981年12月于巴黎

“作家之友”

——克洛德·伽里玛

他，克洛德·伽里玛先生，西方最大的文学出版家之一，法国著名的一位文化人，当我们在巴黎塞巴尔杰安·博坦街一座堂皇的建筑物里见到他的时候，他已经是银发满头的老人了。

伽里玛出版社这幢建筑，与其说像办事机构，不如说像一个很有气派的府第。克洛德·伽里玛先生的办公室在这座建筑物的深处，相当古雅，四壁有老式的玻璃书柜，里面全是装帧精致的古本丛书。房间里一片静谧，老人的动作徐缓沉着，说话的节奏也是慢悠悠的，声音轻柔，和善的面部上也很少有法国人那种活跃的表情。他和他这间办公室给你的感觉似乎是一个宁静的黄昏，既没有早晨的欣欣向荣，也没有正午的火焰与活力。

然而，这样一个老人，在这样一间静谧的办公室里，却成功地控制着一家高效率的、充满了活力的出版社，使它在整个法国文化生活中起着举足轻重的作用。

它显然是声誉最高的出版社之一，这里出版过法国当代几乎所有第一流作家的作品。已故的那些大作家纪德、加缪、马尔罗、萨特自不待言，仍然在世的最有名望的作家阿拉贡、西蒙娜·德·波伏瓦、娜塔丽·夏洛特、尤瑟纳尔、米歇尔·布托、玛格丽特·杜拉斯、米歇尔·图尔尼埃、尤涅斯库等，也都通过它或者出版其主要作品，或者出版其一部分作品。这样，它的出版史，就在一定的意义和一定的程度上，显示出了法国当代文学发展过程的轮廓，举几个例子来说，娜塔丽·夏洛特最早进行“新小说”实验的几部著名的代表作，是出自这里；在法国享有高度声誉、作为法兰西学士院有史以来第一位女院士的尤瑟纳尔从20世纪30年代以来的代表作，是出自这里；阿拉贡20世纪50年代末、60年代初几部重要的诗作和他在当代文学中无疑要占重要地位的小说《受难周》，是出自这里；目前正蜚声法国文坛，并将进入法国当代文学史的玛格丽特·杜拉斯与米歇尔·图尔尼埃从开始到现在的重要小说作品，也都是出自这里……而在历年的文学奖金的获奖作品中，伽里玛出版的也占有相当大的比重。

它又是著名的《七星丛书》的出版者。这是一套规模巨大的丛书，收入了从古到今的几乎所有著名作家的代表作或主要作品，特别重要的作家，则收入了全部的作品以及书信、日记。入选的范围不仅限于法国，几乎包括了世界各个国家，入选的标准，则是在文学史上享有一定地位、有过重要影响者。而对于现当代文学，这套丛书实际上起了定评的作用，一个作家或一部作品，如果进入了这套丛书，也就意味着获得了文学史上的一席重要地位。除了这种定评本的性质以外，《七星丛书》还以其高质量的诠释注解著称，至于形式的美观、装帧的精巧、携带和收藏的方便，更是它明显的优点，因此，不仅在法国本国，而且在国外，它都是图书馆和从事法国文学的评介和研究的学者们的必备书。

它也是法国最有名的文学刊物《新法兰西评论》的出版者。这个刊物已经有71年的历史，法国现当代文学史上不少重要作品和重要文论都是先在这个刊物上披露的。

它还出版了数量庞大的各种社会科学的丛书、丛刊:《诗歌丛书》，上至魏吉尔、但丁、拉封丹，下至里尔克、布勒东、洛尔迦、聂鲁达，以至作为诗人的“新小说”派作家米歇尔·布托;《评论丛书》则收入文艺理论的专著和文学批评随笔;《东方文库》以译介亚洲文学为任务，在中国部分，我们可以看到《中国古代诗歌》《水浒传》，鲁迅的《故事新编》，郭沫若的《屈原》《诗选》和《自传》等；《青少年文库》更是品种繁多，此外，还有《思想史丛书》《历史丛书》《文史资料丛书》……

从它开拓的广度和它出版物数量的庞大来说，它无疑在巴黎文化市场的竞争中具有一种雄厚的实力，这实力来自什么地方？看来是来自它与法国作家广泛而深挚的关系。伽里玛出版社以团结了法国文学界一大批杰出的作家而著称，或者说得更确切一些，法国文学界大部分著名的作家都是待在它那片领地上，因而，才使这片领地有了那样多的出息。这使我感到有必要去拜访克洛德·伽里玛先生。出版社与作家的关系，不也是文化生活中一个重要的课题，值得去加以注意吗？因此，我一开始就向这位出版家提出问题：“伽里玛出版社是如何团结一大批有声望的法国作家的？如何保持同他们的友好关系？”

克洛德·伽里玛先生以文弱平和的声音，娓娓而谈，并不是很有条理、很有系统地答复我的问题，而只是在我所提问题的大范围里，想到哪里就谈到哪里，他首先举出几个他引以为豪的名字：

“加缪、萨特、莫洛亚、马尔罗都曾与我们出版社有过密切的关系，萨特的著名小说《恶心》，就是他亲手交给我出版的。

“我们的出版社在法国并不是最大的出版社，有的出版社营业额比我们大，不过，我们是最大的文学出版社。我们与法国作家的广泛而亲密的关系由来已久。我的祖父与当时的一些文艺界人士就是好朋友。在第一次世界大战前，我的父亲和纪德以及一些大学生，创办了《新法兰西评论》，以此为中心，团结了很多作家。后来，又成立了出版社，出版社最初出的书并不多，但是很有文学质量，纪德和罗杰·马丁·杜·伽尔的作品，就是在这里出版的。我的父亲还与纪德、杜·伽尔成立了一个剧团，使得当时的戏剧活动与出版事业结合在一起。我们家与杜·伽尔一直保持着亲近的友谊，我的父亲是杜·伽尔的遗嘱执行人。”

克洛德·伽里玛先生讲的是出版社初期的情况，据我曾经看到过的材料，他的父亲加斯东·伽里玛与纪德等人创办《新法兰西评论》是在1911年的事，这个杂志在很长一个时期里，由纪德主编，的确发表了不少有名的作品，它创刊8年之后，加斯东·伽里玛才在它的基础上创办了伽里玛书店，因此，直到现在，凡伽里玛出版社的书上，中央都印有“NRF”这样三个字母，是为《新法兰西评论》的缩写。当然，在这初期阶段，与伽里玛出版社关系密切的，还不仅只有以上两位大作家，在第一次世界大战后，整个“修道院”派和超现实主义流派包括布勒东、阿拉贡、艾吕雅都是以《新法兰西评论》为其园地，特别还有普鲁斯特，他的长篇小说《追忆似水年华》的第二部《少女如花的庇荫下》于1919年在伽里玛出版社出版后，当年就获得了龚古尔文学奖，这标志着一位全欧性的大作家的出现，标志着现代文学中创作技巧的一个新发展，从此，普鲁斯特的作品也都由伽里玛出版社所垄断。

接着，克洛德·伽里玛又谈到伽里玛出版社与后来的作家的关系：“在第二次世界大战前，我们与法国作家的联系又有了扩大，马尔罗、加缪都参加了我们的工作，当然后来还有萨特。”

按我的理解，伽里玛先生所指的“参加工作”，看来就是参加了伽里玛出版社的审读委员会。这是出版社最高审稿机构，它每周星期二举行例会，由加斯东·伽里玛主持，当时，克洛德·伽里玛也随着自己的父亲，开始参加了审读委员会的工作。为了说明出版社与法国作家的密切关系，克洛德·伽里玛先生又举出两个例子，一个是马尔罗，一个是加缪。他告诉我们，他的父亲与马尔罗有很好的友谊，在西班牙战争时期，他们曾有一张很有纪念意义的合影；而加缪，更是伽里玛一家的密友，在抵抗运动期间，加缪从阿尔及利亚来到巴黎，当时就是隐蔽在伽里玛的家里，并且在他那间小屋里办起了

《战斗报》。

话题从历史转到了现状。过去与作家保持良好友谊的传统现在仍在继续。伽里玛出版社的14人审读委员会仍然由一些作家组成，仍然是每周星期二下午举行例会，当然他们都从出版社领取佣金，但他们都是克洛德·伽里玛先生的朋友，而在这14人委员会中，就有才华出众的米歇尔·图尔尼埃。与此同时，伽里玛出版社与一些有声望的老作家仍保持紧密的关系，如像尤瑟纳尔，每当她从国外回到巴黎时，她的出版业务、社会活动以及生活安排，概由伽里玛出版社负责。正是在这次与克洛德·伽里玛先生的交谈中，我得知两天后伽里玛先生要与尤瑟纳尔共进晚餐，于是，我托他向尤瑟纳尔转达我想见她的愿望。后来，果然是在伽里玛先生的安排下，我会见了尤瑟纳尔。

除了与有声望的老作家有关系外，克洛德·伽里玛先生也很重视不断发现和培养新的作家，并和他们建立新的友谊，他说："我们出版社很注意培养那些还没有成名，但有潜力的青年作家，我们选择的注意力往往放在他们身上，而且，不惜在他们身上花费精力，对他们的作品提出意见，指出他们的弱点，帮助他们修改。"

是的，任何一个作家并不是生来就有名望的，当初，阿拉贡、艾吕雅、普鲁斯特在伽里玛出版社发表他们作品的时候，不都是一些默默无闻的作者吗？

伽里玛父子维持着与法国作家的友谊，看来并不仅仅是通过等价交换的经济手段，他们本身就是很有文化修养的文学鉴赏家。我从克洛德·伽里玛先生的叙述里，也感到了这一点。他并不只是一个"商人"，他本人就是一个文学创作的评判者。14人的审读委员会过去由他父亲主持，后来，他继承了其父的席位，他把经过初步淘汰、进入了复审的作品交给审读委员，每部作品由两个委员审读，他们提出的意见提交给克洛德·伽里玛先生进行比较并做最后的决定，特别是当审读委员会对一部作品有争议的时候，那就需要克洛德·伽里玛先生来拿出自己的鉴赏力做出判断了。仅仅是在那次短短的谈话中，我也初步感到了克洛德·伽里玛先生鉴赏和评判的能力。当我们谈到马尔罗时，我提到了若望·拉古杜尔所著的《马尔罗，本世纪的一个人》一书，这是瑟意出版社1975年出版的一本马尔罗的传记，虽然它在学术界有一定的影响，但是，我并没有把握克洛德·伽里玛先生对此书有所了解，照我的想法，他，作为一个大出版社的主人，主要是致力于财富的创造和积累，怎么会去研读另一家出版社出版的一部论著呢，这种论著在巴黎文化市场上每年至少要出几百本。可是，没有想到的是，克洛德·伽里玛先生对此书却相当熟悉，不仅告诉我，新闻记者出身的拉古杜尔在传记文学方面究竟取得了多大的成就，而且还明确地指出这部马尔罗的传记的得失优劣……

最后，克洛德·伽里玛先生又和我们谈到了他对中国文学的浓厚兴趣，他很得意地告诉我们，伽里玛出版社最近已经在《七星丛书》中出版了《红楼梦》的法译本，译者是法籍华裔翻译家李治华先生与另外两位法国汉学家，李治华先生从1950年就开始进行翻译，总共投入了10年的时间，在这个过程里，李先生的工作一直得到伽里玛出版社的支持与合作。

说着，克洛德·伽里玛先生出了办公室，从秘书那里拿来两本厚厚的装帧精美的书籍，书包装在一个红色的书套里，书套上有笔法苍劲的三个字：红楼梦，书的封面上则有贾宝玉和林黛玉的画像。

“我很遗憾今天不能送给您一套，因为，这是样书，我这里只有这一套。”

我当然也因为同样的原因感到遗憾，但我毕竟是在巴黎最早看见这部中国古典名著法译本的一个见证人，这就足以使我感到高兴了。而且，不久以后，李治华先生又把伽里玛先生给我留下的遗憾之感一扫而光，他盛情地送了一套给我。这时，已经是《红楼梦》在巴黎各家书店上市的时候了，它很受欢迎，销路极好，克洛德·伽里玛先生通过这部中国文学杰作，不仅大大提高了他的出版社的声誉，而且，据说，还大大赚了一笔。

巴黎的书市无疑是一个充满了自由竞争的“战场”。在古代，战场上的骑士是以坚实的盔甲、锐利的武器和过人的武功驰骋称雄的；在资本主义早期的自由竞争的战场上，那些拥有资本的“武士”，是以投机取巧、吝啬刻薄、巧取豪夺，甚至各种“小规模偷窃的办法”来取胜的。在20世纪巴黎出版业的战场上，伽里玛一家显然是人们公认的优胜者，他们当然运用了马克思主义剩余价值学说所揭示过的那些经济手段和方法，但是，除了那些手段和方法外，他们肯定还有别的特殊本领。

掌握着龚古尔学院标准的人

——艾玛吕埃勒·罗布莱斯

艾玛吕埃勒·罗布莱斯　龚古尔学院院士

一张小小的名片，早在巴黎的金德全同志把它交给我说："这是罗布莱斯先生要我转告给您的，他说，会见不一定通过外交部文化技术司的安排，您可以直接打电话给他，约一个时间到他家去做客。"我看名片的左角，写着这位作家在巴黎的住址和他家的电话号码，字迹苍劲，显然出自作家自己的手笔。

巴黎的作家和学者颇喜欢讲究身份、礼仪和方式，他们的电话号码和住址往往都不对外公开，初次会见一定要通过有关方面的安排，或者是政府机构、学术单位，或者是出版社，或者是私人友好。罗布莱斯的这张名片却打破了这类陈规，带给我一种不拘繁文缛节、不保持某种距离的亲切气息。对我来说，罗布莱斯先生也的确是法国作家中颇使我感到亲切的一个，其中有这样的缘由：

1979 年，在吉林人民出版社工作的一位老同学前来北京，为他们的大型文艺刊物《新苑》的创刊号组稿，要我一定为他们翻译一篇法国文学作品，他们的标准是：有思想教育意义、适于在中国介绍、艺术性较好、能吸引读者、最好是名作家名作品，而又是第一次在中国译介等。我当时实在太忙，只好表示力不从心，但是答应为他物色译稿。正巧得知罗布莱斯的中篇小说《四月的人》，已经由金德全同志译了出来，只不过当时外国文学的翻译介绍正在经历一个思想解放的过程，金德全同志还把它压在抽屉里。

《四月的人》写一组西方旅游者做环球旅行，其中一个法国青年画家在日本与一个纯洁的少女邂逅，他爱上了这个日本女子，坚决拒绝和摆脱了旅游团中一个艳冶少妇的追求，虽然这个少妇就是承担他画作的展出和销售的经纪人，几乎可以决定他的命运。小说写的虽然是一个爱情故事，但那个画家的选择和心境，却表现了一种觉醒，一种对西方世界、对巴黎那种充满官能享乐的生活方式的舍弃和对正常、合理、健康、清新的生活的追求，而作家对现实的批判态度正是蕴含在这个画家的舍弃之中。当时在我看来，这样一部作品当然符合我们的“有思想教育意义”的标准，而且，它对世界风光，特别是对东方景物出色的描绘、它所展示的一幅幅旅游生活的图景，也可以向中国读者提供一些外部世界的感性知识，用人们常用的术语来说，也“具有认识价值”，更何况，作者在这篇小说中，还以明显友好的态度谈到了新中国，虽然，作者在写这篇小说的时候，并没有机会到过这个国家。

《四月的人》在《新苑》的创刊号上发表了，编辑同志还请了美术家为它做了插图。这是罗布莱斯与中国读者的第一次见面。

而后，《蒙塞拉》在北京青年艺术剧院上演的时候，我又看了它的彩排。这个剧一开始就展现了巨大的历史题材和紧张的戏剧矛盾，那是 19 世纪西班牙对委内瑞拉进行殖民统治时期的一个动人的故事：被西班牙殖民军追捕的一位革命领袖，受到了殖民军中的军官蒙塞拉的掩护，戏剧矛盾的开始是在殖民军头目与这位革命军官之间展开的，头目发现了蒙塞拉的革命行动后就逮捕了他，为了使他招出革命领袖的下落，又在街上任意抓了 6 个平民百姓，把他们关押在一起，利用蒙塞拉对人民的感情，故意每隔一小时就处决一人，以此作为逼供的手段。这 6 个人中，有婴儿在家待哺的母亲，有艰难地维持数口之家生计的工人，有刚结婚不久，迷恋着自己年轻妻子的商人，有像春天一样充满活力的少女，有贫贱的社会下层的青年，还有一直受着人们崇拜的名演员。他们都有自己的爱、自己的生活、自己迫切需要去办的事情，然而，他们突然失去了自由，他们的一切、他们的命运都要取决于蒙塞拉这个青年军官是否招出革命领袖的下落。于是，舞台上就出现了他们的切身利益和这位青年军官忠于革命事业、保卫革命领袖的决心的矛盾，当然，还有殖民军头目与这6个平民百姓的矛盾以及他们之间的矛盾……作者以极大的才能熟练地把这些矛盾缠在一起，开展复杂多变的戏剧冲突，并且把所有这一切都集中在蒙塞拉的内心痛苦之上，要让他在对6个平民百姓的人道主义的同情和对革命领袖的忠诚上做出抉择。最后，作者让他抉择了后者，在他眼见了6个百姓因为他的坚毅而被处决后，自己也壮烈地牺牲了。而那位革命领袖脱险后，又进行了长期的斗争，终于使为自己做出过牺牲的人民获得了民族独立。

罗布莱斯在剧中提出的问题，在我读这个剧本的时候，就引起了我的深思。我惊奇于一个法国当代作家竟能在自己的剧作中表现如此高昂的热情和超脱于一般人道主义思想体系的见解。我觉得他在思想上也许是最接近中国的一个外国作家了。在中国，蒙塞拉式的抉择正是一种具有典范性的行为，不少同志在历次政治运动里，在“文化大革命”中，在对待国家利益、革命事业问题上，其思想方式和处理态度，正是与蒙塞拉相近或相似的。

由于以上的原因，在见到罗布莱斯先生之前，我早就感到他和中国的亲近。

出了地下通道，果然如罗布莱斯先生所转告的，街心公园有一只巨大的犀牛塑像，我们按照罗布莱斯所告诉的方向，没有费多大的工夫就在复杂的街道里找到了他的住所。这是一幢新式的公寓，不像巴黎大多数古旧的楼房那样老气横秋，但电梯却极为狭小，远不如旧式房屋里的楼梯那么宽敞。

罗布莱斯先生热情地把我们接进宽大的客厅。他身材矮壮，具有水手般强健的体格，头已经秃了，两只大眼睛里显出学者般的睿智。他整齐地穿着深色西装，显然是准备做一次正式的会见。

他忙着替我们泡茉莉花茶，并告诉我们这些花茶是他去年访问中国时带回来的，那是他第一次去到中国。于是，谈话自然就从他的作品在中国受到的欢迎谈起。我先谈了《四月的人》和《蒙塞拉》在中国受欢迎的情况，谈了我所认为的他的作品之所以在中国受欢迎的原因，他亲切的态度使我讲话比较随便：

“思想感情上的接近，您作品中形象的清晰和鲜明，以及您现实主义艺术的风格和才能，已经使您在中国居于一个领先的地位，如果和其他法国当代作家比较的话。”

他当然对《蒙塞拉》一剧在中国的成功感到很高兴，他知道此剧曾获六个奖，他还看到过报纸上所发表的一则消息，称该剧在北京上演两个半月一直满座，他笑着说：“我以为这是最好的评论。”接着，他顺便谈到他仅有的两个剧本中的另一个《真理消亡了吗》，他说，这两个剧本是相辅相成的，《蒙塞拉》是反对西班牙的殖民统治，而《真理消亡了吗》则是写法国对西班牙的殖民统治，两个剧本所针对的现实都是法国在阿尔及利亚的战争。

罗布莱斯这些话虽然只是顺便谈及，却自然使我想起他的经历和思想的一个重要方面：他生于阿尔及利亚的一个法裔家庭，父亲早亡，母亲是一个贫苦的洗衣工人，他在阿尔及利亚度过他艰苦的童年和青少年时代，直到大学毕业。而后，他从事过各种职业，包括当过水手，因此，他的经历自然使他成为一个思想激进、反对一切社会不正义、反对殖民主义包括阿尔及利亚战争，而赞助一切进步正义事业的作家。在法国当代文学家中，他无疑要算是一贯保持了自己进步思想倾向的少数者之一了。

接着，他谈到了他其他的创作，他的文学作品至今已有 24 种，其中有 21 种已译成了 23 种不同的文字在外国出版。他把我们引到了一个大玻璃书橱前，里面放着他的小说作品的各种译本，他拿出来几本，告诉我们，其中《这就叫作黎明》是他小说中被译成最多种语言的一部，已有 14 种文字的译本。

当然，我们很清楚，罗布莱斯先生的这部代表作还没有译成中文，我对此表示了遗憾，并且告诉他，在他两部作品已在中国获得成功之“锦”上，中国社会科学院外国文学研究所的《世界文学》编辑部，已有再添一朵“花”的计划——即将编选翻译一部《罗布莱斯作品选》,《这就叫作黎明》即将收入该集。他听到这个消息，几乎是以一种少年人的坦率和天真，叫了一声：“好哇！”而又以一种幽默的似乎是自我讽嘲的态度笑了笑。我很理解这种坦率的高兴，因为它表现了一个脑力劳动者对自己成果的珍视。

罗布莱斯不仅是一个思想倾向进步并已有重大成就的作家，而且是法国文学生活中的一个重要的活动家，他是龚古尔学院的 10 名院士之一，著名的龚古尔文学奖就是由这个学院颁发的。面对着一位院士，我觉得很难有这样好的机会可以了解龚古尔学院的情况，于是，我向他提出了这个问题，没想到健谈的罗布莱斯先生一定要从龚古尔学院的 ABC 谈起：

19 世纪下半期著名的自然主义作家龚古尔留下了一笔很大的遗产，可是后继无人。1896 年，埃德蒙·龚古尔逝世后，这笔巨款的利息就用来资助文学家的创作活动。当埃德蒙·龚古尔在世时，围绕着他就有一个由文学家组成的小圈子，这就是龚古尔学院的雏形。这个学院由 10 名院士组成，“与法兰西学士院不同，法兰西学士院的院士不一定是文学家，40 名院士中，文学家不到 10 人，而我们龚古尔学院的院士，必须是文学家，因此，龚古尔学院实际上是法国最重要的一个纯文学性的机构。”罗布莱斯先生这样强调说。

据我所知，龚古尔奖金每年一度正式颁发是从1903年开始，对象是青年作家。从那时起，每当龚古尔学院在巴黎的德鲁昂饭店进行一次传统性的午餐之后，就宣布得奖的作家作品。我对这类细节很感兴趣，特别是学院的工作方式，我一再提出这个问题，对此，罗布莱斯先生做了详细的介绍：

从1974年起，龚古尔学院除正式院士外，还在法语区如瑞士、比利时、加拿大设有通讯院士，候选的作品，一部分是由每个法语区的联系人提名的，另一部分是由作者直接投稿，以今年来说，约有190本小说候选，这些小说的样本，每个院士均得一本。说着，他指着墙角的一大堆书，告诉我们，那些就是今年的候选作品，我打量了一下，书堆足有一张桌子那么高、那么大，远看去，就像一张书桌。

“院士们要对这些小说认真负责地加以阅读，先淘汰不符合龚古尔学院趣味的先锋派的作品以及那些色情的、庸俗无聊的作品，院士们每月集会一次共进午餐，对候选作品加以评论，每午餐一次，就淘汰一批，到年中五六月份时，只剩下二三十本，到9月的时候，剩下15本左右，到10月份，只剩10来本……最后，就在两三本作品中进行投票。”

“院士们之间是否有激烈的争论和相执不下的情况呢？”说实话，我多少有点明知故问，因为，一部作品之获奖总是经过激烈争论的，甚至在这争论的背后，还有各个出版社的矛盾和竞争，这在巴黎已是公开的秘密。

“当然有。不过，我们10个人都是很好的朋友，我们的讨论和争议都是在友谊的基础上进行的，如果最后剩下两部作品各有数目相等的支持者，则按规矩由龚古尔学院的主席最后做决定性的投票，因为作为主席，他一个人拥有两票。

“投票决定后，就颁发奖金，龚古尔文学奖在很早的过去就规定为500个金法郎，而由于币制的不断变化，今天就只是50法郎了，纯粹是一种荣耀和精神奖励。”说到这里，罗布莱斯先生笑了，我们也笑了。

龚古尔文学奖只有50法郎，这是我早就听说的，到了巴黎，就更搞清楚50法郎意味着什么。它相当于中国的人民币十几元，在巴黎，按当时的物价，可以买一束漂亮的鲜花；或者可以在咖啡馆喝25杯咖啡，杯子只有中国的小酒盅那样大，而且还得站在柜台前喝，如果你坐在它门外的椅子上喝，则不到20杯，如果你坐在门里的雅座上喝，那就只能喝上10来杯了；或者也买不了10块三明治充饥；或者也可以到餐馆里去吃一顿便饭，那可得是名副其实的便饭，绝不能点好菜和名酒……

“但是，一部作品一旦得奖，声誉就倍增，印刷量可以达到50万册，有时甚至超过60万册，这倒可以给作者带来相当可观的版税。”罗布莱斯先生补充了一点有关文学的“经济规律”的问题，实际上也道出了各候选作品后面隐藏着的各个出版社的利益冲突。

除此以外，罗布莱斯先生还介绍了龚古尔学院每年所颁发的三种奖学金，即小说奖学金、自传作品奖学金和历史奖学金，分别在尼斯、南锡和特洛依克斯三个城市颁发，数额大得多，为5万法郎，只以穷作家为对象。

罗布莱斯先生详细地介绍以上情况的时候，我清楚地感觉到他是为了说明龚古尔学院在奖励作家、资助作家上所起的重要作用，那么，龚古尔学院在代表某种文学潮流方面的重要性何在呢？龚古尔学院是否把除了现代派或先锋派文学以外的法国当代文学都视为它评判、推动、促进的对象呢？也就是说，龚古尔学院所代表和所提倡的文学倾向是否构成了法国当代文学的一个重要的潮流呢？就我过去对一些龚古尔文学奖获奖作品的了解，我认为当代法国文学并不如我们国内一些人所以为的那样，遍地都是现代派的作品，事实上，按传统的创作方法进行写作的作家，从数量上来说，仍居多数，如果不可能做全面调查的话，至少以整个 20 世纪 70 年代中的获龚古尔文学奖的作品就可以为证。

“是的，正如您所说，从大的范畴来说，法国当前的文学，除了先锋派的文学作品以及侦探小说、色情作品等非文学性的作品以外，基本上都属于龚古尔学院所提倡的文学的范围，我们忠于龚古尔兄弟的态度，每年只给一部自然主义的作品发奖。”

谈话到这里，出现了不同的观点，因为涉及了现实主义、自然主义、巴尔扎克、左拉、龚古尔这一系列复杂的文学史问题。我提出了一个要求，希望听听罗布莱斯先生对于现实主义与自然主义两者之间的界线的看法，他的回答显然和我的理解不同：

“这两者之间没有界线，没有区别，只不过到了左拉，才开始提出自然主义这个名词而已。”

“应该说还是有区别的，自然主义除了提倡实录式的繁细的描写外，还从生理的角度去理解人和描写人，现实主义就并不如此。”我这样想着，但并没有发言。

罗布莱斯继续说下去：“龚古尔学院只是按现实主义即自然主义的标准去评判作品，而不问政治倾向和哲学见解，当然，对于政治上极右的作品，我们是抵制的。”

他说的是真话，众所周知，在龚古尔学院所团结的文学队伍中，有不少人被认为是“左派”，如果讲得简单一点的话，龚古尔学院在法国是以“左”而闻名的。罗布莱斯先生还告诉我们，他们的学院就曾邀请过社会党的密特朗先生参加他们的仪式，而密特朗先生在法国被认为是为社会的中下层谋利益的，因此，他当选的那天晚上，巴黎的街头充满了狂欢的人群。

为了使得罗布莱斯先生对龚古尔学院所代表的文学潮流的思想特点和艺术方法发表更多一些意见，我又向他提出了两个问题，第一个问题：对龚古尔学院所团结的一批作家来说，法国当前哪些社会问题更引起他们的注意，更激起他们的创作冲动，使他们在自己的创作里做出一些什么回答？

“比较多的是爱情问题，写一对情人的感情和生活的小说占很大的比重，这些爱情故事都反映了现实生活中的一些社会问题，表现了当代法国青年的生活状况和思想状况。除了爱情小说以外，再就是社会小说，这些小说写到了失业的痛苦、金钱的作用、年老一代与青年人之间的代沟、家庭与道德问题等。”罗布莱斯认为这是法国当代现实主义小说在题材上的两大类别，此外，他又指出，还有战争小说和风俗小说，至于泛滥书市，据称“也反映了现实的”侦探惊险小说，对不起，它没有列入龚古尔学院所代表的潮流。

他的概括使我想起了10多年来龚古尔文学奖获奖作品的情况，这里有写农民艰苦生活的《马鄂的雀鹰》（1972），有写失业工人生活的《约翰·地狱》（1977），有写城市贫民生活的《自己面前的生活》（1975），有写妇女悲惨经历的《花边女工》（1974）等，倒的确在相当的程度上构成了法国当代生活真实的图景。“现实主义文学在法国并没有死亡，只不过还没有产生20世纪的巴尔扎克与左拉。”这是我一边听着罗布莱斯先生的讲述，一边联想而得出的感想。

我的第二个问题是，照罗布莱斯先生的看法，当今龚古尔学院所代表的文学潮流，在艺术描写的方法上比起19世纪的现实主义、自然主义有些什么新成分、新发展？

“的确有些新的发展。20世纪的自然主义因为电影的发展而和19世纪的自然主义有所不同。在19世纪，从巴尔扎克到左拉，都很重视细节描写，有时写得很繁琐。今天的情况不同了，电影和电视很普遍，人们可以从那里看到种种具体的形象，因此，再也不愿意在读文学作品的时候，接受繁琐的细节描写，这就影响了20世纪的自然主义的文学描写，当今的作家写一个对象的时候，描绘性的文字往往不会超过三行。”他没有再谈下去，似乎觉得这一回答已经很充分了。

“我想，对潜意识的意识流有更充分的描写，这也要算 20 世纪文学的一个特点，这个特点对于写实文学也不会例外。”我接着他做了这点补充。按我的理解，心理学的发展、弗洛伊德学说的出现和影响，使得 20 世纪文学在对人的心理活动的描写方面，比过去时代显然更深更细，既然弗洛伊德学说和心理学研究并非是一种臆说，而是一定程度上对人类心理活动规律的科学认识，写实文学当然可以参考这种认识体系去扩大和深化对人的心理活动的描写。

“是这样的。普鲁斯特就是龚古尔奖金的获得者，龚古尔学院所代表的文学潮流中，就有普鲁斯特派。”罗布莱斯先生说话时的语气和笑容，似乎有这样的意味：龚古尔文学传统是无所不包的。他说的普鲁斯特就是长篇小说《追忆似水年华》的作者，被公认为 20 世纪文学中最早描写潜意识、意识流的大师。

他提到普鲁斯特，我想起了卡夫卡，这个作家把细节描写的真实性与整个现实图景的荒诞性结合得那样奇妙，以至在 20 世纪文学中开创了一个新的天地，我想听听罗布莱斯作为龚古尔学院艺术标准的掌握者的看法：

“那么荒诞性在您所说的这个文学潮流中占什么地位？”

他做了一个否定的答复，他认为荒诞性只是一种哲学见解，而与艺术描写无关，他以加缪为例，在加缪的作品里，荒诞性只是作家对现实的一种概括，而没有构成艺术描写的一部分。接着，他谈到他与加缪的友谊，谈到加缪的传统后继无人，学加缪的人往往只停留在加缪的文体上，而没有继承他的思想，即荒诞性。

明亮的客厅这时已经昏暗，窗外的天色也已成为深灰。热烈的交谈使我们忘记了时间，我们在这里待了足有两个钟头以上了。

我赶紧结束了“实质性”的谈话，问问他的创作计划，他说他正在写一部小说，还准备写回忆录，另外还有两个电视剧和一个电影剧本要完成。他的工作量、他洪亮的声音和有力的手势，使我觉得他似乎也有巴尔扎克式的精力。我问他写一本小说，就以《这就叫作黎明》来说吧，需要多久的时间，他说，写这本书，他用了一年，但现在，“出于理智的原因，只是每两年才出版一本书”。他笑着说。我理解他说的是，作家不宜太速成多产，否则出不了好的作品。

最后，摄影留念的时候，他让我选择角度，我特别选了两个背景，一个是那装满了他作品的各种译本的书橱，再一个是龚古尔学院要他阅读评判的那一大堆书。

“为了反映您的真实。”我向他这样解释了我为什么做了这两个选择。

1981年12月于巴黎

我所见到的“不朽者”

——玛格丽特·尤瑟纳尔

在巴黎，谁都说尤瑟纳尔很难见。

原因大致有这么几个：她经常住在美国或瑞士，较少住在巴黎；即使来巴黎小住，她也不轻易接见客人；尤其是她1980年当选法兰西学士院院士以后，声誉倍增，照巴黎的说法，身份太高。这，也可以理解，自从17世纪法兰西学士院成立以来，进入法兰西学士院就是文化学术界人士所能获得的最高荣誉，谁要是坐上了它数目固定不变的40个席位中的一个，就会被称为“不朽者”。而她，作为一个文学家，不仅成为院士，而且是学士院有史以来第一个妇女院士。当选以后，以学术眼界极高而著称的美国哈佛大学很快就做出了反应，在6月授予她名誉博士的称号，她参加了仪式，仪式一完，人就不见了，在美国这个最高学府也没有停留，就像“惊鸿之一现”。

我把将要会见的消息告诉了马第维先生，他做了一个夸张的表情：“哦，太好了，我真有些嫉妒你们，能与尤瑟纳尔见面！从电视上看，她是一个非常好、非常和善的老太太，可是，要见她可真不容易！”

其实，我倒没有碰到多大困难：与伽里玛出版社董事长克洛德·伽里玛见面的那次，我向他谈到了我们准备在《法国现当代文学研究资料丛刊》中，编选一本《尤瑟纳尔研究》，表示希望能见到这位女院士，因为尤瑟纳尔是伽里玛出版社所团结的作家，她在巴黎的活动都由伽里玛负责安排。克洛德·伽里玛先生当时就表示乐于转达我的希望，他告诉我，过两天，他将与尤瑟纳尔共进晚餐，届时就可以和她谈妥。

克洛德·伽里玛先生不愧是法国文化界的头面人物、法国名作家们的好友，不几天，从他那里来了一个答复：“尤瑟纳尔同意与柳先生会见。”不过，附带转达了尤瑟纳尔的一个问题，如果中国出尤瑟纳尔的选集，那么，版权问题怎么办，尤瑟纳尔对此甚为关心。

我在巴黎已经会见了不少作家，尤瑟纳尔所提出的这个问题，我倒是头一次碰见。

她住在巴黎第五区大学街的大学旅馆。这说明她在巴黎的确没有安家，只是暂住。走进这家旅馆，暗黄色的灯光、壁上的美术作品、走道里的鲜花，都使人感到一种雅致的情调，“商”味不浓，有点“学”味。一位坐在柜台里的小姐，拨了一个电话，通报了我们的来到，马上就得到了答复，她告诉了我们房间的号码：到了三楼，还要走上一道木梯，那才是尤瑟纳尔的房间。因为电梯狭小得出奇，只能挤两个人，我们 4 人只好分批而上，我上了三楼，正一面找那木梯，一面等后上来的两位，在木梯口，我还没有来得及抬头，有人就在上面招呼了，往上一看，一位老太太正俯身在楼梯栏杆上向下瞧，她那宽大的脸盘显然就是尤瑟纳尔的标志。她早已走出了房门，站在楼梯口，她那神情和姿态，与其说是像一个院士在迎接客人，不如说更像一位闲适安详的老太太无所事事，正在好奇地看着楼下的动静。

我赶紧走上木梯，其实不到十级。她没有等我上到她面前，就表示了欢迎，使我一下就强烈地感到了她的和善。她的脸上堆着和善的笑。但考虑到她作为学士院院士所重视的礼仪和规范，我握手问好的时候向她解释说，我没有事先征求她的同意，带来了三位中国同志，因为他们实在太想来拜访法国唯一的一位妇女“不朽者”了，“也许是世界上唯一一位妇女不朽者”。我又补充了一句。当然，我所说的“不朽者”，只是借用法国对学士院院士的习惯称呼而已。

我们被引进的那间房间，显然是她一整套房间的外间，用来见客和工作的，透明的茶几上供着新鲜的石竹花，陈设都很讲究，但又表现了主人的旅行生活的特点：有两个旧行李箱搁在一旁，没有书架，只有少数几本书散在桌子上、沙发上和壁炉上。她让我坐在一张高背的藤椅上，自己选了另一张高背藤椅，而让我的三位朋友坐在另外的椅子上，很明显地使我感到在她的和善之中颇有一种讲究和分寸。她满脸都是皱纹，头发也已经很稀疏了，白色之中偶尔露出几绺半截的灰黑。她的眼睛很和善，使你感到亲切，脸上也老是那和善的笑，似乎那笑就是刻在那脸上的。如果没有她那像礼服一般的黑白相衬的刺绣的衣裙和她走路时头微微昂起的庄严的姿态，你真会以为她是在电影中常见的一位心宽体胖、好脾气的老祖母。

她一定要以高级的饮料款待我们，提出了几种供我们选择，当她叫女侍者端上了几大杯威士忌和波尔多酒时，我又感到了慷慨，她这种慷慨在招待客人以精打细算而著称的巴黎人中，算是不多见的。

我说明了我的来意。她对《法国现当代文学研究资料丛刊》表示了浓厚的兴趣，问我出版和编辑了几本，我告诉她，萨特的专集即将出版，马尔罗的专集即将付印，“新小说”派的专集和莫洛亚的专集正在编辑，为了不至于使她对为什么选入了莫洛亚感到奇怪，我解释说，这主要是为了介绍莫洛亚作为一个传记作家所取得的杰出成就，并不是把他作为法国当代文学创作中一位大师来对待，而再下去，就准备编选她的专集了。她认为丛书从萨特与马尔罗编起很有见地，选择安德烈·莫洛亚也很对，因为他的文学家传记的确写得很好，而对她自己能够入选，则谦虚地表示了“深感荣幸”。她说这话的时候，态度自然，脸上仍带着微笑，但语气轻淡，感情平静，似乎并不对自己的入选有半点高兴，一听就是一个对外界的重视早已习惯了的人所经常使用的术语。

我看着这位将近 80 岁的老太太，感到她本身就是一个世界，包含着丰富复杂的内容。她具有不一般的经历，出生在比利时一个很富裕的家庭，从小就在不断地旅行中度过了不少岁月，以在法国与英国的时间为长，直到 1937 年，她才总算定居在美国，她在美国任教，用法文写作，选择了东海岸一个小村子作为定居处，以便随时又可以到欧洲和世界各地去旅行；她不仅是一个文学家，还是一个女学者，她从小受希腊文化、人文主义文化的熏陶，对历史有广博的知识，对东西方文化都有浓厚的兴趣，她博古通今，学贯东西；她作为一个作家，又具有多方面的才能，她写小说，也写诗和剧本，在翻译方面亦颇有成就；而以其创作倾向而言，她又是那么复杂、不容易把握，你说她作品的风格严谨、隽永，堪称古典式的吧，可她的思想意识、道德观念又完全是现代的，属于纪德那一个传统，而且，她作品的题材也很广泛，有古代历史的，也有现代生活的……我面对着她，深深感到她的复杂性和丰富性，一大堆问题像潮水一样涌上我的脑海，我不甚了解的问题显然要比玛第厄·加雷更多，这位访问者在多次访问中所提的问题，已经使她的回答构成了一本自传性的书：《开阔的眼界》。这本书，我是在会见前两个钟头才在蓬皮杜文化中心旁的书店里买到的，封面上有她的照片，那是一种到了不惑之年的神态，安详而充满自信，正像那不大客气的书名一样……

我的问题比玛第厄·加雷多，而我的时间比他少。我只能在至多两个小时的礼节性的拜访里，争取多听听她的回答。因此，我不得不把自己的问题浓缩起来，先问她在自己的作品里力图表现什么样的人类图景。我的意思是这样的：如果说贝克特在自己的剧作里是要表现人类生活荒诞的状况和人类在等待的苦闷，萨特在自己的小说里是要表现人的存在与客观世界的关系，马尔罗在自己的作品里是要表现人类在追求、奋斗、挣扎中的激情和力量，那么，尤瑟纳尔，您在《阿狄央的回忆》和《苦炼》中写古代的历史故事，您在《致命的一击》中写 1918 年波罗的海沿岸国家战争中的插曲、写没落的贵族阶级在苏维埃革命前徒劳无益的反抗，您在《阿莱克西斯》中写主人公婚姻失败后的苦闷、矛盾和追求，究竟是要构成一种什么性质的人类图景?

我问的是“性质”，她答的是“情况”。她说，照她看来，人类总的状况是难于找到一种和谐，而她涉及人类状况的作品，主要有这么几部：一部是《阿狄央的回忆》，它写罗马一个到了晚年的开明君主，他看到了帝国将要面临的末日，力图为人民做些好事；另一本是《苦炼》，它讲一个16世纪的炼金术士，在一个动乱的时代，在各种政治力量的钳制下，甚至在被迫害的情况下，如何尽自己的责任；还有一本是《像水一样流》，它将于1982年出版，讲的是一个普通工人在现实生活中求生存的努力和他的所见所闻。说到这里，她做了一个总结：“您看，帝王、炼金术士、工人都写到了，这就构成一个全面的人类的图景。”接着，她又做了一点补充，“在《阿狄央的回忆》中，有一章谈到了对世界的观点，在《像水一样流》中，也有章节专门写到人类状况，写主人公对人生、对历史的看法，至于这些章节如何选，那就由您决定了。”她觉得她的回答已经够充分了，于是又把话题落实到她的专集问题上来。

我对她的回答既满足又不满足。满足的是，她事实上已把她自己所认为最重要的作品列举了出来，并做了说明。据我所知，这三部作品中，出版于1951年的《阿狄央的回忆》在当时曾获得很大的成功，而《苦炼》则是批评界公认的尤瑟纳尔作品中最杰出的一部，这一部以16世纪为背景的小说的主人公，不仅是一个炼金术士，还是医生、哲人，她的思想是文艺复兴时期一些思想巨人的混合物，要塑造这样一个人物，就需要对思想史有广博的知识，何况作者对历史环境和氛围的描写又是那么丰富、那么真切。

我不满足的是，她并没有对她的作品做一个概括，就像巴尔扎克在《人间喜剧》的前言里，对自己数量庞大的作品曾经做了一个高屋建瓴的说明那样。我只好再提一个与此相近的问题：“您在自己的作品里力图表现哪些思想观点？”按国内的文艺理论术语来说，我所问的就是她作品的主题和思想意义，她所要提出的问题以及对这些问题的观点和态度。我觉得这个问题对我来说，比前一个问题似乎更有必要向她提出，因为，法国评论家曾经有过这样一些说法：“尤瑟纳尔的叙述完全不带有她自己的观点。”“她不追求任何政治意义，而只单纯地展示‘人类的材料’。”在我看来，这种说法对于文艺创作来说，是不大可能的，作家所展示的形象总有一定的思想意义，只不过有外露的与蕴藉的区别而已，因此，当时我觉得，不论对尤瑟纳尔作品的形象我们将做些什么分析，都很难得有眼前这样一个机会，可以听听尤瑟纳尔谈自己作品的含义。

可是，她的回答和她作品形象的含义同样蕴藉：“这是一个很难回答的问题。总的来说，对真理的探索是我的主题，我认为，要通过人，通过有生命的东西来寻求真理，这是我主要的见解。”她对这个抽象的回答并未进一步地解释，而接下去就谈到了她的另外两部作品，“这两本书是谈我的家庭的，通过自己的切身经历研究了关于家庭在政治和社会地位方面的一些问题，以及金钱在家庭生活中的角色等，现在，我正在写第三本。”

据我所知，她所指的是1973年出版的《虔诚的回忆》与1977年出版的《北方档案》。这两本书，对不起，我没有读过，不过，我知道，她出生在一个很有钱的家庭，幼年丧母，她的父亲给她提供了高级的教育，为她聘请了各种语言的家庭教师，带她到世界各地去旅行，而后来，她就进行写作，完全是一个上层阶级的知识分子，她如何通过这样一个家庭的生活去探索真理呢？这是当时的谈话在我脑海里留下的一个问题。

她似乎很愿意随便谈谈家常，而对需要做系统回答的问题看来不大热心。她告诉我们，她进入学士院是接替了一位地质学家，因此，她的就职演说是关于石头的研究。她这里所指的，大概是法兰西学士院的惯例，凡新当选的院士必须在就任演说中对自己的前任和他的学科发表评论，即使你并不是从事于这个学科的。不论这个由来已久的惯例是否合理，尤瑟纳尔所讲的这件事，毕竟说明了她的博学。接着，她又谈到她对东方文化的兴趣，她除了精通两三种欧洲语言外，还会日语，中文则略知一二，她曾经对日本文学进行过研究，对中国古老丰富的文化，她承认自己并不熟悉，虽然她根据元曲的故事写过一篇《王佛得救》的小说，她认为那篇作品不过是想象之作，并不意味着她对中国的文明有什么研究。她还说，她曾经到东方旅行，只可惜没有到过中国，她明年还要到日本去待 6 个月，希望届时能到中国去一次。

我并不希望她谈一些为人所知的关于她的事，而总想多听听她谈自己的见解。于是，我把她和她的同胞、另一个杰出的女性斯达尔夫人做了联系对比，我谈到斯达尔夫人在 19 世纪条件下超脱了法兰西文化的局限而对全欧文化显示了广阔的胸怀和“全欧性”的眼光，我又谈到尤瑟纳尔的经历、她对东西文化的修养和兴趣，以及她堪称“全球性”的视野，并希望她谈谈自己对东西文化的历史和现状的观点。

“是的，我的确有全球性的视野，”她欣然接受了我的提法，我当时觉得她讲话的语气，正像她的《开阔的眼界》书名一样，都表现了她对自己的价值并不想表示什么谦虚，不过，她实事求是地补充了一句，“这也是应该的，因为我是生活在 20 世纪，而斯达尔夫人只是在 19 世纪，在我们这个世纪，全球性的交往是大大地发展了。”至于对东西文化的历史和现状的观点，她只讲了一两句话，“我主张应该对人类生活和人类文化的各个方面，都发生兴趣，都进行研究，20 世纪已经有这个可能了，这种研究，在美国比在法国进行得好一些。”

我有我想谈的问题，她有她想谈的问题。她开始了。她先问我，她的专集将如何编选、在什么出版社出版、如何发行、读者对象的范围有多大、印行多少册、什么时候可以出版。当然，还有她最关切的那个问题，即作者的版权、稿费问题。她始终带着微笑，兴致勃勃地围绕版权问题，接二连三地向我提问。

我向她说明了我国尚未参加国际版权协定后，总算以这样的话使双方愉快地结束了那个话题：“作家最宝贵、最消耗不尽的财富，就是自己的读者，尤瑟纳尔专集在中国的出版，虽然不能带给您版权，但却将给您带来 8 亿读者，我认为，这笔‘财富’是相当可观的。”

刚才那个话题一完，我赶快提出新的问题：自法兰西学士院成立以来，它就有对当前文艺状况发表批评性意见的传统，那么，尤瑟纳尔，您作为法兰西学士院院士，对法国当前文艺状况有些什么见解呢？

对我的这个问题，她回答得非常明确，看来是她早已形成的见解，而又是我所深深同意的：“说句放肆的话，我认为法国文学当前是处于低潮，过去，普鲁斯特、纪德、萨特、加缪、马尔罗，他们是高潮，现在则没有像他们那样的大作家了。”她又随便把话题一转，“最近，我读了一本法兰西学士院奖候选作品，作者是一位西班牙血统的法国人，这本小说反映了不少西班牙的社会现实，我投了它的票，但它并没有得奖。”她举这个例子似乎是说，她对文艺的评判，有时是并不能为多数人同意的。“不过，太现代派了一些。”她对那本小说补充了一句带批评意味的评语。

“从您这句评语来看，那么，您对现代派文学有什么看法呢？您自己是否就是一个完全属于古典传统的作家呢？”

“我既是属于传统的，又不是属于传统的。传统的特点就在于不离开既成的东西，但我并不接受既成的东西。”尤瑟纳尔回答说。她又继续下去，“我的愿望是为读者所理解，现在，在法国有的文学流派，只讲形式，把时间、空间都打乱，读者很不容易懂。我希望我的作品能为读者所懂，所以，我与这样的现代派是不一样的。”

我知道，她指的显然是“新小说”派，不过，不大具体。在我进一步要求下，她做了更具体的说明：“在我看来，‘新小说’派不怎么好，它拘泥于文学，太文学化了，它不重视内容。我认为作品的内容很重要，人的感情很重要，作品应该有内容，应该表现人的感情。而我，我并不脱离当前世界的现实内容，只不过，我喜欢用历史来表现现实，比如说，现在世界上存在的大问题，过去世纪都存在，现代生活的许多危机，根子往往在上几个世纪。”我像抓住宝贝一样抓住她这些见解，并以挤柠檬的劲头要求她再说下去，但她所做的解释却又很简单了，“比如说，我在《苦炼》里写了两种世界的冲突，这正反映了当今‘铁幕’两边世界的情形，现在欧洲的状态和16世纪差不多，现在有铁幕，过去也有，而且，今天的地理状态和16世纪也相似，此外，还有一些相似的现象，例如财富的增加、垄断的出现等。”

从她这一段的解释里，我又一次感到她不是用历史社会学的观点和方法来分析历史与现实，而喜欢从抽象的格局、表面的社会现象去进行联系和比较，从此得出某种抽象的结论。也许，这就是她，如人们所说，作为巴黎保守的上层在文化上的代表人物所具有的一个特点吧。我这样想。

结尾的谈话比较轻松随便，我们从16世纪这个时代谈到了拉伯雷，尤瑟纳尔表示，她更接近蒙田，因为在她看来，蒙田更有人情，对人情更加重视，而拉伯雷的书则像密码一样难以理解。她这一见解，在我看来甚为典型，蒙田是16世纪温和的人文主义者，他远不及拉伯雷具有泼辣的革命气息，尤瑟纳尔在这两个人之间有所选择和偏好，对于她来说，是完全可以理解的，只不过，我觉得她说拉伯雷的书有些像密码，实在令人难以同意。我还问到她在法兰西学士院任职的情况，她说，每逢星期四，学士院的院士们总要聚会，念念法兰西学士院字典的条目，看有没有需要修改的，这部字典最初成于1694年。她说的时候，语气随便，略带讽嘲，像在讲一个早已过时的古老的习惯，一点也不想叫她的听众对学士院肃然起敬。最后，我问起她今后的创作计划，她说，明年，她将出版小说《像水一样流》。目前正在写关于自己家庭的第三本书，此外，就是要为《七星丛书》编选她的作品集了。她兴致勃勃地讲着这些待完成的工作，显示出80岁高龄的人难得有的一种不断开拓的精神，特别对《七星丛书》将收入她的作品更是津津乐道，我也就此向她表示祝贺，因为，根据这套丛书的性质，她进入这套丛书也就是进入经典作家的行列了。

我们告辞后走到街上，天已经很晚了。从刚才的谈话中松弛下来，我突然感到有点疲倦，虽然会见只将近两个小时。我感到这不到两小时的谈话似乎特别费劲，我走着，心想："巴黎人讲得不错，尤瑟纳尔的确很难见。"

1981年12月8日于巴黎

现代派文学的“工匠”

——米歇尔·布托

“先生，我很高兴能在尼斯这样一个现代化的城市里，见到您这样一位现代派文学的大作家。”我在一间明亮的大书房里，对接待我们的主人这样说。

我的对面是一个穿着奇特服装的人，他里面是一件粗布衬衫，外罩一身工匠服，腰间随便挂着一条装束性的皮腰带，肩上披着一件质地特别粗糙的线衣，他这身打扮活像一个工匠。他面前的桌上有一架打字机，他背后是一大排书架。房间的四壁有各种风格的现代派的绘画和摄影，有的是几何图形，有的是几大块色彩，有的是一些错综交织的线条……靠近窗户处，养着一株绿叶肥大、藤条蔓延的高大的热带植物。

这个穿工匠服的人从一个高坡上走下来，我们正准备迎上去向他打听米歇尔·布托先生的住处。马第维先生给我们的地址有点奇特，那上面的街道、门牌号都好找，这个门牌号里，是一个小小的公园，里面有好几幢别墅式的小屋，地址上标明布托先生就住在这个门牌号里，住所坐落在“泰拉·阿马塔小径”，名叫“极远之地”。不过，哪里是这条“小径”，哪里是这“极远之地”呢?

这个穿工匠服的人从高坡上顺着石级走下来，坡上有一幢房子。他稀疏的头发长长地像乱草一样披在耳际，他满脸胡子楂，脚下蹬着一双劳动便鞋。第一眼，我以为他是一个园丁或者是一个打杂的工人。他却向我们表示欢迎了。这时，正是 1981 年 11 月 27 日上午 10 点。我们按照马第维先生在巴黎制订的时刻表，在尼斯车站下了火车，赴旅馆安顿好以后，准时到达一位世界闻名的现代派作家的寓所前，而准时出来迎接的，就是这样一个“工匠”。

尼斯，蓝色海岸上一个浅色的城市，像一条曲折有致的蓝线上一颗发亮的珍珠。我们出了幽静的南方旅馆，经过几条像花园一般的街道时，满目是乳白色或浅黄色的漂亮建筑，阳台上有一片片鲜绿，其中又点缀着星星点点的鲜红。到了滨海大道，一边是蓝色的大海和海滨浴场，一边是一排排现代化豪华的大旅舍。雪白的海鸥在大道的上空翱翔，有时像是静止不动地嵌在蓝澄澄的天空里。我们绕过一个伸在海里的小山头，往沿岸的山后走去，最后，就来到一个山坡上的“极远之地”，落座在这个“工匠”的面前。

他如此不修边幅，使我感到有点惊奇，他似乎是一个疏傲不羁的狂士。如果按照传统的习惯，他至少应该把他的胡子楂刮干净。然而，不到一分钟，你就可以发现，他一点也没有罗伯－葛利叶那种眉宇之间自命不凡的锐气，也没有我在巴黎见到的名作家们那种派头和气势，他说话的语气和态度显得那样老实、平和，甚至有点怯生、谦卑，怎么也看不出他是一个少年成名、以焕发的才华著称于法国文坛的重要人物。至于他这样不修边幅地会见来宾，显然不能归之于他的疏狂，而看来是由于他对既定的传统习惯不大在乎，正像他在艺术上根本不遵从传统的规范一样。

如果和文学史上那些早慧的“神童”相比，说他“少年成名”也许有点勉强。不过，他在“新小说”派中，是最为年轻的一人，而且是他们之中成名作发表得最早的一个，罗伯－葛利叶、娜塔丽・夏洛特以及克洛德・西蒙，都是过了 30 岁才出版自己的第一部小说，而布托，他生于 1926 年，当 1954 年他 28 岁的时候，就发表了他著名的处女作《米兰巷》，接着，相继出版了他的小说《时间的支配》

（1956）、《变》（1957）和《度》。此后，他又有大量的散文集和评论集问世，时至1981年，他已经是33本书的作者，平均不到一年就出版一本。每当我在巴黎的图书馆里或书店里浏览的时候，布托的书总是一大排展示在书架上，从数量上说，他远远超过了“新小说”派的主将罗伯-葛利叶，更不用说和创作量不大的娜塔丽·夏洛特相比了。

我们的谈话自然从“新小说”派开始。布托先生先做了这样一个概述：“‘新小说’派作为一个流派，已经是相当老的东西了，它在20世纪50年代初到50年代末，盛极一时，那时，‘新小说’派的作家都创作出了一些使人感兴趣的作品。不过，即使是在当时，我们在文艺思想、创作方法、写作技巧等各方面，就已经很不相同。‘新小说’发展到今天已经有20多年的历史，在这一段相当长的时间里，我们各自的发展愈来愈不一样，在娜塔丽·夏洛特、罗伯-葛利叶与我之间，已经存在很大的区别。”

“新小说”派的出现和流行，的确是在20世纪50年代，它不仅在法国风靡一时，而且，影响所及远至欧洲其他国家、美国、日本。那时，它的声势甚为浩大，法国很多作家都赶“新小说”这一时髦，以至名列这一“强力集团”的大有人在，不仅有罗伯-葛利叶、娜塔丽·夏洛特、米歇尔·布托以及克洛德·西蒙，而且有法国20世纪批判现实主义传统的杰出作家弗朗索瓦·莫里亚克的儿子克洛德·莫里亚克、著名的电影剧本《长别离》《广岛之恋》的作者玛格丽特·杜拉斯。此外，著名的荒诞派戏剧作家萨缪尔·贝克特因为写过几本与传统小说不同的作品也被算上，更有一批“东施效颦”者，是为新“新小说”派，他们模仿“新小说”反传统的特点，并且把它发展到极端。然而，20多年来的历史证明，“新小说”派这一在法国20世纪中期文学史上的重大现象，主要还是由三个具有世界声誉的人物为其代表，那就是早在20世纪40年代就已经在进行“新小说”实验的先行者娜塔丽·夏洛特，50年代初对传统小说“揭竿而起”的主将罗伯–葛利叶和多方面进行新的探索并提供了各种样品的精巧“工匠”米歇尔·布托。

正好这个“工匠”谈到了他们三个人，于是，我问：“那么，您是否可以谈谈你们三人在小说创作上的相同点与不同点，‘新小说’的共性和你们各自不同的个性？”我这样提问，与其说是要到他这里寻求答案，不如说是为了印证我原有的某些看法。

他带着谦逊的微笑回答我说：“这是一个很难谈的问题。要评论自己，总有困难，评论别人，也不容易，特别要把自己和别人加以比较，那就更难了。不过，我还是可以讲一点看法。娜塔丽·夏洛特在她的作品中主要是进行心理描写，特别是描写人物的‘潜会话’，也就是说，她不仅写人物之间的对话，而且写他们之间并没有发生的内心里的对话，即他们心里要讲而口头上并没有讲出来的东西。她的作品所表现的一般都是巴黎中产阶级人物的生活。罗伯–葛利叶的创作分为两个阶段，第一阶段是在 20 世纪 50 年代初至 50 年代末，在这个阶段，他站在现实生活之外对社会进行描写，他不进入作品中人物的内在的思想，而在 60 年代以后，则是他创作的第二阶段，这时，在他作品里，主观意识的东西愈来愈多，他经常写一些像梦幻一样的东西。至于他们与我的相同之处，也就是构成‘新小说’派共同点的东西，就在于对‘物’的描写。我们对‘物’、对某一个对象都描写得很具体，这些‘物’都是一些普通的东西，人们对它们都很熟悉，因而自以为对它们都很了解，比如说，对一个盆子，谁说自己不了解一个盆子呢？可是，实际上人们经常不大了解他们常见的那些东西。我们三个人对这些普通事物都进行过很具体、很细致的描写，正因为有这样一个共同点，所以评论家们把我们称为‘新小说’派。”

关于娜塔丽·夏洛特，布托先生概括得很好，她的小说几乎没有什么情节，写的都是人物的内心活动，有意识流，有内心独白，也有为她所独有的“内心独白的前奏”，即内心独白前那种一瞬而逝的复杂的感觉，用萨特的话来形容，就是内心世界中一种原始的“伸伸缩缩、变形虫式的运动”。关于罗伯－葛利叶，布托先生所指的第一阶段其代表作显然是《橡皮块》《漠然而视》和《嫉妒》，头一部作品写一个不明不白的暗杀事件，暗杀的对象并没有死在有政治目的的暗杀集团之手，最后却偶然地被来当地破案的侦探一枪打死，我们可以看到这个侦探在城里跑来跑去，可以看见城里种种“物”的景象，就是看不到人物的思想感情。同样，在《漠然而视》里，我们随着主人公那个手表推销员的活动，可以看到他所见到的情景，他所听到的传闻，他自己的想象和回忆，从所有这一切，读者可以了解到可能就是这个推销员犯下了一桩伤天害理的凶杀案，然而，却了解不到他的思想、动机和感情，因为作者丝毫未加以描写。在《嫉妒》里，作者也只描写了嫉妒的丈夫眼中所见到的一切，脑子里所想象的一切，而根本没有写他嫉妒的感情。布托先生所指的第二阶段，看来可以电影剧本《去年在马里昂巴德》为最早的代表，它所描写的那一对男女过去是否认识、去年是否在马里昂巴德约定今年再会面，都像梦幻一样恍惚迷茫。至于布托先生所说的“新小说”派共同的特点是对物的细致详尽的描写，虽然是符合实际情况的，但在我看来，恐怕只是一个具体的共同点，也许更为根本的共同点是，他们都力求打破传统小说既定的规范，而在小说艺术上大胆地进行新的实验。我很可惜布托先生在上面这一段话里，一点也没有谈到他自己的独创性和他那令人眼花缭乱的种种现代派小说的新技法，从他那谦逊的微笑来看，他显然是在表示谦虚，因此，我感到应该由我来讲几句“公道话”：“布托先生，我知道您是一个具有百科全书式的小说技巧的小说家，您是否可以对您的百科全书式的技巧做个分类，分成几个类别或几个方面？”

我这个问题显然使他非常高兴，因为它包含了对他的评价，他连忙笑着接受了我的提法，显示了一种正中下怀的表情：“是的，是的，我的确具有百科全书式的方面。”然而，他以下的说明却和我的原意有了出入，我讲的是他创作技巧的多样化，而他说明的却是他创作活动的多方面："我不仅是作家，而且是大学教授，我近年来在日内瓦大学讲授法国文学，从现在直到明年复活节，我享受学术休假。另一方面，我曾经做过很多次旅行，在全世界转了好几圈，因为我在欧洲、美国、中东的大学里都任过教。我只没有到过中国，当然我非常希望有机会到那里去。在创作上，我经历过几个阶段，从事过不同形式的文学创作。青年时代，我在巴黎大学学哲学，当时我写诗，我的诗属于超现实主义，和哥克多、布勒东的诗歌很相像。但是，我学的哲学观点却是比较理性的，这样，在我身上就形成了一些矛盾。后来，我从事小说创作，这是我写作生活的第二阶段，当时，我觉得我的各种不同的思想都可以在小说中得到表现，因为小说是一种可以包括一切的文学形式。在相当长的一个阶段里，我只从事小说创作，但是，后来我感到这样还不行，我就开始写些论文，这是第三个阶段。在这些论文里，我解释为什么要按照我自己的方式写小说，同时，因为我很喜欢绘画，又结交了一些画家朋友，所以，我开始写一些论绘画的书和评论文章，并且重新开始写诗。这时，我觉得我的小说创作像是发生了崩裂，崩裂成各种不同的成分向不同的方向迸射出去，这一个过程在 20 世纪 60 年代初当我在美国教书的时候特别快，我到美国后，看到美国的现实，就一直考虑如何描写美国，于是，我进行了新的尝试，这就导致了我的《运动体》一书的产生。不久，我又重新开始写小说、写论文，我的论文集收集成书，名叫《文汇》，到现在已经出版了四卷。总之，在这一阶段，游记、小说、诗歌、画论，我都写，还写关于梦幻的书，如《梦幻的材料》等。"

的确，布托先生在法国当代文学中以具有多方面的才能而著称，他既是一个勇于探索并提供了各种"新样品"的文学实验家，又是一位学识渊博的学者和成果累累的理论批评家。对这些情况我并不陌生，我想要他谈的不是这些，我希望他谈谈他在文学创作中所运用的种种新的技巧，他的技巧是那么层出不穷，以至获得了“百科全书式”的评价，可是，他在上述回答中没有触及这个问题，于是，我只好进一步“抛砖引玉”：“我想和您着重讨论您在文学创作中所使用的百科全书式的技巧，如果我没有搞错的话，布托先生的作品中既有像罗伯－葛利叶那样的对‘物’的详尽而细致的描写，也有像娜塔丽·夏洛特那样的对人物内心活动的深入的刻画，并且，把造型艺术的方法运用在您的文学作品的形式上。”

我只粗略地举了以上三点，实际上，要细讲起来，布托的技巧和手法当然远远不止于此，如他在成名作《米兰巷》中，写巴黎一所公寓中几层楼上几个家庭在同一天内所发生的事情，因此，在这里有同一时间内人物故事的交叉和乔伊斯的《尤利西斯》式的结构；他在《时间的支配》中，通过对一个法国青年在英国的学业生活的描写，运用了叙述和倒叙交替、颠倒时序的手法；在《变》中，一个打字机商人由于业务关系而来往于巴黎与罗马之间，在这两个城市分别跟妻子和情妇生活，布托通过这个商人想把情妇接到巴黎来终又作罢的故事，通过他来来往往于旅途中的所见所想，把眼前的景象和人物内心里的意识流活动交织在一起；在小说《度》里，他又通过三个不同人物在同一环境、同一时间里对同一生活现象的观察和叙述，运用了多角度地表现同一现实的手法；而在《航空网》里，这位探索者更是别出心裁，花样翻新，他通过表现飞机舱中不同的声响和对话，使读者对一些旅客的状况、他们在各自家乡和国度的所见所闻，以及他们各自的生活历史，得到一种“众生相”的意象，提供了世界各地生活和人类各种状况的某种缩影，整部作品分成很多小段，每段由不同的旅客不连贯的谈话或声音组成，每段之间有一种或几种符号标志，飞机符号表示飞机的轰鸣声，人头符号表示机舱中的嘈杂声等。

布托先生像碰见了知音似的紧接着我上面的话回答说：“的确如您所说的，我在以前的小说中，也像罗伯－葛利叶一样，有对‘物’

的具体、客观的描写，我使用过很多非常确切地表现‘物’的度与量的词汇，包括一些科技方面的词汇。另一方面，我也像娜塔丽·夏洛特一样，对人物的内心独白有细致的描写。此外，我因对绘画很感兴趣，所以，我又把绘画和造型艺术的方法引进了文学创作，我做过这样的尝试，在书的每一页的排印上，使用了造型艺术，使得书就像绘画一样。在这方面，应该承认，我不是第一个，马拉尔美与阿波里奈尔都这样做过。”

布托先生所说的马拉尔美是法国19世纪下半叶象征主义诗人，是他最初把诗句排列成某种图案，阿波里奈尔则是20世纪法国超现实主义诗歌的先驱，他更进一步在诗的形式方面下功夫，有时干脆把诗句排列成某种图画，有时是一颗心，有时是一匹马，有时是一道穹隆式的门洞，我在拉雪兹神甫公墓里，就曾看见这位诗人大理石坟墓上，一首诗排列成一颗心的形状。

布托先生讲完上面那段话，请我们稍待片刻，他起身从另一间房间里拿出一本书来，放在桌子上，它厚厚一大册，我看见它封面上的书名标题是:《运动体》。

“我在这本书的形式上费了一些心思。这本书写的是世界各地，澳大利亚、美国、北半球、南半球都写到了。您看，写美国的是用蓝色的字排印，页码在下方，题目在上方，中间有一块空白，写澳大利亚的是以红色的字排印，页码在上方，题目在下方，排印的格式也不一样。其他如此类推。这样，不同的排印字体和排印格式，也就标出了不同的国家，一翻阅这本书的时候，根据各种不同的排印，一下就可以找到有关世界各国的篇章，因此，这本书的形式本身就带有某种造型艺术的性质。”

我一边听着布托先生的介绍，一边翻阅着这本奇特的旅游作品，它的确如布托先生所介绍的那样，不仅排印格式不同的页张互相交错，而且，同一页张上，也有不同格式的排印。老实说，按照我个人的文艺观点，我并不认为布托先生这种形式上的“造型”在艺术上有多少价值，因此，我想尽可能快地结束这个话题，可是，布托先生却唯恐我对这种“造型艺术”认识不足：“我对法国的文化和欧洲的文化做了比较深入的研究，特别是对于书的历史。书籍总是以这种或那种形式出现的，每本书的形式为什么是这样而不是那样，总有一些讲究，并不是没有原因的。当不同的书以不同的形式出现的时候，就会在读者身上引起不同的反应，所以，我认为书的形式不是一个小问题，不应被忽视，这就是为什么我要在书的形式上下功夫的原因，我想，我采取这种形式，也可以算是一种创新吧。”

我本来希望布托先生对他的各种艺术技巧分门别类地加以说明，既然他没有如我所希望的那样做，我只好把这分门别类的任务留给我自己将来去完成了，我赶快转换话题：“您在小说中既然用了各种各样的现代派的技巧和手法，那么，在您这些不同的技巧后面，是否有一个统一的艺术哲学作为总的指导？”这次我不是为了印证我的看法，而是真正的提问，因为，我对罗伯－葛利叶和娜塔丽·夏洛特的文艺理论多少还读过一些，略知一二，而布托先生的理论批评著作，我却一直没有机会读到。

“是的。通过这些新的艺术形式，我当然想表达我的艺术哲学。因为这些形式反映了我与外部世界的关系。我在世界上做过那样多旅行，每到一个新的地方，很容易发现自己对新地方一无所知，即使有了一些认识，与当地人们固有的看法也很可能格格不入，所以，在我一生的旅行生活中，我遇见了很多这类问题，而我的书，就是为了解决我所遇到的问题，我总力图用新的形式去表现我与固有的看法有所不同的认识。”布托先生在谈他的艺术哲学之前，先讲了这样一段话，按我的理解，这段话主要是就他的《运动体》这一类作品讲的，然后，他接着讲下去：“至于我的艺术哲学，我很难用几句话讲清楚，因为，我已经写了 30 多本书，要把 30 多本书中所表述的艺术哲学用几句话概括出来是不可能的。但是，我写这样多的书的目的，也正是力求阐明我的艺术主张。关于这个问题，我想讲一点以下的想法：我们生活在这个世界上，但我们对世界的认识大部分是听说的，是来自他人的直接经验，而通过我们直接与世界的接触、通过我们自己的实践所获得的知识毕竟是占少数。另外，人生活在世界上总应该有所行动，但关于如何行动，也总是有人告诉我们应该如何如何，就以写作这一行动来说，就总有人告诉我们应该如何叙述、应该如何运用语言等，总之，我们对世界的认识，往往沿用他人的认识，我们对在世界上应该如何行动的问题的态度，往往都顺从既定的规范。我们应该改变这种情况，用自己对世界的直接经验代替从别人那里得到的间接经验，用自己对应该如何行动的认识和决断，代替既定的规范。”

如果我没有理解错的话，布托先生所特别强调的就是自己的认识与自己的自主行动，这似乎就构成了他那种不墨守成规、总追求个人独创性的艺术探索的基础，这一个看起来如此谦逊的人，却有着如此异常顽强地追求独树一帜的个性。

他继续讲下去：“我曾经研究过过去文学中叙述现实的种种方法，但我们是生活在一个错综复杂的社会里，要把这社会现实本身叙述出来，就要改变原先那些叙述的方式。要叙述现实，往往会碰到障碍，那么为了克服困难、把现实叙述出来，该怎么办呢？最普通的一个办法，就是求助于虚构，用虚构的东西来表现现实。既然用直接的方式叙述现实遇到了困难，那么，就绕一个弯子，用虚构的东西来代替，比如说，18 世纪在文学作品里要讲国王就会碰到危险，或者是下狱，或者是被杀，于是，作家就虚构另一个国王，这样绕了一个圈子，小说就解决了现实生活中的困难而再现了现实。这是一个极普通的手法，当然，还有很多其他解决现实的困难的方法，因为正如我刚才所说的，再现现实是可以采取各种各样方式的。我自己就用过很多种方法，甚至，我还用过这样的方法：从法国、美国、澳大利亚几个国家不同作家的作品里，摘出一些片段，或摘出一些句子，而后把它们重新排列组合在一起，形成了一种新的叙述方法，叙述出一个新的小说世界，也就是说，产生一本新小说，一本多头小说，即好些小说交织在一起的小说。”

我听着布托先生的话，深感他要追求自己所特有的表现现实的方法，特别是适应当今现实世界复杂性的表现方法，无疑是符合艺术发展规律的，因为，文学艺术贵在独创，文学艺术的表现方法也不是永远一成不变的，应该随着现实世界的发展而更臻丰富、深刻；他认为表现现实可以采用各种各样的方式，当然也有道理，这种艺术哲学也有助于开拓艺术表现的广阔道路，使文学艺术出现百花齐放的局面。他为了自己的艺术主张已经进行了长期辛勤的劳作，他尝试用不同的方式去表现现实，也已经制造出了多种样品，我认为，他的实验有一些是成功的，有些并不成功，他的文学作品，有一部分具有艺术匠心，有一部分则未免太形式主义，以致走上了岔道，他上面所讲的这种“多头小说”显然就是一例。如果比较而言，在我看来，上述的缺陷也许还不是布托先生作为一个大文学家的根本缺陷，他的主要缺陷恐怕还是他太看重艺术技巧，而对作品的社会历史内容和思想意义过于忽略，因此，我一直并不认为他是一个在自己的作品里以巨大的艺术力量提出重大社会问题的伟大作家，而只是一个现代派文学的“工匠”。当我坐在他面前听了他这一席话后，我这个看法更牢固了，虽然我知道他的劳动量惊人，他的产品别出心裁，显示了高度的技巧。不过，我也知道，即使作者忽视了社会意义和思想内容，也不会使作品完全没有社会意义和思想内容，因为作家是社会的人，思考着的人，他的作品总会有这样或那样的意义，总会在现实中起这种或那种作用，于是，我说：“布托先生，您在自己的作品里，是否有时也企图触及某些社会问题，表现您的某种思想观点，并企图使它们发生某种社会作用？”

他笑了起来："这个问题太难回答。我认为文学总应该对社会人生有点用处。对像我这样的人来说，我对社会可能做的事，我对社会有用的最好方式，就是写一些我这类的书。我写这些书本身就是对现实的一种行动。在这些作品里，究竟我表示了一些什么思想观点还在其次，重要的是，我写就是我在行动，我想用这种方式来促使人们去表达自己的感受和体会。在我所生活的社会里，有很多人没有表达自己的能力，另外，也有其他人阻止他们去表达自己的想法，还有的时候，是想要表达的人自己阻碍了自己去进行表达，我的书只不过是提供一些表达的方式，我希望我的书有助于人们去表达他们自己的思想。我作为人们的代言人是够格的，我不过在促使大家发表自己的意见，正如我是一个教授，我在课堂上讲课，正是为了使学生们能够独立地发表自己的意见。"

我觉得他讲得颇有点意思，但我还是固执地想要了解他的某些思想观点："那么，您在《变》中是否要表现某种人生见解或者触及某个道德问题，表达您的道德观念？"照我看，《变》这本小说的故事与家庭、道德、感情纠葛这类问题有关，作者总要在其中表现某种相应的意图和见解，然而，布托先生的回答，使我深感自己对这部作品认识不深、估计不足。

他说："这部小说所要讲的，主要是巴黎与罗马这两个城市之间的历史传统的关系。历史上的罗马帝国这个观念，长期以来笼罩着全欧所有的首都，也就是说，每个国家的政府都想成为极盛的帝国，每个国家的首都都想成为古代罗马这样的世界中心式的城市。特别是巴黎则更为明显，从好几个世纪以来，它一直寻求罗马式的霸权，如在拿破仑时代，拿破仑登基称帝，他修建星形广场以象征他的中心地位，建立凯旋门以纪念他的武功，这些都说明罗马帝国的观念深深刻印在他的脑子里，也许直到目前，巴黎还没有完全抛弃这个梦想，尽管世界事务已经有了很大很大的变化。总之，罗马帝国观念的影响是长期存在的，它表现了欧洲各国历史的传统关系。我这本小说讲的是一个很简单的故事，即一个人要在两个城市之间进行选择，我企图通过主人公想把情妇从罗马接到巴黎来、经过反复考虑、最后改变了主意这样一个个人感情的故事，说明两个城市整个历史的血缘关系。”

照布托先生自己的解释看，这部小说倒颇有一些历史的诗情和象征的韵味。这是我过去看这本小说时没有发现的。“那么，您在其他的作品里还触及一些什么社会历史问题，表述您一些什么思想见解？”我接着问。因为作家谈自己的创作，总可以指出一些别人看不出的深蕴的意义，何况，他的作品我读得很不全，好些作品国内根本没有。

“‘新小说’派作家触及社会问题的方式与萨特的方式不同，萨特是直接介入，‘新小说’派作家其实也触及了很多社会问题，只不过是采取迂回的方式，通过对具体事物的描写，通过人物具体的思想方式，以不同的形式触及社会现实。这是一种特殊的方式，关于这些，我在论文集《文汇》中都做了论述，如像在《运动体》中，我就触及了美国的种族主义问题，它是该书所涉及的一个重要的主题。总之，‘新小说’几乎触及了所有的社会问题，它之所以做到了这点，是因为它所描写的具体事物，它所描写的人物的思想方式，都深深打上了社会问题的烙印，社会问题是表现在具体事物上和人们的思想方式上的。再以妇女问题而言，我的作品多处涉及了这个问题，实际上，这也是在法国、在西方人们谈论得很多的一个问题。如果你主张男女平等，你首先就会碰到语言上的障碍，男女不平等在语言上就有反映，在法文里，‘教授’一词只用于男性，如果教授是一位女性，那就要在‘教授’一词的前面加上‘妇女’一词，这一件具体的事就反映了社会问题，你要解决男女不平等，那你在语言上就要改变上述这类情况，而要改变人们习惯的语言，那是很困难的一个问题，对此，政治家、社会活动家是无能为力的，但是作家却可以解决这个问题，他可以在作品中改变说法，改变表现的方法，这虽然是很不容易的一件事，但作家总可以慢慢地起些作用，因此，新的表现方法、新的叙述方法实际上关系到社会问题，而不是一种纯粹技巧上的变化。”

在这里，布托先生实际上是对我论证了“新小说”派的作品和创作技巧所具有的社会意义，于是，我对“新小说”派的创新技巧发表了一点意见，当然，和布托先生的话多少有点出入：

“人类文学史是由无数次创新构成的，有些创新偏重思想内容，有些创新偏重艺术技巧，它们无疑都具有社会意义。‘新小说’派要求在艺术上进行新的实验，这种革新的要求当然是值得称道的，我个人很欣赏‘新小说’派不满足于既定的陈规而勇于探索的精神。”我肯定的是他们的创新精神，并不是肯定他们全部创新的结果，尽管我在肯定与保留之间力求保持某种平衡，布托先生还是谦逊地深深点了点头，并且向我表示感谢。我继续说下去，并提出新的问题，“不论‘新小说’派的实验有哪些成功和不成功，也不论批评家对‘新小说’派如何进行评论，或褒或贬，‘新小说’派在法国20世纪文学史上已经是不可磨灭的事实，是标志着文学发展某一个阶段的里程碑，它将成为文学史研究的课题之一。我今天不仅是和一个‘新小说’派重要的作家谈话，而且是与一个博学的教授先生谈话，您作为一个文学史家，是否可以谈一谈‘新小说’与法国小说发展的关系问题？我们知道，‘新小说’派显然与19世纪的小说家巴尔扎克、福楼拜有很大的不同。”我的问题实质上就是“新小说”派的反传统与传统文学的关系问题。

“的确有很大的不同，”布托先生肯定了我的提法，而后，他着重致力于说明“新小说”与传统文学之间的不可分割的关系：“虽然有很大的不同，但‘新小说’对于帮助人们更好地了解巴尔扎克式的小说很有好处。‘新小说’派的创新不仅将影响小说创作的未来，而且影响了小说创作的过去。这种创新对于研读巴尔扎克式的传统小说也提供了新的角度。‘新小说’派出现以后，人们经常责备我们，说我们的小说与巴尔扎克的小说不同，如何如何不好，但是，我们应该看到，在巴尔扎克时代，人们读小说是一种读法，而到‘新小说’出现后，人们再去读巴尔扎克的小说时，就有了一种新的眼光，从而能够发现巴尔扎克作品中过去为人们所遗漏、所忽略或者所不理解的东西，因此，‘新小说’的出现对巴尔扎克的小说带有一种贡献，即，使人们加深了对巴尔扎克小说的理解和认识，可以说，‘新小说’实际上对传统的小说发生了一种反作用。”

“关于‘新小说’派影响未来小说的创作，我个人甚为理解，至于它影响过去小说的问题，是否可请布托先生做一具体的说明？”

“举例来说，‘新小说’与传统小说的区别之一是，传统小说总有开头、高潮和结局，‘新小说’则没头没尾，当中写上一段，然后再回溯到过去，再又跳到将来，时间的次序被颠倒、被打乱，其实，这种手法并非从‘新小说’开始，过去的传统小说中也有，如在巴尔扎克的小说里，就有不少这种写法，往往小说是从事件的当中写起，而后倒叙过去，最后再到结局，次序不是1，2，3，而是2，1，3，而且，巴尔扎克在他的《人间喜剧》的前言里，也已经谈到过这种写法，他说，他的《人间喜剧》虽然是一部编年史，但并不完全按年代的顺序，所以，实际上巴尔扎克当时已经多少有意识地采取了这种手法，而‘新小说’派则十分有意识地运用了这个方法。以前，人们对这种手法谈得很少，不大予以注意，自从‘新小说’派出现以后，人们的注意力就被唤醒了，视野也扩大了。”布托先生在上述对比中，显然夸大了传统小说“颠倒时序”的程度，而缩小了“新小说”派“颠倒时序”的程度，但他不想和传统小说“彻底决裂”的意图却是很清楚的。

我想继续和布托先生讨论对“新小说”派创作实践的评价，并想讨论得轻松一些，我半开玩笑地说：“布托先生，我记得您曾经说过这样一句话：‘每写出一个字就是对死亡的胜利。’我想，您已经写出过千千万万的字，按照您的话来说，也就是已经对死亡取得了千千万万次胜利，那么，您早就已经是一位‘不朽者’了，我很希望您结合‘新小说’派的创作实践谈谈对这句话的哲理性的见解。”

布托先生很有幽默感，还没有等我讲完这段话，他就开怀大笑起来，我们大家也都因这个玩笑而大笑，笑声一停，布托先生做了认真的回答：“我刚才讲过，每写一个东西的时候，总要碰见现实的困难。写作，就是克服困难，也可以说，是推迟一次死亡，当然只是推迟一点点，不可能推迟得很多。”布托先生的意见，也许是说，永存不朽其实是不可能的。

他接着说：“举一个例子来说，一个人在生活中碰到某个困难而又解决不了的时候，他就会发疯、自杀，要避免发疯、自杀，就要想法克服这困难。其实，我们作家写一本书就是解决一个问题，克服一个困难，实际上也就是推迟自杀和疯狂。”

我在听这段话的时候，感到布托先生的创作经验中似乎渗透着某种苦味，如果创作就是为了推迟自杀和疯狂，那么，作家本人在那现实中必定碰到过不少困难和矛盾？必定有相当大的苦闷？据我所知，由于法国大学教育传统保守的习惯势力，布托先生即使是在成名以后亦长期未能走上大学讲坛，他至少也感受过自己和那个社会的矛盾。现在，布托先生已经是世界闻名的小说家、理论批评家，他有稳定的职业，他在美丽的尼斯一个幽静的山坡上，有自己一幢宽敞的房屋，在这明亮的书房里，在这些书、这些画和热带植物所构成的氛围中，他还感到有弥漫在天地之间的苦闷？像他这样的知识分子，他是否苦闷显然是不能以他物质生活条件是否舒适为转移的，因此，他经常穿着一身工匠服，怀着避免疯狂和自杀的心情，在这桌子面前坐下，把罩在打字机上的那灰蓝色的尼龙布撩开？……

既然是为了避免疯狂与自杀而进行写作，那么，必然就产生一个写作者与他那个社会现实的关系问题，果然，布托先生对此又发表了一些意见："当一个作家遇到困难和问题而进行写作时，他所写的东西和社会上其他人的看法很可能不一样，碰到这种情况怎么办？有两种办法，一是改变这个与大家不一致的人，另一个办法则是改变大家。改变大家是很困难的，那就只好改变这个与大家不一致的人，如何改变他？要么使他不再这样写，不再这样讲，要么就干脆取消他的存在，但这个办法也不解决问题，因为，过一些时候，又会出现另一个与大家不一致的人，那么，是否又要如法炮制呢？我看最好的办法还是，既保留与大家不一致的人，也保留大家，允许与大家不一致的人写书、作画、发表自己的意见和看法，大家可以不同意他，但他的意见和看法也许最后又得到大家的同意，如果是后一种情况，那就再好不过。"

我很明确感到布托先生是在谈现代派文学特别是"新小说"与西方现实社会的关系，因为，现代派作家包括他们"新小说"派作家的确属于"与大家不一致的人"之列。布托先生所讲的上述第二个可能，当然也就是他的"理想境界"了。不过，在我看来，"新小说"派作家已经写了不少作品、发表了不少意见，他们做了一些符合艺术发展规律的创新，但他们也任凭自己的高兴，制作出一些在形式上走向极端的作品，如像马克·萨波尔达的《作品第一号》就是一些散装的书页，每页一段，读者可以像玩扑克牌一样地任意去排列组合，我想起了这种越出了常规的"创作自由"，在话里不禁带了一点"不以为然"："我想，'新小说'作家以及其他一些先锋派艺术家，在法国恐怕已经享有拉伯雷的格言所说的，愿意干什么就干什么那种方便了吧？"

布托先生又笑了起来："哦，那可差得远呢！自由写作、自由发表意见，这只不过是一个理想而已，在法国现实社会里，到处都有墙，有些墙是难以逾越的。不过，我们总可以找到另外的途径，因为，在法国碰到的某种困难、某种墙，在美国就不一定有，反之，在美国碰到的另一种困难、另一种墙，在法国倒没有了。包括语言障碍也是如此，有些东西用法文表达很容易，用英文则很难，反过来的情况也有，在法文中难以表达的东西，在英文中则很容易表达。”

我们的谈话到这里不得不结束，因为这时已经将近午后1点。最后，他送我一本他的小说《度》作为纪念，同时，他欣然表示，为了支持我在《法国现当代文学研究资料丛刊》中编选一本《“新小说”派研究》，他还要另外送一些书给我，只不过，他手头没有，他会写信要午夜出版社寄给我的。回到巴黎后不到两星期，我收到了一大包书，足有十几公斤重，其中每一套书有好几种好几册，除了送我的一套外，我的两个同伴也每人各得一套。也许是因为布托先生住在尼斯，感染了南方人热情的性格，所以，他赠书如此慷慨，大大超出了巴黎的规格，是我所没有料想到的。

他那南方式的热情，还表现在他最后的送别中。他把我们送出了“极远之地”，还下了他那幢平房所坐落的高坡，高坡下竖着一个19世纪式的路灯，上面写着“极远之地”的字样。他解释说，因为他经常在世界的远处旅行，并从事教授的职业，所以，当他在尼斯这一高坡上从事新的文学产品的制作时，也就是隐居到了另一个“极点”。走出了他那个门牌号的大门，他又一直把我们远远地送到街口，并且详细地告诉我们，哪里是我们旅馆的位置，哪里是公共汽车站，如何走才可以找到公共汽车等。最后，他那工匠般的背影才带走了他的热情、殷勤、谦和，以及对客人无微不至的关心……

我们往前走了一大段路，蓝色的海岸就在前方，海浪不断卷到海滩上，泡沫在沿岸形成了一条或隐或现的白色的丝带，涛声则清晰可闻。我回过头去，再看布托先生的“极远之地”，但它已经消失在山上一片浅色的建筑群中，似乎是隐藏在一朵白色的云里。

在那里，当然听不见涛声。

访雅克·塞巴谢教授

法国出版的作家辞典不止一种，每种收入的作家总有200人以上，只要是稍有名气的，你都可以查着，这些辞书会告诉你关于某个作家的年龄、籍贯、经历、作品出版年代、创作倾向和内容等。可是，令人感到不大公平的是，学者辞典却没有，因此，即使是在巴黎赫赫有名的教授学者，只有进入了法兰西学士院，或者获得诺贝尔奖金后，才能在辞典中留名，人们才能查阅到他们的经历。

因此，我对雅克·塞巴谢先生所知不详。听说他是工人家庭出身，在20世纪30年代，由于有人民阵线，才受到了高等教育，因而思想倾向进步等，即使是这点情况，也不过是“据说”而已。

但大家都知道他是一个大学者、名教授，他拥有权威的天地，不是在报刊的专栏中，也主要不是在巴黎那些书店和图书馆里，他发表文章甚少，论著也不多，但是，在巴黎大学，他却赫赫有名，他是公认的法国19世纪文学专家、雨果学的权威。在索邦古老教室的讲坛上，他旁征博引，滔滔不绝，说古论今，宏论精微，仅仅是雨果一首诗的头两句，他就可以讲上两节课，他的学力、他的口才使巴黎大学那些自命不凡的学子不得不折服，不能不敬佩。

我算是搞过一点雨果，因此，在巴黎大学攻读博士学位的沈志明同志与金德全同志把我笑称为“雨果学学者”，一致认为，我应该去和雅克·塞巴谢教授见面谈谈。这两位“博士”都选了塞巴谢教授的课，由于学业上的关系，他们也很想去拜望这位学者。

马第维先生做好安排后，我与金志平同志在两位“博士”的陪同下，一行 4 人就浩浩荡荡来到了塞巴谢教授的家里。出来迎接的是教授先生本人，他的头发几乎全都白了，可是脸色红润，精力充沛，一眼就可以看出年龄并不大，恐怕不会比我大上 10 岁。

寓所临街，结构和格局有点特别，一进门，旁边就是一间房间，从开着的门可以看见里面书架上有很多书。对着门是楼梯。塞巴谢教授把我们引上了楼，他的客厅、起居室以及附属设备都在楼上。

落座后，我按照我在巴黎每次会见的惯例，略为讲些礼节性的客套话后，就进入了本题。塞巴谢教授是一位思想活跃、口才敏捷的人，我还只来得及告诉他，我是来巴黎考察法国文化的现状的，他就把话题接了过去。他首先表示谦虚，声明他对当代文学并不熟悉，只是一个爱好者，他的领域是 19 世纪，而且只是 19 世纪中的一部分，研究面并不宽。不过，他听说我已经见了一些法国知名作家以后，就在我所列的名单中又补充了一个名字：乔治・西默农，显然是建议我去拜访，以弥补我那名单的不足：“我认为西默农是一位了不起的作家，一般人对他不大重视，甚至有些轻视他，事实上，他对我们这个社会的认识远比一般人深刻，而且，他的作品具有高度的精确性，哪怕是一个细节，也写得像百科全书一样准确，因此，读他的作品，有时就需要下一番考证的功夫。”

西默农就是那位因《黄狗》在中国已经有了三个不同译本的作者，他现在住在瑞士。我到巴黎后，两位“博士”中的金君就建议我在向法国外交部文化技术司开列的名单中把他列入，也可以顺便到瑞士去看看。我对西默农倒并不“轻视”，甚至还很有好感。他写了不少侦探小说，但他的这类小说注意人物性格的塑造，着力表现案件的社会根由，以展示不合理的人与人的关系，对资本主义社会现实有相当深刻的揭露。这样一位作家当然应该在法语当代文学中享有不容忽视的地位。可是，我在巴黎要做的事太多了，而且，在我看来，这些事、这些人似乎比西默农更重要，于是，我一开始就决定，对西默农先生，只好留待将来有机会的时候再说了。

我本来并不打算与塞巴谢教授谈法国文学创作的现状，因为这不是他的本行，我想和他谈的是法国文学研究的现状，我赶快补充了我的来意，把走了题的谈话拉了回来。于是，塞巴谢教授向我介绍了法国文学研究，特别是 19 世纪文学研究的发展情况：

“在第二次世界大战以前，学术界主要是以传统的方法进行研究和评论，注重历史材料，也注重文学作品的细节。1950 年至 1960 年以后，情况有了变化，反传统的研究方法盛行起来，这种方法特别表现在借助其他领域的研究手段，比如说，从语言学的领域、从社会学的领域去找方法等，这倒引证了研究界的变迁，这使人们的视野扩大了，提出了大量有待研究、有待解决的问题，不过，对这些问题进行研究的结果并不理想，我认为这是一种失败的研究方法，它的失败在于，研究者好大喜功，标新立异，忽视平凡、细致、艰苦的研究，实际上，对作品中哪怕是一个细节的认真研究，对更深入理解一个作家也是很重要的，在其他的学科里，凡是成功的结果，都是立足于细致、认真、艰苦的研究上的。目前，研究界又恢复到对文学作品本身进行深入地研究，并且很注重版本的比较，甚至还认真研究手稿。”

塞巴谢教授的这段介绍，先是使我想起了法国学术界对 19 世纪文学的一些引人注意的研究成果，如《巴尔扎克与世纪病》《司汤达及其时代的社会思想》《司汤达的精神生活》《阿尔封斯·都德的学业年代》《巴尔扎克作品中的创造》等，这些论著都显示出法国传统的文学研究的长处：资料翔实，求证细致。我不敢说它们在法国学术界就是权威性的论著，但至少对我们研究法国 19 世纪文学提供了丰富的材料和深入的见解。

塞巴谢教授讲的第二阶段，使我想起了 20 世纪五六十年代的法国文学创作和理论批评中共同的一股反传统的潮流，在小说方面有“新小说”，在戏剧方面有“荒诞派戏剧”，在散文方面甚至也有“反回忆录”，而在理论批评、学术研究方面，就是“结构主义”批评的出现了。这些反传统派别的出现，的确扩大了艺术创作的天地和理论批评的视野，不过，理论批评中的这种新的倾向，在我个人看来，把注意力过多地放在一些较次要的方面，而忽略了主要的关系即文学作品与时代社会的关系，因此，难免走入岔道。至于目前法国研究界对作品的细节所进行的研究已经发展到那样细致的程度，以至对人物的服装式样、家具的陈设都有人撰写专题论文，固然说明了法国文艺科学的分工日益细密，但如果形成一种倾向，就未免成为另一种偏颇。说来说去，我还是特别欣赏法国理论批评中斯达尔夫人—泰纳这个传统，他们从社会制度，从民族的心理状态与习俗，从全社会全民族的物质生活条件包括气候、地理环境去考察文学，对文学现象做出论述和说明，因而写出了既从实际出发，不忽略细节，又达到了理论概括，提供了宏观认识的有科学价值的篇章。我认为，这是法国文学理论批评中的一个优秀的传统，在这个传统中，斯达尔夫人的《论文学》与泰纳的《艺术哲学》可以说是两部格外有光彩的论著，而在20世纪，这种大家、这种“高峰”式的论著就少见了，大多数论著不是流于标新立异的空论和玄谈，就是过于陷入繁琐的材料堆里。于是，我向塞巴谢教授提出一个问题，即上述优秀传统在目前法国研究界所占的地位究竟怎样？

“这个传统正在复兴，许多学者正开始重新注意把文学放在政治、社会、历史和整个思想意识的背景上来加以考察。”塞巴谢教授没有做更多的介绍，也许在他看来，仅仅在开始复兴的东西还没有什么值得加以介绍的。

我还想把这个话题继续下去，我又谈到法国是社会阶级论的发源地，在19世纪法国历史学研究中出现了强大的社会阶级学派，其中从梯也里到米谢莱、基佐，都写出过有价值的论著，可是，在我看来，今天，法国却似乎没有出现足以与以前媲美的强大的社会阶级论学派了。我还记得，在写《法国文学史》上册的时候，我曾想找一些法国学者关于资产阶级革命时期的阶级斗争与文艺状况的论著来看，可是没有得到结果，最后还是美国学者一本关于大革命时期的戏剧的专著给了我不少帮助，当然，那一部专著翻译成了法文，并已在法国出版。

塞巴谢教授对研究的现状和他的同行似乎兴趣不大，而宁可谈谈 19 世纪的那些大学问家，他接着我的话题，也谈起上述的那个学派，特别是对米谢莱，他显然很有真知灼见，而且表示了他的重视与欣赏："米谢莱与梯也里、基佐等人还有不同，他重视经济统计学、社会贫困、儿童命运等社会问题，他还很注意被压迫阶级对压迫阶级的反抗在意识形态中的反映，包括女巫故事等。目前，在法国对于这个学派的传统的研究有两个分支，一种是进步的，另一种恰巧是反动的，因为对待同样的材料可以有不同的解释，可见，材料问题是一回事，研究者的立场又是一回事，法国就有这样的学者，从反动的立场去研究米谢莱。还有的人说，米谢莱的思想是 19 世纪的小资产阶级的意识形态，这是似是而非的论点，因为米谢莱虽然当时是维护小资产阶级的利益，可是其历史作用并不限于此。"

我很高兴听到塞巴谢教授的论述和分析中有阶级论的成分，于是，我又向他提出法国 19 世纪浪漫主义的根源问题，既然他是 19 世纪文学的专家、雨果学的权威。当然，这是法国文学史上一个极为复杂的问题，因为，浪漫主义并不是一个阶级的文学现象，贵族阶级和资产阶级都具有自己的浪漫主义文学，而两者又有某些共同的表现形态，这样，对 19 世纪法国浪漫主义根源的分析，就既不能脱离阶级论，又不能仅仅限于阶级论，而必须考虑到全民族、全社会的某些条件和原因。对此，我当然想听听塞巴谢教授的分析。

使我感到意外的是，塞巴谢教授表示了一种特别的谦虚："这是一个复杂的问题，我也难以说清楚；不过，我想引用司汤达的这样一句话：'浪漫主义，就是一个世纪的青春。'在浪漫主义的概念里，凡是向往自由的就是浪漫主义的。19世纪二三十年代的政治形势，使得当时年轻的一代深感失望，他们要求自由，因此，有了浪漫主义。从这个意义上来说，浪漫主义这个运动一直没有完结，包括我们今天，仍有可能产生浪漫主义。"

他对浪漫主义的这番解释，当然与我们国内的文艺学和文学史的观点有很大的不同。如果我没有理解错的话，塞巴谢教授所说的浪漫主义的根源，应该到人们对于自由的向往中去找，反过来，只要是对自由的向往仍是人类的一种需要，浪漫主义就不会是过时的，它的再度产生也就可能。

我觉得这个解释有一定的道理，但并不全面。19世纪法国浪漫主义的产生首先与资产阶级在复辟时期要求政治上的自由与文学上的自由有明显的关系，资产阶级浪漫主义文学运动的主将雨果，就曾明确地说过，他们浪漫派在当时的目的，就在于争取"文学的自由主义和政治的自由主义能够同样地普遍伸张"。这当然是一种特定的社会要求，显然还不能只从人类某种抽象的要求来加以解释。何况，法国浪漫主义不仅有资产阶级的，还有贵族阶级的，对于后者，当然不能说其根源在于对自由的要求，而从这两个阶级的浪漫主义有共同的表现形态——如对夸张和想象的追求、个性的发扬与膨胀、主观色彩的浓烈等——来看，法国19世纪浪漫主义的根源，恐怕还在于大革命后，恐怖时期刚过去的那一段特定时期里全社会追求奇特和幻想、崇尚自我和主观的普遍心理状态。

塞巴谢教授刚讲完了他对浪漫主义的见解，从楼下上来一位中年妇女，她见了我们，很热情地过来表示欢迎，她显然是女主人，据塞巴谢教授的介绍，他的夫人是一位麻醉药物医师，在一家医院里任职。女主人很快就从厨房里拿出早已准备好了的小点心和零食，塞巴谢教授也拿出了两瓶酒。点心和零食一道又一道，每一道都是五颜六色，而且味道、式样与街上商店里的大不相同，显然是出自女主人精巧的手艺，可惜我的注意力几乎全都放在谈话上，来不及细细地品尝。这时，塞巴谢教授夫妇又向我们提出待会儿共进晚餐的邀请，并且告诉我们，当马第维先生和他们安排我们来访时，他们就向马第维先生提出了这一建议，马第维先生因为不知道我们的时间，所以要他们与我们当面商量。我当然不愿意在已经占用了教授先生两三个钟头后，再打扰他一顿晚餐，而且，我事先毫无思想准备，既没有按“赴宴”惯例带来一束鲜花，也没有带任何其他礼物，只带了一本我编选翻译的《雨果论文学》。但教授夫妇一片热诚，很快就打消了我的顾虑。

就共进晚餐的问题达成了协议之后，我和塞巴谢教授继续谈法国19世纪文学问题。我说，19世纪法国文学不仅在法国文学史上是一个黄金时代，而且在全世界人类的文学发展过程中，也是一个高峰；这样一个高峰的出现当然不是偶然的，它有文学发展的“流”的方面的必然性，也有社会现实生活的必然性，那么，塞巴谢教授对这些必然性有什么见解呢？

可是，塞巴谢教授并不承认我上述的前提，他并不认为法国19世纪文学和其他时代相比，就一定是一个更为突出的高峰。

“我认为法国20世纪文学并不比19世纪的逊色，以作家为例，当代的阿拉贡在声望上可与雨果、巴尔扎克比美，让·惹内与萨特都是如此，对于萨特，有些人不喜欢他，但他确实是一个正直、诚实、明智的象征，还有一个作家叫塞利纳，可以说是另一个奇特的高峰。”接着，塞巴谢教授针对我谈的问题发表了一点理论性的见解：“法国曾是一个帝国主义国家，在殖民战争中，它曾制造了适合帝国主义、殖民主义需要的意识形态，这在文学上也有表现，可是，反对帝国主义殖民主义的也大有人在，当然也就有反对帝国主义殖民主义的意识形态和文学艺术，所以，一个民族在文学上的黄金时代，一定是人们在政治问题上、在社会问题上有话要讲的时代，不仅法国如此，西班牙、英国、美国都莫不如此。”

我并没有因为塞巴谢教授在对法国 19 世纪和 20 世纪文学的评价上有不同意见而感不快，相反，我觉得这样交换意见，才可谓真正的“对话”，何况，我对法国 20 世纪文学并无偏见和恶感，因此，虽然我并不完全赞同塞巴谢教授对当代文学的评价，但的确还是乐于听听他这不同意见的。

接着，我们开始谈雨果。当然，先不可避免要谈到拉法格对雨果的评价，他们两人都是教授先生的同胞。我客观地介绍了一下拉法格的论点在中国的影响而没有带自己的观点，以至，据我猜想，塞巴谢教授可能以为我是拉法格论点的赞同者，他说：“拉法格关于雨果的论述是典型的粗暴批评，这并不是一种合理的马克思主义的态度，拉法格的毛病在于他不懂得意识形态具有可塑性，一种意识形态往往是在一定的条件下才把它的作用发挥得恰到好处，而他，却不看雨果在那种社会条件下所发挥的作用，甚至把他当作阶级敌人一棍子打死，这样做实际上对资产阶级有利。而且，拉法格的批评方法是片面的，他专道他人之所不道，攻其一点，不及其余。事实上，在过去法国所举行的雨果纪念活动中，曾经展出过很多很多文物，它们都证明了雨果是非常进步的，而攻击他的人显然是错了。”

然后，他又由此对文学研究的方法发表了一点意见：“文学研究和医学科学一样，最大的问题是要注意到个别性，医生懂得所有的病症，但他面对的始终是一个个别的病人，因此，诊断就不能千篇一律，文学研究也一样，它所面对的书本和篇章，犹如每个个别人的血肉，要以具体分析的态度去对待才行。”

塞巴谢教授对拉法格激烈的批评，可能不一定能为中国批评界一些同志所接受，但我以为他所讲的意识形态的可塑性，却有一定的道理，它使我想起了瞿秋白所指出的拉法格的缺点："没有充分地看到资产阶级的分化，而在考察文艺现象的时候，几乎完全抹杀了小资产阶级和非阶级化的资产阶级知识阶层的作用。"至于他对文学研究方法的上述见解，无疑是相当精辟中肯的，这对于我们分析阶级意识形态的代表和阶级思想家颇有参考意义，每一阶级的作家固然有其相同的共性，但用同一个批评模式去套用，实际上就失去了文艺批评的意义和科学价值。

而后，教授先生又触及雨果学中的一个重要问题，即雨果的人道主义问题，他这样坦率地表示他的态度："我所尽力维护的东西是人道主义与马克思主义原则的结合。我和我的妻子在一次旅途中遇见了法共老一代著名的活动家加香，我认为这个人是法国人道主义传统的一个象征，我当时听他这样说过，要实现人道主义与共产主义的结合，道路是艰难的，但我们绝不要灰心丧气，世界的那一端有个中国，正在变成红色的中国，世界将因之而改观。与加香相遇这件事，我永远也不能忘记。当时，在加香身边的是著名心理学家勒南的女儿，而勒南并不是马克思主义者。由此可见，真正伟大的思想家，与全人类的心都是息息相通的。"

塞巴谢教授所谈的是一个重大的理论问题，不仅远远关系到雨果，甚至远远关系到文学。我知道，他的这个观点在相当大的范围里有代表性，包括西方的共产党、工人党。在我看来，共产主义理论体系作为人类历史上优秀思想成果的继承，当然包括革命的人道主义，但共产主义作为人类历史上最先进、最科学的社会真理，显然又远远高出一般意义上的人道主义，特别是资产阶级人道主义。因此，我很理解塞巴谢教授的善良愿望，但我对他的观点不能不有所保留。

为了更好地说明他对雨果的感情，他邀我们到楼下的书房去看看他保存的有关雨果的文物，于是，我们就来到大门口旁边那个房间里。

房间并不大，不到20平方米，中央是一张大书桌，上面堆满了书和文稿，其零乱的程度似乎显示出了主人工作时那种忙碌、紧张的情景。“这幢房子原来是一个诊所，这间是它的挂号室，我把它改造成了书房。”塞巴谢教授用手朝房间的四周一摆，说道。四周是一个个像壁橱一样的结构。塞巴谢教授把它们打开，原来里面分门别类装着好些书。这些“壁橱”，显然是塞巴谢教授改造的结果。

塞巴谢教授先从一个“壁橱”里拿出一本又旧又黄的画册，薄薄的，只有十几页，封面画着雨果的头像，旁边有“正义”一词，画册的标题是《雨果笔下的图景》，作者是斯太思，出版于1902年，是雨果诞辰一百周年时的纪念出版物之一，封面上还标有“1802~1902”的字样。

“这些画，都是根据雨果在作品中和在文章中对拿破仑三世的帝国进行揭露和谴责画出来的，把雨果的立场态度、思想观点表现为漫画，这画册本身就说明了雨果在当时的进步性。”塞巴谢教授对画册做了一个简要的解释。

我当然很感兴趣，于是，就在塞巴谢教授的书桌前逐页仔细地看了一遍。每页一画，共有八幅。

我知道，这些漫画都是根据雨果的诗歌和政论中的原意绘制出来的，忠实地表现了雨果对第三帝国时期法国帝国主义内政外交政策的揭露和抗议，可以说是雨果的进步立场和战斗精神的写照。我刚看完了一遍，还没有来得及再看一遍，塞巴谢教授又从另一个“壁橱”里取出一本很古老的小书给我看，它倒不薄，可是只有一个录音带那么大小，我一看封面：“《惩罚集》！最初的一个版本！”

“是的，这本书是在国外印刷装订的，装订得这么小巧，是为了便于秘密地运到法国境内，因为，这部诗集当时在法国国内被禁。”

这就是列宁称为“充满革命气势”的诗集，过去我读《惩罚集》时，其中那些像投枪一样扔向拿破仑三世的诗句，就曾以悲愤的正义力量、磅礴的革命精神给我以深深的感动，然而，那些都只是从书面上得到的感受，而眼前的实物却是这样具体，它似乎是一个缩影，清楚地呈现出了当时革命者、进步人士如何把它偷运进国境，而它又如何在人民中秘密流传的情景。于是，我向塞巴谢教授提出了一个要求，我要拿着这本诗集和他合影。他当然欣然同意了。

他看我对这 19 世纪的“宣传品”如此感兴趣，又拿出了一篇篇像传单一样的印刷品，它们都很古旧，格式和那本诗集一样，也像录音带那样小，我仔细一看，原来是印成单篇的《惩罚集》中的一些诗或雨果的杂文政论，这些诗和政论的传单显然也是当时的秘密宣传品，而且，它们以传单的形式出现，似乎更标明了它们作为革命宣传品的性质。

接着，塞巴谢教授又一一向我展示他书房里那些数不清的“古董珍玩”：

这是雨果揭露拿破仑三世发动反动政变的小册子《小拿破仑》的第一个版本；这是《悲惨世界》最初的出版广告，它指出这举世闻名的长篇开始写作于 1848 年以前，一直到雨果流亡国外才最后完稿，它还介绍“这是一种描写社会苦难的史诗般的作品”；这是《巴黎圣母院》1844 年版，它是这部小说的最好的插图本；这是 18 世纪著名小说《吉尔·布拉斯》珍贵的 1820 年版；这是法国资产阶级浪漫主义文学的先驱斯达尔夫人的小说《苔尔芬》1809 年的原版；这是 A. 凯凡的《社会主义哲学》，作者是米谢莱的好友，这本书论述整个人类思想发展的历史，是 19 世纪中很有价值的论著；这是法国 19 世纪民主主义歌手贝朗瑞歌曲集最初的 1834 年版；这是米谢莱的名著《法国史纲要》的 1855 年版；这是 19 世纪法国重要思想家拉墨莱的《人民手册》，此书是作者思想转变的一个标志；这是贵族浪漫主义文学的代表人物夏多布里昂的《殉教者》的 1810 年最初版本……

塞巴谢教授一一展示的时候，我真有在山阴道上应接不暇之感，这时，我才发现，这个书房的四壁几乎全是版本古老的旧书。真是十足的古色古香。原来塞纳河旁旧书摊上有价值的旧书都进了塞巴谢教授式的学者的书房，难怪我在那些书摊上没有发现什么奇珍……

我们在教授的书房里流连忘返，不知不觉时间已经过了将近一个钟头，如果这时告辞道别，我就已经感到“满载而归”了：我见到了有关雨果的文物和那样多珍贵的版本，我也了解了法国一位名学者的思想倾向、学术观点、研究方法以及生活条件，所有这一切就很丰富了。何况在这之后，还有一顿丰盛的晚餐，美味的汤和主菜，香甜的冰淇淋，爽口的水果和愉快的谈话，应有尽有……

她耕种自己的园地

——娜塔丽·夏洛特

娜塔丽·夏洛特是我旅法期间所访问的第三位“新小说”派专家。这倒并非是因为我在罗伯－葛利叶、米歇尔·布托与她之间做了主次的区别，而只是由于联系、时间等一系列技术性原因；说实话，我不仅没有把她摆在一个较次要的地位，相反，内心里对她更少一些保留。

她的照片大多是从侧面拍摄的，我几乎没有见过她的正面相，只除了1959年她与“新小说”派全体同人在午夜出版社门口合影的那张，但那是一张远景，只有一个大致的轮廓。如果从当代文学书刊上常见的那张侧面相来看，她面部的线条比较硬，使人很容易猜想她是一个性格冷淡、不易接近的人，至少我个人是这样想的。

然而，当我们来到她面前的时候，我很快就得到与过去的猜想完全不同的印象。她自己出来开门迎接，帮我把外衣脱下，然后，引我们进入她的书房兼会客室。她的语气、她的态度、她的动作，都是那么平易近人，甚至有一种长者母性的亲切，使你并不感到在你面前的是一位世界闻名的大作家。我当时就有一种模糊的直觉，感到她和我所见过的法国文学中另外两个杰出的妇女西蒙娜·德·波伏瓦与尤瑟纳尔似乎有很大的区别，那两位都有一种高级职业妇女和名流的气派，而娜塔丽·夏洛特却丝毫没有。是的，她的经历的确与她们完全不同，她早就结了婚，是一个家庭的主妇、三个女儿的母亲，她主要是待在自己的家里，把精力几乎完全贡献给了自己的孩子和自己的书，而远离充满了喧嚣的巴黎文学界的社交活动，当然，更不像西蒙娜·德·波伏瓦和尤瑟纳尔那样，从事广泛的社会活动和世界旅行。

她的衣着朴素，色调深暗，只是随便地围在脖子上、飘在胸前的那条薄薄的黄色绸围巾，显示出了巴黎服式的潇洒风格。她的书房有些老气，四壁是深咖啡色的天鹅绒的帷幕，沙发和陈设虽呈不同颜色，但基调也像她的衣着一样深暗。书架上有些古旧的书，墙上有几幅美术作品，其中现代派的居多。

我首先按照惯常的礼节向她表示，我能来会见法国文学界中一位现代派的大作家“深感荣幸”，但我还没有讲完这句话，她就谦虚地把“深感荣幸”的所有权抢过去，笑着说，“深感荣幸”的应该是她，因为活到了这样大的年纪，没有想到会有一位中国作家来看她，这对她来说，还是生平第一次。

她的法语讲得纯正而漂亮，一点也没有俄罗斯血统所带来的杂质，当然，早在1904年，当她2岁的时候，她就离开了那个国家，一直在巴黎长大、求学、就业、写作，早已完全是一个巴黎人了。不过，问题不在这里，她的法语的确要比一般巴黎人讲得更悦耳，不仅吐词清晰，语调自然而富于变化，而且，音色特别好，她有着女中音的素质，她的声音本身就有一种深厚、深沉、圆润的魅力，对不起，它使我想起了苏小明……而且，她的面貌轮廓和线条，也并不像照片上那样冷、硬，而当我说，我来到巴黎会见了一些法国当代最著名的文化界人士，有如同走上了法兰西文化的奥林匹斯山之感时，她理解了我这个比喻中某种开玩笑的成分，也笑了起来，这使我感到了她性格的随和和富有幽默感，她一点也不企图赋予我们这次会见以一种肃穆的格调，就像西蒙娜·德·波伏瓦那样。在我面前的这位老太太的确非常令人喜爱！那些该死的摄影记者，怎么把她的形象拍摄成那样的呢？

我本来准备一开始就和她谈现代小说中的心理描写问题。但我前次在与罗伯-葛利叶会见的时候，曾听他说起了娜塔丽·夏洛特，据他说，娜塔丽·夏洛特并不完全同意批评界把她划入“新小说”派。因而，我先就此向她提出一个问题，究竟她是否把自己视为“新小说”派作家。本来，这对我来说，是一个不成问题的问题，只不过因为有了罗伯-葛利叶先生的那句话，我才不得不向她提了出来。

“我完全同意把我划在‘新小说’派之中，因为归类和划分的问题，不取决于自己的意愿，而是一种客观事实的反映。”她迅速而明确地做了回答，接着又详细地叙述了她所走过的创作历程，“不过，事实上我比其他被称为‘新小说’派的那些作家写被称为‘新小说’的小说要早得多。我开始写第一本小说是在1932年冬天，但是，这本小说到1939年才出版，出版后没有任何反响，因为第二次世界大战很快就爆发了。战后，1947年，我写了《无名氏肖像》这部小说，萨特还为它写了一篇序，但也没有多大反响。我继续写下去，在当时，基本上只有我一个人在写这种‘新小说’，可以说是在‘孤军奋斗’。不过，我在这样做的时候，并没有想故意独树一帜，创建什么新的流派，我的想法很简单：为什么不可以改变原来传统的写法，用另外的手法来写小说呢？比如说，不一定写出一个完整的故事，不一定按时间顺序去写，也不必严格拘泥于编年史的概念，人物也不一定要写得很完整，非得要有历史、有身份、有形貌不可，对话也不一定要连贯、系统，按我的想法，倒是可以集中只写很短暂的片段时间里的那种复杂的心理活动。我这些想法，这些考虑，并不是有意要反对巴尔扎克，我对巴尔扎克是很崇敬的，他的《人间喜剧》的确是规模宏大的天才巨著，但他的写法完全是传统的，我只不过是想在手法方面另外找一条路子而已。到了1950年，我专门写了一篇论文，那就是《怀疑的时代》，我在那篇文章里阐述了写小说不是完整地写而是分解式地写、解剖式地写的观点，以后，我又写了其他的文章，于

1956年汇编成一本论文集，书名仍叫《怀疑的时代》。这本书所论述的理论问题，大致有这样三个方面：第一，为什么就不能用分解的办法来写小说呢？第二，表面的对白与内心的对白，即口头上的对白与不是通过平时的话语而在内心之中进行的对白。第三，对事物的描写是满足于摄影式的外部描写，还是要追求艺术性的更深刻、更内在的描写？这个论文集的出版，使文学界开始注意到我和我的主张，由此导致了以后一系列的事情。”

在娜塔丽·夏洛特所讲述的这个过程中，有一些情况虽然是我过去从法国书刊上读到过的，但总不及作家本人加以说明来得宝贵，特别是，她的说明在有的问题上，还订正了我过去所掌握的材料，比如说，过去有些材料说她从1947年开始进行“新小说”的实验，那只是从《无名氏肖像》的出版算起而已，事实上，她所讲的那第一本小说《向性》要比这早得多。这是一本与传统小说不同的作品，在这本小说里，萨特后来在《无名氏肖像》的前言中所总结的夏洛特式的心理描写已经表现得很清楚了，照萨特的说法，娜塔丽·夏洛特笔下的人物的内心世界，是一种像“原形质的活动的图景”，是“一些伸伸缩缩、变形虫式的运动”。请看这样的句子：“他的思想好像鱼吐出来的一种唾液一样向她渗透，紧紧贴住了她，深深地黏在她身上……”然后，第二部著名的作品就是《无名氏肖像》了，在这里，既无完整的故事，又无动人的情节，只不过是写叙述者自己如何去窥探一对父女，然而，它却得到了萨特高度的赞扬，萨特认为这部作品“把一种能超过心理学而在人类存在本身中达到人类现实的技巧，发展到了最高顶点”。

既然娜塔丽·夏洛特早在20世纪30年代初就进行了新的实验，40年代又创作了成功的作品，当然她在文学史上作为“新小说”派的开拓者的地位是毫无疑义的，虽然，“新小说”派的出现的确是在罗伯-葛利叶的作品和理论发表以后。这种情况和过去的浪漫主义文学运动也有相似之处。雨果以他的《〈克伦威尔〉序》和剧本《欧那尼》，成为这个运动的领袖人物，但在他之前，还有斯达尔夫人，以她的理论和创作而言，她无疑是法国浪漫主义文学的先驱了。我接着娜塔丽·夏洛特的那一大段叙述，按我以上的理解，讲了讲我对她作为一位开拓者的认识，也讲了讲我把《怀疑的时代》也视为“新小说”，也就是“反小说”的最早的理论宣言的看法。因为我用了萨特在《无名氏肖像》的序言里第一次用的新术语“反小说”，所以她对此又做了一点简单的补充：“萨特的意思是说，我的那本小说是与传统的写法反其道而行之的。”也正因为我提到了《怀疑的时代》在理论上的意义，所以，她又对有关的情况做了详细的说明：“《怀疑的时代》中的那些文章，是在萨特创办的《现代》杂志上发表的（其实，她自己记得不准，其中《对白与潜对白》并非发表于该刊——笔者），当时，罗伯－葛利叶已经出版了《橡皮块》和《漠然而视》，正在写他的《嫉妒》，他因为有那两本小说，所以比我更为读者所知。他读了《怀疑的时代》以后，就来看我，我们两人交换了对小说的看法和写作的心得，然后，又在一个古堡里聚会，罗伯－葛利叶提出建议说，既然我们志同道合，为什么不能创建一个团体件的流派，把我们的意见集中地表现出来？因此，他为《怀疑的时代》写了一篇文章，他又另写了一篇文章，那就是《未来小说的道路》，文章有一副标题，引用了《怀疑的时代》中的一句话，大意是说，小说与其他艺术形式一样，也可以进行改革。1957 年，当《嫉妒》在午夜出版社出版的时候，罗伯－葛利叶把我那已经绝版了的《向性》也再版了，因为他是那个出版社的主任。不久，《世界报》上发表了一篇评论文章，作者是爱弥尔·昂里欧，他看了这两本书后，认为它们是‘新小说’，‘新小说’这个词就是他第一次用出来的。后来，爱弥尔·昂里欧又发现了米歇尔·布托、克洛德·西蒙，这样，就形成了‘新小说’派这样一个团体性的东西了。不过，罗伯－葛利叶在论《怀疑的时代》时就已经指出，我们的共同点仅仅在于认为小说也应该像其他艺术形式一样可以加以改革，至于我们的方法，彼此却有很大的不同。我是着重在内心描写，在这方面有完整的一套方法，罗伯-葛利叶对内心描写则不感兴趣，他主要是致力于描写外部世界，描写物。而物，对我来说，只不过像化学中的催化剂一样，它们只起催化作用。”

娜塔丽·夏洛特把这些情况讲得有条不紊，使我当时就觉得她勾画出了“新小说”派形成的过程，其中的某些细节，显然只可能由作家本人来提供，书上是看不到的。我静静地听着，贪婪地做了记录，一点也不嫌她讲得过于琐细，何况她的声音是那么悦耳，如果要形容的话，真有点像音乐。

我结束了关于“新小说”派全局问题的谈话，开始谈到她自己：“我知道您青年时代在大学念过社会学，毕业后又从事律师的职业，您的学历和职业一定使您对外部世界、社会生活、人情习俗、现实问题，拥有丰富的知识和深切的体验，这些都是造就一个传统的现实主义作家的条件，以您这些条件来说，您本可以成为巴尔扎克式的小说家，但是，为什么您成了‘新小说’派作家，用有些人的说法，也就是反巴尔扎克式的作家？”“很简单。正因为我在开始创作的时候，对现实有所了解，所以，我深知，如果我完全陷入巴尔扎克、司汤达的道路，置身于他们那个派别，我不过是重复他们而已，他们已经把外部世界、社会现实写得非常杰出了，几乎所有描写现实的方法都被他们用到了顶点，我跟着他们走就肯定不会有打上我自己个性烙印的东西。于是，我通过巴尔扎克与司汤达的世界，发现了我自己的小小的天地，这个天地不论怎么小，毕竟还是我自己的，我所指的小天地就是我对人的内心世界的描写，这是我第一次发现的东西，我写作的方法，我语言表达的形式，都是在文学中第一次出现的，和过去传统的写法完全不一样。”

为什么她要强调是“第一次出现的”呢？她把普鲁斯特、伍尔夫、乔伊斯这些描写意识流和潜意识的先驱置于何地呢?“您在开始写作的时候，读过普鲁斯特的作品，受过他的影响吗?”“您 20 世纪 20 年代曾在牛津游学，那时伍尔夫、乔伊斯都已经发表了他们的作品，您是否在那时接触过他们的作品?”“您认为在对内心世界的描写上，您与他们有什么共同和不同，您认为在哪些方面发展或修改了他们的方法?”我接二连三地提出了这些问题。

她的回答很坦然，也很具体:“我是在 1924 年读了普鲁斯特的作品，以后，1926 年、1927 年又读了伍尔夫和乔伊斯的作品，他们对我都有很大的影响，使我发现了我自己。特别是普鲁斯特，首先给了我启示，使我看到了一个整个的内心世界，从而找到了我自己的道路。”然后，她又满足了我的要求，把普鲁斯特、乔伊斯和她自己做了一些对比，“我从普鲁斯特的作品里，看到了一个微观世界，这个世界写得很深很细，不过，我发现，普鲁斯特笔下的微观世界是静止的，比如说，他通过人物的回忆，通过一件客观事物引起人物的联想，把在人物内心里呈现出来的情景和过程，再现得很清楚，但这些只是静止的画面。他微观世界中的具体事物都是静止的，他只不过是把原先遗忘的东西重新很细腻地描写了出来而已。乔伊斯却不是这样，他把内心的独白表现为一种运动；如果说普鲁斯特表现的是一种静止的形式，那么，乔伊斯则表现了一种运动的形式。至于伍尔夫，她对我也有影响，伍尔夫的特点是表现人对现实的一瞬间的感受。他们对我都有启发，都有影响。不过，我没有像普鲁斯特那样对内心世界进行描绘性和分析性的描写，我与伍尔夫、乔伊斯也有不同，他们写的都是内心独白，而我不仅写内心独白，而且写内心独白的前奏，即内心独白前一瞬间的心理活动。我总是抓住某种感觉刚开始发生的那一刹那，比如，一个人脸红了，他脸红的这一瞬间的感情是很微细、很复杂而很短暂的，他为什么脸红，他是怎么脸红的，他脸红的心理内容是什么等，我经常写的，就是这类心理活动，这是我的特点。我个人认为，在一瞬间的感觉这个问题上，所有的人，不论是什么民族、什么阶层的人，都是一样的，或者说都是相像的，甚至在思想、言论、行为等各方面相差天壤的两个不同的人，在这一点上也是相同的或相像的”。

不论当时或现在，我都觉得娜塔丽·夏洛特的这段话是颇有价值的，尤其是对我们中国的文学研究界和批评界。近年来，国内文艺界对西方文学中的意识流和潜意识的描写很感兴趣，然而，往往把意识流这样一个随着20世纪心理学的发展而在文学中出现的描绘手法，当作了一个流派，这是一个显然的误解。意识流描写的手法事实上可以为不同流派的作家所运用，也可以出现在不同风格和流派的作品中，而且，意识流描写、潜意识描写也是一个广阔的天地，可以允许不同的作家采取不同的手法，呈现出丰富多彩的面貌。国内一些论者过去对这个问题的理解无疑有些笼统，似乎只要被称为“意识流”，就都是一回事。而娜塔丽·夏洛特却在我的面前，分析了普鲁斯特、伍尔夫、乔伊斯和她自己在意识流描写上各自的特点。

的确，我们不妨把普鲁斯特的名著《追忆似水年华》看作是关于过去生活的一幅幅“静物画”，在叙述者内心中呈现出来的，是现实生活一幕幕完整的场景，是具体事件脉络清晰的发展过程，甚至连主人公听到的乐曲和对乐曲的感受，也被作家凝固为描绘性的文字，只不过，所有这些都连续地出现在叙述者的回忆里，因而形成了一股意识之流。而在乔伊斯的名著《尤利西斯》里，则不是静止凝固为形象画面的往事在脑海里符合逻辑的连续搬演，而是代表着、体现着现实生活某些内容的形象、意象，杂乱地在头脑里的跳跃飞动。至于娜塔丽·夏洛特，她并没有完全重蹈普鲁斯特、乔伊斯的旧路，而致力于表现人物口头的话语和内心的话语以及隐藏在这些话语后面的一刹那的近乎生理性的精神现象，她以那些情节平淡无奇的小说：《向性》《无名氏肖像》《马特洛》《行星仪》《金果》《生与死之间》，显示了她在心理描写上的特点，以至她在一个中国研究者面前完全有资格自称找到了自己的创作个性和自己的形式，自称自己的方法在文学史中是第一次出现！我感到她的这段分析对比不仅展示出了西方文学中意识流描写的多样化，而且标出了现当代文学中这几位意识流描写的大作家各自不同的贡献以及他们在文学史上的地位，因而，在听着的当时，就为获得了这段有价值的谈话而深感高兴。

既然她在心理描写上有如此的讲究，那么，她在形成和运用这个方法的时候，是否钻研过心理学，比如弗洛伊德学说呢？我在上述谈话的基础上，又向她提出了新的问题。她的回答，如果不是使我大吃一惊的话，至少也是大出我的意料的：

“我向您透露一个秘密，我很讨厌弗洛伊德。他正好和我相反，他的心理分析学把人类的感觉划成各种各样的类型，而我却不是这样。我认为，人内心一瞬间的感觉正好是不能分类的。特别令人不能忍受的是，弗洛伊德把人类的任何行为的根源都归结为‘性’，这是把人类降了一格，贬低了人类，其实，人类的感觉并不是像弗洛伊德所描绘的那样。”

夏洛特说到这里，我叫好起来，连称“这是一个精彩的观点”，我们都不约而同发出了笑声，这笑，显然对20世纪的那位心理学大师有点不敬。

娜塔丽·夏洛特继续她的批评：“拿对儿童的教育来说吧，要用弗洛伊德的学说就会很糟，弗洛伊德把任何事情都归结为性，那么如何解释一个孩子对父亲、母亲、祖母的任何感觉呢？怎么能把一个孩子所有的感觉以及他们与自己长辈的关系都归结为性呢？那是不近情理的，那歪曲了人类的心理，您同意吗？”她问我。

对于一个习惯于把人的一切归结为社会历史根由的中国研究者来说，怎么会不同意她对弗洛伊德的批评呢？她对我的同意表示高兴，并且在兴头上又向弗洛伊德打了一巴掌：“弗洛伊德的观点，真是一个极大的不幸。”

接着，她几乎没有停顿地把她的观点更深化一步：“再比如说，我对弗洛伊德学说的潜意识也不感兴趣，因为，我们不知道潜意识中究竟有些什么东西。正因为不知道潜意识的确切内容，所以，谁高兴说里面有什么就有什么，当然也就可以把所谓潜意识中的任何东西都归结为‘性’了。我认为，人类的心理活动都是有意识的，只不过这个有意识的活动发生得很快，在人的感觉中一闪而过，我们不能因为它们是一闪而过，就认为它们是无意识的，而不是有意识的。”

娜塔丽・夏洛特不赞成潜意识，这对我来说，又是一件出乎意料的事，不过，这倒更加深了我对她作为一个现代派心理描写大师的认识，而且，深感过去我们国内某些论者把潜意识和意识流画等号有失细致，意识流和潜意识并不是一回事，夏洛特写意识流，可她反对潜意识。

关于她的小说，似乎谈得差不多了，我开始提关于她的戏剧创作方面的问题，请她谈谈她是如何把她的内心描写的方法运用在戏剧创作上的。娜塔丽・夏洛特回答说：“在小说中，可以对人物在现实生活中的短暂的感觉进行描写，但在剧本中就不允许这样做了。我在剧本创作中，主要是把短暂的感觉用会话的形式表现出来。在现实生活里，两个人进行对话时，总要有思想感情的交流，比如说，一方谈他的童年，谈他的生活，如果另一方无动于衷、毫无感觉，那谈话的一方就无心再讲下去。我在自己的剧本中，虽然是表现人们这种思想感情并不交流的状态，但我却让讲话的一方继续讲下去，就像另一方很愿意听而且听进去了似的。”

我感到她所讲的她的戏剧特点，似乎和她小说中人物对话的特点并非完全不同，那些人物的对话都是“老生常谈”，实际上并没有真正的思想感情的交流，而只有各自内心中复杂隐秘的感觉和心理活动，于是，我接着她的话谈到了夏洛特研究中经常用的一个术语：Lieux

Communs，它是萨特在《无名氏肖像》的序言里最先用出来的。

“啊，Lieux Communs，这正是我的不幸。这个术语有两重意义：一是‘大家碰头会面的地方’，一是‘老生常谈’。按照萨特的观点，人是不能避免Lieux Communs的，文艺也不能避免，因为文艺本身就是大家碰头会面的领域。所以，也可以说，我把人们碰头的地方都收罗在我的作品中了，也就是说，把现实生活中那些老生常谈都收罗在我的作品中了。但是，我同时又把老生常谈底下那些心理活动表现了出来，那些又正好是平时的老生常谈中所不具有的，是不形之于外的隐秘的内心活动。从这个意义上说，我所描写的并不是老生常谈。”她讲这些话的时候，多少带点幽默的笑，我也就半开玩笑称颂她这段思辨性的话里颇有辩证法，这使她笑出了声。

我们接着从“新小说”派问题谈到文学艺术的创新，娜塔丽·夏洛特说：“我认为任何模仿性的东西，都是令人遗憾的，一个艺术家应该具有自己的特色，在艺术上要追求这样的境界：只有我这样写过，而别人从未这样写过。”接着，她针对后来一些模仿“新小说”派作品的青年作家（即新“新小说”派）不成功的例子，举出了法国20世纪大诗人瓦莱里的一句话，大意是说，成功还不够，还要别人在我成功的地方遭到失败，那才是真正的成功。她认为，这句话颇为玩世不恭，但也有点值得玩味的意思。我也强调了艺术创新在艺术发展中的重要性，在我看来，文学艺术的历史其实就是由不断的创新和改革所构成的，并且，我认为，在“新小说”派的创作实验中，娜塔丽·夏洛特的方法比较符合艺术创作规律，它开阔了心理描写的道路，因而有一定的价值。对我的这段话，夏洛特表示了感谢，并且说，“这话出自像您这样一个中国评论家之口，对我这一生来说也就足够了！”我不得不自我解嘲地说：“也许我是一个先锋派的评论家。”“哦，有这样一个也很好了，但是在我们法国，倒还有一些后锋派的批评家呢。”我知道她所指的是那些拘泥于传统而反对“新小说”派创作的批评家。的确，“新小说”派作家包括她娜塔丽·夏洛特，过去和现在都受到过这些批评家的非难和谴责，但我总觉得对“新小说”派应该细致地加以分析，既不能全盘否定，也不能毫无保留。于是，我提出了一个带保留性的问题：“您的作品在内心世界方面，的确有自己的特色，请问，您除了要表现这种感觉的状态和图景外，是否还想表现某些带社会性的见解和问题？”毕竟我没有把她所有的作品都读全，不能由我用估计代替论断。

“不，我的小说没有这类东西。”她的回答证实了我的估计。她回答得很干脆，似乎并不认为这是她的弱点，而且充满自信地说，“使我高兴的是，我的作品并不因为没有描写别人的生活情景而不为别人所理解，所接受。比如，一个工人读我的《行星仪》，当他读完的时候，他说‘这很容易理解’，没有什么比这更使我高兴的事了。因为，我并没有写工人的生活，但他们却理解我写的东西。有一些感觉，对人类是共同的，如，虽然我们并不了解陀思妥耶夫斯基所处的社会现实，但我们在读他的书的时候却很理解他。”

既然是交换观点，我也就不得不把我的保留讲得更清楚些：“如果说可以通过一滴露珠看阳光，可以通过一朵野花看天堂[①]，那么，如果能让读者通过您所描写的某种心里感觉，看出更多更深刻的社会性的东西，难道不是更好吗？”

“对！”这是她简短的回答。我倒并不觉得是我得了一分，我只觉得娜塔丽·夏洛特具有一个正直的作家实事求是的良知，她毕竟是承认了那无情的艺术规律以及自己的创作和它之间的差距。这个矮小的老太太，既没有走巴尔扎克、司汤达的路，也没有去模仿普鲁斯特与乔伊斯，又与弗洛伊德保持了距离，她所耕种的那块园地虽然气派很小，但毕竟是她自己的！

① 典出英国诗人威廉·布莱克。

《10／18丛书》和它的转向

——访克里斯蒂安·布格瓦

好几年前，我就曾经接触过克里斯蒂安·布格瓦先生和他主编的《10／18丛书》。

先是在1979年，法国出版家代表团应中国书店的邀请来华访问，在中国书店的安排下，代表团在北京期间，与文化、教育、科技各界人士都举行了分组座谈。我在文学艺术组的座谈会上，第一次认识了克里斯蒂安·布格瓦先生，当时我所见到的他是这样一个形象：衣着讲究，风度潇洒，嘴角上常挂着一个温文尔雅的笑，笑意中还带淡淡一点忧郁。他是代表团中文学出版方面的代表，发言最多，无疑是那些出版家中知识最为丰富者。

座谈后的第二天，代表团在北京饭店举行答谢酒会，在那次酒会上，克里斯蒂安·布格瓦先生最为活跃，他非常主动、非常热情地与中国文化界、出版界人士进行攀谈，没有那些大出版社的代表那股矜持劲。他对中国文学表示了浓厚的兴趣，看来很想找些选题以便在法国译介、出版。在酒会上，我们与法国出版家代表团互赠了书籍。在我们所得到的书籍中，就有几本属于布格瓦先生主编的《10／18丛书》，还有几本他所编的现代派的美术杂志。

那是我第一次见到《10／18丛书》。书的长度与我国的小32开本的书籍一样，宽度却又不及，书面上印着“10”、“18”两个数字，代表丛书的名称，当时，我觉得这丛书名有点像谜语一样难以理解。

至于那几本杂志，我也从未见过，当时一看，我就感到，即使在法国，恐怕它们也是“曲高和寡”的东西。

再过了几天，法国大使馆为法国出版家代表团的访华举行酒会。在这次酒会上，我向布格瓦先生谈了谈我翻阅了他所赠阅的几本《10／18丛书》后的初步印象，那是几本文学史论的书，虽然作者并非名家，但还颇有见地，它们都是学术性的，显然不会给出版家带来经济上的好处。布格瓦先生则向我表白，他出版的路子并非纯商业性的，他很注意出版有学术价值的论著，虽然那类论著在经济上往往使他遭到损失，就以他出版的那几本美术杂志而言，他可亏了不少，因为这种杂志每期只能销售300本。他说着的时候，我感到他似乎既带有事业家经受了失败的某种哀愁，又带有文艺鉴赏家为了纯艺术而宁愿牺牲功利的一种自豪。

一年多以后，法国出版家代表团第二次被邀访华，文化部为他们的书展举行了剪彩仪式，中国书店又一次为他们安排了与文化、科技界人士的座谈。这次代表团的成员几乎全都更换了，只有一人例外，那就是克里斯蒂安·布格瓦先生，他又带来了一些《10／18丛书》参加书展，当然是为了扩大他的出版物在中国的销路。

从这两次访华的情况看，我明确地感到，布格瓦先生与巴黎那些“稳坐泰山”、派头十足的大出版家不同，他显然还没有在出版界最后立定脚跟，他还需要到处奔波，努力奋斗，为了他的事业，为了他的丛书。看来，他的确相当精明能干，文化修养也颇高，然而，这能否保证他成功，还很难说。

到了巴黎，我对《10／18丛书》有了全面、直接的了解。每当我在图书馆或大大小小的书店里看见这一套丛书时，就愈感到它规模的巨大和特色之鲜明。它几乎无所不包，可以说是一个“万有文库”，从学科来说，文学、哲学、历史、语言学、社会学、经济学，凡社会科学、人文科学的书都应有尽有；从书的类别来说，有学术论著，有批评随笔，有历史上的名著名篇，也有文献资料、传记、回忆录等；从书的作者说，既有思想史、文化史上的名家，也有大量当今法国各学科论坛上的新手，而且以这类新手居多，显然，《10／18 丛书》已成为他们出版自己第一本论著的基地。既然《10／18 丛书》的作者很多都只是初露头角，并不广为人所知，因而，他们就只能以其论著的专深和别开生面取胜。举一个例子来说，这套丛书中有一本关于“新小说”派的专著，全书分为若干专题，分章论述“新小说”派与传统、社会、政治的关系，以及它的技巧的各个方面，每章由一个研究者执笔，每章的后面都附有“新小说”派的主要作家与研究者就本专题进行讨论的发言记录，这样，就构成了一本很有特色的研究性的著作。除此而外，《10／18 丛书》在选题的范围方面，也显示了编者广泛的兴趣和他企图向读者全面提供人类思想文化宝库中各种有价值读物的努力，在这套书里，我们不仅可以看到康德、黑格尔的名著，而且可以看到马克思的《资本论》，马克思、恩格斯的《共产党宣言》，列宁的《国家与革命》，斯大林的《列宁主义基础》，毛泽东的《论中国革命战争的策略问题》，刘少奇的《论共产党员的修养》，鲁迅的作品……

但与此同时，我又发现两个情况，一个情况是：几乎所有的书店以及卖百货兼卖文具书刊的商店，只要是出售廉价书或者大打折扣，其中总有好些《10／18 丛书》，我看着那些书店门口一大堆陈旧的廉价书中经常夹杂着一些崭新的《10／18 丛书》，总不免有点为布格瓦先生感到惆怅。显然，他的丛书销路不好，经常被商人贱价处理，原因也很明显，他这套丛书商业性不强，其中“叫座的”畅销书实在太少太少。

另一个情况是，《10／18 丛书》仍然在大量地出书，但路子有了很大的改变，上述那些各学科的颇有特色的论著都不出了，近来出版的绝大多数书籍，都是英美著名的小说作品，有古典的，也有现当代的，从英国的狄更斯、奥斯丁、史蒂文森、柯南·道尔、吉卜林、伊夫林·沃、威尔士、毛姆、多丽斯·莱辛，到美国的杰克·伦敦、阿兰·肖莱汉、亨利·詹姆斯、诺曼·梅勒、纳伯克夫、田纳西·威廉士……这个路子当然使书的销路好多了。这些书在书店里都陈设在漂亮的书架上，定价相当高，从来没有见过有廉价处理的，而从这些译本出版的数量和规模看，布格瓦先生显然振兴了他的事业，看来，他的丛书开始赚了不少钱，只不过，丛书原来的性质和特点几乎完全丧失了。

当然，看得出来，他也企图在他的丛书中出版一些表现自己"特色"和"个性"的书籍，但也和以前完全不同，他不再出版有价值的理论著作，而是出版别的出版社没有注意到的作家作品，或者是别的出版社由于种种原因而没有出版的某种"尖端"作品。前一类书倒的确显示出布格瓦先生作为出版家与众不同的鉴赏力，如他发掘了过去不大为人注意的鲍里斯·维昂①与波罗斯②，后一类书则明显地迎合某种即使在法国也是"出格的"的趣味，以求谋取利润，我这里指的是他在《10／18丛书》中收入了法国18世纪有名的色情作家萨德几乎全部的作品。

布格瓦先生的办公室是在靠近卢森堡公园的出版家联合会那幢大楼里。出版家联合会是法国第二大出版集团，布格瓦先生的编辑部是这个集团的一部分。他办公室的墙上有一些颇为别致的装饰品，其中有他发掘和大肆宣传的两个作家的画像：鲍里斯·维昂与波罗斯，有他到北京去旅行的行李签条，有他在北京酒会上与艾青的合影……

一开始我就把问题集中在《10／18丛书》上。我先问他，"10／18"这个奇特的丛书名意味着什么。他告诉说，此名并无任何含义，只不过是标明书的尺寸而已：书面宽10厘米，长18厘米。接

① 鲍里斯·维昂（1920～1959），法国当代作家，以多才多艺著称。

② 波罗斯，美国当代作家，思想倾向属于"垮掉的一代"。

着，他应我的要求叙述了这套丛书的沿革：

“它创办于1962年，已有20年的历史，经历过三个阶段。第一阶段，从1962年到1964年，各种选题都有；第二阶段，从1964年到1968年，主要是出版文学书籍；第三阶段从1968年开始至今，由我负责。20年来，这个丛书在我上任以前出版了150种左右，我上任至今出版了1000多种。从我开始负责的时候起，为了满足新一代青年人的需要，我出版了很多政治理论的书籍，马克思、恩格斯、列宁、斯大林、毛泽东和鲁迅的著作都有。另外，我也出版了很多作家和评论家的处女作，使他们有了一个园地。”布格瓦先生对他过去这一“历史功绩”，看来是怀着一种缅怀之情的。

然后，他谈起了他的辛酸和他的转向：“以上这些书销路并不理想，特别是那些作家、评论家的处女作。如果我印1万本，一般的情况下，我只卖掉4000本，这样，10年以来滞销积压的书就有两三百万本。这一方面积压了太多的资金，再一方面也没有那么多地方库存这些销不出的书籍。而且，因为石油涨价，纸张价格涨了一倍，原来很便宜的纸张一下就成为奢侈品，书的成本更高，而在法国，书籍的发行也有困难，您在巴黎，到处可以见到我这套丛书，但在外省就会很少见到。发行方面的困难，对于小出版社来说，是很不幸的，我很羡慕你们中国，有一个全国性的发行网，书籍一出版，就可以在全国销售。

“所有这些原因所造成的经济上的困难，使我不得不改变原来的路线。我不是为了赚钱，而只是在赔钱与不赔钱之间做出选择。我被迫去出版销路好的书，再也不出那些处女作了，而主要是出版英美文学作品。应该告诉您，我自己并不是资本家，我只是高级职员。过去有几年，我曾经为我们这个集团赚了钱，而从1975年到1981年，我使我们的集团亏了本。我是这个集团五个领导成员之一，虽然并没有人因此而怪我，但我当然应该主动地改变出版方针。”布格瓦先生所讲的“集团”，是指法国出版家联合会，这使我搞清楚了，他的办公室为什么设在这个联合会的大楼里。

也许是因为布格瓦先生和我并非初次见面，所以，他像老朋友谈心一样，倾诉自己的困难和奋斗，而且由于我提到了瑟意出版社，他就从那家出版社谈起：“我不像瑟意出版社，他们拥有像巴赞那样的大作家，这种作家的一本小说可以卖 30 万册，这样，出版社就能够赚足够的钱去出版一些有价值但需要赔钱的书，而我，却没有像巴赞这样的大作家，我就只能埋头苦干，我动员了全家的人参加工作，包括我的妻子，而我自己，不仅要做编审工作，还要搞封面设计。您看，我们编辑部一共只有 10 个人，负责全部组稿、审稿和发稿的工作。”

说着，他带我与金德全同志参观了他所领导的整个编辑部。编辑部除了他自己那间办公室外，只有三个小房间，我们在其中的一个小房间里，遇见了布格瓦先生的夫人。她过去随法国出版家代表团到北京时，我见过不止一次，这是一个娴静的妇女，看来是布格瓦先生贤淑的内助。虽然布格瓦先生告诉我，他的丛书的出版事务、财务会计和销售发行都由他所属的出版家联合会统一负责，但这样一个只有 10 个成员的小小编辑部在 20 年中出版了 1000 多种书籍这样一个事实，使我当场对编辑部的效率不得不表示欣赏。

“过去，编辑部的工作的确非常紧张，来稿很多很多，我们每天的工作就是审稿，每个星期我们开一次会，讨论书稿是否录用，现在，我们出书就简单多了，很多书都是我过去看过的，只需要翻译出版就行。”他后面所讲的是这两年他专门出版英美文学作品的情况。

回到他的办公室，他又继续谈下去：“说实话，我现在采取这个出版方针，已经失去了《10 / 18 丛书》原来的特色。”他多少带着惋惜的心情这样说，“不过，我还是力求保持这套书的某种特色。”于是，他举例加以说明，“我在《10 / 18 丛书》里收入了鲍里斯・维昂的几乎全部的作品，还出版了有关他的评论。这个作家很有才能，过去为人们所忽视，完全是被我发掘出来的。这是值得我自豪的一件事。我在美国作家波罗斯身上也下了不少功夫，在丛书里出版了他的作品，使他在法国的影响超过了他在自己国家里的影响。此外，除了俄文版以外，我还是第一个出版索尔仁尼琴的作品的人，我的一个在莫斯科的朋友，替我搞到了这位俄国作家的书籍，那时，它还没有在俄国的地下刊物中发表。”

他没有谈萨德，我主动提出这个问题：“《10／18 丛书》中选入了那样多萨德的作品，对此，您是怎么考虑的？”

“我出版萨德的作品，并非没有经过犹疑，我的丛书是面向青年一代的，我不得不考虑道德问题。特别是因为萨德的作品在法国曾几次被禁，如果没有法官出来为这位 18 世纪作家讲话，他的作品是不会解禁的。在 20 世纪 50 年代，有的出版者就曾因为萨德被起诉过。我要出版他的书，先就要做一个政治上的估计，我估计在 70 年代不至于再发生对出版者起诉的事，于是，我先出版他的比较含蓄的作品，后来才出他描写露骨的作品。我认为他是 18 世纪伟大的作家，我们不能只看他作品中的那些色情描写，他实际上是现代文学的第一个先驱，他是欧洲第一个把性当作一个问题来加以研究的作家，因为，在希腊、罗马以及一切国家的古代文学中，虽然也接触到性的问题，但只是一些细节描写，而萨德则把性当作人类一大问题来加以研究。而且，他是一个对恶特别敏感的作家，他对人类恶、社会恶感到绝望。因此，我出版那些英美文学作品，只不过是炒冷饭，而我出版萨德，则是颇有考虑的，我的确喜欢他的作品。此外，我也是为了向法国内政部和警察总署示威，我想告诉他们，在 20 世纪 80 年代，我们想出版什么，就可以出版什么，不容许有出版禁令。我实际上是用萨德将了他们一军。”

在我的心目中，布格瓦是一个有才能、有抱负的出版家，但在无情的资本主义经济法则面前，他无疑是碰了壁，他不得不放弃了他原来在出版事业方面的抱负，修改了他原来纯正的鉴赏力和价值观念。当然，他仍在做一些坚持，他还是想要出版一些有价值的文学作品，他告诉我，沈复的《浮生六记》、老舍的《正红旗下》、茅盾的《追求》、钱锺书的《围城》，都已列入他的出版计划。

谈话结束后，我们在出版家联合会的大门口道别，我看着他的背影消失在巴黎街头初冬的暮色里，不禁再一次为《10／18 丛书》失去了原来可取的特色而感到惋惜，同时，衷心愿他最后的努力获得成功，使他的丛书重新具有可取的特色。

诗歌之园的开垦者

——皮埃尔·瑟盖斯

在巴黎的日子里，我觉得最有意思的事情之一，就是逛书店。逛书店当然可以得到一些不同的乐趣，其中之一，就是看到了法国出版的有关中国文学的书籍。一遇到这种情况，总有两种高兴的心情：一是因为中国的文化传播到了远方；二是因为从这些出版物里，可以看出法国人对中国文化哪些部分感兴趣，以及为什么会对这些部分感兴趣。

有一天，在蒙巴纳斯大街的一家书店里，一本装帧得既精巧、华贵，又古色古香、美观大方的书，吸引了我的注意力，它那红绸封面和封面上的古典绘画，一看就知道是一本关于中国的书，书名是：《中国诗歌与格言选》。

这本书是皮埃尔·瑟盖斯主编的《世界之镜丛书》中的一种，这套丛书刚创办不久，以译介“近东与远东各国的诗、格言与哲理”为目的，已出三种：第一种是波斯13世纪诗人萨迪的《蔷薇园》，第二种是波斯14世纪诗人哈菲兹的诗选，第三种就是上述我所见到的那一本。虽然这套丛书只出了三种，但从有关材料看，巴黎各报对它评价甚好，有的称赞这套书“悦目赏心，增长智慧”，有的称赞它“内容新颖，装帧豪华”，有的说它“令人陶醉，高雅珍贵”，有的说它“使读者耳目一新，而读后的愉快又远远不止于此”，还有的指出，它装帧精美，价格不高，当然是赠送亲朋好友的佳品……

《中国诗歌与格言选》作为一个选本的风格，似乎可以比之于轻音乐，从篇幅上说，其中所选的诗歌绝大部分是绝句或律诗，尤以绝句为多；从内容和情调上说，大都是描写景致、抒发闲情逸致而又带有生活情趣、蕴含某种哲理者，陶渊明、孟浩然、王维、李白、杜甫、白居易、李商隐、苏轼、陆游等著名诗人的佳作，皆有入选。清新、潇洒、轻灵、隽永是这些诗的风格，就其隽永而言，则又与后一部分的格言谐调一致。这样一个编选角度，再加上书中印刷精美的中国古典绘画的插图以及民间剪纸的图案，使这部小小的选集成为中国的诗情画意的集中展示，它无疑将在法国读者的面前，呈现出一个东方的、古典的、奇特的美的境界。

主编皮埃尔·瑟盖斯这个名字，我并不太陌生。他自己是诗人，但作为诗歌编选家、出版家的名声似乎更大。过去，我看过他编的一部三卷本的《法兰西诗歌精华》。那是一部从中世纪到20世纪70年代的诗选，略古详今。第一卷从中世纪到1940年，而对波德莱尔以后的诗人，所选作品的比例又更大些；第二、第三卷所选的则都是当代诗人，入选者共有270余人，无疑是规模最大的一部法国当代诗选。要从七八十年间浩如烟海的出版物中，选出法国诗歌的精华，显然绝非易事。浪淘沙汰集精英，文学发展过程中的精品，本来是要靠时光之流经年累月逐渐淘汰之后才留存下来的，而皮埃尔·瑟盖斯则替时间与历史分劳，他先做了这一草创的工作，像淘金的工人一样，淘出来这些诗人，还一一对他们做出介绍和评价，这样一个选本的产生，肯定需要皮埃尔·瑟盖斯付出严肃认真、艰苦细致的劳动。此外，瑟盖斯还主编了一套《当今诗人丛书》，每一本以一个当代诗人为对象，其中除所选的诗歌外，还有长篇研究性序言和诗人的详尽年表以及有关资料，编得十分认真、扎实。以上所有这些，早就使我对皮埃尔·瑟盖斯在法国当代诗歌领域里的作用和地位，有了一个大致的概念，而今，他的《中国诗歌与格言选》，更进一步引起了我对他的兴趣。于是，我在3个月的学术考察的尾声中，把他列入了我的访问计划。

锦瑟无端五十弦，
一弦一柱思华年。

一张洁白的宣纸，上面用工整的颜体毛笔字写着李商隐的这首诗，刊在一个漂亮的镜框里，放在一张古雅的条桌上，桌上还有同样古雅的花瓶。

脚下嫩绿的地毯像是“草色遥看近却无”，四周白里透蓝的墙壁上，有一团团鲜艳的色彩，有一大块立在海边的岩石，有一只大公鸡，有一排依山的房舍……这些都是不同风格的绘画和壁毯。几个带有装饰艺术美的书架参差有致地立在各处，上面攀附着碧绿的叶子，而在各个角落，又有一丛丛、一束束鲜花，一个有花有草的角落里，站着一匹披戴华丽的木马，它足有半个人高……

这就是皮埃尔·瑟盖斯先生别致、宽敞的大客厅。

在这里，我与金志平同志、两位“博士”，受到瑟盖斯一家：他和他的夫人、他的岳母以及他那10来岁的女儿的热情接待。

大家在客厅的一角围坐一圈，瑟盖斯先生拿出了醉人的美酒款待我们，并表示能在蒙巴纳斯区他家里接待来自中国的客人，深感荣幸。我深知这并非例行的客套，因为，马第维先生事先曾告诉我们，瑟盖斯一家第二天就要到国外去旅行，由于格外的重视，才在动身的前夜以家庭晚会的形式接待我们。而且，看来他自己很忙，当我们来到他门口的时候，我看见他的门上贴着一张杜门谢客的纸片，以幽默的语气告诉任何准备按门铃的人，他肯定不会得到期望的结果。如果不是马第维先生事先已做好安排，我们肯定会在这张纸片前却步。但我们知道自己将是幸运的例外，果然，门铃响后，出现了瑟盖斯一家笑容可掬的面孔。

我向瑟盖斯先生和夫人在百忙中安排这次会见表示了谢意，我说："我们在巴黎已经拜访了一些文化界人士，我认为他们每个人都代表着一个方面，而我们今天来拜访瑟盖斯先生，也因为您是法国诗歌领域里的一位代表，在我看来，您不仅是一位诗人，而且是法兰西当代诗歌创作的一个推动者，我指的是您在诗歌编选与出版方面所起的出色的作用。"

"我从事诗歌创作与编辑出版已有40多年的历史，我一生的大部分时间和大部分精力都用在这方面了，如果再细分一下，我在编辑出版方面所花费的时间又比我自己在诗歌创作方面为多，我不仅编辑出版法国的诗歌，而且编辑出版世界各国的诗歌，其中包括中国的艾青，我这样做是出于这样一个信念：全世界人民可以通过诗歌互相加深了解，也可以通过诗歌发现一些共同的东西，总之，我相信诗歌有助于全世界人民的友谊和团结。"

我听着瑟盖斯先生的叙述，对他所做的工作表示了浓厚的兴趣，于是，瑟盖斯夫人向我表示，她可以送一本她所写的关于她丈夫的书给我，说着，她出了客厅把书拿了进来，书名是：《皮埃尔·瑟盖斯，一个身上布满了名字的人》，作者署名是柯莱特·瑟盖斯。书的封面上，瑟盖斯先生的名字下，密密麻麻有好几十个名字，全是法国和世界各国的诗人或创作过诗歌的作家，其意很明显，皮埃尔·瑟盖斯的工作与这些诗人或作家都有关系。

"您在诗歌领域里，的确进行了卓越的活动，在现代，诗歌已经不像荷马时代或中世纪那样，是唯一的文学形式或最主要的文学形式了，小说和戏剧比诗歌拥有更多的读者和观众，当然也流传得更广，因此，从事诗歌工作，也许需要一种献身的精神。"

我这样说，既是为了肯定瑟盖斯先生的工作，也是为了听他进一步谈他从事这一工作的艰辛，因为，在我看来，在现代资本主义的条件下，诗歌不像小说和戏剧那样畅销叫座，更比不上电影和电视，肯定不是一个赚大钱的行业，如果一个人太忠于诗歌之美的话，肯定会更容易碰到“吃不饱”的危险。

没想到瑟盖斯先生丝毫没有这方面的艰辛，而是充满了一种天真的热情，回答说：“我认为从事诗歌工作，是响应一种召唤，是完成一种天职，同时，也是一种愉快，特别是看到法国以至世界上不同的人民通过诗歌而加强了团结和友谊的时候。为此，我愿意送您两本书，一本是我主编的《中国诗歌与格言选》，一本是《抵抗运动及其诗歌》。”

接着，他似乎是唯恐我对诗歌的重要性估计不足，而力图向我说明诗歌在当代精神生活中的重要地位：

“现在，在法国，诗歌具有一种强大的生命力，我想，在全世界，年轻人也一定对诗歌有热烈的爱好，我到过法国和全世界很多地方，做过讲演，我亲眼看见青年学生以及青年文化教育工作者对诗歌的浓厚兴趣。

“在法国，诗歌现在很兴旺，很有生气，据我了解，在其他国家，诗歌也很有生气，现在的确是处于一个诗歌欣欣向荣的时代，如果说，小说、戏剧是一个国家、一个社会真实面貌的反映，那么，诗歌就是一个国家的灵魂，是一个民族心灵深处的东西，是心的声音，而现代的青年，正是很愿意去发掘和表达他们自己心灵深处的东西，他们热爱诗歌不是偶然的。诗是人与人之间沟通心灵的手段，而不像小说那样是叙述的手段，因此，当人与人之间需要沟通感情时，诗歌是非常重要的。”

瑟盖斯先生有的话讲得的确很精辟，如心声说，但我当时有这样一个感觉：也许是因为瑟盖斯先生太喜爱诗歌了，太专注于诗歌了，所以他难免把诗歌在当代文化生活中的比例看得过大。

“请问，中国现在的诗歌运动的状况如何？”

我就我所知道的做了简要的介绍，当我说到在中国不仅有数十种综合的文艺刊物都发表诗歌，而且有一个专门的刊物《诗刊》时，瑟盖斯夫妇对于中国有这样多诗歌园地感到惊奇和欣喜，他们的惊奇是可以理解的。据我所知，我国的诗歌园地的确比法国多得多。而当我表示，我国读者对外国诗歌也很有兴趣，我们拜访瑟盖斯先生的一个目的就是要更多地了解法国诗歌的现状时，他们就显得更高兴了，这时，瑟盖斯先生又在他的礼物单上加码了："为了有助于您对法国诗歌的了解，我想再送您一部《法兰西诗歌精华》。"

瑟盖斯夫妇很快就把礼物拿进客厅，它们比瑟盖斯先生答应了的更多，不仅有一本精巧的《中国诗歌与格言选》、一整套《法兰西诗歌精华》和两厚册《抵抗运动及其诗歌》，另外，还有一本瑟盖斯自己的获奖诗集《奇迹的时代》、一套瑟盖斯编选并主持录制的抵抗运动诗歌的唱片以及瑟盖斯夫人写的一本小说《马丁·昂松》，他们两位还当场在书上签了名、写了题词。

这些书摆在我面前，厚厚一大堆，使我对瑟盖斯先生成果之丰硕不能不表示赞赏，但瑟盖斯先生却对此表示谦虚，并且说明了自己的信念："我认为一个人不论在什么领域、什么地方，总应该对别人有点用处，艾吕雅就曾经在诗里表达过这样的思想。我不过是想对别人有点用处而已。"

我始终没有忘记我这次访问的一个主要目的，是听听瑟盖斯先生谈法国诗歌的现状，于是，我把话题转到这一方面。

"20年来，法国诗歌总的来说，写得都比较抽象难懂，常常是表现诗人脑子里一些为一般常人所不有的玄乎的思想，是精神化的诗歌，而近一阶段以来，则出现了抒情性的诗歌，表达真实心声的诗歌，现在，基本上可以说，已经结束了以前那种文字游戏和玄而又玄的诗，那些诗字数愈来愈少，还有不少空白，它们什么也没有说清楚，抽象晦涩得叫人读不懂。现在，法国诗歌中又出现了反映现实生活的面貌、表现真实而朴素的心声的倾向，总之，有了一些可喜的变化。”瑟盖斯先生这样回答。

“这是一种健康的发展，诗歌如果不抒写能引起人们共鸣的感情，也许就不成其为诗了。”我也发表了一点未必经得起推敲的感想。

“我们有几个人，就是在努力推动这一新倾向向前发展，可以说，我们都是这方面的战士。”

他用了“战士”这个词，这种为了诗歌的健康倾向而奋斗的激情，使我感到亲切：“我很高兴瑟盖斯先生这一文艺观点和我的看法如此接近，虽然我们一个在法国，一个在中国。如果我没有理解错的话，您所讲的法国诗歌正经历着一次复兴，它更注重真情实感和内心的声音，形式主义的东西比较少，这可以说是雨果传统的一次复兴吧？”

“对，您说得对，我们现在正在推动一种新的浪漫主义诗歌，即现代浪漫主义。这一运动不仅发生在诗歌领域里，而且，在绘画中也有表现，这是一个全社会性的运动。”

虽然我对于瑟盖斯先生所讲的这种倾向和潮流究竟能发展壮大到什么程度，还抱着等着瞧的态度，但我还是祝愿它的成功：“我个人是法国浪漫主义文学的爱好者，我在中国出版的《法国文学史》中对雨果的浪漫主义文学给予了高度的评价，我很愿意在法国文学史的当代部分，将有一章献给您现在所推动的现代浪漫主义诗歌。”

我的祝愿引起了瑟盖斯夫妇兴高采烈的叫好，瑟盖斯先生还告诉我，他正在为推动这个新潮流做一次新的努力：“我现在正在为夏特莱剧院筹备一次关于雨果的演出。”

“在巴黎，这件事暂时还是一个秘而不宣的秘密。”瑟盖斯夫人补充说。

夏特莱剧院是巴黎著名的剧院之一，其地位与重要性仅次于古老的法兰西喜剧院和巴黎歌剧院，它经常上演一些引人注意的新剧目，法国外交部文化技术司就曾招待我们在这里观看了美国剧团来巴黎演出的《西部故事》。

“您筹备演出的是雨果的哪一出浪漫剧？”我问。

“不，不是演出他的某一个剧本，而是一次特别的演出，根据我的编排，有朗诵，有表演，有舞蹈，有音乐，朗诵和表演的内容都是雨果的诗或者雨果剧本的片段，而舞台布景则全部采用雨果的绘画。”

雨果作为诗人、剧作家、小说家，是中国读者所熟知的，可是，他作为一个画家，却很少为人们所知。我和金志平同志曾到巴黎雨果故居去参观雨果的画展，他那高度的技巧、独特的风格、浓郁的浪漫主义气息，使我们在那里流连了几乎一整天。

毫无疑问，瑟盖斯先生筹备的这场演出是别出心裁的再创造，要在雨果卷帙浩繁的诗集和剧本中选出一些诗句和片段重新加以组合，再在他绘画的背景前加以搬演，这不仅需要对雨果有精深的研究，而且需要艺术家富有诗意的匠心。我对他的这一设想表示了赞赏，并且问他，雨果是不是他最喜爱的作家，除了雨果以外，还有哪些作家是他所喜爱的，因为，我以为，任何一个鉴赏家、编选家，虽然善于在各种不同的作家作品里发现优点和妙处，但在他个人的感情领域里，总会保持着自己心爱的一角。

瑟盖斯先生告诉我，雨果、缪塞、阿拉贡、艾吕雅都是他所喜爱的作家，喜爱的程度则因年龄和境遇的不同而有差异。他列举出这几位作家，使我感到他所喜爱的基本上可以说是“心声派”，即都是让自己的心在说话的作家，其中虽然阿拉贡、艾吕雅曾经是超现实主义者，但他们仍然是抒写真情实感的，并非形式主义者。当我对瑟盖斯先生对不同诗派的感情倾向自以为有了一个初步的概念后，又进一步要求他谈谈另外两个我所关心的问题。第一个问题是他对现代派诗歌的看法，第二个问题是他进行编选时所掌握的褒贬原则。

对于现代派诗歌，他认为法国现代派诗歌的开端可以阿波里奈尔发表《酒精》《穿过西伯利亚》《纽约公园》等诗为标志。这种诗是对传统诗歌的一种叛逆。从那以后，现代派诗歌中出现了种种流派和主张，但在瑟盖斯先生看来，最重要的莫过于第一次世界大战以后的达达主义与超现实主义，它不仅对诗歌影响很大，而且，在绘画以至整个思想领域都有影响，因为它改变了人们固有的对外部世界的看法。而当我问他，他认为现代派对诗歌发展有什么真正值得肯定的贡献时，他指出，把诗歌从学院派的陈规中解放了出来，这是它最主要的贡献，而且，它还使诗歌的语言平易自然，使人们日常交际的语言成为诗的语言，因而，这种改革应该说是符合现代生活发展的进程的。

从现代派诗歌的发展，瑟盖斯先生又谈到了抵抗运动的诗歌，他显然对这一时期的诗歌很有感情，他说："抵抗运动的诗歌，是法国人民反抗德国法西斯、争取自由的斗争的真实反映，其中有些诗很重要，不过，有的作者为了避免遭到德国法西斯的杀害，不能在自己的诗上署名，因而，有不少诗已经佚名了。这些诗都是正义的诗歌、战斗的诗歌，其中还包括一部分被囚禁在监狱里的爱国志士所写的诗，它们都很感人，我当时住在中立国瑞士，因此，有可能接触和收集到这些诗歌。"

"您收集这些诗歌，一定费了很大的力气。"看着瑟盖斯先生所收集、编选的厚厚两大册《抵抗运动及其诗歌》，我这样说，为了引起他的回忆。

"是的，很不容易。这是我当时生活、工作的主要内容，如果我停止不干，生活就没有意义了，当然，如果被捕，我就不得不停止，但纳粹抓了我四次都没有抓着。"瑟盖斯先生谈到这里，不禁得意地笑了。

关于我所提出的他的编选原则问题，他讲得很简单：

"我不主张在编选中对一派的推崇，我认为，对于一个编选家来说，从自己的感情出发，崇拜一个诗人或少数几个诗人，那是不行的，凡是对整个诗歌发展多少具有价值的，都应该入选，我把自己仅仅视为一个评判员，对于各种诗派，我都一视同仁，甚至是我的敌人，是我很不喜欢的人，只要他的诗好，我就选他的诗。”

这时，瑟盖斯夫人也笑着补充说：“他与安德烈·弗雷诺见面老是吵架，可是，他很推崇安德烈·弗雷诺的诗，认为他在法国当代诗歌中占有重要地位。”

“因此，《法兰西诗歌精华》已被认为是最好的选本，很受国内外读者的欢迎，至今已销售 60 万册。”瑟盖斯先生跳过夫人的插话，又回到他的选本上来。

谈话以快速的节奏进行，因为我不愿意占用瑟盖斯先生太多的时间，影响他全家临行前夕的休息。最后，我向作为作家的瑟盖斯夫人致意。她谦虚地表示，她的作品不多，只有 6 部。我表示这也是一个可观的数目。她告诉我，她只有真正有所感受的时候才进行写作，而不愿意内心没有感受时也去动笔，因此，她的作品可以说都是出自她内心深处的产物。

我们告辞后，走过了灯火辉煌的蒙巴纳斯大街，坐上地铁回各自的寓所。我手上一直提着瑟盖斯夫妇送给我的 10 来公斤重的一大包书，但并不感到沉重。“诗歌是有翅膀的，您不会觉得这些书太重的。”当我们告别时，瑟盖斯先生一边替我把书装进一个大口袋里，一边这样对我说。

皮埃尔·瑟盖斯，从 1938 年开始发表诗作，至今已发表和出版了诗作 23 种，诗论 7 种，编有诗选 5 种，主持录制诗歌朗诵唱片 10 种，拍摄与诗歌有关的影片 5 部，与当代很多名诗人、名导演、名演员都合作过……

我回到寓所，翻阅柯莱特·瑟盖斯所写的《皮埃尔·瑟盖斯，一个身上布满了名字的人》，总算看到了从一般作家辞典中所看不到的以上的介绍。

这时，我才深深感到，不论在会见他之前还是会见他的时候，我都对这个热情洋溢的老人远远估计不足。

与克洛德·莫里亚克谈弗朗索瓦·莫里亚克

克洛德·莫里亚克先生有三种令人不可忽视的身份：其一，他是已故的大作家弗朗索瓦·莫里亚克的长子；其二，第二次世界大战后，他曾长期是戴高乐的私人秘书；其三，他本人是一位著名的小说家、理论批评家。仅有其中的一个身份，就值得我去拜访了，何况他兼三者而有之，只不过，我不研究戴高乐，他的第二个身份之于我，就像蒙娜丽莎的微笑之于一个瞎子。

克洛德·莫里亚克先生的父亲弗朗索瓦·莫里亚克，在20世纪法国文学史中声誉极高，他以文学创作的卓越成就，于1932年当选为法国文学家协会的主席，次年又当选为法兰西学士院院士，1952年获诺贝尔文学奖。我在赴巴黎之前，就听说国内有三个出版社将分别出版他的选集或作品的单行本。按照我们的看法，弗朗索瓦·莫里亚克要算是现实主义传统的作家，他对资本主义社会中的人情、资产阶级家庭关系有巴尔扎克式的无情揭露，这当然符合我们的批评标准和对资产阶级文学的要求。过去，“四人帮”被粉碎之前，他之所以被有的评论者斥为“反动作家”，仅仅因为他那倒霉的天主教信仰。“宗教是精神的鸦片”，信仰此道岂有不反动之理？不过，当人们把莫里亚克归于反动类的时候，却根本无视巴尔扎克也曾公开宣称他是在君主政体和宗教的原则下写作这一事实，而把巴尔扎克尊奉为“伟大”。说巴尔扎克伟大是应该的，说莫里亚克反动却显然很不公平，

“四人帮”被粉碎后，这种文艺批评上的不公平总算得到了纠正，弗朗索瓦·莫里亚克的作品居然能在几处同时出版。

克洛德·莫里亚克先生对于和我会见很感兴趣。他很忙，我们也很忙，不是他有事，就是我们没有时间，只有双方在时间上都有所将就，才能把会见确定下来。通过几次电话，这个问题总算顺利解决了。

我们按时来到塞纳河边一座气势堂皇的老式建筑物前，克洛德·莫里亚克就住在底层。

谈话是在他书房里进行的。

房间里都是书，四壁从天花板的高处到墙根桌子上，围绕书桌的地板上，全是书，只有我们谈话的这个角落，才较少地受到书的挤压。

我的目的很明确，我想先和他谈他的父亲，然后再和他谈他自己的文学创作和批评活动。话题从弗朗索瓦·莫里亚克在法国现代文学中的地位开始：“弗朗索瓦·莫里亚克是一位取得了杰出成就的文学家，他在法国现代文学史中具有重要的地位，这些都是我们所了解的，但是，如果把他和纪德、普鲁斯特、萨特、加缪、马尔罗这些大作家排列在一起，照您的看法，他有哪些不同于其他人的价值，他对法国文学有哪些独特的贡献？”我先提问。

“我认为，他是‘新小说’派产生之前我国文学史上最后一朵传统文学的花朵，他不仅是小说家，而且是诗人，只不过他的诗没有获得他自己所希望的那样高的成就。他在小说方面取得很大的成功。正因为他也是诗人，所以他的小说很有诗意，这是他所具有的一个特点。作为一个小说家，他早已在人民中家喻户晓，法国的袖珍本小说有10本最受欢迎，他就占了2本，那就是《黛莱丝·德斯克罗》与《蝮蛇结》。他的作品已经被收入《七星丛书》，出版了三卷，都是小说和剧本，第四卷将要出版，包括他的回忆录和札记。他的回忆录写得很成功，写出了他的内心生活，他的札记也相当出色。”

克洛德·莫里亚克对他父亲在文学上的成就做了一个简要的叙

述，他以批评家应有的公允讲了以上这段话，而没有把家族的感情渗进文艺批评中，其实，这些话，与其说是评价，不如说是客观的介绍，只有他所说的“诗意”问题，才可以说是一种评价，而这评价显然是符合实际的。不过，我想把“诗意”问题留待后面再讨论，而先和他谈我认为比较重要的问题：“弗朗索瓦·莫里亚克的确是一位出色的作家，我个人认为，他真实地描绘了社会生活，并且在描写中坚持了批判性的立场，在这个意义上，可以说他继承了巴尔扎克的传统，这是他杰出的一个标志。如果我可以这样理解的话，您是否可以把他与巴尔扎克做个比较，他在哪些方面比巴尔扎克有所发展，或者他哪些方面是巴尔扎克所不具有的？”我实际上是想通过弗朗索瓦·莫里亚克这个例子探讨现实主义传统在20世纪的发展问题。

“我父亲的确继承了巴尔扎克的传统，在他的小说里，有对资产阶级社会的揭露和辛辣的讽刺，甚至他的人物以及他自己从外省来到巴黎，也有点像《高老头》中拉斯蒂涅征服巴黎那样。这是他的一个重要方面。但是，我个人认为，他不仅是继承了巴尔扎克，在某种意义上说，他更多地继承了拉法叶特夫人、龚斯当和夏多布里昂的传统。也许还是您的看法更确切、更清楚，我因为太接近他了，可能反倒看得不确切。如果说他受了巴尔扎克的影响的话，那是就广泛的意义而言的，这情形和罗伯－葛利叶有点相像，罗伯－葛利叶也受了巴尔扎克的影响，虽然他声称‘新小说’要背离巴尔扎克的传统，他实际上把过去传统的、古典的小说的特点全糅在一起了，创造了自己的风格，如果罗伯－葛利叶与传统还有这种关系的话，那么，弗朗索瓦·莫里亚克与过去传统文学的关系就更广泛、更密切了，他从不同的作家那里都吸收了有益的东西，包括俄国作家陀思妥耶夫斯基、契诃夫和英国作家狄更斯。”

“您所说的另一个传统，当然就是心理分析的传统啰。”我说。因为克洛德·莫里亚克所列举的16世纪作家拉法叶特夫人是法国文学史上第一部心理分析小说的作者，19 世纪初期的作家龚斯当则写出了世界文学中心理分析小说的名著《阿道尔夫》，至于夏多布里昂，我觉得把他作为心理描写传统中的大作家颇有点勉强，因为他缺少深入细致的剖析，而只有夸张和言过其实，不过，他的小说《勒内》倒也铺陈地描写了主人公那种忧郁感情的“剪不断，理还乱”的情状，当然未尝不可以使人联系到弗朗索瓦・莫里亚克小说中对人物感情情状的描写。克洛德・莫里亚克的上述回答大大补充了我所说的他父亲与古典文学传统的关系，并且着重指出了这位 20 世纪的现实主义者所具有的超过巴尔扎克的一个方面，即心理描写。巴尔扎克在作品里当然进行了心理描写，但其心理分析所占的比例毕竟不大，和克洛德・莫里亚克所列举的那几位作家不能相比，也不像弗朗索瓦・莫里亚克把人物灵魂深处的活动和情状，包括感觉、回忆、想象、思索、内心独白等，展现得那么细致入微。

“是的，您说得对，就是心理分析的传统。”似乎是为了说明心理分析所具有的普遍重要性，克洛德・莫里亚克先生又对“新小说”派做了一点评论，“其实‘新小说’派有一部分也继承了心理分析传统，如罗伯–葛利叶，但这只限于他的《嫉妒》，其他作品则不是。罗伯–葛利叶在世界上很红，但他的影响在法国愈来愈小，而娜塔丽・夏洛特的作品就好得多，经得起时间的考验，因为她继承了心理分析的方法”。最后，他对弗朗索瓦・莫里亚克的创作加以总结，“总之，心理分析方法的运用，再加上诗意，这就构成了他自己的特色”。

我随着他的评论，把话题转到“诗意”上来：“关于诗意问题，是否可以说弗朗索瓦・莫里亚克是受了契诃夫的影响呢？”

“是的，他受契诃夫的影响很大，不是契诃夫的短篇小说，而是契诃夫的剧本给了他很大的影响，他从那些剧本里，学到了善于从日常生活中发掘诗意的能力。”

“诗意，是一个广泛的概念，按我个人的理解，从内容和表现形式来说，有各种各样的诗意，如像契诃夫的诗意是忧郁性的，那么，您如何理解弗朗索瓦·莫里亚克作品中的诗意呢？”

“契诃夫的确是忧郁的，但他的忧郁最后还有一线新的希望，这个新希望预示了20世纪的俄国革命。在弗朗索瓦·莫里亚克的作品里也有一线希望，不过，这希望主要是形而上学的，抽象的，不具体。要说诗意，很难讲他是哪一种，他的诗意体现在他的风格上、文笔上，因而整个创作本身就富有诗意。至于您的问题，我感到不容易回答，有很多事情是难以具体说明的。”

弗朗索瓦·莫里亚克的诗意，的确难以说明，我自己当然比弗朗索瓦·莫里亚克先生更说不清楚，只感到它要比契诃夫的忧郁更重，更严峻，更阴沉，似乎有些像但丁《地狱篇》的那种因素。但，文艺批评的任务正是要把难以说明的东西说清楚。风格、诗品之类的问题有时固然是难以言传的，但毕竟是“因内而符外”的一种表现形态，因此，恐怕还得到“内”中去找：“按您的看法，弗朗索瓦·莫里亚克在创作中经常要探讨的是什么性质的主题，他主要的思想，他对世界、对人生看法的精髓是什么？”

“他探讨的中心主题是‘恶’，这也是他人生观的精髓。他从小受天主教家庭的影响，因此，对‘恶’考虑得很多。他本来就是冉森派，后来，在生活的变迁中又看到了很多社会问题、社会罪恶，这就形成了他思想中的对‘恶’的观念。”克洛德·莫里亚克所说的冉森派，是荷兰神甫冉森创立的一种接近加尔文教的宗教派别，17世纪传入法国后，发展迅速，信仰者很多，但从17世纪起，它就经常受到天主教当权派的压抑和打击。所以，一些冉森教派的作家、思想家，往往对现实采取批判立场。弗朗索瓦·莫里亚克属于这个教派，当然也是如此。在他看来，那个现实世界的确很阴暗，因而，他描写出了它之病入膏肓，而且，把这无可救药的状况看作是整个人类世界的状况。对此，我发表了一点意见：“我读弗朗索瓦·莫里亚克作品的时候，经常感到他所描绘的人生图景很阴沉，我想，他对‘恶’可能有某种偏执，对人类有一种悲观主义的看法。”

“是的，他对人生、人性、社会都有一种‘恶’的观念，他的看法的确比较悲观，不过，他的每部小说中的人物最后几乎都在某种程度上得到了拯救，这种得救就给他的作品带来一线光明，不过，这种得救不是来自外部，而是发生在人物的内心里，人物的内心起了变化，灵魂也就得到了拯救，这当然是天主教的一种理解，只要是有恶行的人内心发生了变化，就是被上帝拯救了，我父亲就是这样看的。我并不同意这看法，我认为他所表现的这种拯救，是一种形而上学、抽象的东西。”

克洛德·莫里亚克的话，实际上指出了弗朗索瓦·莫里亚克的局限性和消极面，不过，我并不认为弗朗索瓦·莫里亚克的世界观全部都是宗教的图式，他是一个社会的、阶级的作家，他不可能完全脱离社会政治现实。事实上，据我所知，从 20 世纪 30 年代起，他就是积极反对法西斯主义的斗士。我想和克洛德·莫里亚克谈谈他父亲的社会政治思想，这时，我的眼光偶然落在书架的一张照片上。那是萨特和弗朗索瓦·莫里亚克的合影，他们两人不是并排而立或并排而坐，萨特在前，法朗士瓦·莫里亚克在他的侧后，看来是在某个场合自然而然地拍摄下来的。

“如果我没有看错的话，那是弗朗索瓦·莫里亚克与萨特的照片。这是两个截然不同的作家，他们能在一起合影，是一件很有趣的事。萨特的思想见解都很具体，不像弗朗索瓦·莫里亚克那样形而上学、抽象，而且，萨特是介入现实生活的，有时还全身心地投入社会政治的斗争，那么，弗朗索瓦·莫里亚克对社会政治有哪些重要的见解和观点？”

他没有立刻回答我的问题，把谈话引入了岔道：“您瞧，弗朗索瓦·莫里亚克在萨特的背后看着他，带着一种不信任的、怀疑的态度，他与萨特的确很不同。萨特曾经在《新法兰西评论》上写了一篇文章，很激烈地批评我父亲，批得很厉害。那时，萨特年纪不大，锋芒毕露，虽然他批评了我父亲，可他的小说并没有超过我父亲。”克洛德·莫里亚克动了一点家族感情，最后奚落萨特了一句。我觉得我应该对这两位大作家进行论战的公案表示点公允的态度：

“不过，弗朗索瓦·莫里亚克也批评过萨特，而且，也不见得就很缓和。”

“是的，我父亲批萨特也批得很厉害，不过，到了晚年，他们两人为了社会正义，作为个人还是接近的，这张照片我也不知道是在哪里照的，也许是在某个记者招待会上。”

绕了这么一个圈子，克洛德·莫里亚克回到我上面那个话题上来，不过，他谈的不是政治、社会的思想观点，而是行动表现：

“其实，弗朗索瓦·莫里亚克与萨特还有一些共同的地方，他并不脱离社会政治斗争，而经常积极关心和参与。第一次世界大战前，他参加了一个左派色彩很浓的组织‘犁沟’，反对战争，表现他属于基督教左派；后来，在埃塞俄比亚问题上，他反对墨索里尼的法西斯侵略；在西班牙战争问题上，他反对佛朗哥；第二次世界大战爆发前，他反对希特勒；贝当政府一成立，向德国投降，他就成为领导民族抗战的戴高乐的支持者，从此，他就是一个戴高乐派；在抵抗运动时期，他参加了民族阵线，虽然民族阵线是共产党领导的，而他是一个资产阶级基督教左派，但这并不妨碍他参加他们的斗争。所以说，弗朗索瓦·莫里亚克和萨特在政治、社会问题上有不少共同的地方，他们共同参加过一些正义的斗争，尽管他们两人的信仰是那么不同，一个相信神，一个相信人，如果不是因为对待戴高乐的态度不同，他们之间的共同点会更多一些。”

克洛德·莫里亚克对把这两位作家加以比较很感兴趣，他又对他们各自不同的特点做了补充说明：“萨特和弗朗索瓦·莫里亚克在文学创作上明显的不同是，萨特的作品里有哲理，我父亲在哲理方面没有什么，但他的作品里有诗意，而萨特则没有。”说到这里，他就“诗意”问题插进几句题外话，“我和您谈诗意，似乎有点过时了，现在，在法国不大讲什么诗意不诗意，不过，我还是坚持要讲。”当然，我对他这一态度表示了赞同：“诗意是客观存在于文艺创作中的某种素质，不是主观臆造出来的东西，讲诗意怎么会过时呢？”

他又继续对比下去：“在世界观上，他们还有一个最大的不同，萨特不相信有彼岸世界，他只相信现存世界，而人就生活在这个世界上，但弗朗索瓦·莫里亚克从开始到晚年，却一直相信有一个彼岸世界，他认为现存世界是残酷的，很不美好，但另一个世界是美好的。他相信有天国，对天主教教义深信不疑，完全是一个天主教作家。”

这个答复使我很惊讶，一个具有高度文化教养的20世纪作家竟然真诚地相信有天国，我的不理解使我产生好奇心：“您一定很了解法朗土瓦·莫里亚克的宗教感情，是否可以谈得更具体一些呢？”

“我很难回答这个问题，因为我本人不赞成我父亲的宗教信仰，我从16岁开始，就根本不信他所信的那一套，他对我在这方面与他不同而感到痛苦，对此也很不高兴，但这是信仰问题，不能勉强，不过，他倒从来没有想方设法使我去相信上帝。我认为，他所信仰的东西是抽象的、神秘主义的，而不是社会基督教的信仰，也不像贵国的孔夫子那样，他的‘天’、‘神’之类的概念只是他的社会学、伦理学理论的一个组成部分。弗朗索瓦·莫里亚克最讨厌那种实际上并不相信上帝、只不过因为上帝对治理社会有用而宣扬上帝的人，他的信仰和社会实践根本无关，完全是神秘主义的。”

“那就是说，他的信仰完全是哲学式的，他把自己所信仰的东西，当作了哲学的真理。”

“您说得对。他的信仰是否在某一时期有过动摇、产生过怀疑，那都很难说，但总的说来，他的信仰很坚定，他经常过宗教生活，他大半生从不间断上教堂，不仅礼拜天去，平时也常去。”

“贵国是一个宗教感情很重的国家，在这样一个国家里，出现弗朗索瓦·莫里亚克这样一个作家倒也不难理解。”这时，我想起了礼拜天、圣诞节我在巴黎圣母院、在圣心教堂所见到的情景，想起好些善男信女进教堂时虔诚的面孔和肃穆的神情……

我们的谈话又回到了弗朗索瓦·莫里亚克与传统文学的关系，我问克洛德·莫里亚克先生，他父亲受狄更斯的影响是否在他自己的作品里留下了明显的痕迹。克洛德·莫里亚克表示对此研究不够，只知道他父亲青年时期很喜欢读狄更斯，后来，还不断重读那位英国小说家的作品。他可以肯定的是，他的父亲在心理描写方面受普鲁斯特的影响很大。于是，我也把弗朗索瓦·莫里亚克的心理描写与普鲁斯特做了一点比较。弗朗索瓦·莫里亚克作品没有像普鲁斯特作品那样像江河一样长的意识流描写，他的人物心理活动都写得比较简练，但经常是伴随着现实生活的进展而出现，就像现实生活进程的一种深沉的伴奏，和现实生活本身紧密结合在一起，水乳交融……对此，克洛德·莫里亚克先生谦虚地强调：“普鲁斯特是无法比拟的，他一出现的时候，弗朗索瓦·莫里亚克就写信给他，称他为‘年轻的导师’，普鲁斯特的出现使他甘拜下风，简直把他压垮了！”听到这话，我不由得为弗朗索瓦·莫里亚克那种风度叫好：“这是不容易的！能够以这种态度对待一个成名比自己迟的后来者，虽然普鲁斯特比他年长！”

于是，克洛德·莫里亚克又告诉我一些关于弗朗索瓦·莫里亚克对待青年的事迹：他对青年人很关心，他常帮助一般的青年作家，谁要是和他联系、寄稿件向他请教，他总是热情地给予回答……

最后，克洛德·莫里亚克又简要地总结了弗朗索瓦·莫里亚克的一生：除了第一次世界大战以后有一段时期他专心致力写小说、较少参加政治活动外，他始终没有脱离进步的事业和正义的斗争，第二次世界大战结束后，他又坚持了民主主义立场，拥护戴高乐的民族独立的政治路线。

“请允许我对此发表一点感想，条条道路通罗马，一个作家如果关心人类的命运、向往美好的事物和光明，那么，不论他经历过多么曲折的道路，他总会汇入时代进步的潮流。”我以这粗浅的感想结束了我与克洛德·莫里亚克先生关于弗朗索瓦·莫里亚克的谈话。

与克洛德·莫里亚克谈他自己

人是不能以自身以外的价值为其价值的，即使是自己的近亲、自己父亲的价值，也并不能构成自己的价值。对于努力创造自己的价值并获得了某些成功的人来说，以身外之事、身外之人的价值而自诩，显然是一件不足取的事，他总要寻求自己的价值和别人对这价值的承认。我不敢说这是一种真理，但也许可以说是法兰西的一种常情。

我在与克洛德·莫里亚克开始谈话时，忽略了这种常情，我劲头十足地和他谈弗朗索瓦·莫里亚克，以为这既然是对他父亲的敬意，当然也是对他本人的尊重了。他倒很有礼貌，很详尽地回答我的问题，还进行了一些讨论。可是，我发现他似乎有点疲惫，精神不那么充沛，逐渐，我就明确地感到他的兴致并不太高，好像是在谈一个碰见过多次、也谈论过多次的老话题，因而没有一种新鲜感和兴高采烈的谈兴。于是，我发现了我的疏忽，即对上述那种常情的疏忽。

我开始向他本人致意，他有他自己的价值。他写小说，也写剧本，虽然不是法国当代文学中第一流的小说家、剧作家，但他作为批评家却资格甚老，名声很大。他从 1938 年就开始理论批评活动，著有论巴尔扎克、普鲁斯特、马尔罗、布勒东、哥克多，以及电影史的专著十来种之多。他的小说和戏剧都不大成功，我也未做过研究，但他作为一个理论批评家，我过去倒并不陌生。

大约是在 20 世纪 50 年代末、60 年代初，我从法国报刊上知道，克洛德・莫里亚克于 1958 年出版了一部重要的理论著作《当代的反文学》。在这部著作里，他创造了“反文学”这个新的术语，用来概括荒诞派戏剧、“新小说”，以及与过去文学传统有所不同的文学创作。“反文学”这个标新立异的词意味着什么？他下的定义是：“反文学，也就是从平板拘谨的传统中解放出来的文学，它被这种传统赋予了一种贬义，它是永远也无人可达到的一种极端，而不过是自有人类的写作活动以来，所有诚实的人奔赴的一种方向。”从那时起，他创造的这个术语，就在法国文学批评中广泛地流行，甚至跨越了国界，这当然标志着他所具有的重大影响。

20 世纪 60 年代初，我研究法国“新小说”派，从报刊上注意到了克洛德・莫里亚克对当时正处于黄金时代的“新小说”派的评介，那时，他以法国批评界权威人士的身份定期为美国《纽约时报》写通讯《巴黎来鸿》，他在通讯中指出，“新小说”派在法国“受到推崇，并继续使青年一代着迷”。当然，我也从 1959 年“新小说”派作家在午夜出版社前合影的那张照片上，看到过克洛德・莫里亚克，因而，知道他属于法国五六十年代文学中的这个“强力集团”。

1981 年春，我在美国坎布里奇哈佛大学对面广场街的一家外文书店里，第一次看到了克洛德・莫里亚克在 1969 年出版的又一理论著作《从文学到反文学》。这家书店是专做哈佛大学的生意的，其中出售的英文以外的各种文字的书籍，一般都是其他国家的文学代表作或理论代表作，克洛德・莫里亚克的此书在这里出售，当然又反映了国外对他的重视。

法国书本来就不便宜，运到美国价钱也就更贵。我站在书架前犹豫了半天，要不要把这本书买下来？结果，我痛下决心，为这本观点颇为新颖的书破费了。这是一本以新的观点论述法国古典文学的著作，在作者看来，整个文学发展史上，既有出色的文学家，也有潜在的反文学家，凡是和既成的传统有所不同、具有新意的作家，克洛德·莫里亚克都认为具有某种“反文学”的因素，因此，他自然就从17世纪的市民作家斯卡龙身上看到了荒诞派剧作家贝克特，从18世纪心理分析小说家马里伏的身上，看到了“新小说”派中专门描写人物内心活动的娜塔丽·夏洛特。总之，20世纪现代派的东西都可以在历史中、在过去作家身上找到根由，可以说，现代派就是古人在20世纪的表现形式。当然，我觉得这种见解过于夸张，不过，克洛德·莫里亚克把“反文学”理解为追求新的形式、脱离固有的传统、打破既成的框框，因而认为“反文学”古已有之、现代派也有其历史根由，这种看法并非没有道理，而且，也正是以这些论点为基础，他做过这样精辟的论断：“文学的发展与‘反文学’的发展，两者是平行的。”

这就是我见到克洛德·莫里亚克先生之前对他的认识。他身材修长，整齐地穿着西装，有学者风度。看起来只有50岁上下，实际上已经将近70岁了。

我很坦率地承认我对他的小说和戏剧没有研究，只对他的理论批评“略知一二”，他客气地表示：“如果我们对中国文学的了解，达到你们对法国文学这样了解的程度，那就好了。”然后就谈起他的文学创作来。

“因为我很喜欢弗朗索瓦·莫里亚克的小说，所以我自己很迟才从事文学创作，到40岁才开始写小说。我想，既然我自己要写，就应该和父亲的小说有所不同，要和他有一个决裂，保持某种距离，加以，我念了乔伊斯的作品，又很欣赏普鲁斯特，受他们的影响很大，因此，我的创作倾向基本上与‘新小说’派是一致的。我在小说《出去吃饭》里，写6个人物在一起吃饭，开始交待了谈话者是谁，后来就不交待了，写法有点像娜塔丽·夏洛特的那种‘潜在的对话’，所以，这部小说被称为‘新小说’。不过，我认为它并不完全是‘新小说’，只是‘新小说’边缘上的作品，整个说来，我的创作既不接近罗伯－葛利叶，也不接近娜塔丽 • 夏洛特，而比较接近玛格丽特 • 杜拉斯，我总想尽可能保持我的特点。我也写过剧本，有一个名叫《对话》，写两个人物在订婚的时候，他们一边讲话，时间就一边流逝，他们并不离开舞台，换装也在台上，到最后，观众看到他们都老了，手法有点像尤涅斯库，而且扮主人公的演员，也就是演《秃头歌女》的那一位。这个剧本在日本和其他国家都上演过。我的第二个剧本在这里也得到了演出，不过，不太成功，巴黎的评论家很厉害，使人望而生畏。”

克洛德 • 莫里亚克勾画了他文学创作生活的轮廓，他在法国文学创作界的确是一位晚来的人。他在 20 世纪 50 年代以前，一直是从事文学批评和其他职业，直到 1957 年才出版了他第一部小说《所有的妇女都不可抗拒》，那时，正是“新小说”派兴起和形成的时期。至今为止，他写有四部小说，其中仅他提到的那本《出去吃饭》比较成功，曾获梅第西斯文学奖，至于他小说戏剧创作的整个倾向，显然是属于现代派的，而且偏重于心理分析。

克洛德 • 莫里亚克深知自己的所短，并力图创造自己的所长，他坦率地承认了自己的所短，并向我们展示了他作为一个作家所拥有的自己独特的领域：“我的小说和戏剧都不很成功，我主要的精力是用在我的回忆录上。50 年来，我坚持每天写日记，因为我这大半生和很多有名的人物相处过，如哥克多、纪德、戴高乐，当然还有弗朗索瓦 • 莫里亚克，所以，这些日记都有丰富的内容，它们本身就构成作品。在这个基础上，我又把日记的时间全部打乱，而根据某一事件、某一主题或某一思想观点，把它们重新加以排列组合，这样就成为我的一部特别的作品《静止的时间》。《静止的时间》只是一个总的标题，下分若干卷。在这部作品里，弗朗索瓦 • 莫里亚克是一个中心人物，他出现的次数最多，所以，这部作品其实带有小说的特点。我把它称为小说，是因为‘新小说’派有一个常用的手法，就是剪辑，我无非是用了剪辑的手法而已。不过，我这部小说的每一片段都是真人真事，实际上是一部真人真事的小说，是用我自己的生活和生命写成的小说。本来是日记，剪辑、排列、组合以后就成了小说，不妨说是另一种‘新小说’。”

听着这番介绍，我像被引进了一个完全陌生的地方，看见了从未见过的景象，克洛德·莫里亚克先生的这种别出心裁，我无论如何也料想不到。我像探着脚步一样地试着发问：“完全是剪辑和排列，没有虚构、没有修改或增删？”照我的想法，既然是小说，总免不了要“艺术加工”，怎么能想象用克洛德·莫里亚克那种方法写成一部小说呢？

“没有任何虚构，没有任何加工，我从 1944 年到 1949 年期间，担任戴高乐的私人秘书，我所记载的关于他的事，完全是实录，对纪德、弗朗索瓦·莫里亚克和哥克多，我都是这样做的。而且，我也是按原来所写的进行剪辑，一字不改，除非我的看法变了，我不同意原来所写的，那我就在旁边做一个注解。我这样剪辑排列，时间的发展就不存在了，因此，我把书名叫作《静止的时间》。到目前为止，我已经完成了 6 本，第一本出版于 1974 年，现在我正在写第七本。”说着，他从沙发旁一个旋转的圆形书架上取下两本厚厚的书给我们看，还告诉我说，这部书现在已开始有些读者了，看来会越来越多。

说实话，当我搞明白这一套别出心裁的作品是怎么回事时，我对它的兴趣并不特别强烈，我觉得克洛德·莫里亚克先生这样做，也许像解魔方一样有趣，但是，既损害了他坚持了 50 年的日记的文献价值，又不可能利用文学创作所必需的艺术加工的手段，达到艺术典型化的目的。我感兴趣的还是他那有 50 年历史的日记，而且，我对它的兴趣还特别浓：“您有幸接触过很多法国当代杰出的人物，文学界的和政治界的都有，我想，您的日记一定具有宝贵的价值，也许有可能超过龚古尔兄弟的日记吧？”龚古尔兄弟是法国 19 世纪下半叶著名的自然主义作家，他们与当时的文学艺术家有广泛密切的交往，龚古尔日记共有 22 卷之多，可以说是 19 世纪下半叶法国文学艺术界的一份真实的记录。

“我不敢说比它更有价值，但也可能差不多，我从 1930 年就开始写日记，因此，至少和他们的日记一样长了。”是的，它的确很长，我有时觉得自己走过的生命之途似乎也不短了，但克洛德·莫里亚克先生的日记比我还长 4 岁！

克洛德·莫里亚克说到这里，打开了一个大书柜，里面整齐地排列着一本又一本厚厚的笔记，足有三四十本之多。他指着说：“请看，这些都是！”我看着这一书柜宝贵的原始材料，心想，它们出自一个作家的手笔，其中一定有好些关于他所见过的著名人物的生动有趣的记载，也一定有许多为一般史学家所不解的种种细节、轶事以及隐秘的真相……我真有点为它们被莫里亚克先生剪辑成《静止的时间》而感到惆怅，我关心它们将来的下落：

“您的日记一定会受到后代历史学家和文学史家的注意，他们一定乐于到您的日记中去查阅某些事实的真相。”

“现在已经有人开始注意了！我将来准备把它们献给巴黎大学后面的那个图书馆，供以后的研究者查阅，我父亲的全部手稿现在也都存在那里。”说完，他像自言自语一样做了一番预料和估计，“反正这些日记作为资料是有价值的，至于把这些材料剪辑成类似小说的作品是否有价值，那就不一定了，到现在为止，虽然有了一些读者，但还没有人对此进行研究。”

根据我对他刚才所做介绍的初步印象，我认为《静止的时间》恐怕难以构成一部小说，在我看来，它基本上还是一部回忆录，既然它是根据某个事件、某个主题、某种思想观点重新排列组合，那也许可算是一部特殊的回忆录，这时，我想起了马尔罗的《反回忆录》。此书与传统的回忆录的确不同，按生活面分篇，不拘泥于时间顺序，文如天马行空，有见闻，有回忆，有想象，有知识性的介绍，也有自己的分析。

“我想，您的《静止的时间》，是否和马尔罗的《反回忆录》有某种共同之点？”

“完全不一样，他的《反回忆录》中有不少自己的想象、自己的创作，如他写与毛泽东见面时，就加进了很多根本不是事实而纯系自己想象创作的东西，而我的《静止的时间》则不添加任何东西。不过，马尔罗这个人很有才情，他讲的东西虽然并不全是事实，但毕竟还符合真实，也就是说，他抓住了他所写的对象的本质，他对戴高乐的某些描写就不全是事实，可是，你读了后，觉得写得很真切，我没有他那种才情，所以我尽可能按当时实际情况来写，所以，到目前为止，还没有人指责我不忠于历史事实。”

他总算在把《静止的时间》看作一部回忆录的前提下进行了对比，而且，对比得也有道理。但是，在我看来《静止的时间》与传统的回忆录不一样，这是不可否认的事实，既然它是一种剪辑。而且，我还认为，在某种意义上也未尝不可以把它称为“反回忆录”，正像可以把与传统小说不同的“新小说”称为“反小说”、把荒诞派戏剧称为“反戏剧”一样。马尔罗把他的回忆写成了《反回忆录》，显然就是受了20世纪五六十年代那股现代派的“反”风的影响，克洛德·莫里亚克先生当然更不在话下了。

“我想，就实录性而言，《静止的时间》是与圣西蒙的回忆录相近的。”我尽可能求同存异，因为圣西蒙这部书是法国历史上著名的实录性的见闻录。

“是的，您说得对，不过，圣西蒙在世的时候，并未发表他的回忆录，而我在世时，已经发表了好几卷。”当然，如果要进行对比的话，那就应该看到，圣西蒙的回忆录正因为是未被剪辑的信史，因而成为一部历史的、文学的名著。

我们最后的话题是“新小说”派。虽然我已经与罗伯-葛利叶、米歇尔·布托、娜塔丽·夏洛特都见过面并做过长时间的谈话，但因为克洛德·莫里亚克先生既是一位“新小说”派作家，又是一位著名的文学评论家，所以，我还想听听他的意见：“刚才您提到了‘新小说’，我认为它是法国20世纪文学中轰动一时的实验，这实验有成功，也有失败。不可否认，它将在当代文学中占有一个不可忽视的地位。”

“我认为，一切和既成传统不同的小说都可以称之为‘新小说’，在这个意义上，文学史上早就有过‘新小说’，如像《克莱芙王妃》就是（克洛德·莫里亚克先生的意思，显然是指这部小说的心理分析在当时是新的与既成传统不同的东西），一切和以前的写法不同、带有实验性的小说，都是‘新小说’。”

“这是新颖的见解，我想，您在《从文学到反文学》一书里，曾经表述过这一见解。”

“是的。在法国，人们把‘新小说’派当作一个流派，其实，他们之间并没有有机的关系，罗伯-葛利叶、娜塔丽·夏洛特和米歇尔·布托三个人的特点就各有不同。评论家只是因为他们和传统不一样，才把他们当作一派。‘新小说’派在国外很受重视，研究者很多，在法国时兴过一阵，现在不那么时髦了。”

他讲了以上一大段“老生常谈”，但他以下的见解却不同于一般：“我认为，‘新小说’派固然与传统有所不同，但实际上并没有完全与传统决裂。罗伯-葛利叶有自己的与传统不同的东西，不过，他作品中未与传统决裂的成分还比较好一些，我本人就很喜欢他的《嫉妒》，它写得很成功，而他那些真正与传统决裂的东西都是生造出来的，这种东西不一定有生命力，现在人们对这类东西也没有多大兴趣了。娜塔丽·夏洛特的作品可以说是‘新小说’，但她与过去的传统也有关系，她受到了普鲁斯特、乔伊斯的影响，不过，在‘新小说’派中，真正有创新的，只有娜塔丽·夏洛特，因为她真正发现了人，表现了人与人之间的‘潜在的会话’，这一点无论如何是新的。至于克洛德·西蒙，他的作品一部又一部地出版，而且写得相当精彩，但他不过是把福克纳的手法加以翻新而已，而且，他老是重复同样的主题、相同的形象：战争、马……因为在第二次世界大战中，他是一个骑兵，他老是不能遗忘那一段生活经验。”

说完，他又再次表示了对玛格丽特·杜拉斯的欣赏，我亦欣然同意，我告诉他：“玛格丽特·杜拉斯是我喜欢的法国当代作家之一，她善于写爱情，特别是善于写绝望的爱情，这给我的印象很深。”我指的是杜拉斯的《广岛之恋》《长别离》《琴声如诉》。

我握手告别的时候，感谢他和我做了长时间的内容丰富的谈话，从法国传统文学的“最后一朵花”到“新小说”、“新回忆录”，从“文学”到“反文学”，我说：“这次谈话足以使我像您写《与纪德的谈话》一样，写出一篇《与克洛德·莫里亚克的谈话》。”

他表示同意，只要求我在谈话录里不要转述他对某某问题的评论。

我当然要尊重他的意见。因此，我这篇谈话录并不全。

经营有方的出版家

——访瑟意出版社与大学出版社

在巴黎的几个大出版社中，瑟意出版社与大学出版社可算是颇有特色、各有所长的两家，当然，它们之间的特色又有显著的不同。

瑟意出版社主要出版文学书籍。它成立于1935年，当初只是一个微不足道的小出版社，没有出版过在法国文学中特别有影响的重要作品，与气派大又在当代一大批著名作家之中深深扎下了根的伽里玛出版社不能同日而语，但是，经过这些年的经营，它现在在文学出版领域，已经大成气候，颇有要与伽里玛出版社抗衡之势。当代不少著名的作家都在它这里出版自己的作品，它还特别团结并拥有一批有名望的作家，在法国文学界有重要影响的龚古尔学院10个成员中，有三个是瑟意出版社的作家，即龚古尔学院的主席、著名作家埃尔韦·巴赞、著名小说家艾玛吕埃勒·罗布莱斯与著名诗人若望·凯罗尔，当然，还有已故的罗朗·巴尔特，这位结构主义的大批评家，是瑟意的骄傲，他是通过这家出版社才闻名于世的，因此，不妨说，是瑟意出版社一手扶植了这个新的文学批评流派。

大学出版社的历史也不算太长，它成立于第二次世界大战前，由四家小出版社合并而成，因此，它出版的书籍上经常印着阿波罗驾着四匹马的图案，是为该社的“徽号”。它并不是一个纯文学的出版社，但可以说是一个纯学术的出版社，它以大学师生和知识界为对象，专门出版大学教材、学术专著、理论读物和历史读物，以及普及性的知识丛书。

如果说这两家特点各不相同的出版社也有什么相同之点的话，那么，可以说，它们的事业都在蒸蒸日上，欣欣向荣，而且，它们坚守自己的出版路线，不出迎合低级趣味的东西，不出侦探小说。这一点似乎相当难能可贵，因为，即使是伽里玛这样的大出版社，它也经常出版侦探小说，以此作为赚钱的手段。

因此，在我的印象里，这是两家经营有方、自成一格的出版社。这是我把它们列入考察计划之中的原因。

我们按约定的时间，来到巴黎雅各布街一幢别致的三层楼房前，这里就是瑟意出版社。据马第维先生说，出版社的董事长将先和我们会见，然后再由出版社的两个部主任回答我的问题。这当然是瑟意自己的安排，从这个安排中，可以感到它对这次会见的重视和认真。

楼道里不断有人进进出出，呈现出一种秩序井然的紧张工作的气氛，漂亮的前厅里坐着一位女秘书，处理着各种事务。看来，她早就得到了通知，一见我们来到，就打电话报告了楼上的董事长，旋即告诉我们，肖德基也尔维兹先生正在等候。

董事长的全名是米歇尔·肖德基也尔维兹。他有一张学究的面孔和一种事业家务实的风度，他讲话急促，但条理清楚，语言简练，显示出思想的清晰。

我提出的问题是："瑟意在巴黎的出版界中，是如何以得法的经营而不断发展的，它在长期经营的过程中，形成了自己的哪些特色？"肖德基也尔维兹先生既然是多年来掌握着瑟意的出版路线、致力于造就瑟意特色的人，对这样的问题当然早已胸有成竹，因而，他虽然事先并没有准备，可是非常扼要地概括了两个重要的方面：

"我们出版社是以我们认为最适当的方式来经营的，在经营中，我们力求形成自己所独有的特点。在我们已经形成的主要的特点中，首先是保持思想的独立，在思想上不受陈规和时髦观点的影响，在出版的方向上，我们总是有意识地和当时流行的思想，和既定的政治、道德、哲学的规范保持一定的距离，甚至在每一个时期，瑟意都是反潮流的，如像在阿尔及利亚战争期间，普遍的舆论都赞成那场战争，但瑟意则持反战态度，因此，我们在当时也吃了一些苦头，有人就曾用塑料炸弹炸我们出版社。长期以来，瑟意一直坚持思想上的独立，只有这样做，才能形成自己真正的特点。为了保证思想上的独立，我们在财政、发行、销售方面也都保持自己的独立性。在财政上，我们不要银行的贷款，和大公司也不发生瓜葛，避免受财团的控制，发行销售也由我们自己的书店承当，不委托大商店代办，这些都是为了保持自己的独立。”

肖德基也尔维兹先生所概括的瑟意的这个首要的特色，我原来不甚了解，在巴黎的条件下，这个特点无疑还是难能可贵的。我看着这位波兰血统的法国出版家那张学究式的面孔，不禁感到他身上有一点戴高乐式的个性。

“其次，瑟意既注意团结老一代的有名望的作家，更注意培养和提携尚未出名、但确有才能的新作家。在发现和培养作家的问题上，第一要有眼力，能看准；第二，要有长期的规划，不能急于求利。如我们对罗朗·巴尔特就是如此。那时，罗朗·巴尔特还没有出名，我们却决定出他的论著，起初，他的书每部只能销售两三千本，我们为他大量赔本，但是，我们仍然长期坚持出版他的书，到现在，他的作品终于有了很多读者，成为我们畅销的书。在对待新作家方面，我们不像其他出版社那样，预先付一大笔钱作为投资。当然，我们也要付钱去订一个作家的书，但更主要的是在思想上、感情上对他们充满善意和友谊，以此来支持他。”

从董事长上述的介绍中，我的确感到瑟意的这两个特点颇有可取之处，长期坚持这种方针，当然会有效果，这也许就是它的成功之“方”。不过，这两个特点在资本主义条件下并不是容易坚持的，因此，我又提出一个问题：

“那么，你们在出版有价值但需要赔钱的书和在赢得利润使出版社不断发展之间，如何保持某种平衡？”

“出版社总要赚钱才能维持下去，问题在于赚钱的方式。别的出版社一般都是采取这样的办法：出版一些要赔钱的好书，同时又出版一些赚大钱的劣等书，如侦探小说、通俗小说，那些书可以畅销于一时，但三个月以后就无人问津了。我们不采取这个办法，我们不出侦探小说和低级趣味的东西，我们把力量用在出版那些虽然并不畅销赚大钱，但却有持久的生命力、每年都能出售一定数量，因而长期有利润的书籍。在 20 世纪 50 年代初，我们出版了一本意大利小说，赚了很多钱，那么，这些钱用来干什么呢？我们就用它投资办《永恒作家丛书》。这套书并不特别畅销，但每年都有良好的销路，而且经久不衰，成为一套既有价值又有利润的书籍。”

《永恒作家丛书》是我来巴黎之前早就见过的，它是一套研究丛书，已出版了 100 多种，每种一个专题，以法国和整个欧洲文学史上的经典作家为论述对象，作者都是学有所长的研究者或批评家。每一种篇幅不大，十几万字，但都有别开生面的论述，并提供了有关该作家的系统资料，是了解和研究法国文学的有价值的参考书，它在法国国内外都受到欢迎，不断再版，每当我逛弗纳克书店的时候，都发现这套丛书销售得很快。

按照原来的安排，我们与董事长只做一次礼节性的会见，没有预想到我们的谈话很自然就展开了。肖德基也尔维兹先生基本上都已经做了清楚的回答，因此，我们与两个部主任的会见，倒成为礼节性和寒暄性的了。这是两个精明强干、年龄不到 40 岁的年轻人，从他们那里，我又补充了一些对瑟意的了解：

瑟意一直保持着良好的效率，它全部的工作人员为 250 人，每年出书大致上也是 250 种；它每年出版的书中，只有六分之一是赢利的，其他的六分之五都要亏本，但这六分之五的书中，有很多都有“后劲”，将来是要给瑟意赚钱的；瑟意每年要收到2000多部小说来稿，它要进行严格的选择，每年只出版五六本特别优秀的；它审稿和选稿的方式，也与伽里玛出版社相同，雇了一批“读书者”，这批人都是本专业里的行家，由他们负责初审，把可用的稿件推荐给瑟意的编审委员会，这个委员会除本社各部门的负责人外，还有作家、新闻记者和评论家参加；稿件的取舍由委员会决定，但决定权不完全按投票的结果，有时，对一部稿件，多数委员不主张用，只有少数甚至只有个别委员主张用，只要少数派甚至个别委员言之有理，出版社也可以信赖并采纳他的意见，这就保证了富有特色的书有可能出版；至于出版周期，瑟意的重点书需两个半月，最长的也不超过4个月等。

如果说瑟意从它的外表、气氛直到它的体制、工作方式，都是一家常规的出版社的话，那么，大学出版社则不论从哪个角度说，都有点奇特。

首先是它特别的冷清。进了它的大门，有一个小厅，摆着几张沙发。因为我们来到的比约定的时间早了一些，所以，就在那个小厅里坐了片刻，这时，我很快就感到这里异乎寻常的空寂。一个女秘书坐在那里，无所事事。整个出版社似乎只占这幢楼的底层，房间并不多，几乎听不见人声，也见不到人迹，好像是一层没有人居住的房子。

到了约定的时间，我们走向经理的房门，过道里阒无一人，两旁的房间也是一片寂静。从经理室出来迎接的是一位矮胖的先生，刚才从女秘书那里，我知道他姓普里让。

普里让先生一介绍，就使我感到这是一家颇为独特的出版社：

“我们这家出版社是由4个小出版社合并而成的，合并以后，我们的资产不是资本主义式的，而是合作式的。合作者几乎都是在大学里工作的人，他们参加投资，每个投资者不论资金多少，在委员会里只有一票，这就和资本主义的股份公司不同，在那些公司里，占50%

的股份就有50%的发言权，在我们这里，你股份再多，也只有一票，这就是我们不同于资本主义方式的合作化的方式。这种方式可以避免垄断，可以保证比较民主。

“整个出版社的资金是合作的，但下属的机构却相对独立，这几个独立的机构是编辑部、印刷厂和发行公司。印刷厂除了印出版社的书刊外，可以另外接活，发行机构也可以替其他出版社承担发行，因此，下属的各机构都有自己发展的余地。

“我们在出版方面，有自己独特的领域，我们不出版侦探小说、畅销书，而专门出版学术性、知识性的读物，有大学教材，有学术权威们的论著，有广大专家学者的研究成果，还有读者范围较大的文化历史方面的书籍，如世界各国的历史、马克思主义的理论著作、宗教读物等。此外，我们还办了一套《我知道什么丛书》。这套普及性的知识丛书无所不包，读者的范围更为广泛，如这套丛书中的《现实主义》《超现实主义》这两种也许只对学生和喜欢文学的人有用，而《西部电影》《妇女运动》《恐怖活动》这些种就是社会各阶层的人都感兴趣的了。我们在每一种中，都就那个专题提供一些概略的知识，使读者看了以后对这个专题有初步但全面的认识。”

《我知道什么丛书》在巴黎图书市场上的确以其巨大的规模和广泛的普及性特别引人注意，它已经出版了将近2000种之多，由于它的每一种只是一本小册子，10来万字，装订成袖珍本，携带方便，更重要的是，每一本既提供了必要的知识，售价又并不昂贵，因此，它成为深受社会各阶层读者欢迎的丛书。至于大学出版社的学术著作和科研成果，虽然远不像《我知道什么丛书》那样普及，但在国内外学术界是享有高度声誉的。

“我想，在知识性、学术性读物的出版方面，大学出版社一定是法国占有绝对优势的一家。”我这样说。

“我很难这样肯定，但我也倾向于您的意见。在法国，搞社会科学和人文科学的人不看大学出版社的书籍，那是难以想象的。”普里让先生的话既谦虚又自得，然后，他又补充了大学出版社在学科方面的绝对优势，“在法国，哲学、精神分析学方面的权威著作，都是在我们这里出版的”。

“你们如此大规模的出版事业是以怎样的工作方式进行的？你们如何保证你们出版物的学术质量？你们如何团结作者、专家？用什么经济手段？”

普里让先生介绍的经营方式显然颇有特点：“我们出版社的编辑部人数极少，只有一两个人，但我们在国内外拥有上百个很有声誉的权威学者，这些专家学者是我们从各个学科、各个领域里挑选出来的，他们在各学科中举足轻重，如我们经济学方面的权威，就是密特朗总统的经济顾问，其他一些权威有不少也是巴黎大学各大学院的领袖人物。我们把编辑出版的权力交给他们，由他们主持各分支学科的工作，因为他们周围都聚集了一些学者。他们可以编辑出版他们自己的著作，也可以编辑出版他们发现的好的学术著作，如果不是他们，一般人是发现不了的。我们采取的办法是和他们签订合同，他们所得到的报酬是他们所编辑的出版物版权的2%，他们有权决定出版什么书，他们的决定权在于科学性的评价，而出版社也有一定的决定权，即主要考虑经济和财政问题，不过，总的来说，这些权威的决定权更大，占90%。

“至于每本书的作者，都是学有专长的人，我们付给他们的报酬，第一版是8%的版权，第二版是5%的版权。这一标准虽然和小说的稿酬不能相比，但只要一本书有价值和质量，就可以不断得到再版，《我知道什么丛书》里，有的书就不断再版，至今已经销售了40万册；这个销售量可以与获龚古尔文学奖的畅销小说媲美。”

了解到大学出版社独特的经营方式后，我总算搞清楚了，为什么这个出版社是那么空寂冷清，原来，在这里办事的人员极少，选题、审稿和编辑工作都已化整为零，分散进行，而且是以巨大的规模和高度的效率在进行。

普里让先生作为大学出版社体系的中枢，工作显然很紧张，而且，他的办公室里没有助手，他是一个“光杆司令”，在我们谈话的过程里，他不得不经常去接电话，因此，当我觉得对大学出版社的概况和独特的工作方式有了一个清楚的概念的时候，我向他告辞了。

我们又经过那阒无一人的走道，出了那空寂的前厅，到了街上，我回头看看大学出版社的招牌，我想，如果没有这块招牌，谁会想到在这个冷清的门面里，有那么大型的出版事业？

“铃兰空地”上的哲人

——米歇尔·图尔尼埃

“《阿芒迪娜或两个花园》，是我最好的作品之一。”米歇尔·图尔尼埃如是说。

他这话使我颇感意外。

他坐在对面一张带白扶手的蓝沙发上，穿着得很有生气，蓝底白花条纹的衬衫配白帆布长裤，上下都有些紧身，显得还颇有年轻人的气息，虽然，我知道他正好比我年长10岁。看上去，他像一个身手轻捷，颇有活力的农村中年人，而不像一个在书房里进行精神劳作的64岁的长者。这正与他在文学中的形象相称，记得法国当代一本文学评论的书，就曾称他为“矫健有活力的米歇尔·图尔尼埃”，认为他能进入当代文学经典作家的行列，与那些德高望重的前辈元老比肩而立，确实令人惊奇。

1982年1月，我怀着满意之中又稍显美中不足的心情离开巴黎回国，在那次为期三个月的学术访问里，我会见了法国当代文学中将要名载史册的一些经典作家，从尤瑟纳尔到西蒙娜·德·波伏瓦，从娜塔丽·夏洛特到罗伯-葛利叶与米歇尔·布托等，然而，我却没有见到米歇尔·图尔尼埃与玛格丽特·杜拉斯。为此，我感到很大的遗憾，因为我的确很欣赏、很看重这两个作家，我一直认为，如果说西蒙娜·德·波伏瓦、尤瑟纳尔、娜塔丽·夏洛特等人是法国文学中当时尚存但却盛期已过的不朽者的话，那么，图尔尼埃与杜拉斯就是已经取得了经典地位但却尚有潜力，看来还会有一番好前景的人物。因此，在国内，每当有人要我谈谈法国当代文学时，我总把他们作为前程未可限量的名字提出来。

“大丹士认为不精通形而上学，一个人不可能出类拔萃。他要像莫里哀那样，先成为深刻的哲学家，再写喜剧。”巴尔扎克在《幻灭》中这样说过。我之所以特别看重米歇尔·图尔尼埃，就因为他正是这种“出类拔萃”的人物。他有形象，也有哲理，“把形而上学转化为小说，我必借助传说故事”[①]，这似乎是他的创作纲领。而以我个人的也许过于简单化的文学观看来，形象之中寓有哲理，虽然不是作家是否杰出、是否伟大的唯一标志，但却是重要的标志之一；一个真正出众的作家，要么是以其艺术上的独创性见长，要么就是以深刻的哲理或者以提出了重大的问题取胜，三者必居其一。

他倒并不像大丹士那样为了成为文学家而先要成为哲学家。他本来就是哲学家，而后，怎么说呢，才迟迟走上文学的道路。他显然是热爱哲学的，这也许和他那日耳曼化的家庭有关，他的父母都是通晓德国语言文学的知识分子，他从小就受到德语教育与德国文化艺术的熏陶，这离德国哲学就只有一步之远了，因此，当他在大学里得到文学学士与法学学士两个学位后，又到德国去专攻哲学，钻进了康德的本体论、黑格尔的体系，以出色的成绩拿下了文凭。肯定是因为运气不好，他回国后在哲学教师会考里落第，通往哲学教授席位的大门对他关闭了。他不得不转换职业方向，到电台、在出版社当起编辑来。在新的生涯中，他身上逐渐形成了一个新的“本体”，小说家的“本体”。这个过程慢得够可以的了，直到 1967 年，当他 43 岁的时候，才发表了他的第一部小说《礼拜五或太平洋上的虚无缥缈境》。

他人生中这一曲折未尝不是好事，如果不是落第，他的本体论

① 米歇尔·图尔尼埃：《圣灵风》。

哲理很可能只在课堂上使那些青年学子领略其高深莫测，他不由自主地成为小说家，他就为自己的哲理找到了古典文学的风格与特具魅力的形象，通过诉之于大众的感情而渗透到社会的理智中。他成功了，处女作一举获当年的法兰西文学大奖。3 年后，他的第二部力作《桤木王》又获龚古尔文学奖，他自己也进入了龚古尔学院，成为文学界的一个权威人物。这时的他与多年前一心准备哲学会考的他是两个不同的“本体”？对于他自己来说，看来仍是同一个“本体”，同一个“自在之物”。一根绳索、一把左轮手枪、几枚毒菌，对于那个具有一种“天赋的形而上学的禀能”的少女来说，不都只意味着同一个事物“死亡”吗？①他的不同的职业、他不同的短篇与长篇，对于他来说，也只是意味着同一个事物：“哲理”。

这样，在法国当代文学中，就出现了一个既有出色的画面、又有深邃的思想、隽永的寓意的“哲人作家”，他的这个特点使他有可能上升到马尔罗、萨特、加缪这些巨人所站立的高远境界。对于这个类型的作家，我多少有点偏爱，这倒不是因为我以追求艰深的哲理为乐，而只是因为我觉得这类作家的作品有“嚼头”，回味无穷，经常给人的思想以有力的启示，甚至某种动力……而米歇尔·图尔尼埃，他使我特别仰慕的是他那部名著《礼拜五或太平洋上的虚无缥缈境》，在这个长篇里，他沿用了笛福的《鲁滨逊漂流记》的题材，妙不可言地进行了逆向处理，颠倒了鲁滨逊与礼拜五的关系，在其中注入了关于人与大自然关系的既有本体论的色彩，又有卢梭主义气韵的哲理，在 20 世纪的现代化生活中吹进了一股清新的风。因此，当我几年前筹创《法国二十世纪文学丛书》的时候，就把图尔尼埃的那两部长篇力作列入了选题计划，并约请了两位同志承担翻译，准备将其中的一部作为“丛书”第二批书中的一种在 1988 年推出。但是，承担《礼拜五》的那位同志由于出国进修而渺无音讯，另一位承担《桤木王》的同

① 米歇尔·图尔尼埃：《少女与死亡》，见其小说集《大松鸡》。

志，则因为要筹划未来的出国进修也没有下文。我的计划彻底泡了汤。

这样，我只能两手空空地坐在开往巴黎远郊的地铁上，去会见米歇尔·图尔尼埃，时为 1988 年 6 月 20 日。

地铁已经出了地面，像高速火车一样在平原上奔驰。这是一条新的线路，沿途车站一个个崭新光亮，本来大可观赏，但我却嫌车站太多，车行的速度太慢。一片焦躁。原来的安排是下午 2 点整，图尔尼埃到预定的车站来接我们，然后再乘他的汽车到他的乡间住处去，而现在已经是 2 点半了，也就是说，图尔尼埃已经在那说定的车站干等了半个小时，而从地铁车厢上的路线示意图来看，前方的车站仍有不少，看来我们还需要半个多小时才能抵达。

迟到至少整整一个小时！这不仅仅是一般的失礼了，在巴黎生活中，这简直是一种极其野蛮的行为！而且是对米歇尔·图尔尼埃！一两句“对不起”、“请原谅”是远远不能弥补的，如何才能稍稍消除对方的恼怒与反感？如何做出解释？由我的住所到这条通往远郊的路线，要转好几次车，路程之远是原来没有估计到的，何况，特别倒霉的是，又误了两班通往远郊的地铁……所有这些在我自己看来都是情有可原的，然而，在图尔尼埃看来呢？……不论怎样，他白白地浪费了一个多钟头！被掠夺掉 60 多分钟的生命，而且，这样的事发生在他这个有地位、有声望的人身上……一路上，我不断地看表，怀着一种闯了祸的心情，想象着与米歇尔·图尔尼埃的第一个照面……他不会怒形于色的，以为他会把恼怒摆出来给对方瞧，那肯定是低估了他……但他可能在一种冷淡的态度中蕴含着一种高傲，有教养的人士往往会以这种高傲对不文明的行为、失礼的行为表示自己的轻蔑……他也可能诙谐地口吐妙语，带点哲理味道，但其中的分量却够你受用很久……最大的可能是，当等到半个钟头的时候，他驾车一走了事，给野蛮人留下一个空空的站台……

终于到了预定的车站，果然，站台上空空的，只有阳光，只有下午3点多钟使人感到燥热、叫人穿不住西装上衣的阳光。

出于一种绝望时的习惯动作，我不由得还是朝车站那小建筑物走去，那是出入站台的必由之路。我们一跨进门口，从门旁一张坐椅上霍地站起来一位先生，他那宽大的几乎占了半个脑袋的智者型的前额，使我一下就认出来：米歇尔·图尔尼埃！

道歉！解释！但是，所有这一切似乎都没有必要，他毫不在意，亲切地笑着："我知道你们如果不是在路上遇见了困难，肯定不会来迟！"

他的宽厚一下就把我们引出了由于失礼迟到而可能形成的尴尬的"低谷"。我舒了一口气，得以从容地开始摄取对他最初的印象。他不如各种书上的照片那样白胖，整个面部与颈脖晒得红红的，显然是经常在阳光下活动。他穿得很随便，甚至不太整洁，衬衫一看就不是新换的，更谈不上挺括，他的态度也很随便，有身份的人那种架势与派头、高级文化人物那种优雅的举止与知识分子化的习惯动作，在他身上都没有一点踪影。他动作轻捷，带有一种乡野的气息，如果不知道他的身份，你第一眼真会以为他是一个农民。

他那辆相当旧了的轿车在急驶着。周围的景色使人想起柯罗与卢苏[①]的田园风味的画面，本来，这两位画家都是从巴黎远郊的风光中吸取灵感的，而今，这一片风光仍保留着19世纪的古典风格。绿色的平原徐缓地起伏有致，大片的林子与小丛的树木参差散落，光洁而灵巧的公路在绿丛中蜿蜒伸展，每转一个弯，眼前的景致总给人以新的愉快，这里，看不见有长方形、方塔形、圆罐形的现代风格的建筑，路上没有人迹，也没有旁的车辆，与繁忙、紧张、充满了呼啸声的现代化高速公路截然相反，是一个宁静的世界……这就是他笔下与高速公路对照的"七号国家公路"或"狭窄的省级公路"？在那篇小

① 柯罗（1796～1875）与卢苏（1812～1867）均为19世纪法国画家。

说[1]里，这两种公路是对立的，高速公路被描写成人的自然生活异化的一种象征。

偶尔，在远处，在近旁，树丛之中露出农舍的一角，平地上也散布着一群群黑白相间两色的乳牛。

“每当我在巴黎忙了一天，开车到这里见到这些牛，我就高兴又回到了自己的家。”

从他这简单平淡的话里，我感到了图尔尼埃的一种浓浓的乡情。在他感情深处，一定存在着巴黎的喧嚣与乡间宁静生活的尖锐对立，以至他一回到这里就感到了慰藉。看来，我没有错，他不仅外貌像一个农村人，而且他的内心世界里肯定有着深沉的田园倾向。

似乎是要证明他所生活的这块天地是法国土地上最美好、最令人羡慕的处所：“每年，总统都要到这里来看我一次，就在前几个月，还在这里和我一道共餐。”

和他的本意相反，这话却打开了我世俗考虑的发条。密特朗总统！他与米歇尔·图尔尼埃有私交，是因为他要塑造自己作为文化总统的形象？是因为他期望图尔尼埃帮助他竞选总统，就像弗朗索瓦兹·萨冈那样？不过，密特朗总统本人就是一位散文家，他一定很欣赏图尔尼埃那凝练纯净的风格，而且，在堂皇的爱丽舍宫待久了，在繁忙的政务中疲倦了，来到这宁静优美的乡间旅行一次，面对着一个才智高超的人物谈艺说文，未尝不是一桩乐事。不论怎样，密特朗这样一位对自己一言一行都有精妙构思的政治家，选择了与图尔尼埃经常交往，正说明了图尔尼埃在法国当代文学中的重要。

车行二三十分钟后，停了下来。这是一个直径有二三十米的圆形空地，图尔尼埃用手环指一圈做了介绍：家，旁边是一个小教堂，另一边是一座古堡。

空地周围郁郁葱葱，教堂在空地的另一尽头，树丛后面耸立着钟

① 米歇尔·图尔尼埃：《铃兰空地》，见其小说集《大松鸡》。

楼的尖顶。至于古堡，我没有看出来，只见一排石座上有铁栅栏，里面是一大片树木，也许，古堡就藏在那后边。图尔尼埃的家在空地一侧的边缘上，是一座高大体面的三层楼房。据图尔尼埃的说明，它原来是小镇本堂神甫的住所，故坐落在小教堂的旁边。这是一个名叫舒瓦瑟尔的小村，有100来个居民。但是，在这个作为村落中心的教堂所在地的“小广场”上，我只看见一个小孩在骑自行车玩，周围杳无人迹。好一个清静的世界！

图尔尼埃家的大门不是朝着“小广场”，由屋旁一条碎石小路往里走，有一个大草坪，周围是灌木丛与各种花草，他家的两个大门就对着这个草坪。在其中的那个便门前，铺着漂亮碎石的空地上，竖着一个像华盖般的蓝色大遮阳伞，伞下的小台儿上有两本打开的书，旁边有躺椅与靠椅各一张，看来，主人经常在这里，面对着美丽的草坪，悠闲地进行阅读。

入门，是一个古朴风格的大厅，可以看见头顶上粗大整齐的木梁，大厅之大足可以举行小型的舞会，但只摆了一张粗大厚重的长条桌，其式样，颇像电影中所见的中世纪古堡里封建主大宴宾客的桌案，看来，这也许就是他与总统共同进餐的地方。大厅的一侧，是几张线条明快的沙发与桌椅，那里靠近楼梯与一个小书房，我们在这一侧落座，开始了谈话。

我首先感兴趣的是他近些年的文学创作。我知道自从他发表了那两部长篇力作以后，在20世纪70年代，他曾有小说《流星》、自传体散文《圣灵风》、短篇小说集《大松鸡》问世，此后，就所知不详了，我希望从他那里得知他近10年来的创作。

于是，他一一列举了自己的全部作品，从他1967年成功的处女作到1985年的新作《金滴》。显然，他不是一个多产作家，甚至还可以说是一个低产作家，在六七十年代，他只发表了五六部作品，而在

80年代，除了《金滴》外，他就只有为数不多的一些短篇了。

“我的作品愈写愈短，愈写愈简练，很多批评家都以为我在为儿童写作，其实，我并不是专为儿童而写，但如果儿童也能看懂我的作品，我认为自己就成功了。”

他这种美学追求，我倒不难理解，因为在我们的祖先中，就曾有白居易“老妪解诗”的佳话，而且，对他这番见解，我也已经有了思想准备：早在几天前，我在书店看到了图尔尼埃的一个作品集，封底就刊印着他的这一条价值标准：“如果所有的人都能读懂我，甚至儿童也能读懂，那就证明我献出了我最好的作品。”

接着，就是使我没有思想准备、颇感意外的那句话了：“《阿芒迪娜或两个花园》是我最好的作品之一。”这是1978年问世的短篇集《大松鸡》中的一篇，区区几千字，竟有这样高的价值？而且，内容看起来也似乎很平淡：一个10岁的小女孩的日记，记述了她对一只母猫怀孕与生小崽子的观察，以及她如何不满足于待在自己家的花园里，而要爬过墙头去探看另一个神秘花园的情景。这篇小说的语言的确非常简洁纯净，整个作品流露出小女孩的天真情趣，如果说它有什么含蓄的内蕴的话，照我看来，那就是一个女孩的朦胧的性觉醒与完全不自觉的性意向。

也许是感到我对他的话有点感到惊奇，他进一步做了解释：很多人以为这是篇儿童文学，其实大有寓意。对于这个小女孩爬梯子看墙外这个情节，就有好多种分析，社会学家认为这有妇女解放的寓意，心理学家认为这表现了性的压抑与对墙外的性关注，哲学家则把它视为超越的象征，甚至东德学者认为可理解为要从东德看西方，对中国批评家来说，未尝不可以理解为要从长城内往长城外看等。

他讲的前几例，看来是确有其事，最后一例，似乎带点开玩笑的意味，真有这么一个中国批评家？也许他还带有一点不自觉要启示对方的意图。我感到高兴的是，我对于这篇作品中不自觉的性意向的理解，总算标中了其中的一项。“总之，这篇作品提供了各种理解的可能，我就是要通过越墙这一个简单的行为，表现深刻的寓意，事实上，这篇作品也引发出各种理解，它发表后，社会反应很热烈，当时的第一个试管婴儿就以这篇小说中的女主角阿芒迪娜的名字为名。”图尔尼埃又做了有力的补充。

为了加深我的印象，图尔尼埃起身到旁边的小书房里取出一摞书出示给我看。首先是《阿芒迪娜或两个花园》的两个单行本，都是精装，每页都配有色彩缤纷的插图，可见此作的确广为流行。接着他又出示另一个作品《皮埃罗或夜的秘密》的单行本，同样是精装并配有插图，显然又是一篇广为流行的作品。

“《皮埃罗或夜的秘密》也是我最好的一本书。”图尔尼埃接着介绍了此作的价值与其中的精髓，“我把这个故事念给非洲儿童听，他们都能听懂故事内容，但这个故事的哲理含义却是很深的，它包含了本体论的寓意和其他的思想。”

这是《大松鸡》之后的一篇新作，表面上看起来只是一个爱情传说：面包坊伙计爱着洗衣坊的少女，但少女被新来的油漆匠所吸引并随他私奔，但冬天来到，为饥寒所迫，少女回到了面包坊伙计的温暖的家，油漆匠也来投靠，面包师接待了他们，三人分享一个人形面包。但在作品的故事内容与那些很有表现力的形象描绘中，的确闪烁着极其丰富的寓意的磷光。在我的理解中，面包师、油漆匠、洗衣女似乎都是某种象征；炉火、面包、颜料、白天、黑夜、花花绿绿的奇装、雪白素净的衣服、五颜六色、黑白素色、人形面包等，无不有某种隽永的含义。所有这一切都启迪人们的思想走向真正的善、真正的美。不过，说实话，我还没有充分理解其中的本体论的寓意。啊，本体论，又是他那费解的本体论，还得溯本求源，跑到康德那里去，跑到古希腊哲人那里去！《皮埃罗》那最后的象征性、带有某种暧昧双关意味的结局，是否意味着现象对本体、对自在之物的回归？

不等我对那个人形面包的含义有充分的领悟，他又从那一摞书里取出另一本做介绍，那是他前几年才出版的长篇新作：《金滴》。我是第一次见到这部作品，对它的内容一无所知，因此，也就只能囫囵吞枣似的吞下图尔尼埃的说明：

在这部作品里，一个阿拉伯小青年发现一个半裸的欧洲少女对他拍了照，他向对方索取照片，但一直没有得到。于是，他到欧洲寻找自己的照片，但看到的照片都是完全歪曲了的。在法国的阿拉伯人有200万，巴黎有一个区名叫“金滴”，就住了很多阿拉伯人，因此书名叫《金滴》。这个民族习惯于文字与符号，而讨厌形象，但他们所生活的法国却到处充满了形象，这样，就存在文字、符号与形象之间的矛盾。而他，米歇尔·图尔尼埃正是力图通过阿拉伯人在法国的生活与感受来表现这些寓意。

由于我在说明来意的时候，曾告诉他我在《法国二十世纪文学丛书》中已经对他的两部长篇做了安排，并表示愿意从他近10年的作品中再选出一种列入丛书，他带有试探性地提出一个问题：在《金滴》中，有一个场面是写妓院里妓女在玻璃后面表演脱衣与其他的动作，客人只能看，不能碰，他担心这样的作品在中国可能是不允许出版的。我虽然对他的这个问题表示了一种开放性的看法与乐观的估计，但当时根据他的介绍，我心里已排除了这部作品入选的可能，因为我对法国文学中的阿拉伯题材缺乏兴趣，而且，觉得这部作品中的哲理过分“法国化”，即过于“纤细”，陷入了精神活动的细枝末节，有多少读者会对有关文字、符号与形象之间矛盾的哲理感兴趣呢？

他出示给我的最后一本书是一册精美的摄影集，名为《背影集》，拍摄了生活中形形色色的景象，构图与光线都很别致，每一幅照片下面有图尔尼埃的文字说明，文字说明当然都很精练而富有哲理。图文并茂，的确是艺术精品，看来图尔尼埃先生很珍视它，但我却难以把它当作他的杰作。

他始终不忘记他独特的美学追求，最后又回到了他的那条标准："我判断我的作品是否成功，是根据不同年龄儿童的反应"，然而，他在总述自己在当代文学中的影响时，却又着眼于另外一些标准了。大学讲台的推崇："《礼拜五》《桤木王》及其他作品已进入了大学课堂，有的章节已经作为大学选讲的范文"；学术界的重视："已经有300本论文以我的作品为对象"；世界各国的翻译介绍："我的作品已经被译成25种外文"；还有盲人的兴趣："《礼拜五》已经被印成了盲文书"……在我看来，所有这一切都是图尔尼埃在法国当代文学中经典地位的种种表现，这些反应虽然来自不同的角度与标准，但并不矛盾，它们倒的确表明了图尔尼埃作品"雅俗共赏"的性质。

我感到以上概况性的谈话是相当充分的了，于是想进入专题：他的哲学、他的思想渊源、他对音乐的爱好等。我开始谈到了法国文学中哲人作家那个传统，以及我个人对这个传统的重视；谈到了从马尔罗到萨特、加缪等哲人作家所构成的"存在"文学流派，以及我个人对它的偏好；还谈到他作品中的哲理倾向，以及当代其他几位作家如莫第亚诺、勒·克莱齐奥作品中的哲理寓意，我问图尔尼埃先生，如果把他与这两位作家视为特点相同的"新寓言"派作家，他自己是否同意并对此划分有何看法。

"我同意并很乐意把我们归在一起，称我们为'新寓言派'，我们这一个流派，为首的可以说是尤瑟纳尔，多米尼克·费尔南德斯与于连·克拉克也可算上，当然包括莫第亚诺与勒·克莱齐奥。"

他把尤瑟纳尔拉了进来，我没有想到。尤瑟纳尔无疑是法国本世纪文学中的一个巨人，有史以来唯一进入法兰西学士院40位"不朽者"行列的女作家，已于前两年去世。她的作品倒并不完全像图尔尼埃的某些作品那样，在相当大的程度上刻意地追求某种寓意，而是在古典风格中蕴含着隽永的哲理意味，当然这一点就足以使图尔尼埃引为同类，显然，他把尤瑟纳尔推为“新寓言派”的首席代表，可以大大地增加这个流派在20世纪法国文学中的分量。图尔尼埃承认莫第亚诺与勒·克莱齐奥为本派同人，是我意料之中的事，这两位作家很有才华，比图尔尼埃更为年轻，在当代法国文坛风头正健，他们都是我这次访法中想要会见的人物，可惜一个天马行空，踪迹不定，难以谋面，另一个在尼斯，而我又无意到尼斯去故地重游。他所列举的于连·克拉克是与尤瑟纳尔大致上同辈的老作家，在法国20世纪文学思潮的变化发展中阅历甚多，其多方面的倾向不是一词所能概括的，他也是一个文学建树颇丰的人。而多米尼克·费尔南德斯则是图尔尼埃的同一代人，也属于作家兼学者的类型。对图尔尼埃所开列的这个名单，我表示了自己的钦慕，我认为它展示出了“新寓言派”坚实强大的阵营，而其中的三种年龄层次，也表明了这个流派、这种倾向在当代文学中的生命力，我蛮有把握地预言，这个派别将给中国的法国文学研究提供又一片有待开拓的空间。

接着要做的，就是和图尔尼埃先生讨论他作品中的哲理了。在我看来，他作为一个哲人作家，显然与马尔罗、加缪、萨特还有些不同，马尔罗与萨特都有自己自成体系的哲理，他们经常是在众多的分散的作品中，表现同一个基本哲理，这个基本哲理就像乐章的主调一样，在不同的段落变化出不同的旋律与和声。加缪则是从一个基本哲理出发后又有了明显的发展，而其出发点与终结又首尾呼应。图尔尼埃不像马尔罗与萨特那样有一个统一的君临自己全部创作的总体系，也不像加缪那样有一条内在逻辑联系的哲理脉络。在《礼拜五或太平洋上的虚无缥缈境》里，是《鲁滨逊漂流记》的反义，是现代人向大自然的复归；在《桤木王》里，是命定性与象征；在《流星》里，是人逃避自然关系的徒劳。即使是在《大松鸡》这个短篇集里，各篇的哲理寓意都似乎各不相干，不构成一种统一的倾向，在《鲁滨逊·克鲁索的结局》中，是鲁滨逊的平庸化、猥琐化与“不能再涉足于同一水流”式的世事皆变的哲理；在《铃兰空地》里，是关于现代生活作为自然状态之异化的寓意；在《少女与死亡》中，是康德式的感性的先验形式的神秘主义倾向；在《圣诞老妈妈》中，是妙不可言的折中主义精神；在《特里斯丹・沃克斯》中，是对以假顶真、名实错位的荒诞性的揭示；在《愿欢乐常在》中，是商业化的现实环境与人的天赋禀能的矛盾对立；在《阿芒迪娜》中，是人的超越本能与向性的象征；而在独立成书的《夜的秘密》中，则又是本体论了……

当我正要开始提问的时候，大厅另一侧的小房间里响起了电话铃，图尔尼埃先生起身去接。这一间歇使我发现谈话已经进行将近两个小时了，而图尔尼埃今晚还要和全家一道动身出国旅游度假，特别是让他在车站上白白浪费了一个多小时！……我再次为耽误了他的时间表示歉意，并表示急于结束谈话。虽然图尔尼埃一再说还有不少时间，可以充分谈下去，但我还是有意识地朝结束的方向迅速走去，我只提出了一个问题，那就是他创作中的哲理寓意是否有某种整体性？他在不同作品中所表现的思想是否有某种哲理的核心？因为我毕竟对他经常离不开的本体论没有吃透，我始终没有时间进入康德哲学的大门，只是在门外张望张望而已，谁知道本体论是否有某种神奇的力量，把图尔尼埃先生的哲理与寓意都黏附于其中？

“我每本书、每篇作品的哲理核心都不同，每一篇作品都是重新开始，都有自己的新起点、新的哲理核心。”

他的回答杜绝了我的顾虑，我也因自己原来的理解与图尔尼埃的回答不谋而合而有了“良好的自我感觉”，“新寓言派”的寓言家不是谋求建立思想体系与某种主义的哲学家，你能在《伊索寓言》里找到一种核心的哲理吗？

的确该结束谈话了，因为后面的花絮还占用了不少时间：图尔尼埃先生兴致勃勃地带我们参观他的储藏室、书房与工作室。他的储藏室里存放着一大堆以他为题的学位论文打印稿，都是各大学的毕业生呈献给他表示敬意的。他的书房里陈列着大量的书籍，以新书为多，在这里，他又向我出示了1988年法国新出版的两本论图尔尼埃的专著，也是在这里，他盛情地送给我他的两部作品。他进行写作的工作室是在三层楼的阁楼上，这里的乡野气息更浓，从一架大木梯上来，如同进入了农村里一大间木头房子，底面与四墙都是木质的，巨大而规整的梁木则交错地斜在头上不到两米的高处，一个巨大的天窗下侧是一张大木头桌子，仅有的两腿呈Y字形，上面安放着一块足有两寸厚的木板，又宽又大，像糕点师傅做面包点心的大案，这就是图尔尼埃制作精神糕点的地方。整个房间里的一切都是粗糙古朴的风格，只有大案上的一个直径约有一尺的像摩托车头盔一样的大台灯，以它现代的式样与质地，提醒人们现在已经是高速公路的时代。

图尔尼埃又驱车把我们送回车站，路线与原来的不同，沿途零星散落的房屋比较多一点，但仍是看不到人影，仍是小巧漂亮的“省级公路”，仍然离繁忙的高速公路远远的，仍然是一片片安宁秀美的田野风光。

好一个清静的世界！

> 鲁滨逊爬上一株高高的南洋杉，他在一片被微风吹动着的叶丛与花朵的海洋里，又沐浴着初升的阳光，他凝望着大鸟在天空中翱翔，感受到生平从未有过的欢乐。他发现了“野蛮生活”的幸福，他不愿再回到充满了灰尘、耗损与破坏的“文明世界”中去进行种种选择，决定留在这个荒岛上，在这里享受既无过去、也无将来的现时绵延[①]……

在地铁车厢里，我想起了《礼拜五或太平洋上的虚无缥缈境》中

① 米歇尔·图尔尼埃：《礼拜五或太平洋上的虚无缥缈境》第九章。

的那些描写。

> 在一片紧张又充满了声响的高速公路旁边，有一块到处都是青枝绿叶、长有铃兰花的空地，那里色彩鲜亮、宁静自然，与那“混凝土的地狱”形成强烈的对照，图尔尼埃先生小心翼翼地用铁丝网把它圈了起来，使它与那疯狂的水泥长带隔离开来。一个充满了活力的小伙子被那优美的空地所吸引，朝那空地跑去，在穿过高速公路的时候，他被车压倒在这“混凝土的地狱”[1]上……

我又想起了图尔尼埃的这样一篇小说。

他在离现代巴黎不远的舒瓦瑟尔乡间，在高速公路旁边的铃兰空地上，他无视一侧的紧张与忙碌，悠悠地在进行编织，他滤除五光十色的现代生活景象，在简约单纯的构图中填进一点点精粹的理念，今年64岁了，“我愈写愈短，愈写愈简练”，他将把自己的构图简约精减到什么程度？对此，我有点担心。毕加索的《头像》，不规则的长形块状上，有两根简单的线条，在这简约的构图中，又何尝没有画家的某种寓意？

我在车厢里继续想着关于图尔尼埃的一切，视而不见地看着窗外，沿途的情景几乎没有给我留下任何回忆，至今我只隐约有这样的印象：那是一条新的线路，车站都是崭新的。

1988年12月

① 米歇尔・图尔尼埃：《铃兰空地》，见其小说集《大松鸡》。

塞利纳的“城堡”与“圆桌骑士”

——在塞利纳故居

汽车沿着塞纳河而行，靠岸的这边房屋愈来愈稀少，大片的绿荫却愈来愈浓密，已是郊区的宁静景象。车行不过5分钟，哥达尔先生突然把方向盘一转，我们从本来就相当狭窄的公路又进入斜坡上一条勉强容得下一辆小车的小径，在一幢两层楼的房屋前停了下来。

周围的一切，就像是塞利纳那一身衣服，那身式样既难看又破旧的衣服。小径和地面没有打扫，院落里灌木与杂草恣意丛生，一派萧条、荒野的气象。整幢房屋秃立在斜坡上，又老又旧，呈灰暗色，看来已年久失修，即使修整一新，它也不见得好看，它只给两旁让出了狭窄可怜的通道，显得比例失调，给人以压抑与紧促的感觉，而它本身的结构一眼看去就是简单式的，毫无法国建筑的精致可言。是的，就像他那身衣服，不仅是不整洁的问题，而且式样看起来也使人有点感到别扭：那件怪里怪气的打了补丁的毛线衣，那条宽松拖沓过分的裤子和那双笨重难看的鞋。的确，我每次在不同的书里看到他这身装扮的照片时，都感到有点别扭……

这就是塞利纳著名的墨东故居给我的第一印象。

1981年，我第一次访问巴黎时，塞利纳的小说集正收入“七星丛书”，这意味着塞利纳进入了法国文学经典作家的行列。本来，他的文学地位早在30年代《茫茫黑夜漫游》出版时就已经奠定了，只是，由于他被认为在第二次世界大战德国占领法国期间“有问题”，战后，在法国他竟成了一个“黑人”，大有从文学史中消失的危险。对于这样一个在法国仍有争议的作家，当然还谈不上在中国加以介绍的问题，然而，当我读到《茫茫黑夜漫游》的若干章节，了解了它的全部内容后，我就形成了这样一个看法：撇开它重要的文学价值不谈，即使从严格意义的社会主义政治要求来说，如果对这样一部以激愤的态度来描写资本主义社会现实的作品采取摒拒的态度，那就未免“有眼无珠”了。因此，1985 年我在拟定《法国二十世纪文学丛书》选题的时候，把这部小说列入了计划，并请老友沈志明尽快把它译出来。于是，在我第二次动身来巴黎前不久，《茫茫黑夜漫游》作为《法国二十世纪文学丛书》第二批书的第二种出版了。在巴黎的志明君得知此书的出版消息后，欣喜之下，建议并希望我到巴黎对塞利纳的遗孀进行一次访问。

抵达巴黎的第二天，在弗纳克书店里，看到有塞利纳传记出售，我感到这里的气温对塞利纳来说不那么寒冷了，也正是从那本书上，我第一次看到这位遗孀的多幅照片，那真是一位美妙绝伦的女子，除了额头过高，有点像个女智者外，容貌、风姿均柔媚非凡，她是一个芭蕾舞演员，21 岁时开始与塞利纳共同生活……在他近旁，她那么年轻、漂亮，装着入时，而他已经满脸皱纹，一派老相，胡子拉碴的，穿着他那身式样既难看又不整洁的衣服……他站在门外等着她，她正一边把门带上，一边在活泼而高兴地对他讲着什么，他们显然要一道出门或者上街。两人之间充满一种轻快和谐的气氛……从他们相识以后，她从没有离开过他，即使是在战后，他被监禁、被判刑的日子里……一直到后来她作为遗孀仍在守护着他的亡灵。

这次访问，很快就由两位塞利纳研究专家替我安排好了，一位是法国文学研究界新星亨利·哥达尔先生，他是“七星丛书”中塞利纳小说集的主编，另一位则是志明君，他不仅是《茫茫黑夜漫游》的译者，而且是我主编的另一套《法国现当代文学研究资料丛刊》中《塞利纳研究》一书的编选者。他在巴黎潜心致力于此书，与哥达尔先生、塞利纳夫人经常有交往。

我所见到的有关书籍上，墨东故居的照片甚少，因此，我关心的第一件事是按照我自己选择的角度拍几张照片。哥达尔先生带我们出发的时候，已是7点多钟了，虽然夏天夜幕降临得迟，但我在车上仍不免担心光线问题，因此，一下车就急于趁还没有开始暗淡的天色拍几张照片。我们的到来，屋里的人一定从玻璃墙后面看得一清二楚，立刻，从里面跑出一位身材修长、一头白发、身手矫健轻捷的先生，后面跟随两条高大、粗壮得像小牛犊的黑狗，大声向我们狂吠，这位先生一方面用特殊的语言使这两位忠诚的卫士明白来的是宾客，制止了它们不礼貌的行为，一方面因见我在拍照，就热心地指着屋房第一层靠右边的那面玻璃窗，告诉我："塞利纳就逝世在那间房子里。"然后，又主动邀我沿屋旁的小径往斜坡上爬，说，"从屋后的高坡上，可以拍到塞纳河的景致。"两位塞利纳专家也鼓励我往上去，志明君告诉我，这位先生是塞利纳夫人家的长客，他年轻时，与塞利纳夫人在芭蕾舞蹈学校是同学，现在是法国国家歌舞剧院的教练。

我随着这位虽上了年纪，但步履轻捷的先生向上走，小径狭窄得可怜，上面还有不少那两位黑色卫士的排遗物，旁边是杂草、青苔。屋后，有一个大平台，从这里可以俯视稍下的那幢房屋，而在远处，就是塞纳河。这个平台如加以修整，可是一个幽静美好的处所，环绕它的是绿葱葱的树木，可惜这里一片荒凉，又脏、又乱，堆了一些破烂的家具与无用杂物，我几乎是出于对那位热心肠先生的礼貌，拍了一张照片，就往回走。在沿小径而下的时候，才注意到这幢屋子后半截是一个四面墙都是玻璃的长方形大厅，据志明君告诉我，这原来是塞利纳夫人练舞的地方。同样，这里也满是灰尘，到处散乱着一些旧书、破报纸。这时，我就预感到，我即将进去拜访的屋子将是什么样子……这是一个似乎已经被完全废弃的地方，由于得不到人们的关心与照料而一片破落。

从那长方形的玻璃大厅里进入这幢房屋的正室，眼前的景象，果然不出我的预感。

这间房子很大，看来，整个一层平均划分成了大面积的这样两间房，另一间就是塞利纳去世的地方。虽然有两扇像门一样大的窗户，但房间里并不明亮，窗外浓郁的树荫、室内深色的幔帘与家具，还有窗前两大盆深绿色的热带植物，都使屋里显得相当阴暗。房间是够大的了，但家具、摆设、用品杂然地充塞着，一片零乱。房间中央，是一张长大的沙发，式样和达维特画中雷卡米叶夫人斜靠着的那张横榻颇为相像。女主人公就坐在上面，双腿盖着深红色的毯子，戴着一副深茶色的眼镜，显然，她行动不便，眼睛也有毛病，这房间看来既是她的起居室，也是她的会客室与餐室，因此，房间里才杂乱地充塞着桌椅、茶几、沙发、电视、收录机、器皿、杯盏、饮料、书籍……

女主人当然已不再是我在书上所见到过的那样了，她现在已经进入风烛残年的阶段，身上的两个明显的残疾，叫她在待客的那天晚上，也未能从那个沙发榻上起身一步，只是从她有力的两臂与颈脖，还看得出她当年的矫健，显然是因为我带来了塞利纳的代表作在中国出版的好消息以及中译本，她才组织了这天晚上的聚会。参加者除了她这个家庭的多年好友瑟尔日·贝洛夫妇外，就是两位塞利纳专家：哥达尔先生与志明君，另外还有一个重要的客人，那就是弗朗索瓦·吉波尔先生，他是巴黎一位颇有地位的律师兼教授、作家，代理有关塞利纳版权与遗孀权益的全部业务，他同时是塞利纳研究的权威，担任法国塞利纳研究会的主席。

客人一聚集起来，丰盛的晚餐就端上来了。这似乎是一次塞利纳专题的“学术性”聚会，每一个参加者都与塞利纳有关，聚会的主题基本上都集中在塞利纳身上，不是庆祝塞利纳完成了中国之旅，就是对塞利纳进行缅怀与评说。如果大家在这个晚上放弃了不少其他话题的乐趣，也牺牲了若干对美食的专心享受，那么不能不说是出于对我这个来访者的照顾，我一开始手里拿着笔与笔记本的那种姿势，清楚地说明了我来墨东的主要兴趣，甚至可以说是唯一兴趣。而他们，不仅对我的兴趣与意愿有充分的理解，而且无一不以满足我的意愿为乐事，就像一个个儿童向别人展示自己最宝贵的珍品那样，怀着天真而兴奋的热情。

夫人总有夫人的角度与方式："海克托的遗孀要守护他的遗产，更要守护他的名声与威望。"第二次世界大战结束以后，塞利纳夫人没有少见到夫君被追逐、被谴责、被批评的经历，她知道针对那些把塞利纳一纸否定的舆论可能有的影响，针对公正的人们内心中对这个文学奇才仍可能有的道义上的怀疑，自己该说些什么，她向我证实塞利纳作为一个普通人的内在价值与人格力量："他这个人很朴实、很勤劳，是一个名副其实的劳动者，不论是写作还是行医。他写作得很艰苦，一个句子要改上十来遍，写一本书，稿本要变动一二十次，甚至三四十次，最后，手稿有几十袋之多。他在第一次世界大战中，右臂受了伤，他还有耳鸣、牙痛的毛病，经常不能入眠，即使大量吃安眠药，也只能小睡一会儿，有时甚至不能平躺，只能坐着闭目休息，他常在这种情况下，坚持写作，每天早晨 6 点钟就开始。"

有的作家写作像唱歌一样轻松愉快，有的作家则像花样滑冰一样顺当流畅。我这样想。塞利纳显然不属于这类天之骄子，主要原因恐怕不在于他青年时期是在艰苦的医学专业教育中度过的，很迟才开始写作，看来是在于他没有那种一泻千里的笔头，何况，他总是追求每一个句子的独特，每一个形象的独特，这种写作是没法利用程式化的表述法而一泻千里的……不论是什么写作，有失眠加耳鸣，再加牙痛，那种滋味是难以承受的，难怪他一脸憔悴、一脸皱纹……就像罗丹博物馆院子里那个手攥着拳头顶着下巴在殚精竭虑、全身肌肉都绷得紧紧的人，这个青铜的劳作者，令我不由得产生了几分敬意……

塞利纳夫人继续她的回顾。向我介绍那个早于1924年获得了医学博士的塞利纳大夫："他总以医生的身份出现在社会上，他在内科、儿科、传染科都行过医，受国际医学组织的派遣，到过世界上很多国家，包括很容易得上致命传染病的非洲地区。在国内，他经常免费给人看病，他自己有一句名言：给富人看病要收钱，是当差；给穷人看病要收钱，是混蛋。他很喜欢接触下层人、劳动者、工人以及他的同行，作为普通人与他们相处。他是一个非常敏感的人，同时很内向，从不急于把自己的内心感情表露出来，因此，使人觉得很难与他接近，甚至，他真正感情不流露，讲出来的话倒是常使人产生错觉。"

如果我没有理解错的话，夫人是想说明塞利纳有一个外冷内热的性格，在他不近情理的外表下，实际上有着善心与温情。我想，这种反差何尝不是也存在于他的创作之中？在他那些愤世嫉俗、玩世不恭、自我作践的后面，何尝没有对真、善、美的向往？在这里似乎可以说，塞利纳夫人指出了塞利纳身上足已解释很多问题的一个重要的基因：反差性，同时，她也指出了这个人身上的某种人格力量，要知道，他于1932年以《茫茫黑夜漫游》一举成名，享誉世界，可谓巴黎上流社会一名人了，但他仍然能保持亲近社会下层的平民意识与平民风度，虽说并非绝无仅有者，至少也是很难能可贵的一人了。

讲起她与塞利纳，夫人说："21岁认识他，同居了7年，他的感情生活并不稳定，他并不想结婚，有一天，他忽然对我说：我们还是结婚的好。于是就履行了一个手续，什么庆祝活动也没有，若无其事。……跟他在一起生活并不容易，你不能打扰他的工作，只能你干你的，他干他的，他需要一个同样有事业心，同样勤劳的伙伴。我对他的主要影响就是芭蕾舞，他看我们练舞一坐就是好几个小时。从我21岁以来，几十年风风雨雨过去了，现在我最高兴的事就是，塞利纳的书不断有人在读。"关于芭蕾舞，后来哥达尔先生告诉我：塞利纳很喜欢舞蹈，特别是往上跳的动作较多的芭蕾舞，因为他认为舞蹈能克服人自身的重量，轻盈向上，人太沉重了，需要向上，可见他有一种很强烈的向往向上的精神。

不能与瑟尔日·贝洛先生失之交臂，他和蔼可亲，平易近人，晚餐前后，他与他的夫人不停地帮忙张罗，一看就是这个家庭两个最最亲密可靠的朋友。他很高兴有人征求他对塞利纳的看法与意见，他谈得充满了感情：“塞利纳很有同情心、怜悯心，是一个在善良人面前可以下跪的人。凡是真诚的人和他交往，立刻就会喜欢他。他对人的真诚性要求很高，他对空话、大话、感情交易都很反感，你站在他面前，是无法装腔作假的。他是一个对社会、世人充满恼怒的人，但不是一个充满仇恨的人。”

我觉得贝洛先生对塞利纳的这些看法很有意思，显然都是长期就近观察的结果，不是亲近的朋友是道不出来的，特别是他关于“恼怒”而非“仇恨”的见地，实在是相当深刻。

“我想，他可能像莫里哀笔下那个愤世嫉俗的人吧。”我插了一句话，表示我对他这个概括的理解。

“您说得对，正是。”贝洛先生说，接着贝洛先生还针对世人在政治上对塞利纳的谴责，提供了作为老朋友所了解的实情，“他在德国占领期间，并没有替德国人做任何具体的事，没有参加过任何政治活动与文化活动，他倒是掩护过抵抗运动的人士。当时，有这么一件事：法国当局要派我去德国做事，我想逃走，塞利纳劝我不必这么做，他说，巴黎最能藏人。后来，我就藏在他一个画家好朋友的家里，就在蒙马特闹市。除了这次外，塞利纳还藏过抗战分子，可能还是法共地下组织的人。”

在这次聚会中，弗朗索瓦·吉波尔先生是一个很引人注目的人物，他讲究的服装与高雅的风度，与在场的其他人随随便便的衣着，特别是与塞利纳故居这一片零乱陈旧的景象形成对照。一看他就是一个常在上流社会、高层次场合出头露面的人，气度不凡。在巴黎，作为一个高级律师已经很有地位了，而且，他还是一个学者、作家，在“书架上向世人招手”的人。从他的谈话中，我没有感觉到他与塞利纳曾经有过私交，但他领导着法国的塞利纳研究会，显然，在塞利纳学中是举足轻重的一人了。他还著有三卷本《塞利纳传》，这是迄今为止，最有权威性的一部叙述塞利纳生平的著作。

关于《塞利纳传》，因为他一开始就答应我，将赠送给我一部。所以，他谈得并不多，只告诉我说，这是在法国出版的第一部大型的塞利纳传记，他写这部传记得到塞利纳所有的亲人与朋友的支持，他们都把自己保存的照片与信件提供给他，使这部传记的资料极为丰富，引证很多。当然，这些资料都是第一次发表的。“以后出版的新的塞利纳传记，在材料上都不可能超出我的这一本，这是一部英美式的传记论著，追求客观性、科学性，不带任何感情色彩。”

关于塞利纳研究会，他介绍说，这个学会有70个成员，都是作家、教授与塞利纳研究的专家、学者，每两年举行一次国际性会议，当年是在伦敦，过去在美国与加拿大都开过会，每次会议后都出版专刊。现在，不仅在法国，而且在美国、英国、加拿大、荷兰、澳大利亚都有研究塞利纳的学术活动，对塞利纳的评价也愈来愈高。但一接触到第二次世界大战，对他持批评态度的人还是有的。他们的批评带有感情色彩，总的来说，对塞利纳的研究，近几年有很快的发展。

至于另一个塞利纳研究权威，哥达尔先生，因为时间不早了，我们未及交谈，但约定了另外的时间专门讨论塞利纳。

十几天以后，我收到了吉波尔先生托人送来的《塞利纳传》。他在每一卷上都很客气地给我写了题词，其一：“致法国文学的一位杰出的鉴赏家、捍卫者”；其二：“纪念塞利纳墨东故居的一次难忘的聚会”；其三：“热烈地致以敬意与友情”。

这部传记，厚厚的三大卷，1985年出版，内容的确极为丰富，引证很多，从这里，我看到了一个聪慧活泼的儿童，一个风度翩翩的少年，一个锐气十足的青年，一个意气风发的中年人，一个从列宁格勒领取了《茫茫黑夜漫游》一书版税后回国的体面的塞利纳，直到最后，那穿着破旧、满脸胡子楂的潦倒者……他在第二次世界大战期间，并没有做任何坏事、恶事、卑劣的事、下贱的事，但他战前所发表的有反犹倾向（啊，犹太人问题是一个多么复杂的问题）的文章，客观上，的确有恶劣的影响，他有明显的失误，一个思想者的失误。他为此付出了沉重的代价，也许是过于沉重了，以至法国几乎任何一本讲20世纪文学的书籍中，所刊用的都是他那张衣着不整、满脸憔悴、胡子拉碴的头像……

1961年，他在这幢楼房去世的时候，也许守护在他床前的就是刚才我所见到的这几个人，在从墨东回来的路上，我这样想。亚瑟王有自己的城堡和忠于自己的圆桌骑士。这幢房子就是他的城堡，这几个人就是他的“圆桌骑士”，“这是他遗留下来仅存的他最亲切的东西”，要知道，他当时的名声还没有恢复……再过些年，这幢房子将更破旧凄凉，这天晚上的这些人，也都会衰老、更衰老……就像过去任何一座城堡和其中的圆桌骑士一样……

只不过，他当年离开这个世界时，守护在他床前的，肯定不包括哥达尔先生，那时，他也许还没有进大学，更没有开始他的塞利纳研究。而今，他主编了“七星丛书”中《塞利纳小说作品集》，并撰写高质量的序言，是法国塞利纳学的一个年轻的权威……

事隔几年，上海又一家出版社以重金向国外购得《茫茫黑夜漫游》的版权，并翻译出版，塞利纳这部代表作，在中国又有了第二个译本！

谁说塞利纳身后一片萧条？

1997年10月追记

后　记

这个集子中的文章，大部分来自我1981年在法国的学术访问，有些当时写于巴黎，有些稍后写于北京，曾于1983年结集出版。此次改编为新集，文章内容均未做修改。

集中的另一部分文章，则是与我1988年在巴黎的访问有关。考虑到两部分文章都带有速写、掠影、随笔的性质，故名为“印象记”。

时间已经过去多年，有些人已经作古，如尤瑟纳尔、西蒙娜·德·波伏瓦、罗布莱斯、皮埃尔·瑟盖斯；有些事又有了新的发展；而我个人，从状态到思想也有不少变化。因此，从各方面来说，这些印象记都是一些“老照片”，颜色已经有点发旧，今天，它们之所以仍有一些意义，就在于：其中有关的那些人与那些事，在法国文化史上毕竟是永不会磨灭的。

我这两次学术访问，时间并不长，加起来只有4个月，但收获甚丰，是与一些人士与朋友的支持、帮助分不开的，他们是：法国外交部文化技术司接待办公室的负责人当·马第维先生、法国人文科学中心主任克内芒·厄莱先生、沈志明博士、陈庆浩博士与金德全先生，他们的友情至今仍令我感念难忘。

1997年10月于北京

米拉波桥下的流水

柳鸣九　著

自　序

我是外文系出身的，长期摆弄的是外国文化，可以说一辈子都是在桥上讨生活。

桥上是观两岸风景的好去处，桥本身也是热闹熙攘的好景点，近几十年来，华夏大地上哪一场风风雨雨没有在桥上留下几许掠影？世界文化哪一种景观没有在这里展示自己的风采？

在桥上，虽然经常有悬空之感，也经常遇风雨的吹打，但自有眼界开阔、感受纷呈的逸致，我摆弄这、摆弄那，忙忙碌碌，不意桥下的流水无声地流走了岁月，时至今日六十五，不由得也在桥上叹了一声："逝者如斯夫。"

米拉波桥在何处？在巴黎塞纳河上，由于法国20世纪第一位大诗人阿波利奈尔曾在他不朽的诗篇里反复咏唱："米拉波桥下塞纳河水流"，因而更闻名遐迩，这一诗句也成为法国人形容时光流逝的最富于诗情画意的比喻。

我借用法兰西才人的诗情，并非要附庸风雅，仅仅是因为这集子中的文章都与我的巴黎生活以及我桥上营生的内容有关。

事实上，我在此之前的3个散文随笔集《巴黎对话录》《巴黎散记》《巴黎名士印象记》，都是以巴黎生活为内容的。巴黎，我只去过两次，而且，因为都是应法方的邀请而去的，每次的时间也就不太长。短短不到半年的访问，出了三四个集子，我简直就是在挤柠檬！

巴黎这个柠檬啊，你实在是太丰满了，你的汁液实在是太甘美了，令我难以自禁，贪得无厌！

巴黎是否尚有我意犹未尽、梦往神游的去处？那就是拉雪兹神甫公墓。那里聚居着不知多少高雅的灵魂，也许要算我在巴黎时去得最多的一个地方……

1999年元月

谁道人生无再少

——渐渐走近埃尔韦·巴赞

一

我走近巴赞，渐渐的，花了将近10年的时光。

为什么1981年我第一次到巴黎进行学术访问时，没有去见巴赞，而直到1988年第二次访问时才与他谋面？

1981年的那次访问，我在各方面都受到法国外交部文化技术司的特殊优待，在学术上，除给了我一张自由出入卢浮宫进行参观的“绿卡”外，还根据我所提出的名单，安排了我与文化界名人的会见。正是在他们的安排与协助下，我见到了当时法国文学界为数甚多的名家，尤瑟纳尔、西蒙娜·德·波伏瓦、娜塔丽·夏洛特、阿兰·罗伯-葛利叶、米歇尔·布托、艾玛吕埃勒·罗布莱斯、皮埃尔·瑟盖斯、克洛德·莫里亚克、皮埃尔·加斯卡尔等。因此，我曾对他们之中有的人笑称，我是来到了巴黎文化的奥林匹斯山上，见到了山上几乎所有的“神”。

这显然是一种玩笑性的夸张表述，“神”，当然不全，在这个名单中，熟悉法国当代文学的人士很容易就会发现，至少有一个大“神”赫然不在，那就是埃尔韦·巴赞，他当时是举世闻名的龚古尔学院的主席，已经著作等身，声誉正隆，在法国文坛上享有很高的地位，是法国文化部里文学工作部门的负责人，是作家工会的主席，曾获得苏联颁发的列宁文学勋章……这一切我明明是知道的，但我提出的名单中，却偏偏没有他。至于其他的“神”，玛格丽特·杜拉斯、米歇尔·图尔尼埃以及莫迪亚诺，我之所以没有见到，则不是因为我的名单中没有他们，而是因为他们当时有的在国外，有的行踪不定，如天马行空。

人的生活行为与社会行为中，总会有一些非理性的、难以理喻的意念在作祟，有些决断当时怎么做出的？是出于一些微不足道的细小缘由，甚至是靠扔零币或近乎扔零币的方式做出来的？这种情况也不乏其例……在走近巴赞的问题上，我以上的迟疑虽然没有那些出于非理性的或荒唐的原因，但今天看来，理由显然是说不通的，至少是不够充足、不够明智，不过，这不充足的、不明智的理由，当时在我身上却又带有几分必然性。

我认识巴赞，最初是从法国辞书上开始的。就像少年时有读汉语字典的习惯一样，我进入自己这个业务行当以后，就有了经常读法国辞书的习惯，从那上面可以得到很多知识，也可以认识很多面孔。法国当代文学辞书上巴赞的头像，几乎没有一张叫人有亲切感的，我应该怎么形容呢？记得在果戈理的一部小说中，有这样一段对人物相貌的描写：“世上有许多这样的脸，造化在捏造他们的时候，不曾多下功夫推敲琢磨，也不曾动用任何细巧的工具，譬如锉刀啦、小钻子啦，以及诸如此类的其他东西，却只顾大刀阔斧地砍下去：一斧头就是一个鼻子，再一个斧头就是两片嘴唇，用大号钻头凿两下，一双眼睛就挖出来了，也不刨刨光洁就把他们送到世上来。”

很对不起巴赞在天的亡灵，过去，每当我从书上见到您的头像时，总情不自禁想起果戈理的这段描写。

他的头大过一般人，棱角分明，近乎方形，额头宽阔平齐，颧骨高耸，整个下颚与下巴几乎呈一条横线，宽幅而薄薄的嘴唇则像一把弯曲的刀片，眼光咄咄逼人，头上一层修短的薄发从中央向周围拨开，就向中世纪的教士……这似乎是一个粗犷、野悍、坚硬、严峻、犀利的形象，他给你一种逼促感、压迫感，既然你已经有此感觉了，又何必再走近他？以貌识人的误区，谁都可能陷入！

再就是对他代表作的先入之见了。他的代表作无疑要算是《毒蛇在握》。我第一次访问巴黎时，并没有读过这部著名的小说，但我知道它，读过有关它的介绍与评论，这是一本以家庭生活为题材的书，中心内容是一对母子的矛盾与冲突，矛盾冲突是如此深刻、激烈、惨厉，作者甚至把母子关系形象化为一个少年人手中攥着一条可怕的毒蛇，双方进行你死我活的拼斗，要么是毒蛇咬死人，要么是人把毒蛇攥死在手中。《毒蛇在握》书名即由此而来。世上的母子人伦关系中，冷酷、惨烈的事件虽然并非少见，但达到如此可怕程度的实在不多。我大概是因为读雨果式的人伦亲情描写读多了一点，所以总觉得巴赞的这本书“有些过分”，“叫人受不了”，甚至有意识地不去读它，于是，也就没有什么热情去拜访巴赞了。

还有一点，我今天是不应加以文饰讳言的，那就是因为巴赞是列宁文学奖的获得者。说实话，我当时与现在都无意于对这个奖有所不敬或有所非议，我只是觉得这个奖的阵营性、党派性太强，其纯粹的意识形态标准几乎是压倒一切的。它实际是对某一倾向的作家所给予的政治奖赏，它更主要的是政治思想意识领域里的事，是宣教领域里的事。事实上，凡得过此奖者，除了有一个官方荣誉的耀眼光环外，其作品并不见得一定在世界范围里赢得了广大的读者，更谈不上会传世不朽了。而且，1981 年，我正是在文艺理论上“揭竿而起”，致力于批驳日丹诺夫论断与苏式意识形态模式后不久，自己虽然不敢以什么理论批评家自命，但作为一个放了第一炮的“肇事者”，还是想保持自己在立论上、原则上的一致性与连续性的。

这就是我现在所能说清楚的当时迟疑的全部原因。是“原因”，而不是“理由”。本来，人与人的相识，如果不是由于在时间与空间上有了一个偶然巧合点，那就往往是出于某种需要的驱使，除此之外，就只可能是精神的契合与投缘了。

二

精神上的契合点迟迟来到。

那是在那次访问最后一个多月的时候，我搬到北站附近一条街道上去住，有位朋友在那里帮忙找到了一套空房子，各个方面都很方便，只是那一条街比较古旧，住处周围都是拥挤成堆的灰色、黑色、旧黄色的房屋。几乎没有什么树木，于是，我在巴黎也产生了对绿的饥渴。为了缓解这种饥渴，我只要有时间，就乘地铁到拉雪兹神甫公墓去，要不然就到亚历山大桥附近的塞纳河岸去，那都是树木成荫、沁人心脾的所在。正是在我每天需要费点力气才能寻觅到绿意的这段时期，巴赞的新小说《绿色教会》正好出版，书店里、市场上、图书馆里到处都有。它封面上密林丛薮的墨绿色，当时就给我以阴凉清新之感，而打开书来，他那郁郁葱葱的第一章，他全书中那森林野趣，那种绿色拜物教，都深深地打动了我。

小说的题材独特而又简单：一个村镇的居民发现一个来历不明的青年人在森林里过着原始的生活，他舍弃社会、脱离人群，遁入了孤独与林莽，坚决拒绝透露他的身世与姓名，坚决拒绝人们使他回到现代社会中的种种帮助和努力，并对社会中一切既定的规范、条文、法律、约定俗成的习惯与思想方式抱有极大的反感与蔑视，采取截然对立的态度，最后，他又自由而去，不知所终。

故事简单，情节平淡，但主人公所有的一切都构成一个个悬念；流畅圆熟的叙述技巧，又把事件过程表现得很真切生动，整个作品颇为引人入胜。作者所表述的作为一个思想家对现代工业物质文明的深刻忧虑、向大自然复归的热烈情怀、逆鲁滨逊的精神倾向、对绿色理想的执着追求、对绿色教会的殉道热情，更使作品具有深刻的哲理内涵与文明史的丰富底蕴，这种具有浓厚的田园情趣与清新风格的作品很对我的胃口，特别是它深深地触动了我内心深处绿的情结。从青年时代起，我就梦想自己的住处有一点空间能栽上几棵树，如今，不仅梦想彻底破灭，而且一年四季也逃不出钢筋混凝土的笼子了……

《绿色教会》使我在精神上一下子就走近了巴赞，我开始后悔我的迟疑，我想去见他，但当时已晚，我的访问不久就要到期了。

这一耽误就是8年之久，不过，这8年并没有白过。我回国后，不久就把《绿色教会》列入《法国二十世纪文学丛书》的计划，还特别约请了一位文笔好的同志来翻译。为了使这位在法国当代文学中举足轻重的作家在我主编的这套丛书中占据应有的地位，我不能不再多列入他的一部作品，于是，我又不得不面对本来令我敬而远之的《毒蛇在握》了。

百闻不如一读。事实上《毒蛇在握》远不如我原来想象的那样“可怕”，至少不如左拉的《土地》中布托父子关系那样可怕，也不见得就比哈姆雷特母子关系更为冷酷、深刻、不可调和。一个十几岁的少年与生母的对立，不牵扯到哈姆雷特式的生死攸关问题，不牵扯布托父子式的财产利益上的严重冲突，能酷烈到哪里去？能残忍到什么程度呢？不过是情绪上、个性上的对立而已。这个少年对母亲的怨恨、憎恶，一是因为太受那个专横、粗暴、刁钻、悭吝的母亲大人的压抑而生，二是因为渴望得到母爱但却未能得到，甚至眼见母爱他移，而他这种怨恨憎恶的积累、恶化与变本加厉，又完全是来自日常生活中那些琐碎的小事，并在不见波澜起伏的平静生活之流中进行。巴赞把这一切描写得既细致真切又具有心理深度，充分显示出一个大作家的才能与风范。

这部作品带有一定程度的自传色彩，但它无疑在文学画廊中提供了一个独特而又带典型意义的人性标本，如果说在西方文学中存在着“思母忌父”的“俄狄浦斯情结”传统，那么，同时存在一个对应的“俄瑞斯忒斯现象”，并且，也拥有一些经典性的名著，从埃斯库罗斯的《阿伽门农三部曲》、莎士比亚的《哈姆雷特》、劳伦斯的《美妇人》，到萨特的《苍蝇》。巴赞的《毒蛇在握》以其充分的典型化描写，显然大大丰富了这个系列，而且，与古希腊悲剧、莎士比亚悲剧以及萨特哲理剧中同一题材不同的是，这里的母子冲突毫不涉及属于历史社会范畴的家庭血海深仇与地位权益冲突，而完全是个性化的、心理性的。这种内倾性使它带有了劳伦斯《美妇人》的那种典型的现代特色，又比《美妇人》更充实、更丰富、更细致、更深刻，说它是俄瑞斯忒斯系列的当代经典之作又何尝不可，这样的作品怎能不列入《法国二十世纪文学丛书》呢?

这本书，我约请了北大的一个老同学译出，它在我第二次访问巴黎的前夕作为《法国二十世纪文学丛书》第二批书中的一种出版了。当然，我没有例外地也写了一篇序言，讲了我对巴赞的理解。至此，我凭自己这点有限的“脚力”，总算走近了巴赞。1988 年我再次访法时拜会了他，在某种意义上只是我全部行程的最后一个句号，一个色彩丰富的句号。

三

1988 年，我受到法国国家人文科研中心的邀请，赴法做为期一个月的学术访问，与前次访问一样，时间虽短，但东道主为我提供的条件却很优厚，其中之一就是热情安排我与文化界人士的会见。这次，我主要的目标就是巴赞与图尔尼埃了。

约会的日期很快就由东道主安排好了，更准确地说，是巴赞先生很爽快地就答应了接受访问，他住在鲁昂，我得到鲁昂去一趟。

鲁昂离巴黎不算远，只需坐两个小时的火车。这是一个有丰富历史内容的城市，中世纪法国民族英雄圣女贞德就是在这里英勇就义的，19 世纪小说家福楼拜的故居也在这里，熟悉著名小说《包法利夫人》的读者一定都会知道，那位女主人公就经常不辞辛劳地往鲁昂跑，去会见她的情人。即使没有巴赞在那里，鲁昂也是值得去一游的。老友沈志明长期旅居巴黎，不仅是巴黎通，而且是法国通，他的友情着实令我感动，这次又是他陪同我去鲁昂，充当向导。

根据巴赞的约定，我们于 6 月 14 日下午 2 点在鲁昂车站与他见面，他驾车来接我们去他家。他住在市郊的乡间。我与志明君提前到了鲁昂，先在城里畅游了一番，观光了圣女贞德就义的故址，参观了福楼拜的祖传故居……然后，按约定时间提前了一刻钟来到鲁昂车站，等候巴赞。

外省城市毕竟是外省，不如巴黎街上那样车水马龙，即使在鲁昂的车站前，来往汽车也不多，站在门前老远就可以看见稀疏的车辆一一驶过，你可以根据车型与新旧体面的程度，相当准确地判断是不是巴赞驾来的轿车。过尽“千车”皆不是。忽然，一辆破破旧旧的蓝色轿车没有引起我们的注意，悄然在车站前的小广场边停下，从那里面出来一位身材高大的老年人，朝车站门前走来，嗨，那不就是巴赞先生吗！我没有想到他的轿车是那样老式，那样不像样子，它驶过来的时候，我几乎没有正眼瞧它一眼……能怪我们没有及早看出巴赞吗？只能怪巴赞推翻了在中国“座车的型号与派头是级别高低、身份贵贱的标志”这条“定律”。

他穿着极为随便，一件蓝色的旧羊毛衫，一条蓝布裤子，就像他那辆车一样毫不起眼。他显然比过去发福了，头部与脸面的线条反而因此变得柔和多了，没有书上头像的那股桀骜不驯的悍气。我们互相招呼问好，他平易随和，使人很感亲切。特别是在他的车里，还有一个三四岁的小男孩，活泼可爱，使会见的气氛更为轻松欢快，我当时猜想，这大概是他的孙子或是外孙，在家里一定调皮烦人，所以，巴赞先生顺便把他带出来兜兜风。

我们没有多久就驶出了鲁昂城。到了郊外，巴赞先生把车开得更快了，有那么一点年轻人的猛劲，这年，他该是77岁了吧，但他并无老态，动作稳健、灵活，反应敏捷，只是他那份沉稳安详的气度神情显示出漫长年月厚重的积淀与凝练。

鲁昂的郊外并不郁郁葱葱，周围的土质近乎红褐色，这大概是树木不繁茂的原因。巴赞先生的住处是在一片高地上，从车窗望去，没有浓荫挡住视线，可以看见远处下方比较密集的房屋。在这片高地上，沿着公路则零星散落着一幢幢新建的漂亮房子，看来，这似乎是一个新开辟的别墅区，“我的夫人是在鲁昂工作”，这大概是巴赞先生就近居住在这片新区的原因？

果然，一下车，我看见的是一幢几乎崭新的平房。它占地面积相当大，凸现在一大片修整得很好的平地上，周围只有花草，没有大树浓荫，在晴空的映照下格外耀眼。出来迎接的是一个不到30岁的少妇。她鲜丽得像一朵玫瑰，虽然只穿了一身家常的衣裙。我又猜想，这大概是巴赞先生的女儿，或者是他的儿媳妇吧？

寓所内，宽敞亮堂，不像巴黎建筑那样古雅幽深，仅客厅就有好几扇大的落地窗，与屋后的花园之间几乎就像是不存在任何墙壁的间隔，客厅里的色彩柔和雅致，家具与陈设疏朗而线条明快，毫无文化人家里常见的那种繁复式的古色古香，完全是……嗯，现代风格的，像是一个美术家或建筑家寓所里颇有现代韵味的厅堂，整齐洁净，一尘不染，处处光亮可鉴。看来，这幢房子里肯定有一个非常能干而又品位高的主妇。

客厅里的装饰并不多，特别引起我注意的是一个不太大的来自中国的铜奖杯，上面刻着“敬赠法兰西大律师，仁施中外”的题词，另有一个银制的大盆，上面的题词则是：“致巴赞先生，山不在高有仙则名”，题词下有一段说明文字：“为上海慈善界仗义出庭，向法界会审公廨濛请愿，特制此盘相赠，藉表谢忱”。署名的有孤儿院、贫儿院、医院、妇孺院等17个单位，标明的时间是：“中华民国八年”，地点是“江湾”。

银盆很有分量，据巴赞先生说约有500两。两件纪念品放在客厅的显著位置，足见巴赞先生的重视。我过去在法国当代文学辞书上，看到过提及巴赞早年经历的记载，说他的父母曾到过中国，而他本人的童年生活则颇受这次家庭迁移的影响，我想这两件纪念品大概就是他父亲在中国工作时所得到的。

本来，外国文化名人与中国的渊源与关系，是近些年来国内搞比较文学行当或吃“桥”这碗饭的人最不可放过的题材，但我却有意避免就他父母的经历提出任何问题，甚至小心翼翼地远离这个领域。我知道，《毒蛇在握》是一部自传性的小说，与他的童年生活有关，而在这部小说的续篇《衰亡》中，巴赞又进一步揭示了《毒蛇在握》中的少年主人公之所以怨恨其母，其中一个重要原因是母爱他移到了其弟玛塞尔身上，而玛塞尔则是母亲与其他男人的私生子。我不知道这两部小说中哪些部分是自传性的，哪些是虚构性的，我觉得这是一个敏感的领域，最有教养的方式是不去涉足。因此，甚至在来鲁昂会见巴赞之前，我就已经打定主意避免接近与《毒蛇在握》有关的问题。于是，面对这两个来自中国的纪念品，我只是称赞说它们实在是太珍贵了，而没有提出任何问题，何况我们还没有坐定呢，要从主人的父母家事开始岂不冒失荒唐？这就是时至今日我说不清这两件纪念品来龙去脉的原因。

我们在门口见到的那位少妇很快就端来威士忌酒与冰块，那个小男孩则紧依她不舍。巴赞先生向我们做了介绍，他的介绍使我大感意外，原来，少妇是他的夫人，小男孩则是他最小的儿子，他还介绍了坐在客厅落地窗外台阶上晒太阳的一对老年夫妇，说是他夫人的父母。在我的印象里，他们都很体面，但显得很衰老，不过，据巴赞先生说，他们的年龄并不算太大，比他自己还小10来岁……接着，他主动就他的“家庭”补充了几句，语气中颇为自豪：“我已经将近80岁，我的大儿子是52岁，最小的儿子3岁，我的家族都很长寿，今年去世的几个亲戚都在100岁左右，所以，我还有很多时间，我还可以做很多事。”

这时，我们虽然还没有完全落座，没有开始实质性的交谈，我却猛然产生了一种“质变感”：我已经真正走近了埃尔韦·巴赞。

四

谈话正式开始，我首先向他表示敬意，称他为“法国20世纪现实主义文学中一位举足轻重的大作家”。告诉他，在《法国二十世纪文学丛书》中，他的代表作已经占有两个“席位”。我把他归入现实主义传统，自信不会有什么问题。虽然他写过一些诗，但文学创作的成就主要在小说方面，而他数量较多的小说，均取材于现实社会题材，在风格与艺术表现方法上，则可以说几乎完全是传统的、写实的，偶尔，他在小说里也用一点现代的手法，如在《毒蛇在握》与《绿色教会》中，都多少有点意识流方法的运用，但要和乔伊斯与普鲁斯特相比，简直可以说是微不足道。当然，他观察世界、观察人的方法与角度，不可能与20世纪的新思潮无关，他的《毒蛇在握》就相当明显地打上了弗洛伊德精神分析学的烙印。因此，我把他归入现代现实主义的范畴，也就是具有不同程度现代性的写实作家的范畴。

我的话与其说是为了表明我有什么观点与评价，不如说纯粹是为了引起巴赞先生的话头。

巴赞先生开始侃侃而谈。他首先接着我上面的话题说，现实主义其实就是自然主义，但两者也有所不同，自然主义的描写更精确，指定性更明确，不过由此就有可能流于脸谱化，如果把一个农民阶层的特点都集中在一个农民身上，这就难免会脸谱化，“太像农民了”，左拉就是如此。嗯，他指的大概是左拉的长篇小说《土地》，在这部小说里，有农民阶级中的各阶层人物：地主、富农、中农、贫农与雇农等，他们身上的阶级性特点无不典型而集中，而他自己，埃尔韦·巴赞，则是“巴尔扎克加福楼拜”。

这是他给自己的定位定格，我觉得他的这个自我评价应该说是不讲客气的。“巴尔扎克加福楼拜”，好家伙！也许，他这不仅是同意了我的说法，而且，是对我的说法的某种修正与补充，对此我完全可以理解。在中国，由于恩格斯论断的影响，巴尔扎克一直被奉为现实主义的典范，其实他具有相当浓厚的浪漫主义的色彩，而在法国，批评家则认为，真正的现实主义是从福楼拜开始的，在巴赞先生的话里，至少他认为自己是综合此二人之长。

接着，他谈到自己的文学经历。他原本是记者出身的，先当儿童杂志的记者，再当日报的记者与文学评论栏目的编辑，后来又受联合国卫生组织的委派当国际记者，到过许多国家与地区，有瘟疫流行的地方，爆发了什么事件的地方，打官司的地方，他都去。再后来，又去编文学刊物。他在文化领域里的这些经验，对他文学创作显然是很有用的，但也许更有用的是他没有提到的精神历程与更广泛的社会阅历。他出身于一个富裕的资产者家庭，家族的上辈中还出了一个法兰西院士，他却放弃家庭给他准备好的优越条件与地位，独自出来闯荡。他在巴黎大学得过学位，还当过雇员、商务帮办，甚至侍者、随从，这种叛逆性的精神与高尔基式的阅历，正如他自己所说，“我像一个背着自己房子的流浪者，到处为家”。这些经历显然造就了他作为作家的丰厚底蕴。

说起他的文学创作，他说，他最初是写诗的，并且一直不断有诗集问世，已出版的有四个，第五个也即将出版，他特别指出他生平中的第一次文学奖是以诗集获得的。不过，说实话，在我的印象里，诗歌可是他的弱项，记得在某本书里见过，他当初写诗的时候，诗坛的泰斗保尔・瓦莱里还曾奉劝他不要继续做此尝试。显然，他后来根本没有理睬瓦莱里的意见。本来嘛，谁都有权我行我素，契诃夫不是也说过，大狗小狗都可以叫吗？而且，事过几十年，时至 1988 年，他还在我们这两个中国人的面前，似乎又回敬了瓦莱里和他那著名的诗派一掌。他这样说："我的诗歌创作丝毫没有受象征主义的影响，我的诗歌完全是为自己写的。"在象征主义在诗坛占压倒优势的时代，巴赞的这种"我自岿然不动"的气派，不是颇有点像书上他那桀骜不驯的头像了吗？

小说是巴赞的强项，他可讲的话就多了，"我的小说创作分为两大类：一类是家庭社会类，一类是政治社会类，前一类的作品所占的比例较大。因为这半个世纪以来，家庭关系在迅速发展的社会环境中有了很大的变化，新的家庭问题不断出现：妇女地位问题、两性关系问题、性平等问题、男性形象问题、男子地位问题、家长制的蜕化问题等"。如果我没有理解错的话，巴赞先生的几部较著名的小说，如自传性的《毒蛇在握》及其续篇《衰亡》、写女性自强自立的《站起来，往前走》、写变态人伦关系的《我敢爱谁呢》、写父子关系的《以儿子的名义》等，当属他所说的此一类。在我看来，这些作品要算是巴赞的主要文学成就，它们不仅反映了现代社会的家庭现实，而且，有现代心理学作为其观察、分析、描写的依据与参照，这是巴尔扎克与福楼拜所没有的，这要算是巴赞作为现代现实主义大作家的意义所在了。

至于第二类政治社会题材的作品，他说："我写这类作品往往与报纸有关，有的文章或报道引起我的注意，给我启示，促使我去思考，这样就产生了写作的意图。”我想，他的这类作品应该包括写教养院、疯人院的《头碰墙壁》，写社会犯罪问题的《火上加油》吧，当然还有《绿色教会》。

我没有想到，巴赞先生表示了一点异议：“《绿色教会》不属于此类。”我当然不能当面较真，但我觉得《绿色教会》提出了人类现代文明与绿色理想这样一个巨大的社会问题，而且，艺术描写也相当动人，也许要算是他第二类作品中的主要代表作之一了。我认为，这部作品在思想上，当属卢梭主义、自然崇拜的传统，我把它与图尔尼埃的《礼拜五或太平洋上的虚无缥缈境》以及勒·克莱齐奥的《诉讼档案》视为20世纪下半叶法国一股强劲的逆西方当代物质主义文明、崇尚再返大自然的思潮，我曾称之为“卢梭主义在当代的又一次跃动”，我讲了讲自己的理解，巴赞先生表示一定程度的赞同。他说：“我这部作品与卢梭的思想的确有点接近，但我并没有明确遵循卢梭的意图，我的书主要是反映现实。有一个时期，在法国存在一个回到大自然、回到荒野的潮流，有3000人左右脱离社会人群，过隐居生活。不过，我的结论是：一个现代人不可能在原始森林里生存下去，不可能脱离人群。”至于书是如何写的，他说，“我从报纸上读到了仅十行字的一则报道，说有一个人在原始森林里独自生活了10年，这则报道引起了我的思考：这个人的上帝是什么？是大自然。这样一个人的价值是什么？他的存在意义是什么？于是，我就动手写这本书，只用了短短的几个月。”

五

巴赞先生是一个无需你提问的交谈者，他非常乐于介绍自己，表述自己。他主动地由一个方面转向另一个方面，陆陆续续围绕他的文学创作谈了一些问题。

关于他的思想倾向："我仍是一个社会主义者，因此，我强调写作要介入，要有益于现实，要有用。"对此，我深信不疑。法国是一个知识分子"左"倾的著名国度，20 世纪从这里产生了一大批信仰社会主义、与共产党同路同步的国际大文化人，正像英国的牛津、剑桥培养出了一批进入军情六处而为 KGB 效力的国际大间谍一样。……只不过，从匈牙利事件以后，法国著名的左派大文化人纷纷转向，已"溃不成阵营"，至今巴赞先生宣称自己"仍是"，在我听来，他颇有"硕果仅存"之慨，怪不得他后来补充说，"苏联快出我的全集了。"

关于他的写作态度与奋斗精神："为艺术而艺术的东西与我格格不入"，"除了诗集外，我写了 17 本小说"，"我在创作中不怕失败，我忠于伽弗洛什的原则：我跌倒了，就再爬起来"，"我最初写诗的时候，瓦莱里对我很严格，把我写的东西改得很厉害，批评得很厉害，后来我去写小说，写《毒蛇在握》，只是为了自我解脱，以为只会发行 500 册，没想到大获成功，至今在全世界已销了 600 万册"。他所引证的伽弗洛什是雨果的《悲惨世界》中人民起义、街垒战场上的流浪孩小英雄，他英勇无畏、机灵、乐观，总是在战火硝烟中高唱着诙谐的歌曲前进，最后壮烈牺牲。以伽弗洛什的革命豪情来比喻自己为文学创作中的"上下求索"者，我在法国作家中只碰到过巴赞先生这一位。

关于他的风格与艺术方法，他说："有人说我写出来的不是精确的真实，我认为作家应该只是近似的真实，这种近似的真实更高于实际的真实"，"在具体的描写上，我们与巴尔扎克已经是不同了。巴尔扎克是现实情况的'总管'，他什么都要加以描写，但是到了 20 世纪，电影与电视只用几秒钟的镜头，就相当于巴尔扎克几十页的描写，各种视听艺术已经使罗列性的描写减少到了最小的程度。因此，我的描写不是罗列现实的，而主要是表现人的内心世界与心理活动"，"19 世纪的现实主义文学，很注意故事要有始有终，事件过程是完整的，而我们今天，则不再追求全部过程、全部情况的描写，而主要把现实的某种变化点出来”。在我看来，巴赞先生虽然谈得很简单，却道出了20世纪现实主义在艺术上的一两个很值得注意的特点，比起我们在国内常见到的那些谈20世纪文学中“后现代主义”的宏文大论，倒要实实在在一些。

话题的机会往往转瞬即逝，既然已经到“边界”上了，我赶快提出了对法国20世纪文学的评估问题。巴赞先生主要是活动在第二次世界大战之后，这样，谈话就势必主要落在对这个时期法国文学中最大的一股新潮流、最大的一次新文学实验——新小说派的头上。巴赞先生把新小说派仅仅视为一个纯技术性的流派，把新小说派的兴起仅仅归之于技术性的“冲动”：“法国战后的地位大为下降，自然科学如物理、天文学、化学、生物学等都有巨大的发展，相形之下，文学就显得变化较少，发展滞后，于是在这个领域里，就产生了一种要标新立异，要更新文学技术、追求新文学技术的潮流。”接着，他马上就说出了强烈的不满，“文学需要有先锋派，但先锋派需要有理智……新小说派能否留下一些有用的东西？它从文学中清理掉一些多余的东西，但同时把人物与情节都清理掉了，我最反感的，是他们排除了人。”

我知道他这番话主要是针对罗伯－葛利叶的，我也对这位新小说派的主将力图把文学中人的色彩全过滤掉不以为然，我觉得那就像鲁迅所说的要攥着自己的头发把自己拔离地球一样不可能，巴赞先生也有相似的看法，不过更“左”一点，“新小说派的非人化、非政治化是不可能的”。但是，对罗伯－葛利叶总不能全盘否定吧？他的“物主义”至少与巴赞先生领导的龚古尔学院尊奉自然主义描写有相似之处吧？但巴赞先生也断然不做肯定的评价：“‘物主义’其实在传统的作家那里都有，但新小说派作家却走得太远了。”

至于对新小说派具体作家的评价，巴赞先生表示，“我比较喜欢娜塔丽·夏洛特，因为她的心理描写很有特色”，而对罗伯－葛利叶与布托，他则明确表示，“我不喜欢他们”，而且很不客气地加上一句，“因为他们的作品无用。”我们的谈话不可能不涉及克洛德·西蒙，他是新小说派中获得了诺贝尔文学奖的幸运者。巴赞先生避免对这个作家进行评论，而是对诺贝尔文学奖本身做了根本性的否定：“诺贝尔文学奖一是选政治色彩中它意的作家，二是选商标性突出的作家。”

好一个老左派，好一个列宁文学奖的获得者！如果是他获得诺贝尔奖，那么他是否会对这个奖另有评价呢？或者他也会像萨特那样公然宣称拒绝？很难说，我不由这样暗想。在中国，“文人相轻”往往是政治家、道德家认为文人没有出息的轻鄙之语，这句话能用在法兰西奥林匹斯山上的众“神”身上吗？在这里，更确切的说法也许应该是：文人各异，格格不入。

六

在法国文化奥林匹斯山上的每次访问中，我大概是一个让被访问者颇感枯燥的访问者：手里拿着笔与笔记本，带着录音机，专门围绕文化艺术问题进行纯学术性的、理论性的对话。因此，我一般总特别注意避免把枯燥的谈话更变成“马拉松式”的。这天，我知道面前的巴赞先生是比我大了 20 多岁的老者，也许，他已经感到疲倦了。而且，我想谈的问题基本上都涉及了，于是，我准备“见好就收”，但巴赞先生谈兴颇高，他主动邀来访者去参观他的书房与工作室。

客厅的两侧各有一条走廊，就像是两翼，其中的一条通向巴赞先生的书房与工作室，另一侧的一条看来就是通向卧室、起居室以及厨房了。我没有想到他家的空间是如此之大，仅书房与工作室就有好几间，室内都很宽敞明亮，色调浅淡，装饰与设置风格都是美式的。

他首先引我们进入了其中的一间较小的房间。四壁都是乳白色、闭合着的书柜，高及天花板。巴赞先生告诉我们，这间房里收藏着与他有关的各种资料，他全部作品的各种版本与各种译本，评论他的书与报刊文章，以及与他的经历、他的荣誉有关的各种资料、文件。他打开其中的几扇，文件分门别类，整理得井井有条，他的大型文集也排列得整整齐齐，他作品的各种版本、译本更是琳琅满目，足足占满书架的五六层。他引我们进来，既是为了让我们参观，也是为了挑出他的几种作品送给我。他一边向我出示有关的资料与书籍，一边继续做些说明与介绍："这是我的文集的精装本，我的全部创作要比巴尔扎克渺小4倍。不过，有18位画家为我这些作品做过插图，我将来要把这些藏书全部移交龚古尔学院。"

当然，他说的"将来"是指他的身后，我当时闪过了一个念头：看来这"将来"还相当遥远。

"我的作品大概已经有8部改编成了电影，其中《毒蛇在握》颇为成功，另外有几个短篇小说也搬上了电视。"

谈到《毒蛇在握》的版本时，他说："这部作品把我家乡的生活写得太严峻了，后来我在《我敢爱谁呢》中，就有意恢复我家乡的柔和形象。"

在"资料库"巡视了一周，巴赞先生又领我们到隔壁的工作室去。

这间工作室很宽大，一面墙排列着几个高大的书架，书架上的书特别引起我的注意，那是一大套精装本的"七星丛书"，有三四百本，我在巴黎任何书店里都没有见过这么全的"七星丛书"。这是由法国古今文学中经典作家的文集所组成的大型丛书。视每个作家在文学史上的地位与影响占一卷或多卷不等，编选与校注极为讲究，编选者序言都很有学术分量，皆出自对该作家有精深研究的著名学者之手，凡进入这套丛书的作家都已被认为是"不朽者"，主持该书的编选者也都被视为当今法国的学术精英，这就构成了这一套丛书的权威性与经典性。据我所知，巴赞先生还没有进入这套丛书，他在自己的书桌旁放置了这样一大套书，是流露了他志在必达的某种心迹？书桌上的打字机与各种文具都是新式的，唯有一支鹅毛笔颇具古趣。整个工作室非常亮堂，几乎有两面墙都是由宽大的窗户构成，窗外是一片青绿青绿的草地，年轻的巴赞夫人正带着她的小儿子在草地上玩球。

我问及他的工作情况，巴赞先生说，他每天早晨7点开始工作，一直到晚上12点钟，除了吃三顿饭的时间，每天大约工作12个小时。按这种工作强度，他每年一口气干半年左右，剩下的时间就主要是休闲与度假了。至于工作内容，他的各种社会职务与文化活动占有相当的比重，主要是龚古尔学院主席的工作，每个月要主持一次龚古尔学院的会议，每年要评选出获奖作品，小说、诗歌、传记、历史散文他都要管，一年往往需要阅读300多本参赛作品，任务相当繁重。但他自有窍门，每本书他一般只读50页，读得下去就读，读不下去的就先筛掉，这类被筛掉的书堆积在他的地窖里，大概已有5000册了。其他工作也有不少，如：作家工会、有关文化社团的活动以及政府文化部里文学工作部门的工作。这些年来，“文化部的部长已经换了一二十个，但我主持的这个部门，至今未换领导人”。

当然，我更感兴趣的是他目前的文学创作工作。于是，他兴致勃勃地出示了一个稿本:《午夜的魔鬼》，并且热情洋溢地介绍他这部新作。“歌德写过浮士德的传奇，其实现实生活中的浮士德很多，他们已经走过了漫长的生活道路，进入了老年，但由于各种不同原因的引发，他们又产生了重新生活的强烈愿望，于是又重新结婚，又生儿育女，生活过得很充实，很幸福。我这部小说就是写这个题材，它的意义就是对老年人加以鼓励，使他们延长自己的生活，延长自己的生命。在当今社会，70多岁的人也应该算是年轻的。”

我一听就明白他这部小说是借用了《浮士德》中的典故，在那里，浮士德博士皓首穷经，已经衰老不堪，但一天午夜，魔鬼靡非斯特来访，与他达成交易，使他再获青春，把他变为一个漂亮的年轻人，带着他到尘世生活中去享受爱情的欢乐。我面前的这位巴赞老先生，不是在写他自己吗？又一部自传性的作品！窗外的草地上飘过一个绛红色的倩影，那是年轻的巴赞夫人在小儿子的追逐下一掠而过……

“请来看看我这部小说的创作规划。”巴赞先生颇为得意地拿出一大张图表，并做了一番说明。那张图表像是一张大的围棋盘，上面由纵横的线条构成很多方格，纵列标出人物，横列标出时间与场景，某一个人物在某个时间、某个场景出场，相应的方格中就做一个记号，而不同的色彩则代表不同的文笔语调，如红色代表强烈，绿色代表解释与说明，黑色代表议论等，“这是我第二稿的创作表，只要一看这表上的记号，就可以看出人物出场的次数与时间、地点是否合理，场景与语调是否适当，整个作品的节奏怎么样，我也就知道该怎么修改了”。

这样一个摆棋子式的文学创作方法，闻所未闻，见所未见，真是新奇之至！我当时的直感是：对于一个一贯遵循传统的老作家来说，这个方法未免太“先锋”了吧。巴赞先生这部作品将写成什么样子，我很难说，但他用这种方法是否意味着他将与现代性有更深、更紧密的结合？在文学创作上他是否也要来一个“重新开始”？

从窗外又传来巴赞夫人与她儿子的一阵笑声，欢快的、动人的笑声，他们正在草地上互相追逐……这时，我面对着巴赞先生，猛然想起了两句诗：

谁道人生无再少，门前流水尚能西。

1998 年 2 月

一颗不安定的灵魂

——曾有过“中国缘分”的索莱尔斯

1988年6月14日与巴赞的会见，只不过是我长期对他的关注与研究、评论、介绍的终结，是一个完满的句号。三天后，我与索莱尔斯的会见，虽然不是我关注与认知他的起点，但确是我认真研究他、评论他与介绍他的开端。

在此之前，从书刊的评论与介绍中，我对他只略知一些皮毛：在文坛很活跃；办过刊物；写过小说；作品也发表了不少，其中有一本名为《女人们》的长篇小说特别走红；相当“现代派”，曾经算得上是“新小说”派中的一员；还与中国颇有些关系，到过中国，在20世纪60年代末、70年代法国的“毛主义”思潮中活动过一阵子……

所有这些，给了我一个比较特别的“跳来跳去”的印象，凭我的直觉，我想，他可能是一颗“不安定的灵魂”。

约定会见的地点是在伽里玛出版社附近的一家咖啡馆，这个咖啡馆坐落在一个僻静的街角，没有特别明显的招牌，似乎并不在意招徕行人顾客，也许主要是做伽里玛出版社的生意的，来这里会面、办事、商谈的人当然不少！

果然，咖啡馆里气氛与格调颇有特色，即使是白天，厅堂里也很幽暗，靠橘黄色与暗红色的光线照明，墙上是大幅的壁画，画的是古代的城堡，桌子摆得比较稀疏，座椅宽敞而舒适，整个咖啡馆颇像一个沙龙。

咖啡厅里的顾客很少，靠里边的一张桌子旁，有一个壮汉正与一位标致而衣着讲究的中年妇女在商谈什么，桌上除了饮料，还有一些纸张文件。

准点。中国人的脸在巴黎是好认的，何况到过中国的巴黎人对中国面孔更为敏感。壮汉很快就站起来，热情伸出了他的手，并且与其说是友好地不如说是同志般地半拥半抱了一下。

索莱尔斯有007那样壮实而挺拔的身材。这种身材在法国作家中是不多见的，但他显然没有007那样冷静，满脸通红，西服领带已经解开，有一点微醉的样子。看来，他已经在这家咖啡厅“多喝了几杯”，要不然就是酒量小，一沾酒就上脸。他含糊地介绍了一下那位女士，说是他的一个同事，正在商谈一些事情，与“中国同志”会见后他们还要去赴一个会。是关于他办刊物的事？我当时是这样猜想。

尽管他暗示了会见的时间不可能太长，却表现出非常热情，甚至有点兴奋，不知是“已喝了几杯”在起作用，还是因为他把在他面前的人——不仅包括来访者，也包括他那位同伴——都视为他的热心观众。他讲起话来有点戏剧性与跳跃性，从表示欢迎的话，“我对中国作家最感兴趣，也最了解，我爱中国”，到自我宣言的话，“我愿属于未来，我愿属于往后一些的时代，这样更好”。他这一上来，使我联想起京剧中英雄主角的出场亮相，不仅自报姓氏出身，而且宣告自己的宏图大志。

我听他的。他乐于讲自己，兴高采烈，我乐得倾听，因为我毕竟只从书刊上读到过有关他的介绍，而当时还没有读过他的作品。在“索莱尔斯学”上，我还不可能成为他的一个真正的对话者，不像我与波伏瓦、罗布莱斯、罗伯－葛利叶、布托、娜塔丽·夏洛特、巴赞、图尔尼埃等人会见时那样，自己早有了点“积累”，与对方交谈时颇有“底气”。

他先介绍他文学创作的几个阶段："写作生活开始得很早，20 岁我就出道了。第一本小说《奇怪的孤独》出版于 1958 年，受到了阿拉贡与莫里亚克的赞赏。我早期作品是完全传统型的。从 1960 年开始，与传统形式决裂，去办《原样》杂志，1961 年，发表小说《公园》，获得梅迪西文学奖，它当时被视为是一本'新小说'，但我这部作品并非'新小说'，现在人们不再把它视为'新小说'了，而是另外归类。"

索莱尔斯说最后这句话时，我听的时候并没有特别注意，现在看来，他说此话是在与"新小说"划清界限。但是，不可否认，在他的文学活动中，的确有过一个时期，他是作为"新小说"派的姿态而出现的，从 1961 年，他在瑟意出版社主持《原样》杂志时，就积极支持"新小说"，直到 1964 年，他在该杂志上发表了一篇名为《为了一部"新小说"》的文章，对"新小说"做了批评，第二年，他又进一步发表了批评"新小说"的文章《小说与局限的经验》，标志着他与罗伯-葛利叶的彻底决裂。如果对他的"新小说派时期"加以估算，它持续了三四年之久。

索莱尔斯在"咖啡馆自我介绍"中讲述了他的又一个新阶段，这个阶段我们今天可称之为"中国时期"，值得注意的是，他说明了他的"中国缘分"与罗朗・巴特的关系："我主持《原样》杂志后，我的作家生涯就与这个杂志紧密连在一起。在《原样》上，罗朗・巴特有一个专栏，专门评论我的作品，被他评过的有《戏剧》《极乐世界》《法律》《数目》等。罗朗・巴特在去世之前，把这些评论辑为一个文集，名《论作家索莱尔斯》（1979），罗朗・巴特在评论文章中曾经用了汉字，这开始引起了我对中国的注意与兴趣。"

从那次谈话以后，我又读了若干有关索莱尔斯的书刊，觉得索莱尔斯关于《原样》的话，说得很实在，这是法国 20 世纪下半叶文学理论批评领域中一个特别引人注意的刊物，它在法国现代新文艺思潮中起了很大作用，它对于索莱尔斯来说实在太重要了，甚至可以说，索莱尔斯与《原样》形同一体。他1955年初登上文坛时，其处女作是在《原样》上发表的，罗朗·巴特对他那些作品的评论也是在《原样》上发表的，而罗朗·巴特对他的系列评论又是在《原样》上刊载的，我们今天很难想象没有《原样》的索莱尔斯会是什么样子。罗朗·巴特所评论的这些作品都发表在1965年到1971年之间，它们的意义又是由罗朗·巴特这样一个结构主义批评大师诠释出来的，因此，索莱尔斯与"新小说"决裂之后的这个时期，被批评界视为"结构主义时期"。有趣的是，他在文学思想上的这个时期正好与他思想、政治上的"中国时期"有所重叠。

也许是因为他的"中国时期"中有些微妙的问题，而来访者恰巧又是中国人，所以，在咖啡馆中，索莱尔斯对他的这个时期讲得相当简略，记得他似乎只讲了他写过一系列关于社会主义的文章，于1974年结集为《论唯物主义》一书出版，同年，他访问了中国，1988年，他在法国《读书》杂志上发表了一篇谈话，介绍了那次访问。

"1974年以后，我长期沉默，1976年我去了美国，"说到这里，他加了一句意味深长的话，"别人是从美国到北京，我则是从北京到美国。"

他对自己的"中国时期"讲得简略，但据我从书刊上所知，其实际内容却颇为丰富复杂：就是在他文学思想上开始"结构主义时期"之后不久，他从1968年开始深入钻研马克思主义、社会主义并关注中国的"文化大革命"，他以法国共产党的"同路人"的姿态出现，与文化界法共人士多次共同组织研讨会，并且开始学习中文，坚持了两年。1970年，他在《原样》杂志上发表了他所翻译的毛泽东诗词十首。从这时起，他主编的《原样》与法共文化人士、法共的理论批评刊物《新批评》之间的分歧愈来愈明显。1971年，他和《原样》杂志与法共公开决裂，另奉行"毛主义"的路线，非常明显地"亲华"，

1974年他出版了尊奉马克思、列宁，特别是毛泽东的论文集《论唯物主义》。同年四五月，他率《原样》杂志赴中国访问旅行并进行考察。回法国后，这家杂志的亲毛色彩即告消失，其“中国倾向”完全结束，而索莱尔斯，用他自己的话来说，则“长期沉默”了好几年。显然，索莱尔斯发生了戏剧性的变化，“从北京到美国”的变化，其原因则是不言而喻的：他亲眼看见了、经历了“文化大革命”——十年浩劫的中国……

介绍了他文学经历与社会政治经历中的这两大“版块”后，索莱尔斯列举了他此后的文学与理论批评活动，在我听来，虽然不构成什么主义，倒是有不少闪光点：

1982年，他离开瑟意出版社，他主编的《原样》更名为《无限》，改由伽里玛出版社出版，“新的杂志以马奈的画为封面标志。马奈是现代派艺术的开始，从他这里，有了新的观察世界的眼光、新的艺术自由，而且充满了法国色彩。我们以他的画为标志，意味着《无限》是现代派的”。今天看来，这家杂志的“创办”，应该说是索莱尔斯“长期沉默”之后的一个重要业绩，因为它后来也成为法国当代文学中一个最具有活力的刊物。

1983年，他出版了长篇小说《女人们》，当时引起了轰动。该书畅销不衰，并被译成了英文。“它要算是我的代表作，如果要选我的作品介绍到中国，可以选这一本。”

接着，他不断有新作问世，显示了旺盛的创作活力：1985年的《赌徒肖像》，1986年的《天堂》第二部，1987年的《绝对的心》，1988年的《法兰西的心》，与此同时，在《世界报》开有专栏，撰写文学评论……

然后，就是在咖啡馆里接待来访者的索莱尔斯了。来访者当然仔细倾听他的自述，而他那个女伴也一直面带优雅的微笑，以赞赏的眼光注视着他。刚才，他跟她是在商定刊物的编务？还是在谈论即将要出版的新作？

索莱尔斯是一个小说家兼理论批评家，又是一个常主持学术理论讨论会的主编；职业中理性思维的一面，使他的自述非常有条理，他就像一个教授在讲坛上讲授“索莱尔斯专题”一样，叙述了其人的历史发展之后，又概括出两三个重点问题，着重加以深入的阐述。

第一个重点问题可谓《原样》杂志与“新小说”关系的“公案”，这个问题似乎亦可标题为“索莱尔斯作为新小说派之终结及其根由”：“开始，我主编的《原样》杂志是支持‘新小说’派的，我个人很喜欢乔伊斯与克洛德·西蒙的作品。到了1964年、1965年，《原样》与‘新小说’派之间有了分歧，特别是在文学哲理思想上分歧很大，‘新小说’派所主张的文学哲理与他们的创作实践愈来愈不一致，两者相距甚远，他们所模仿的大师比他们强，贝克特不如乔伊斯，克洛德·西蒙不如福克纳，模仿者总是要比开创者差的，‘新小说’派太存在主义了，而我的文艺哲学则是追求独创性，乔伊斯、普鲁斯特、塞利纳肯定都是有独创性的作家，我特别推崇他们。”他指出了“新小说”之所以时髦的一个原因，在法国，我所见过的不止一个作家都与他持同样的观点：“新小说”派主要是在美国的大学里受到推崇，它作为一次文学运动，早已完结了。不过，他补充说，“从历史角度说，‘新小说’派也起过作用，他们进行新的文学实验，在开始阶段的确很活跃、很有生气。”

大概是因为觉得与上述问题有关，他着重说明了《原样》的文学主张。“《原样》的理论纲领是认为文学比一切都重要，只有文学才能把人类的所有的真实讲出来，只有文学才能把人生的一切经验讲出来，在这方面，它优越于哲学与政治。由此，作家也最容易碰到麻烦，如萨德，他的创作生活只有10年，但在监牢里却待了27年。在这期间，他经历了改朝换代、各种政治制度不断更迭的社会大变革。但是，文学与艺术的作用也是超常的，如果海德格尔能静下心来读读乔伊斯的《尤利西斯》，看懂毕加索的画，他肯定不会成为纳粹。”索莱尔斯的这段说明甚为重要，它可以让人对他所主编的《原样》的基本思想倾向有一个概略的了解，他毕竟是《论唯物主义》的作者，他的文学理论显然带有文学认识论与文学社会功能论的色彩，难怪他说《原样》在文学思想上与“新小说”派“分歧愈来愈大”，以致最后公然决裂。

咖啡馆谈话的最后，索莱尔斯对他 20 世纪 60 年代中期的“中国情结”做了一次言简意赅的总结：“再过 10 年，人们也许能够看出，我们法国青年一代当年对中国的狂热并非虚掷光阴，我们对中国的感情后来归结、落实到对中国的文化、诗词、绘画以及汉语的兴趣与喜爱，特别是因为我们走过错路，走过弯路，所以认识也就更为深刻，以我而言，我学过两年中文，我现在还想把《道德经》译成法文。”

谈话最后在欢快的气氛中结束，我们在壁画前合影留念，由于咖啡馆里的光线暗淡，相片的效果显然不好。

此后，索莱尔斯不断有佳讯传来，他继续他的文学创作活动与理论批评活动，硕果累累，成绩显著：1989 年，他的新作《金百合花》问世，颇得批评界好评，虽然并非舆论一致；同时发表了《夜间手册》与《萨德反上帝》二作；1990 年，他的《戏剧》一书再版；1991 年，他的《威尼斯的节日》出版，此书大获成功，同年出版的还有他的谈话录《即席发言》，他的长篇小说《女人们》的英文版在美国问世，他还与人合作制作了影片《罗丹的地狱之门》；1992 年，他发表了小说《秘密》与谈话录《罗马之笑》……至此，索莱尔斯作为法国当代文学中一大家的地位已经奠定，他已进入了瑟意出版社的《当代作家评论丛书》专论对象的行列，与克洛德·西蒙、尤涅斯库、娜塔丽·夏洛特、玛格丽特·杜拉斯、萨特等名家大师并肩而立……

经过这一系列的认识，我充分意识到，《法国二十世纪文学丛书》中不能没有索莱尔斯的选题，我终于找来了索莱尔斯的代表作《女人们》一读。

如果说作者在这部长篇小说里确想写出一些实在的社会生活内容的话，那么可以说他所写出来的是20世纪70年代巴黎“左”倾知识阶层的活动与生活，在反映面这一点上，有点像西蒙娜·德·波伏瓦的《名士风流》。在这里有“革命理论的先导”、“马克思观点的皇帝”、权威的学派领袖人物、自称比塞利纳走得更远的文人、每天写一篇社论的新闻界人物、政治记者、无政府主义者、妇女运动的领袖、使馆人员、妇科专家、在文化圈子里跑龙套的各种人……主人公则是长住巴黎的美国记者，他到过世界各国，他懂得很多，他交游很广，仅与他交往的各种妇女就有一大堆，这样众多的人物族群，这样广泛的涉及面，使这部小说在社会生活内容方面堪称“言之有物”

客观现实生活的内容丰富，主观精神生活的内容更是极为丰富。小说是以主人公“我”的自述方式写成的，这个“我”生活经历多，采访、旅行、学术会议、党派事务、风流韵事、理论活动、文学创作等，其阅历之广、感受之丰富令人惊奇。在这片丰沃的精神之原上，“我”的思想神驰八极、自由飞翔，宇宙空间、世上万物无所不见，无所不涉；政治、经济、社会、文化、艺术、军事、宗教、党派、学术、教育等课题，无所不包。这“我”是个思想家型的人物，就像人要不断地进行呼吸一样，他需要不停地思考；就像一架流水作业的机器一样，他善于源源不断制造出种种见解、感受、思想、视点、观感……如此纷繁，如此无穷无尽，像是数不清的满天星光，像是树丛中成簇成堆的无数芽叶。他还乐于表述这些，不表述不快，因此，一旦触及，他的思想就如喷泉之迸射，如啤酒瓶开塞时泡沫之涌出，而他的表述又是跳跃式的、点染式的，这就保证了小说单位页码中各种精神灵光闪现的高密度与高频率。这部小说要算是我所看到过的思想含量最高的一部作品了。过去，从批评家的介绍中得知，作者竟用了10年之久的时间进行素材的积累，一读此书，果然名不虚传！

索莱尔斯有句名言："独特，这就是文学艺术的规律。"他的《女人们》正合此言。它使人联想起乔伊斯的意识流小说，它也使人联想起娜塔丽·夏洛特的"内心独白"小说，以及罗伯-葛利叶、克洛德·西蒙的"新小说"。但与上述这些小说相比，它有明显的不同，如果说在上述这些小说中意识的流动往往是靠"无意识自由联想"或"潜意识自由联想"来进行的话，那么在《女人们》中，那种意识内容的流动则较多地是靠思维逻辑带动的，靠叙述者"我"的理性思考带动的。当然，无意识自由联想以及潜意识自由联想也在这里经常出现，并且起了很大的"带动作用"。

就像任何意识流小说都必然分割整个时空一样，《女人们》也具有这个特点。在这里，时间、空间、事件、人物、场景，甚至思想观点，都被分割成碎片，整部小说就像是一个巨大规模的万花筒，它里面充满了万千块五彩缤纷的碎片，故事经历的碎片、景观图像的碎片、信息见闻的碎片、思想观点的碎片、感情体验的碎片……无数的碎片如天女散花般点染式地构成了现代社会无所不包的图景，展现出现代人无所不包的精神世界内涵。

说实话，这部小说不大容易读，跳跃性的文句造成含义上的距离，就像是无形的障碍，有时令人相当费解，加之索莱尔斯似乎颇受《尤利西斯》的影响，经常在自己的小说里杂用各种外语，甚至生造出字典中查不到的词汇，由于涉及面广，有不少分属于各个学科、各个领域的专门词汇，又由于涉及男女性事颇多，有一些暗语隐词，就更不在话下了。如果说《尤利西斯》堪称一部难读的"天书"的话，那么，《女人们》也近乎一部"准天书"了。显然，要把它译成中文殊非易事，但考虑到它作为一部内涵丰富、形式独特的小说所具有的价值，而且是法国当代文学史中一位曾与中国颇有缘分的重要作家的代表作，因此，我还是把它列入了《法国二十世纪文学丛书》的选题计划。

列入选题计划仅仅是“万里长征第一步”，接下来的工作是解决国外版权问题，这个难题总算在法国驻华使馆前文化专员齐福乐先生的大力协助下解决了。这位对中法文化交流充满巨大热情、在中国任职期间颇多建树的学者型的外交官，使我至今感念难忘。然后就是翻译了。对于这样一部“准天书”，不止一个富有经验的译者都见难而退，最后，已有多部重要译著的朱延生同志鼓起勇气来打这场硬仗，他在两位朋友的合作下，终于译完这部长篇。索莱尔斯写作它曾历时两载，而朱延生等同志译出它来则花了整整三年。

为了索莱尔斯的这部代表作，索莱尔斯所熟悉的中国人可没有少费力气！

最后，《女人们》作为《法国二十世纪文学丛书》最后一批书之六，也就是第 69 本书将要在中国出版。对于我来说，这是一个句号，不过我有时还闪过一丝怀念：不知索莱尔斯想译的《道德经》后来译出来没有？

1998 年 6 月 30 日

法国当代的契诃夫

——罗杰·格勒尼埃散影

一个人对另一个人的认知，往往只像是一些碎片、一些段落，事实上既难达到综观全局、无所不知的广度，更难达到透彻体察、无微不至的深层，在人世途中，人们都是匆匆来去，往往只擦身而过，能不失之交臂，能互有凡瞥，即可谓是有机缘了。时间的界限、空间的壁垒把人们间隔开，谁对谁能始终相随而行、追踪寻迹？于是，所能得到的，就只是一些碎片、一些段落了。

如果说这是人际状态的常情的话，那么我对于相隔万里的罗杰·格勒尼埃先生的认知，就尤为如此。

一

1981 年冬，我在巴黎，正忙于会见“法兰西文化的奥林匹斯山”上现存的“诸神”——西蒙娜·德·波伏瓦、尤瑟纳尔、娜塔丽·夏洛特、克洛德·伽里玛、罗伯-葛利叶、米歇尔·布托等，每天活动之余，我回到与市嚣隔离的寓所，在灯光下翻阅我在吉贝尔书店购到的一本 1977 年大学出版社出版的《法国当代文学辞典》，想从中认识一些新人，一些在法国当代文学阵营里并非站在头排或较显著位置的人，正是在那里，我第一次知道了罗杰·格勒尼埃先生：

记者出身，与加缪曾经共事，很早就从事文学创作与文学编辑工作，主要写小说，曾不止一次获文学奖。

当时，我从辞典的介绍中，感到罗杰·格勒尼埃先生是一位长期在文学园地中耕耘，以其劳绩终于获得了承认的人，他进入作家辞典是第一次，这时他是将近60岁的人了，但给我深刻印象的，还是他的直观形象，是他在辞典中的那张大幅照片。

这张照片在辞典中另居一格，引人注意。大多数法国文人的穿着都有点吉卜赛人式的自由气息，经常是随随便便，五花八门，罗杰·格勒尼埃的风格则与此截然不同。他西装笔挺，整齐讲究，一看就有传统的、古典式的穿着情趣。他的表情也没有很多法国文人脸上经常有的那种狂气与不羁的精神流露，他显得沉静而儒雅，加上他那一头浓密优美的白发，便更像一位绅士派头十足的大学教授。这张照片与文学史上常能见到的契诃夫的那张照片颇为相似，那位俄国作家也是穿着得那么一丝不苟而优雅，脸上也是一派沉静与忧郁……从辞典里所得到的第一印象，使我感到罗杰·格勒尼埃先生一定是法国当代文学队伍里一位有教养的绅士。

《加缪的光明与阴暗》，1987年伽里玛出版社出版。在一次会议上，一位法国文学界的朋友把罗杰·格勒尼埃先生新出版的这部论著送给我。一本由加缪的好友所写的论加缪的论著，当然值得一读，于是我总算在对格勒尼埃先生一片认知空白上有了一块“碎片”。

格勒尼埃比加缪小6岁。1944年至1947年，他作为加缪主编的《战斗报》的记者，一直在加缪的领导下工作，是加缪鼓励他走上了文学创作的道路，也是加缪帮助他发表了他的处女作，一本关于被告在司法机构面前的权力与地位的随笔:《被告的角色》。两人可谓始终不渝的挚友，加缪死后，格勒尼埃与加缪的家属仍保持着联系，并为加缪编辑出版他生前未发表的作品，他写论加缪的书，显然是再合适不过的人选。

格勒尼埃没有利用他与加缪亲密的友谊，使他的书充满轶闻趣事与生活细节，他并不想写一本充满想象与描绘的莫洛亚式的文学传记，也并不想提供一本像若望·拉古杜尔的《马尔罗传》那样的实录，他以一个评论家、研究家的身份面对思想家与作家加缪，凭他对加缪的切实了解，做出了中肯的分析，给加缪一生的精神经历与创作历程，描绘出一幅准确的全景，正如他在本书中所说的："我试图一步不离地跟踪加缪的历程。"这样，格勒尼埃从加缪最初的写作活动一直到他创作终结，从他一生中所写的第一行字到他所留下来的最后一页书，对加缪在精神创作中的每一个足迹加以研究与剖析，考察它们是在什么样的时代条件下写成的，是如何被加缪孕育出来的，以及具有什么样的意义，使读者看到一个热衷于创造自己神话的作家所写出的每一部作品的最深刻的根源。

贯穿全书的主要内容是对加缪思想中光明与阴暗问题的分析，格勒尼埃认为"以此可以概括加缪的思想、创作，以及他理解生活的方式与他的战斗精神"。光明在加缪那里是与劳苦大众联系在一起的，而阴暗则来自富贵的方面，包括权势、不公正，以及造成人类不幸的一切事物。通过全书的论述，格勒尼埃不仅完整地概述出一部加缪的精神传记，而且突出了加缪在人类思想发展上所达到的高度。

在我看来，格勒尼埃先生这本书是法国当代加缪研究与加缪评论中的一部有分量的力作，正是通过这本书，我首先接触到格勒尼埃作为评论家、研究家的一方面，见识了他严谨的学风与广博的学识，而他这样指出："作家最隐秘的东西不就是他的作品吗？当一个作家写作的时候，他就有别于任何其他的人，他就舍弃了他家族的社会的自我。"他这种认识，以及基于这一认识的那种以作品研究作为作家研究之根本的批评方法，则使我很感亲切。

这是我所得到的认知格勒尼埃先生的第二块"碎片"。

1987年，周克希同志应我之约为《法国二十世纪文学丛书》译完了《王家大道》以后，告诉我他正被罗杰·格勒尼埃的短篇小说所吸引，准备译些出来，问我是否可以在《法国二十世纪文学丛书》中收入格勒尼埃的短篇小说集。他的这个建议促使我注意起格勒尼埃先生的文学作品，正是从考虑是否把他收入《法国二十世纪文学丛书》起，我才陆陆续续接触了格勒尼埃的小说作品。

罗杰·格勒尼埃的文学创作主要是小说，虽然，他也写过中长篇小说，如《怪物》《灯塔之光》《罗马之路》《冬客》《一次战斗之前》《电影小说》等，而且，其中的《电影小说》还曾获得1972年的菲米纳文学奖，但是，在中长篇小说杰作屡见不鲜的法国文坛上，他显然还不能取胜。他倒是以其短篇小说在法国当代文学中特别令人瞩目，这不仅因为他在短篇小说里比有些作家投入了更多的精力；至今已出版的短篇集为数不少，有《静谧集》《节日广场上的小屋》《如镜的水面》《编辑室》《弗拉戈纳的未婚妻》《奥特依水塘》等，也不仅因为他的《如镜的水面》曾于1975年获得法国最主要的文学奖之一“法兰西学院文学奖”，而主要是因为他的短篇小说很有特色，别具一格，以其独特的风致而引人喜爱。

对于他的短篇小说，我读得不全，不敢做全面的概括，我只能说有若干感受。

我觉得他的短篇与契诃夫的颇为相像，正如他那张照片与契诃夫也有一点相似一样，他给我们呈现的往往是一片灰色阴暗的天地，他给我们叙述的往往是一些地位卑微、陷于清贫、寒碜、拮据、困顿、烦恼状态中的小人物，这些小人物的人生之凄惨悲凉几乎不下于契诃夫的《渴睡》《万卡》《套中人》中的主人公，而且常带有现代的黑色幽默的色彩。

我认定中国读者对这类作品是比较习惯的，不论在思想感情上与艺术趣味上，都易于认同、接受，因此，我在《法国二十世纪文学丛书》中列进了格勒尼埃短篇小说这一选题，除了约周克希同志译出一些外，还选用了罗加美女士所译的一些短篇。加美女士不止一次到法国进修与执教，她在巴黎早已认识了格勒尼埃先生。

1988年5月，我应法国人文科学中心的激请，赴巴黎做学术访问，早已在巴黎的老友沈志明知道我将要成行的消息时，来信建议并希望我到巴黎后能会见他的一位作家朋友罗杰·格勒尼埃。又是罗杰·格勒尼埃，太巧了！天下真小！

二

罗杰·格勒尼埃先生住在巴黎市区一幢高层的灰色公寓里。志明君引我乘电梯而上，门铃一按响，不一会儿房门就打开了，出来迎接的正是格勒尼埃先生。他衣着整齐，就像我曾经在书刊上所看到的头像那样，他的脸部有法国人少有的那种优雅的线条与宁静的神情，只不过，他并不像书刊上那样满头银发，而是尚有相当多的青丝。

他那一套公寓很大，房间相当多，通道也比较宽敞，但客厅里、房间里、走道里几乎都有一排排书架，藏书甚丰，颇有书香之家的氛围。我想，他不仅是个作家，而且长期在伽里玛出版社担任编辑工作，很久以来就是该社文学部的负责人，他的职业使他的寓所更加充满了书卷气。

格勒尼埃先生气质温文尔雅，举止彬彬有礼，态度和蔼可亲，说话有点慢声细气。他的夫人是一个中年职业妇女，穿一身西服套裙，像是准备外出的样子，她说，要去意大利执行一项公务，即刻就要动身，但是在向我们道别之前，她用一个两层的几式推车摆上了好几盘精制的点心与几瓶饮料。在巴黎，不是正餐时间，这就要算是隆重的款待了，我感到主人夫妇的待客热情扑面而来。

一有点心与酒，气氛就不大一样，学术访谈的气氛淡了，轻松交谈、品味美食的成分多了。在这种气氛里，系统的问答、专题性的阐述、深入的探讨似乎就不那么好施展了，特别因为我“一心不能二用”，顾了谈就顾不上吃，顾了吃就顾不上谈。虽然我平时在三餐之外，几乎从不进零食，但在我面前毕竟是法国的美味点心，如果不把胃里那股热情相当充分地表露出来，那简直就是对主人的失礼了。

因此，这一次与格勒尼埃先生见面，谈话内容比较零散，不像我在巴黎的另一些访谈那么系统、集中。但由于我总怀着一种追求“系统性”、“实质性”的意图，格勒尼埃的断续、零散的谈话，概括起来仍有这样几个相对集中的“板块”，一是他本人的文学创作，一是法国当代文学的状况，再就是加缪了。

关于他本人的文学创作，我与他有一个最基本的认同点，我称他是契诃夫型的作家，他也欣然把自己的文学作品宠列为“契诃夫式的小说”，而且对此早已有了明确的“主体意识”，他还补充说，有的当代文学史把他与玛格丽特·杜拉斯、让·佛洛斯杰都归为契诃夫式的小说家。我不知道他说的当代文学史是指哪一部，但我觉得法国当代文学史家、文学批评家对作家的归类与划分，往往莫衷一是，以杜拉斯而言，有人就把她划归为“新小说”派。说实话，我看不出杜拉斯的小说里有多少契诃夫的成分，如果因为她的小说带有某种抒情性，就称她为契诃夫式的，那实在是理由不足，至于让·佛洛斯杰，应该说，他在法国当代文学中还算不上大作家，将来能否在20世纪文学史占有地位尚未可知。我知道他很迟才开始文学创作，得过两次不那么重要的文学奖，他原来的职业倒是和契诃夫相同，都是搞医学的，他的文学创作是否也像契诃夫，那我就说不上了。因此，我只可能倾向于认定“契诃夫式的小说家”这一称谓还是非罗杰·格勒尼埃先生莫属：他在小说创作上的显著成就是毋庸置疑的，据他自己当时的统计，他一共出版过20多部小说，除了不止一部单本作品获奖外，他的整个小说创作还得过法兰西学院文学奖。

既然有了契诃夫式的小说这个前提，谈话自然也就围绕着格勒尼埃先生小说中契诃夫式的题材、契诃夫式的悲天悯人情感与契诃夫式的风格这几个方面，在我看来，这三者如果有一者不是契诃夫式的。那么称之为契诃夫式的小说就会有点勉强。

“我小说的题材以外省小资产阶级的生活占较大的比重，这个阶层的人一方面想向上爬，一方面又爬不上，他们的生活有困顿、烦恼与痛苦，我总是写这些可怜的小市民、小人物生活的小角落，我在这些人的生活中寻找题材，我所写的人与事，很多都是我自己所见所闻。”

“小角落”，说得好。按我的理解，这就是一个也许无关紧要的场景，或一个不起关键性作用的生活片段。或一种平常的心态，或一段像什么也没有发生过的经历，在这样的小角落里，没有什么大容量的事件过程，没有什么大起大落的发展变化，没有特别令人惊奇的戏剧性，没有什么浪漫的故事，所有这一切，可归之曰淡化的情节，“是的，我总是写淡化的情节。”格勒尼埃先生果然如是说。

我觉得情节的淡化，并不等于一切的淡化，相反，情节的淡化，往往是要以情感的浓郁为补偿的，从都德到契诃夫都是如此，如果他们的笔端不是满蘸着温爱与柔情，如何能使自己的小说产生动人的魅力？也许要算是这种小说与莫泊桑式的小说最根本的一种区别了。莫泊桑的小说以情节构设与叙述艺术取胜，倒是在感情上颇为淡漠，甚至近乎冷漠，也许他顾不上，也许没有那么多的温爱的柔情，也许他的叙述艺术已经登峰造极，自信只需把事情叙述出来就行了，而根本没有求助其他东西的必要……格勒尼埃先生不像莫泊桑，“我总想发挥自己的风格，在平淡的故事情节中蕴藉哲理，并带有一点悲观的色彩。”“悲观的色彩”概括得也好，我深有同感，我把它称之为格勒尼埃先生的“悲天悯人情感”。在他的笔下，小人物的生活中几乎从没有光明与欢乐，都是清贫、寒碜、困顿、拮据、烦恼，甚至是痛苦与折磨，而格勒尼埃先生则对此充满了怜爱与同情。他那篇出色的小说《朝圣》中到圣地去祈求幸福的人流，几乎就是芸芸众生苦海无边的缩影。在做这样的描绘时，格勒尼埃先生悲天悯人的感情流露是很浓烈的。

他所说的“哲理”，更是一个好的话头，其实它与“悲观色彩”也不无关系，在我看来，他整个小说所构成的人生苦海无边的图景，如果有什么哲理的话，那就只可能是加缪的“生存荒诞性”的哲理，他毕竟是加缪的挚友，而且一直是在加缪的帮助与影响下成长起来的。只不过“生存荒诞性”在格勒尼埃这里，不像在马尔罗、萨特、加缪的体系中那样具有形而上学的抽象性质，而是具体的、社会的，它表现为社会现实对人的重压，更重要的区别则是格勒尼埃笔下的人物都是生存荒诞性的承受者、负荷者，而没有马尔罗作品中那种力图超越生存荒诞性的冒险英雄，萨特作品中那种自我选择的英雄；加缪作品中的那种反抗者，或至少是看透了一切、采取满不在乎态度的“局外人”，格勒尼埃的人物几乎都是默默地承受着社会生活重压的人。

果然，格勒尼埃先生的话印证了我的认识：“是的，我的确有悲观主义，我认为人的荒诞状况很难超越，加缪要反抗生存荒诞性，而我，则是在反抗线之下。”为了说明他这种悲观主义的态度情有可原，他引证了巴斯喀·皮雅的哲理，“向虚无要求生存的权力，这个要求不容易达到。”而为了怕我不知道巴斯喀·皮雅的重要性，他告诉我，此人是马尔罗的好友，从不发表小说，但对马尔罗的影响很大。

为了让我更全面地认识他小说中悲观主义的性质，他又补充说：“我的悲观主义中，总带有一丝乐观，一点幽默，当然，这并不是说我去写光明的前途，或者将人物加以升华，正因为有乐观与幽默的成分，布瓦代福尔把我称为‘雄性的悲观主义’。”他所指的布瓦代福尔，是法国当代文学史家，他的那部大部头的当代文学史我早已读过，分类与论述不一定人人都会同意，但资料的翔实、论及作家之多，是明显的优点。

谈到风格问题，格勒尼埃作为一个著名出版社的高级编审，对此当然十分重视，也十分敏感，“我读别人的稿件，只需看几页，甚至几行，就能发现它是不是有与众不同的地方，是不是有作家本人的独特性，我认为只要是表现了自己的独特性，这就是风格。”而对自己的风格，他更是一丝不苟：“我如果发现我的稿子里有一段不像我自己的风格，我就完全取消，从头再来，一定要追求自己的独特风格。”而他的风格，不在话下，“完全是古典式的”。

三

鉴于伽里玛出版社在法国当代文学中举足轻重的作用与地位，我当然非常希望听到它的文学部负责人对法国当代文学的评论与意见，格勒尼埃先生亦乐陈己见，他是小说家，自然对小说谈得多一些，不过，除了小说以外，法国当代文学中值得大谈的还有多少呢？

格勒尼埃先生总揽全局，高屋建瓴，说古道今，颇有大史学家之气概。他从巴尔扎克一直谈到当今，我缀珠成串，亦多少可见格勒尼埃先生高论的原貌。

“巴尔扎克代表了一个时代的现实主义，他的作品中有大量的人物，有大量的故事。其具体内容丰富得可与社会学、民俗学竞争。那时小说的写法也有固定的模式。但是小说每发展到一个顶峰，照老路子就写不下去了，就必然要冒出一种新方法，要冒出一个新的天才，每隔一个时期，就要这么重演一次。如像在巴尔扎克之后，到福楼拜那里，小说观念就有了变化。到 20 世纪，小说创作更掺进了电影手法。小说叙述更加简洁化了，富于跳跃性，并更善于把各种镜头组合起来。不过，在 20 世纪，法国再没有像雨果、左拉这样拥有广大读者的小说家了。”

那么，法国 20 世纪小说总有新的方法、新的东西吧。也许是因为闲谈，格勒尼埃先生没有照顾文学史的严谨性，他没有提到普鲁斯特，他把眼光只注视到战后："在20世纪，受现代派艺术思潮的影响，法国小说创作里新的东西就只有新小说派。"

我不放过与他谈新小说派的机会，没有想到我又碰见了一个对新小说派大吹冷风的人。

"新小说派中的作家互不相同，他们之所以标榜一个派别，是为了广告的需要"，"他们的新花样不外是电影手法、内心描写手法以及关于小说中时间问题的思考，他们当时来势很猛，他们一出现，小说创作领域里竟出现了恐怖主义，大家都不敢再写小说了，我当时也受到影响，也试过写'新小说'，我有一个短篇就是'新小说'。"

然后，他似乎是怀着一种"俱往矣"的颇为慰藉之感作结说："新小说派基本上已经告一段落，甚至罗伯-葛利叶也不多谈'新小说'了，而只谈他的电影，克洛德·西蒙获得诺贝尔文学奖时，根本不提他是新小说派，而只说自己有独创的风格。"

最后，他颇不以为然地说："副作用是美国人引起的，他们好奇心重，把新小说派的作家都邀到美国去讲学，大谈'新小说'，造成了一种错觉，似乎法国当代文学的主流就是'新小说'。"

今天，事隔多年，当我根据自己的笔记回想起格勒尼埃先生上述一席话的时候，我不敢说他对新小说派的评论绝无门户之见，要知道他和他的伽里玛出版社以及伽里玛的作家群，毕竟与以午夜出版社为基地的新小说派泾渭分明，是几乎互不认可的两种文学力量，但愈是随着时间的推移，平心而论，格勒尼埃的评价应该说是相当平和的，并不乏言之成理之处。毫无疑问，"新小说"是法国20世纪文学中一股强劲的现代派潮流，它在小说实验方面的功绩是不可磨灭的，但它的价值、它的意义、它在文学上的地位却被报刊媒体炒作与国际炒作夸大了不少。

这种情况使我不免联想起国内的"后现代主义之风"，由于一些新潮派学者之功，"后现代主义"在国内文化理论界曾一时满天张扬，几乎形成了不谈后现代主义即为“不学无术”之风，似乎亦可戏称“后现代恐怖主义”。记得我所主编的《西方文艺思潮论丛》中有一本论文集，我定下的原书标题为《二十世纪小说新观念技巧》，出版社则以出版后是否有销路为由，坚持将书名改为《从现代主义到后现代主义》，并且“先斩后奏”。在人文学者颇多失落的时代，胳膊是扭不过大腿的，我只好妥协，并将原来对“后现代主义”一词持强烈保留态度的前言略加磨合，对“后现代主义”一词多少采取了一点回避策略，以求与出版社定下的书名不至于有“严重分歧”……格勒尼埃先生评论“新小说”的一番话，使我不禁产生以上这点题外的感触。如果说“新小说”俱往矣的话，那么，我们即将进入 21 世纪，由于事过境迁、时间差的出现，“后现代主义”一词叫起来会愈来愈有别扭之感，高举这面大旗的那些热心过分的旗手，将如何对待这种时语上的尴尬？

那次会面，格勒尼埃先生当然还谈到了加缪以及他与加缪的友谊，他对加缪的深厚感情给了我很深刻的印象。一个人在你成长与事业的紧要关头都曾给过你重大的影响与帮助，你怎么能不感念难忘？对此，我是非常理解的。每个人都有自己“感恩戴德”的对象，正像我自己现虽已满头白发，但对大学毕业后走上工作岗位的第一天，当时任文学研究所所长的何其芳先生在接待谈话中谆谆教我治学之道，对我工作后不久译出的著名文论《〈克伦威尔〉序》受到李健吾、鲍文蔚两位师长的称赞，对在《法国文学史》付印前钱锺书先生百忙中审阅了我执笔的导论并回信做了好评……都一直怀着刻骨铭心的感激之情。

1992 年，格勒尼埃先生的短篇小说集《弗拉戈纳的未婚妻》作为《法国二十世纪文学丛书》第四批书中的一种出版了，我为该书写了译本序《当代法国契诃夫式的短篇小说家》。这是格勒尼埃的作品第一次在中国出版。中译本很快就到了格勒尼埃先生的手里，因为除了志明君，译者之一、北外的法语教授罗加美也是他的老朋友，他们几位交往甚多。事后，我听说格勒尼埃先生对拙序颇感兴趣，曾请人译出一阅。

前两年，我国一家出版社把国内已经发表过的萨特的剧本、小说以及文论，请志明君集成《萨特文集》出版，版权问题，即是由志明君托格勒尼埃先生解决的……

罗杰·格勒尼埃，请记住这个名字，他与中国文化界很有交情！

1998 年 3 月

“老字号”NRF与它的一位“掌柜”

——记雅克·雷达

一

我喜欢看书籍上的出版社或丛书的图标，如果这个出版社或这种丛书有丰厚的精神底蕴，有闻名遐迩的文化名声，那么，一看那图标，就特别有一种神朗气清之感，如果自己的某一本书也曾印了此一图标，那么它就更使人有一种愉快的美感，甚至有暖洋洋、美滋滋的温馨感了。有了这种“审美心理”，往后一见有此种图标的书籍，就会先入为主地、条件反射似的一把认定：“此书可读也。”这种往返的精神心理活动，可谓文化领域里的“名牌效应”，它似乎是读书人、爱书人所专有的癖好，就像穿名牌西装是大款们所专有的习性一样。

国内出版的图书上使人有神朗气清之感的图标实在太少，一是因为大部分出版社压根儿就没有名牌图标意识，从未想到要在自己的精神文化产品上打上自己的图标印记；二是因为即使有了这种意识，却远远没有“闯出自己的牌子”，用俗话说，就是还不具有文化实力来显示这种“派头”。据我所知，国内能在某种程度上引起上述文化名牌效应的似乎只有三联书店的图标：三个正在打铁的小人，他们的右上方溅出了一个小火花。

国外的文化图标显然很多，几乎每个出版社、每一种大型丛书都有，有的不仅在本国很有名，而且广有世界声誉，美国的“企鹅”丛书就是突出的一例，企鹅出版公司的这套小开本的平装书，封面与书脊上都有一个矜持挺立的小企鹅，就像一个满脸严肃、故作大人状的小娃娃，甚是可爱，全世界凡能进行英文阅读的人，几乎都知道此套丛书。

法国是个历史传统悠久的文化大国、文学出版大国，其图书名牌可谓琳琅满目。在巴黎图书市场中流连，总有目不暇接、美不胜收之感。由于阅读兴趣与工作内容的关系，其中特别有几种是我格外关注、格外重视的。我热衷于“新小说”与现代派文学时，乳白色封面上有一个蓝色的字母M、其左上角还挂着一个五角星的书，都是我愿意读的，那是午夜出版社的书。这家出版社专门致力于出版现代派或先锋派的作品，只要你一看书上的这个图标，就可知该书属于什么流派倾向。当你要找点杂书看看时，可以特别去注意有“10／18”这个图标的书，这一套丛书可以说是一个杂家大文库，规模庞巨，其杂无比。此外，还有一个图标极为有名：一个大写的L，里面兜着一个白色的光圈，光圈里是一个正在吹蒲公英的妇女头像，而光圈的上缘有这样一行文字：“我向四方八面播种”，这是拉罗斯书店的标志，它是出辞书与工具书的权威……

但是，不论是在巴黎的书店还是在图书馆（不论在巴黎的蓬皮杜文化中心图书陈列楼，还是在美国哈佛大学怀德勒图书馆的法文书库，或者是我们社科院外国文学研究所的图书馆），我都看见有一个图标特别居于压倒优势，那就是并排的三个字母NRF，凡是伽里玛书店出版的书籍，除了一套名为FOLIO的普及本平装书外，几乎无一不有这一图标，它那一套声势浩大、蔚为壮观的精装本“七星丛书”上有此图标，它各种开本的书系从“诗歌书系”到“道路书系”上也有此图标，而署着这个图标的，更主要的还是这个出版社每年新推出的大量现当代作品与各种文集，这是伽里玛每年投入文化天地里的“主力军”。这类书都是大开本，封面统一呈乳黄色，就像在一杯牛奶里滴了几点浅黄色的橙汁，封面的醒目位置是 NRF 三个字母，在它的下方才是 GALL-MARD 这个名字，那三个字母排列得颇为别致优美，F 这个字母就像一把中国古代的玉钩，钩住了另外两个并排而立的伙伴……

二

我从开始接触法文书籍起，就见过 NRF 这个标志，但起初不知这三个字母组成的标志怎么会与“伽里玛”有关，这三个字母究竟意味着什么。后来明白了，原来是《新法兰西评论》（LA NOU-VELLE REVUE FRANÇAISE）的缩写，至于“法兰西评论”与“伽里玛”究竟有什么关系，则是在对 20 世纪文学的发展了解得愈来愈多以后才完全搞清楚的。

1909 年，有一批已在文学中崭露头角的文学新人，出于对创作方法的关注，开始筹办一个名为《新法兰西评论》的实体，主要的合作者有安德烈·纪德、让·施伦贝格与加斯东·伽里玛，纪德此时早已蜚声文坛，施伦贝格是小说家、评论家与剧作家，也是纪德的好友，而加斯东·伽里玛则是一个虽无文名，但却深具修养的文化人。该刊于 1911 年正式出版，前三期就出手不凡，不止一个名家登台“捧场”，著名象征主义诗人、剧作家保罗·克洛岱尔献出了他的名剧《人质》，已颇有文坛泰斗之势的纪德则拿出了他的重要小说之一《伊莎贝尔》。格调既定，从此《新法兰西评论》就成为高层次的文学殿堂，已获声誉的作家继续在这里展示风采，文学新秀在这里初次出镜，名人佳作陆续在这里五彩纷呈，1912 年有莱昂－保罗·法格的《诗篇》、象征主义名家圣－琼·佩斯的《颂歌》。1913 年有一代诗歌大师马拉梅的《诗歌集》，已功成名就、盖棺论定的于勒·列那尔的《明亮的眼睛》，以及日后成为现实主义大家的罗杰·马丁·杜·伽尔的第一部重要小说《让·巴洛亚》。1914 年则有纪德的小说杰作《梵蒂冈的地窖》与马拉梅诗歌探索的顶峰之作《骰子一掷永远取消不了偶然》……如此盛况一直持续了好几年，直到第一次世界大战爆发。

第一次世界大战结束后，加斯东·伽里玛不满足于带有同人性质、以文会友的《新法兰西评论》，于 1919 年，在这个杂志的基础上，创建了伽里玛出版社。它继承了《新法兰西评论》的名声、品位与工作方式。《新法兰西评论》的编委会同时成为伽里玛出版社在加斯东·伽里玛的领导下的审读委员会，《新法兰西评论》繁荣盛况有增无减，它既成为法国 20 世纪文学新成就的展示台、“发布会”，也成为法国当代文学繁荣发展的推动力，伽里玛出版社能团结那么多法国第一流大作家，几乎占有法国文学出版的大半个天下，实与《新法兰西评论》的“垫底”与“襄助”密不可分。虽然从这个母体分离出去的子体伽里玛出版社的事业规模，已经大大超过了“母体”，但《新法兰西评论》这个老字号、这块老招牌显然是不应该丢掉的，也是不能丢掉的，从加斯东·伽里玛到他的儿子克洛德·伽里玛无疑都认识到了这点，因此，80 年以来，伽里玛出版社出版的所有的书籍上，都印有 NRF 这样一个图标，都挂着这个老字号的招牌，何况时至今日，这个老字号并没有关门，它仍存在着，仍然活着，它眼见就快满 90 岁了！

一个 90 岁的杂志，世界上能有几家！

三

从学校毕业走上工作岗位后，我就接触过《新法兰西评论》，那时就记得它那从没有变过的装帧格式：开本比一般的书要长，封面呈浅乳黄色，最上方是杂志的全名，最下方是全名的缩写 NRF 这三个字母，中间则是该期的目录。

后来，自己开始搞法国20世纪文学研究时，第一个研究课题是“新小说”，当代的文学报刊成为最必须阅读的资料之一了，我倒是逐年逐月查阅过《文学新闻》周刊、《费加罗文学报》，对期刊《新批评》看得也比较仔细，对《新法兰西评论》却查阅得少一点，因为它有关“新小说”的评论与报道相对比较少，它虽然对当代文学中一切尚未取得经典地位、但还有一些意义的东西，都保持了一种大气度的关注，但它显然并不特别热衷于时髦的新鲜玩意儿，更不像午夜出版社那样以自己强烈的先锋派性而自诩。不过，“新小说”派两个主将罗伯-葛利叶与娜塔丽·夏洛特的两篇经典文论《自然、人道主义、悲剧》与《对话与潜对话》，我倒是从《新法兰西评论》上读到的，我最初评析“新小说”的文章中，就不止一次引证了这几期刊物。可惜我与《新法兰西评论》只有这么点交往，因为，在我这个课题刚完成后不久，“文化大革命”就铺天盖地而来。

“文革”后，我开始写《法国文学史》，上、中、下三卷到20世纪80年代后期才完成，第三卷只写到19世纪末、20世纪初，因此在整个这一时期，我主要的精力投在文学史上，很少去认真读《新法兰西评论》，偶尔只是浏览一下而已，而从我开始在法国20世纪文学方面投入更多的精力需要求助于《新法兰西评论》之时，研究所图书室的经费日益紧缩，便不再订阅这个刊物了。从此，我与这个刊物完全失之交臂，如果就阅读之多少与熟悉的程度而言，我与它远远不如我与《文学新闻》《费加罗文学报》《法兰西文学报》《欧罗巴》等法国文学报刊。

不过，说老实话，对于外国人，甚至对于法国人认识与了解法国当代文学来说，《新法兰西评论》显然不无局限性，它在文学艺术的新信息与新动态方面，当然要比《费加罗文学报》《法兰西文学报》《文学新闻》等文学报刊差，而它在对作家作品的展示与评论方面，又缺少系统性与完整性，你在这里所看到的，往往是一个作家的首尾，一部作品的鳞爪，如果是文学新人的话，那就是一两叶芽片了。如此之下，倒不如径直找署有NRF图标的伽里玛出版物去看。伽里玛的出版事业是太发展、太周到了，每个著名作家的作品都有单行本，每本单行本的前内封或后内封，皆有这个作家其他作品的全部书目，你要找来十分方便；如果是一个文学新人，你少安毋躁，出版社不久就会把他的作品一一推出的。

因此，长期以来，在我心目中，《新法兰西评论》似乎愈来愈被笼罩在自己的派生物“伽里玛”硕大无比的身影里，有时，人们不免忽视，甚至淡忘了它的存在。

四

摇篮就是摇篮，摇篮的意义是不可磨灭的，何况这摇篮至今仍然还在晃悠悠、晃悠悠……特别是在近一二十年来的这种情况下，《法兰西文学报》《欧罗巴》《费加罗文学报》《文学新闻》《新批评》都相继“俱往矣”，皆成了明日黄花……

我并没有忘记《新法兰西评论》。

1988年，我在巴黎的时候，有了访问NRF、会见当时的主编雅克·雷达的计划，会见很快就由接待单位法国科研中心安排好了。

《新法兰西评论》在巴黎市中心，与伽里玛出版社并不在一处。伽里玛是在一幢很有气派、像古雅府第的老式建筑里，我曾在那里见过它的主人克洛德·伽里玛，《新法兰西评论》则是在瑟巴斯蒂安·波丹街一幢现代的办公楼里，它显然只占有其中一个较小的角落。

雅克·雷达先生的办公室明亮宽敞，陈设极为简单，一张普通的办公桌，几把普通的坐椅与一排齐天花板的书架，桌上散乱着一些文具，书架上除了一点小摆设与几摞文件外，主要是《新法兰西评论》的历年合订本。这办公室既没有体现著名文化人一般都有的雅致品位，也不具备头头脑脑那种显示身份的排场，与我曾见过的克洛德·伽里玛先生那个充满了书卷气的豪华办公室相比，固然相距很远，甚至也没有《编辑部的故事》中陈主编那个四五个人都在觊觎着的单间那么有派，总之，它只像是一个办事员的房间。但据我所知，这办公室的主人不仅在文学界是一位很有地位的大主编，而且是一个颇有影响的著名作家。

雅克·雷达先生也是头发灰白，年龄大概跟我差不多，或许还比我稍大，但他身材魁梧，体格健壮，看上去像一个上了岁数的足球运动员，他的态度平易随和，有种宁静的气质，既没有特别夸张的迎客热情，也没有法国文人常有的矜持作态，我们很快就从这家杂志谈起。

由于我一开始就表示了对《新法兰西评论》久远历史与巨大影响的敬意，主编先生也就做出了他概括的认同："毫无疑问，《新法兰西评论》在法国文坛上的确有过很重要的影响，特别是在两次世界大战之间，更是起了主要的作用。那个时期任何有价值的作家与作品，几乎无一不是通过这个刊物进入文学殿堂的，或者是在这个刊物发表自己的作品，或者是在这个刊物上得到定评，确立声望的。如像吉罗杜、莫洛亚、米肖等，甚至还有国外的托洛斯基，他的文学见解在这里得到了肯定。"他这番话讲的都是事实，没有丝毫过誉，完全都是公论。他特别引起我注意的，倒是这样一个见解，"在法国 20 世纪文学中，《新法兰西评论》可以归结为是一个文学潮流的最后一家刊物，在 20 世纪三四十年代，从外部来看，它代表着一个文学潮流，那是一目了然的事。"大概是考虑到"代表一个文学潮流的最后一家刊物"这个提法也许不够严密，他补充说，"《原样》杂志当然也可以说是代表了一个潮流，但它的政治色彩很浓。"

他所说的《原样》杂志，我也略知一二，就在会见了雅克·雷达之后一个星期，我就会见了《原样》的主编索莱尔斯。我对"最后一个"这一荣誉应该归谁兴趣不大，我感兴趣的是"一个文学潮流"

究竟何所指。当时，按我的理解，似乎这不能说是一个具体的文学思潮，像超现实主义那样，更不能说是一个狭义的文学流派，像后来的新小说派、荒诞派戏剧以及“存在”文学流派。应该说《新法兰西评论》并无明显的派性标志，它的涵盖量显然要大得多，如果从它的“常客”、“主要合作者”与“基本队伍”，如纪德、莫洛亚、吉罗杜等人的创作特点看，似乎可以说是我曾经有所论述的“现代现实主义”潮流，但如果考虑到它的兼容量比这更大，加上若干现代派与先锋性的因素，则可以说是“古典传统与20世纪现代性相结合的文学潮流”。我想，《新法兰西评论》当此代表，看来是恰如其分的。由于我当时满足于自己的理解，又被雅克·雷达关于《原样》的话题一岔，没有来得及就什么是“潮流”问题与他进一步交谈，未能印证我对法国当代文学的一个重要看法，今天备感遗憾。

不过，他接着说的一段话，似乎也在一定程度上佐证了我的理解。他是这样说的：“《新法兰西评论》发挥重要作用的三四十年代，是巨人的时代，那时有一批大大小小的巨人，在那之后，就很难出现代表那种盛况的文学刊物了。”他此话“于我心有戚戚焉”，在我看来，三四十年代正是法国现代现实主义文学人才辈出、殿堂式的人物一一定位的时期，除了以上所提到的那几位作家外，还有莫里亚克、科莱特、蒙戴朗、圣爱克·苏佩里、杜·伽尔、杜阿梅尔、马尔罗、萨特与加缪，且不说稍早一点的普鲁斯特与巴比塞，稍后一点的尤瑟纳尔，他们构成了法国20世纪文学大半个江山的辉煌，而他们基本上都可以划入我所谓的“现代现实主义”的范畴，至少他们身上都体现了古典的传统与思想、艺术上的现代性的结合……

五

雅克·雷达先生是一位“今不如昔”论者，他在回顾了《新法兰西评论》所代表的文学盛世之后，进一步发表了一席议论，我觉得很值得有兴趣研究当代文化的人们参考："现在，法国以至整个欧洲文学，其重要性远远不如三四十年代"。原因是什么？"首先一个原因是新闻媒介特别是电视文化的发展，分散了、减弱了公众对文学阅读的兴趣；其次是文学本身的蜕化，文学研究的蜕化，而这又与中小学教育与大学教育的质量下降有关；还有一个原因是作家的人数愈来愈多，在法国，现在能写的都写，而他们所追求的是快速成名与获利，而不是纯文学的成就。据我看，真正追求纯文学成就的专业作家在法国是很少的，作家队伍的这种情况使得文学的质量下降。""您所指的文学质量是指什么？"雅克·雷达的回答是："文学质量下降，首先表现在文学语言粗糙，整个文学语言层次比较低。"

他对法国当代文学的这一连贯的见解，我都颇有同感。在我看来，第二次世界大战中断了法国当代文学的发展，从那之后，法国文学就没有成批成批地产生过殿堂级的巨匠了，而且渐呈衰微之势。虽然在战后，"存在"文学曾风靡一时，但一个主将萨特在20世纪50年代基本上就走完了他辉煌的文学行程，很快就投身于国际政治性斗争，浪费他的才华与生命，另一个主将加缪则英年早逝，其文学道路戛然而止于1960年。当然不可否认，战后法国文学最引人注意的、最有轰动效应的成就是"新小说"与荒诞派戏剧，但在我与雅克·雷达先生交谈的1988年，"新小说"与"荒诞派戏剧"已经是"明日黄花"了。而回过头来看，他们虽然也留下了一些兼有独创性与艺术魅力的出色佳作，但大部分作品毕竟只具有文学实验的意义，难以传世。法国文坛如此，难怪雅克·雷达先生会有"今不如昔"之叹。不过，我觉得应该看到，在六七十年代，出现了一批继承了尤瑟纳尔传统的杰出作家，他们以那些特具深邃哲理与艺术魅力的创作，又构成了法国20世纪文学中闪光的一章，我把这一章称之为"新寓言派"，并且从80年代起就不止一次这样预测："法国20世纪文学将以'新寓言派’告一终结，在‘新寓言派’之后，法国当代文学就不会有什么大作为了，不可能再产生重大的文学现象了。”现在看来，此话不幸被我言中。

既对法国当代文学有此共识，我当然希望雅克·雷达先生结合自己的杂志讲得更具体一些。“在法国当代文学衰退的今天，办文学杂志很困难。《文学新闻》等好几家杂志刊物就相继停办。因为一般已经成名的作家并不愿意在报刊上发表作品，报刊不如出版社有优势，而想在报刊上发表作品的人水平又不高，这就形成一个尖锐的矛盾，报刊苦于没有好的稿源，为了争取好稿子，经常要去求人赐文，这就很难办了。以我这个刊物而言，我每天都可以收到不少稿件，但其中质量好的甚少。我并不苛求，并不一定要用名作家、名批评家的文章，只要稿件本身质量好就行，我希望在本刊上推出更多的新人，文学新人的东西只要写得好，我可以放在头版，并不在乎新人的名气，但好稿件的的确确很少，现在每期杂志 120 页，勉强也能凑满，编完之后，不合用的稿件还剩好些。”

是否有充足的好稿源，这是办刊物的大问题，是否拥有广大的读者又是刊物另一件生死攸关的大事。《新法兰西评论》维持得怎样，是否能维持下去？我对此不能不关注，不能不提问。对此，雅克·雷达说得很坦率：“我们现在每期的印数只有 3000 多份，而且不能卖光。”“能否维持得下去？我估计，在法国，如果我们能卖掉一半，就不会赔本。现在我们每期能卖掉四分之三，这就基本上够本了，如果是赔本的话，老板就会停掉它的。”

发行量这样少，还能维持下来，也可以说是一个奇迹。但我知道《新法兰西评论》每本是很贵的，薄薄一本，竟高达好几十法郎，显然是以高层次的读书界为对象，这也许就是它能维持下来的秘诀，但显而易见，这只是惨淡经营，勉强维持而已，与过去的盛况相比，已经是一落千丈了。

“总而言之，现在的情况与过去不同了，各种条件都不同了，在发挥作用、在培养造就作家方面，《新法兰西评论》都远远不如伽里玛出版社了。”听了老字号后期掌柜多少有点悲凉意味的话，面对着这间简简单单的主编办公室，我突然有一个感觉，似乎像是都德在他的磨坊里听一个上了年纪的普罗旺斯短笛手讲述自己家乡的风力磨坊如何被机器磨粉厂取代的故事，听这个老人发出这样的感喟：在这个世界上，什么事都有完蛋的一天，应该相信，风力磨坊时代已经一去不复返了，就像罗纳河上马拉的驳船、旧时代的御前会议、老款式的服装那样，已经过时啦……

不过，我想，只要伽里玛出版社的书上还印着 NRF 这个图标，《新法兰西评论》肯定就不会完蛋，只要克洛德·伽里玛先生有足够的理智，他就绝不会在乎《新法兰西评论》是否赔本，而丢掉这块老招牌……

六

既然我面前是伽里玛家族不在乎是否赔本的一个活文物、老招牌，何不再仔细端详端详？我对《新法兰西评论》的内部编务情况感兴趣，当然，雅克·雷达先生也乐于介绍，因为，这关系到他自己。

他先给我补全了我掌握不全的历届主编的名单。原来，我只从书上知道 1911 年至“二战”前几个主编的名字，如雅克·里维埃、雅克·高波、让·波朗，以及在“二战”中任职的德里厄·拉·罗歇尔。从他那里，我知道了战后因为刊物在德国占领期间的倾向问题而停过刊，到 1953 年才恢复，其后的主编相继有让·波朗、马塞尔、阿尔朗、乔治·朗布里斯，直到 1978 年雅克·雷达才接手。其间，1953 年后曾一度更名为《新新法兰西评论》，后又恢复原名。还有一段时期，乔治·朗布里斯以 NRF 的名义，主编过“道路”书系，每年出三期，出版了好几年。

这些主编几乎都是评论家，也写诗歌、小说以及散文作品，但在法国当代文学中只是二三排的人物，他们的作品我几乎都没有读过，只读过让·波朗为《O 姑娘情史》写过的一篇著名的洋洋洒洒的大序，这部当代著名的性文学名著，我很不喜欢，但让·波朗那篇序我却很欣赏，对一部带有妄想色彩的性怪癖之作，从心理学角度做出深层次的学术性的评论，绝非易事，而且洒脱超越，才华横溢，搞评论搞到这份上，可谓大手笔风范矣。

在主编名单之后，雅克·雷达介绍了杂志的编辑方针与栏目："本刊的主题与题材很广泛，不受时代限制，有关任何时代、有关文化任何部类的文章都可以，既发表作品也发表评论，如果有什么固定的做法的话，那就是每期至少要发表一个诗人的作品，还必须发表一个外国作家的作品。此外，相对固定的栏目有：评论栏目，专门发表对当前重要作品的评论；小品专栏，发表趣味性较强、有幽默气息的文章，题材与体裁均不限；文学纪事栏，专门报道当前的新书并做简评；'开放'专栏，专门给尚未出名的先锋派作家提供篇幅，发表他们有独创性的作品；'文本'栏，则是发表尚未出版的作品的章节片段，其中包括古代作品与外国作品的译文。此外，本刊还经常发表回忆录或忆旧性的文章。"

从雅克·雷达送给我的《新法兰西评论》看，仅 100 多页的一本薄薄的杂志，的确在内容与形式上都相当丰富多彩，作者既有功成名就的老作家，也有崭露头角的文学新人，只不过每篇文章的篇幅都很短，内容精粹，文字修炼，颇具美文之风，虽然是以各种各样的散文为主，但整个杂志以其雅趣与讲究而略带有诗格。

因为我来自人浮于事的国度，所以，在巴黎拜访每个文化机构时，都提出了人员组成问题，我所得到的回答经常是令我意想不到的，这次雅克·雷达的回答更加使我惊奇："我们办这个月刊一共只有两个半人，其中那半个人是兼职的，专管封面与封底。”我从杂志上看到的署名，除了主编外，一个是总秘书，一个是编务秘书，那“半个人”大概就是那个编务秘书了，事实上，他不仅管内封里版权页上的各种事务，包括国内外的定价等，还管杂志后面每半年一次的总目录索引。至于雅克·雷达先生本人，“我全部的工作时间都放在刊物上，我个人的写作是利用业余时间。”

七

转眼之间，在老字号 NRF 会见它的掌柜，已经是 10 年前的事了。每当我坐在家里的沙发上，看着我对面的书柜，我就想起雅克·雷达先生，那个书柜里排满了巴黎名士送给我的珍贵纪念品：他们写的作品或论著。雅克·雷达是其中的大户，他的作品竟多达 10 来本。

而我一想起雅克·雷达，就有一种负债感：我既没有实现我的初衷，在自己关于巴黎之行的书里记述 NRF 这个老字号，也没有在我的主编项目《法国二十世纪文学丛书》里为雅克·雷达安排一个席位。

我似乎也有可以自我开脱之处：一回到国内，总有各种当务之急纷至沓来，把原来的初衷冲击得节节后退，时间一久，就湮没在岁月的尘土中了。而《法国二十世纪文学丛书》虽有 70 种之多，但法国 20 世纪文学太丰富了，必须介绍的名家名作，早已占满了 70 种的选题目录。

其实，雅克·雷达是一位很值得我们重视的作家，在我会见他的时候，他已经出版了十几种作品，大都是在伽里玛出版社出的，而且，报刊均有好评，这说明他已入法国当代文学的主流阵营，只不过，他主要写抒情诗歌、闲适散文以及文艺随笔，在熙攘热闹的巴黎文学场上，就像一株俏也不争春的素净的花。

他送给我的书有诗集、散文集与随笔集，他的诗没有受超现实主义的影响流于晦涩难懂，而是语言明快，直抒胸臆而又情愫轻淡（如《祈祷、宣叙调与续篇》）；他的几个散文集都是写他在巴黎散步时、在欧洲各国漫游时的体验感受与闲适心情（如《巴黎的遗迹》《斜坡上的小草》《给散步者的建议》与《气流中的城堡》），颇有点像卢梭的《一个孤独的散步者的遐想》；他的文艺随笔集，特别是解读爵士乐的集子，则表现了精致的鉴赏力与现代的情趣（如《轻步而来》《即兴之作》等）。他的诗有散文的淡雅，他的散文有诗的清香，他显然是一个悠闲恬静的雅士，翻译他的东西得需要自己先安定情绪，在一种平静的心情中悠悠地去进行，不能“赶任务”，就像面对着都德的散文式的小说那样……我希望自己早日从日夜兼程、马不停蹄、心急气躁中解脱出来，而进入那种心境……

有朋自巴黎来，谈到了雅克·雷达。据说，他早已从主编职位上“下岗”，但仍参加《新法兰西评论》编委会的工作，不时写点诗歌、散文与杂感，喜欢到处走走看看，活得潇洒而高雅。

1998 年 11 月 25 日

弄炸药而没有伤手的人

——亨利·哥达尔教授及其他

一

1988年我在巴黎有一次重要的活动，既是礼节性的，也是学术性的，它是这样开始的："汽车沿着塞纳河而行，靠岸的这边房屋愈来愈稀少，大片的绿荫却愈来愈浓密，已是郊区的宁静景象。车行不过5分钟，哥达尔先生突然把方向盘一转，我们从本来就相当狭窄的公路又进入斜坡上一条勉强容得下一辆小车的小径，在一幢两层楼的房屋前停了下来。"

这是塞利纳在巴黎近郊墨东的故居。

我在《塞利纳的"城堡"与"圆桌骑士"》一文中记叙了这次活动。在那次访问中，我会见了塞利纳留在这个世界上的最忠于他的几个亲友与文学事业的维护者，在我看来，他们是塞利纳为数甚少的贴身护卫，我把他们称之为塞利纳的"圆桌骑士"，而塞利纳则是墨东"城堡"里的"亚瑟王"。

为这次活动引路的向导者是巴黎大学的教授哥达尔先生，他是法国塞利纳学的权威，我在上文中把他视为塞利纳最重要的"圆桌骑士"之一。

我与哥达尔先生原来并不相识，是通过好友沈志明才认识的，而最初知道他则是通过“七星丛书”本的《塞利纳小说作品集》。这套丛书是法国古今文学中所有经典作家权威选本汇集的文库，规模宏大，是法国当代最重要的一项社会文化积累工程，每个选本均由一位最有权威的学者、批评家或文学史家编选、作序并进行详尽的注释。古典作家入选此套书者，皆为文学史上早已有定评的殿堂级巨匠，当代作家入选此丛书者，皆为名声卓著、被视为新经典作家的前排人物，因此“七星丛书”实际上就是20世纪兴建的一座最高层次的文学大雅之堂，古今作家进入了这个殿堂，即是在不朽者的席位上就坐。如果说，这对古典作家来说，只不过是重复旧有的光荣而已，但对当代作家而言，则意义莫大焉。当然，一个当代的学者、教授进入“七星丛书”，也是他良好学术声望的标志。

我不仅通过“七星丛书”本的《塞利纳小说作品集》最早对哥达尔先生有了印象，而且得到了塞利纳评价的“行情”。塞利纳进入了七星文库，表明他在20世纪法国文学中的重要地位得到毫无疑义的确证，表明塞利纳的公案，已经完全成为过去，表明塞利纳在文学上“服刑期满”。

塞利纳的确与我国的周作人有点相似。两人都是因为在“二战”中的政治历史问题而影响了他们在战后的文学生涯，以至几乎被抹杀掉了过去的文学业绩。周作人当了汉奸，这是明白无误的历史定论，不在话下。塞利纳的问题却远没有坏到当了法奸的地步。他的历史问题应该说是比较轻的，却反倒比较复杂。

塞利纳其人其事的情况是这样的：

他出身于小资产阶级家庭，小学毕业后，就曾先后留学德国与英国，参加过第一次世界大战。大学时期念的是医科，获得了医学博士学位，长期行医。1932年，发表第一部长篇小说《茫茫黑夜漫游》，大获成功，文学界重要人物纷纷撰文，赞不绝口，诗歌大师瓦莱里评此小说乃“写罪恶的杰作”，未来的法兰西学院院士莫洛亚称他为“新晋的伟大天才”，已雄踞文坛的马尔罗也公开做了颂扬，并向作者致以“崇高的艺术创作的友情”，有位龚古尔学院院士对他做了权威性的定位：“这位小说家是法国的陀思妥耶夫斯基。”

塞利纳一举成名，他的长篇很快被译成其他文字，传诵国外，甚至在当时的苏联也受到欢迎。1936 年，塞利纳前赴苏联领取俄译本稿费，访问回国后的几年内，发表了一系列文章与小册子，对苏联、对共产主义进行抨击，并强烈反犹。不久，纳粹主义泛滥欧洲，第二次世界大战爆发，在德国法西斯反犹的恶浪中，塞利纳过去写的那些反犹文章，不免被纳粹利用，客观上成了助纣为虐的工具。因此，战后他被划入“二战”恶势力的行列，被追究罪责。1944 年，自由法国法庭判处他 20 年劳役。他逃往丹麦，法国政府要求引渡未果，他被丹麦政府监禁了一年，1951 年获大赦出狱。

出狱后，虽然他仍潜心写作，但却长期生活在社会与文学界对他的寒意与冷漠中，他出狱后只活了 10 年，辞世时 66 岁，年纪并不算太老。

在民族大义上出了问题，要比在阶级立场上出了问题更为严重、更得不到原谅，在阶级立场上出了问题，本来就是够可怕的了，何况是比这更为严重的问题呢？因此，我筹备《法国二十世纪文学丛书》的时候，起初根本没有考虑过把塞利纳列入选题的可能性。只是在我知道塞利纳的小说集被列入了七星文库，巴黎书店有吉波尔所著的三卷本《塞利纳传》出售之后，才开始考虑将塞利纳选入《法国二十世纪文学丛书》的问题。因此，哥达尔编选的《塞利纳小说作品集》与吉波尔先生的论著，成为招引我向塞利纳走出第一步的两只风信鸡。

二

但是，在法国被允许的事，绝不意味着在中国也被允许，尤其是在意识形态领域。而在意识形态领域里，上述民族气节问题，又是一个特别重大的原则性问题。我要在中国引进塞利纳，必须为他准备好必要的“签证”，必须找到一个堂而皇之的理由，一个足以抵消“民族气节”问题的理由，这个麻烦是哥达尔先生与吉波尔先生在法国不会碰到、不会烦心的。当我读了塞利纳的代表作《茫茫黑夜漫游》若干章节后，我很快就找到一个“堂而皇之”的引进理由，我相信凭这个理由，我是完全可以为塞利纳的入境办好“签证”手续的，这个理由就是：对资本主义社会的批评。

《茫茫黑夜漫游》中的主人公巴达缪浪迹天涯，从欧洲到非洲，再从非洲到美洲，最后又回到法国，足迹踏遍了大半个地球，这个20世纪“奥德修斯”式的故事，给小说作者提供了一个巨型的框架来对整个时代及全世界范围做全面的描绘。

这是什么性质、什么色彩的描绘呢?《茫茫黑夜漫游》这个标题就说明了一切。在巴达缪的“漫游”中，作为20世纪前30年西方世界缩影的景象几乎应有尽有：世界大战、享乐腐化、殖民主义残酷统治、资本主义乐园中种种荒诞与不合理、丑恶的世态、肮脏的人情等，真可谓伏尔泰所说的“地球上满目疮痍，到处都是灾难啊”。这一片漆黑的世界与作者对它的极度绝望，都概括在这部小说扉页上作者所引的这首诗里：

我们生活在严寒黑夜，
人生好像长途旅行，
仰望苍空寻找出路，
天际却无指引的晨星。

而且作者在描绘这一切时，是怀着多么强烈的憎恶之情与愤世嫉俗之慨！你到哪里去找这么一部对资本主义世界做出了如此“大胆暴露”与“彻底批判”的小说呢？这样的小说不引进，还引进什么？如果要说社会主义、无产阶级在意识形态上有什么最高的要求与口味的话，还有什么比“对资本主义的暴露与批判”更符合要求、更对口味的呢？

我深知，这是一个最根本性的要求，最受偏爱的口味，它最早来自我们的“老祖宗”，恩格斯在他的一封著名的信件里谈到文学评论的时候，曾引进了一条政治味十分浓烈的文学评论标准，即评判一部作品是否有价值要看它是否“能引起对于现存秩序的永久性的怀疑”。我从学校毕业走上工作岗位后，就听周扬在大报告中不止一次引用了这条标准，这条标准在老祖宗逝世后还这么有生命力，就因为它是为无产阶级“彻底砸烂旧世界”、“推翻资本主义社会”这一“基本历史任务”服务的。

当然，对于我们这些“分配”到意识形态领域工作的普通人来说，对于我们在这个职业部门、在这个行当里安身立命的智力工人来说，“无产阶级的伟大历史任务”是我们够不着的远在天边的事情，我们的职业既是为外国作家作品办“签证”，我们就得想法在对象的身上找到符合入境标准、找到切合社会主义口径的东西。当自认为在塞利纳身上发现了便于我为他办“签证”的东西后，我心里有数了，特别是七星丛书上有这样一个材料：20世纪30年代苏联的外交部长李维洛夫曾在公开的场合说过，《茫茫黑夜漫游》这部小说是斯大林的“枕边书”。看到这个材料后，我就更振振有词了，至少有了这样的把握：在中国介绍塞利纳虽是一件需要勇气的事，但还不至于有多大的风险。既然斯大林先生都喜爱这本书，可能出手的左派批评家还有什么可说的？他们总不会比斯大林同志更左吧！

于是，我把塞利纳的这部小说正式列入了《法国二十世纪文学丛书》的选题，约请了志明君来翻译。把一个在法国都被视为有历史问题的人引进中国，我做起来颇有点“理直气壮”，似乎此举还与“批判资本主义”之类冠冕堂皇的大事挂上了钩，其实我心里知道，我只是为了使我的《法国二十世纪文学丛书》尽可能完整齐备，使其在重视纯文学价值的内行人眼里经得起推敲、达到“专业要求”而已。

至于我在译本序中强调塞利纳的暴露性、批判性以突出他对中国人的价值，则纯系我 1980 年为萨特问题做翻案文章的故技重演。那时面对着长期以来像凝固水泥一样板结地对萨特的谴责、批判，我发出“给萨特以历史地位”的呼声时，自己多少也预感到有朝一日会因此而被带到意识形态的审判台前，为了使自己有可以申辩的余地，我有意识地运用了这个意识形态审判台惯用的批评标准，强调萨特对资本主义社会的批判与在政治上跟社会主义阵营的同路，可惜这并没有使我后来免于被点挨批，所幸的是“笑到最后，笑得最好”。在萨特问题上尝到“甜头”，我在塞利纳问题上也就有恃无恐、得心应手了。

其实，应该说，我是托了时代的福，我做塞利纳这件事的时候，气候已暖和一些了，文学环境显然比以前宽松，中国自己的周作人在文学上也被解冻了，“汉奸”如此，并未成为“法奸”的塞利纳必然得到宽容，因此，《法国二十世纪文学丛书》引进塞利纳一事，总算平安无事地过去。不过，说老实话，在塞利纳问题上，并不存在什么“普罗米修斯盗火”那种高度，因为，在他的作品里，并没有什么“火”，没有什么招引人奔赴的“火光”，不像在萨特那里，还有那么一条“自我选择”的人生哲理召集信徒，这哲理在个人主体意识仍是一大禁忌的时期里，一直被那些以精神事业为己任的理论家、批评家、伦理家、思想工作者当作一块烫手的山芋，他们唯恐迷途的羔羊被烫坏了灵魂。

三

《茫茫黑夜漫游》中译本出版于1988年初，恰好在我第二次访问巴黎之前不久。志明君已定居巴黎，闻出版消息之后，欣喜之下来信建议我到巴黎后去访问塞利纳夫人，他与巴黎大学的同事、法国塞利纳学的权威哥达尔可以负责安排，他们都认识塞利纳夫人，哥达尔先生当然与夫人更熟。

墨东的聚会使人甚为难忘，我亲临其境感受了塞利纳晚年的生活环境与写作氛围，听塞利纳生前几个关系最密切的亲友回忆与介绍塞利纳的为人与性格，深感对塞利纳的了解与认识大大深入了一步，当然也包括更清楚了塞利纳的“历史问题”的具体情况，这些情况在来往于墨东的路上，听哥达尔先生讲得更全面、更清楚：

“塞利纳在德国占领时期，并没有任何合作的行为。没有参加任何政治活动与节庆典礼，更没有写过支持纳粹、服从德国占领的文章，甚至从未公开发表过文章，只有他写给编辑的私人信件被人发表了，而且是非政治性的信件。纳粹德国的上层并不喜欢他，不屑于跟他交往，因为在他们看来，塞利纳不服从既定秩序，反对规范，跟他们格格不入。但是，他在大战爆发以前所写的反犹文章，又被重印，在战争期间起了坏作用，客观上助长了纳粹的种族灭绝主义，他的全部历史问题就是如此。”

关于战后塞利纳吃官司并被判重刑一事，哥达尔先生也做了具体的分析：“当时对塞利纳的谴责完全是道义性的，而不是政治性、司法性的，他逃到丹麦后，法国政府要求丹麦引渡时，丹麦表示同意，但要求法方提出指控的罪行与罪名，法国政府提不出来，只好作罢。而他在法国之所以被判重刑，则是因为审判时他缺席，判他刑的自由法国法庭，并不是严格意义上的法庭，它全部是由抗战人士组成的，在政治上很严厉，在思想上也很‘左’倾。”

有了哥达尔这番具体的说明，我对塞利纳的“历史问题”彻底放了心。塞利纳历史上思想性质的失误，即使在中国也是可以得到理解与宽恕的，他之被引进中国，看来是绝对不会构成一个问题了。何况，我在译本序的最后，为自己早已设好了一条论理的退路：“当你站在一部作品面前时，这部作品对你来说就是一个独立的世界，一个特定的世界，最重要的是首先理解这是一个什么样的世界，其中有些什么东西，这个世界构建得怎么样，它可以给人什么感受与启迪。这些就是决定一部作品价值的主要依据，其他一切，包括作者做过几件好事、做过几件坏事，都只是次要的参照系了。”

虽然从引进塞利纳到墨东聚会，对我来说已经是一个“完整的句子”，但我深知，在塞利纳这个深邃复杂的世界面前，我不过刚入门而已。而眼前的哥达尔先生正是塞利纳研究的专家，我不应失去请教的机会。在墨东聚会之后几天，我又与哥达尔先生有了一次友好见面与学术对话。

哥达尔先生年纪不大，40 岁出头，已经是法国学术界的精英；他非常友好热情，约见是在他的寓所进行的，为了免除我与志明君寻街走巷的不便，他专程前来迎接。

其实，他就住在巴黎闹市，在一个比较幽静的小区。他的整套寓所就像个书房，几乎没有任何装饰，似乎在这里只有一种活动，那就是研读思考。也许当年以生活简朴、严肃著称的康德的寓所就是这种风格，在这一点上，我仿佛觉得自己荣幸地与哥达尔先生稍有相似，我寓所的简陋是不止一两个报刊记者在采访文章中都没有忘记提那么一笔的，一进他的寓所，我就有同类之感……“天下乌鸦一般黑”……

四

我知道自己在塞利纳课题上的明显不足，是对他纯文学的贡献研究得甚浅，我强烈地希望哥达尔先生在这方面多给我一些启迪。哥达尔先生从塞利纳对法国小说发展的贡献讲起，他的讲述有条不紊，就像一个高明的教师在讲坛上。

“塞利纳是第一个真正意识到这样一个重要问题的作家：小说不应是以情节取胜，而是要以风格取胜，特别是在电影故事大为时兴的20世纪，他致力于在小说创作中建立一种独特的风格，他做到了这一点，这是他对法国小说发展的一大贡献。”

关于塞利纳独特风格的构成，哥达尔先生着重讲了文学语言问题：“塞利纳的天才在于他成功地把民间语言引入了文学。1630年法兰西科学院对口头语言与文学语言划定了明确的界限，把民间语言完全排斥在文学表现的领域之外。而塞利纳则打破了这一个统治了好几个世纪的禁条，当然他并不是唯一做此尝试的人，但他是第一批做此尝试的人中的一个，而且最最重要的是，别人都没有取得成功。他们往往是机械地给文学创作加一些民间语言，为引进而引进，而塞利纳却完全成功了。他是有机地把民间语言引进文学，真正地把民间语言变成了文学语言，变成了真正的文学语言。如何把粗俗的语言变成文学的语言，这是一门很高超的艺术，塞利纳真正更新与改造了粗俗的民间的语言。粗话、下流话，所有这一切，经他巧妙地一用、一改造，就有了艺术性，有了文学价值，就增添了效果，如同吃饭时吃了辛辣的、提口味的东西那样，他的文学语言为什么格外显得丰富多彩，这是一个原因。

“另外一方面，他的文学语言也有规范的用语。有诗意的语言与雄辩的语言，但这些又都建立在口语化的基础上，与活泼的生活用语糅合在一起。可以说，他的文学语言是各种风格的语言的组合，我的博士论文就分析了这个问题。本来，从17世纪中央集权、统一语言开始，官方语言只是一种象征，实际上还存在着各种语言分支、各种语言表现形式，塞利纳把各种形式的语言糅合在一起，成为一种特殊的文学语言，这在语言的发展上是一件了不起的事。大语言学家、大批评家都曾援引过塞利纳的例子进行他们的论述。”

哥达尔先生就像在做塞利纳专题讲座，他讲完一个题目，又遵循他的思路继续第二个行程：

“塞利纳另一大贡献，是在20世纪小说进入危机、虚构故事已经使人厌倦的情况下，创造了自传与虚构结合的小说。他在很多部小说中都渗入了他本人的成分，小说虽有虚构，但整个却反映了他自己的人生，他的第一部小说《茫茫黑夜漫游》的自述成分相对还算是少的，主人公的经历中只有一部分是塞利纳自己的，他的第二部小说《催命》则主要是自传性的了，当然并不完全都是，只是自传色彩较浓。他的另一部小说《从一座古堡看另一座古堡》是完完全全以他自己为主人公，因为他写这部小说时，他的‘历史问题’已经为人所知，他有意不加回避。这部小说写‘二战’快结束时，德国占领时期有合作污点的要人纷纷逃到法德边境的一个小镇上，他自己也到了这里。他把当时的回忆加以小说化。小说发表于1957年，引起人们广泛的注意，轰动一时，颇有点像《茫茫黑夜漫游》发表时那样。这是一种挑战意识。他甚至不回避自己不光彩的历史，不讳言自己的短处，反而扑将上去。”

在我听来，把自我带进小说，甚至把自我化为小说的主人公，这绝非塞利纳的独创，更不是他的首创。不回避自己的不光彩与陋习丑行，也早已有卢梭的先例，但是能做到这点的确需要点勇气，这如果不能说是塞利纳的精神力量的一种体现，至少也要算是他的一个精神特点……

哥达尔先生果然并不满足于小说现象的罗列，他层层深入下去，引人入胜：

“实际上，塞利纳写的不是简单的自我，他的小说主人公反映了欧洲人的形象，表现了欧洲人的心理状态与社会舆论特点。一方面他在内心里是软弱的，感到外界对自己有很大的压力，害怕战争、人身伤害与经济危机。另一面，他在外表态度上，又表现出一种攻击性，咄咄逼人，这两个方面构成了 20 世纪欧洲人的形象。现代欧洲人既有这种内心的压抑感，他作为读者就需要发泄，要寻找发泄的愉快，而读塞利纳的小说，就可以得到这种发泄的愉快。塞利纳的天才就在于他善于把内心中的压抑感受、逆反情绪与不满转化为一种恶意，而把这种恶意表现为文字的时候又使人感到好笑，这也是黑色幽默，现代欧洲人就是从其中得到发泄快感的。而且，塞利纳所写的经历、所思考的东西，都是 20 世纪前 50 年世界的重大问题，是文化思想领域里议论关注的热点。因此，人们在读塞利纳的小说时，可以感到共鸣，可以对这些问题重新加以思考，甚至进行反思与检讨。”

哥达尔先生这一席评说，我听来感受颇深，受启发颇多，特别是他对于塞利纳文学语言的论述，建立在语言形态研究与语言发展史的基础上，只有他这样的本国学者才能做出，是我这样的外国学者难以达到的。

五

为了使我们的谈话成为真正的学术交流、学术对话，我对塞利纳的小说在继承与发展欧洲流浪汉体小说方面也讲了一些观点。这些观点，我曾在《茫茫黑夜漫游》中译本序里有相当充分的表述。在我看来，塞利纳的小说属于以 16 世纪西班牙小说《小癞子》为开端的欧洲流浪汉体小说的传统。在这个传统中，格里美豪尔的《痴儿历险记》与勒・萨日的《吉尔・布拉斯》是典型的代表作，甚至伏尔泰的《天真汉》与《老实人》以及狄德罗的《定命论者雅克和他的主人》都可算得上。这种小说往往以主人公浪迹天涯为叙述框架，对世界、社会与人生的形形色色景象进行广泛地描写与抨击，而主人公在思想倾向与性格形态上大半数都具有愤世嫉俗、玩世不恭的特点。毫无疑问，塞利纳的《茫茫黑夜漫游》要算是文学中最大的一次流浪，而主人公巴达缪则要算是最为愤世嫉俗、最为玩世不恭的一个流浪汉了，他对世界、对生活的嬉笑怒骂最为彻底，对人性恶的黑色悲观主义是那么根深蒂固，无可救药，足以使人感到震惊！

哥达尔先生对我的看法表示同意，当然，也做了补充……你怎么能想象一个法国人在跟人谈论时，仅限于同意对方的看法？做些补充，仅仅是法国人追求自我独特个性最起码的表现而已……

哥达尔这样说："的确有流浪汉体小说一说，这种小说一般都表现社会下层的人物，塞利纳也是如此。但他有所不同，过去的流浪汉体小说往往是轻松的、引人发笑的，而塞利纳的小说则很压抑、很沉重、很悲观，他对人的看法太黑色，太悲观了，到处都是一片黑，没有光明。不过，与其说塞利纳是悲观，不如说是夸张。例如，他写黑暗，是把实际上的东西写得更黑，给世界抹黑，他对自我也是如此，其实也是给自我抹黑。"

他继续深化他的补充，见解甚为出彩：

"悲观主义是法国文学的传统，很多作家都大大夸张世界的黑暗面、人性的黑暗面，从16世纪开始，巴斯喀对人性、对人存在状态的看法就是很悲观主义的。但是，巴斯喀思想中有上帝，而塞利纳不仅对世界、对人持悲观主义，而且思想中没有上帝，加之在小说里对人生的态度很严厉，用词与语气都很激烈，对阴暗面极尽夸张之能事，因此，他显得格外悲观，格外显出黑色。不过，应该看到，他这样夸张、严厉是为了揭露，是为了要不甘于现状。他最不能容忍的就是人对现实的忍耐，对现实的将就，归根结底，他还是希望人向上的，在这一点上，他与荒诞派戏剧不同。正因为他希望人向上，所以他特别喜欢舞蹈这种艺术，因为舞蹈就是要克服人的重量，轻盈向上，以他精神有向上的倾向而言，他就并不是无药可救的悲观了。"

谈话至此，塞利纳每个重要的方面，我们似乎都已经涉及了，哥达尔先生意犹未尽，又介绍了塞利纳曾经度过的艰难的岁月与法国塞利纳学的发展过程：

“从‘二战’胜利后直到 1957 年，在法国，人们都不谈塞利纳，就像避开瘟疫一样，塞利纳几乎被人遗忘，成为一个空白。1951 年，在丹麦获赦回国后到 1957 年，他发表了两部小说，但无人问津，最多只卖掉了 200 本，直到《从一座古堡看另一座古堡》出版，情况才有好转。当然，对他的评价，也经历过低潮，撇开他的反犹问题不谈，战后，一批马克思主义的批评家都认为他已经才尽。实际上在法国，对塞利纳的研究还只是起步阶段，读他的人不少，但却只是反应性的。关于他的书也出了一些，但也只是描述他的一生，停留在是坏人还是好人的浅表层面。1962 年，七星文库出版了塞利纳的一个选集，但是只加上了一篇序言与一个年表，没有对作品的注释与说明。70 年代，才由我负责搞第二个选本，不仅有序言与年表，而且有详尽的注释，由此，才开始有了真正的塞利纳学。”

塞利纳学从哥达尔先生编选的七星丛书本《塞利纳小说作品集》开始，此话虽然说得甚满，但并不太过分，七星丛书本被公认为经典性的定本，而其最显著的特点与价值，就是它有非常详尽的学术性注释。

因为塞利纳在法国经历过一个艰难的时期，所以，我问哥达尔先生，他的塞利纳研究是否也碰见过歧视与偏见，哥达尔先生的回答是：“我并没有碰见过歧视与偏见，但对我的研究有反感、持保留态度的人还是有的，如有的朋友不大理解，如在争取研究课题的经费上，就要比研究巴尔扎克、雨果、左拉的课题要困难一些。应该说，阻力不是来自学术界，而是社会舆论中有一种对塞利纳的成见，对我来说，有一个抗成见的问题。事实上，我念他的理论小册子的时候，我问自己为什么要去研究这么一个有错误思想的人，但一念他的作品，我就觉得这个作家完全值得研究，这个作家有刺激性，但并不总使人感到愉快，研究他时，有手上拿着炸药的感觉。”

哥达尔先生说完，哈哈大笑起来，我们的交谈也就结束在这哈哈的笑声中。

事后，我想，那一天，我与哥达尔先生的谈话之所以特别投机，大概就因为我们之间有这样一个前提与默契：我们两人都弄过炸药，但是都没有把手炸坏。

我离开巴黎之前，收到了法国塞利纳研究会主席吉波尔先生所著的三卷本《塞利纳传》，他是我在墨东故居聚会中结识的。他在赠书的题词中客气地把我称为“法国文学的杰出鉴赏家、捍卫者”，我知道这是溢美之词，但可以理解。毕竟他在塞利纳问题上肯定也有过被“侧目而视”的感受，他不难想见，我在中国接塞利纳这个活儿可不是一件好玩的事。同样，哥达尔先生热情地为我安排墨东聚会并另外抽出了宝贵的时间与我长谈，显然也是由于这个原因。

然而，我在中国做塞利纳这件事，并没有被侧目而视，更没有碰到我在萨特问题上所碰到的那些事。因为中国的历史进入了20世纪80年代。

前几年，上海一家出版社购下了《茫茫黑夜漫游》的版权，并出版了第二个中译本。我更加不感到孤独了。

1998年12月10日

巴黎影院漫步（一）

巴黎的影院

到了巴黎，如果不多看几场电影，似可谓虚此一行。影院，的确是巴黎之一胜，五光十色的现代生活在这里展现，各种艺术风格、艺术趣味在这里陈列，世界各国的影视精华汇集于此，争妍斗胜。在我看来，就内容之生动与丰富来说，它之能展示巴黎、它之能代表巴黎，似乎更胜于那个19世纪的遗老——埃菲尔铁塔，它呆立在特洛迦代罗广场上，木然地面对着天女散花般的喷泉与熙攘的人群。

我喜欢看电影，对艺术片、娱乐片、资料片都有兴趣。看艺术片可以得到一种综合的直观的艺术享受，那是看文学作品，即使是看特具魅力的文学作品也是得不到的。看娱乐片则是为了在书斋劳役之后改善改善大脑的功能，你一定知道脑力劳动疲乏时那种特别的感受、那种腻味的感觉：就像喝了一碗放了一大勺味精的荤油汤，这时你会渴望胡椒，而一部间谍片、惊险片、功夫片之后，那种腻味的感觉消失了，伏案的兴致又油然而生。这样，电影自然就成为我生活中的一部分。

在国内，我多少能通过一些“内部观摩”之类的机会，看到一些不公开放映的外国影片，但绝大部分有名的外国影片是难以见到的。这一方面固然是由于经济原因——外国影片要价往往太高；另一方面，更多的是因为某些内容与镜头不符合政府的规范，即使是得以“内部放映”的，为数亦不很多。在这种条件下，我所能看到的，也就更有限了。因此，每当我来到巴黎，总要到影院里去饱餐那些名片佳作。当然，这样做，对一个内地中国人来说，是一种难以承受的奢侈。所幸，我每次来访颇受法方的优待，还曾享受过好几个月观影剧实报实销的“特权”，这就使我漫步在巴黎影院时精神上毫无牵挂。

巴黎影院之多，令人惊奇。仅以《娱乐指南》为根据做一粗略的估计，也不下于300家，它们星罗棋布在全市的各区。似乎是为了竞争的乐趣，有一些特大的影院还往往偏要挤在一起，这就自然形成了一个个电影中心。这种中心总是在繁华的大街上，蒙巴纳斯大街、蒙马尔特大街、皮迦尔广场、香榭丽舍大道这些热闹地带都有。这种影院群以其豪华的门面给巴黎的街景增添了辉煌的气派，它们巨型的电影广告与琳琅满目的影照橱窗，又把一个个影片中的冒险、争夺、历史、现实、传奇、科幻、恋爱、情欲、罪恶、正义、文明社会、蛮荒异域等各种气息，发散在周围，使这一片空间里似乎隐伏着好多个世界，存在着多重的生活。

这些豪华型的影院，一般都放映法国本国的第一轮新片。如果放映其他国家的片子，那就不外是戛纳电影节上的获奖作或曾被提名为奥斯卡奖的候选者，至少是刚在其他国家走红的名片。每个影院都至少有三个放映厅，多者达五六个，每个厅放映不同的影片，任观众选择。看这些影片当然是一种乐趣。即使是走进这种影院本身，也不失为一种享受。小巧、精致、讲究的放映厅，柔和的灯光，一二十个观众精心保持的几乎没有任何声响的一片安静，一下就把你与外界的喧嚣完全隔开了，使你一进来整个身心就像飘落在一块天鹅绒上，柔软、宽敞、整洁的坐椅很快也彻底地消除了你在街上积累的疲劳，放映前悠悠轻轻的音乐声把你精神上的一切羁绊也解卸得一干二净，只等你光脱脱地进入即将在你面前展示的奇境……如果这种影院还有什么不理想的话，那就是它们的 Toilettes（盥洗间）。法国人本来就很善于在小小的面积里把房屋设计得层次幽深，富于变化，给人意外的情趣；也许是因为这种影院是处于繁华街道的黄金地段，建筑师更是发挥才能，巧妙地把 Toilettes 藏在某个角落，往往要转几次弯，经过长长的通道，有时还要上台阶、下台阶、通过两三道门才能到达，通道里与 Toilettes 里的灯光都幽微得有一种暧昧的气氛，而且少有人迹，静得可怕，使人不由得联想起影片里恐怖事件的现场……

巴黎影院每周上映的影片数量之大更是令人惊奇。粗略地估计一下，仅第一轮上映的本国片与外国片就约有百部之多。除繁华中心的一些大影院同时在几个放映厅全部放映首轮影片外，其他大部分影院往往穿插放映一些首轮片与一些二三轮片。有一部分影院则干脆专门放映旧片，当然都是过去卖座率很高、蜚声影坛的旧片，它们各有自己的专门业务内容与特色：有的影院专门放映间谍片、侦破片、恐怖片、蛮荒片。在这里，你可以看到 007 在世界各地惊心动魄的秘密活动；可以看到贝尔蒙多这条憨厚而又机警的硬汉被卷入现代社会罪恶的漩涡之后，单枪匹马的对抗行为与他经常是悲剧性的结局；可以看到阿兰・德隆那副总是孤独高傲的面孔与他那矫健非凡的身手。有的影院专门放映曾经轰动一时、不免使人侧目而视然而却又颇有代表性的影片。在这里，你可以看到表现年龄落差中疯狂强烈的情欲的《巴黎最后的探戈》，把性爱加以诗化的《查泰莱夫人的情人》，展示了不同的性心理、性行为的《艾曼妞》。有的影院专门经营港台的武功片、剑侠片。在这里，你可以在一系列影片里看到李小龙硬邦邦的功夫，看到各种引人入胜的武林传奇与神乎其神的气功、鹰爪功、神掌、飞剑、轻功、暗器等绝技。有的影院则经常重演那些在世界影坛上引人瞩目、在艺术上与内容上都很有分量的杰作。在这里，你可以看到《甘地传》《现代启示录》《上帝的宠儿》《猎鹿人》《飞越疯人院》《出租汽车司机》等一些著名影片。有的影院主要是上演音乐片与歌舞片，有的影院经常放映科幻片，有的影院经常重映文学名著改编的影片，有的影院选片偏重于黑社会题材与下层人物，有的影院则专营阿拉伯影片、日本影片或印度影片……

这类影院的票价比较便宜，一张票总可以看两三个片子，如果买统票或月票，那就更为合算。但它最大的优越性还是可以弥补你过去与这些影片失之交臂的遗憾，填补你过去电影欣赏生活中的空白。对于来自内地的中国人来说，显然是很实惠的。因此，这类影院也就自然成为我经常漫步的场所。

法国影片中的社会现实

在西方电影中，我喜欢法国影片甚于其他欧洲国家的影片。这倒不是因为我所从事的专业造成了我的偏好，而是因为我觉得法国影片具有鲜明、可爱的特色。

这种特色从何说起呢？姑且这么说吧，在法国电影中，我几乎从来没有见过科幻片，也极少见到有美国《人猿泰山》系列片式的不现实的蛮荒传奇。似乎在法国人看来，社会现实的题材就取之不尽、挖掘不够哩，哪还有那种闲工夫？当然，我知道，拍科幻片与蛮荒传奇片需要更多的钱，而法国人是善于精打细算的，为什么要去白花那么多钱而不动用现成的财富呢？把镜头对准塞纳河畔，对准古意盎然的断墙残垣，对准饱含历史诗情的巴黎古老的街巷、外省的老式谷仓、上两三个世纪的辉煌府第与灰暗的城堡，对准皮迦尔广场附近灯红酒绿的咖啡馆与蒙马尔特区乡野风味的小酒店，对准香榭丽舍堂皇的街景与颇有华尔街之风的拉·德芳斯区，以摄影师独特的角度选取、采光，就足以构成一幅幅既是现代的又有浓郁历史风情的背景画面。在这背景上，只需搬演一段段社会生活、一桩桩现实事件就行了。而在搬演生活上，法国人又是经验丰富的老手，他们有强大的光辉灿烂的现实主义文学艺术的传统，他们是当代对叙述方法与结构哲理研究得最充分的一个民族，他们可以把平凡不过的一件事，按照自己的意愿，搬演得或富有戏剧性，或诗意盎然，或惊心动魄，或悲怆感人。而且，他们拥有特具魅力的演员，这些演员那自然洒脱而充满了灵气的表演，简直可以使每一个表情、身姿、手势都当作艺术品。也许更为重要的是，法国人有细腻的感觉，有绝妙的风趣，有雅致的口味，有对哲理意蕴的爱好，还有强烈的创新意识与天生的对完整精美的追求，当他们神不知鬼不觉地把这些成分掺入他们的电影艺术的时候，他们的影片能不完美、精致、富于哲理、带有隽永意味吗？这也许就是法国影片独特风格的构成，这种风格比德国电影生动活泼，比英国电影富有情趣，比意大利电影较为雅致。

在中国，衡量西方文艺作品是否可取，经常用“是否揭露了资本主义社会”这一条标准，似乎在西方国家有揭露性的好作品为数甚少。这是一条闭门造车的批评标准，严重地脱离了客观实际。事实上，就西方电影来说，几乎所有关于社会现实题材的影片，都有不同程度的揭露与鞭挞的意义，而那种粉饰现实的文艺现象，在这里倒的确很少见。在法国电影中更是如此。法国人爱挑剔，对权威、对政府也不例外，即使是对神圣的事物，往往也难以保持100%的严肃性，总要带点调皮、揶揄与玩世不恭的态度。把这种特性带进电影艺术，就使对社会现实的揭露与批评在法国影片中占相当突出的地位。

法国电影揭露社会现实的勇气与无情，给人以十分深刻的印象。不少影片在揭露某些社会罪行或阴谋事件时，往往敢于把矛头直接指向政府部门、权势人物与最高当局。有的影片中的罪行是政府部门蓄意制造的，如《老手》与《为了警察的一张皮》中的谋杀阴谋；有的影片中的罪行直接是警方高级官吏犯下的，如《罪行》中的杀人灭口案；有的罪恶勾当与政府的部长有关，如《国家利益》中贩卖军火、制造屠杀的案件；有的与高级法官有关，如《女侦探》中强奸谋害幼女、经营色情生意的罪恶；有的则更牵涉到共和国的总统，如《总统轶事》中的丑闻。在这一类揭露片中，社会恶势力或是大资本家、大企业主，或是有钱有势的犯罪集团，而他们又总是在政府里有其内应与暗线，于是，对社会罪恶的指控往往就与对深藏在政府内部的腐败和阴谋的曝光结合在一起。与社会主义国家要求文艺对于光明与成绩要讲够正相反，法国人似乎自觉地在电影里奉行另一条原则，那就是对社会的黑暗与罪恶要讲够。何止是讲够而已，而是大做文章，尽力渲染。虽然，我知道巴黎的黑社会远不如意大利黑手党那样猖獗，巴黎的恶性案件似乎也不一定比我们国内的多，但是，在《白面儿》《肮脏的角落》《告别往昔》中，一个个惊心动魄的血案罪行竟在巴黎、马赛的街头巷尾层出不穷；虽然法国政府中贪污腐化、经济丑闻、官倒大案并不很常见，然而，在法国影片中，部长受贿、法官被收买、警官被腐蚀、资本家与政府勾结起来投机倒把，造成严重社会后果的故事情节，几乎比比皆是。每当我看完这类影片，难免不生一些感慨，这种对于社会的痈疽敢于袒露，对于现实中初露端倪的弊病敢于大嚷大叫、敢于渲染、敢于夸张以引起全社会的警觉与监督的做法，未尝不是一个社会自我调节、自我医疗、自我免疫的一种法子，它多少反映了一个社会的生命力。一个社会只有敢于正视自我，不文过饰非、不讳疾忌医，才能保持健康的机制。

在这类带有揭露性的社会片与一部分带政治社会色彩的警匪片中，与社会恶势力对抗并进行正义斗争的力量，我认为似乎可分为好几种类型。一种是伊夫·蒙当型的，由于伊夫·蒙当本人的社会主义倾向以及他与法共的关系，他经常扮演代表社会正义事业、进步政治力量的人物，当代西欧环境中所能有的“高大形象”，其言行往往使人想起巴黎公社的斗争传统，带有鲜明的“左”倾政治色彩，《Z》就是他的代表作。不过，电影不是社会主义史，它要求情趣，而在我看来，伊夫·蒙当型“稍逊风骚”。另两种是贝尔蒙多型与阿兰·德隆型。贝尔蒙多所扮演的角色经常与社会罪恶有这种那种纠葛，有时还是局中的一员，但他们都不失贝尔蒙多那天生的纯厚正直，正是这一点使他们与恶势力终归还是泾渭分明、针锋相对，也正是由于他们的厚道与轻敌，他们往往在已经取得胜利的时候又遭暗算，可怜的贝尔蒙多，他几乎老演黑色的悲剧！阿兰·德隆则有一身潟悍的山林味，一股阴鸷的江湖气，他与恶势力周旋，经常既不是出于社会正义感，也不是由于正直的品格，而是由于个人的环境与利害，他自己身上就常有恶的成分。不论是贝尔蒙多还是阿兰·德隆，他们每一出现，总是以他们非凡的机智、矫健的身手、神奇的枪法、超人的骑术与车技，以及气息浓烈的艳情故事，使得观众为此陶醉，以至法国的文化部长也曾这样赞美："在强大的美国电影帝国的面前，法国影坛上只有两个人敢于同美国人抗衡，那就是阿兰·德隆与贝尔蒙多。"在我看来，他们都是属于浪漫主义的现代传奇，他们通过单枪匹马、惊心动魄的一场场恶斗，虽然惩罚或清算了社会恶势力，然而却令人难以置信。看这种影片的时候，人们的确兴致很高、全神贯注，但看过后走出影院，哈哈地议论一番，不久就会逐渐淡忘其中的内容与情节。

使我经常不能忘记的倒是另一种抗恶的类型，他们都是一些普通人，没有什么特别崇高的政治信仰与远大的社会理想，只有常人所有的正义感、责任感与同情心而已，没有贝尔蒙多与阿兰·德隆那些令人眼花缭乱的本领，只不过在自己的业务范围里还算是能干人而已。他们经常是精明的警察、机灵的新闻记者、有头脑的检察官，他们作为单个的人，在现代社会巨大的罪恶罗网下，在拥有先进物质手段、高度文化水平与有效的权力机器的社会恶势力面前，都是微不足道的，一下就可以被碾得粉碎。但他们联合了起来，显示出了力量，以他们的信念、勇气、智慧、效率与献身精神，与恶势力进行殊死的较量。这种警察—新闻记者—检察官三位一体（或其中两者的二位一体）的联盟，几乎成为影片中常见的一种格局，并且显示出高度的抗恶效能。警察或检察官办案，新闻记者公之于众，大功即便告成，即使恶势力有政府权力作为靠山，也无济于事。当然，这种三位一体的联盟也有惨遭失败的时候，在《肮脏的角落》中，警察、新闻记者、律师与当事人都被黑社会斩尽杀绝。不论是什么结局，我觉得这类影片比较真实自然，符合现代社会的实际，从这种影片中可以看到人们对法治与新闻监督的那种热切的期望，而这种三位一体联盟经常取得的抗恶胜利，也的确反映了法国社会中法治与新闻监督的有效作用。法国影片中这些情况正与我们国内影视作品中的抗恶格局形成令人深思的对照。在国内的电影电视中，抗恶的希望往往总是寄托在一个英明的首长身上，什么新闻记者，什么律师、检察官，全是用不着的！因此，每当我看完上述那类法国影片而联想到国内影视的格局时，又不禁产生了一点忧虑：如果系抗恶重任于一身的这位首长自己健康情况不佳或偶感风寒，那么事情又会怎么样？中国的影视作品中什么时候才能出现为社会正义而斗争的勇敢的新闻记者、勇敢的律师呢？

法国影片的平淡中见诗意

通过一个富有戏剧性的事件或若干大起大落的动作，针砭社会现实，这固然是法国影片驾轻就熟的技艺，但这还不是法国影片独有的特长。这种事件片、动作片在其他国家也不乏佳作，特别是在意大利新现实主义的电影中为数更多。法国影片较之于其他西方国家的影片，更善于展现平凡普通的日常生活情景，并借此表现出有重大意义的历史真实、社会真实与人情真实。我以为这是法国影片的一个特长，至少从我所看过的影片来说是如此。

以第二次世界大战为例。和其他很多国家的影片一样，法国影片也常从这一段历史生活中寻找题材，我敢说在以这次世界大战为题材的世界电影中，要以法国影片最为独特。其他一些国家，包括中国，关于那个历史时期的影片何止千百部，但给人留下的印象多是一片枪炮声、冲锋、奇袭、肉搏、敌后间谍活动等，以至你很难在记忆里把这 部影片与那 部影片区分开来。法国影片却不然，它把从独特角度选取的平淡无奇、普通不过的历史生活画面，清晰而深刻地印在你的脑海里：

在《海的沉默》里，一个德国军官住进一家法国民宅，他个人的善意、教养与品行，他争取友谊的努力，他某种理想主义的热情，在好几个月里，都未能使这个家庭里一个年迈的老人与一个柔弱的少女打破自己一言不发的沉默。影片中这像海一样深沉、一样难以打破的沉默，正向你显示出了一个在铁蹄下的民族所具有的无比坚强的抗拒意识与斗争韧性。在《禁止的游戏》里，只有农村中日常生活景象与一对儿童玩十字架被禁止的情节，然而，却把战争带给人们、特别是儿童的创伤表现得使人难忘。《克伦先生》仅仅通过一个油画商要澄清一份有关自己身份的材料，就将纳粹占领下对犹太人的迫害渲染得荒诞可怕。而《舞会的小提琴》则从一个儿童对自己家庭过去一段日常生活的回忆，把第二次世界大战爆发前夕山雨欲来风满楼的气氛烘托得再真切不过。在这类影片中，编导们经常总是力避动用枪炮，而在日常生活中去寻找独特的角度与感人至深的东西。似乎在他们看来，电影艺术的任务并不是编写战争史，要深刻表现那一段历史生活中的真实与灾难，不用依靠震耳的射击声、爆炸声与血肉横飞的画面，而必须凭借独特的感受与风格的力量。

这种风格的力量，据我个人的体会，往往就是诗意。

追求诗意，也可以说是法国影片的一个传统。第二次世界大战后，如果说意大利的电影是以新现实主义为其主流的话，那么法国影片则是以诗意现实主义为其主要特色。我始终不能忘记我早些时候所看到的两部法国小片《白鬃野马》与《红气球》中那种浓郁的诗情。

《白鬃野马》的情节很简单：一匹白鬃野马被养马场主圈了起

来，它在猛烈的鞭打下仍不驯服并逃了出去。在海滨，一个乡下小孩友爱的抚摸却使它归顺。马场主人来追，野马驮着小孩跳进海里，朝没顶的波涛游去。整个影片没有一句台词，背景也不过是尘土飞扬的驯马场、荒野的海滨、芦苇丛中孤零零的渔舍，然而，几乎每一个场景、每一个镜头都发出诗意的光辉。同样，《红气球》的情节也很简单：一个儿童在上学的路上拾到了一个红气球，他俩形影不离，虽然他们不断遇到顽童的捉弄、树干与电线的截取以及种种意想不到的麻烦，似乎通灵的红气球却总能回到他的手里。最后，也许是为了躲避因为有了红气球而遇到的种种困扰，小孩攥着红气球朝天空升去，离开了这个世界。影片同样也几乎没有任何对白，画面不过是小城的街头巷尾，然而，整个影片也充满了一种诗的情调。

这种诗情从何而来？观影之后曾与友人有所议论。是那两个小孩可爱的形象？法国儿童也许要算世上最秀美的事物之一了，而这两个儿童更是特别突出，一个娇小天真，一个在野朴的外貌下俊美异常。是影片中那种儿童所特有的纯真的情趣带来了诗意？或许，是那高超的摄影技巧？它把荒野的海滨、小城的街道这本来平淡不过的现实，竟拍摄得那样富有艺术性，就像波德莱尔与罗丹那种化丑为美的诗与雕刻；要不然就是那没有对话、只有音乐与一两声含混叫喊的朦胧的音响氛围？所有这些，都有助于诗情画意，但我觉得诗意最主要的由来，也许还是其中深沉的抒情基调，还有那对画面本身的超越意味，也可以说是象征。

抒情本来就是诗的基本要素，象征与朦胧则是近代诗的精髓。当法国人在影片里熟能生巧地将它们加以调配的时候，他们的影片也就无不具有诗的格调了，即使他们所择取的题材是世俗的、平凡普通的，甚至是粗俗的。而法国人偏偏还更喜爱择取普通的生活题材，平淡的故事情节，以便于他们进行诗化，就像人们要调配一杯鲜美的果汁，往往总是取来一杯洁净的清水，而不能端来一碗已有厚味的浓汤。这就是法国影片善于处理普通日常生活情景的秘密。

在《海的沉默》《禁止的游戏》与《舞会的小提琴》里，只有第二次世界大战前夕与大战中最平淡不过的日常生活场景，然而却充满了一种柔和凄清的诗意，那正是真切深沉地抒情与回顾往事时轻淡的哀愁所带来的；在当代名片《长别离》中，基本的场景只是陈旧的咖啡馆、塞纳河畔的破屋以及流浪汉拾破烂的垃圾堆，然而却演出了一曲痛断肝肠的爱情悲剧，正是其中人物强烈的抒情与哀伤的基调带给观众以极大的感染。女主人公黛莱斯为了唤醒失去记忆的丈夫而不断重复的那句话“黛莱斯在巴黎”，更是像诗歌中反复吟咏的叠句一样韵味无穷；在风靡西方的《广岛之恋》中，作者与编导不去追求情节的力量，不去着力表现那个法国少妇与日本男子露水姻缘的始末，而是去揭示女主人公爱情生活的伤痛，让发自她内心深处的凄切呻吟与痛苦的狂呼构成一种诗的格调来打动观众；在轰动国际影坛的《去年在马里昂巴德》中，就像在《白鬃野马》与《红气球》中那样，诗化的主要途径就是象征了。在这里，一个少妇遇见了一个素不相识的男子，男子不断地向她证明他们曾经相识并相约今年见面，最后，她相信了他所坚持的说法并与他出走。无法确定的历史真相、朦胧的情节、含混的语言、像墓碑一样直立的人物、空旷的豪华建筑物，都渲染出一种象征的气氛，蕴藏着某种捉摸不定的寓意，使影片具有一种神秘色彩的诗情；同样，在《克伦先生》里，现代巴黎真实的背景上平淡化的生活情节后面，却弥漫着一层象征的迷雾。主人公接到一份犹太人协会的通知后，为了搞清楚自己身份所做的徒劳无益的努力，使人感到在眼前现实的后面有一种无形的荒诞可怕的力量，影片因而也就具有一种像卡夫卡的《审判》与《城堡》那样独特的美学效果。

法国人深得波德莱尔的《恶之花》那种变腐朽为神奇的艺术真谛，即使是对凡俗丑陋的生活，他们也能造就出诗与艺术。在《越过山冈》里，一个巴黎人因汽车抛锚不得不去山沟里的一个车铺求援这样一桩平常的事，竟然被表现得颇有诗意。影片中只有两个人物，一个脏兮兮，一个胖乎乎，而且并无情节可言，只有一些最细微的日常琐事，然而，编导是如此善于从平凡、平淡中发掘诗意，甚至雨声、河水声、汽车轮胎在雪地上的转动声，也都成为他渲染诗意氛围的手段。至于盛誉经久不衰的著名影片《漂亮的赛尔日》更是《恶之花》式的杰作，它所表现的是外省偏远小镇上泥泞般肮脏的生活，但它却以对人物的温爱怜悯、对生活的深沉感慨与满怀情感的思考，以及有力的风格，使影片真正上升到艺术诗的意境。

巴黎影院漫步（二）

法国影片中的性格塑造

追求诗意，固然是法国影片的一大特色，展现世态、塑造性格、挖掘人性真实，也是它的所长。法国人很善于在处理普通日常生活题材时富于人情，在进行平淡世态的展示时也具有心理深度。

我记得在《表亲表故》里有一个塑造性格的情节相当有趣，它既是个性化的，也是法国化的；这部影片具有典型的法国式的对世态的轻淡嘲讽，内容是表现表亲表故之间错综复杂的男女关系，影片以此微妙地讽刺了法国人如何善于通过现成的方便的家族渠道施展其风流，亲戚关系如何成为姨表兄弟姊妹们欢娱的温床、极乐的小天地。影片中有一个不安分的丈夫，家里明明有一个贤淑端庄、年轻貌美的妻子爱着他，却一天到晚在外吃野食。被冷落在家里的妻子久而久之也就与经常见面的一个表亲产生了私情，终于，她让这位表亲驾着摩托车带她到城里找个旅馆过夜。摩托车停在街角，在一个旅馆的对面。根据西方影片的常情，下面就该急转直下进入这一对情人在旅馆里的镜头了，但在这个影片里，此事还早着呢，编导还要从容地表现他更为重视的东西。但见这位潇洒的表兄弟，把女伴扶下车，慢慢吞吞地从怀里取出一把小号，对着那家旅馆吹了起来，不成曲调，怪里怪气，既有点少年情趣，又有揶揄意味，也许他是在宣告他的进军，也许是在预祝自己凯旋，也许是要对那位不知好歹的丈夫大声宣告判决。这个情节的安排与渲染，显示了法国编导对性格塑造的重视与兴趣，小号一吹，这位表兄弟的性格也就活现出来了。这一个性化的动作只可能出现在法国人的身上，这一个性化的情节也只可能出现在法国影片里。我很难想象英国电影或德国电影会有这样的情节。同样，在美国电影里也不可能有，因为美国人不会对与女伴上一次旅馆的各种意义有法国人这样细腻的体会。这样的情节倒可能出现在意大利电影中，因为他们毕竟有《十日谈》的传统，对男女私情中捉弄与揶揄的乐趣早已不感陌生了。

在我看过的法国电影中，性格塑造的佳作就为数不少，《轻举妄动》《海盗的未婚妻》《警察与强盗》《良药苦口》都是这一类影片。

《轻举妄动》是一部性格喜剧，它成功地塑造了一个青年反抗者的形象。主人公培冷是一个酷爱足球运动的工人，作风粗鲁，甚至有点流气，先是因与厂长吵架而被开除，后又因被诬控为强奸犯而进了监狱。一次足球赛使他的命运发生了戏剧性的变化，由于本市足球代表队在一次重要的比赛中缺人，当局临时暂释他出狱参赛。他立下了汗马功劳，成为全市疯狂爱戴的球星，他被无罪释放，又被送进了高级旅馆。正当人们期待他为下一轮更重要的比赛出力时，他却进行了别出心裁的报复：他偏要搬回监狱，拒绝了该市当局给他提供的物质享受与光辉的前程；他在宴会上对整个上流社会进行了一次绝妙的捉弄，最后抛弃了荣誉扬长而去。他的报复构思得极为精妙，令人叫绝。如他把厂长的妻子用车挟持到郊外，向这位夫人声称要强奸她，以报其夫制造伪证诬告他为强奸犯之仇。这位徐娘半老、风韵犹存、性感十足的夫人，看来是很欢迎这个强壮的青年人即将采取的“暴行”的，她显露出了对某种奇特乐趣的期待，然而，培冷却出人意料地仅仅用尖刻的语言把这位漂亮的夫人奚落了一顿，然后自己驾车回城，把这位厂长夫人扔在荒野，让她穿着高跟鞋在深夜里步行一二十公里回家去。正是从他这些报复的行动中，他洁身自好的品质、愤世嫉俗的力量、严肃的道德观与分寸感，以及他的聪明机智与幽默，才从他粗俗的外表下流露出来。

似乎是拾起了文学中的费加罗传统，法国电影在揭露社会世态时，总表现出对聪明、机灵、善于恶作剧的人物的偏爱。《海盗的未婚妻》就又是一例。女主人公玛丽是一个从苦水里长大的少女，孤苦伶仃，生活无着，在充满恶意的环境里只能被迫出卖肉体。她的色相与魅力引起了镇上的正人君子们的狂热，即使是神父与镇长，也偷偷光顾她的林中小屋。她原来那破烂不堪的栖身处也发展成一个富丽的花花绿绿的欢乐场。令人想不到的是，她买来了一台录音机，暗地里把那些正人君子到她这里寻欢作乐时的污言秽语全都偷录了下来。当星期天全镇男女老幼在教堂里做弥撒时，她在教堂的平台上，把录下的那些见不得人的东西全都播放出来。然后，她放火烧掉了自己卖身的住所，离开了这个镇子。如同培冷一样，玛丽在放浪的外表下也表现出了她严肃的是非标准与强烈的愤世嫉俗之情。这两个影片人物之所以使人感到颇有兴味，就在于他们别出心裁、不同凡响的戏剧性行为所揭示出来的表层性格与深层性格的差异与矛盾。一个人物让观众看到他的性格层次不断深化展开，他就不是平面的而是立体的了。性格层次与性格组合虽然还不完全是一回事，但不论是性格层次还是性格组合，都是人的复杂性在文学艺术里的处理方法。法国人在电影里很善于此道，他们的人物几乎没有一个是平面的，而都具有复合的、多重的人格。

在复合的、多重的人格刻画上，《警察与强盗》也是一部给人深刻印象的影片。影片中的主人公是一个已到中年而尚无建树的警官，他所感受到的无形压力看来是值得同情的。为了要证明自己的价值，他寻找破大案的机遇，怀着摸线索的企图，他与一个妓女发生了关系，并使得这个妓女真正爱上了他。然后，他故意向妓女泄露了某个银行的秘密，好让她把这秘密又泄露给一个曾经与她相好、从未做过大恶的小偷，引诱小偷及其同伙去抢劫银行。当这些第一次当强盗的小偷进入圈套时，他就把他们一网打尽，造成了轰动的效果。正当他可以以功领赏的时候，他却在一场争执中不能自禁拔枪打死了自己的上司，也成了罪犯。影片中这个人物的性格是颇令人回味的。他老实忠厚的外貌、他作为境况不佳的小人物、他忠于职守的勤勤恳恳、他所感受到的现实生活的压力，都使观众对他产生同情；但他与那个痴心妓女打交道时的不动声色，却又表现了他老练能干与难以捉摸的一面。他设下圈套把几个小偷引诱成强盗而加以坑害，更暴露出他的不择手段与毒辣。而最后的结局则终于又使观众看到他作为一个被压抑的小人物令人同情的心理状态。

当然，法国影片在人物的刻画上也并不都是追求多重人格与复杂心态的，它有时也致力于对单纯的性格美的发掘，我所看到 1988 年出品的影片《良药苦口》就是一例。影片里，一个在夜晚兼做面包师的青年机械工，某天夜里发现了一个少女在他的住所偷东西吃，他宽厚地放过了她。以后，在接触中逐渐了解这个少女原是个离家出走的富家小姐，因吸毒成瘾而经常食宿无着。他出于怜悯不断给她以帮助，并互相产生了爱情。他一方面给她无微不至的照顾，有时甚至还给她买点毒品让她渡过发瘾的难关，另一方面以一种毫不留情的态度强迫她戒毒，把她捆绑起来，锁在自己的工作间里，每天瞒过母亲给这少女送饭，亲手照料她的生活琐事，包括把被绑着双手的她放在浴盆里替她洗澡，终于使她戒了毒。她给他生了一个孩子。但在出院的时候，孩子被少女的父母强行领走，这个少女又一次像难驯的野马一样离他而去。当他极其痛苦地回到自己的家里时，发现少女正熟睡在他的床上，怀里还抱着一个玩具娃娃。这是我所看到的一部真挚感人的影片。在毒品魔影笼罩着的严峻生活的背景上，爱情与坚毅奏出了胜利的凯歌，青春的活力、动人的柔情与诙谐幽默的具体细节（如强迫洗澡）相映成趣。主人公是一个老实、憨厚、长得并不漂亮，而且口吃得相当厉害的形象，但他有一颗善良、温柔而坚强的心。他使我想起米歇尔·图尔尼埃的名篇《皮埃罗或夜的秘密》中那个同样朴实、善良、深沉的青年面包师皮埃罗。正像图尔尼埃的那篇小说对面包师有益于人群的劳动做出了那么出色的富有象征诗意的描绘一样，这部影片也以其明暗、色彩与音响的特殊手段，把主火公深夜烤棍状面包的场面表现得具有一种诗意，并且突出了他那纯正、朴实、勤劳的品质。

不可否认，法国影片塑造人物、刻画性格的成功，与它拥有一批有才华的性格化的演员是分不开的。有时，我很难区分我脑海里的某个电影人物形象的性格究竟是剧本内容与编导安排所规定的，还是扮演者本身的气质性格本来就已经具有的。以我有限的见识来说，法国影坛中似乎没有英国影坛中像亚历克·吉尼斯那样的“千面人”，但却不乏个性鲜明、气质强烈的影星，他们不可避免地把他们的性格气质填进了人物，而当他们的气质与剧本中的角色正好投合时，那就使这个角色有声有色。在《轻举妄动》中，扮演培冷的是派特里克·德瓦尔，他与杰拉·德帕迪欧同是法国影坛上两个才华出众的彪形大汉，他骨架高大，面貌粗犷，最适合演性格鲁莽、举止放肆的人物，我很少见他在银幕上沉静过，总是那么撒野、喧闹、无法无天，似乎这些都是他的本色，根本无需表演。我很难说是他把培冷这个人物演活了，还是他表演出来的就是他的性格。

在《海盗的未婚妻》里，扮演玛丽的是著名的女星贝尔纳戴特·拉芳。早在《漂亮的赛尔日》中，她就表演出了一股在泥泞般的生活中所形成的浪劲，她的两眼直勾勾地盯着男人，似乎要把对方身上一切掩饰物剥得一干二净，要把对方骨子里的东西都掏空，她本人的特殊气质的确使得这个富有挑逗性而充满了捉弄意味与报复心理的妓女形象活灵活现。

在《警察与强盗》中，扮演警察的是米歇尔·毕高利，他在气质上没有明显的标志，其外貌是沉着而不动声色的。正因为如此，他倒有些可塑性，在《白糖风潮》中，他演一个令人不寒而栗的糖业大王；在《生活琐事》中，他演一个性格内向的工程师；在《冒险的代价》里，他演一个老辣世故、油腔滑调的节目主持人，他多少有点千面人的味道，由他来演一个多重人格的警官是再合适不过了。

至于名震全球的钱拉·菲利普、贝尔蒙多与阿兰·德隆，更是气质十分鲜明的演员。钱拉·菲利普的聪俊、贝尔蒙多的豪气、阿兰·德隆的阴鸷，都有使影迷着魔的魅力，他们固然使自己所扮演的每一个人物形象有声有色，但每次又都不离他们各自的本态，以至我老有这样的印象：他们在不同影片中只是改了姓名、换了衣装而已，他们每个人似乎都在演自己的组合奇特的系列剧。

法国电影中的人性探索与性问题

法国影片注意充分利用自己的名牌影星的魅力，但也经常有意地回避他们，而起用没有任何名气与魅力，甚至根本就不是演员的扮演者，如像《我，皮埃尔·里维尔》就是一例。这部影片的青年农民主人公的扮演者本人就是一个农民。导演之所以这样做，显然是出于一种特殊的需要，一种不受任何干扰、特别是影星魅力的干扰而就人性真实问题进行严肃思考与探索的需要。

这部影片的内容真可谓惊心动魄。一开始，出现在银幕上的是一桩惨绝人寰的血案，一个模样老实的青年农民手执凶器，杀死了自己的母亲、姐姐和弟弟。这就提出了一个悬念，直到影片的最后还没有完全解决的悬念，使观众走出影院时仍在思索这是为什么。整个影片的内容是表现旁观者、法官、法医、邻居、村里人对这个惨案所提供的分析与线索，以及这个青年被捕后的自述。从可能导致这一惨案的那些日常生活的情景中，人们能得到什么线索呢？不外是这个青年人的父母不和，母亲经常给父亲气受，母亲的生活作风不正，姐姐与弟弟在感情上是站在母亲的一边，也很可能姐姐是他母亲在与他父亲结婚前与情人怀上的，弟弟则是他母亲在结婚后另一次私通的结果，而这个青年则深深地爱着自己的父亲，同情他的遭遇等。虽然所有这些矛盾可以解释悲剧的发生，但是，并不是以激烈的、不可忍受、不可调和的程度存在于日常的家庭生活之中，何至于就导致如此悲惨的命案？这里显然存在一个深刻的心理问题、人性问题，这个惨剧与希腊悲剧中俄瑞斯忒斯的杀母故事颇为相像，与莎士比亚悲剧中哈姆雷特用利剑般的语言毫不留情地戕刺母亲的心也有相似之处，它所揭示的心理问题、人性问题，我以为不妨称之为“俄瑞斯忒斯怨恨”，这种怨恨与弗洛伊德学说中著名的思母忌父的“俄狄浦斯情结”虽然正好相对，然而实际上却颇为有关，可以说是人性真实中的一个重大的现象。影片是根据现实生活中一桩真实的案件拍摄的，这就更引起人们的深思。法国电影对探索这种人性的真实与异常现象表现出巨大的热情，以这个惨案为题材的影片就有两部，一部是 1974 年由青年导演克利斯蒂纳・里宾斯卡摄制的《我是皮埃尔・里维尔》，另一部则是 1976 年由雷纳・阿里奥导演的《我，皮埃尔・里维尔》。

这种对人性真实与心理深度的探索热情，经常给法国影片带来一些耐人寻味的佳作，《我的美国舅舅》与《天命》就是我所看到的这样两部影片。《我的美国舅舅》的主要内容，不过是一个婚外恋的故事，一个已婚男人与一个女子相好，由于家庭的束缚，这一不合法的爱情当然免不了要碰到麻烦，人物在种种障碍与麻烦的面前也就有了这种或那种人性反应。使人意想不到的是，当这一对情人终于摆脱了家庭的束缚而可以结合在一起的时候，他们之间却发生了争吵，甚至发展到粗野地进行殴打。这个故事本身并没有多少不平凡的深刻的意蕴，可以说是现实生活中司空见惯的现象，但影片却从平凡的生活中挖掘人性的真实，并通过一个特殊的角度加以表现。影片不是从故事本身出发，而是从叙述出发，是从科学实验角度的叙述出发，一开始就把人与人性当作自然科学考察的对象，用生物性与动物性来对比人的意向、要求、语言、行为，于是，在影片里就可以看到动物学、生物学的分析与主人公行为的对照，可以看到生物性与动物性的敏感、警觉、防卫、戒备、逃遁、自身求安稳，以及对异己的敌意排斥等本能是如何存在于人的一切行为、包括婚姻恋爱的行为中。影片的编导要把人的行为与动物性本能加以类比的意图是如此强烈，甚至他还让主人公身上完全是实验室里的白鼠状出现在银幕上。在影片最后，这对情人由格格不入、反感，到敌视争吵、互相号叫、互相扭打，也是对某种动物本能的象征性的表现。从生物生理本能去理解人，解释人，在我们国家里似乎是意识形态领域里的一忌，但在法国文学艺术里却由来已久，巴尔扎克就曾把巴黎的人群比喻为一个瓶子里互相吞食的一堆蜘蛛。这种人性恶的观点，我愈来愈感到它的合理，其实主张社会革命与社会改造的马列主义何尝不是以人性恶为前提?《我的美国舅舅》对人性做了哲理性的思考，它是一部高度知识分子化的影片，它精致的艺术性、独特的叙述角度、对人性的探索与对人性所流露出来的深深的悲哀，使它不仅在法国，而且在整个欧美，都赢得了知识界高层次人士的欣赏。

《天命》以心理深度见长，它即使在世界电影之林中，也是极为独特的佳作。它的内容与形式用一句话来说，就是以意识流的手法来表现人的内心深处的意识流活动。意识流本是人内心中深层的原始的心理活动，几乎是人类与生俱来的；然而，在心理学里却是迟至19世纪后期才被加以概括、加以界说。从此以后，文学中才出现了运用了意识流方法的小说。在我看来，意识流方法的出现，是人类心理描写的一次划时代的发展与深化，因为这种方法最能呈现人内心活动不受时空界线限制的自然流动之态，也最能展现心理活动中思想、情感、愿望、回忆、想象、知觉、感受等各种成分杂然纷呈的结构，最能挖掘人内心中的深层意识、潜意识，甚至原始的神经本能。电影中蒙太奇的出现，就给意识流的方法提供了一个充分的天地。但意识流方法的充分运用，似乎从阿仑·雷乃的《广岛之恋》才有了明显的突破。这部影片打破了时间与空间的界限，把过去与现在、眼前的印象与脑海里的回忆杂然交织，融为一体，大大深化了人物的心理内涵，成为当代西方电影中的名作。

阿仑·雷乃是一个才华横溢的导演，他在《天命》里，用意识流的方法来表现一个作家进行文学创作时内心的意识流活动。故事很简单，一个老年作家被疾病、失眠、噩梦折磨着，仍在拼命构思一个剧本，而剧中的人物就是以他的妻子、儿子、儿媳与其他亲友为蓝本。于是，在银幕上就可以看到这个作家的日常生活细节与他的噩梦、失眠、想象、他构思中的情节、他身边的亲人以及剧中人物等的混杂、交织、重叠、转化、融合。你可以说这是一个人物内心活动最真实的一次展示，你也可以说这是对作家进行文学创作时复杂心理过程的一次最好的剖析，甚至还可以说它是文学创作中“形象思维”的一个真切的图解。而他为什么要在剧本中那样去构思自己妻子与自己儿子的关系？他为什么要在剧本中安排他的儿媳与另一个男人有关？这些现实与构思之间的联系与差别，又给人以深长的回味。

在对人性的探索与表现中，性是法国影片的一个重要内容。法国人显然很懂得这样一个道理：性作为人的一种自然的、必不可少的要求，只可疏导宣泄，而不能禁阻。他们把性当作基本人权之一加以尊重，当然，有时又不免尊重得过分而流于自由放纵，这就形成了法国人风流成性的名声。在电影中，他们一般是不会忘记要加进一点性内容的。

从表面现象来看，首先，法国影片中的女星属于性感型的似乎居多，清纯秀美型的则相当少，后一类型，我所记得的只有米乌-米乌一人，她像一个俊秀的大男孩。法国闻名世界影坛的性感型女星可谓比比皆是。居于首位的是在《金盔》中演妓女而一举成名的影星西蒙娜·西涅莱，她被称为“理想的情妇”，以至英国人将“愤怒的青年”作家的代表作《向上爬》搬上银幕时，那个欲情如火的女主人公一角，非这位法国女演员莫属。其他还在《海盗的未婚妻》中扮演玛丽的贝尔纳戴特·拉芳，在《可怕的夏天》中扮演过一个淫荡女人的伊莎贝尔·阿佳妮，在《警察与强盗》中扮演妓女的罗密·施奈德（著名的茜茜公主），她们一个个艳丽至极，无不在银幕上显示过自己动人的性感魅力。

盛名之下，往往其实难副。虽然法国电影有那么一些性色彩，但它的性名声似乎大过其实。仔细分析起来，法国影片中的性成分也没有什么特别值得大惊小怪的，既然情人们的拥抱接吻在公园里、在地铁里和在街角上都司空见惯，不值一顾，那么，影片中算得上“带色”的，就只剩下裸体镜头与床上镜头了。海滨浴场上、游泳池旁的泳装镜头使人首先联想的是体育运动、是健康，女性人物只不过是活动着的半裸雕像。室里的、浴盆里的裸体镜头另当别论，当然多一点性的意味，但如果只是换衣、洗澡这样的动作，你至多可以把影片中这种镜头视为影片中人体美的一种特殊的展示方式而已。最后，能在中国产生惊世骇俗效果的，就只剩下“床上镜头”了。“床上镜头”有一些其实是再文明不过的，男女主人公并排躺在床上的被子里，露出赤裸的肩部与胳臂，天真幼稚的观众也许会受这种带有强烈性暗示的画面的感染，但冷静老练的观众知道这实际上是演员和衣躺在被子里，只有肩头是光着而已。对于女演员来说，拍摄这种场面与穿着袒胸的晚礼服出现在舞会没有什么区别。至于床上动作，法国影片中的确经常有那么一点，但远不及美国影片那么多，那么直露，法国人是装饰与提高这种格调的能手，他们有时把画面搞得晦暗朦胧，似乎给它蒙上一层诗意的纱幕，有时以局部代整体，如在背部抚摸的一只手，如胳臂上的汗珠，造成一种象征的意味与效果，就像罗丹的某些雕塑。著名影片《广岛之恋》就是如此提高这种格调的一个范例。我以为，这是真正的法国式的性风格。

当然，美国式直露方式的电影也有，如果法国人下决心按这种方式拍片，他们有时似乎走得比美国人更远。《艾曼妞》与《如此生活》就是我所见到过的两个著名的片例。

《艾曼妞》是青年导演朱斯特・雅甘1973年摄制的作品，内容是一个少妇如何从天真纯朴发展成贪淫无度。丈夫无行，女伴乘虚而入，引诱她搞同性恋。一旦跨出了放荡的第一步，她就急转直下，成为一个人尽可夫的女人，甚至在一次空中旅行的机舱中，就与两个素不相识的男人发生关系。最后，她成为一个有钱老头供养的情妇，老头常带她到最下流的场所去让粗野的男妓满足她的贪欲。这部影片以曲折起伏的情节、生动的人物性格、细腻的心理刻画、高超的摄影技术，给直露无余的色情内容披上了相当精致的艺术外衣，因而成了西方当代性题材影片的一部“划时代”的作品。该片出品后数年之内，观众人数就已达260万人次，而那位初上银幕的女演员从此也定下了自己的“格调”。几年后，她又主演了《查泰莱夫人的情人》。

《如此生活》则表现了一群青年男女之间同性恋与异性恋同时并存的群居生活。其中有一个天真的少女，刚发现这一伙朋友的真相时，还大感惊吓，但很快就投入了这种原始人似的群婚生活。尽管这两部影片不乏生动的戏剧性与轻淡的嘲讽意味，但实在中和不了其中某些成分所带给人的反感。而从影片的格调来说，它们显然与《广岛之恋》这样的杰作相差天壤，实不能同日而语。

像西方所有的影片一样，法国影片中的性表现的中心内容是女性问题。在这些影片中，裸体展现、性心理刻画、性感受的渲染，往往是以女性为对象。而且，在好些影片中，如《为了警察的一张皮》《老手》中，经常有年轻貌美的女主人公爱上年过半百的男人在他们面前像女奴一样顺服的情节。按照女权主义的观点看来，这些都反映了男性中心主义的欲望与意志，反映了这个世界上男女的不平等。随着女权主义在西方的盛行，法国影片中似乎也有了某种微妙的变化，导演在表现女性裸体的同时，也开始更多地表现男性的裸体。这是电影艺术向男女平等迈进的一步吗？法国的电影是否会实现孟德斯鸠在《波斯人信札》中所描绘的那种妇女王国的理想？在那里，妇女是主宰一切的主人，男人供妇女观赏、给妇女提供服务、受妇女的奴役。我想，在法国这样的任何奇特构想都有可能产生的国度，出现一部具有孟德斯鸠式的乌托邦色彩的女性中心主义的影片，也未尝是不可能的。

巴黎影院漫步（三）

法国电影艺术的独创性与新探索

法国人在文学艺术中也曾有因袭、模仿、落于平庸的时候，不过，那已经是遥远的过去了。现代的法国人都崇尚新颖独创，几乎所有有出息的文学艺术家都努力追求自己独创的特色，虽然并不是所有的人都能获得自己的独特风格，但有了这种自觉的努力，独创性也就成了法国文学艺术的一个传统。法国一直是世界上新的文艺思潮、文艺流派的一个重要的发源地，并非偶然。这种对独创性的追求，同样也深深地体现于法国影片中，我漫步在巴黎影院的时候，对这一点有很深的印象。

让我先从两部法国间谍片谈起。

世界上的间谍片可谓不计其数，各个国家的电影中都有这种玩意。总的来说，不外有苏式的间谍片与西式的间谍片两大类。苏式的间谍片多一些意识形态；西式的间谍片多一些性。在西式的间谍片中，英国的间谍片以事件情节的错综复杂与细致微妙见长，美国的间谍片则更多的是高度紧张的情节、难以想象的体力技能、无比惊险的动作与先进的间谍科技的结合。不论是苏式的还是西式的，美国的还是英国的，间谍片中的主人公无一不是英雄，而且无一不是传奇式的英雄，他们的体力、机智、技能、毅力都是人间难见的，我曾戏称为

“现代神话”。而在西式间谍英雄的身上，还有一种善于征服异性的神奇本领。苏式间谍片却欠诚实，几乎从不赋予自己的英雄这种能力与技艺，虽然克格勃的色情间谍术从来就是举世闻名的。所有这些间谍片都神乎其神，即使是世界上最了不起的谍报案件，在这些影片面前都黯然失色。当世界电影中已经出现了这样多神奇、引人入胜的间谍故事之后，我真不能想象在间谍片上还能有什么创新的余地，还能搞出什么新的名堂；但不，法国人可不承认这种艺术上的绝境，他们竟能绝处逢生。《行李》与《51 号档案》这两部法国间谍片就是明证。

应该说，上述其他西方国家的那种间谍片，在法国电影中也有，而且为数也不少，但是像《行李》这样风格的影片，在其他国家的电影中却很少见。至于像《51 号档案》这样的间谍片，似乎只有法国人才能拍摄出来。

《行李》的故事发生在中东复杂的政治背景上，一件藏有以色列情报人员的伪装行李，要偷运出阿拉伯地区，途经好几个国家，各种各样的壁垒使得这个任务格外艰巨惊险。影片的独创性在于对传统的一般的间谍片的反驳，它在复杂紧张的情节中却渲染幽默的喜剧色彩，它的注意力与其说是放在情节与行动上，不如说是放在人物的性格上，放在人物置身于复杂紧张境况时的反应上，并致力于表现人物身上的喜剧情趣，似乎是要提供间谍领域里的世态人情。在这里，编导特别有意识地做了恰好与 007 式的间谍片逆反的处理，让一个普通的女子成了异性的征服者，取得了比 007 在异性身上所取得的更为辉煌的胜利，使得一个一个男性间谍成了她的“阶下囚”。最后，不是出现了间谍的英雄与间谍的伟绩，而是这个地区好几个国家的间谍与反间谍人员都要转业回家。

《51 号档案》更是我所看到的一部绝无仅有的独特间谍片。内容是一个外交官被任命为法国驻某个国际组织的代表。他国某一个情报机构就开始收集有关他的一切材料，将他编为 51 号，他的妻子则为 52 号。整个影片所表现的就是这个组织所收集到的有关他的全部材料，他的家庭情况、他的历史、他的行踪、他的爱好以及他的隐私等。作为影片的主人公，他的形象仅仅在这个情报组织的材料中出现，如在偷拍到的照片或偷摄的录像中出现。观众看他，始终要通过这个组织的档案材料这个窗口，而这个他国情报组织所收集的材料又是零星的、片断的，而且它们都是通过现实生活所容许的手段，而不是通过 007 那种神奇的手段所获取的。于是，这个主人公的形象就从不可能直接在观众的眼前搬演一幕又一幕的戏，整个影片也就不可能有以这个人物为中心的具体情节。显然，编导完全摒弃了对观众有吸引力的故事性、戏剧性，不迎合甚至根本不考虑观众的娱乐意向，而用情报人员对这个人物的介绍、说明、多角度的审查、反复的分析以及他们所参考的文字材料、照片、录像等，引起观众对这个 51 号的思考与分析的兴趣。如果说这部影片还为观众提供了什么乐趣的话，那就是推理的乐趣了。而且，特别令人感兴趣的是，人们可以看到当今间谍情报工作真实的方式与真实的内情，这里没有 007 式的惊心动魄、神乎其神的行动，而只有间谍机关中浩如烟海的资料档案库、无微不至的材料案卷、大量的图片与录像、处理情报资料的先进技术、情报人员无情的剖析等。情报间谍活动在电影中第一次被剥去了神奇的现代神秘的外衣，还原为本来的面目。这种把一个人放在整整一个机构的强烈聚光灯下，用现代化的检测手段加以解剖，就像把一只虫子放在显微镜下加以审视的特殊处理，似乎远不如几乎所有间谍片中的不平凡的谍报行动那么惊心动魄，然而，它所显示出来的现实的、科学的威力，却也足以令人发抖。正是在这种情报档案的收集与分析中，51 号的同性恋、他的多重间谍身份、他妻子的私通外遇等隐私，都被一一挖掘了出来。

这部影片实际上提出了一个重要的艺术哲理问题，那就是在一部作品里，作者是否应该无所不知、无所不晓，既能上天，亦能入地，还可以钻入众人的内心？作者这种上帝式的万能是否有助于作品的真实？这部影片对此做了否定的回答。在这里，编导绝不赋予自己这种万能的权利，绝不赋予自己这种无处不在的多视角，他只赋予自己一个既定的视角，严格规定了自己可感知、可认识的范围，绝不把镜头推拉于广阔的空间与漫长的时间之中，以求影片更具有严格的形式上的真实。我认为这种方法并不能像有的电影评论家那样称之为主观镜头的叙事法。我把这种方法称之为客定角度的叙述方法。它是法国当代电影在艺术观与艺术方法上的一个突破。追求这种突破的不止一部影片，我看过的《侦询记》就是另一个例子。

《侦询记》的内容是一个中年男子涉嫌一桩谋杀案，被警方拘留并审问的过程。从现场的情况与他妻子所提供的证词来看，他很可能就是案犯。然而，经过侦询，警方最后发现了他妻子故意提供了伪证，企图陷害他，因而也就排除了他犯罪的可能。与《51号档案》相似，这部影片也采取了客定角度的叙述方法，只限于一个角度，只限于一个空间，整个影片的现实场景未超出警方的拘留室，镜头几乎全是对准警官与这个男子之间的侦询谈话场面，而且只限于一段时间，即限于这次侦询谈话的一夜时间。但是，从这漫长的有起有伏的谈话中，首先可以看出对话双方当时的心理状态，可以看出案件的基本内容以及若干疑点。渐渐地，从这场对话里，也显露出这个男子的性格与他家庭生活的轮廓以及家庭矛盾与夫妻敌对的迹象。这些迹象就像是露在水面上的冰山的尖顶，使人感到那水面下还有一个巨大而坚硬的体积。总之，所有的一切都是通过侦询谈话这个有限的窗口表露出来的。谈话过程中，只偶尔闪现出零星、朦胧的现实场景，那是男子脑海里意识流中的片断回忆。正是这场谈话、谈话中这些片断的回忆与妻子的畏罪自杀，证明了这个男子的无辜，而一个酷烈的家庭矛盾悲剧也就相当完整地展现在观众的面前了。

这两部影片都是法国当代电影中被称为“左岸派”时期的产物，

而它们的这种特殊的客定角度叙述方法则是法国当代文学创新潮流所带来的结果。20世纪50年代初，在法国文学中出现了“新小说”派这一强大的创新潮流，这个流派的旗帜就是反传统文学与进行新的文学实验。属于这个流派的名作家为数不少，虽然他们的文学创作与文学理论都各具特色，但对传统文学的反思与逆向则是一致的，其中一点就是对传统文学的真实性的质疑，而这种质疑的落脚点之一，就是对传统文学中作者那种无所不知、无所不能的叙述方法的异议。“新小说”派在法国当代文学艺术中的影响是很明显的，对无所不能的多角度叙述方法的故意回避、对上述两部影片中那种客定角度叙述方法的采用，正是在“新小说”派思潮流行之后的事。

还有一层更具体的关系：“新小说”派的主将罗伯-葛利叶以及与这个流派关系甚为密切的玛格丽特·杜拉斯，从20世纪60年代初，与法国电影界富有才华的导演阿仑·雷乃、亨利·科尔皮、阿涅斯·瓦尔达等人就有了一系列成功的合作：杜拉斯与阿仑·雷乃合作的《广岛之恋》、杜拉斯与科尔皮合作的《长别离》都轰动了西方影坛；罗伯-葛利叶与阿仑·雷乃合作的《去年在马里昂巴德》，也风靡了西方世界。他们形成了一个文学与电影的混合流派，以追求创新为目标，以文学新实验与电影新风格的结合为特色。由于他们这些社交与业务合作集团的成员都住在巴黎塞纳河的左岸，故被称为“左岸派”。直到70年代末，这个流派在法国电影中仍相当活跃，还不断有佳作问世，如阿仑·雷乃导演的《天命》与杜拉斯自编自导的《卡车》。这样，就在法国当代电影史上形成了一个持续近20年之久的以“左岸派”为标志的创新时代。

这种创新是多方面的，不仅限于对客定角度叙述方法的追求，其他还有对真实性的新理解与电影的文学化等。

以真实性而言，按照“新小说”派主将罗伯-葛利叶的观点，一方面对客观事物的描绘不应该具有任何人为的色彩，而应该表现出“物”的客观状态；另一方面，由于20世纪的现实本身是不稳定的，因此，不应该再用巴尔扎克那样的方法去写现实的确切性，而应该把现实的飘浮性、不可捉摸性表现出来。罗伯-葛利叶在《去年在马里昂巴德》中就已经致力于表现现实的不确切性，他自编自导自演的《欧洲快车》更是进一步表现了现实的假定性与飘浮性。影片的故事框架是罗伯-葛利叶本人在欧洲快车上与友人谈论他拟以欧洲快车为背景拍摄一部影片的构思，银幕上演的就是他所构思的场面与人物。主人公初看起来似乎是一个贩毒集团的成员，似乎是受命在交运一箱毒品，他经历了这样那样的事情，还杀死了一个妓女。不久，这个主人公看起来又似乎是反毒品组织的特工人员，似乎是在奉上级的命令在执行一项任务，以接受上级对他的考察。影片中的现实就是如此地不确切、捉摸不定、模棱两可，人物形象则是这样分裂化、多面化，以至可以说这部影片根本就没有明确的情节故事，也没有完整的人物形象，与传统的文学艺术作品正好相反。然而，它作为一种电影艺术，却也别具扑朔迷离的特殊意趣。

从电影艺术创新的角度看，电影的文学化倾向也是一个颇使人感兴趣的问题，这种倾向正与“新小说”某种程度的电影化倾向恰好相对应，是不同艺术形式的互相潜移与转化。“新小说”中那种滤除人的主观色彩的“物”主义的描绘（如罗伯-葛利叶的《橡皮块》）与那种在人脑海里的这种意象与那种意象、这种空间与那种空间之中化入化出的技巧（如罗伯-葛利叶的《嫉妒》），显然都是受电影艺术的启发而来。作者在这样做的时候，实际上是在一定程度上进行了向摄影机的转化。与文学的电影化倾向比较起来，电影的文学化倾向似乎相对少见。我想，这是因为文学是语言的艺术，电影是视听形象的综合艺术，电影放弃自己的特点而向文学潜移，从根本上是于己不利的。但是，从事这种大胆的创新实验的也大有人在。已经在文学与电影两个领域里都取得了赫赫成功的玛格丽特·杜拉斯就是这样的一位尝试者，她自编自导自演的《卡车》就是这样一部尝试性的影片。在这部影片里，观众从银幕上看到的是端庄高雅的杜拉斯本人在与著名影星杰拉·德帕迪欧解释《卡车》这个脚本。据她说，这是一个内容极为丰富的影片，几乎无所不包：地球、宇宙、政治斗争、人生、哲理，应有尽有，当然也有男女主人公，也有爱情。看来，男主人公就是德帕迪欧将要扮演的卡车司机，他与女主人公同坐在一辆卡车里……杜拉斯慢慢地讲着、议论着，偶尔，影片的镜头转向一辆卡车，它越过原野、穿过村镇……而后，镜头又转向杜拉斯与德帕迪欧的交谈……然后又转向继续行驶着的卡车……如此反复，直到最后，男女主人公始终没有出现，观众更没有看到爱情故事的搬演，只听到杜拉斯本人涉及面很广而具有隽永意味的谈话。这是我所看到的最独特的一部影片，它做了以语言代替视觉形象的尝试。我可以肯定，对于一般的观众来说，它是无趣味可言的，但从艺术哲理来说，它至少还可以引起一些严肃的思考。

对比、挑战、忧虑

1988年5月，抵达巴黎后不久的一天，我到蒙巴纳斯大街去散步，顺便看了一场电影：《良药苦口》。正是这天，我在这个地区漫步的时候，发现了这样一个明显的事实：蒙巴纳斯大街口附近的五家影院上映的第一轮影片，绝大部分是美国的。这五家都是大影院，有的一家就同时放映六七部片子，最少的也有三部，在五家影院所放映的约27部影片中，法国影片只有五六部，《良药苦口》即其中之一。

这些美国影片不仅数量上占压倒优势，而且题材、风格也丰富多彩，有获戛纳电影节正式提名的音乐片《鸟》与农村片《米拉格罗》，有拳击片《他最后一战》，有蛮荒惊险片《绿色的地狱》，有军旅生活片《蓝色的皮洛克西》，有黑社会片《围捕》，有歌舞片《赤裸的埃第·墨尔菲》，恐怖片则至少有三部：《恐怖的房子》《埃尔默》与获侦探片电影节“批评”大奖的《岳父大人》，特别引起注意的则是有名的政治片《布拉格之恋》。

蒙巴纳斯大街上的影院这番情景实际是一个缩影，它反映了美国这个电影帝国的强大与法国电影近年来的不景气。作为一个“影迷”，我看的美国片似乎比法国片更多，而我对美国片的喜爱也绝不下于法国片。在我看来，如果说法国影片具有精致新颖的特色的话，那么，美国影片就可以说是具有华美辉煌的风格了。电影事业毕竟与财力有关，美国拥有比法国远为雄厚的物质基础，因而，它也就有条件、有力量在各个方面推出具有世界声誉的艺术大片。20 世纪 40 年代它那些经典性的电影名作就不必说了，仅最近一二十年真正称得上是杰作的，就如山阴道上的美景，令人应接不暇。它的伦理片有真挚感人、誉满全球的《金色池塘》《克莱默夫妇》；它的社会现实片有《出租汽车司机》《飞越疯人院》这样的杰作；它的间谍片早已风靡全球，它的 007 几乎压倒了所有其他国家的间谍英雄；它的科幻片以《星球大战》为代表的一系列名作，遥遥领先于其他任何国家；它有深刻尖锐而又袒露得惊世骇俗的人性片如《巴黎最后的探戈》；它以当代重大历史事件为题材的影片有像《猎鹿人》《现代启示录》这样震撼人心之作；它在传记片领域里的成就更可谓辉煌，有《甘地传》《巴顿将军》《莫扎特》等。就我个人的感受来说，美国的优秀影片，不仅追求艺术上的完美，而且往往热衷于对世界范围里的大问题、大事件做严肃的思考，这是它之所以显示了博大艺术视野的一个原因。而这，正是法国电影所缺乏的。我在蒙巴纳斯看完法国影片《良药苦口》的那一天，接连又进了附近的另一家影院，看了刚上映的美国新片《布拉格之恋》，从这两部影片的对比中，我更加强了上述的那种感受。

《良药苦口》的确真挚感人。但它给我的印象远远不如《布拉格之恋》那样强烈深刻。《布拉格之恋》是以“布拉格之春”、苏军侵占捷克事件为背景，男主人公是布拉格一家医院的青年外科医生，以医技高超与风流成性、能使女人着魔而闻名，他居然把尽职地工作与唐璜式的狩猎完美地统一了起来，巧妙地在两者之间保持了平衡而得到了自由化的党的领导的容忍。女主人公是一个天真纯洁、年轻貌美的摄影师，她是青年医生的妻子并深挚地爱着他。不久，“布拉格之春”遭到苏军的镇压，苏军入侵捷克时，女主人公在街头与成千上万的群众愤怒地拦阻苏军坦克，并拍下了很多镜头。青年医生在一次晚会上，面对着趾高气扬的苏联“顾问”们，含沙射影地讲了俄狄浦斯王的故事，骂苏联人不认识自己的母亲，日后必将挖掉自己的眼睛。在同伴的鼓励下，他又写成了一篇讽刺杂文。夫妇俩的这种政治倾向给他们带来了灾难。在政治清查中，当局看重医生的技术，要求他只需认错检讨即可了事，但被他断然拒绝。因此，他被开除公职，沦为一个泥瓦小工，在布拉格勉强混一碗饭吃。但这种悲惨的生活并没有扼杀他那唐璜式的活力，甚至还得到侵占当局高级领导人的夫人的欢心，只不过，他在这位夫人的面前大摆老爷架子，故意让这位夫人在佩着勋章的丈夫的照片下对他曲意逢迎以发泄他的怨恨。他的无行也使遭受了失业的妻子深感嫉妒与痛苦。她在一家小酒店里当临时工，认识了一个常来酒店一泡就是大半夜的青年。出于对自己丈夫的报复，她主动跑到这个青年人家里，室内帷幕重重，她不禁有点纳闷，喃喃自语说自己不该来这个地方，这个青年人冷冷地回答说“你本来就不该来”后，就占有了她。不久，她发现这个青年原来是在酒店里监视动态的克格勃特务，她感到一种从精神上到生理上的恶心，她诅咒说，布拉格太肮脏了，准备投水自尽。这时，她的丈夫及时赶到救了她，夫妻又言归于好。不久，他们离开了布拉格，并向流亡美国的朋友伪称死亡，主动地割断了与国外的联系，隐居在乡下，过着宁静的田园劳动的生活。

在我看来，这部影片是当代电影中的一部重要的佳作，它具有深广的社会历史内涵与人性内涵，它是当代电影中直接表现“布拉格之春”这个悲剧性历史事件的第一部力作。影片中捷克人对于“布拉格之春”与苏军入侵的两种态度以及几个不同类型的知识分子对于国家命运与个人命运的思考，使影片具有一种严肃悲怆的格调；而主人公那种看起来颇为浪漫的生活态度，与其说是一种人性的退化与品格的沉沦，不如说是在压抑、束缚、庸俗、猥琐的现实环境中唯一可以表示自己的存在与活力的方式，是在沉重严酷的现实条件下对于一种轻松存在方式的自我选择，带有一点存在哲理的意味。正是在这一点上，这个主人公与历史上那些放浪形骸的人物有所相通，他们身上都有对丑恶现实的深沉的厌弃与对既定价值观念的蔑视。而主人公这种玩世不恭的生活态度，又没有湮没掉他身上那种强烈的救死扶伤的人道主义精神、他对祖国的感情、他坚持原则的正直与勇气，以及他最后选择所体现出来的坚韧，这种内涵与外表的某种不一致或游离，正是美国电影中英雄人物常有的特点。影片的画面极为壮观，场面非常真切，我真难以想象布拉格街头阻拦苏军坦克那一重点场景是如何拍摄下来的，我永远也忘不了影片最后那绿得发鲜的田园景色。就像大多数美国影片一样，这部影片中的性场面相当袒露，但表现得颇为雅致。最独特的是，女主人公赤身裸体被女友追赶着拍照，此场戏足有好几分钟之久，实际上是动态的全裸体美的一次大展现，以一种不落凡俗的方式给影片增添了不少叫座的效果。回国后，我听说这部影片被选为1987年至1988 年度世界十大佳片的第一名，我国的《红高粱》屈居第二。看来，这不是偶然的。

正当《布拉格之恋》在蒙巴纳斯大街吸引着观众的时候，这个地区的影院中的法国影片相形之下黯然失色。只有蒙巴纳斯电影院全部上映四部法国新片，其中较为感人的只有《良药苦口》。另有一两家影院上映《朱安党人》与《苦炼》，虽然后一部还是根据尤瑟纳尔的同名小说改编的，但都不很出色。在 1987年至1988 年度世界十大佳片中，美国影片占了三部，法国只占一部。

这种对比不由得使人产生一点忧虑。

至今，我还不时惦念着蒙巴纳斯大街影院中的力量对比。

1989 年 4 月

巴黎散记

柳鸣九　著

再版自序

中学时，从语文课本中读到了徐志摩的《我所知道的康桥》，在此之后，它那种精致的文化内涵、潇洒的神韵与绝美的文笔就一直不断地“润”着我那混沌初开、尚未脱离愚顽、智商不高的悟性，那“润”，真可谓是“润物细无声”的那种“润”，它慢慢地营造着一个人的精神向往与文化追求。我后来心仪国外的文化，投考北大西语系，实与此多少有关，其时，居然形成了一个朦胧的人生理想：但愿能获得如此这般的文化修养，将来能写出些许如此这般的文字……

徐志摩的青春年华是在康河上泛舟度过的，而我的则是在高音喇叭声中度过的，其后的岁月还更为酷热，更似“惨不忍睹”。直到1981年，我年至四十六，都一直关在国门之内，还没有见过心仪已久的国外文化文物一眼。如果是愚昧无知，倒也罢了，不知道饥渴的对象，就不会有饥渴感，没有饥渴感，就不知道有饥渴之苦了。但我在大学里的专业，恰巧是外国的语言文化……在那么漫长的岁月里，我辈同龄人充满了向往与期盼的精神文化生活，往往都是望梅止渴的，比如，在阅读中深醉，从背诵贝多芬第六交响乐的第二乐章的优美旋律中自得其乐等。

终于到了1981年秋，根据中法双方关于学者互访的协议，我得以第一次去到向往已久的文化之都巴黎。于是在短短三个月里，我如饥似渴、狼吞虎咽地享用着法兰西的文化大餐：到处参观访问，手里握着一支笔，拿着一个笔记本，背着照相机，不断地观赏，不断地记录，不断地拍照，街上没有一个游客像我这般贪婪、如此功利……我那毫无半点观光者潇洒休闲劲的样了，着实有些可笑。

但其结果还不错，3 个月的访问，导致了 2 本书问世，其中之一就是 1982 年问世的这本《巴黎散记》。

现在想来，正因为当时是释放出那淤积了多年的文化饥渴劲，狼吞虎咽时总是拣充饥的东西、实实在在的东西吃，因此这个集子还算是“言之有物”，而这些“物”几乎无一不是人类文化上具有永恒价值与动人魅力的“物”，这也许是此书出版后尚得读者青睐的原因，是书中的一些文章不断被一些散文选家选入各种散文选本的原因。“皮之不存，毛将焉附？”“毛”要稍稍有点存活力，恐怕还要看它附的是什么“皮”才行。

但是，最可忌的也正是狼吞虎咽。狼吞虎咽又势必欠缺文化精神问题上所必须有的从容与细赏，我哪里有徐志摩那种全身心自由而酣畅地躺在康桥的怀里，从容品味康桥风韵的潇洒？当然，我更缺乏他那种诗人的气质与才情，我们这一辈人谁能为塞纳河留下《我所知道的康桥》式的极品？

万类千姿百态，靠的就是种种因素的组合配搭。人的天分才具各异，社会历史条件不同，徐氏那样的极品也许会像《米洛的维纳斯》一样不可重复、永世难再。

2001 年 11 月

初版前言

这个集子与此前出版的另一个集子《巴黎对话录》，是我 1981 年在法国三个月学术考察的两份“报告”。那次学术考察的主要目的，原是为写《法国文学史》第三卷搜集资料，当时，我并没有想到以后会有这两个“副产品”。《巴黎对话录》是记述我在巴黎时与法国文化界人士的交往、谈话以及我的一些有关随想，《巴黎散记》则是记述我在巴黎一些胜地的见闻与感受。

巴黎生活广阔得像一片海洋，我不过是在这海洋小小的一角里浮游了短暂的一阵子，见闻自然有限，而我写出来的，又比我见到的更少更少。每当我回想起庄严肃穆的伟人祠、明媚如画的卢森堡公园、宏伟壮观的亚历山大三世大桥、荒僻幽静的拉雪兹神甫公墓、蕴藏着丰富历史内容的枫丹白露、鞭炮声中欢度除夕的凯旋门，以及变化无穷、足以产生一本新《恶之花》的巴黎街景……我就深感这本书内容之单薄、色彩之单调。

需略做说明的是，《巴黎对话录》中一些文章在《读书》等杂志上发表时，曾以《巴黎鳞爪》为其总标题，后来另行归类成《巴黎对话录》；而本集中的部分文章在《文汇》等刊物上发表时，又曾被编者冠以《法兰西游踪》的总称，如今则以《巴黎散记》之名结集。虽《对话录》和《散记》均为鱼目，彼此互无混珠之嫌，但为避免在读者中鱼目互混，兹做说明如上。

1983 年 3 月于北京

卢瓦河之行

一

刚到巴黎的第二天，外交部文化技术司接待办公室的负责人马第维先生就告诉我们，除了我们希望安排的日程外，外交部还将招待我们做一些旅行参观，其中有一项是参观卢瓦河上的古堡。

卢瓦河上的古堡林立，早已闻名，它们是法国最古老的一批文物，不仅以优美的风景、古老的建筑，吸引着法国和来自世界各地的旅游者，而且以它们所包含的丰富多彩的历史和传说，引起人们的遐思。

10月16日下午，我们在午夜出版社会见新小说派的领袖人物罗伯-葛利叶。会谈还只进行了一半，谈得正热烈的时候，马第维先生来接我们了。按照他的计划，在会见以后，他带我们到离巴黎将近200公里的昂布瓦斯城用晚餐并在那里休息，第二天和第三天以昂布瓦斯为基地，来往于卢瓦河流域的古堡之间进行旅行参观，因为昂布瓦斯的地理位置正好是在古堡区的中心。

会见完毕已是傍晚时分，街上的商店灯火辉煌，络绎不绝的汽车在纵横的道路上用车灯织成了光的罗网，今天的巴黎之夜格外光亮，热闹熙攘，原来是一个周末，人流从办公室、事务所、公寓里倾泻出来，奔赴各自的娱乐场所和度假的休息处。

马第维先生一边和我谈论新小说派，一边驾车穿过了巴黎迷宫般的街道，到了驶往外省的高速公路上。我继续向他谈我对新小说派的看法，但突然发现时速表上的指针指着“160”，加缪[①]的名字在我脑海一闪而过，于是，我赶紧中止了谈话，好让马第维先生精神集中。

马第维先生正在施展他赛车般的技巧，我耳边一直响着汽车风驰电掣所发出的咝咝声，近乎在飞机中的感觉。窗外道路两旁是黑沉沉的，飞闪而过的树丛和草坡，在幻视中就像一阵阵飘逝的轻烟。在那后面，则是向后方移动着的远处的一片片灯光。前方，高速公路侧道上行驶着的一辆十二轮大货车和各式各样的小轿车，也像静止在路旁一样，一一被马第维先生超过。车灯照处，路面上白色的路标似乎是一领看不到尽头的串珠，不断朝车身射来，又都全部被吞没在车底……

车行一个多小时，最后停在一幢灯光柔暗的村舍旁，这幢建筑前面有一个极为漂亮的小花园，昏暗中我只感到一片翠绿和在翠绿深处闪闪发光的白色雕像、红红的花簇。在一个树梢头，挂着一块陈旧而不加修饰的牌子，上面用花体法文写着：“大老爷饭店”。

“马第维先生，我对您刚才的速度感到惊奇，它再一次证明了您的工作效率。”我指的是他在我们到达巴黎后安排我们的事务所显示的效率。

“不，我只是急于解决我们的肚子问题。”马第维先生幽默地表示谦虚，“由于您不止一次提到我们的效率，我想告诉您，自从 1968 年那次小小的‘革命’以后，我们的效率远远不如以前了。”

说着，他引我们进了“大老爷”。这是一个按乡村风味布置的高级餐馆，房间格式、桌椅式样以及壁画和音乐，都在村野的气息之中，又显出了某种精致。落座后，我环视了四周，客气地发表了一点感想。

“在法国，一切都很精致，似乎精致是法兰西的风格。”我用手指着周围，实际上我说的不仅是这家餐馆，而且是指法国的房舍建筑、

① 加缪，法国著名作家，死于车祸。

服装式样、机器装备、器具包装、谈吐趣味等。

马第维先生同意我的看法："法国的一切的确精致，法国人经常能想出各种巧妙的主意，但是，现在却只能搞出一些小名堂、小玩意儿来，而造就不了大的事情。比起美国、西德和日本，就是如此。"

我知道马第维先生主要是指工业技术而言。这时，我联想到在法国看到的市容，也颇有同感。在巴黎，巨型的建筑和高楼远远不及美国多，大的超级市场的数量也明显比美国少，而布置精巧的小家店铺则像汪洋大海一样淹没了巴黎。同样，房舍家园也是一片"小家小户"的风光。很多房舍前，只有十几平方米，甚至只有几平方米的空地，栅栏一般宽不及 10 尺，高也不过两三尺。那些房舍都像五彩的儿童积木一样千变万化，各异其趣；那些小小的空地都显示出了主人修饰的趣味和匠心，有的是红绿相间的苗圃，有的是色彩缤纷的花坛；即使是一条小径，也曲折有致，地面的石块都呈各种线条或图形。法国人就是这样善于在各自小小的空间里，把生活安排得十分讲究、精美。"法国是一个小农的、小资产阶级的国家。"我想起了马克思关于这个问题的论点。历史的基调在现代化生活中仍然发出了它的变奏？

"不过，你们有历史，有丰富的历史。精致的风格和悠久的文化历史是分不开的，是吧！"

马第维先生同意了我这个看法，既出于对法国的自豪，也出于对中国古老文化的尊重。

我们的话题从一个转换到另一个，就像侍者不断送上来的汤、主菜、点心、冰淇淋和水果一样富有变化。当那两个戴着眼镜、相貌俊美的青年侍者以优雅、文明而娴熟的动作和姿势，为我们更换刀叉、进酒上菜的时候，我以他们为例，向马第维先生询问起法国青年就业的情况。

"相当难。"他这样说。据他讲，这类青年侍者很多都是"学徒"。

在学技期间，老板只给他们饭吃，此外每月只发给几百法郎的工资（几百法郎，这是少得多么可怜的数目！在巴黎只够买10本中等价格的书）。在校的青年，都必须努力奋斗，以便将来能获得较好的职业。即使是马第维先生，他还要到大学去念学位。他告诉我，从下个星期一开始，他就要过这样紧张的生活：早晨，坐一个钟头的汽车或地铁去上班；中午，只喝一杯咖啡或吃少量的点心，然后继续进行工作；晚饭后，他就要上大学去听课或上图书馆。

整个一顿晚餐几乎占用了两个多小时。饭后，汽车在走了一段不太长的路以后，开进了昂布瓦斯城根一个巨大的院落，院墙上用大标语一般大的字体写着“舒瓦瑟依爵爷旅馆”，字后附有四个拳头般大的五角星。经过了一个异常宽敞、布置得琳琅满目、古色古香的大客厅，马第维先生和侍者带我进了一套豪华的全是路易十四时代式样的家具和陈设的房间，这是马第维先生一个星期前为我预订的。我在卢瓦河之行的三天里将住在这里。当我们互道了晚安、房间里只剩下我一个人的时候，墙壁上古装妇女的画像、高背绣花的坐椅、古雅的小立橱和梳妆台，以及遍布在床铺上、坐椅上、地毯上的淡蓝色的团花，使我有似乎进了法国封建时代一个爵府之感。我想，法国外交部文化技术司这一精心的礼遇，也许是为了使我作为法国文学史的研究者，在卢瓦河之游中，一开始就沉浸在过去时代的历史氛围里吧。

第二天清晨，我听出自屋后升起的，是浩荡的江声。把从天花板直垂到地面的帷幕拉开，整个一大面墙原来就是一大块玻璃，于是，我就像在一个露天的阳台上一样，面对着这样的大自然的情景：一条河就在隔着一条马路的近处流过，河面相当宽阔，对岸是一片树林，树林一端伸展到远处，看上去河似乎是从那一团墨绿色中流出来的；另一端在不远处被一个市镇截住，绿色的树丛与市镇上白色的房屋、淡红色的屋顶交相映衬，在那里，一道大桥横跨河面，桥下有一拦河大坝，浩荡的江水声就是从那里发出来的。

有名的卢瓦河，法兰西古代文明昌盛的流域，这是你第一次进入我的眼底！于是，在早餐之前，我就在室内玻璃墙面前饱览了眼前卢瓦河流域的风光了。

二

在我们动身出发之前，旅馆主人在大客厅里把我们拦住，告诉说他旅馆的后面有值得一看的古迹，即“恺撒之洞”。

我们穿过旅馆后面一个层次幽深的花园，就到了高耸的石壁前。旅馆是傍山建筑的，山被劈成一面十几丈高的石壁，石壁上有一排门洞，形状与延安的窑洞相仿，门洞高约两丈许，纵深三四丈、六七丈不等，其中一个特别深，步行 10 余步仍看不到尽头。这些洞据说是公元前 1 世纪中叶恺撒大帝征服高卢（即现今的法国地区）时开凿的，用来居住或储藏食物。洞当然极为原始简陋，只从洞口砌着的大石块和砖头，就可看得出当时简单的建筑术。不过，那时的高卢还处于氏族社会解体阶段，恺撒大帝的征服所带来的这点建筑术，就要算先进的文明了。这种石洞是法兰西历史最初的见证。“它们在卢瓦河流域的山区到处可见。”马第维先生告诉我。

“说它们是法兰西文明的发源地之一，可以吗？”我问。马第维先生并没有反对我这简单粗浅的考证学，也许是出于礼貌。

我们出发了，汽车时断时续地沿着卢瓦河而行，更多的时候是奔驶在原野上。卢瓦河流域显得很丰饶，原野是一片绿色，上面不时点缀着黑白相间的乳牛和农场建筑的远影。更远处则是绿黑黑的森林带。不一会儿，汽车进入了森林中的公路，两边高大参天的树木构成一道长长的拱门，路旁不时可见有几辆汽车停放着，那是打猎的人们在寻找乐趣。车子好不容易驶出了森林，你以为该是一望无际的原野了吧，不，这一片原野又是被另外几道绿黑黑的森林带从四周包围着，似乎这墨绿色已织成了一个奇大无比的罗网，这辆时速 100 多公里的汽车只不过像一只在其中奔突而不得出的小甲虫。

卢瓦河流域不愧是法国古代文明的中心之一。整个地区到处都残留着古老历史的遗迹，大小不一的古堡或近似古堡的房舍常在树丛中隐现，它们都是当时拥有不同数量财富的贵族的住宅。狭小的窗口、高高的壁垒、堡外的壕沟，都反映了封建时代争斗的酷烈和由此而来的戒备心理。路旁还常有墙壁已经发黑的教堂和钟楼，至于断壁残垣以及上面布满了常春藤的老式房舍，更不时从车旁闪过。这是一个充满了古灰色的地区，更衬出那些新建的五颜六色的住宅建筑的鲜艳，它们像精巧美观的儿童玩具一样，被放置在山坡上、公路旁。

一个多小时以后，车停在一个小城的一条乳白色的小街上。在阳光照耀下，小街一片宁静，不见行人。马第维先生告诉我："这是洛希城。""啊，是维尼的故乡！"维尼是 19 世纪浪漫派作家，法国人对他评价颇高。不过，在中国，由于他是个贵族，身上有那么些消极味，一般对他都不那么推崇，因此，我没有提出要去看看他故居的要求，"反正要看的东西多着呢"。

的确，在洛希，可参观的地方很多，这里保存了完整的中世纪城市的风貌，最中心是国王的宫堡和教堂，民间的房舍像众星拱月似的围绕在四周，倾斜度极大的屋顶鳞次栉比地排列着，最外围则是三层护卫的围墙。这一个整体就全面地呈现出了当时政治、宗教、军事、民生的面貌。这里还有著名的要塞和好几个其他的古堡，而时间只允许我们去参观那些有历史意义的国王宫堡和阴森的要塞。

国王宫堡是建筑在中世纪城市中心的高地上的，也可以说就是高地上的一个小小的城池，整个面积有 10 来亩之大，四周是陡峭的厚墙，高 30 余米。城池并非围在高墙之中，而是建在四面高墙所构成的那个高台上，从下面看上去，就像建筑在空中一样。这是一个宫堡而不能说是一个宫殿，是因为它具有堡垒或要塞的形式，戒备森严是它的特点，厚墙居高临下，俯视和控制着四周的道路，上有箭垛，还有一个个大缺口，显然是用来向下面的敌人浇滚烫的油和扔巨石的出处。宫堡处于这高高的平台上，上端有瞭望窗以观察城池四周的动静。其他的门窗均很狭小，通往宫堡的石径和过道亦甚狭窄。有一两处石梯，结构也很曲折。所有这一切，都反映了当时君主们那种提防臣民、唯恐有来自宫墙外的骚乱的心理。我看着这些，想象中出现了持戈的武士在宫堡周围巡逻警戒的图景，想起法国历史上的一些事件。

“国王总害怕有人从下面攻上来，总害怕来自宫墙外的威胁，但往往是在宫墙外一片安静的时候，他们就暴死在宫墙里了。”我对马第维先生谈了一点浅薄的历史学的感慨，他也深表同意，“在这宫堡的历史里，该包藏着多少宫廷阴谋、杀戮和谋害！”

这时，我们正待在宫堡外的平台上，和陆续来到的各国游客一起等待着导游者来把我们带进宫堡。宫堡外的平台是一片树木和草地，其清新与自然，正和那古堡的灰色和威赫成为对照。四周的远处都是一望无际的森林，黑黝黝地包围着这个中世纪的城市。

“那都是国王的狩猎场。国王在这个地区建筑宫堡，一个目的就是为打猎之便。”马第维先生告诉我。这时，我才注意到宫堡的门口和屋檐上的那些石雕动物，几乎都是猎犬。宫堡以灰色大石块建成，分为初建与后建两部分，像北京饭店那样。初建的宫堡四角，有小塔，还有哨楼，是一个典型的碉堡式的建筑，那是 14 世纪末的产物，是法国 15 世纪国王查理七世和他的王后阿涅斯・索黑尔的行宫；后建的部分略微低一点，与前楼衔接得不甚协调，虽然也是森严壁垒，但是比较讲究，屋檐和门窗上多了一些装饰。

导游者引导着大家进入了宫堡。墙壁的石块整洁光亮，通道曲折，显示了中世纪法国建筑术的水平。石头地面很光滑，这是历史在上面走过的见证。原来属于查理七世夫妇的那个宫堡，里面很不宽敞，堂堂国王，不过占有十几平方米而已。后建的宫堡，内部的面积就大得多了，分为几个大厅，每一厅都非常宽敞。其中一间特别有历史意义，它保持着中世纪原有的风貌：墙的四周，按当时的式样，竖插着戈矛，墙上则是大幅的壁毯，有几张古老的桌椅。地面上刻着后人的追忆："在此大厅里，1429 年 6 月 3 日及 6 月 5 日，圣女贞德敦促查理七世前往兰斯加冕为王。"

这个说明把我带到了法国历史上充满动乱但出现了一个伟大的民族英雄的时代：始于 1337 年的英法百年战争，到 1428 年发展为对法兰西民族严重的威胁，国土遭到英国侵略军的蹂躏，通往法国西南部的枢纽城市奥尔良被包围，农家少女冉·达克（Jeanne d'Arc，通译贞德）率部击退了侵略军，解救了奥尔良，查理七世在她的敦促下在兰斯加冕为王。但这位女民族英雄却在战斗中被封建贵族卖国贼出卖，落到侵略军手里，于 1431 年被宗教法庭以"异端"和妖术罪判处火刑烧死。英国人控制下的宗教法庭宣布贞德火刑的起诉书原件，正展示在这个大厅一角的一个玻璃柜里。

贞德的故事曾经激发过历代文学家的想象，以贞德为题材的文学作品就不在少数，最早的有克利斯第勒·德·比桑的诗歌《冉·达克》（1429），后来又有席勒的《奥尔良的少女》（1801）、查理·贝基的《贞德三部曲》（1897）、萧伯纳的《圣女贞德》（1923）、阿鲁依的《云雀》（1953）以及克洛岱尔的《贞德被焚》。她的故事被改编为电影，也不止一次。"这间大厅就是安格莱斯那张关于贞德的名画所依据的背景？"我在这间大厅里想起了在卢浮宫所看到的那位 19 世纪法国画家的作品，想要考究那画幅上的细节是否符合这大厅的真实情况，"毕竟这是我所能到的唯一一个她所到过的地方"。当我正在流连忘返、审视沉思的时候，导游者早已带领着旅游者们去参观其他地方了。这时我才发觉空荡荡的大厅里，只剩下了我一个人，而马第维先生正在大厅的出口处耐心地等着我。

其他大厅里使我特别感兴趣的就不多了。作为文物的一组 15 世纪的油彩画使我感到惊奇，它由三幅画面组成，题材和风格并无特别之处，和中世纪很多宗教题材的画相仿。令人赞叹的是，500 年来，它从未曾修理和润色过，而其颜色的鲜亮、画面的平整却近似新作。而且，它不过是绘制在木质的画幅上，并无遮护地挂在墙上。另外，有一大厅的中央，安置了阿涅斯・索黑尔的石棺，棺上有她安眠的石像，旁边有个面带愁容的小天使守护着，石棺上的花纹和石像栩栩如生，显然是中世纪法国雕刻的杰作。

“喏，您看，那上面的每一立方寸，据说在当时都要花费一个织工一年的时间。”马第维先生指着挂在墙上的大壁毯对我说。那几面壁毯长足有两丈，宽亦有一丈许，上面生动地绘制着中世纪生活的图景，其颜色还很鲜明。

俱往矣，帝王的威势！留下来的是那些无名艺术家用心血浇成的艺术品。正是它们，在 20 世纪，使这灰色的中世纪的宫堡还保持着光彩。

三

“路易十一是历史上的一个好国王，可是，他修建了法国历史上一座最可怕的监牢。”这就是洛希要塞旁的圆塔。这个圆塔已经和要塞结为一体，它们是那么阴森逼人，在历史上充满了恐怖、血腥与痛苦。然而，在今天却成了一个不断有旅游者来此凭吊的名胜。

洛希要塞修建于 11 世纪，完全出于军事需要，因为洛希面对着南方的西班牙，是一个易受攻击的地方。后来这个要塞也的确在军事上发挥了重要的作用。我们来到它的面前，就感到了一种威严雄伟的气势。要塞的墙高 37 米、厚 3 米，是一个令人望而生畏的庞然大物。不过，对于旅游者来说，它只不过是高大的城墙而已，人们只去欣赏它的古意和上面爬满了常春藤的景致，而把注意力几乎都集中在它旁边的“圆塔”上了。

圆塔则是15世纪路易十一时期修建的，专门作为大牢，是囚禁国事要犯的所在。它的高度几乎与要塞相差无几，以厚实的大石块建成，墙的厚度也有3米，它名为塔，实际面积比一般塔大得多；它的门很小，里面的过道狭窄而弯曲，光线暗淡，楼梯皆为螺旋形，以梯柱为中心，每一级石梯像扇子一样伸开，因此，靠近梯柱的梯面非常狭小，上下都须备加小心。

导游者带着旅游的人一一看了囚禁室、行刑室和地牢。囚禁室周围隔成一个个小小的牢笼，牢笼的高度只允许一个人坐着，牢笼的长度又不够一个人躺下。据说，当时有的国事要犯就这样被囚禁了十几年。行刑室更是散发出封建专制时代的野蛮气息，手铐脚镣仍保持至今。大石块铺就的地面上钉着粗壮的铁条，是用来铐犯人的，其坚固并未因历史久远而稍减。

地牢是暗无天日的地方，一层一层，数目不止一个。每下一层，愈加令人可怕，愈加暗无天日。地牢的墙壁都是由巨大的石块砌成，落进这个地狱的人显然是插翅难飞的。我面对着这绝望的深渊，想起了马赛的伊夫堡，我向马第维先生问起那个要塞的情形。据说，它与这个圆塔同样坚固可怕，“邓蒂斯如何能逃得出来呢？”这时，我不能不认为大仲马在《基督山伯爵》中那一段逃亡的描写未免太异想天开了，是十足的浪漫想象。不过，眼前这几个地牢却又使我看到人的意志的顽强、人的求生存的愿望的坚毅。你看，这黑暗的地牢的石头墙上有好多简单而纤细的线条，刻着太阳、花草、十字架等图形，还偶尔可见一两句幽默的语句。所有这些，都是被囚禁者长期用手指甲在墙壁上刻出来的。还有一面墙上，上端有两个较小的深坑，下端的两个则更大。这是被犯人长期用手扒着上墙、用足顶着下墙形成的，他们之所以老是以这种艰苦的姿势攀着这道令人绝望的墙，仅仅因为在墙的远处斜上方，有一道极小的窗户，露出了一线天光，为了能见到这一线天光，他们留下了这坚毅的痕迹。《风无处不能吹》，我想起了法国一部表现一个爱国者以顽强的毅力逃脱了纳粹的天罗地网的电影。“不论大仲马如何异想天开，他所写的邓蒂斯逃出要塞的情节，毕竟表现了人的顽强意志，也许，这是他的小说引人入胜的原因之一吧。”

我们一边谈着一边走出了圆塔。外面的阳光、微风、沙沙作响的树叶使我在塔里的那种轻微的压抑感和恐怖感一扫而光。刚才如果没有那一大群旅游者，我一个人是不会把那些地牢一一看完的。一旦看完了，我确实觉得弥补了自己没有看到巴士底狱的不足。据法国朋友说，那个监牢已经在大革命时期彻底被摧毁，现在已经没有什么遗迹了，而这圆塔，不也和著名的巴士底狱一样，同是封建专制时期暴虐的象征吗？雨果在《巴黎圣母院》里，不就写了佛兰德的使者指着巴士底狱，向这个圆塔里的修建者路易十一，预言了它的末日吗？

说圆塔只是封建专制时期的象征还不够确切。“这个监狱历代都被使用，在 20 世纪也曾派过用场，德国人占领法国时期，曾用这个监狱关押过法国人；第二次世界大战后不久，美军也在这里关押过法国人。”马第维先生一边开车，一边这样介绍。呵！这是法兰西痛苦的象征！我看着车外那一片丰饶的田野，呼吸着迎面吹来的绿色的清新空气，怀着对这一片大地、这一片森林的友好感情，祝愿着这圆塔以后永远只供旅游者参观。

中午，抵达阿惹・勒・黎多，我们在城里一家饭店的菩提树下的露天雅座用了午餐。大概是因为整个一上午眼里都是中世纪的形象，这时我就不自觉津津有味地欣赏这小城 20 世纪宁静的风光了：乳白色的房舍在阳光下特别洁亮；鸽子飞翔在一个小广场的上空，有时落在广场上，在行人身边旁若无人地蹒跚着；一个个家庭来到饭店用餐；有时还有穿着简单、背着行李袋、骑着自行车的年轻男女路过，这是从其他地方来的旅行者，骑着自行车穿过那绿色的平原，不时停在灰黑色的古老的钟楼旁，该是多大的乐趣！面对着这一和平恬静的生活景象，我呷着橘子汁，漫无边际地遐想：古代的雅典——斯巴达的威胁，丰富的企欧岛——土耳其人的掠夺，鲜美的奶油点心——前几天电视中所介绍的苏军的新式导弹……我不禁为眼前的这一切担忧起来……

下午，我们游览阿惹·勒·黎多著名的古堡。这古堡是16世纪由弗朗索瓦一世的金融家吉尔·贝特罗修建起来的，那时的金融家可以替国王收一部分税收，经济上很有实力，但政治上经常被封建王权任意宰割。这个大富翁修筑了这个宫堡不久，就眼见日渐逼近的威胁，便弃之逃跑了，于是这一堂皇的建筑便落到了弗朗索瓦一世的手里，成了王室的行宫。

这是一个远景美得像童话中描绘的一样的宫堡。参天的树木夹成一条通道，使人远远就看得见它哥特式建筑的侧影。近处一看，建筑物的四角是高高的塔楼，而中间则是两层的豪华宫殿。宫门上面，刻着弗朗索瓦一世的徽号，那是一个既有点像壁虎又有点像恐龙似的怪物，给人的印象相当难看。我想起了雨果的剧本《国王寻乐》，其中弗朗索瓦一世是一个俊美的青年，甚至能使那可怜的平民女子布朗雪对他恋恋不舍，情愿代替他去死。但那个剧本中弗朗索瓦一世放荡无行、摧残妇女的行径和眼前他对贝特罗这个资产者的巧取豪夺，却使我觉得这丑怪的爬虫的徽号，倒的确是他最好的象征了。

宫堡里的陈设与中世纪宫殿完全不同，显示出了文艺复兴时期的辉煌与五光十色。墙壁上的花纹、门窗上的帷幕、悬挂着的历代国王的画像、寝室里的床帐、大厅里的桌椅都按原状保存了下来，无不豪华艳丽。仅以一个立橱而言，打开橱门，里面的几排抽屉花样格式都一一不同，显示了宫廷生活的奢侈。不过另有一立橱却反映了宫廷生活的又一方面，此橱甚大，立于大厅的餐桌旁，内分几格，外有锁。据导游者解释，这是一个食橱，御厨里的菜一道道上来后，先放在橱里锁好，待菜齐后，由一尝菜人上来一一尝试，国王看尝菜人的反应来判断食物中是否有人放毒。

比起宫堡中这一切与国王生活起居有关的陈设，我对宫堡外的风景更感兴趣。一衣带水从宫殿的身后流过，还包围了它的两侧，使它像是居于水流中的一个半岛。这不宽的水面后，则是一大片绿草如茵的平地和茂密幽深的树林，细沙的小径蜿蜒其中。

按马第维先生原来的计划，我们还要参观两个规模更大、风景更好的宫堡，但由于我们参观的速度太慢，时间已经不多，于是我们只好割爱，结束了第一天的日程。

过了一天，又是在戴高乐时期修建的高速公路上，又是马第维先生那赛车般的速度与技巧。汽车以每小时 160 公里的速度行驶所带来的轻微的呼啸声，使我想起了美国电影《脱缰》中所配的罗西尼的《鹊雀贼》序曲。一个小资产阶级的青年，怀着对富家子弟的愤愤不平，以顽强的毅力，在赛车中遥遥领先，取得了优胜。罗西尼那段乐曲正配在你追我赶的赛车过程中，它的节奏是那么紧促、急迫、疾厉，既配合着具体的情节，又具有一种精神的、象征的意味。而眼前的这位马第维先生显然也有这么一股劲头，他刚才还告诉我，现在有些巨大的宫堡还属私人所有，他谈起法国的富豪就充满了愤愤不平之情，而他明天，星期一，还要开始紧张的生活和奋斗……

车子回到了寓所，从我们离开巴黎到回来，将近 48 个小时。

“马第维先生，我向您提一个有关您的效率问题，请问，这两天我们这辆车子走了多少公里？”

“整整 800 公里。”

我向他伸出了我的大拇指，作为我的道别。

1981 年 11 月于巴黎之郊

沿着巴尔扎克走过的路

——在沙希巴尔扎克故居

沙希小城，一个方形的小广场。也许巴尔扎克当时从巴黎来时乘坐的马车就曾打这里经过，我们也正是在这里下了汽车。

从那广场向左一拐，沿着一条街往下走，满目的景象散发着两个世纪前的气息，也许我们和巴尔扎克经过这里时所看到的没有什么不同。走上50来米，眼前是一排古旧得像要颓倒的房屋，灰黑色，房梁和横木都露在正面的墙上，一看就是老掉了牙的木质结构。

"我想，这大概是18世纪的房子吧。"

"不，比这更早，也许是十五六世纪的。"马第维先生纠正我。

我抬头一看，这房子临街沿的屋角上，挂着一块盾形的招牌，黑颜色中有几个褪了色的白字："12世纪饭店"，似乎在那里提醒人们不要对它的古老估计不足。

一转过这家饭店的街角，就是一片乡野景色，再走十几步，就是一个古堡，它门口的木牌上写着："沙希古堡，巴尔扎克博物馆"。

古堡的主人并不是巴尔扎克，而是一位名叫马尔哥勒的先生。这里并不是巴尔扎克的家，它怎么成了巴尔扎克的博物馆？

巴尔扎克的老家在杜尔，离沙希很近，不过几十里地。巴尔扎克的父亲在杜尔混得相当不错，他的沙龙成了附近地区的一个社交中心。正是在这里，巴尔扎克认识了他母亲方面的朋友马尔哥勒先生一家。他在旺多姆中学念完了7年书以后，曾来到沙希做客，在马尔哥勒先生家待了一个时期。

波旁王朝复辟以后，巴尔扎克举家迁往巴黎，马尔哥勒作为巴尔扎克的世交好友，又总是不断接他来这里小住。于是，沙希古堡就成了巴尔扎克在外省的第二个家了。特别是在 1847 年以前，他几乎每年都来，居住时间长短不一，长者达两三个月。他来这里寻取灵感，构思作品，进行写作或修改他的小说，仅仅标明写于沙希的著名作品就有：《高老头》《玄妙的杰作》《高内里厄斯老板》，而实际上写于这个古堡、修改或完成于这个古堡的作品数量是很大的。他来这里躲债，他一生始终被债主追逼，在巴黎不得安宁时，他就来到此地；他来这里休养身体，积蓄自己的力量，然后又回到巴黎去当“操笔墨的苦役犯”；他还来这里躲避社会风潮，1848 年革命时，他就来到了沙希。但是，这是他最后一次在此小住了。此后，他带着长期被劳作严重损害了的身体，不仅仍然辛勤地进行创作，而且拼命去追逐与韩斯迦夫人的结合。这样，不到两年，终于消耗了他全部的精力，仅仅在和韩斯迦夫人结婚后几个月，就与世长辞了。

在巴尔扎克的一生中，沙希无疑是个重要的地方。每当他推开这个木栅栏门，走进院落的时候，他该有战士那种从前线回到后方基地的感觉？他从巴黎的喧嚣与困扰中逃了出来，这院落异乎寻常的宁静该给过他多少愉悦？这是他恢复力量的隐蔽所、养息场，用他自己的话来说，是他“亲切的祖国”。

我过去从巴尔扎克的传记作品中知道了这个地方，因此怀着极大的兴趣和好奇，同马第维先生沿着巴尔扎克来沙希的古老的道路，来到大门前，推开了那木栅栏门。它咯吱咯吱地作响。

这是一幢古老的建筑，建于文艺复兴时期。说它是古堡其实并不确切：它既无高耸的堡垒和箭楼，也没有壕沟和横跨于其上的吊桥，它只是一幢灰色的房子，与卢瓦河流域常见的一些古老的房屋相比，差别不大，只不过规模大些而已，有三层，面积相当大，像殷实大户的别墅。但是，从门口望去，它坐落在一个风景如画的大草坪上，多少有点孤零、细突。我来不及欣赏那堡外动人的风光，急于要看这个文学巨人居住过的房间，心里打算：把里面先看个够，再来欣赏这一片奇美的草地。

楼下展出了一间大客厅，这是马尔哥勒先生的沙龙。一个富裕人家的摆设，在这里应有尽有，虽然说不上豪华，但也非常讲究，完全是 1830 年的样式。也许正因为比较讲究，所以，战祸和动乱已使原来的家具散失了不少，现在展出的并非都是原件，不过墙上暗红色的、被巴尔扎克描绘过的“印着狮子的彩纸”，总算保存下来了。正是在这个客厅里，每当晚饭以后，巴尔扎克和友人们度过不少恬静而愉快的夜晚，向他们讲述自己所构思的故事和人物……

一架螺旋形的沙石楼梯，把我们引上了第二层。这一层房间比较多，有三大一小，还有三个过道，其实它们也是面积不小的用房，目前都作为展览室了。在第一间大房间里，展出了有关巴尔扎克生平的文献原件和照片，展出品构成了巴尔扎克的一个简略的编年史：这是巴尔扎克父母的画像和巴尔扎克 6 岁和 15 岁时清秀的面容；这是巴尔扎克的父亲所出版过的一本关于被引诱和遗弃的少女的书。这个精力充沛的商人，不仅在法国 19 世纪初频繁的政权更迭中左右逢源、如鱼得水，甚至成为当地政治社会生活中一个小有地位的头面人物，他还附庸风雅，出版过两本书和一本回忆录，他的精力过人，他那不安于现状的性格以及他那种多少有点闯江湖味道的习性，显然对巴尔扎克有着不可忽视的影响，巴尔扎克早年尝试过各种事业，企图发财致富，就是证明。展览室里有他经营印刷所的文物：他的印刷所出版的书籍、他所做的广告、他一封谈及“奥诺雷·巴尔扎克印刷所”的信件。经营印刷所的失败几乎使他遭到了灾难性的破产，幸亏有柏尔尼夫人救了他，并在他生活中起了重要影响，这里展出的是他们 1830 年在那里待过的拉蒂叶地方景物的水彩画。接下去就是当时画家为巴尔扎克所作的一系列画像的原件，有他 25 岁时的，有 30 岁时的，有 40 岁时的，这时，巴尔扎克早已成名，他已经是艺术家们乐于摹写的对象了。还有在巴尔扎克生活中扮演了重要角色的几个妇女的画像：这是柏尔尼夫人，她把巴尔扎克当作孩子一样备加宠爱，使他从一个要破产的穷小子变成了一个衣着讲究的“花花公子”，后来，她被巴尔扎克描写成小说《幽谷百合》中的“百合”；这是卡斯特累公爵夫人，巴尔扎克后来以她为原型创造了朗杰斯公爵夫人这个人物形象；这是居勒玛・加洛夫人，她是巴尔扎克的诤友，他们两人的通信直到 1935 年才第一次被出版，从那里，我们可以读到巴尔扎克向居勒玛・加洛夫人倾吐了他与自己的保皇党政治态度不一致的政治思想的秘密；当然，还少不了韩斯迦夫人的画像，那是在巴尔扎克死后，她披着丧巾，由画家惹古写生出来的，我们经常在巴尔扎克传记中见到的就是这一幅。

特别珍贵的展品是一份巴尔扎克修改过的校样。巴尔扎克把作品校样涂改得难以辨认，是非常有名的，当时的排字工人，往往不愿意排印他的作品。这一份校样就是一个例证，它上面有各种各样修改、勾画、调整的记号。字句改动很多，几乎涂满了校样，上下和两侧的空白则又添加了一些文字和段落，添加的部分甚至超过了排印的部分，因此，这份校样在某种程度上就是一种改写，就是作品的第二稿。我深知这样一份校样包含了多少辛勤和艰苦的脑力劳动。我站在它面前，不由得以肃穆的心情向它注视。

另一间房间里，展出的多为巴尔扎克作品在世界各国的译本。他的作品已在 40 个国家被翻译出版，在世界作家中，只有狄更斯的作品被译成了这样多的不同文字。这些译本被陈列在玻璃柜中，有近 300 种之多。在这里，我非常高兴地看到了傅雷先生翻译的《高老头》《欧也妮・葛朗台》《邦斯舅舅》《贝姨》，它们被陈列在书柜的显要位置，表明了法国巴尔扎克研究界对中国文学翻译成果的重视。在这样一个场合下，我想起了傅雷先生长期锲而不舍、严肃认真、精益求精的译述工作，想起了他后来的命运和有学霸作风的人物对他、对他的译品所进行的攻击，那些攻击就像秽气一样在时代长风的吹拂下消散了，现在屹立着的是傅雷先生留在巴尔扎克博物馆的劳动实绩，无疑，它将随着这个博物馆在法国继续留存下去。

也许是因为下雨，这天在博物馆里参观的，就只有我与马第维先生两人。我们每走一间房间，都发现毫无人迹。但当我们走进一间展览室时，却意外地发现了一个金黄色头发的少女，她穿着雪白的衬衫、灰色的羊毛衫和灰格呢的裙子，她那素净的形象和娴静的身姿，使我想起了欧也妮·葛朗台。她正坐在窗口的一个角落读一本小说，发觉我们进来，抬头轻淡地笑了笑，算是友好地打了个招呼，那轻淡的笑容在这古雅的环境中似乎显得特别动人。

“我想，你一定是在看巴尔扎克。”马第维先生虽然并不认识她，但像熟朋友一样这样说。

她“嗯”的一声表示了肯定，又一个轻淡的微笑表示了善意与欢迎。这时，我才发觉这一间房间里展览的都是巴尔扎克的作品在各个时期的不同版本，显然，这个姑娘是博物馆的工作人员，她担负着看守这些版本的任务；然而她埋头读书的形象是那么娴静，和周围静寂的氛围是那么融为一体，甚至她衣装的色调与那灰白色的石头墙壁、洁净的柜橱都协调一致，使人丝毫也没感觉到她是一个看守者，而似乎觉得她就像巴尔扎克笔下一个温存的女性。

在这三间较大的展览室以及连接它们的通道里，几乎都有巴尔扎克的塑像，大小不一，神态不一，出自不同艺术家的创造。大卫·当格斯所作的头像，长发披肩，眼光敏锐，相貌英俊，表现了巴尔扎克精力充沛的形象；傅尔里叶所作的石膏胸像，构图和姿态基本上与大卫·当格斯的所作相同，但艺术水平显然要差得多，远不及前者精神抖擞。另有巴尔扎克一大胸像颇有历史意义，那是巴尔扎克的故乡杜尔城的一个名叫弗朗索瓦・西加尔的人所作，原为巴尔扎克在杜尔城民族路的老屋里的装饰品，胸像下有一行文字，说明巴尔扎克生于该屋，但 1940 年 6 月杜尔城一场大火，把这幢房子烧掉了，只剩下这一胸像，后来，人们把它就近迁到了沙希的巴尔扎克博物馆，而没有放到巴黎的巴尔扎克故居去。至于大雕塑家罗丹的塑像，在沙希古堡更不止一个。罗丹生于 1840 年，他 10 岁的时候，巴尔扎克就逝世了，当他受“文化人协会”之委托为巴尔扎克作塑像时，那已经是这个文学巨人逝世以后 40 年的事了。没有原型如何创作塑像？相传有这样一个故事：他来到巴尔扎克的故乡搜集创作素材，有人就告诉他：“你应该到阿惹・勒・黎多去，那里住着一个车夫，名叫爱斯达热，长得很像巴尔扎克，当地人干脆就叫他巴尔扎克。”罗丹以这个车夫为原型工作了一个月，画出了无数张草图，这些草图现存于巴黎罗丹博物馆。正是在这些草图的基础上，罗丹创作了不止一个巴尔扎克塑像。比起巴尔扎克在世时艺术家为他作的塑像，罗丹的所作更为强健而有力，巴尔扎克的头和脖颈就像雄狮一样粗壮雄武，这是不是因为那个车夫的体型比巴尔扎克更健壮？但不论怎样，罗丹的艺术创作远比真实的临摹更充分地表现了一个文学巨人雄心勃勃的精神和威武有力的气派。

除了这些引人深思的塑像外，还有很多艺术家为巴尔扎克笔下的人物和故事创作插图和漫画，以及拍摄巴尔扎克在自己作品里所描写过的沙希地区风光的照片。这是沙希古老的教堂，这是安特河上优美的景色，这是里昂桥旁别有风味的磨坊……难怪法国著名的传记作家安德烈・莫洛亚这样说过：“在法国，没有一个地方比沙希更幸运，它整个的地区都被巴尔扎克描写过，它优美柔和、令人赞赏的风光，就是《幽谷百合》的背景。”

在整幢房子里，当年给巴尔扎克居住的只是一小间，离楼梯和过道较远的幽静的一小间。这显然是主人对这位作家优厚的照顾。它既是巴尔扎克的卧室，也是他的工作室。房间约有20平方米，两道门之间，是巴尔扎克的床铺，现在一如昔时，蒙着灰白色的床单，挂着同一色调的帷帐，床内侧的墙上还挂着一个十字架，可见巴尔扎克是很标榜他的宗教信仰的，正如他在《人间喜剧》的前言所宣称的那样。床铺的对面是壁炉，炉台上摆着一口式样古老的时钟和一个烛台，旁边有一张长条桌，这是巴尔扎克工作的地方。桌上有一台小小的切纸机，是他用来切稿纸用的，算是他的文具，还有一盏19世纪的旧油灯和一个小小的咖啡壶。咖啡壶支在一个小铁架上，下有一玻璃器皿，可以点火煮咖啡。这几样简单的用具十分有力地呈现了巴尔扎克生活的情景，可以想见，每当深夜或清晨，当马尔哥勒全家已经就寝或尚未起床的时候，巴尔扎克为了不打扰他们休息，就在自己的房间里点起灯、煮些咖啡来提神以进行写作。咖啡壶已经被煮成黑颜色了，它该消耗了他多少体力和精神，而后才终于使他的心血浇成了《人间喜剧》这一丰碑。桌旁有一扇窗户，可以看到下面的树林、林前的草地和沙径，树林不知有多深，它那幽深黑绿的景象，该在巴尔扎克“服劳役”的空隙，曾给他片刻的宁静和闲适？

这个窗口一定曾多次召唤巴尔扎克下去，下到那空旷的草坪上去。我们也听从了这召唤，来到堡后的空地上。蒙蒙细雨已经停了，那一大片草地绿得发鲜，倾斜的坡度更增添了它起伏有致的风韵，沙径蜿蜒其中，径旁偶尔有鲜艳的花丛。这一片景色包围了古堡的两侧与后背。草地的边缘，则是那幽深的森林，森林伸展到看不到尽头的远处，它似乎把这古堡与外界隔绝了起来，与一切音响隔绝了起来，只让它偶尔听见几声清脆的鸟叫。古堡的右前方也是一片树丛，深处露出一座15世纪古老教堂的钟楼，教堂的那边，就是“12世纪饭店”了。这时，是下午3点钟，教堂的钟声敲了一次，在这一片寂静的环境中，它是那么悠扬、徐缓，余音缭绕，真有音乐的效果，我真愿意它继续敲下去，敲下去……可惜它只敲了一下。

“我们到草地里走走，好吗？”马第维先生提出建议，这正与我的意愿不谋而合。我们沿着沙径漫步，走到一处斜坡下，草地中间有两棵参天的松柏，相距 20 来米，其粗均有两围，其高均有三四丈，看来总有几百岁的年龄了，但枝叶繁茂，生机旺盛，毫无衰老之态。

“我很喜欢这样走走，巴尔扎克一定也常在这里散步，他一定像我们今天这样，仔细观察过这棵柏树，在这里考虑他的《人间喜剧》。”马第维先生这样解释他刚才的建议。

我觉得他这时似乎动了“诗兴”，为了助兴，我建议他站在巴尔扎克肯定观察过的那棵柏树前，由我替他拍了一张照。

一个星期以后，照片洗出来了，在去枫丹白露的途中我把照片送给他的时候，加了一句友好的玩笑话：“以这张照片，我祝您沿着巴尔扎克走过的路，走向成功。”

我指的是他的学位论文。他连连称谢，并且大笑起来。

畅饮希龙的红葡萄酒

——在拉伯雷的故乡

我高举起我的酒杯
品尝着你古老的宁静

到了昂布瓦斯之后，我听说希龙离这里只有100多公里，而那附近有拉伯雷的故居。在法国这样一个文物保存得很好的国家，作家的故居的确不少，尤其是19世纪作家的故居有很多都成了国家或地方的博物馆。当然，这些故居都是我很感兴趣的，但是，拉伯雷的故居对我显然更多一层吸引力，一个16世纪作家的故居，究竟还保存了一些什么遗迹？也许，我是沾上了一点好古癖，因此，一打听到不远的地方有这样一个所在，就不禁有些神往了。

在“舒瓦瑟依爵爷”那美丽的花园里，我和马第维先生闲谈的时候，用开玩笑的口气向他提出了一个建议：

“我想用国王的两个宫堡换拉伯雷一所普通的房子，可以吗？”

马第维先生是一个富有幽默感的人，他理解了我的意思，欣然表示了同意。同时，他补充我的建议，告诉我说，在去希龙的路上，可以经过沙希，那里还有一个巴尔扎克的故居，也可以去看看，但是，他仍然为我惋惜：“我们原计划要参观的尚波尔宫堡和希龙索宫堡实在太美了，不看真是可惜。”

第二天早晨，马第维先生在座位旁边放了一本地图，边看着图上的路线，边驱车向希龙方向开去。汽车在拿破仑时期修筑的一条小型公路上急驶，这种小型公路像网一样遍布全法国，宽度可容纳两辆汽车擦身而过。讲求效率的马第维先生即使在这种公路上，也没有忽略他的速度，几乎是以每小时近100公里的速度前进。汽车迅速穿过了平野和市镇，在渐渐接近希龙的时候，我眼前出现了一片昨天所没有见到的景色。

前面是起伏的大丘陵，起伏的坡度很大，就像是大海中的巨波。公路随着丘陵的起伏而伸展，远看去，你真以为是铺在一大片绿色地面上的一条灰黑色的地毯，它是那么笔直地伸延到看不到尽头的远方。地毯是灰黑色的，似乎并不漂亮，但两边的白色路标和中间的分界线，却构成一种现代派美术的图案，看来别有风味。特别有一处远景，几乎使我惊叫起来，前方是一个巨大而相当高的丘陵，甚至可以说是一个高原，上面全是葱绿的森林，这一条灰黑色的细线笔直地把这一个庞大的绿原切成了两半，而这绿原又以它那厚密的森林，构成了两道绿色的高墙，紧紧地夹着这一条细线，这一情景既使人感到那条灰黑色细线的劲利，又使人感到那绿色高原的浑厚与威赫。我指着前面的这一片奇景，向马第维先生表示了高度的赞美，他则以外交官优雅的风度回答："我很感谢您对法国风景的欣赏。"

快到希龙的时候，就可以闻到拉伯雷的气息了，你可以看到"拉伯雷商业中心"、"拉伯雷加油站"一类的招牌。商业的第一窍门，就是引起注意，"拉伯雷"这个名字如此响亮，商人们怎么会放过？

希龙是一个人口不到1万的小城。当我们从它身边掠过时，它给我一个明亮而宁静的印象。明亮，是因为它的建筑多为浅色，古旧的房屋相对较少；宁静，是因为路上行人寥寥无几，有的街道几乎是静悄悄的，只有从各户人家放在紧闭着的窗户和房门外的一盆盆鲜花，你才能感觉到那里面还藏有仍然活动着的人的恬适的生活。而拉伯雷的父亲就曾经是这个小城市的律师。

拉伯雷的故居并不在希龙城里，而是在城外的瑟意乡。从希龙出来，车行约 10 分钟，就向一个坡度很缓的高地驶去，它被称为“纳拉伯雷西”，据说《巨人传》中好战的国王毕可霄的战场就是此地，而在这高地的中心，就是名为“拉·德维利叶尔”的拉伯雷故居。

汽车在山坡上一个小院落前停了下来，寂无人声，只有树叶在秋风吹动下发出的沙沙声，我看见正面那幢不起眼的古老房屋前，竖着一块木牌，上面写着“拉·德维利叶尔博物馆，拉伯雷之家”。

马第维先生走到旁边一间墙壁上布满了常春藤的小屋前，它的门上挂着一个看来已经生锈的小铁钟，它比我上小学时在学校里常见的那个敲打上下课铃的破钟显然还要古旧得多，下面垂着一根似乎同样古老的绳索，这一切使我闻到了扑鼻而来的一股古旧气息。马第维先生把绳索拉了一拉，响起了 16 世纪的“电铃”声，不等主人出来开门，他就推门进去，然后很快就出来了，手里拿着两张门票和两份说明书。其实这门票只是君子通行证，看门人根本不出他的小屋，任何人只需推开屋前那虚掩的栅门，就可以走进这小小的博物馆。

这是一幢 15 世纪的建筑，长方形，罗马式，以大石块建成，石块是乳白色的，但也多少泛出一点点浅黄，有些则因为年代久远、积尘过多而变成灰黑色。说明书指出，这很可能就是拉伯雷出生的房屋，但如果考虑到他的《巨人传》第一部《卡冈都亚》所具有的某种自传性质和地方色彩，那么，拉伯雷也许像他小说描写的那样，出生在希龙到拉·德维利叶尔的途中，因为拉伯雷父亲的家正是在希龙，而在拉·德维利叶尔则有一处田庄。至于拉伯雷自己，他成年后在瑟意这一乡当过教堂的长老，因此拉·德维利叶尔这个田庄的确是他常住的地方，堪称为他真正的故居了。

建筑分为两层，楼下的一层有两间房子，均为长方形。我们走进前一间房间里，入口旁的墙上两组展品，一下就吸引了我的注意力，一组是法国节日生活的一些照片，上面有熙闹狂欢的人群，围着一个个庞大的卡冈都亚与庞大固埃的头像模型，那真是巨人的模型，每一个头像足有常人的 5 倍大，就像 20 世纪五六十年代我国国庆节游行时彩车上巨大的棉花、小麦、纺锤、“毛选”四卷的模型一样，使人在它面前显得渺小。不过，我觉得那照片上的模型大得并不过分，因为按照拉伯雷的描写，卡冈都亚一出娘胎，就喝了 17913 头母牛的奶，他的一件衣服就用去了 12000 多尺的布料，有其父必有其子，庞大固埃也是一个这样的巨人。在这些照片的旁边，贴满了小学生以拉伯雷笔下这两个著名的巨人为题材的图画，幼稚的线条和凌乱而不协调的涂色，表现了孩子们的天真、趣味和想象，表现了他们对拉伯雷笔下人物的喜爱。这些 20 世纪的照片和图画，比任何展品更清楚地表明了这样一个事实：拉伯雷所创造的人物，已经进入了法国人的日常生活，和它融为一体，并且不时发出某种特有的异彩。

“为什么呢？”这两组别具匠心的展品把我吸引在它们面前足有一二十分钟之久，并引起了我的思索：仅仅因为这两个巨人写得有趣吗？不，我想起了《巨人传》中我所喜欢的章节。这是两个富有诗意的象征形象，他们代表了文艺复兴时期人文主义思想家对人的信心和理想，他们是那么高大，那么博学，那么充满了力量，那么开朗乐观，本身就标志着人从中世纪愚昧中的解放，这样两个极富有艺术的生动性和精神的象征性的形象，怎么不会变成人民生活的一部分呢？

房间里静悄悄，只有我和马第维先生两个参观者。屋外四周也静悄悄，只偶尔可以听到附近村舍的狗吠声，还有一次远处传来的钟声。这是星期天的上午，是望弥撒的时候，钟声悠悠，引人滋发思古的幽情，这是从拉伯雷早年当教士时主持过的瑟意教堂里传出来的？

房间里还展览着《巨人传》在各个历史时代、在法国不同的版本；我对版本学从来不想高攀，很快就一掠而过。不过各种版本上拉伯雷的画像却引起了我的兴趣。这些画像约有 50 种之多，各个有别，有些只是细节的小异，有些则是形貌完全不同，似乎画的是不同的对象。原来，拉伯雷在世时的画像没有流传下来，当然他更没有摄影以传后世，后人只好根据传说以及对他作品和气质的理解，来想象他的形貌了。

这些为数众多的画像，归纳起来有三个大类别。最早的一类是蒙特伯利叶类，它们把拉伯雷画成一个温文尔雅的年老学者，面部没有突出的表情，只从眼睛里所射出的那深邃的目光，可以看出是一个思想深刻的智者。该类最早的画本成于1601年，是由雷阿纳·哥缔叶根据拉伯雷生前的一幅油画绘制的，此类画像之所以有蒙特伯利叶之名，是因为拉伯雷戴着蒙特伯利叶城医学院的一顶无边的软帽，拉伯雷还俗后，正是在这个医学院里注册学习医学的，并先后获得了三个医学学位。据考据家认为，此类画像可能比较接近拉伯雷的真貌。第二类是萨哈巴类，该类之名来自最先绘制的艺术家的姓氏，它们把拉伯雷画成一个壮年人，多少有点庄稼人那种强悍的气质，脸上还带着爽朗的嬉笑。第三类为雅内类，拉伯雷的形貌基本上与萨哈巴类相近，多一点文静，少一点粗野。虽然说明书上的论断指出这两类画像很不真实，但我却始终忘不了画像上那似乎使人可以听见的嬉笑，它使我想起了《巨人传》中对教会、封建王权的讽刺与嘲骂，想起了拉伯雷那种泼辣与犀利的风格……我觉得这类画像比其他类更有意思。

特别有意思的是，在这房间正面的墙壁上，挂着特制的两个巨大的酒瓶，它们虽然像是古物，但显然不是拉伯雷故居原有的陈设，而是后人根据《巨人传》中庞大固埃在巴汝奇和若望修士陪同下，长途跋涉、阅尽世间罪恶，终于找到了“神瓶”的故事，而有意用来装饰这间房间的。我开玩笑地用手指着它们对马第维先生说：“看，你们法国人智慧的源泉，真理的象征！”马第维先生也开玩笑说：“是的！”接着以抑扬顿挫的声调，自得其乐地朗诵《巨人传》中庞大固埃从“神瓶”那里得到的箴言，“请畅饮吧，请你们到知识的泉源那里去……研究人类和宇宙，理解物质世界和精神世界的规律……请你们畅饮知识，畅饮真理，畅饮爱情”。这一段箴言的主要语句以古法文的字体写在一条横幅上，横幅就悬在靠近横梁的上方。“是的，是的，这就是法兰西最核心的哲理之一。”我指着箴言中的“Buvez”这个词（法文，意即“喝吧，畅饮吧”），它和其他的词不一样，是以红颜色写在那上面的，特别闪闪发光。

第二个房间，主要陈列了一些有关拉伯雷的文献和图片，有拉伯雷手迹的复印件、拉伯雷在巴黎居住过的地点图、拉伯雷所居住过的其他城市图，还有当时的希龙地图和瑟意地图、他作品中“德廉美修道院”的平面图、拉伯雷所描写过的建筑和地区的图样、拉伯雷构思“德廉美修道院”所依据的建筑物的图样等，还陈列了世界各国出版的拉伯雷作品的译本和有关拉伯雷的论著，可惜我在这里没有看到《巨人传》中文的全译本，而只看到了我国1953年发行的拉伯雷纪念邮票。但在法国，看到了这一小张邮票，我却感到特别亲切。

这些展品都排列在房间的四周，中心有一张16世纪的长桌，当然肯定不是原物，而是仿制品。房间的尽头，正中是一个相当大的壁炉，壁炉的上面刻着拉伯雷这样一句名言：“子孙们将会发现一种有奇效的仙草，如加以服用，人类将飞月，将控制雷电，将调节晴雨。”这当然并不是拉伯雷的迷信谬见，要知道，他不仅通晓天文、地理等各门自然科学，而且是法国解剖学的先驱。这是他形象化的哲理预见，其中显示了他作为文艺复兴时期一个精通各种学科的知识巨人对人类科学发展的预见，以及他作为一个人文主义思想家对人类创造力的信心。当我在壁炉前欣赏这一名言时，马第维先生走了过来说：“这句话很好，是吧！”接着，他告诉我，“叫人啼笑皆非的是，现在法国有些吸大麻和鸦片的青年人，自称就是正在服用这种仙草的拉伯雷的子孙，现在，不正是到了人类可以飞到月球上去的时代了吗？”他这话使我惊奇得“啊”了一声：“竟然以拉伯雷的名义干这种事！”他所讲的这种吸大麻和鸦片的青年，我倒也见过，只要是夜比较深一点的时候，你漫步到卢森堡公园附近，偶尔就可以看到这种青年，他们衣衫褴褛，头发蓬乱，精神萎靡不振，正在因为他们那种瘾在发作而苦苦地受着煎熬……

楼上的房间是拉伯雷的卧室，从建筑在屋外的一道石梯上去，石梯宽不及一尺，约20级，几乎每一级中间都有两道深深的痕迹，最深者约有半寸，我从马第维先生那里知道，这些坑都是几世纪以来络绎不断的参观者所共同刻印下来的足迹。房间铺着浅红色的砖，面积约20平方米，陈设一如当时，极为简朴。房间的门户朝南，门口的右边墙沿是一个木柜，西墙有一壁炉，靠近壁炉南墙的角落有一张床，北墙靠床处有一小窗，其旁另有一小柜。两柜一床以及床铺、床帐皆非原物，但系根据原物复制，铺帐为灰蓝色，上有几道深蓝色的线条和红色的圆点所组成的简单图案。门户的左边靠南墙处有一短短的过道，墙上辟有一小壁龛，分为上下两格，据说明书介绍，上格是放食物用的，下格是放脸盆用的，故有一小窟窿通往墙外，是为拉伯雷家的“下水道”。过道的对面是与卧室隔开了的一小房间，看来是个储藏室，其中有一木梯通往屋顶的阁楼，现已封闭。

最后，在故居里略为流连了一会儿后，我们又来到栅门外故居的外面，我再一次端详这一幢房子，看到它的屋顶下，墙砖被砌成一个个小方格，有150多个，我正在猜度它们的用途时，马第维先生告诉我，那是拉伯雷养小鸟的一个个“鸟笼”。我本想还到屋后的小山坡上去看看，手表却向我表明，我在这简朴的屋子里已经度过2个小时了，而且，阴沉的天空正开始洒下雨点，于是，我们结束了对拉伯雷故居的访问，这已经是将近正午的时分。

马第维先生驱车到希龙附近一家雅致的饭店里安排我们的午餐。他叫了鲜红的葡萄酒，要为我斟一杯。因为我们已经是熟朋友了，不拘客套，所以我表示“滴酒不沾”仍是我奉守的信条，他只好对此表示遗憾。但是，我转念一想，我毕竟是在拉伯雷的故乡，于是，我以郑重其事的态度把酒瓶拿了过来，为自己斟了一些，我举起了酒杯，对他说了一声：“以拉伯雷的名义！”

他轻轻地鼓了鼓掌，叫了一声：“Bravo！”（法文：“好！妙！”）

在巴黎公社墙前

“最后一次大屠杀是在拉雪兹神甫墓地上一堵墙近旁进行的，这堵‘公社社员墙’至今还直立在那里，作为一个哑的但雄辩的证人，说明无产阶级敢于起来捍卫自己的权利时，统治阶级的疯狂暴戾能达到何种程度。”①

过去，我在恩格斯1891年为马克思的《法兰西内战》一书单行本所写的导言中，不止一次读到过以上这段话。巴黎公社墙是无产阶级英勇斗争的一个举世闻名的遗址。因此，一到巴黎，我就开始了解拉雪兹神甫公墓的所在与巴黎公社墙的部位，为的是去那里表示敬意和哀思。

我想到一些导游书上去找点有关的介绍。《巴黎四日游》《来宾在巴黎》等书，虽然印刷精美、装帧漂亮，以大量的照片展示了巴黎几乎所有的名胜古迹和有特色的街景、建筑物、广场、公园，但却偏偏没有拉雪兹神甫公墓，当然，更没有巴黎公社墙，不可谓没有偏见。详尽的《巴黎导游》一书中倒是提到了这著名的遗迹，在地图上也标出了它在公墓中的位置，但那公墓范围之大令人惊讶，它实际上是一座相当大的山，其中的道路又错综复杂，像是一座巨大的迷宫，何况，又听说公社墙的实物并不在现在公社墙地理位置的所在，因此，

① 恩格斯:《〈法兰西内战〉1891年单行本导言》,《马克思恩格斯选集》第二卷，324页。

我只好准备求助于在巴黎的朋友。

正好，几个搞法国文学研究的同行，沈大力、沈志明、金志平和我，在黄晋凯君的盛情邀约下，举行了一次愉快的聚会。那一次叙谈甚欢，在地铁口分手的时候，余兴未尽，于是，我和他们相约次日同游拉雪兹神甫公墓，当然，重点是拜谒巴黎公社墙。

二沈一黄，他们几位都是“老巴黎”了，而且，沈大力君与黄晋凯君对巴黎公社文学都很有研究，每当有中国同志路过巴黎，沈君经常要带他们来看公社墙，黄君不仅对公社的历史很熟，而且对拉雪兹神甫公墓还有好古的雅兴，曾在那里消磨过不少时间，当然对那迷宫般的道路，他是“老马识途”的。

在他们三位的带领下，我与金君在短短几个小时里，既拜谒了巴黎公社墙，也在整个拉雪兹神甫公墓走马观花地参观了一周。

走这一周，我就像第一次浏览一部内容丰富的名著一样，仅知其大概，窥其全貌，好些微妙的细部却没有来得及仔细体会，巴黎公社墙是那么悲壮，拉雪兹神甫公墓是那么丰富，其中满是历史名人的“宅第”，在这样一个有历史诗情的地方，应该从容地瞻仰，自由自在地遨游……

于是，我自己又一次、两次、三次，单独地造访了拉雪兹神甫公墓，当然也就不止一次拜谒了巴黎公社墙。

拉雪兹神甫公墓这个地方倒并不难找，只要是熟悉了巴黎复杂而完整的地铁系统，你即使不带地图，在地铁里换几次车，也不难抵达紧靠巴黎城郊的“拉雪兹神甫”这一站。地铁口正在方形公墓的西南角，往东是墨尼尔蒙当大街，宽敞而凄清，几乎没有商店，是一派郊区的景象。沿着这条街左旁高大的围墙走两三百米，就可以看到围墙开了一扇甚有气派的大门，这就是拉雪兹神甫公墓的正面入口处。

你要找公社墙的实物，千万不能走刚才的那一条路，你必须沿着公墓围墙往北走甘必大街。这条街没有墨尼尔蒙当大街那么荒凉，也比较狭窄，但却紧凑而有些生气，可是，它以“甘必大”这个名字命名，使人感到有些遗憾。甘必大其人，马克思在《法兰西内战》中曾不止一次提到，他是资产阶级共和党人，后来在19世纪80年代，当过内阁总理和外交部长，而在巴黎公社革命时期，他曾扮演过很不光彩的角色，是普法战争中拿破仑三世被俘以后在法国成立的国防政府的要员，当时，色当战败、巴黎发生革命、拿破仑三世的帝国垮台的消息传出后，法国很多城市都爆发了工人的武装起义，里昂、马赛、土鲁斯这些城市都相继成立了人民的政权——公社，正是这个甘必大“用尽了全力加以镇压”①的。

巴黎公社墙的原物，还在甘必大街上没有得到“解放”。

从甘必大街往北，顺着公墓的围墙走不远，就是一个微微倾斜的小坡，这个小坡一直随着围墙向北伸展，上面树木丛生，实际上构成了围墙与甘必大街人行道之间的一个狭长的公园。行200来米，你就来到公社墙的面前了。

这是在公墓高大围墙外的一堵矮墙，面对着甘必大街，只有10来米长，它给人的第一个强烈的印象，是它的悲怆。它似乎不像一堵墙了，而只是一些砖石的堆砌，砖石是黄褐色的，上面长满了青苔，一看就是长期以来被弃置在这里，根本无人维修，无人管理。

这些砖石的命运，可以说就是资本主义制度下无产阶级悲怆命运的象征。它们原先只不过是拉雪兹神甫公墓东北角上的一段墙垣，在巴黎公社最后斗争的几天里，看到了拉雪兹神甫公墓成为公社战士最后做殊死战斗的据点。1871年5月27日，梯也尔的反动政府军队，开始以几百门大炮对墓地发动进攻，最后一批公社战士被逼退到墓地东北角这一段墙垣下。5月28日晨，尚存的147名公社战士弹尽被俘，政府军把他们都枪毙在墙的跟前。

在公社失败的日子里，整个巴黎腥风血雨，5万名公社社员被逮

① 马克思：《法兰西内战》，《马克思恩格斯选集》第二卷，405页。

捕，3 万名遭到杀害。这是历史的记载：“巴黎横尸遍地，在广场上，大街上，街头公园里，院落里，尸体成堆”，“往来的运尸车有如穿梭一般，而在蒙难者的尸体里有许多人还活着，他们还在呻吟”。这是鲍狄埃控诉罪恶屠杀的愤怒、悲痛的诗句：“刑车上满载起义者的尸身，我目睹这些死者惨遭蹂躏”，“机枪对着衣衫破烂的人群横扫”，“阴暗的囚徒，沉重的铁栅，成千上万的战败者被你们关押”……镇压公社的刽子手梯也尔曾对此宣称：“巴黎遍地堆满了尸体，这种可怕的景象将成为胆敢宣称拥护公社的起义者们的教训。”

这是法国历史上前所未有的血腥恐怖，在中世纪最著名的宗教大屠杀“巴特罗缪之夜”中，被杀者只有几千人，18 世纪资产阶级革命时期的几年内，阶级斗争可谓极为酷烈，在全国也不过有 12000 人被镇压，而巴黎公社失败后的短短几天里，竟有 3 万名社员惨遭杀害。在这 3 万名死难者中，有不少就是被押到拉雪兹神甫公墓被枪杀的，究竟有多少人牺牲在公社墙的前面呢？据说是 1600 人。

这堵墙的砖石远远不到 1600 块，它却见证了 1600 人甚至更多的人的惨案，它所见证的，不只是 1600 人的命运，而是整个无产阶级的苦难。

这样一桩骇人听闻的大屠杀，不可能不激起稍有正义感的人们的义愤，其中一个是雕刻家保尔·莫罗·沃杰，他于 1909 年在这堵墙上雕刻了公社战士受难的图景，使它成为巴黎以至法国最有历史意义的文物之一。但是，这堵墙从拉雪兹神甫公墓里被移迁在围墙外的过程中，墙砖原来的排列次序被打乱未能完全复原，以致我所看到的多少像一堆凌乱的砖块，所幸保尔·莫罗·沃杰的雕刻基本上被保存了下来，它在这些砖石身上打下了永不磨灭的印记，使每块砖石都具有自己的毋庸置疑的文献价值。

墙中央是一突出的立体雕塑，一个身着长袍的妇女已经中弹，她挺身、仰头、目光向上，两手往身后张开，似乎是要保护她身后那些同志，也似乎是挺身而出，要以自己的受难来承担和代替身后那些同志的不幸，而她头部的姿势和她的目光，又像是在向苍天倾吐她对人间这野蛮、残酷的罪行的满腔悲愤。这是一个悲壮崇高的殉难者的形象，她不像拉奥孔那样痛苦地悲号，然而，她的冤屈、她的痛苦、她的不幸所包含的社会历史内容，却显然要比拉奥孔更深沉、更无限。她的身后是人物群像的浮雕：青年、老年，妇女、儿童，工人、知识分子都有。虽然砖块的排列次序已经有些参差、凌乱，甚至颠倒，但是，人物形象仍大体可见。有的表情坚定刚强，两手交叉在胸前，像刀锋一样的眼光似乎直射对面的行刑队；有的已经中弹，伤口撕裂的痛楚使其脸部有些痉挛；有的是一张严峻的面孔，似乎在沉思自己这一群人眼前的遭遇所包含的历史的、社会的意义；有的已经被折磨得衰弱不堪，正在等枪弹夺去他最后一口气；有的满脸愤怒；有的带着轻蔑的表情；有的则放声傲笑……远看去，就像在墙前真站着一群即将蒙难而又宁死不屈的战士一样。

公社墙上的这一组群像，无疑要算是世界上最奇特的雕刻了，它们既是艺术品，又是历史遗迹，有了它，这一堵墙就不再仅仅是人类历史上一桩大惨剧的见证人，而且成为公社战士悲壮斗争的生动画面，成为无产阶级英雄气概的一曲有声有色的颂歌。我每一次来到它的面前都肃然起敬，这一堵墙上群像浮雕的下方，还刻有雨果的一句话：“我们要求并希望，将来人们不是进行复仇，而是实现正义。”我总要站在墙的面前仔细玩味这一句意味深长的告诫，它表现了雨果的好心与理想，而且是高度浓缩的诗的警句。我想着，无产阶级革命，当然绝不是为了报复，而是要解放全人类，雨果对巴黎公社并不完全理解，他又怎么能用一句话来概括和规定无产阶级革命崇高的目的、广博的内容和光辉的道路？

说到“实现正义”，我每次来到公社墙前，总有不平之感。眼前，这样一个有革命意义的文物被抛在公墓的围墙外，无人照管，上面已经长满了青苔，而且，它所面对的这条幽静的街道，还是以“甘必大”命名！我总觉得，在巨大的世界范围里，这也要算是一个小小的不正义了，然而，我是在法国巴黎，我以雨果的名义向谁去提出这“实现正义”的要求呢？

倒是公社墙附近的树木似乎还有些“灵性”，它们好像有意识地在烘托着这一革命历史的遗物。在这一段小道上，树木高大而茂密，夏天一定形成了一片浓荫替受难的社员们遮挡炎热的日光，只是现在，树叶都已落光，只剩下光秃秃的树干。公社墙的两旁有常绿的树丛簇拥，一边是柏树，一边是像桂树一样的植物，其叶碧绿而肥厚。在公社战士的脚下前方，一旁有一丛低矮的常绿植物，另一旁的一株植物叶已掉光，仅余一些枯枝，不过枝上还点缀着小红叶与像珍珠一样的小红果。一个阴天的上午，我在这里等了半个多钟头是为了向打这里经过的路人打听这两株植物的名称，路人甚为稀少，半个多钟头，只有三拨人从此路过：一个中年男子、一个青年和一对情人，他们都不约而同地因自己贫乏的植物学知识向我表示抱歉，并建议我到几百米外的地方去问公墓的守门人。于是，我只好从一旁摘下一片碧绿的叶子，从另一旁摘下一小片红叶，夹在我的笔记本里——在书本里夹一片叶子或夹一朵花，这只是我青年时期每游胜地必有的习惯，多年以来，早已不再为此了。

要去瞻仰公社墙的旧址，那就要进入拉雪兹神甫公墓的大门，然后在迷宫般的道路网中走一段相当漫长的路，来到公墓的东北角。这是一块向下倾斜的空地，边上有一道红瓦的灰墙，在长度近20米的一段墙上，刻着金色的字样：

献给巴黎公社死难者

1871年5月21日至5月28日

这就是原来的公社墙旧址。

眼前的这堵墙，当然不再是原物了。墙头上长着常春藤，墙有丈余高，墙外紧挨着一幢旧楼。当年被包围在拉雪兹神甫公墓里的公社战士就是被逼到了这里，最后在这里蒙难。墙前20米处，有一株橡树（如果我所询问的两个法国女郎的植物学知识可靠的话），树荫下安息着不少“灵魂”：

这里安息着两个公社社员，他们的墓碑上只标明了他们公社社员的身份而别无其他，但这已经就很够了，他们死于19世纪80年代，那时，巴黎公社已成为过去了的历史，公社社员总算可以正式进入这个公墓，选择这一块对他们来说是最为亲近的安息之地，至于当初在公社墙前蒙难的死者，他们的尸体早就不知道被凡尔赛反动军队抛到哪里去了，所以，我在公社墙的附近，没有看到当初的死者，只看到这堵墙象征着他们的公墓。

这里安息着杰·比·克莱蒙，墓碑没有忘记他是著名的《樱桃时节》的作者，他于1903年去世。

这里安息着华莱里·符卢勃列夫斯基，他是1863年波兰起义的战士，巴黎公社1871年3月18日至5月28日的将军，在他的指挥下，由巴黎第五区与第十三区的工人所组成的部队，曾经在保卫公社的战斗里，10次击退了数量占优势的凡尔赛反动军队的进攻，巴黎公社失败后，他幸免于难，直到1908年才逝世，他的墓上竖立着他那英俊的头像。

紧靠着这棵橡树，则是一棵柏树，在柏树下，我们可以遇见几位在法国社会主义早期历史发展中非常著名的人物：

这里是保尔·拉法格与劳拉·拉法格，这一对夫妇一个是马克思、恩格斯的学生和战友，一个是马克思的第二个女儿，他们都是国际共产主义运动中积极的活动家，特别是保尔·拉法格，他最初为共产国际在法国建立起支部，是法国工人党的创始人之一，他还在19

世纪末、20世纪初科学社会主义理论的领域里，进行了卓越的活动，曾被列宁称为“马克思主义思想的最有天才、最渊博的传播者之一”[①]。

这里是贝努瓦·马隆，他是法国早期著名的社会主义者，公社革命期间，他曾任国民自卫军中央委员会和巴黎公社委员，公社失败后，他流亡国外，可惜后来追随无政府主义者，成为法国社会主义运动史中的机会主义者。

这里是保尔·布鲁斯，他是法国著名的小资产阶级社会主义者，曾参加巴黎公社，公社失败后，流亡国外，参加了法国工人党，但后来成为社会主义运动中机会主义派别“可能派”的首领和思想家。

……

对面，隔着一条道路，那里又有另一些我们熟悉的人物：

亨利·巴比塞，他是本世纪现实主义传统的重要作家，著名的反战小说《火线》的作者，第一次世界大战在他的笔下得到了真实的记录，他随着时代而不断进步，从民主主义走到了共产主义，他的墓地的标志是灰色的大理石上有一枝蓝色的橄榄枝。

保尔·艾吕雅，他是法国20世纪最出色的诗人之一，他走过漫长曲折的道路，由超现实主义者成为抵抗运动的战士，最后参加了共产党，他的墓像他的诗一样精巧，墓头种有两株玫瑰。

附近，是法共一系列领导人：莫里斯·多列士、雅克·杜克洛、马赛尔、加香夫妇……加香夫妇的墓只是几大块灰白色的麻石，多列士的墓则由光泽鉴人的黑色大理石砌成，显得相当堂皇。

所有这些，都在公社墙半径不到50米的方圆范围之内，当你在这个小小的区域里漫步的时候，当你一一见到刚才这些著名人物的时候，整个法国社会主义运动发展的复杂曲折的过程，似乎就在你眼前呈现出来了。

---

① 列宁：《在保尔·拉法格和劳拉·拉法格的葬礼上发表的演说》，《列宁全集》第十七卷，286页。

根据我多次在拉雪兹神甫公墓里漫游的经验，我发现，公墓东北角的这一个小小的区域的来访者比其他地区更多，我在这个区域见过的不仅有法国人，而且有德国人、日本人和美国人。有一次，一群日本游客经过这里，看见墙上的金字标出了公社墙的旧址，都喜出望外地欢叫了起来，他们几乎每人胸前都挂着一个照相机，于是，就纷纷把镜头对着这一堵墙，他们显然有一种“踏破铁鞋无觅处，得来全不费功夫”的欣喜，因此，我怀疑他们是否见到了围墙外公社墙的原物。但不论怎样，墓地里这浮光掠影的景象，确也说明了巴黎公社仍活在世人的心中。

特别是我在梯也尔墓所见到的一个细节，更有深长的意义：

梯也尔的墓在对着公墓大门的高坡上，居于拉雪兹神甫公墓的中心位置。当然是为了要与这个在法国19世纪政治舞台上曾显赫到了顶点的庞然大物相衬，这墓也就建筑得特别巍峨高大，气派十足。它是一幢罗马式的殿堂，高达十几米，正面有巨大的圆形石柱，黑色的雕花大门紧紧闭着，门前还有铁栏杆，像是森严的王府，然而，正是在这个双手沾满了公社社员鲜血的刽子手的“府第”大门上，我看见了游人写下的这样几个字：“公社万岁！”

沃子爵堡纪游

这天，法国外交部文化技术司安排我们去旅游的目的地，是一个曾经使拉封丹、伏尔泰、阿纳托尔·法朗士这些法国大文学家们着迷过的地方，位于巴黎西南的远郊，它有一个奇特的名字：沃子爵堡。

细雨蒙蒙，使巴黎郊外的一片绿色更为清新。马第维先生把车停在郁郁葱葱的树丛前，我们的前面是古老的铁栅栏所圈着的一个极为巨大的院落，进去后，有一大片绿色的草地，两条铺着白色碎石的小径呈十字形交叉，把草地分割为四个绿色的正方形，从中间那条笔直的路望去，远处是一座黄颜色的古老的宫堡。

这时，雨已经停了，天空开始放晴，在清亮的天空下，那古堡特别醒目。走到宫堡的前面，还有相当一段路，先得通过一道桥梁，到一大块长方形的场地上，这个场地四面环水，宫堡就建筑在场地的前端。这种格局与中世纪那些四面以河沟与外界隔绝的古堡相仿，只不过古堡与外界的唯一通道是戒备森严的吊桥，而这里，却是一道其宽可容一辆大马车通过的石桥，这显然反映了宫堡主人当初一种高枕无忧的安泰心境。

草地与场院一直伸展到宫堡的面前，在如此空旷的范围里，竟然阒无一人，四周的远处，更是荒野的森林，我们似乎到了一个只有在电影的梦境场景中才能见到的空寂的世界。然而，远离尘嚣的宁静，也正是曾经吸引着那些著名作家的主要的魅力！

那是在法国封建王朝走上鼎盛的时期，“太阳王”路易十四已经登基，但年纪尚轻，由母后与红衣主教马扎然辅政。马扎然在政治上有一位亲近的合作者，名叫尼哥拉·富凯。他精明强干，少年得志，38 岁即被任命为最高财政总监，并大有继承马扎然为宰相之势。为了要与他的权势、地位、财富以及风雅的名声相称，他于 1656 年至 1661 年在巴黎之郊修建了这座豪华而雅致的庄园宫堡。因为他是文艺爱好者、文艺的保护人，是 17 世纪好些作家如莫里哀、拉封丹、赛维尼夫人、斯居德利小姐等人的好友，所以，莫里哀曾经来此演出，拉封丹在这里度过了一些愉快的时光，并写诗赞美过这个宫堡。

我们来到宫堡的面前，它具有高大宏伟的身躯，主体部分后含，两翼部分突出，像一个气势轩昂的王公仰坐在一把宽大的扶椅上。它那黄色的“衣袍”当年一定熠熠闪光，但在几个世纪风雨的侵蚀下，已经显得相当古旧，法国人没有把它粉刷一新，他们习惯地让卢浮宫、凡尔赛宫和枫丹白露仍然披着褪色的外衣。他们偏爱陈旧，似乎陈旧就是古意，而古意就意味着宝贵的历史价值。

我们推开一扇灰色的大门，厅堂里空寂无人，过了一会儿才从里面走出一位中年妇女，她卖给马第维先生几张门票，并简单地指引了一下，就任我们自由活动了。

宫堡的内部可不像外部那样古旧，一切都是光华灿烂，显然维护得很好。我们通过一条漂亮的过道，两壁挂着色彩鲜明的肖像绘画。首先是 17 世纪杰出画家勒·布伦所作的尼哥拉·富凯像的原作，此作栩栩如生，极为传神。富凯当时还显得很年轻，穿着庄严美观的朝服，气派华贵，聪明外露，不愧为一代盛世的重臣。也许是因为他太光彩夺目了，所以马扎然一死，路易十四为了集权力于一身，没有多久就把富凯投入了监狱，让他老死在那里。在富凯像之后，接着就是一批艺术家们的肖像，正是他们参加了沃子爵堡的建筑和装饰工程。建筑师路易·勒·沃、园艺师安德烈·勒·洛特、画家查理·勒·布伦、雕塑家弗朗索瓦·吉哈尔东与米歇尔·昂居叶、雕刻家伊斯哈埃尔·西尔维斯特，这不都是17世纪建筑与造型艺术领域里赫赫有名的大师吗？沃子爵堡出自他们的艺术匠心，该会有多少魅力？

果然，我们走进的第一个房间就艳丽得像一朵玫瑰，这个房间被称为“大方形室”，看来是富凯工作的地方。橘红色的墙上有乳黄色的线条图案，嵌镶着一幅幅勒·布伦出色的油画，有富凯夫妇的肖像，也有平原上两军会战的宏伟场景，而在天花板下，则是一圈橘红色的浮雕，雕着希腊史诗中的故事，一大队人马正整装待发，健儿们生龙活虎，神情姿态各个不一。房间里整齐地摆设着紫黑色的檀木桌子和绛红色的坐椅，地毯也是橘红色与黑色相间的图案，构成了整个房间浓郁的基调。

圆形的大厅则像一朵素净的淡紫色荷花，而在它的淡紫之中又泛出一种青白。它周围一个接一个的穹门和上面的天窗，像雪白的花瓣，它们使得大厅里充满了阳光。每个天窗之间，又有一个佩带着花束的少女。厅堂中央是路易十四的青铜塑像，吉哈尔东的杰作。路易十四当然是威武雄姿，不过，我更欣赏他那匹坐骑的生动姿态，它前腿举蹄，看上去，真像是在缓步前进。厅堂的周围，圆形或方形的石柱上，是古罗马时期著名历史人物的大理石塑像，这些都是雕刻家们的力作，如果你把它们放到卢浮宫去，它们在那些艺术珍品面前，也不会黯然失色的。作为一个中国人，我特别注意那些大花瓷瓶，它们都是中国的产物，可我在中国没有见过那么大的瓷瓶，直径将近二尺，形状不一，都是白底蓝花，摆设在厅堂中几张大理石桌上，显得格外清雅……

“诗神沙龙”更像一座百花齐放的花园，这里充满了五彩缤纷但又协调一致、和谐悦目的颜色，无穷无尽优美的线条和各式各样雅致美观的图案，特别是天花板上的9位诗歌女神，更是绘画的杰作。她们有的在欢笑，有的在沉思，有的在熟睡，有的像蒙娜丽莎那样表情微妙，神秘莫测。她们的周围有赤裸裸的小天使在飞翔，这些健壮、顽皮的三四岁小男孩，如果不是在飞翔的话，谁会以为他们是天使？而在这些天使、女神的头上、手下和脚下，满是一簇簇碧绿的树叶和鲜艳的花朵。这是文艺复兴时期绘画的风格，其色彩的鲜艳，人物肌体的丰腴，生活气息的浓郁，情调的欢快，使人很容易想起那个时期提香的《乡间音乐会》《伊甸园的禁果》，丁托列托的《絮查娜在浴中》，高雷琪奥的《安第奥普之眠》这些名作。整个画面上充满了一种生之欢乐的情绪，这画又是出自勒·布伦的手笔，而且，也许是他所作的最为杰出的壁画了。此后，他应路易十四之召，去凡尔赛宫为这位“太阳王”作壁画，但却失去了他在沃子爵堡所显示出来的魅力。

值得一看的还有国王的工作室与卧室，这是沃子爵堡建成后，富凯把路易十四迎来此地时供他使用的两个大房间，它在沃子爵堡中，要算是最豪华的所在。这里金碧辉煌，彩色飞动，珍贵的摆设琳琅满目，只可惜富贵气太重，而艺术味不足，包括那些仙女的塑像和画像，肉感显然多于灵性，这也许更投合路易十四的口味。然而，路易十四并没有满足于富凯的逢迎，他为了自己统治权的需要，仅仅在被迎来观赏沃子爵堡之后三个星期，就把这位显赫一时的大臣变成阶下囚了。

至于“游艺室”和“餐室”，当然也极为豪华，里面陈列着好多高级的玩意儿和精美的器皿、餐具。图书馆虽然并不大，却甚为雅致，那里有不少珍贵的精装本典籍。莫里哀演出的地方是一个漂亮的厅堂，挂着几盏像巨大的花球一样的水晶玻璃吊灯，厅堂的中央铺着蓝花的地毯，而周围则以鲜红的地毯镶边。在浅黄色大理石的壁炉上，有莫里哀的黑色大理石塑像，神情逼真，可惜当时我没有注意是出自哪一位艺术家之手。在 17 世纪文学家中，拉封丹与富凯关系特别密切，因此，沃子爵堡里有“拉封丹之室”，是这位寓言诗人来到时专给他居住的房间，它在宫堡中一个比较僻静的所在，也许更有利于诗人的文思。房间比较朴素，与“国王之室”恰成鲜明的对比，淡青色的墙壁上没有任何装饰性的图案和色彩，高大的窗户上黄色的窗帘一直垂在没有铺地毯的棕色细木地板上，几扇东方风格的屏风，遮住房间的一小角，旁边青色大理石的壁炉上，有一尊拉封丹的塑像，如果我没有记错的话，那是18世纪杰出雕塑家乌东所作。房间里有几把藤背的木椅，还有一张形状像独木舟的床，椅子和床都显得有些古老，我有理由把它们视为拉封丹使用过的原物。

宫堡下面还有面积很大的地下室，那是当地仆人们为供应和侍候宫堡中奢侈挥霍的生活而进行各种劳作的地方，其中有一间巨大的厨房，从其规模来看，足可以供应数百人的膳食。一大排炉灶上放着数十口各种直径的炒锅、煮锅和蒸锅，品种之全，几乎可与锅店相比。旁边有两个模拟17世纪女仆的蜡人，法国的蜡人技艺是举世闻名的，在巴黎的蒙马特大街，就有专门的蜡人馆，那些蜡人与常人一般大小，乍看之下，其神情、肤色、胡须等几乎与真人无异，这两个女仆脸色苍白、憔悴，头发蓬松，她们穿着布袍，戴着软帽，正在操作。当我参观了沃子爵堡那些雕梁画栋之后，看到这两个蜡人，真有触目惊心之感，那宫堡中豪华的生活正是建立在这些面色苍白的人们的劳动上，即使是那奇美的宫堡本身，不也是靠那些艺术家的技艺和千百个蓬头垢面的工匠的劳动建立起来的吗？

从地下室走出了大门，我们来到了一个宽大的平台上，这时我才发现，刚才我们是从背面进入宫堡的，而现在，这里才是宫堡的正面。正面的建筑显得更为巍峨，居中的部分呈圆形，上有一巨大的浑圆的屋顶，屋顶上又有一个圆形的尖亭，这一建筑整体看起来就像一顶皇冠。阳台的两边是“之”字形宽大的石梯，下去以后，就是像梯田一样层层铺展而下的平地和苗圃，中间是一条宽阔的沙径，两旁稀疏地站立着大理石的塑像，还有雕塑成盆状或杯状的巨大石器，里面盛着鲜花和绿叶。再下面，就是一个似乎看不到尽头的大花园，嫩绿色的草地、深绿色呈花纹状的苗圃、一条条笔直的沙径和镶在它们两旁的鲜艳的花丛，所有这些整齐而和谐地配合成一幅幅的图案展现在眼前，并一直延伸到远处。其中又对称地竖立着一个个修剪成圆锥形和金字塔形的常绿植物，从平台上作一鸟瞰，似乎是一些棋子整齐地布在一个花格的棋盘上。而更远处，则是浓密的森林，中间有一条大道，那才是沃子爵堡正式的入口。

我们站在阳台上，一片静寂，大花园里没有一个人迹，这时，我发觉一个令人诧异的事实：从后门进来，直到现在，除了那个卖门票的中年妇女和一个像幽灵一样出现在地下室的管理人员以外，我们没有碰见任何其他人，也没有碰见别的参观者。没有别的参观者，也许是因为下雨，但宫堡的管理人员和看守者这样少，却使人纳闷。而在每个房间里，那么多珍贵的艺术品、古董、家具、用品，都一如当时陈列在那里，就像是17世纪的古人刚离开他们自己的房间不一会儿一样。我想起了巴黎很不理想的治安情况，不由得有点为这个对外开放的宫堡担心："马第维先生，这个宫堡是不是处于警察的保护之下呢？"

"嗯，不，这里没有什么警察，不过，我想，可能里面有先进的电子保卫系统。"

因此，直到今天，我忘记不了的，不仅是沃子爵堡这一奇妙的建筑艺术，还有它作为一个文物展出单位的那种奇特的经营管理方式。

在法兰西文学的圣地上

——访“巴尔扎克之家”

如果光凭巴尔扎克学的知识，显然不可能在巴黎找到现在的“巴尔扎克之家”。

巴尔扎克搬过好多次家，从1817年到他逝世，他在巴黎的住处一共有10个：

1817年至1819年 他住在寺院街40号。那段时期，他中学毕业后，又在法国科学院完成了自己的学业，并先后到律师事务所和公证人事务所进行了实习，为他日后的文学创作积累了广泛的社会知识。

1819年至1820年 他住在莱斯第居耶尔街9号的一个阁楼上，决心从事文学创作并自己维持生活。他经常处于半饥饿状态，在这里，他写出第一部文学作品诗体悲剧《克伦威尔》，但遭到失败。

1821年至1822年 他住在波尔特范街17号四层楼上，在这里，他不得不与人合伙炮制一些怪诞无聊的小说，借以糊口为生。

1822年至1824年 他住在金王街，在此期间，他仍旧写一些无聊的、他以后自己也不愿意承认的作品。

1824年至1826年 他住在都尔龙街2号，他为了找发财致富的路，和别人合作经营出版事业。

1826年至1828年 他住在玛雷·圣日耳曼街17号，这时期，他为了碰运气，又经营起印刷所和铸字厂，但遭到了破产。同时，他开始写他第一本以后将获得成功的作品《朱安党人》。

1828 年至 1835 年 他住在卡西尼街 1 号，在此期间，他在小说创作上获得声誉，并取得愈来愈重大的成就。他以《十九世纪风俗研究》的总标题，出版了《私人生活场景》《外省生活场景》《巴黎生活场景》等多卷小说集。

1835 年至 1838 年 他住在巴达叶街 13 号，在这期间，他生活阔绰，但同时负债累累。他出版了多卷本小说集《哲理研究》，还到撒丁岛去开采废置的银矿。

1840 年至 1847 年 他住在巴斯街 19 号，在这期间，他继续创作出一些杰出的小说作品，并为自己已发表的几十部小说，定下了《人间喜剧》的总标题，使它们连成了一座史无前例的宏伟的文学大厦。

1849 年至 1850 年 他在巴黎的住处是多福街 12 号，他为自己的婚姻奔波了一阵后，最后在这里逝世。

在这 10 个住所中，巴斯街 19 号是他居住时间最长的一个，而且，也最有文学上的重要性。然而，沧海桑田，“巴斯街 19 号”，早已改“名”换“姓”，不过，你费点气力，仍可以在巴黎的地理介绍中，查出它已经改为“贝尔东街 24 号”，就是现今“巴尔扎克之家”的所在。

贝尔东街那地段，没有市面店铺，在 19 世纪，够称得上是个冷僻之处，它今天还完整地保持着旧日的风貌，那情景很有些像巴尔扎克所描写过的这类冷清的街道：修道院的静寂、旷野的枯燥和废墟的衰败零落，也许这里都有一点，街面狭窄而曲折，石块铺成的路面，显得干燥、洁净，两旁的房屋建筑朴素，都有围墙，里面静悄悄的，有点死气沉沉，街边不时站立着一两棵梧桐树和其他的灌木，暖和的季节，这里树冠的荫盖和花色也该有一番情致？

24 号的围墙呈“品”字形，显得很陈旧，大门两边的墙上都剥落了一大块，后来又马马虎虎用水泥糊上，和原来围墙的颜色很不协调，颇为刺目。门口的墙上挂着一块和这围墙同样凋零的牌子，上面标明这里就是巴尔扎克的旧居，但是，那张绿色的大门紧紧地闭着，看来此门封废已久，来访者的眼光只能越过墙头，看见里面有一幢灰白色的楼房和它那绿色的百叶窗。

要进入“巴尔扎克之家”，还得出了贝尔东街口往右沿雷努阿尔街而上，行一二百米，在那条大马路的47号门口就有“巴尔扎克之家”的正式招牌。进门后，石阶下是一个树木常绿、郁郁葱葱的花园，下二三十级，就到了“巴尔扎克之家”的门口。原来，这是贝尔东街的后门，巴尔扎克住的那幢房子，正建筑在贝尔东街与雷努阿尔街之间的一个斜坡上，因此，它前门在贝尔东街，后门则通雷努阿尔街。

这个展览馆一开始给人的印象就……我怎么说呢，姑且说，颇不一般吧。你必须先在门外的露天里等购门票，在持票入门以前，你连走道也休想瞧一眼，当然，法国外交部发给我们的可以通行于一切博物馆的来宾参观证，也不被看门人所承认，而售票处的人员也不止一个，他们身穿蓝色的制服，但脸上却带着一种小商小贩的表情。

难以瞧上一眼的走道里，其实并没有什么值得注意的展品，仅有巴尔扎克的一座胸像。从这走道，可以通往下面两层，底层是一个精致的图书馆，虽然不大，但藏书颇丰，均为有关巴尔扎克的书籍。这倒是一个很好的去处，不过，它并不是原来故居的一部分，全系后人所建，就像一处圣地上的庙宇。据说，巴黎学术界有一些纪念巴尔扎克的学术活动就经常在这里举行。我急于去参观故居部分，因此，只在图书馆匆匆看了一眼，但当我最后参观了故居以后，倒后悔没有在图书馆里多消磨一些时候。

在第二层，值得参观的东西并不少，虽然并不是巴尔扎克故居的原物，而全是艺术家关于巴尔扎克的美术作品。大卫·当格斯1844年所作的巴尔扎克大理石塑像的原件是最主要的珍品，但我早已在沙希见过其复制品，也就多少失去了一点新鲜感。艺术家们的画作中，有一些是与巴尔扎克有关的亲友和人物的画像，有一些是巴尔扎克居住过的地方或房屋的素描，更多的则是有关巴尔扎克和他作品的绘画或木刻。其中有一幅颇有兴味，那是安德烈·吉尔所作的一幅漫画：在巴尔扎克的塑像前，左拉在立正敬礼，塑像巴尔扎克亦举手回礼，两个人物身材像侏儒一样矮小而脑袋却像巨人一样硕大，他们的表情既友善又认真，左拉满脸严肃、虔诚，巴尔扎克的嘴角上则挂有一丝赞赏的微笑。这幅漫画通过左拉这一个文学巨匠的致敬礼，表现了巴尔扎克在法国文学中的崇高地位，还反映了法国人认为自然主义实乃渊源于巴尔扎克的写实精神这一种文艺观。

至于美术家们为巴尔扎克小说所作的插图，更是琳琅满目，美不胜收，最引人注意的还是查理·于阿尔为哥纳尔版的《巴尔扎克全集》四十卷所作的木刻画，这个版本是根据巴尔扎克 1842 年对《人间喜剧》全部作品所作的分类编目出版的，在法国文学出版史上，也可算一件大事，而查理·于阿尔所作的插图，确使它增色不少。这位画家的笔触，有时秀丽明媚，有时遒劲浓重，成功地表现出 19 世纪法国生活的风貌与巴尔扎克笔下包括 2400 多个人物的众生相，他还特别善于把巴尔扎克揭示得淋漓尽致的狰狞的情欲、卑劣的算计、鬼蜮的心肠，呈现为造型的形象。他从 1910 年开始进行这一巨大的工程，到 1914 年最后完成，为《人间喜剧》作了将近 1000 幅插图，其劳作似乎可与巴尔扎克媲美。这里展出了他一些插图的原稿，有的人物画，艺术家为了使其服装在细节上与历史的真实完全达到一致，曾数易其稿。

最上一层，才是巴尔扎克原来的故居，一共有 5 个房间，当然，最吸引人的是他的工作室。这个近 20 平方米的房间，墙上裱着暗红色的绒布，上有大株大株的植物图案，墙壁下方的壁板与地板也是绛红色的木料镶嵌的，整个房间的色调多少有些浓艳和华丽，使人一进门就产生一种喜悦和兴奋的感觉。对着房门，有两扇带格的大玻璃窗，窗外是一片深绿色的茂密树丛。房门的右侧有一道同样带格的玻璃门，直接通往户外的小花园。这里清静而幽雅，确是一个进行写作的理想环境，虽然，巴尔扎克居住在这里的期间，仍负债累累，并被认为是在金钱的压力下而“困苦不堪”。房间里故物不多，左侧的墙上挂着巴尔扎克的画像，左墙角立着当格斯的巴尔扎克胸像的石膏复制品，右墙角有一张立橱，从玻璃橱门可见内分两层，上层放着一把咖啡壶，底色奶白，周围带有红边，非常洁净、漂亮、雅致，并不像日用的器皿，而像是装饰品，下层有一水晶杯，形状颇像体育竞赛中的冠军杯，是一位伯爵夫人送给巴尔扎克的原件，标志着巴尔扎克成名后当时读者对他的崇拜。在右墙侧，还有一个壁炉，炉台上供着一个耶稣受难的十字架，这件原物是1844年10月21日巴尔扎克致韩斯迦夫人的信中曾经提到过的。房间的中央，是一张小桌子和一把高背坐椅，桌椅都是紫红木的，那张桌子像小学生的课桌，制作得相当精致，高背椅上则蒙着色调与房间一致的花绒布。巴尔扎克就是在这桌椅上进行写作的，桌面上已经有一些深深的道痕。

在我看来，这个重要的工作室，这个产生了《于絮尔·弥罗埃》《幻灭》《交际花盛衰记》《农民》《邦斯舅舅》《贝姨》这些杰作的工作室，这个产生了《人间喜剧》宏伟计划的工作室，未免显得太空荡了一些，它的展品还不如沙希的巴尔扎克博物馆充实，然而在参观的当时，我却没有想到，比起其他房间，这间工作室的故物还算是比较多的哩。

巴尔扎克的起居室有两间：第一间墙上有一面大镜子，下有一壁炉，壁炉上放有两盏烛台；第二间起居室，中央有一玻璃柜，其中有巴尔扎克用过的两根手杖、一双吊带和一个坎肩，手杖很短，拿在手里根本够不着地面，但很精巧，显然是手上的装饰品。吊带与坎肩已很陈旧，花色相当俗气。此间亦有一壁炉，上亦有两盏烛台。另有两间，一间是餐室，一间是佣人住的房间，都是空空荡荡的，一无所有。

这个故居，文物不多，穿蓝制服的“看守者”倒不少，每个房间都有，每个房间还不止一个，这与私人经营的沃子爵堡展览馆恰成鲜明的对照，这也是巴黎的公立博物馆所共有的一个特点。这些“看守者”在那里闲得无聊，于是就把眼光死盯着走进来的参观者，其中有一个老“看守者”，尖鼻子上戴着一副近视眼镜，背有点驼，特别忠于自己的职守，他几乎跟在参观者的后面打转，甚至在那空空荡荡、一无所有的餐室里也不例外。

这是法兰西文学中的一块圣地，巴尔扎克在这里度过了他好些重要的岁月。我以为，人们应该用更多的文物而不是用蓝制服来充实这块圣地才好……

在雨果故居

一

路易十三骑着高马的塑像耸立在一片草地的中央，它的底座刻着：“建于 1829 年 11 月 4 日”。然而，就这个年代表明，它在巴黎显然还算不上古物。

我根据这明显的标志，找到了路易十三广场，绿草如茵，只有塑像旁边那枯竭的喷泉和广场周围光秃的树木，才使人意识到这已经是冬季的时节。

路易十三广场又名沃热广场，它不过是一个相当大的街心公园。四边的马路把它切割成一个四方形，马路的外侧是四排同一式样、同一色彩的三层楼的房屋，路易十三广场就像是一个在它们的环抱之中的天井。

这一圈式样相同，都用红黄两色砖石砌成的楼房并不太古旧，看来是 19 世纪初的产物，还保持着鲜明的色彩，今天仍不失为巴黎的一景。但在那些围绕广场的楼房中，哪里才是雨果的故居呢？我向一个过路的中年人打听。“喏，您瞧，那幢挂着旗子的房子就是。”

在两排房屋呈 90 度交接处的一幢楼房的窗口，的确挂着一面法国国旗。在巴黎，这三色旗往往标示着政府机构以及一切文物单位的所在。

我按照旗子的标示，找到了沃热广场第六号楼房，门口有一小块镶在墙上的大理石，上面刻着“雨果之家”的字样。

黑色的木质大门又厚又重，显示出19世纪殷实大户的派头。走廊上一个木架上钉着一大张招贴画，那是“雨果之家”的广告。在雨果的名字下，标出了他的三种身份：作家、画家、人道主义者。雨果作为诗人、小说家、剧作家以及人道主义者，都是人所共知的，然而，作为画家，而且是作为名副其实的画家，却不大为人所知，至少在中国是如此。以我自己而言，我知道雨果喜欢作画，在书上也见过他所作的几幅，但毕竟所知不详。因此，这份广告对我颇有吸引力，何况它上面还印着雨果一幅出色的画作。

那似乎是在一个峡谷里，两旁有参天的树木，中间兀立着一座既像箭楼又像瞭望台一般的中世纪建筑。当年，它一定挺拔峻峭，威严可怕，尖尖的顶端，仿佛要直刺云霄，上面还飘荡着一面三角形的令旗，像是锋利的锷刺。而今它仍保持着原有的雄姿，只不过，漫长的世纪已经使它显得异常苍老衰颓了，它身上已经剥落坍倒了一大块，露出了它那相当难看的“内脏”——像鱼鳞一般的砖块。天空一片昏黄，树木飘摇之态使人似乎听见了萧萧的风声，谁知道在哪一阵风的吹拂下，这摇摇欲坠的箭楼将要完全倒塌？

这幅画具有一种深远的意境，那古箭楼往日的身姿和而今的衰败，显然包藏着多少世纪以来无数惊心动魄、扣人心弦的轶事，整个画面笼罩着一层幽深、神秘的气氛，而在所有这些形象表现之中，又蕴藏着画家一种复杂的感情，既有对中古的缅怀，又有对历史发展的感慨；既有对目前这一片衰败的惋惜，又有对往昔的威严、阴沉、恐怖的否定……因此，我一进大门，就从这画中感受到一种韵味，不由得怀着浓厚的兴趣，朝左边的楼梯走去。

楼梯宽大，很气派，两壁饰着绛红色的绒面，虽然已经有些陈旧，但还显得富丽堂皇，标志出主人当时的经济状况。到了第一层楼，最外面的一个房间里，陈列的都是雨果的绘画。

房间的第一面墙，集中陈列着雨果所绘的头像，共 23 幅，每幅不大，有的只是一小块纸片。这些头像几乎都是漫画风格，并非写生，也不是根据现实生活中的人物绘制的，而更多是出于雨果的想象，有的像童话里的怪物，有的像滑稽的木偶，都是只用简单几笔水墨勾画而成，但人物的神情、特征却莫不跃然纸上。其中，有一幅是雨果想象中的加弗洛什，这个巴黎街头的小流浪汉，1832 年人民起义中街垒上的英雄，在《悲惨世界》里发出了那么动人的光辉，我们总难以在自己的想象里构成他的形貌，雨果却以他传神之笔，为后人留下了他的画像：脸型瘦小，相貌清秀，有一个尖尖的鼻子和一双聪慧的眼睛，头上歪戴着一顶破烂的小帽……

第二面墙上陈列的是 15 幅风景画，大致可分两类：一类是钢笔画，多为城镇或乡野的写生，取景优美，角度不落凡俗，整个画面的比例安排得甚为别致，重点突出，情景醒目，给人以鲜明的印象，而且透视感强，构成了真切的景象，不论是画云、画水、画树丛、画建筑，往往简单几笔，各个不同的质感即跃然纸上；另一类是水墨画，取材异国风貌者为多，如伊斯兰教的寺院、东方风格的高塔等，此类画显然是雨果的想象之作，充满了浪漫主义情调，用墨浓重，敢于渲染，造成一种气氛，足以引起观者的遐想。

第三面墙上，是幻想性质十分明显的人物画与景物画：有的人物形貌怪诞，像是童话里的妖物，然而在表情上，滑稽又多于邪恶，如《刚拉通巴》；有的景物一片朦胧，像是梦幻，《湖边的城市》即是。城市是黑压压的一片，只隐约可见，而湖面却十分光亮，湖心又似乎有海市蜃楼式的幻景。这些画都是典型的浪漫主义的图景，表现了雨果奇特的想象。它们使我想起了雨果在他著名的《〈克伦威尔〉序》中对于艺术创作中奇特怪诞形象的推崇和赞美。

这面墙的一部分再加上第四面墙，还有一些中世纪的画面。有的画的是中世纪的古堡，有的画的是封建时代古老的建筑，它们的背景暗淡，甚至是一片浓黑，天空则布满阴云，画面阴沉可怖。其中有几幅给人的印象特别深刻，一幅是我在门口招贴画上所看到的，另一幅大体与此相仿，画的是一个耸立的圆形碉堡和傍依着它的一幢古老的建筑，它们都高得出奇，只不过前者比后者又高得多。在好几个世纪以前，那碉堡一定像一个高大威武的壮汉，而那幢建筑则像一个装束华丽、娇小玲珑的姑娘，而今，它们都已到了风烛残年。它们的下方是见不到底的一片黑暗，它们的顶上是狂风吹动阴云，它们自己已凋败不堪，圆堡破了一个大窟窿，当年那华丽的建筑也倒塌了一大截，完全是一片断垣残壁的景象。还有一幅画的则是一个阴暗的地牢，阴森可怕，散发出死亡的气息，然而，它现在也已经残破了，与其说还保持了过去逼人的凶残，不如说更多地显出了而今的衰败。

这一系列中世纪颓败的画面，特别吸引了我。我感到画家那豪放的笔力、浓厚的墨色，足以传达出一种强烈的、惊心动魄的东西，这东西似乎就是时代的长风、历史的潮流与封建时代的显赫、威严、雄武、厉毒之间酷烈的斗争，斗争的结果就是后者的一片垂死的景象，而其中又残留了一点昔日的恐怖。这画面里既表露出画家理智的历史感，又渗透着他对于时序的略带神秘意味的诗情。这时，画家雨果使我想起了作家雨果，他在这里用画笔表现出来的主题，不正是他在《巴黎圣母院》里、在一些浪漫剧里表现过的主题？对于中世纪、对于封建时代的批判，本来就是雨果的思想和创作的一个重要的方面，而眼前的画面，不妨说，就是雨果在他的剧本和小说里所描写的那些封建时代的人与事的一种更为浓缩、更为象征性的形象，正表现了他对黑暗的中世纪的批判精神和他作为一个作家的历史正义感。

说到画家雨果的正义感，我不能漏掉他的《被绞死的约翰·布朗》那幅画。约翰·布朗是1859年美国弗吉尼亚州黑人起义的白人领袖，他与他的两个儿子参加了黑人争取解放的斗争，失败后，于同年 12 月 2 日被处绞刑。在绞刑执行以前，当时正流亡在国外的雨果，还曾为了营救约翰·布朗，向美国政府发出了大义凛然的申诉。雨果的这幅画画面一片漆黑，天空里有一点微弱的光线，照着画面中央一个黑色的绞架上面吊着的约翰·布朗，只有他的身体反照出一些光亮……在这幅暗无天日、充满了浓重黑暗的画幅面前，观者感受到的，既有画家那沉重的压抑感，也有他那种呼天抢地的悲愤之情。

这个房间的中央还有一个大玻璃柜，其中展出雨果的 24 幅风景画。这些画大小不等，最小者只有一张邮票大小，最大者长宽亦不过二三十厘米。有水墨画与钢笔画两种。其中 1839 年至 1844 年期间所作 6 幅，画面明亮，风景优美，意境开阔；1845 年至 1847 年期间所作 12 幅，画面的情调偏于沉郁；1847 年后所作的几幅，仅 2 幅有光亮的天空，其他则画面阴沉，天空里乌云密布。

“我总算看到了雨果画作的全貌。”这是我当时一种高兴的心情。不过，我感到遗憾的是，这些画作几乎都没有附加说明，甚至有些连标题也没有。于是，我求助于一个高大的穿着蓝制服的工作人员，当我问一些关于这些画作的问题时，他却表示一无所知。显然，他只是一个看守者，而不是一个文物管理员。我怀着不完全满足的心情结束了对第一展览室的参观，而寄希望出去的时候，能在门口买到一些关于雨果绘画的说明或资料，但是，结果会怎么样呢？……

二

第二展览室大得很，面积足有 50 平方米，肯定原来是雨果家的大厅。从它那四扇高得像门一样的窗户，可以看到沃热广场上的树木和坐椅。

这个大厅里展出的内容甚为丰富，展出的方式基本上是以画与图片配合实物，构成了雨果的社会和家庭关系若干有代表性的掠影。

进门后，首先是雨果长辈的一组油画像：祖父、祖母、父亲、母亲、叔伯等，当然，引人注意的是雨果的父亲。他平民出身，在大革命时期，不仅参加了革命军，而且热情洋溢地把古罗马时期共和主义英雄人物勃鲁都斯的名字作为自己的名字。他曾随拿破仑的大军转战欧洲，是一条英武的汉子，以军功当上了将军，可惜在波旁王朝复辟后，他又宣誓效忠新的统治者。油画是19世纪的作品，上面画着他和他的两个兄弟站在一起，一身漂亮的军装，胸前佩戴着奖章，正是在他的黄金时代。他尖尖的鼻子和聪明的眼睛同雨果的一模一样，但配上他那圆乎乎、显得很浑厚的下巴，却给人一个天真汉的印象。在这张油画下，有一玻璃柜，其中展出了雨果将军所获得的奖章共5枚，他所写的回忆录的原版以及几件有关雨果的宝贵文物：一是雨果的出生证，上面标明了1802年2月26日出生在贝尚松；二是雨果出生的房间里一小幅壁画，以东方的风格画着花草，这在当时该是充满了异国情调的奢侈品，但在一个中国人看来，却显然是出自某一个拙劣工匠的手笔；三是雨果上小学时的拉丁文、数学和文选的课本，深黄的颜色标志着它们作为宝贵文物的价值。

另一组展品是雨果本人的塑像和画像，最早是莫兰1827年画的雨果素描，那时的雨果已发表了声讨伪古典主义的“檄文”《〈克伦威尔〉序》，成为资产阶级浪漫派的领袖人物。莫兰的素描很是传神，雨果正年轻有为，眉目之间充满了英俊的锐气，眼光则聪明外露，然而，神情甚为冷静，看上去似乎不是一个浪漫气质十足的诗人。当然，更为出色的是德维利雅在1828年、1829年所作的两幅铅笔写生画，特别是后一幅已被很多雨果传记和关于他的著作所刊用，更突出了青年雨果潇洒的风度和他那一双足以洞察一切人内心隐秘活动的眼睛。正是这时的青年诗人，热情歌颂了希腊的民族解放斗争，并即将写出轰动巴黎的浪漫剧《欧那尼》，奠定浪漫主义戏剧对伪古典主义的胜利。此外，还有路易·布朗日所作的雨果小油画一幅，但不如以上几幅传神。大卫·当格斯1839年亦作有雨果塑像一尊，比起他所作的巴尔扎克塑像，也远为逊色。

有关雨果夫人的展品亦不少。居于中心地位的是路易·布朗日为她作的那幅油画。路易·布朗日作画时的雨果夫人风华正茂，自然会给绘画家的彩笔激起莫大的灵感与活力，使它把那美貌少妇的魅力与风姿留存了下来。在我看来，这是法国19世纪最出色的人物肖像画之一。围绕着这幅画的，还有路易·布朗日所作的雨果夫人素描多幅。另外，德维利雅所作的素描更多，共有十几幅，有的画雨果夫人携带小孩，有的画她哺乳，有的画她沉思……这些素描反映了画家与雨果一家亲近的关系。在这些画的下面，展出了雨果夫人的梳妆台，这是英国商人模仿中国风格制作的家具，上面刻绘着中国的园林。

雨果是一个“好父亲”，以特别挚爱自己的子女著称。当时的画家就已经注意到了这一点，并经常以此为题材。这是奥古斯特·德·夏第雍所绘制的表现雨果的父性的有名的油画：他当时30来岁，抱着自己的儿子法兰斯瓦，姿态流露着疼爱之情，似乎像在保护着他，唯恐他受到最轻微的伤害；法兰斯瓦还只有四五岁，头依偎在父亲的怀里，情景十分感人。这是路易·布朗日所绘制的雨果的大女儿蕾娥波尔第勒2岁时的画像，她显然深得父母的钟爱，被打扮成一个成年的妇女，穿着正式的衣袍，脖子上还戴着项链，可是神情蒙眬，表情幼稚，与成人的装束形成可笑的对照，愈益显出儿童的天真。然后，是她少年时的两幅画像，其面貌清秀可喜。最后，就是她的遗物了——她刚刚成年不久，即与新婚丈夫游湖失事，不幸遇难，使雨果悲痛欲绝，因此，雨果在《静观集》中写出了好几首感情深挚的伤悼诗，为法国诗歌增添了动人的篇章。

蕾娥波尔第勒的遗物展览在一个玻璃柜里，有一条小灰格的裙子、一双袜子、两块绣有团花的披肩，还有一个用白色素馨花扎成的小花圈和一个绣花小荷包。玻璃柜里没有任何说明，这些遗物是蕾娥波尔第勒溺死时身上的装束，还是雨果亲自保存下来的？

我向最靠近玻璃柜的一个“看守者”提出这个问题，她是个中年妇女，坐在自己的位子上，无所事事地在发呆，她耸耸肩表示搞不清楚。“这些都是真正的原物吗？蕾娥波尔第勒用过的？”我又问，因为我看那素馨花白色的花瓣和绿色的花蒂都没有退色，像前几天才从花枝上采下来似的。“当然！”她回答说，可是她脸部那过分夸张的表情，却更增加了我的怀疑。

我走到另一个角落，这里的展品都与于丽埃特·德鲁有关。这个女演员在雨果的私人生活中占有重要的位置，她长期是雨果供养的情妇，跟随他流亡国外，事实上成为他正式的外室，一直到雨果的老年。这里有她年轻时和年老时的画像各一张，有她房间的照片六张，其房间布置甚为豪华，古董和高级装饰品琳琅满目。我想知道她原来在巴黎的住址在哪里，以便到那里去看看雨果的“第二个家”的情景。我向这个角落的“看守者”询问，她是一个多话的姑娘，也许是因为坐在那里闲得无聊而愿意多讲几句，她告诉我，于丽埃特·德鲁的房间的陈设都已迁往这个“故居”，当然，她原来并不住在这幢房子里，因为，她和雨果夫人对立得很厉害，说着，她用两个拳头做了个互相撞击的手势，还装了一个怪脸，至于那“第二夫人”究竟住在巴黎什么地方，对不起，她也说不清楚。

最后一面墙上，呈现出雨果流亡在国外的生活情景。当然，还有那著名的“流放之石”的照片，那是在大西洋中杰西岛上荒凉的海岸，巉岩突兀。有时雨果坐在陡峭的石崖上，面对着大海，似乎在眺望被拿破仑三世玷污的法兰西大地；有时雨果站在嶙峋的岩石上，傲视着卷起波浪的海洋，似乎有一种敢于和任何惊涛骇浪做斗争的气概。事情是这样的：1851 年，路易·波拿巴发动政变，宣布帝制，自称拿破仑三世，雨果就流亡国外，先在布鲁塞尔住了半年多，次年 7 月就来到这个岛上。正是在这个岛上，他出版了“充满革命气势”的诗集《惩罚集》，对拿破仑三世进行了愤怒的指责和揭露。正是在这里，他表示了和拿破仑三世的独裁统治斗争到底的决心：“如果只剩下一个人，我就是那最后的一名。”

“流放之石”反映了雨果流亡生活中精神境界的一面，而展出的盖尔纳赛岛上的“高城之居”的景象，则反映了雨果流亡生活的另一个方面。盖尔纳赛岛也是大西洋中一个英属岛屿，雨果于1855年10月31日离开了杰西岛到这里定居，一直到1870年。他全家住在一幢漂亮的三层楼房里，这就是著名的“高城之居”。它面临大海，前面有一个很大的花园，一片葱茏，长满了热带植物。房前有一宽敞的平台，在平台上，雨果和于丽埃特·德鲁，还有他一大群孙子孙女留下了他们的合影，旁边还站着两个仆人，如果再加上他的夫人、他的儿女、儿媳，那就是济济一堂的大家族了。“高城之居”的内部也都有照片展出，餐室很雅致，大客厅甚为豪华，墙上有大幅的壁毯，家具是18世纪的古物。寝室也很讲究，还有一个小沙龙，墙上有不少美术作品，中间还设有一个很高级的台球桌。所有这些，当然使人很容易联想到雨果的经济财产状况，他是一个有钱人，特别是在19世纪60年代以后，他的稿费收入使他几乎成为巨富，以致拉法格把他当作一个大资产者狠加批判了。

是的，雨果当时的确是一个富翁，眼前这个宽敞而富丽的大厅也向参观者说明了这点，而且，大厅里的中央和几个角落，还有一些家具展示着原来主人生活的讲究：两张古雅的长桌上各陈一中国的古花瓷瓶，瓷瓶上的图案花纹很是华丽，质地细致，一看就是中国瓷器中的佳品，大概是明清时期的产物；两把高背绣花的椅子，同样古色古香，像王者或显要人物的座位；衣物柜一个，上有镂金的花纹；酒柜是根据雨果的设计制造的，上面图案繁复，有一种东方的、神秘主义的情调，像童话传说中的魔柜；另有一柜，也是雨果亲自设计的，古希腊式的风格，上有漂亮的人像，显得相当典雅。此外，有两件家具，颇有纪念意义，一是一张小写字桌，它面积甚小，平凡，简朴，毫无装饰，像一张小学生的课桌，雨果曾在这张桌子上写他的《历代传说》，桌面上有他自己的手迹，说明他 1859 年 8 月 16 日在盖尔纳赛岛完成了这部史诗。另一张桌子颇为奇特，方形，四角各刻有一位著名作家的名字：雨果、拉马丁、大仲马和乔治·桑，名字的上方各有该作家赠送的一支笔和一个墨水瓶固定在四个角落，名字的下方则用小方块玻璃各嵌有该作家的手迹。这是雨果夫人在盖尔纳赛岛时，为一次慈善事业的义卖而设计制作的。可是，这一别出心裁的纪念品在当时却没有找到买主，最后，雨果只好自己把它买了下来。

大厅的内侧还有一室，是为第三展览室，也许是当时雨果家的小沙龙。其中展品不多，展出了《巴黎圣母院》1831 年的原版和从那时起直到 1981 年有关这部著作的美术作品和人物插图，可见，这部暴露中世纪黑暗的小说，一直不停地激起美术家们的创作灵感。

我走出这三间展览室，为自己对雨果作为一个作家、画家、斗士、富翁、好父亲，以及一个有七情六欲的人有了更多一些感性认识而感到满意。我兴致勃勃地继续我的行程，然而，却接二连三碰到扫兴的事：

当我走向第三层楼想去参观雨果的工作室、寝室和日常生活的房间时，我发现楼梯口横着一条带穗的丝绳，显然是“游人止步”之意，我询问站在楼梯口一个穿着制服的“看守者”，他说，上面两层正在维修，暂停开放。我问何时可以修缮完毕。“谁知道呢，总得一年以后。”

当我回到那三间展览室想拍几张资料照片时，展览室的“看守者”又提醒我不能用闪光，我看着这位“看守者”满脸和善的笑容，不能不感到一种过分的严格，的确，这里比卢浮宫更严，在那里，你只要花钱买一张许可证，就可以使用闪光拍照，而这里，却无此种通融。

当我走向出口，来到门口那像鸽子笼一样的柜台，想买一些这个故居的实物图片时，我发觉只有少得可怜的一两种，而我想要什么偏偏没有什么……

在巴黎圣母院

一

在巴黎的时候，我不止一次地这样度过我的一天：先是在圣米歇尔广场上的吉贝尔书店的三层楼里流连大半个上午；然后，沿塞纳河而行，在河岸旁的一家餐馆里吃一顿午饭；饭后，漫步在河畔一个接着一个的旧书摊前，这里琳琅满目的旧书和画片，总叫人情不自禁要为它们破费，结果，我总是提着旧书商给我的塑料包，跨过塞纳河桥，来到与旧书摊隔河相望的“巴黎圣母院”[①]。

巴黎10月的阳光还使人有点燥热，我总在圣母院前的广场左侧树荫下找一张椅子坐下休息，慢慢咂完一小罐橘子汁，仔细审视巴黎圣母院这奇妙的建筑物，观看广场上的情景，思绪随着这一切漫无目的地飘荡。我觉得，此时此地此种方式，似乎最适于体味巴黎的古意。

如果说吉贝尔书店和旧书摊展现出了法兰西文化源远流长的图景的话，那么，眼前这幢建筑本身就是法兰西历史的实物，甚至可以说，就是法兰西历史的象征。

请你不要相信《巴黎四日游》之类导游书和百科全书之类工具书上的彩色照片，也请你不要相信那美丽的明信片，巴黎圣母院的色彩实际上远不如它们所表现的那样鲜艳、光亮。它起初一定光辉夺目，

① 准确的译名应为“巴黎圣母堂”，此处沿用流行的译名。

用乳黄色的砖石砌成，衬映着绿色的树丛，该是一幅多么美的图画！可是，在它身旁的塞纳河水不断流走历史的过程里，它那身衣袍也褪了颜色，时间、风雨、灰尘……又在原来的乳黄色之上蒙上了一层灰黑，于是，我所看到的是：它又旧又暗地站在那里，像一个满脸积垢的老人在为时间作证。

的确是古老的象征，它奠基于法兰西最古老的土地——法兰西岛。这是塞纳河上的一个岛屿，最初的巴黎就是起源于此，因此，此岛又被称为“城区”。塞纳河原是围绕这“城区”的“第一道城壕”，塞纳河的堤岸就是它的“第一道城墙”。巴黎圣母院位于这个岛的后端，从鸟瞰图上可以看到，法兰西岛的尾巴伸在塞纳河里，微向右偏，就像一只大船歪斜的后舵。

20个世纪以来，巴黎圣母院的这块地方就是人们向神祈求祷告的场所，这似乎是法兰西一块永恒的圣地，人们就在这里寄托自己的信仰，向神提出自己的请求，在神的面前寻求灵魂的平静，虽然，神的名字、神的形象以及神的箴言，由于人世的变化，在这里也经历了“沧海桑田”。

古代法兰西这块土地原称高卢，直到公元2世纪末奴隶制的罗马帝国入侵，它还处于氏族公社解体的阶段，在此之前的法兰西岛，也许还是一个荒芜不毛、人迹不到的地方，这块土地的“灵性”，还沉睡在初开的混沌里。

罗马人带来了奴隶制也带来了他们的多神教。从公元前1世纪古法兰西大地上开始有了奴隶制文化起，最早的巴黎人就开始在圣母院这块地方向“全能的”、“至高无上的”、“众神之父和万人之王”朱庇特供献祭品。他们在这里请示过阿波罗的神谕？他们在这里祈求过司农神沙特恩赐给丰收？每当新年开始的那天，他们就向代表着“善始善终”的雅努斯祷告，以求获得好运？

从公元4世纪基督教成为罗马帝国的国教时起，古老的巴黎人在这里膜拜的对象有了变化，上帝、耶稣基督取代了朱庇特，人们在这里祈祷，在这里仰望着缥缈的天堂，在这里怀着对地狱的恐惧表示忏悔。

早先，这里也许只是一块并无任何建筑或陈设的圣地，也许曾经有过简单地用几块石头砌起的祭坛？也许曾经有过小小的神庙？也许有人曾在这里竖起了最早一个耶稣受难的十字架？可以确定的是：从 8 世纪起，这里总算有了两个供奉圣母玛利亚与圣安德勒的教堂；直到 1163 年，现存的巴黎圣母院这一座庞大的建筑，才开始在这里奠定了自己的第一块基石。

它的建成，首先应该归功那些来自民间的人物。莫里斯·德·絮利，他是一个穷苦的伐木女工的儿子，1159 年被任命为巴黎教堂的司铎，次年又被任命为巴黎主教，任职达 36 年之久，是他，决定要在法国的京城修建一座奇美的教堂。其次，应该称颂让·德·谢尔与皮埃尔·德·蒙特叶这两位建筑师的杰出才能，他们绘制了蓝图并领导了第一期的工程。还不要忘记了巴黎的石匠、铁匠、细木工、雕刻师、玻璃工，以及千百劳动者，他们以极大的热情投入巴黎圣母院的建筑。圣母院于 1345 年最后完成了原定的设计方案，基本落成，整个工程历时近 200 年之久。

这个带着神性的殿堂，这个散发着来世和彼岸世界气息的处所，只不过是人类的作品，是社会历史的产物；而反过来，它又是人类历史的见证者。早在全部竣工之前，它就成为法国宗教、政治和民众生活中重大事件和典礼仪式的场所：

1248 年，法王路易九世扬起十字军的旌旗；从这里出发进攻埃及，这是西欧封建主对中东的第七次十字军掠夺，巴黎圣母院当能看见这位以“德行”、“廉洁”著称而被称为“圣路易”的国王的贪婪与凶恶。

1302 年，菲利普四世为了谋求全国一致对抗教皇，在这里召集了有市民参加的“总议会”，这实际上是法国历史上有记录可查的第一次三级会议，它标志着资产阶级市民进入了政治生活。

1430年，这时的巴黎圣母院已经最后落成，蔚为壮观，但法国却在“百年战争”中节节失利，整个北部已被英军占领。巴黎在英国人手里已经15年了，英国国王、刚满10个月的婴儿亨利六世被宣布为法王的加冕典礼在巴黎圣母院举行，圣母院第一次蒙受了法兰西民族的屈辱。

1455年，“百年战争”中的民族女英雄贞德的昭雪仪式在这里举行，这时，“百年战争”已在2年前以法国的胜利而结束，农家女贞德曾在对英作战中立下了不朽的功勋，落在英军手里后被交付教会法庭审判，最后被诬为“女巫”，在卢昂广场受火刑而死。巴黎圣母院里的昭雪仪式，终于洗刷了法兰西民族的耻辱。

1594年，亨利四世在沙脱尔教堂举行加冕典礼后进入巴黎，成为法国国王，来到巴黎圣母院感恩。他总算结束了历时数十年的宗教战争，重振王权，为以后封建王朝的鼎盛打下了一个基础。

1654年6月，路易十四加冕大典在这里隆重举行，巴黎圣母院看到一个“太阳王的朝代”即将开始，在这个时期，封建专制王朝将发展到历史上空前绝后的顶峰。

1774年，巴黎圣母院又举行路易十六的加冕典礼，圣母并没有祝福这位国王，15年后，法国发生了资产阶级革命，19年后，他在革命高潮中被推上了断头台。

1789年7月15日，国民议会和巴黎市政府来到巴黎圣母院欢庆前一天巴黎民众攻陷巴士底狱，这象征着封建专制政体被彻底推翻，一个新的资产阶级统治时期的来到。

1804年12月2日，拿破仑在这里加冕称帝，其典礼之豪华、规模之巨大皆前所未有，巴黎圣母院看到了那著名的惊人的一幕：拿破仑不是像历代国王一样让教皇加冕，而是自己用手把冠冕拿过来戴在自己的头上……

1918 年，巴黎人在这里为第一次世界大战对德国的胜利而向圣母感恩。

1945 年，巴黎人在这里欢庆粉碎了法西斯德国的胜利。

1970 年和 1974 年相继在这里举行了戴高乐将军、蓬皮杜总统的追思弥撒……

有史以来，在这里举行过的仪式、典礼远远不止这些，巴黎圣母院亲眼看见了法兰西几乎全部历史的发展，它的台阶上印着漫长的 9 个世纪历史发展的足迹，它的祭坛上记录了法兰西历史的“要目”，甚至详尽的篇章。

当然，还有“爱斯美拉达”与“敲钟人加西莫多”的历史，只不过，那是雨果的艺术构思，巴黎圣母院并没有见过这一出中世纪的悲剧。然而，这悲剧故事写得那么动人，以至来这里的游客都不自禁地想寻找哪里是爱斯美拉达婆娑起舞的地方，哪里是加西莫多劫法场的处所，哪里是克罗德·孚罗洛被推下钟楼的方位，人们往往沉浸在对《巴黎圣母院》小说故事的遐想里，而忘记了在这里曾一一扮演的真实历史的场面。

二

现在是 1981 年的秋天，我在巴黎圣母院倒的确没有看到任何有历史意义的场景，我所看到的，是像塞纳河水一样平静地流着的日常生活。有时我来的时候，是阳光和煦的下午，圣母院前的广场上满是人群，一队穿着黄色制服衬衫的学生，在老师带领下坐在草坪上休息，不时响起了他们的小号与小鼓声，他们是从外地到首都来参观游览的。有时是热闹的假日，一所小学校的学生，在圣母院前搭起了一个大台，在上面演出查理九世时代宫廷中的阴谋和斗争的历史剧。木台上支着一个十字架，上面挂着一个圣像，这就算是全部的布景。小演员并没有化装，只是象征性地穿着中世纪式样的服装，表演的动作也很幼稚，甚至可笑，但却招引了大群的旅游者和参观者，密密集集围着木台，观看他们的演出。有时我来这里则是雨后冷清的时分，鸽子在广场上、在周围的人行道上蹒跚；带着老式玻璃罩的 19 世纪式样的路灯旁，不时有游览者把照相机对着圣母院的正面截取不同的镜头。但不论是哪一次来，我都要走到圣母院的面前，然后再进到里面去，为了仔细欣赏那著名的“石头的交响乐”，这次着重欣赏这一“乐章”，那次着重体味那一“旋律”……

“石头的交响乐”，这是雨果形容巴黎圣母院的名言。它那千万块砖石，每一块都像一个音符，不仅组成题旨不同然而和谐一体的几个大的“乐章”，而且组成了千百段优美的“旋律”，还有无数奇妙的音调变奏。任何一个画家都没有那样的才能，也没有那样的勇气，以简单的线条去勾画巴黎圣母院的形象，它整体的各个方面是那么具有不同的风韵，它的细部又是那么繁复有致，你简单的线条不怕砍杀了它的丰富和细腻？它是欧洲哥特式建筑的最完美的典型，庄严的仪态，富于变化的结构，华丽的外表，高远宁静的姿态，神秘虚缈的神情，写实如生的装饰，它哪样没有？

它不像另外两个著名的哥特式的建筑——德国的“科伦教堂”与法国的“兰斯教堂”那样，正面就是刺向天空的尖端结构，或者在自己正方形的上端带着雨后春笋般的尖顶。它的正面是正方形，棱角分明，使它显得格外庄严。当然，如果这正面只是一个正方形的平面，那你就会感到有些刻板，可是，这平面上却充满丰富多彩的变化。最底层是并排的三个像桃子一样的门洞，门洞的弧形是由平行的几长串浮雕所组成的，每一串浮雕或表现《圣经》中不同的故事，或表现地狱中种种的景象。所有这些雕刻，线条细致逼真，形象栩栩如生，它们在圣母院建筑的正面上，构成了三组现实主义雕刻艺术的珍品。在这三个门洞之上，是一长条壁龛，就像圣母院门面上的横额，其中排列着 28 位耶稣基督的先祖、穿着绣花衣袍的帝王。从这横额往上看，那是圣母院正面建筑的中间一层，而在两个门洞之间，则是一个比门洞更大的圆形花窗，它宛如一大朵团花开在圣母院门面的中心。再往上看，则是一排雕花的石柱，支撑着另一层阳台，阳台的石栏杆上，每隔一段距离，就有一个石雕的怪物，体积大致与人同，头上有角，背上有翅，面目怪异，用手肘支着石栏杆，向下俯视着巴黎城的动静，它们的形貌和神情，不像天使那么圣洁，但又比妖魔善良。据雨果的描写，加西莫多就是在这一层往下倒铅水，对付攻打圣母院的乞丐军的。在这一层楼台上，两旁则耸立着两座巨大的钟楼，其中的一个就悬着加西莫多敲打的那口大钟——玛丽。

圣母院正面建筑的背后，隐藏着一个长方形的大教堂，教堂的正殿比两旁的附属结构要高出许多，像是鲸露出海面的大背脊。在它的后半部，一座尖塔从屋脊兀立高耸，巍峨入云，它有 90 米之高。其实，这 90 米，塔只占了不到一半，塔上是一足有几十米的菱形的尖顶，它上面有对称的栉齿，像一柄长着利刺的长剑，而其顶端，就是一个细长的十字架，看上去几乎与云端相接，似乎教堂里那些圣歌圣诗悠扬的乐声、那些喃喃的祈祷声，就是从这里“通向天堂”的。往下看，从教堂正殿两侧的屋檐下，伸出一排凌空的扶壁，与比正殿低矮的附属结构相连，它们既像是桥梁，又像是从正殿喷射出来的一股股泉水倾泻在附属结构的屋顶上。两侧的附属结构并不低矮，墙上雕刻着精美的图案，一些高大的圣者贴壁而立，就像站在空中一样俯视着圣母院右边的街道与左边的塞纳河。正殿的末尾是一座圆堡式的建筑，它的屋顶像一片覆盖着的圆形的荷叶，而朝天的那枝茎上，又插着一枝美丽的花朵。圆堡的四周都有扶壁凌空射下，远看去，仿佛圣母院背后披着一绺一绺垂地的轻纱。

如果说圣母院的正面是庄严华贵，它的侧面和尾部是精巧俏丽的话，那么，它的里面则是肃穆与神秘了。中间是一个狭长的厅堂，容纳了上千把木制的坐椅。厅堂前面是一个宽大的祭坛，祭坛的中央供着天使与圣女围绕着殉难后的耶稣的大理石雕塑，而在厅堂的尽头则是一个巨大的圆形天窗。整个狭长的厅堂给人以幽深之感，以至从那远处状如花朵的大天窗透过来的日光，似乎就是邈远的天国。而厅堂的穹顶是一道道优美的抛物线，它们构成了像天空一样的高高的穹窿。厅堂的两旁是圆形的石柱，圆柱的外侧是相当宽阔的走道，再靠外侧，有一些小小的房间，有的是神父听忏悔的地方，有的是神父指点迷津的场所。过道旁边有些圣徒和天使的塑像，还有《圣经》故事的浮雕。整个教堂内，基调是深灰色的，光线暗淡，每一块砖石都显示出自己古老的年龄，都在诉说落后、愚昧、黑暗的中世纪的历史。我感到这里的氛围既有些神秘，又有些老朽，你到了这里面，似乎就有一种无形的东西罩住了你的身心，使你的思想不那么自由自在，使你的生机不那么跃动。我不太喜欢巴黎圣母院的内部，虽然我曾不止一次进去参观游览，但它整个的气氛总未能使我在这里面久留。

我还是喜欢待在巴黎圣母院的外面，我宁愿拿着一本说明书，到巴黎圣母院左侧的那个长条形的公园里去读，同时欣赏它美丽的侧影。这里有树荫，有草坪，草坪上有修剪成圆锥形的柏树。鸽群在这里飞翔，不时落在坐椅前游人的脚旁，分享他们落在地上的面包屑，你即使恶作剧地用脚使劲一顿，它们也不会惊恐地飞走，它们早就习惯了与人相处，似乎有把握自己绝不会遭到伤害……公园外沿的堤岸上挂着一丛丛碧绿的藤叶，在微风的吹拂下，就像是堤岸身上随风飘动的绿色披肩。你来到堤岸前，塞纳河就在你脚下喃喃细语，你的眼光顺着柔波而下，可以看到远处河上一座又一座漂亮的拱桥，它们在那里召唤你去欣赏巴黎的另一番风光……

我也宁愿出了圣母院往右转弯，来到它旁边那条阿尔戈尔横街，这里有好些家小店铺专门出卖巴黎的纪念品，有巴黎每一个名胜的彩色图片，有各种带着巴黎标志的小摆设和装饰品，包括铜制的埃菲尔铁塔、巴黎圣母院、凯旋门的模型，还有在圣母院阳台上那观察着人间善恶的怪物的雕塑……它们制作精巧美观，就像山阴道上的每一朵鲜花，吸引着你的鉴赏力，叫你应接不暇……

总之，我与巴黎圣母院的圣殿没有建立起感情，只有一次例外，那是在圣诞节的下午，但那也是我最后一次去看巴黎圣母院了。

三

我在“圣心教堂”度过了圣诞节的上午、下午，我来到了巴黎圣母院。这天人群当然特别多，大都是来望弥撒的，也有一小部分像我这样来观光的参观者。教堂的门口拥挤不通，正厅里近千把椅子都已坐满。正厅两侧的献烛台上插满了白色的蜡烛，照得教堂格外明亮。烛台上的残烛堆得几乎有一米高，有很多仅仅只燃了一小截，那是因为先来者献上的烛，很快就被后来者献上的烛代替了。

弥撒正在进行。宣教台上的布置极为简朴，从高处垂下来一块白纱帘把正厅尽头的祭坛遮着，构成宣教台的背景。台上有一长桌，四周点着6支巨烛，桌上供着一大束白色的花。一排神父站在白纱帘前，着一式的白色长袍，袍领上带一白色的斗篮。在他们前面，一侧是主持弥撒的主教，另一侧是主持宣讲的主教。在宣教台的右侧，又整齐地站着男女混合的唱诗班，他们则身穿黑色的服装。主持者按照一定的程序领着弥撒的进行，从后排神父队伍里走出来一名来到台前左前方，念一段经文，念完后合掌缓步走回原位，另一位神父来到台前的右前方领唱圣歌，有时只有唱诗班应和，有时则由神父指挥，全厅起立，齐声合唱，然后，又一神父来到台前宣道。如此不断反复，只是所念的经文不同，所唱的圣歌和主教宣讲的内容不同而已。

我完全以教外人的好奇心听着和看着这一切。不管那些经文中的神话内容是多么不可信，但眼前的弥撒仪式却有点脱离了原来宗教迷信的陈习而有点哲理化了。台上不仅没有圣像，也没有圣物，甚至连十字架也没有挂一个，而只有几盏台烛和一大束素净的鲜花！这种朴素的布置倒可以使人把那些经文和宣道当作一种哲理来对待。也不管那些神父以那么认真的态度去诵讲现实世界中不可能的事而多少有些可笑，但他们那悦耳的声音，庄严而抑扬顿挫的语调，却不失为上好的朗诵艺术。至于对那些圣歌，我只听曲调，不听歌词，说实话，我倒真有点喜欢：它们柔和，似乎可以平息人心里的骚怨；它们宁静，似乎可以使人从日常生活的烦扰中得到解脱；它们具有一种神圣、崇高的格调，如果不使人着迷到那样的程度以至向往虚无缥缈的天国，至少也可以使你的心灵似乎得到一次洗涤。这时，我不禁想起了《警察和赞美诗》，那个精神已经麻木的流浪汉被赞美诗的音乐钉在寒冷的街头，不禁百感交集，向往着严肃的人生……

我沿着大厅旁边的走道绕了大半圈，不仅大厅里坐满了人，而且走道上也站满了人，走道上的人像坐着的听众一样，也在专心听布道，在胸前画十字，也随着神父的指挥唱圣诗圣歌。整个教堂一片肃静，如果音乐声和神父的声音一停顿下来，上千人的大厅里竟没有一点嘈杂声，更听不见一声咳嗽与擤鼻涕，人群只在唱圣歌的时候，在齐声回答“阿门”的时候，才发出声音。这里什么人都有：有穿着讲究的，也有服装寒酸的；有老夫老妻，也有年轻的夫妇们和他们未成年的孩子；还有其他各种身份、各种年龄的男男女女。他们的表情都是一式的虔诚，法国人平时脸部常有的那种机智、活跃、调皮甚至玩世不恭的神情都不见踪影了。他们完全沉浸在宣道和音乐声中，有些人低着头在沉思，有的人把木椅转过来，跪在椅子上。过道上倒总不断有人走动，但他们的动作缓慢轻柔，似乎每走一步，气都不敢大出，即使是一些青年人，也早已收起了他们一出教堂门也许就要恢复的放肆轻佻的常态。过道的一侧，小房间里坐着神父，正在接待来请求“指点迷津”的男女。我看到一个男子坐在神父的面前，这是一个练达世故的中年人，从讲究的衣着来看，他显然在世俗中混得相当不错，现在，他却两手合在胸前，在和神父做严肃认真的谈话。

眼前的这一切使我惊异了起来，从我所了解的几个世纪以来法国的精神生活的进程看，我感到眼前的这一切是多么值得深思！在法国封建社会，从教会成为统治阶级的工具以后，神父和教士就成为讽刺揭露的对象，宗教教义就受到诘难。拉伯雷在《巨人传》里几乎把有关宗教的一切神圣的事物都嘲笑遍了：诺亚方舟的传说、神学教育、宗教信条、宗教裁判所和教皇等。到 18 世纪，宗教和教会更是遭到彻底的否定，先是这个世纪早期的思想家贝尔・封德奈尔等人提出了以科学的信仰代替宗教信仰的主张，然后，伏尔泰、狄德罗、卢梭对宗教意识的整个思想体系又加以摧毁性的打击，他们对修道院生活的黑暗腐朽、反动教会的宗教迫害，进行了无情的揭露，做了坚决的斗争。历史的发展最后就必然导致这样的一幕：在 18 世纪末资产阶级革命的高潮雅各宾专政时期，巴黎圣母院的主教堂被封闭，政府禁止在这里举行宗教仪式。过了不久，1793 年 11 月 10 日，巴黎民众干脆拥入巴黎圣母院，打碎了原来的宗教偶像，在这里举行了理性女神即位的典礼。这是革命政府力图以新的合理的信仰取代宗教信仰的尝试。然而，理性女神在巴黎圣母院的地位却难以巩固。1801 年 7 月，拿破仑与教皇签订协议，在法国恢复宗教信仰，承认天主教是“大多数法国人的宗教”，于是，巴黎圣母院停敲了 10 年之久的大钟又敲了起来。此后，虽然雨果在他的《巴黎圣母院》里，描写了教会神职人员所制造的一桩令人发指的冤案就发生在这个宗教圣地，把这个圣地写成了黑暗邪恶的大本营，然而，巴黎圣母院的“香火”却没有再断过。

他们真相信天主？现在已经是科学高度发达、人类进入了宇宙空间的 20 世纪，他们仍然相信诺亚方舟那陈旧的神话？我在圣母院教堂里的过道上一边走着，一边思考。我仔细地观察着坐在教堂正厅里的人们的面部，力图发现某一种能流露出内心深处真实思想的表情，然而，我看到的仍然是虔诚与肃穆。“你们真相信天主吗？”我记得两三个星期前，我和一对老夫妇坐在圣母院广场旁边的椅子上聊天时，我这样问他们。那位衣着整齐的老先生回答说：“的确相信。如果您不相信，您怎么解释这样奇妙的世界是谁创造的？而且，人，总应该相信一点什么。”

人，总应该相信一点什么。我眼前所看到的，就是人们在相信着一点什么的情景。现在，他们的那种态度和表情，十分清楚地告诉我，对于他们来说，这是一个严肃的神圣的时刻，他们从生存竞争中、从灯红酒绿中完全超脱了出来，正在思考一些严肃的事物。面对着这一切，我不禁感动了，我由一个观察者变成了一个思考者、沉思者。我深知，他们所相信的东西只不过是虚妄，是并不存在的彼岸世界，然而，他们却相信得这样认真、这样严肃、这样执着、这样热烈，这是多么值得深思！……原来，我为了观察我感兴趣的东西而在过道里有目的地走动，这时，我却由于完全陷入了自己的沉思而漫无目的地踱来踱去，显然，在巴黎圣母院这一片静谧的宗教氛围里，我成了一个奇特的来客。

我走出教堂的大门，向右转弯，取道阿尔戈尔横街，准备到地下铁道的“城区”这一站上车回我的住所。我知道：“城区”站的旁边有一个花市，那是一个五彩缤纷的地方；还有一个鸟市，在那里我曾听到各种奇珍鸟雀的啾叫与婉转啼鸣。但是今天是圣诞节，恐怕不会开市。我走完了阿尔戈尔街，到了塞纳河边，河对岸一排大电影广告赫赫在目，画的是……请允许我不加复述，画面实在不雅，而且，画的下方还有一句淫秽的粗话。我知道这张广告在地铁的走道里、在街口、在河岸，到处都有，它像海洋一样包围着巴黎，因为，圣诞节期间，这个片子正在巴黎各影院上演。

这时，我产生一种感觉：比起这张广告来，我刚才在巴黎圣母院里所见识到的那一点“灵性”，只不过是巴黎世俗氛围里的一缕轻烟。

在“人类文明的摇篮”里得到的启示

——一访卢浮宫

在地铁里还没有走出地面，我就似乎感到有一股卢浮宫的艺术珍品所发出的气息迎面扑来。这一站地铁不同于巴黎其他一些地铁站那样，所见是一片陈旧、寒碜、脏乎乎的景象，它整齐、清洁、雅致，墙上有一排玻璃壁橱，里面陈列着古代东方、埃及和希腊罗马时代雕塑的仿制品和艺术招贴画，像是一个艺术博物馆的走廊。出了地面，一过街，面前是一座宏伟的建筑物，其宽度看来足有 500 米，一大排雅典巴特农神庙多立克式的石柱，建立在高大宽广的基座上，构成了卢浮宫西边这一庄严的门面。

穿过中间的大门，就进了“方形庭院”，四周是一式高大的宫殿，这庭院其实就是它们中间一个正方的天井，只不过其面积不会小于两个足球场而已。这个“天井”，虽然已经有些老旧，但我实在不敢小看。据记载，它是整个卢浮宫的发源地。公元 1200 年，国王菲利普·奥古斯特为了加强巴黎塞纳河一侧的防御，就在今天这“天井”的地方建立了一个宫堡要塞，其面积仅有现今“天井”的四分之一。不过，那最初的宫堡要塞，从 14 世纪起就不再具有军事的价值，而开始改建成国王的宫殿，特别是从 16 世纪弗朗索瓦一世开始，直到 19 世纪下半叶的拿破仑三世，历代国王几乎都曾在这里大兴土木，最后，也就形成了今天所能见到的卢浮宫。

继续往西穿过“天井”，再穿过“钟楼大厦”下巨大的门洞，眼前就是一片开阔的景象，两排巍峨的宫殿建筑，由西向东，像圆规的两脚，一直伸展到远处。近前，北边是以法国历史上三个著名的重臣黎塞留、柯尔柏、杜尔果命名的三座宫殿，南边相对称的三座宫殿，则以拿破仑帝国时期的三个著名人物命名：达乌是在战场上叱咤风云的元帅，德农是帝国的文物总管，莫兰是帝国的国库大臣。这六幢相连的大厦的前方，遍地是五彩缤纷的花卉，居中的是卡鲁塞尔的凯旋门，即通称的小凯旋门。它建于拿破仑帝国时期，为纪念拿破仑1805年一系列赫赫有名的军事胜利，其式样仿古罗马的提图斯凯旋门，与星形广场上的凯旋门几乎一样，只不过它比大凯旋门多了两个门洞，不及大凯旋门那样高大雄伟，它的门面上有6组表现拿破仑在奥斯特里茨、乌尔姆、第尔西三个战役中获得大胜的浮雕，这一切又使它在那广阔的空地中央、在这些宫殿的环抱中，显得格外凝练、精致。再往前去，菊勒里花园在玛尔桑宫与佛洛尔宫之间向远处扩展，似乎没有边际，人们在这里只能看到花园前面的一个大喷泉和西方遥远处协和广场上高耸的埃及石柱，以及天边大凯旋门那巨大的身影。

这一大片地方，就是通称的卢浮宫。每天，从“方形庭院”和协和广场的方向，来这里的游人络绎不绝。当然，这些历代修建而成的宫殿是法国封建王朝的遗迹，值得凭吊一番，但事实上，卢浮宫在历史上并不是法国宫廷生活的中心，法国国王和王室并不经常住在这里，有的国王把它作为档案库、珍品与财富的保藏处，有的国王则把它作为自己的图书馆，只有亨利四世、路易十三和青年时期的路易十四把卢浮宫作为他们居住的主要宫殿，因而，难怪黎塞留曾把王家印刷厂设在这里。路易十四后期，这里又成了供养一大批画家、雕刻家、建筑师、家具师的所在。当然，广阔的菊勒里花园和精致的小凯旋门也值得观赏，不过，这些都不是那么多游人被吸引来此的缘由……

魅力的源泉来自德农宫的门口，那里，每天都挤满了人，经常还排着长队，这就是著名的卢浮宫艺术博物馆的入口，它不像华盛顿的国家艺术画廊和纽约的艺术博物馆那样门前有巨大的招牌，它什么招牌也没有，似乎觉得门口拥挤的人群和排着的长队，就是它卢浮宫艺术博物馆的标志。

这无疑是世界上历史渊源最久远、收藏最丰富、价值最珍贵的艺术博物馆。早在文艺复兴时期，弗朗索瓦一世就开始在这里收藏艺术珍品，当时就已经从意大利获得了提香、拉斐尔、达·芬奇等卓越画家的 12 幅名作以及古希腊罗马时代的一些雕塑。到 17 世纪路易十三时代，卢浮宫已藏有 200 幅油画。接着，路易十四的财政总监柯尔柏又大大扩充了卢浮宫的收藏，使它在 1715 年路易十四去世时，拥有的油画增至 2500 幅。拿破仑在他称霸欧洲的时期，当然也没有忘记从各战败国为卢浮宫收罗艺术品。但他 1815 年失败后，联军又将其绝大部分取走，此后，法国各届政府仍不断关心卢浮宫的珍藏。经过好几个世纪的经营，卢浮宫的收藏至今已有 40 万件之多，从古到今，从东方到西方，从雕塑、绘画到古董珍玩、珠宝、装饰品、摆设、家具、瓷器、金银镂刻品等，无不应有尽有。

就是这个卢浮宫艺术博物馆，可以说贯串了我巴黎生活的始终。到达巴黎后不久，我就进行了第一次参观，此后，我不止一次、两次来到这里，沉浸在对艺术美的享受里，直到快离开巴黎的时候，我又到那里去做了一次长久的告别。

我从人类艺术发展的源头开始起步。这源头一开始就以它特殊的魅力吸引了我，使我陷入其中而几乎不能自拔。

这是来自人类文明发源地之一幼发拉底河与底格里斯河流域的古代艺术品。有公元前 2500 年玛里长老的塑像，其细部虽很粗略，但神情颇为生动，表现出原始公社解体、国家刚开始形成时期统治者那种智慧的长者的气质。有公元前 2270 年阿卡德王国国王纳拉姆辛的纪念碑，这位国王曾大大地扩张了自己王国的版图，在历史上有“天下四方之王”的称号，纪念石碑上刻有一幅象征性的浮雕，臣民在下方颂唱、吹奏，国王背着弓箭走向悬挂于其上的山峰，姿态庄严英武。有公元前2150年左右的拉迦什的王子古地亚的石像，他手里捧着一个喷水的瓶子，造型粗犷雄壮，颇有写意的味道，那从瓶口喷出来的水，像一股一股粗粗的棉线披在他的衣袍上。也有公元前2000年一个很别致的陶土塑像，从那朦胧的轮廓可以看出，这是一个抱着婴儿的母亲，造型手法是象征性的，一只手像一个圆圈，一只手像一条长长的黄瓜，头部、颈部与身躯同样粗壮，只靠几根线条加以划分。还有公元前17世纪古巴比伦王国国王汉谟拉比所立的著名法典的石碑，它的全文刻在一个玄武岩石柱上。如果说，这保存无缺的石碑上的法典全文是历史学家所珍视的文献的话，那么，刻在石柱头上的浮雕则有宝贵的艺术史的价值，其构图只有坐立的君臣二人，但线条细致灵活，表现力很强。还有公元前6世纪波斯的一面彩色砖墙，不同颜色的砖块构成了执戈武士的图案，武士衣袍上的花样和背上箭囊的颜色均有所不同，他们的上方和脚下，都是美丽的花朵。此外，还有好些公元前8世纪到公元14世纪的各种艺术装饰品。有的是一大块石头上刻着一个人面马身还长着翅膀的动物，它那骏马的雄姿，使我想起了唐代著名的石刻《八骏图》，而它的身面两异又使我想起希腊神话中的斯芬克斯；有的是雕刻着卷花与牛头的石柱，线条细腻，构图优美，牛头的神态还多少有点拟人化；有的是人物的胸像，真实精确，脱离了早期雕刻那种粗犷、朦胧的风格，其面部表情还略带诙谐幽默，这已经是公元6世纪的产物了。

这里陈列的是人类文明的另一个摇篮埃及的艺术珍品，它们几乎和埃及的历史同样古老，一把石刀是古埃及前王朝时期历史的见证，刀柄上有船队和劳动者群像的浮雕，线条随意而灵活，形象生动，显然颇具艺术的功力，群像的气氛活跃热闹，反映了村社时期阶级压迫尚未十分明显的历史真实。公元前3000年的一块国王的墓碑则反映了统治阶级的国家出现后王权的威严，这时的国王已被视为神物，在墓碑上有雄鹰和蛇的浮雕，这种图腾式的形象正是当时国王的象征，浮雕构图古朴，线条简单明了。公元前2600年左右的古埃及国王石刻头像，也具有简朴的风格，然而，那凝练光洁的表面和刚劲单一的线条，却给人以青铜的质感，别有一番风味。与此相似的还有公元前1850年左右的先知全身塑像，它身姿和面部表情庄严，有一种宗教神秘主义的气息，公元前1400年前新王朝时期阿尔多女神塑像，也属于这类像青铜铸造的石塑，特别是后者，表面光泽可鉴，工艺水平很高，其造型只求形似，并不追求细部的精确真实。另有一类雕塑，风格则颇为不同，题材不是神或超人，而是现实生活中的人，身姿与表情皆符合常人的实际，公元前2500年前《小吏和他的妻子》的塑像就是一例，这是两个已经残缺的塑像，但谦恭卑微的姿态和面部表情仍然呈现得很清楚。另一件珍贵的艺术品《坐着的画吏》，也是公元前2500年的产物，至今完整无缺，一个赤膊的中年人，盘腿而坐，手里拿着录事本，其身材、比例、姿势、体态一如常人，虽然线条多少还有一些古拙平滞，但整个形象还是很生动的。当然，在埃及的展品里，还有一些彩色的木棺，这是用于葬人的，装帧特别讲究，它们都呈双手抱胸、双足并拢的人形。棺木的外侧，头部绘制着人的面孔形象，身躯部分绘制着彩色的衣袍。面孔形象都是程式化的，没有表情与相貌的差异，衣袍上的彩色则呈美丽的图案，其中有人物也有鸟雀和花草，当然，各个棺木的图案又各不一致。棺木的内侧，也绘制着对称的图形。这些棺木，卢浮宫确实拥有不少，据我的印象，总有一二十个之多，它们的彩色基本上都保存下来了，作为艺术品，它们似乎还谈不上，但作为古代殉葬的用品，显然具有高度的工艺美术的价值。

说实话，我本来并没有打算细看西亚与埃及这两大摇篮里的古物，而只准备用一两次时间把卢浮宫里最著名的艺术珍品欣赏一番之后，就算完成了我对卢浮宫的参观访问。然而，我一进大厅，还没有来得及登楼进入画室，甚至也没有来得及在楼下欣赏希腊罗马的雕刻，就一下被截在这两个摇篮前，是因为这些展品古老的年龄吗？我自信还没有如此不讲究艺术效果的考古癖，如果这些古物没有它们的艺术价值的话，我是不会这样流连的，因为，我来到巴黎，毕竟不是为了考察巴比伦和埃及的古代史。那么，它们的艺术价值又在什么地方呢？

这些艺术品的形式都很古朴，同时具有很强的表现力，足以给人以深刻难忘的印象。是的，它们不像希腊罗马雕塑那么典雅、和谐，然而却浑实而具有情趣；它们也不像希腊罗马艺术那样逼真，然而它们那写意的、近似而非酷似的造型、构图和线条，却也非常圆熟，并构成了一个个既贴近又有距离的艺术意境。它们的艺术表现中还有某种朦胧的因素，这又带来了某种神秘的色彩。它们作为艺术形象既反映了社会生活和现实人的客观形象，同时很明显地表现了古代艺术家的主观感受、情绪和愿望。我不仅被这些艺术品本身的魅力所吸引，而且，我明显地感觉到，这些古物虽是我第一次见到，但又似曾相识。

我在什么地方见过它们吗？

它们那种形似、写意、象征、朦胧，不讲究严格比例而给观众留下想象、补充余地的手法，使我想起20世纪的一些造型艺术。例如：纳拉姆辛国王纪念碑上和埃及古刀刀柄上像蝌蚪一样活动着的人群浮雕，与毕加索的水墨画《斗牛》中点染而成的似是而非的人形颇为相像；古陶土塑像《抱婴孩的母亲》与毕加索的彩陶作品《女人》，在造型不讲究比例只求表现出大致的轮廓这一点上，几乎完全相同；古埃及的勒菲第斯女神塑像，颇有立体主义的味道，而阿尔多女神的塑像则又带一点原始的20世纪式的流线型的线条；雕塑《坐着的画吏》彩色木棺上头像的缺乏个性、近似呆滞的面部表情，在20世纪的人物绘画中也经常可见，如毕加索的《亚威农的少女》与莱什的《早餐》；《拉迦什王子古地亚石像》浑身粗犷的造型风格似乎与

20世纪法国野兽派艺术家安德烈·德兰的雕塑《蹲着的人》与绘画《女人半身》那混沌、豪宕的风格也有某种相通。

古代艺术中像菊花一样的太阳、像棉线一样的喷泉，不也是可以使人想起印象派画家把茂密的草地画成火焰形状（凡·高:《风景》），把地上的土堆画成浓云状（《阿尔莱斯街景》）的手法吗?

当我在端详中发现了这些相似的时候，多少感到有些诧异，不过，有什么值得诧异的呢?毕加索不是就深受古代西班牙雅利安人艺术的影响吗?而雅利安人的艺术就曾吸收了古亚述、埃及、迦太基的艺术的营养，看来，我所见到的这些古物所属于的人类一个摇篮里的艺术，也许代表着人类艺术的又一个源头?怎么可能只有希腊罗马这一个源头呢?的确，从希腊罗马这个源头，人类有了欧洲现实主义艺术的传统，而我现在所见到的这个源头，显然对欧洲19世纪下半叶以后的造型艺术起了不可忽视的影响，这种影响再加上19世纪下半叶以后的社会现实生活条件，也许就是我们通常所谓的反现实主义传统的现代派艺术产生的根由吧!

即使没有这种源与流、先例与继承的关系，在人类的艺术实践里，难道就不会出现这种偶合吗?本来，文学艺术就是现实生活在人类头脑里反映的产物，有的文艺创作偏重于严格的对客观世界的模仿与摹写，自然就形成了写实的或现实主义性的艺术品，而在有的艺术创造中，“人类头脑”中的主观因素更多地起了作用，以至明显地忽视了对客观现实的严格模仿与摹写，那就自然产生写意的或非现实主义性质的艺术品了。这何尝不是艺术创作的规律?既然是客观的规律，那么，当古巴比伦人、古埃及人并不着意去严格模仿现实，而是更突出地表现自己欢乐的情绪、对明主的歌颂、对王者尊严的敬畏、对神对死亡的神秘感受的时候，他们自然就创造出我所见到的这些风格不同于希腊罗马造型艺术的艺术品了。当然，当他们着意严格模仿的时候，他们也创造出了《小吏和他的妻子》这种写实风格的塑像。

同样，当19世纪下半叶以后的艺术家们纷纷力图更多地表现自己主观感受的时候，那么，产生印象主义、立体主义、表现主义、野兽派等反现实主义传统的各种造型艺术，又有什么值得奇怪呢？

我在这一大片碑石、塑像、器皿、浮雕之间不断走来走去，观赏、审视、思考、记录，不知不觉度过了两三个钟头，这时，我发觉我的参观比那些旅游者的走马看花费劲得多，这种某种程度上的体力与脑力劳动使我略感疲乏，于是，我走出了卢浮宫去“加油”和略事休息。

饭后，我坐在小凯旋门前菊勒里花园的坐椅上，眼前是一大片草地，马约所作的十二尊栩栩如生、身姿优美的裸体塑像在草地上星罗棋布，她们通体呈黑蓝色，像奇妙的精灵在绿草地上展示自己的魅力，她们引起了我对希腊雕塑的神往，我赶快站起身来，又向德农宫的门口走去。

大理石前的思索

——二访卢浮宫

经过一条开阔明亮的走廊，尽头就是宽敞的大理石楼梯，由这里可以通向楼上的画廊，在楼梯上面的中央，“萨姆特拉斯的胜利女神”正要展翅飞翔。

这胜利女神站立在一块已经破裂的粗糙的巨石上，迎面的风吹拂着她贴身的一层薄薄的轻纱，把它绷得紧紧的，突出了她健壮、丰满的肉体轮廓和几乎每一个细部。她羽毛丰满的翅膀已经展开，厚实而柔软，被风鼓动着，却又显示出一种强劲的力量。看她那即将腾空而起的身姿，谁相信她是巨石雕刻而成，足有一两吨之重？

这是希腊公元前 2 世纪的雕刻杰作，卢浮宫的骄傲，她站在那里，向我预告了卢浮宫里希腊罗马雕刻宝藏之丰富与名贵。

请暂时不要向那楼梯走去，请往左转弯，在埃及与西亚这两个摇篮面前也不要停步，这才可以到达卢浮宫希腊罗马雕刻的宝库。

这是公元前 5 世纪希腊三大雕刻家之一菲迪亚斯为雅典卫城巴特农神庙所作的浮雕，巴特农作为古希腊建筑完美的典型，朴实而庄严，至今仍是建筑艺术的范例，而菲迪亚斯所作的雕塑与浮雕，则给这永存的神庙增添了无穷的秀美。卢浮宫有幸保存着他创作的浮雕的一大块残片，这原来是神庙横梁上的装饰品，上面刻有 8 个站立的人像，他们身披宽大开敞的单袍，脚踏凉鞋，是在温和地带生活的古希腊人典型的穿着。8 个人分成两组，在进行交谈和讨论，有的在讲述，有的在倾听，正像当年悠闲的雅典公民在露天广场中谈论政治和公共事务一样。浮雕构图生动，充分表现出了古希腊人生活习俗和政治社会生活的情景，人物群像的头部均已残缺，但 8 个人不同的身姿和特点以至穿着的细部，都真实自然，呼之欲出。

这是公元前 2 世纪的一尊黑色大理石塑像《老渔人》，它不像其他的雕塑珍品那样在一些美术史的论著里经常得到介绍，但我不止一次来到这里时，总被它那逼真的造型和整个艺术形象中蕴含的民主主义情绪所吸引。他全身赤裸，只有腰间围着一根粗大的布带，显然那是他简单的衣衫拧成的。他这赤身裸体的形象，似乎就是他赤贫生活的象征；他面部的皱纹刻画着他饱受忧患的经历；他微微弯着腰、两手前探、似乎在摸索前进的身姿，显示出他劳动生涯的艰困；他那仰看着上天的两眼，虽然雕刻家并没有把眼珠雕出，可是却那么强烈地表现了他呼天抢地的绝望情绪……

这是公元前 1 世纪的塑像《斗士波尔惹斯》，他全身赤裸，一手握拳抬在额前，一手藏在身后，前腿弯曲，承担着全身的重心，后腿绷直，整个身躯弯曲前倾，这是斗士转身出手前的一刹那，艺术家是运用什么样的敏锐的眼光得以捕捉了这一瞬间的姿态？那姿态不仅凌厉勇猛，马上就要爆发为致命的一击，而且优美轻捷，无疑是理想的一个健儿。他全身紧绷着，肌肉一块块隆起，筋骨像钢条一样突现，而身躯的比例、肢体的细部以及肌肉、筋骨的形状，又达到了解剖学式的精确！

与此有异曲同工之妙的是公元 2 世纪的塑像《受伤的斗士》，他同样也是裸体，已经受了伤，跪在地上，即将扑倒，然而，仍手执利剑企图反击，他全身的姿态呈殊死搏斗状，他的面部表情表现了顽强斗争的意志和精神，他的身姿中那最后一股勇猛之力与开始侵袭着他的不可挽救的伤痛和颓势，构成了再动人不过的悲壮的形象。

这是公元前 4 世纪末希腊著名的陶器中心塔纳格拉制作的希腊

妇女塑像，她头上蒙着头巾，身上裹着一块缠身的衣料，脚下露出呈直管状的长袍的衣褶，衣料给人以柔软厚实的质感，可以想见这是富有弹性的毛料，它裹着的是一个普通的希腊妇女，身上没有半点希腊神话的气息。她的面部从头巾里露出来，相貌俊秀而表情刚毅，给人以深刻的印象，她整个身躯虽然裹在衣袍和长巾之中，透过衣袍，却可以看出她一手叉在后腰，一手抬在胸前，似乎在表示一个毅然决断的姿势，而这一姿势又使得她那婀娜多姿的形体在袍底清楚地显现出自己的轮廓。在这里，形体的形象有艺术的多层次，粗看它是深藏不露，细看它是隐约展现，而艺术构思的巧妙，也正是在这若隐若现之中。要表现出这样的形体的意境，显然需要有高度的雕塑技巧，其难度既大于雕塑一个被衣袍完全遮盖了轮廓的形体，也大于雕塑一个完全赤裸的形体，《萨姆特拉斯的胜利女神》，身上那种发展到登峰造极的雕塑艺术，在这妇女的身上也已经达到了它成熟的水平。

比起反映社会现实生活的雕塑来，卢浮宫所展出的神话题材的雕塑品数量更多，在每个陈列厅里，几乎绝大部分都是奥林匹斯山上神灵的塑像，也有一些希腊史诗与悲剧题材的雕塑，然而，希腊的史诗和悲剧，哪一样没有希腊神话的成分呢?

雅典娜是智慧的女神，在奥林匹斯山的众神中，占有重要的地位，她是聪慧与威力的化身，最受希腊人特别是雅典人崇敬爱戴。她在特洛伊战争中站在希腊人一边，使他们获胜；她帮助过希腊文学所歌唱的好些英雄：庇护为父报仇的奥列斯特，使他免受复仇女神的迫害，帮助伊阿宋进行寻求金羊毛的远航，援救奥德修斯，使他得以返回故乡。她还曾向希腊人传授纺纱、织布、冶金、造船、雕刻等各种技艺，她还是司农业和园艺的女神，而且，雅典城也是由雅典娜而得名的。相传她与海神波赛东争夺这个城市，商定二人之中谁带给人类一件有用的东西，即为胜利者。波赛冬给人类以战马，代表战争；雅典娜用长枪敲石，使石岩上长出橄榄树，象征和平，由此，她成为雅典的保护神，雅典人为了崇奉她，建立起了著名的巴特农神庙，其中有最优秀的雕塑家菲迪亚斯为她所作的巨型雕像。这雕像高达12米，雅典娜头戴战盔，身穿长袍，一手扶盾牌，长枪竖在臂前，一手托胜利女神的小雕像，这是一个具有无边的威力、战无不胜的形象，反映了希腊人对雅典娜作为特洛伊战争的参与者、作为战争之神的想象。然而，这仅仅只是一种想象而已，希腊人对雅典娜的想象似乎是无穷无尽的，因而，不同的希腊雕刻家又为她塑造了好些不同的形象。在卢浮宫里，有的雅典娜俊俏潇洒，有的雅典娜柔媚多姿，有的雅典娜飒爽矫健，有的雅典娜头部已经残缺，只剩下披着轻纱的丰满的女性肌体，但我最喜欢的还是《和平的雅典娜》。这是公元前2世纪的作品，她的姿态蹁跹袅娜，仪表典雅端庄，一手支在腰间，一手摊在身前，似乎在陈述，在启迪，在开导，在劝说，她这宣讲和平的形象，表现了希腊人对这位女神的另一种想象：她是明智、秩序、公理、法律、和谐、协调的代表。我站在她的面前，感到她有一种智慧的、温存的、感召的威力，她并没有手执盾牌和长枪，但她那述说的手势似乎足以感化任何好斗的凶顽，而且，她有怎么样的一双手啊，手指微微伸开，美得像一朵花，它白皙、丰腴、柔软，简直就是女性美的象征。雕刻家，你怎么能在这大理石上面如此奇妙地表现出人类肌体的质感？至于她身姿与衣袍的真实生动，则又使人颇有“仙袂乍飘兮，闻麝兰之馥郁；荷衣欲动兮，听环佩之铿锵”之感。

阿波罗是希腊神话中另一个动人的神灵，他本身就意味着“光辉灿烂”，他也为希腊人做过一些好事，而且，他英勇善射，是“银弓之神”，他又多才多艺，司音乐与诗歌，管医药和航海，希腊的雕刻艺术家自然经常把他当作一个理想的典型。卢浮宫所藏的阿波罗塑像颇不少，早有制作于公元前5世纪者，迟有公元前3世纪中叶的产物，他们姿态、面貌各不相同，在不同雕刻家的心目里，显然都有各自理想的阿波罗，但不论怎样不同，这些阿波罗都是少年或者是刚刚成年的青年，而且，毫无例外都是裸体。比较起来，要算公元前3世纪中叶雕刻家普拉克西戴勒（Praxitele）所塑造的阿波罗最为动人。他面貌俊秀非凡，体格匀称矫健，肌体光滑洁净，是一个理想的美少年，而他那姿态更是少有的洒脱优美，斜身站在一棵树的旁边，一手靠着树干，一手屈肘展在胸前，头微微偏侧，似乎在向前眺望，他显得那么从容悠闲，那么优雅自若，而这姿态却又掩盖不了他那矫捷的素质，似乎只要他一动作起来，就会成为灵活有力的神灵。

狄安娜也是希腊神话中一个足以引起愉快遐思的女神，她是狩猎之神，是大自然之神，在卢浮宫里，你可以看到她那别具一格的形象。她面貌清朗，体态轻盈，一块长巾披在两肩形成类似坎肩的上衣，下体是一条在膝盖之上的“超短裙”，脚上蹬一双草鞋，这身打扮使她充满了山野的气息，不像一位仙女，而像一个樵人。她背上有箭囊，右侧脚下有一头小鹿，小鹿欢跃而起，前蹄腾空，如果不是狄安娜用左手按住它头上的角，它也许还要蹦得更高。狄安娜头微微转向肩头，右手上伸，探囊取箭，她可能是发现了猎物。

此外，还有米纳尔芙，她是手工工匠的保护神，她站在那里，手上托着一头猫头鹰；还有希腊神话中有名的大力士赫拉克勒斯，他是宙斯的儿子，长得像宙斯一样威武雄壮，他具有非凡的力量，他的经历中充满了扶助弱小、铲除邪恶凶顽的英雄伟绩，希腊雕刻家把他塑成一个壮士。他一手抱着一个婴孩，一手执一木棍，身边还跟随着一头鹿……

当然，在所有这一切中，特别发出异彩的，还是维纳斯的雕像。举世闻名的“米洛的维纳斯”的雕像，她伫立在长条形展览厅的尽头。维纳斯，就是希腊神话中的爱与美神阿佛洛狄忒，传说她是从大海的泡沫中生出来的。她姿容绝美，受到奥林匹斯山上众神的爱慕与追求，希腊雕刻家如何才能把这一代表了美和爱情的神灵化为具体的形象？你瞧，她全身半裸，微微斜倾站在一块云石底座上，这姿势突出了她全身优美的线条，而她的半裸又展现出丰满的肌体，这是一个肉欲的象征？不，她的精神意境比她肉体的形象更高更完美，她的姿态与风度显示出一种崇高的典雅，她的脸部表情有一种罕有的端庄与宁静。当人们看到这一尊塑像后，谁都不会认为有比这更动人的女性美，谁都不会认为这个形体任何一个部位还可以加以改善，与其说她是神，更应该说她是人，是人的创造，而且似乎是人以这样一个艺术品向神、向造物主提示，人是应该造成这个样子的。当然你也许会对她双臂已断感到美中不足，但这不是艺术家的过错，而是历史无情的湮没所造成的。她原来肯定是一尊更为完整的美的形象，那么，你就用想象去补充她那双臂的姿态吧。不少艺术家都曾做过种种的设想：她一手倚在矮柱上，一手提着挂在腰间的即将脱落的长巾？或者是她刚刚出浴，正在抹涂橄榄油？或者是手捧着“友爱之杯”？或者是手执一面盾牌当镜子照？然而，没有一种设想足以与这残存的部分相称，维纳斯的艺术之奥秘已被深深埋葬在历史的厚土里，似乎是曾经一现的天机，既失而不可复得。

卢浮宫里古希腊罗马雕塑的珍品远远不止这些，仅维纳斯的塑像，也如同雅典娜、阿波罗的塑像一样，也有多尊，我怎么能把那么多芳香的柠檬一个个挤透？我怎么能一一描述我所见过的那些珍品？我当时在它们面前，不仅沉浸在艺术美的享受里，而且，接受它们的提示和启发，不禁进行了一些思索……

毫无疑问，这是我所见到的人类最卓越的雕塑艺术品，它们的线条是那么优美，它们的形象是那么典雅，它们的细部是那么真实准确，它们的姿态动作是那么生动自然，而所有这一切都产生于公元前的时代，人类的童年！那时还没有解剖学，可是人体雕塑的比例却达到了解剖学的精确；那时的希腊还处于生产力很不发达的社会阶段，人们的生活水平也很低下，他们全部的衣着只有一双凉鞋、一件单袖短褂。他们住的是狭小的屋子，一张床、两三个水壶就是主要的家具，可是他们创造的艺术品即使是在科学技术高度发达的20世纪，仍然是难以企及的典范和标准。在《萨姆特拉斯的胜利女神》之后，谁曾在坚硬的大理石上表现出轻纱贴体、透过轻纱又可见肌体的那种双重的质感？在雅典娜的塑像之后，谁曾把放射状、直管状、斜管状、水波纹状等不同类型的衣褶刻画得那样飘洒生动？在《米洛的维纳斯》之后，谁曾表现过如此动人的女性美？马约是20世纪法国杰出的画家和雕刻家，我所见到的他的维纳斯的塑像，亦可谓表现女性美的杰作，但和古希腊的珍品相比，她就丰满有余，苗条不足，袒露无遗而缺乏含蓄，更重要的是，她没有那种卓绝的风度与典雅的端庄，如果放在断臂维纳斯的旁边，简直就是一个俗物。

如何理解艺术创作中的这一现象？是的，马克思曾经指出，虽然火神乌尔刚不能与罗伯兹股份公司相比，雷神朱庇特不能与避雷针相比，传达使者和商业之神赫尔墨斯也不能与动产抵押银行相比，但希腊的神话至今仍保持着其不朽的魅力。这就是他所提出的文化的各种形态（科学、技术、文学、艺术）发展不平衡的规律，不过，希腊的雕刻与希腊的神话还有一点不同，那就是，希腊的神话因为表现了人类童年时代天真的幻想而使成熟时期的人类仍对这种童年的天真感到高兴和喜爱，而希腊雕刻却在人类造型艺术中始终占有顶峰的地位。在人类的童年，产生天真的幻想是可以理解的，但在人类的童年，何以能产生成熟的、使后来成为望尘莫及的造型艺术？

的确，一种艺术部类的繁荣，要从和这个艺术部类直接有关的一些具体的现实生活条件中去找，而不应该从一些抽象笼统的原因去找。为什么希腊雕刻在对人体形象的塑造上达到如此高度的水平？这时，我想起泰纳对这个问题的论述，他从希腊人生活的习俗，从希腊人对体育锻炼、角逐的普遍爱好，指出希腊人从长期的现实生活中特别熟悉人的肌体和机能，培养了对健美体格的理想和追求，在这土壤上，才产生了高度现实主义的雕塑艺术。

泰纳讲得有道理。我眼前这些塑像的衣着首先就是一种启示。在希腊雕塑中，不论是人还是神，他们都穿着敞开的单衣，往往只是一块长方形的衣料，按不同的式样缠覆身体，只在两肩和两肋部位用绳索和衣带加以连接。这种简单的衣着正是希腊风和日丽、气候宜人的产物。人们穿着它袒胸露臂，三分之一的肌体都露了出来，这当然有利于希腊的雕刻家们经常对人体进行深入的观察，由长期的观察，对人体的比例、肌体的形态有准确的认识和把握，虽然当时还没有人体解剖学。一方面他们对人体的认识既是实实在在的，没有掺杂神秘的成分；另一方面他们把神也想象成和凡人一样有血有肉，具有人的各种性能。当他们把对人体的现实认识与对神的幻想结合起来的时候，就形成了现实主义雕塑技艺与浪漫主义题材的和谐统一，使他们的雕塑具有一种动人的魅力。

我眼前那英勇拼搏的斗士的塑像也是一种启示，它启示着希腊人当时的生存条件。那时的希腊人并没有形成庞大的帝国或王国，而是沿着爱琴海的海岸和附近的许多岛屿，建立起成百个各自独立的小小城邦。在很多城邦周围，尽是虎视眈眈、时刻准备进行侵略和掠夺的野蛮民族，而当时的侵略和掠夺就意味着整个城邦被夷为平地，全体自由公民沦为奴隶。在这种生存条件下，城邦就不得不努力把自己的公民培养成体格健壮的武士。事实上，青壮年男子的主要精力和时间，都是用于在练身场上进行体育锻炼：赛跑、拳击、投掷和角斗。这样，也就产生了希腊人对于人的理想观念。发育良好、体格匀称、筋骨结实、身手矫健，就是这种理想的标准。这种社会心理长期存在于希腊，自然就形成了对于健美身躯的“拜物教”：他们的运动会成为展览与炫耀赤裸裸的健美身躯的时机；他们在神前与庄严的典礼中也往往赤身裸体；他们庆祝战争胜利的时候，可以跳裸体舞蹈；他们也常举行裸体的体育活动来对古代英雄表示敬意；最后，健美的肉体成为“图腾”，与他们想象中的奥林匹斯山上的神灵和传说中的英雄合而为一了。在这样一种现实生活条件下，希腊雕刻家们怎会不经常在自己的艺术创作中表达他们对神灵、对健美肉体的双重的歌颂？正因为他们在日常生活中有太多的机会去观察、感受和欣赏那种矫健的人体美，因而才有可能使他们的雕塑达到高度的现实主义水平。也正因为这种对健美躯体的“拜物教”产生于全民的生存斗争，是把健美的躯体与勇敢、沉着、自信、从容等素质联系在一起的，因而希腊人的雕塑又往往具有一种宁静与端庄，具有一种精神美，而不是一种“性”的形象。

无疑，希腊雕塑达到自己的高峰，也经历了一个相当长的时期，我在卢浮宫里所见到的最早一批希腊雕塑是公元前7世纪到公元前6世纪的作品，有头像，也有全身塑像。全身塑像有的只呈现出一个模糊、笼统的人形；有的虽然已具有人形，但全身僵直，呆若木鸡；有的头像五官虽然清晰真实，然而须发却远非自然之态。公元前6世纪的阿波罗塑像，虽比例准确，细部真实，然而体态生硬，姿势笨拙，远不及后来的阿波罗生动优美。而展览厅里那些把参观者成批成批吸引到自己跟前的雕塑杰作，则基本上是公元前3世纪以后的作品，这时，在希腊的文化中，不仅已经产生了一些反映现实生活的悲剧与喜剧作品，而且，已经产生了亚里士多德的现实主义的文艺理论体系，希腊雕刻家就是在这样的条件下，在三四百年的时间里，不断发展和深化他们对人体美的观察，不断改进和完善他们现实主义的模拟的技法，最后，《米洛的维纳斯》《萨姆特拉斯的胜利女神》以及《普拉克西戴勒的阿波罗》，才在卢浮宫里放出异彩，成为历代后人可望而不可即的典范。

面对着这些奇妙的大理石，我深感它们所包含的丰富的现实生活内容和漫长的历史发展过程，这些现实生活内容和历史发展过程，雄辩地说明了希腊雕塑的高峰出现的必然性，也证实了文化的各种形态发展的不平衡规律。是的，某种特点的艺术部类的繁荣，总有其特定的深刻的社会现实生活的根由，它并不一定取决于科学技术的高度发展，也不一定取决于生产力的高水平和生产关系的先进。那么，经常决定文化艺术繁荣的基本因素是什么？阶级斗争的激化或阶级关系的缓和？太平盛世或忧患的年代？这时，我感到自己在这些艺术品面前未免想得太远了，对于这样一个巨大的理论问题，怎么可能在卢浮宫里一下就找到答案、得出结论？……

何况，已经快到闭馆的时候了，而我还想回到维纳斯身边去拍两张照片，因为，在整个参观时间，各国的游客、参观者一直在她身边川流不息，还不时有一个又一个外国旅行团在导游者的带领下来到这里，围簇在她身边，不到快闭馆的时候，你要想摄取一个有清静背景的镜头，那简直是不可能的事。

在“葡萄园”里

——三访卢浮宫

我又一次站在德农宫门前长长的行列里，这天，阴雨刚停，天气清凉，潮湿的地上乱扔了一些纸烟头、废票和装食品的塑料袋。广阔的场院上散布着一群群服装五颜六色的外国和法国本国的参观者，其中又不时掺杂着几个特别刺眼的吉卜赛妇女和小孩，她们穿着七拼八凑、花花绿绿的衣裙，来往穿梭，向游客乞讨。所有这些构成了一片斑斓的色彩，与那古雅的深黄色的卢浮宫恰成不协调的对照。一些衣着单薄的非洲人在门口摆了一些地摊，出售象牙雕刻品，有仰立的马、卷鼻的象、展翅的鹰、盘腿而坐的猴，还有手环和项链，雕工颇细，但式样一律，看来是机器成批生产的。他们不断向游客特别是日本人吆喝兜售，问津者却甚少。

不能被维纳斯吸引过去，无论如何，今天要去看蒙娜丽莎，我给自己规定了这一天集中观赏意大利文艺复兴时期绘画的任务。

这是一个“山坡上的葡萄园”，我记起了一位艺术史家对意大利文艺复兴时期绘画的比喻：“高处，葡萄尚未成熟；底下葡萄太熟了。”当然，中间地带的葡萄最为鲜美。那些尚未成熟的“葡萄”，这位艺术史家指的是文艺复兴时期绘画的先驱保罗·乌切洛、安东尼奥·包拉伊乌罗、弗拉·菲列波·列比、陶米尼谷·琪朗达约、安特莱要·凡罗契奥、曼特尼亚、班鲁琴、乔凡尼·贝利尼等人；那些太熟的“葡萄”，是指文艺复兴后期的艺术家于勒·罗曼、罗梭、帕利玛蒂斯、巴末桑、巴尔玛、卡拉齐三兄弟等人；那些甜美的葡萄，就是我们所熟悉的一批大师：达·芬奇、拉斐尔、米开朗基罗、乔尔乔纳、提香、赛巴斯蒂安、但尔·比翁波、高雷琪奥。

卢浮宫几乎把这发展过程完整地展示出来了，这说明了它珍藏的丰富。事实上，它往上和往下都有所延伸，展出了意大利绘画的源远流长。就文艺复兴时期的绘画来说，如果我们把保罗·乌切洛视为第一位先驱，那么，他和在他之后接踵而至的一批先行者，基本上都是活动在 15 世纪中期，一部分到 15 世纪后期，而这里所藏的绘画，则早有十三四世纪的作品。

首先是 13 世纪的西玛标的名作《天使与圣母》。圣母着玄色的衣袍，坐在一把高椅上，怀里包着小耶稣，他的头上当然有光圈；在圣母坐椅的两侧，对称地站着 6 个天使，她们头上有光圈，肩上有翅膀，面貌不仅几乎完全一模一样，而且与圣母颇为相像。她们的表情呆板，都像修女。整个画面的颜色发旧，即使是天使穿的红袍，也有一些晦暗，似乎画家在极力克制着，避免用光亮鲜艳的色彩。我们肯定会嫌这幅画充满了一种宗教的压抑感，但是，它的线条灵活生动，很有表现力，是意大利绘画中突出了拜占庭程式化的代表作。然后是他的后继者乔托。乔托的绘画同样充满宗教感情和神秘主义气息，色彩与构图也颇为古板，然而，他在自己的绘画中，力图表现出更为广阔的视野和空间，填进更为丰富的内容，这就使他被公认为近代绘画的奠基者，正像与他同时代的但丁被认为是中世纪最后一位诗人、新时代最初一位诗人一样。卢浮宫所藏他的名作《圣方济各之屏》，同时表现了这位圣徒生涯中不同时空的四个场景：接受天使在他身上打下印记、爱护生灵、喂一大群鸟雀等。乔托的《圣方济各之死》，也表现了不同空间里的景象：室内是一大群教士、信徒围绕着去世的圣方济各，他们姿态和表情各个不一，室外的天空中，则有天使簇拥着圣者的圣魂向天国飞去。

此后的色彩和形象明显地有了变化，西蒙·马尔蒂尼的《耶稣持十字架》，虽然是宗教的题材，但表现的却是人间的不正义和苦难、普通人民的悲愤与痛苦。穿着红袍的耶稣扛着巨大的十字架，被一队执戈的士兵押着，脸上满是悲悯的表情。行刑队凶恶的头目有的使劲用粗绳勒着耶稣，有的挥起武器驱散后面为耶稣呼喊的妇女，而紧随着他们、从城门里一拥而出的人群，个个都是痛苦的表情。画面的色彩比较丰富鲜明，人物的数目将近四十，反映了较充实的现实生活内容，弥漫在整个画面上的那人世间的强烈感情颇有感染力，只是技法仍然相当笨拙，远近的透视感颇不自然，那城堡就像儿童的积木玩具一样，不给人以真实感。皮萨勒罗的《埃斯特家族公主像》，也许是近代最早的一批出色的肖像画之一，它虽然还残留着中世纪宗教绘画中人的形体细长干瘪、瘦骨嶙峋的那种风格，但已经可见丰润的面颊与颈项了，并且颇为生动地表现出人物形貌的特点，可以使人隐约察觉那少女的性格。特别值得注意的是，画家在表现人物华丽的服饰时，并不控制使用鲜艳的色彩，而在人物的背景上还以雅致的花朵和美丽的蝴蝶构成动人的图案，意大利中世纪绘画里，总算开始出现了淡淡的生活情趣。萨瑟达的《天使围绕下的玛利亚与圣子》，既保存着宗教感情，又更多地透露出文艺复兴时期世俗的趣味，它的题材当然有宗教的严肃性，画面和基调也很古穆，两边的圣徒脸上呈现一片虔诚，但坐在椅子上的玛利亚却是一个美貌的少女，娴静而温存，并没有多少神学的气息。而她抱在怀里的圣子耶稣，竟是一个胖乎乎、赤裸裸的小孩。围绕着他们的天使，个个都是妙龄女郎，背上没有翅膀了，披着漂亮的飘逸的衣袍。弗拉·安琪里谷的《圣母加冕》更是由中世纪艺术过渡到文艺复兴绘画的重要代表作之一，神学的题材完全转化成生活气息很浓的画面，宗教的仪式被改变成世俗的典礼。那位圣母，身披漂亮的轻纱，像一位高贵的公主在接受加冕，四周有五六十个围观赞颂的男女，都穿着色彩华丽、式样各呈其美的衣袍，像是朝廷的重臣和显贵的命妇，如果不是他们头上有圆圆的光圈，你怎么会把这些充满了世俗气息的男女当作圣徒圣女？整个画面是一片人间欢庆的气氛，并没有多少宗教神秘主义的气息，色彩明丽缤纷，而不是肃穆古板。场景像是在一座金碧辉煌的宫殿中，而不是在云彩缭绕的天堂，这哪里像天国里的圣事？简直就像泰纳在《艺术哲学》中生动地加以描写过的15世纪意大利热闹的节庆。

到了保罗·乌切洛的面前，我总算进入了那一个“葡萄”还不太成熟的地段，如果我可以把他当作第一颗不太熟的但的的确确是真正的“葡萄”的话。他展览在卢浮宫的一幅名作《桑·罗玛洛之战》，鲜明地体现了早期文艺复兴时期绘画的新的特色，形象众多，构图复杂，色彩鲜艳。背景是乌黑的天空，看来，是一个夜晚，而眼前的混战则像在聚光灯下以强烈的色彩表现了出来，不同颜色的战马虽然相混，但层次分明，上面坐着穿各式衣甲的战士，他们或策马前进，或勒马后退，或驱马奔突，或中枪落地，持在他们手里的长矛形成了一个茂密的小树林，其间又飘荡着几面战旗，而在骑兵的坐骑之下，还有一些手持盾牌的步兵在冲锋陷阵。这是一个巨大的场面，要处理那些杂然相错、互有重叠的形象，显然需要新的技巧，乌切洛不愧为一位出色的先驱，他成功地表现了一个内容繁杂的战场空间，使人颇有听见刀枪齐鸣、万马奔腾之感。

在卢浮宫里，另一位早期文艺复兴画家的代表曼特尼亚，也占有显著的位置，他的《耶稣殉难处》，与其说是宗教神学性质的，不如说是历史性质的，它再现了耶稣被处死的历史场景。耶稣被钉死在中央的一个十字架上，两旁的十字架则钉着两个小偷。耶稣身上并无任何神性的象征和标志，天空是平静的，也没有上帝显灵的任何迹象。十字架下，有的士兵站在那里无所事事，有的坐在地上玩牌；骑马远道而来的人，则好奇地朝十字架上观看；十字架的另一侧，有一个信徒在祈祷，另有几个妇女正在为耶稣遇难而悲哭，但她们不像马尔蒂尼的《耶稣持十字架》中的信女那样，头上还有变相的光圈。曼特尼亚的另一幅名作《圣赛巴斯蒂安》，也以表现历史故事的手法处理宗教题材。圣赛巴斯蒂安高高地被绑在雕花的石柱上，身上没有穿衣服，只在腰下系一长巾，他全身被乱箭射中，在他的下方，有两个箭手正在交谈。如果不是圣赛巴斯蒂安抬头仰望上苍、带有祈祷的神情，这幅画就丝毫没有宗教气息了，只不过是一张人物故事画而已。

这种面对生活的写实倾向，是对原来脱离生活的宗教神学倾向的抗拒和摆脱，这一点在卢浮宫的画廊里展现得相当清楚：固然，一方面有的早期画家如弗拉·菲列波·列比、波第瑟利、班鲁琴仍然没有抛弃天使、圣母与圣子的陈旧题材；而另一方面，又有一些画家如曼特尼亚、贝利尼和琪朗达约，则已开始致力于写实的人物画，他们即使是使用宗教的题材，也用写实的人物画的手法来加以处理，《圣赛巴斯蒂安》不过是一个突出的例子，其他如贝利尼的《耶稣受洗》也可算一例。在这里，耶稣只是一个清瘦的中年人，大半个身子赤裸，没有被画家赋予某种神性，而与贝利尼同时代的安东勒罗·达·梅西纳，则已创作出成功的现实主义的肖像画，卢浮宫所拥有的他的《雇佣兵伍长》，也许要算是早期文艺复兴时期绘画中最初一幅出色的肖像画了。画面上是一个强悍的青年人的头像，他脸颊上坚硬的肌肉和绷得紧紧的腮帮，表现出他的勇猛甚至凶狠的秉性，他嘴角的线条多少带有一些冷酷，他那两只眼睛既流露出自信，也流露出聪明和冷静，还有一股威逼的光芒，而细看，似乎又透露出粗野的躯壳里尚未泯灭的人性。他身穿黑衣，头戴黑帽，与背景上一片黑暗混为一体，这一大片黑愈益使色彩鲜明的脸部给人以强烈深刻的印象。

在意大利文艺复兴早期绘画里，与对现实人物进行写实描绘的这一倾向同时发展的，还有重新启用希腊罗马神话题材的倾向。希腊罗马神话本来就是与基督教相对的异教传说，充满了现实的、世俗的气息，而意大利文艺复兴时期的画家，又用完全世俗的眼光来对待这一题材，剥除它那淡淡的一层神性外衣，当我看到桑德罗·波第瑟利的《向少女赠礼品的女神们》时，不禁惊奇于它那纯粹的人间味了。画面上有四个女神和一个少女，美神维纳斯与三个娇嫩女神，鱼贯走入房间，向那位少女赠送礼品，这几位女神与这位少女几乎毫无区别，她们穿着与这少女完全相像的漂亮衣袍，她们的容貌与那美丽的少女也不相上下，少女接待她们，也像在招待自己的女友，整个画面明丽妩媚，似乎描写的是意大利的名门闺秀之间那种欢乐而亲切的交往。

以上这些先行者、探路人，不论在题材、构图、色彩、技法方面都有很大的发展，和中世纪的绘画相比，已呈现出了崭新的面貌，但毕竟还是文艺复兴初期的作品，因而，那种迷人的人文主义气息还不够浓，色彩也不够灿烂，造型还稍显干枯，线条略显僵硬，技艺未臻圆熟。他们总算打开了艺术史上清新的一页，预告着更为辉煌灿烂的一章。

果然，我走过了波第瑟利的身边，就进入了那个“葡萄园”中最幽胜的处所，世界绘画史上那些光辉的杰作，就在我眼前放出异彩了。

这是达·芬奇。这里也有他两幅宗教题材的作品，那就是《童贞女玛利亚与圣子以及圣安娜》和《岩下圣母》。这两幅画都充满了人间的温情，而绝无宗教的神秘。前者画的是两个并排而坐的妇女，她们膝前有一个可爱的小男孩，他赤身裸体，一副顽皮相，正在抓一只小羊羔，画幅的基调轻快明媚。后者以瑰丽浓郁的色彩在大自然美色的背景上，描绘了圣母和她的女伴带着两个小孩正玩耍，小孩也是赤裸裸的，互相在牙牙学语，圣母姿态娴静而优美，女伴容貌姣好动人。她们背后是奇美的岩洞，透过岩洞能看见绿树清溪的景色，她们的跟前，则有鲜美的花草，在这里，人与自然和谐一致、融为一体的景象，本身就体现着新时代的一种新的情趣和美感，完全清除了这个古老题材中原有的神性。画家的题材相反而精神相同的作品是《酒神巴克斯》，达·芬奇采用古代异教神话的题材，让酒神与欢乐之神进入绘画，这本身似乎就颇有表征意义，它预示着意大利文艺复兴时期的绘画中将出现人间的、世俗的肉体享乐的图景。看来是这样的。你看，这个俊美年轻的神灵，光着身子像是在炫耀自己健壮的肉体，他还带着一种启示的微笑，用手指着一旁，又像是在指引人们去体验和享受人间的欢乐。达·芬奇的另一幅杰作往往被艺术史家忽略，可是我在它面前却流连了好久，虽然它面前的参观者远远少于《蒙娜丽莎》，那就是他的《施洗者约翰》。这是一幅颇为别致的人物画，画布上一片深黑，只显露出施洗者约翰那光亮的面孔和赤裸的手臂、胸膛，两种色调形成强烈的对照，更衬托出人物的姿态和神情。他侧身偏头，一手置于胸上，一手弯曲上指，姿态活泼而优美。他胸膛以下赤裸裸的肉体隐隐地消失在深黑的颜色里，看来，他即将以这个顽皮的姿态完全在深黑的色调中隐没，他的面部表情极为微妙，眼睛颇有深意地瞧着观众，脸上带着一个聪明、嘲讽、意味深长的微笑，这个微笑，使人想起画家笔下的那个永恒的微笑。

蒙娜丽莎那永恒的微笑，谁不知道呢？法国人是怎么得到这幅名画的？可以肯定的是，弗朗索瓦一世如果不是直接从达·芬奇本人手里，也是从他的继承人梅尔兹那里买来的。它现在被挂在一个展览大厅正中的墙上，享受着卢浮宫其他任何绘画珍品所未受到的待遇，罩在一个玻璃壁橱里受到特别的保护，我每次在卢浮宫的画廊里来回经过它身边的时候，总看见有一大群参观者站在它面前仔细端详，其盛况仅有《米洛的维纳斯》可与之媲美。这画幅的面积并不大，宽约一尺，长约二尺，画的是一个实有其人的妇女，佛罗伦萨一个富裕市民的妻子。谁能把一个人物画到如此栩栩如生的地步呢？你似乎可以感到她皮肤的润泽、长发的光滑、两手的柔润，似乎可以看到她胸部呼吸时微微地起伏，可以听见她衣袍的窸窣作响。这个人物每一细部的线条、色彩、光线、质感都如此逼真，好像她就要从画布上走了下来似的。当然，如果这人物画像只具有形貌的高度真实，那还不足以成为传世不朽的杰作，使它成为这样一个杰作的，还是蒙娜丽莎那像谜一样的微笑，这笑，像即将开放但尚未完全开放的花蕾一样，浅浅的，淡淡的，正在脸上绽开。说它是笑，似乎为时过早，说它非笑，但笑意已呈，这表情是多么微妙！而且，这笑的内容又是那么丰富复杂：它似乎是温情脉脉，又似乎带有一种诡秘；它似乎是亲切的讽嘲，又似乎含有某种冷酷。它吸引着你，把你钉在她面前端详、品味、猜度、揣摩，然而最后你仍得不出结论，你只感到这表情本身就充满了无穷的韵味。它反映出一个女性内心深处种种纤细、敏感、复杂的感情活动，就像在一个水深千尺的池潭面前，你所能看到的只是幽深莫测的水面一层轻淡的涟漪。还有她那身后的背景也助长了一种幽深的意境，那里有小路，有山丘，有清溪，有像仙境一样缥缈的远景，这浪漫主义情调十足的美妙的山水和写实风格的人物肖像巧妙地配合在一起，更能引起人的遐思。

这是拉斐尔。拉斐尔来到卢浮宫也是弗朗索瓦一世时代的事。那时，这个法国国王从拉斐尔那里购得了他所有最重要的画作，至今保存在卢浮宫中的有《美丽的园丁》《神圣的一家》《圣玛格丽特》《伟大的圣米歇尔》《冉·达·哈贡》《两男人》与《巴达萨尔·卡斯第克利阿罗肖像》等。《神圣的一家》与《美丽的园丁》，可以说是文艺复兴时期绘画中宗教题材世俗化的顶点。前者画的是圣母玛利亚、圣子耶稣和他的父亲木匠约翰，约翰显得相当苍老，秃头、须发灰白，玛利亚与其如《圣经》所说是童贞女，不如说像一个少妇，圣子耶稣身上也毫无一点灵性，还处于混沌之中，这简直就是一个市民家庭的写照。后者画着圣母玛利亚带两个小孩，那是耶稣与圣约翰。玛利亚是一个丰满美艳的少妇，穿着俏丽，耶稣与圣约翰都是赤身的小孩，在长满了花草的地上游戏，他们后面的背景是飘荡着白云的蓝天，远处一片优美的景色，并无仙境的气味，只是人间的一个村落。所有这一切构成了一幅风光明媚、情调愉悦的世俗幸福生活的动人图景，以至人们历来都用那个世俗的题名称呼这幅画。《巴达萨尔·卡斯第克利阿罗肖像》是文艺复兴时期现实主义肖像画的杰作，所画的这个对象是拉斐尔的朋友，也是当时一位外交官与诗人，被誉称为“世界上最完美的绅士”。拉斐尔的手笔表现了一个看来具有敦厚、文雅性格的人物形象，画中人物的表情虽不及《蒙娜丽莎》《雇佣兵伍长》那样给人印象深刻强烈，但也极为传神。整个肖像是以高度写实的手法绘制的，髭须的浓淡、帽上一小片羽毛的薄绒、胸前绸巾的褶子，都画得细致入微，历历在目。

如果说，拉斐尔在希腊造型艺术的典雅、恬静与清新的风格上，已经加上了一层明显的妩媚明丽的色泽，那么，到了高雷琪奥、提香与委何莱斯那里，就更充满了一种尘世狂欢与官能享乐的强烈气息。

这是高雷琪奥。他的《美德之寓意》和《安第奥普之眠》都是卢浮宫之所藏，其代表作看来还要算《安第奥普之眠》了。它取材于希腊神话，充满异教的享乐的情调是它突出的特点。茂密幽静的树林，花草遍地，安第奥普这美丽的少女全身赤裸正躺在地上熟睡，她姿容美艳，肉体丰满，充满性感。旁边还睡着一个长着翅膀的小爱神，而从树木深处走出来的天神宙斯，已经赤身弯腰在她的身边，即将与她结合。从他们的结合中，将要诞生出传说中神奇的诗人与音乐家昂菲雍。正是他，一奏起竖琴，石头就自动滚滚而来，建成了忒拜城。高雷琪奥这幅作品，以神话的形式表现了人的欲爱，它使人想起意大利文艺复兴时期作家薄伽丘的《十日谈》中那些欲情故事。无疑，它体现了文艺复兴时期普遍存在于文艺作品中的对于肉欲之爱和官能享受的追求和歌颂。

高唱着官能享受颂歌的，还是提香。他的《原罪》画裸体的亚当、夏娃正要吞食禁果，并非出于魔鬼的唆使，表现了文艺复兴思潮中性的觉醒；他的《狄安娜与阿克提翁》以希腊神话为题材，画着狄安娜与她的女伴们正在洗澡，大胆地展示女性的肌体美和性感；他的

《仙女与牧羊人》画的是裸体的仙女正躺在树荫下与牧羊人谈情说爱，表现爱情与大自然融为一体的主题。不过，所有这些都是神话和传说的题材，表现的都是非人间的欢乐，而它们都不归卢浮宫所有，前两幅是西班牙普拉多博物馆的珍品，后一幅则属于维也纳博物馆。可是，卢浮宫却有提香一幅表现人间欢乐的杰作，过去艺术史家一直误认为是乔尔乔纳的作品，经过卢浮宫的艺术史家的研究，最后证明其实是出自提香的手笔，这就是有名的《田园音乐会》。画面上有两个绅士坐在草地上交谈，其中一个怀抱着吉他，姿态有一种动感，似乎在谈话中还不时用手指随意去撩动琴弦，使它发出清脆的音响，他们旁边有两个妇女都是全身赤裸，一个手持短笛，吹奏刚停，另一个拿着手壶在一旁取水。这是一幅纵情声色、恣意逸乐的图景，两个裸体妇女当然是肉欲之爱的化身，她们置身于一片迷人的自然景色之中，似乎是以她们本身的自然而与大自然融为一体，而整个画面又弥漫着一片优雅的音乐气氛，所有这些构成了当时意大利上层那种精致的享乐生活的画面。这幅画作无疑成为一个范本，后来19世纪下半叶法国画家马奈的名作《草地上的午餐》，基本上就是仿此而成的。

至于委何莱斯，虽然他不致力于表现肉体之爱的图景，但却表现酒宴的狂欢。《加拉的婚礼》场景巨大，人物有七八十人之多，正在大摆宴席，欢庆狂饮，长条台桌上杯盘狼藉。人们有的在奏乐，有的在聊天，有的仍抱着酒坛痛饮，正中坐着耶稣，但他那一点“灵性”显然已经湮没在这世俗的欢乐里。究竟这是什么样的耶稣呢？是第一次显灵把水变成酒的耶稣。正是他，使这一大群人可以开怀痛饮；正是他，给这狂欢的场面提供了永不枯竭的醉的源泉。这是文艺复兴时期对宗教禁欲主义何等巧妙的反讽！还有丁托列托，他的《天国》也有异曲同工之妙，对不起，这里的云端里没有天使，没有圣洁的、虚无缥缈的氛围，只有一群群穿着漂亮的世俗男女，他们在云端飘荡，继续在享受尘世生活的各种乐趣，只不过似乎比在尘世上更为自由自在而已。这就是画家的一反宗教神学的天国观，他用享乐主义内容代替了原来的宗教迷信，以这种机智幽默的构思，表现了文艺复兴时期绘画艺术中的世俗精神。

这就是我在“葡萄”成熟的园子里所见到的，这里的图景是那么美妙，形象是那么和谐，色彩是那么灿烂，芳香是那么醉人。再往下走，就是“葡萄”过分熟了的园地了，那里的“葡萄”色彩已过于浓艳，形态过于膨胀，果汁过于外溢，枝条过于沉甸。请看罗梭的《怜悯》，中央是一个瘦骨嶙峋的男人，他已经气绝身亡，旁边是他的亲人，他们的痛苦被画家画得那样夸张，就像我们在闹剧中所见到的过分做作的悲剧动作。如果和拉斐尔的《下葬》相比，就远不如拉斐尔画面中的人物那么自然而又充满一种深沉的悲痛。请看阿巴特的《仙女被劫》，为了衬托出惊慌失措的裸体仙女们的肤色，画家竟把树丛表现为褐色，天空里的云彩为绿色，这固然造成了某种鲜明的对比，然而却流于矫揉造作。再请看卡拉华日的《圣女之死》，整个画面是血红的基调，圣女和其他人物的衣袍是鲜红色，垂幔也是鲜红色，甚至从某处照进来的光线也是红色的，把人物的肤色映照呈浅红，因而看上去难免使人有刺目之感。还有阿尼巴·卡拉齐的《捕鱼》和多米里坎的《爱尔米莉与牧羊人在一起》，也都有构图比较造作、色调不够和谐的缺点，虽然前者不失为现实生活场景的写照，后者颇有文学气息和戏剧效果。

这是一个长达三个世纪的绘画艺术的发展过程，这个过程体现了什么基本倾向和特点呢？这些“葡萄”具有什么普遍的“形态”和“素质”呢？我肯定是有点职业病，因此，没有在眼前这一片艺术美之中沉醉多久，就又自讨苦吃，开始思索这个问题，而面对着这些实物，当然也很有助于这种思索。

我发现，这些意大利人并不致力于表现大自然，他们几乎从不以大自然为主要的描写对象，在他们的画幅中，树林、田野、山水、村落、城镇的景色出现得也不多，即使出现，也仅仅是无关紧要的背景和陪衬，你要到这里找法兰德斯画家或英国画家笔下那种自然景物是找不到的。这些意大利人也不致力于表现历史上有重大意义或惊心动魄的事件或现实生活中富有戏剧效果的场景，就像后来19世纪的法国画家所做的那样。这些意大利人也不致力于表现普通人的平凡、日常的生活，使人看到真实而琐细的生活景象，就像在法兰德斯画家那里、在夏尔丹那里所见到的一样。他们对人类生活的注意力，还没有扩充和深化到这些领域，他们还只来得及把眼睛从神移到人的身上，把热烈的眼光停留在人的形象上或形体上，当然先是注视在圣母与耶稣的身上，在逐渐从圣母与耶稣身上剥除其神性、充分表现其人性之后，终于以饱酣的色彩来描绘人的形体，这正是文艺复兴时期冲破了神学的禁锢、宣扬人性解放的资产阶级人文主义思潮在绘画中的直接表现。

那么，为什么在这一发展过程中，有的时候“葡萄”生涩，有的时候“葡萄”成熟，而有的时候“葡萄”又趋向凋落，根本的原因在于什么呢？我在画廊里面对着这一“流”的时候，不禁又唤起了在希腊雕刻面前开了一个头的思绪。当然，任何事物都有发生、发展和衰落的过程，不过，用这种理论先行的办法显然不足以充分说明艺术史的事实。

看来，“葡萄”逐渐成熟的过程，也就是人文主义思潮发展壮大的过程。但丁结束了中世纪的文学，揭开了文艺复兴时期的新篇章，是在13世纪中期到14世纪初期；意大利北部出现了富裕商人、手工工场主以及银行家所组成的新兴资产阶级的统治，则是在14世纪。这时的政治、社会条件，使对希腊罗马文化的重新发现为发端的文艺复兴思潮大为发展起来，逐渐形成人文主义文学艺术发展的高潮，彼特拉克、薄伽丘这些表现了新思潮的文学家，几乎与绘画领域里的乔托同时代，仅仅只比乔托略晚一点，文艺复兴时期的人文主义思潮以整个宗教神学世界观、人生观为对立面，颂扬人的自然本性，包括人的自然官能，颂扬人的世俗生活的乐趣，于是，在绘画中就发生了我在卢浮宫画廊中所见到的根本的变革：题材由神到人，色彩由枯涩灰暗到丰富鲜艳，情调由压抑低沉到轻快欢乐，人的形象由充满了原罪的污秽、卑微、干瘪到健壮、丰满、容光焕发。发展到 16 世纪，当人文主义思潮在整个欧洲都波澜壮阔、声势浩大的时候，意大利绘画中就出现了拉斐尔、高雷琪奥、提香笔下鲜艳丰满的肉体。

如果和我所见到的那些希腊罗马的裸体雕塑比较起来，意大利人这些表现女性美的形象有什么不同之处呢？我在画廊里又试做另一比较。的确，文艺复兴时期的意大利人是以希腊罗马文化为其典范的，希腊罗马的造型艺术事实上成为意大利艺术家们的借鉴与楷模。不过，希腊人毕竟从未经历过中世纪那样酷烈的宗教神学的统治，没有遭受过那种违反人性的禁欲主义的折磨，他们没有必要在文学艺术中一反“禁欲”而“颂欲”。他们对健壮优美的裸体的爱好，是根源于他们保卫城邦的需要与体育运动的发达。文艺复兴时期的意大利人则不同，他们经过了黑暗可怕的中世纪，他们忍受了宗教禁欲主义好几百年的统治，他们有必要在文学艺术中高声歌颂人性的解放和人的自然之欲以反禁欲主义，正像意大利文艺复兴时期文学中出现过“颂欲”倾向一样，意大利绘画中也出现了充满性感和肉欲气息的形象，这股强烈的气息显然是典雅、端庄的维纳斯女神身上所没有的。

我想到这里，觉得对意大利文艺复兴绘画中那些奇妙艺术品出现的根本原因，似乎有了一些领悟，“葡萄”为什么成熟，根本原因就在于人文主义思潮这一股暖流。这一暖流在意大利各城邦里形成了一种特定的社会心理、风俗习惯和审美趣味。我记得泰纳在他的《艺术哲学》里对此曾有过生动的描写：五光十色、欢乐喧嚣，充满了尘世的享乐……正是在这种气候中，产生了既不同于希腊罗马又不同于其他国家的绘画艺术。

当然，在文艺复兴时期，透视学的发现、解剖学的研究、造型技法的进步和艺术实践经验的积累，都是促使“葡萄”成熟的不可忽视的因素。但是，说来说去，起决定作用的看来还是那一股人文主义思潮的暖流，是它给予画家以划时代的激情、视野和眼光，使他们表现出鲜艳欢快的画面，而一旦这暖流已呈现完自己全部的内容，不再向画家提供新的灵感和营养的时候，绘画的生命力也就走向衰弱。我眼前的这一画廊似乎就说明了这点。我想，如果文艺复兴后期的画家们继续从历史、社会和心理的领域开拓和深化对人的认识，何尝不可以造成新的绘画高潮？可惜他们已经没有这种继续开拓的能力，而只在技法上下功夫，于是就出现了我所见到的阿巴特用来衬托裸体仙女的绿色的云。

绿色的云，显然刺目而不自然，从形式上说，它是标新立异、技法过头的产物，而从思想内容来说，显然就是营养不济、源泉枯竭的表现。

然而，“绿色的云”哪一个时代、哪一个国度没有呢？我一边想着，一边走出了德农宫的大门。

走向浪漫主义的高峰

——四访卢浮宫

卢浮宫虽是艺术博物馆，但很讲究经济规律。在收益上算盘打得很精细，持法国外交部文化技术司发给的来宾证，在其他博物馆可以享受免费或打折参观的权力，在这里可不行，而且，这里的门票价也比较高，相当于一顿很可观的早餐。此外，票也不太容易买，总要在乱哄哄的大厅里站上 20 分钟。

幸好，马第维先生在我的来宾证上，填上了我的学术职称以及考察文学艺术的目的，总算“对了口”。于是，我就沾上了学术职称所带来的“法权”的光，不用排队买票，而可以免费入场，出入无阻。这种方便使我得以一次、两次、三次造访卢浮宫，每次参观累了，还可以出来坐在菊勒里公园里，呼吸清新的空气，然后再亮一下这张来宾证，又进入画廊。

在已经参观了三次之后，我发觉自己还刚走出文艺复兴时代，在我面前，还有漫长的画廊，还有无数艺术珍品，而我毕竟另有很多别的事情要做，不可能把我在巴黎的时间全都用在卢浮宫里。因此，当我这一次去卢浮宫时，就不得不做了一个抉择，把繁荣的尼德兰绘画、出色的西班牙绘画、各具特点的德国绘画和英国绘画加以割爱，而集中观研法国 19 世纪绘画。

法国 19 世纪绘画展出在三个大厅，在这里，画幅布置得比其他大厅更紧凑、更密集，从近旁的厅壁上一直到高高的房顶，都挂满了油画，而且，大幅的油画也比较多，构成了一种空间里充满了色彩的壮观，一种艺术世界的宏大气势。

首先，达维特把我吸引在他的面前。达维特不论是从他活动的年代还是从他的艺术实绩来说，都堪称法国19世纪第一位杰出的画家，而且，他的活动和艺术品都体现着整个19世纪资产阶级上升时期那种高昂的精神和辉煌的色调。从艺术传统说，他显然是希腊罗马古典艺术美中最杰出的继承者。他在资产阶级革命爆发时期创作的《贺拉斯兄弟之誓》与《勃鲁图斯》，都是充满了英雄主义的画作，前者取材于高乃依的悲剧《贺拉斯》。贺拉斯兄弟三人代表罗马，即将前往迎战代表阿尔巴的居里亚斯三兄弟，而居里亚斯兄弟正好是贺拉斯兄弟的姻亲，画面上，三个罗马斗士在他们维护罗马荣誉的老父亲面前，一面接受他交给的刀剑，一面宣誓为罗马而战，他们的姊妹则为即将迎来的悲剧后果而哭泣，整个画幅充满了对公民职责感和自我牺牲精神的歌颂。后者以罗马历史上著名的英雄人物勃鲁图斯大义灭亲、亲自判处自己参与反对共和制阴谋的儿子死刑的故事为题材，突出表现了历史人物的共和主义热情。这两幅作品都具有一种庄严、典雅的风格，艺术上高度的朴实与处理历史题材时描绘的精确性，则又给人以特别深刻的印象。

大革命爆发后，达维特是革命的参加者与活动家，曾任国民公会委员，炽热的革命感情给人类历史上这次巨大的社会变革，留下了令人难忘的画幅。他曾以1789年6月20日三级会议中第三等级代表在网球场宣誓抗拒王权的历史事件为题材，创作了著名的历史画《宣誓》，那是一个充满了革命激情的场面，代表们一致举起宣誓的手，显示了意志和力量，可惜，我在卢浮宫没有见到此画，只是过去在美术史上见过。我在卢浮宫见到的是他另一幅名画《马拉之死》。马拉是法国资产阶级革命中的激进民主主义者，公认的“人民之友”，他坚决的革命立场遭到了反革命分子的暗杀。画面上粗糙的书桌和浴盆，表现出了马拉简朴的生活作风，他临死前交代工作的纸条说明了他鞠躬尽瘁的工作精神和对普通人民的热爱。画面构图简明严谨，画家运用了意大利艺术家卡拉瓦乔所创造的以浓暗的背景突出人物光亮形象的方法，以清晰、朴素的线条和高度精确的细节描绘，真实地再现了马拉的形象和他被刺的场景，现实主义的方法与革命倾向性的成功结合，使这幅画成为法国绘画史上对大革命历史事件最出色的写照。

到了拿破仑帝国时期，达维特顺理成章地成为资产阶级皇帝拿破仑的拥护者，他陈列在卢浮宫里的大型历史画《拿破仑一世加冕图》就是这一时期的杰作。拿破仑加冕典礼于1804年12月2日在巴黎圣母院里举行，达维特的画作所描绘的正是这一场景。图上的拿破仑已经不客气地把皇冠从教皇庇护七世手里接过来戴在自己的头上，这时，正由他替皇后约瑟芬加冕。约瑟芬雍容华贵，宛若妙龄，满身珠光宝气，穿着白色的衣袍，披着红色的大氅，跪在他的面前。他的后面坐着教皇，教皇本来应该是这个场面的主宰，然而，却显然成为一个配角，那真正的主宰、全画的中心和焦点，是头上已戴着皇冠、手里又高举着冠冕、正在扮演查理大帝角色的拿破仑。他身穿金丝刺绣的法国式红色天鹅绒上衣，身披以蜜蜂绣花为饰的披风，华贵庄严，充满了自豪与自信，以他加冕的动作，向全世界宣布他的最高权力。典礼的场面豪华隆重，大厅里站满了大臣、将军、主教、使节、宫廷权贵和上流社会的贵妇，他们的眼光都注视着拿破仑的动作，面部几乎都充满了一种崇敬膜拜的表情。整个画面气派宏大，构图复杂，层次分明，中心突出。画面上的人物有100个以上，每个神情都栩栩如生，站在前排的都是当时的显要名流。据说，达维特作此画时，曾一一对他们进行了临摹素描，因而，他们的形象达到了肖像画真切的程度。达维特同一时期的另一名作是《雷加米埃夫人肖像》。因为雷加米埃夫人是当时著名的文艺沙龙的女主人，大作家斯达尔夫人与夏多布里昂的好友，所以，文学史书籍上经常附有这一幅名作。这是我喜欢的作品之一，如今在卢浮宫得见真迹，更感亲切。这是一幅不仅画出了人的形貌而且画出了人的性格特征的佳作。画幅的背景深暗，夫人倾靠在一张船形的小榻上，身着白色的、希腊女祭司的衣袍，她姿容艳丽，表情端庄，两眼直射人的心底，她本人的风度、衣着和陈设和谐统一，构成了一种典雅的美，比起达维特后期流亡布鲁塞尔期间所作的另一幅有名的肖像画《演员沃尔夫》来，此作除了严格的写实笔法之外，还另外表现了某种精神境界。

波旁王朝复辟后，达维特在政治上所受的打击和迫害，并未能阻止他艺术才华的继续焕发，卢浮宫所藏的《萨班妇女制止了罗马人与萨班人的战争》，就清楚地显示了这一点。这幅画规模巨大，挂在画廊里显著的位置上，标志着达维特绘画艺术的新发展。在城池外的空地上，萨班人与罗马人正在进行战斗，枪矛林立，尘埃飞扬，杀声震天，双方武士拼搏格斗，正达白热化，但正是这个时候，一大群萨班妇女冲到阵前，把厮杀的两军隔开，有的高举着自己的婴儿，有的带着自己的孩子坐在地上，有的张开双臂大声疾呼，于是，两军被隔开了，武士们都举枪待击而不忍再击。这是一个充满了戏剧性的场面，原来的矛盾尖锐不可调和，最后却出现了奇迹般的解决，画家所选取的就是这样一个矛盾与解决的临界点的场面，并且表现出了全部过程的动感。画面的戏剧性固然构成了一种吸引力，而那奇迹般的解决，即赤手空拳的柔弱的妇女居然制止了一场干戈，却又显示了一种道义的、理智的力量，还昂扬着画家本人理想的和平主义的热情，这些精神的东西，无疑更有吸引力，使得这幅画作的面前，观者络绎不绝。以绘画艺术而言，这幅画再一次证实了达维特高超的写实才能，它既表现出了一场混战的繁复图景，构图又自然匀称，人物群像有条不紊，武士们头盔的细部、武器的式样和上面的图形等，又是以细节的高度真实性描绘出来的，甚至经得起考古学的推敲。可是，令人惊奇的是，武士们都是赤身裸体，妇女们也是半裸，这显然不符合战场上的真实。不过，这样画来，那些武士们体格的健美有力、女性肌体的柔美丰腴，不就表现得更突出了吗？于是，面对着这幅现实主义的画卷，你同时又可以强烈感到浪漫主义的情调。

在达维特之后，是他的后继者格罗与安格尔。在这里展出的格罗的几幅画，给我一个突出的印象：他是历史题材的爱好者，他特别在自己的画作中，表现了19世纪初在法国流行的拿破仑崇拜。这里没有描绘拿破仑在意大利战役中身先士卒、英勇奋战雄姿的《拿破仑在阿尔科拉桥》，那是凡尔赛与特里亚农宫国家博物馆的所藏，这里却有《拿破仑在艾劳战役》与《拿破仑在雅法看望鼠疫病患者》两幅名作。前一幅所取材的1807年的艾劳战役是极为酷烈的，拿破仑为了要使自己的步兵在俄军炮弹的猛烈射击下坚持几个小时，不顾生命危险，挺身站在战地上，炮弹不断掠过他的头顶，他脚下已躺着不少军官和士兵的尸体，而他仍然镇定自若，直到夺取了胜利。后一幅取材于1799年拿破仑进军叙利亚的故事，雅法城鼠疫流行，死者无数，画面上是一个患者集中的场所，一侧堆满了死尸，一侧是一群受疾病煎熬、奄奄待毙的患者，拿破仑不顾瘟疫传染的危险，亲自来到此地进行视察，他站在画面的中心，巡视眼前一片惨烈的景象。这两幅画都选取了两个关键的时刻和关键的地点，突出表现拿破仑非凡的勇气与坚毅。格罗的历史画面真实异常，细节精确，然而用色浓重，风格华丽，画家有时还有意造成鲜明的对照，因而，在严格的写实之中又透露出浪漫主义的光彩。至于他的肖像画，这里有著名的《缪拉骑马像》，它与《宫廷将军和大元帅》可谓“姊妹篇”，都是以拿破仑的著名将领为模特儿，同样属于写实的风格而有某种理想化的痕迹。

安格尔的画作，卢浮宫收藏得似乎更多，如果我当时没有统计错的话，有将近10幅。他的历史画《圣母贞德》以贞德敦促查理七世在兰斯加冕为王的题材，表现了这位女民族英雄作为政治家的形象。他的《玛尔科特·德·圣玛丽夫人肖像》画，是他一系列成功的肖像画之一，这幅画的一些细节诸如复杂的衣褶、精细的胸链，竟描绘得那么真实，简直像照片一样。不过，在我看来，他肖像画的顶峰恐怕还要算《贝尔丹先生肖像》，这幅画作在形貌的生动与细节的真实上，还胜于他有名的肖像油画《德沃赛夫人》和肖像素描《柏格尼尼》，更重要的是，它展现出了一个社会典型人物的精神面貌。这位贝尔丹先生是1830年以后自由资产阶级的代表人物，有名的新闻记者、政治活动家、《论争报》的主笔。他不修边幅、肘臂外伸、双手撑在腿上而坐的姿势，既是由于他体态的肥胖臃肿，更是他那种不可一世、妄自尊大的气势的自然流露，他薄薄的紧闭成一条线的嘴唇，显示了他的威严和坚决，而他那双眼睛，则显然是他冰冷灵魂的两个窗口。安格尔的宗教画《大天使拉斐尔》里，天使姿态优美，着色清淡，有透明感，衣袍飘飘然如生，似乎即将从画面上飞起。在画廊里使你感到安格尔另一个方面创作特点的代表作，是他的《土耳其浴室》，它是《土耳其宫人》的“姊妹篇”，皆为妇女裸体画，只不过《土耳其宫人》所画的只是一个裸体宫女，而且是她的背影，《土耳其浴室》画的则是浴室里一大群赤裸的妇女，有20个以上，虽然面貌姿态各个不一，但都是胖乎乎的充满性感的形象。这个画面显然不可能是写生，而只是安格尔根据一本书的描写想象出来的，画面上暗色的背景和鲜红的浴巾，衬托出人物群像鲜嫩的肤色，从风格上说，颇有浪漫的情调。

当然，这里还有其他一大批杰出的画家和他们出色的作品，勒尼奥的《洪水》表现一个青年男子在自然灾害中面临着是救父亲还是救妻儿的悲剧性的抉择。暗色略去了所有一切无关的背景，画面上只有强烈的色彩突出这几个处于不可解决的矛盾中的人物，既表现了生活细节的戏剧性，又刻画出了人物的内心冲突和心理深度。皮埃尔-保罗·普吕东的《年轻的泽菲尔在水面上悠荡》，把风神表现为一个赤身裸体、手攀着树枝、在水面上荡漾的顽皮活泼的少年，一反古希腊罗马的造型艺术一贯所具有的典雅的风格，给古老的希腊神话题材注入了潇洒轻盈、幽默可亲的情调。普吕东还是一个出色的肖像画家，这里收藏了他的《皇后约瑟芬肖像》，高山巨树的背景衬托出人物的慵懒娇柔、沉思遐想，给绘画带来一种浪漫的色彩。吉罗代的《阿达拉的入葬》是我所熟悉的名画，画家是夏多布里昂的崇拜者，我很难说究竟是夏多布里昂的小说《阿达拉》使吉罗代的画作享有盛誉，还是吉罗代的画笔给夏多布里昂的小说增添了光彩。画面真实异常，从洞口照进来的阳光使夏克达斯、阿达拉与神父三个人物清晰可见，他们的旁边是已经挖好的墓穴，人物的位置、姿态、须发和衣褶的细部，尽皆真切异常，那天姿绝色但已长眠的阿达拉像一块纯洁的白玉，抱着她双腿的夏克达斯极端悲伤、痛不欲生，神父身上有一股只能意会、不可言传的灵气。洞内弥漫着一种神秘的气息，洞外的太阳正显灵般的光辉灿烂，所有这一切又使画面充满了浪漫主义的色彩。席拉尔的肖像绘画，师承达维特，达到了很高的水平，他留下了《拿破仑肖像》《宫廷与当代名流》等代表作，他恢复了盛装肖像，色彩华丽是他的风格，他笔下的人物形象使人感到亲切逼真而被赋予某种不平凡的气度。德拉罗希的《爱德华四世的孩子》是一幅悲剧题材的杰作，两个小王子被他们的叔父理查三世囚禁在伦敦塔之中，即将被杀害，画面上，两个清秀俊俏的孩子在阴森的塔里正感到一种无名的恐怖，他们天真的脸上布满了忧郁与惶恐。这是一幅具有深刻的人道主义怜悯感和道义感的作品，对封建宫廷中残酷的夺权斗争、卑劣的阴谋诡计以及暴虐的篡权者表现了谴责，对两个无辜受害者的同情，栩栩如生的描绘、对阴森恐怖氛围的渲染与画家强烈的倾向性相结合，使这幅画成为卢浮宫中最感人的历史画之一。此外，还有库蒂尔·德弗里亚的作品，前者是一位折中的学院派画家，后者已明显具有了浪漫主义的风格……

这样，我就慢慢地来到了浪漫主义画派的主要人物席里柯与德拉克洛瓦的面前。他们规模巨大的杰作不仅以其所占的大幅面积，而且以鲜艳的色彩，在卢浮宫画廊里发出特别异彩。

这是席里柯的《骑马出猎的军官》与《离开战场的受伤骑兵》。前一幅作于拿破仑帝国的极盛时期，描绘了拿破仑部下的军官骑马出猎的雄姿，马的激昂、军官的威风，都传达出当时的时代精神。后一幅作于拿破仑战败于滑铁卢的1814年，画面上一个龙骑兵穿着拿破仑骑兵部队漂亮的军服，已经受伤落马，他仍有顽强的斗志，眼望着硝烟满布的战场，因无力重新投入战斗而充满了沮丧、懊恼的表情，这一典型的形象表现了拿破仑失败的悲剧性质。不论哪一幅，都以真切的描绘、雄浑的风格、磅礴的气势、刚劲的笔触，歌颂了拿破仑军队的英雄主义。席里柯永垂不朽的名作《梅迪斯的木排》，画幅巨大，高491厘米，宽716厘米。画面上阴云密布，惊涛骇浪，水面上漂浮着一架小小的木排，木排已经被风浪摧残得几乎快要散架了，而且，海浪又掀得那样高，随时有可能把它吞没。木排上有十几个遇难者，有的奄奄一息，有的昏迷不醒，有的垂头丧气等待覆没，有几个看见了遥远的海面上有一个小小的黑点，于是求生的欲望激起了他们身上残存的一点力量，使他们竟能奇迹般地挺立起来，挥舞起头巾，声嘶力竭地呼救。这是根据一个真实的故事绘制的油画，画面上每一个形象都描绘得极为真实，在细节上具有高度的精确性，人物的形体、姿态经得起解剖学的分析，布帆真像是兜满了风，即将随风飘走，人物身上残留的衣着给人以真实的质感，即使是木排上每一根绳索，也一绺绺画得一丝不苟，木板上的年轮也清晰可见。人们尽可以欣赏画面上这一切精工细笔，然而强烈地打动人们的却并不是这些，而是那险恶的自然环境，惊心动魄的场面，人类强烈的痛苦、强烈的绝望和稍见希望时那种足以战胜惊涛骇浪的强烈的求生欲望，以及把这一切表现得震撼人心的强烈色彩。

德拉克洛瓦，我终于见到了令人神往的德拉克洛瓦。他的《但丁之舟》一开始就展示了鲜明的浪漫主义风格，油画的题材取自但丁的《神曲》，但丁与罗马诗人维吉尔在地狱之湖的小舟上，湖里有一些正在受折磨的灵魂，他们像抓救命稻草一样，想攀住这个岌岌可危的小舟，有的已经爬上了船沿，他们的手指脚趾以及他们掀起的湖面上的泡沫，都真实入微，细致的描绘与神话幻想的题材，在这里结合一体，水乳交融。而地狱之湖的黑暗险恶、小舟危险的命运与这两位诗人惊骇厌恶的表情，更造成了极为强烈的戏剧性的效果。他的《企欧岛的屠杀》是一幅具有强烈倾向性的画作，表现了对被奴役的希腊民族的同情和对希腊反对土耳其统治的民族解放斗争的支持。“土耳其人所到之处，只剩下一片灾难与废墟，企欧，这产酒之岛成为一块悲惨的礁石。”我记起了雨果在诗句里这样描写企欧岛上的屠杀，而德拉克洛瓦则把这场残酷的屠杀描绘得更令人触目惊心。画面远景是一片杀烧抢劫的情景，眼前是一个身穿黑衣的土耳其骑兵在蹂躏企欧岛的居民，他的脸上带着蛮横与残忍，他的马蹄之下有一个两眼张望着苍穹、期待着被拯救的老人，有一个人已经死去但婴孩还在她胸脯上寻找乳头的妇女，有奄奄一息、互相依偎着的年轻夫妇，有向束手待毙的父亲诉说痛苦的孩子，也有憋出最后一口气、挺身而起向暴行表示抗议的少女。人物都是裸体或半裸体的，干枯的地面上可见裂缝，上面丢散着居民的项链等贵重财物，显然，他们被苦难折磨得濒于死亡，已经无心再去关心这些财物了。整个画面充满了画家对残暴统治者的义愤，这种义愤通过真实的描绘和鲜明的色彩而表现得格外强烈。与此画性质十分相似的是《十字军攻陷君士坦丁堡》，这是一幅古代异国题材的油画，描绘中世纪欧洲封建主对东方的掠夺，画家以明显的人道主义的道义感与同情心，通过精细的构图与鲜丽的色彩表现了那一场浩劫的细枝末节：从被抢占的房屋、扑倒在地的妇女和她披肩上丝缕可见的末端、被抢走的珍宝盒上的丝带和被劫杀者手上戴着的指环，一直到征服者剑柄上的花纹……特别给人印象深刻的是，画幅以强烈的对比表现了被劫杀者极度的痛苦状、乞求者极度的求生状、抢劫者极度的残暴状、作为征服者的将军极度的骄横状，从而突出了画家本人的倾向性。具有强烈对比的画幅还有《萨尔达拉巴尔之死》，这幅画也是采用异国题材：在构图上，是淫乐与残酷的对比，君王躺在床上，周围是一片声色之乐，他看着武士杀死了赤裸裸的萨尔达拉巴尔；在色彩上，黑人武士漆黑的皮肤与赤裸妇女雪白的肌体互相映照；在情绪上，享乐与痛苦形成对比，侍女端上美酒供暴君享用，床边全是在淫威下受难的女性；这里还出现了不同时间和空间的对照，床边有战马，有盔甲，也有抢来的珠宝，使人联想起战场与劫夺的不同时空。当然，德拉克洛瓦在卢浮宫里最光辉的杰作还是《自由女神引导着人民前进》。这幅为人们所熟悉的油画是对 1830 年 7 月革命的热情歌颂，是画家的革命民主主义激情的体现，工人和知识分子、妇女和少年持枪冲上了硝烟弥漫的巴黎街垒的真实情景，由于有高举三色旗的自由女神的形象而特别焕发出象征性的诗意的光辉，从而使这幅油画成为浪漫主义绘画的典范。此外，画廊里还有德拉克洛瓦的《阿尔及利亚妇女》《噬兔的狮子》与《涉水过河去摩洛哥》，它们今天无疑都是艺术珍品，但和画家上述那些杰作比较起来，就显得次要了。

在画廊里，德拉克洛瓦的近邻是库尔贝，于是，我一下就从浪漫主义绘画鲜艳强烈的色彩中，掉进了现实主义绘画沉郁的色调里。在《波浪》里，我看到的是阴沉的海面和被巨浪打击着的两只普通的小船；从《鹿的打斗》里，可以看见阴暗的密林里有三只鹿在打斗，林间地面上的水洼也隐约可见；《鳟鱼》画的是一条垂死的鱼在岩石上；《卡斯塔尼柯里肖像》是一幅色调朴素的画像；《奥尔良的葬礼》是一幅小镇居民平庸的生活场景，这里没有半点庄严、优美、不平凡的形象；《画室》里，则充满了一些毫无特色的芸芸众生……

至此，我经历了法国绘画从浪漫主义的萌生到浪漫主义的高峰这一完整的过程，这是我最喜爱的一段艺术史。那么，浪漫主义的杰作和新古典主义的杰作、现实主义的杰作相邻地陈列在一个博物馆里，究竟显示了一些什么特点呢？它与现实主义绘画有些什么表征性的不同呢？这个问题之所以在我脑海里出现，实与近年来国内对于浪漫主义问题的探讨有关。

按照一般理解，现实主义的基本特征是按照生活本来的面目去描写现实生活，并要求细节上的真实，浪漫主义的基本特征是按照理想中应当有的样子去进行描写，因而，所描写的东西在形态上往往和现实生活的实际相距很远或者只是大致相似，在细节上是夸大的或不真实的。然而，我所见到的法国 19 世纪绘画的发展过程，却显然对这种理解提出了挑战。你能指出这个画廊里哪一幅浪漫主义画作在细节描绘上是不真实的呢？没有。从透露出浪漫主义色泽的格罗，到焕发出浪漫主义光辉的席里柯与德拉克洛瓦，几乎都是精工细笔，务求形象真实入微，栩栩如生。倒是有一个令人深思的现象：现实主义大师库尔贝的《卡斯塔尼柯里肖像》在细部的描绘上并不精细，画家舍弃了好些细节，只描绘出基本的形象和轮廓，远不及吉罗代具有浪漫主义情调的《让-巴蒂斯特・贝莱肖像》真实入微，而库尔贝在他的《画家的画室》中，在场景构图上显然还不如《梅迪斯的木排》《企欧岛的屠杀》合情合理：画家的左边聚集着一群贫困、潦倒的男女，还有一个钉在十字架上的人体，画家对着他们，并不是在进行素描，而是在另作风景写生。他椅子后侧，又站立着一个裸体的模特儿，画家的右侧也有十来个人，他们以欣赏的眼光对着他，这是一些艺术爱好者，包括画家当时的朋友和支持者——诗人波德莱尔、批评家尚佛莱利、理论家兼社会活动家普鲁东。

在这些艺术品的面前，你怎么能用细节是否真实作为划分两种创作方法的界线？总之，我看着这些具有典范意义的浪漫主义名作，强烈地感到按理想的样子去表现现实生活与在细节的描绘上不追求真实，实在不能构成放之四海而皆准的浪漫主义的标准，那么，什么是浪漫主义的基本特征呢?

我又一次在这些杰作前来回踱步，想要通过体验悟出某种东西，这时，我明确感到，画廊里的这些浪漫主义杰作，首先使我感受到的不是别的，而是一种强烈的主观抒情性。在这些画作中，都明显地有着画家强烈的感情，或者说，画家在作这些画的时候，首先是要抒发一种感情，满足一种冲动，并把这种抒情置于艺术创作的首位，而不像现实主义大师那样，首先是要摹写和表现客观的事物而把主观的感受置于从属的地位。在《梅迪斯的木排》中，画家要突出的是人类在灾难面前强烈的痛苦、深刻的绝望与惊心动魄的求生存的努力；在《企欧岛的屠杀》中，画家要突出的是对暴行的强烈抗议；在《阿达拉的入葬》中，画家要突出的是一种撕裂肝肠的悲痛与一种缓解的宁静的宗教感情；在《萨尔达拉巴尔之死》中，则是对统治者的残忍做淋漓尽致的暴露。所有这些与现实主义的典范《奥尔良的葬礼》那种冷静、客观和画家不动声色、不动感情的风格恰成鲜明的对比。也正因为画家力图表现某种或极为强烈，或极为尖锐，或极为浩然的激情，他往往就构思成富有戏剧性的场面，调动鲜艳醒目的色彩，渲染磅礴的气势，运用强烈的对比手法，表达自己鲜明的爱憎，或对英雄主义的歌颂，或对悲剧冲突的感慨，或对人道主义的同情，或对黑暗残暴势力的厌恶和批判……而在具体的局部和细节问题上，他既可以按照生活的本来面貌进行真实的描绘，他也可以在阵阵硝烟和陈尸遍地的街垒上，画上一个号召着群众前仆后继、英勇战斗的自由女神……

那么，主观抒情性是否就能构成浪漫主义文艺的首要的标志?在这人流不断的画廊里，我实在不能坐在中间那些供游人休息的椅子上，像罗丹的《思想者》那样咬着自己的拳头，继续对浪漫主义的理论问题进行思考。我手里拿着一支笔、一个笔记本在画廊里来回观看做记录，已经像“邦斯舅舅”走在路上那样引起了周围人好奇的眼光，而且，一个身穿乡野式的黑色衣裙、脚踏草鞋式的凉鞋、打扮得颇有狩猎之神狄安娜风格的年轻女子，也在我周围转悠，从她那涂抹得相当浓艳的面孔和脸上放肆的神情，可凭直觉感到她是一个妓女，不过，看来是一个有点文艺趣味的妓女。

于是，我赶快离开了“狄安娜”的狩猎圈，结束了我对卢浮宫的第四次访问。

在离开巴黎以前，我总算又找出了一段时间去卢浮宫做最后的“浏览”，因为，除了以上四次参观的内容外，还有一些内容我还没有怎么涉及：法国十七八世纪的绘画以及西班牙、德国和英国的绘画等。傍晚，我完成了最后的巡礼，走出了德农宫的大门，当我在菊勒里花园里，回过头对卢浮宫投以告别的一瞥时，我似乎看到了一片群星闪烁的天空。

漫步在“思想者”的庭院里

——访罗丹雕塑博物馆

奥古斯特·罗丹先生，并没有艺术家们常有的那种罗曼蒂克派头，倒像是一个拘谨的绅士、严肃的学者。他头戴老式的礼帽，身穿黑色的服装，须发皆白，飘拂在胸前的稀疏的银丝，看上去像是闪闪发光的轻雾。他没有瞧我，侧着头，眼睛仰视着前上方，似乎在追踪一个遥远的目标。

我随着他走出他的博物馆大厅，来到巨大的院落里。

我看了看手表，才发觉自己在这幢漂亮的浅黄色的楼房里，已经不知不觉度过了5个多小时。楼上楼下的展览室大小不过16间，然而，当我走出最后一个展览室的时候，我觉得似乎在广漠无垠的奇景里走过了漫长漫长的路，那路上千姿百态的景象尽入我的脑海，在其中不断闪现、不断流动、不断变幻，使我感到过于纷繁，就像浓郁的花香、甘醇的美酒使人感到有些醉意。我想从这过于兴奋的状态中解脱出来，到那巨大的院落里略为整理一下自己的印象，何不把那些散落在脑海各个角落的珍品理出一个次序呢？正好有罗丹先生同行。

院落里空气清凉，早晨我来的时候，还有像蒲公英一样纤细轻柔的雪花在飘落，现在已经停了，但昨夜降的雪仍像一层白色的轻纱蒙罩着院落里的草坪、花圃和路阶，这在巴黎之冬，要算是难得的装饰品了。

沿着楼房右侧的那条路走几步，紧邻有一块周围长满了树木的草地，中央站立着高大的“巴尔扎克”，他昂着头，披着睡袍，似乎在展望朝曦，又似乎是在深夜创作他的《人间喜剧》时对他所揭露与鞭挞的人欲横流表示着一种藐视，要不然就是他自信已留下了传世的杰作，“非人工的纪念碑”，因而怀着拉斯蒂涅那种“咱们俩来拼一拼吧”的感情，雄踞于巴黎之上。他那像雄狮一样硕大的头、粗壮的脖子、鬣毛般的长发、略带棱角的头型以及健壮的身躯，显示了无限充沛的精力与雄伟的气势。巴尔扎克早已死去了，有谁能像这位学者般的先生这样把他那巨人的身影、他那奇迹般的创造力和他那坚毅顽强的劳作精神，用物质的可以实感到的形式凝练出来，让他在地面上永世长存？如果说，巴尔扎克本身是人类的一个奇迹的话，那么，立在这片草地中央的巴尔扎克，不也是人类的一个奇迹吗？你看，他比常人的体积大将近一倍，在周围遍地轻纱的衬托中，简直给人一种神物之感。

再继续向右前方走去，上了几级台阶，又是一片树木与沙径，在较深处，圆锥形的柏树簇拥着一块大理石的基座，上面坐着那个著名的思想者。他全身赤裸，一手放在膝上，一手支在腿上托着下巴，牙齿几乎在使劲地顶着他自己的手，而全身的肌肉则紧张、隆起，似乎在进行一种强度极大的体力劳动，他是一个在思考某个永恒问题的智者，或者就是思考着一切问题、永远也不能从沉思中解脱出来的人类的缩影？不论是前者还是后者，人类进行思考探索，从事精神劳动的崇高与艰辛，不是都完美地、强烈地体现在这苦思冥想的形象中，体现在这既强而有力又毫无遮盖与庇护中，因而最易于招致伤害的身姿上吗？谁要是为了探索与研究、为了思考与创作而曾竭其心智、而曾度过不眠的夜晚、而曾两鬓添上了秋霜、而曾尝过辛酸与苦涩，来到这赤身裸体、经受着日晒夜露、风吹雨打的形象面前，怎么会不百感交集、怆然而涕下？

雪虽然已经停了，但天空是一片灰色，而且还压得很低。从我站立的台阶上望去,《巴尔扎克》与《思想者》嵌在那灰色的天空里,像两块特别晶绿的翡翠,而较远处的天空下,一个式样像王冠的古老建筑,构成了一个庄严肃穆的背景,那是围墙外马路那边不远的荣军院,王冠般的一座圆形建筑,就是拿破仑的坟墓。那高大的建筑,颜色与巴黎圣母院一样,浅黄之中又被时间蒙上了一层灰暗,它威严地君临于周围低矮的建筑群的上空,显示出那个长眠者生前不可一世的气派。

拿破仑、巴尔扎克、罗丹,共处在方圆不到一公里的空间里,这该是巴黎的一大奇景,面对这一奇景,我不免陷入沉思遐想。拿破仑,他曾经征服了几乎整个欧洲,军旗所指,无不臣服;巴尔扎克,他曾这样宣称:"拿破仑以其剑未竟之业,我将以笔完成之。"那么,罗丹先生呢?他在《米洛的维纳斯》所在的巴黎、他在米开朗基罗的《奴隶》所在的巴黎,能保持一种类似拿破仑和巴尔扎克在各自领域里的优势吗?拿破仑之前有恺撒大帝、查理曼大帝……巴尔扎克之前有莎士比亚、但丁,但他们都有既不如其前人又为其前人所不能及的自己的"帝国"。这位戴旧礼帽的罗丹先生怎样呢?在他之前,古希腊的雕塑家已经把人体表现到完美的境地,似乎已经把雕塑艺术的文章做尽了,然而,米开朗基罗崛起,他十分聪明地没有成为希腊雕塑的"模仿者",像他的前人那样也致力于表现人体中理性的、平静的美,而是走自己的路,去表现人体中的力量、悲剧式的崇高与英雄主义。他们都有自己的"帝国",罗丹先生是否也有自己的"帝国"?眼下的情况十分清楚,罗丹博物馆是巴黎最吸引人的博物馆之一,他的雕塑激发着人们的想象,即使是在远离巴黎的其他国度,人们也乐于从他雕塑的复制品里去欣赏他艺术的魅力,他肯定有着自己的"帝国",那么,罗丹先生,您是怎么建成自己的艺术"帝国"的?

"我服从自然,我唯一的欲望,就是像仆人似的忠实于自然。"奥古斯特·罗丹如是说,他的眼睛仍然仰视着前上方。

他讲的是事实。当我走进博物馆的展览室时，罗丹的雕塑就以近乎严酷的写实风格而给我以深刻的印象，1860 年的《罗丹之父胸像》是他最早的作品之一，细部精确，一丝不苟。1863 年的《于连·埃玛尔德神父》那生硬严峻的面部表情是多么真切，似乎传出了一股冷气，他头上的青筋隐约可见，皮肉下微微突出的鼻梁骨也没有被雕塑家忽略。1865 年的《少妇》，风格朴实生动，那个妇女并不美，雕塑家无意于美化她，他把她那略为瘦削的面孔、稍带惊呆的表情以及她不甚整齐的衣装，都如实地表现出来，虽然她头上有一顶装束着花朵的草帽。1866 年至 1870 年的《母亲与婴儿》，再现了一个母亲沉醉在婴儿对自己的依偎中的动人情景。1870 年的《迦尔里叶夫人》，生动地表现出一个妇女理智而虔诚的神情。1871 年的《披发的少女》，健康而丰满的形象如同就在眼前。1884 年的《何尔夫人》，精明之态给人印象极深。此外，他为好些当代人所作的塑像，如 1875 年的《冯·贝克纳尔》、1875 年的《J.B. 威廉姆斯》、1881 年的《若望·保尔·罗朗》、1883 年的《达鲁》、1884 年的《亨利·贝克》与《亨利·罗杰福尔特》、1890 年的《凡·高》、1906 年的《萧伯纳》与《马瑟克兰·贝尔戴罗》、1897 年的《亚历山大·法尔基埃尔》、1891 年的《皮埃尔·德·夏瓦勒》、1911 年的《乔治·克里蒙梭》等都是生动传神、惟妙惟肖的艺术佳作。

在看着这些雕塑的时候，我明显地感到，罗丹所塑造的人像都远远不及古代希腊雕塑那么优美、典雅，他们显然不是以形体美取胜，而往往有这种不足、那种缺陷。达鲁的胸像肋骨毕露，罗朗的头像眼眶相当难看，似乎有眼病，加米叶·克洛岱尔的头发颇不雅观，像一层地衣或青苔贴在头皮上，特别是《青铜时代》《施洗者约翰》《鼻子被损伤了的男人》和《这个曾美艳一时的老妇》，更是突出的例子，以致我们完全可以说，表现畸形与丑陋，是罗丹雕塑的一个相当重要的倾向。

“平常人总以为凡是在现实中被认为是丑的，就不是艺术的材料，这是他们的大错。在自然中一般人所谓‘丑’，在艺术中能变成非常的‘美’，一位伟大的艺术家或作家，攫取了这个‘丑’或那个‘丑’，只要用魔杖触一下，‘丑’便成为‘美’了，这是点金术，这是仙法！”奥古斯特·罗丹如是说，他的眼睛仍然仰视着前上方。

看！《青铜时代》，这尊赤裸的男人塑像，在当时曾以其酷似真实的人体而被学院派指责为从尸体上复制出来的。《施洗者约翰》也毫无圣徒的灵光，而是一个一丝不挂的瘦骨嶙峋的中年男子。《鼻子被损伤了的男人》，是一个丑陋的男人头像，头发几乎脱光，额头上有深深的皱纹，胡须乱成一团，面部不光滑也不洁净，还加上那已经塌断的难看的鼻梁。《这个曾美艳一时的老妇》，简直就令人触目惊心，它是根据法国中世纪诗人维雍的名诗《美丽的欧米哀尔》塑造而成，维雍的这首诗回顾了妓女欧米哀尔年轻时美艳娇嫩的容貌和丰满动人的身姿，哀叹年龄把她摧残成一个衰老难看的老妇。罗丹把无情的自然规律强加在人身上可怕的变化呈现了出来，这老妇脸上的肌肉已经完全消融，双颊与眼窝都深深陷下，如果没有头发，简直无异于骷髅，她的身躯同样也只是一个倾斜歪倒的骨架，上面松弛地披着一层满是皱纹的皮，而那扭歪笨拙的四肢，则像枯干的葡萄藤。

罗丹先生这种表现畸形与丑陋的创作倾向，使我想起了波德莱尔这个“恶”的诗人，他不怕把丑恶、畸形、变态的事物写进自己的诗里，罗丹比他迟生将近 20 年，当然受了他的影响。艺术中的美丑当然与生活中的美丑不同，生活中的“丑”，可以成为艺术中的“美”，但只是当这“丑”被艺术家表现得有心理深度、有内在世界的时候，罗丹先生是为了给人一种刺激、使人感到触目惊心而着意追求形体上的残缺与丑陋？

“不，在艺术中，有‘性格’的作品才算是美的。所谓‘性格’，就是不管是美的或丑的……而‘性格’就是外部真实所表现于内在的真实，就是人的面目、姿势和动作所表现的灵魂、感情和思想。自然中被认为是丑的，往往要比那被认为美的更能显露出它的‘性格’，因为内在的真实在愁苦的病容上、在皱蹙秽污的瘦脸上、在各种畸形与残缺上，比在正常健全的相貌上更加明显地呈现出来。在艺术中，只是那些没有‘性格’，就是说毫不显示外部与内在的真实的作品，才是丑的。”奥古斯特 • 罗丹如是说，他的眼睛仍然仰视着前上方。

的确，罗丹先生所追求的并不是形体上的丑陋，而是内心的深度，是内心世界的某种状态，是这种状态在形体上的一种如此强烈以致使形体变形的反映。“这个曾美艳一时的老妇”，她低头看着自己丑陋的形体，脸上流露出内心多么深的悲哀、羞惭和绝望！“施洗者约翰”那略呈内八字形的两腿，使他瘦弱的身躯更显得僵硬难看，然而，却表现出了约翰机械的一步一顿的步伐的沉重与庄严，使人感到这位传道者那种完成神圣使命的献身精神。《青铜时代》的那个从沉睡中刚刚醒过来的青年男子不美的形体与不平衡的身姿，正是为了表现人类刚从蒙昧、野蛮的状态中解脱出来而逐渐具有了清醒意识的伟大过程……

这时，我已经沿着“巴尔扎克”身边那一条笔直的沙径，走到了花园的尽头。沙径的两边夹着两排高大的梧桐树，虽然有阵阵微风，可惜树叶已经落光，我听不到它们那动人的和声，也看不到花园里葱郁的景象，只有落在路旁的一些红色的花瓣，向我透露着暖和季节时这个园子里的风光。花园的尽头有一大水池，水池旁立着一些裸体雕像，而中央则是有名的《乌谷利诺》。

它使我想起了《拉奥孔》，也使我想起了凯尔波同一题材的雕塑。凯尔波的《乌谷利诺》只表现出被囚禁在饥饿之塔中的乌谷利诺和他的儿子们被饥饿折磨的情景，乌谷利诺咬着自己的手指，既在忍受一种生理上的煎熬，又因无能为力而在精神上陷于绝望与痛苦，他那几个年幼的儿子：有的饿得奄奄一息，躺在他脚下；有的依靠着他，把希望寄托在他身上；有的则抱着他的两腿，在哀求他赶快想办法。如果说凯尔波的雕塑所表现的人的痛苦情景是极为悲惨感人至深的话，那么，罗丹的《乌谷利诺》所表现的痛苦与不幸，就更是惊心动魄的了：乌谷利诺的孩子们都已经饥饿地躺在地上，他自己也只剩下最后一点力气，受着饥饿的煎熬，快丧失自己全部的理智，现在只有求食欲、生存欲控制着他。儿子对他来说，似乎不再是亲人了，而只是一堆肉，于是，他趴在地上，俯身在儿子的身体上，想要去吃，然而，他作为人、作为一个不幸的父亲的意识，又在最后一瞬间制止了他，他的头又微微抬起，眼睛也不敢正视他刚才准备去咬的儿子。而他的面部，则反映了他内心一种父性的感情与一个饥饿者求食的兽性的激烈斗争，充满了一种极端的痛苦。当你面对这一雕塑时，那种人快降低为野兽的景象，会使你感到一种生理上的恶心，你会觉得这种可怕的悲剧已经超过了你的感情所能负荷的程度，但那人性与兽性的斗争，那种具有最大尖锐性的悲剧被艺术家表现得如此彻底，又不能不使你感到惊叹！这是一尊属于《拉奥孔》系列的雕塑，它刺心的程度似乎比《拉奥孔》有过之而无不及，这似乎也是罗丹全部艺术创作中的一个标本，它代表着罗丹好些以表现人类的痛苦感情为己任的雕塑。

那些表现人类痛苦感情的作品，在博物馆的展览室里可有不少：这是雕塑群像《地狱之门》中的《三亡灵》，他们的手指都断了，疲惫不堪，低垂着头，弯着腰，似乎有一个无形的重担压得他们直立不起来；这是同一群像中的《夏娃》，她双手拢抱在胸前，全身退缩，头竭力往肩窝里躲藏，眼睑低垂，不敢张开……一副无地自容的样子，她正为自己的“原罪”而感到羞惭和痛苦；这是同一群像中的《回头浪子》，他赤身跪在地上，双手上举，头后仰，正在向苍天发出他痛苦的疑问，他那呼天抢地的姿势更显出他身体的瘦弱与干瘪；这是《呼喊》，他的神态可怜而显得无能为力，只能张大着嘴，不断地绝望地呼喊；这是《痛苦》，她闭着眼，紧蹙着眉，嘴无力地张着，正在逆来顺受地忍受精神上或肉体上的某种打击……所有这些，你不妨说，就是罗丹心目中的人类图景、人类状况，或者就是他心目中的人生缩影。即使不是这些以痛苦的感情为主题的雕塑，而是其他人像雕塑，他们的表情往往也是忧郁、悲戚、压抑，缺乏一种乐观开朗，而他们的肌体，既不像希腊雕塑那样优美典雅，也不像米开朗基罗那样雄壮威严，而往往是扭曲着、绷紧着、神经质的，似乎在承受着某种物质的压力或精神的纷扰，这些当然都渗透着一种苦涩的味道，透露着雕塑家本人的某种悲观主义，然而，也许正因为这些形象中蕴含着雕塑家对人类痛苦的严肃思考，他们才具有打动人心的力量。不过，也有例外，那就是罗丹所塑造的以性爱为主题的雕塑，如《吻》《永恒的模式》《永恒的春天》《艳妇们》《风流的女人》等，这些雕塑线条优美。体态或婀娜或俊俏，肌肤光洁动人，情景热烈兴奋，表情酣美欢畅，反映出雕塑家在进行塑造时的那种沉醉的情绪。当然，它们与前一类雕塑一样，也具有艺术的魅力，也许还更容易使观者感染到雕塑家自己那种沉醉与神往……

这些就是罗丹艺术魅力的全部构成要素？我已经从花园的尽头往回走，沿着博物馆那幢楼房左侧的一条道路，这路正与我刚走过的右侧那条路遥遥相对并完全平行，它的两旁也有两排高大的梧桐，它们整齐地排列在一条 200 米长的路旁，就像是笔挺的仪仗队。路的左侧，则是高高的院墙，上面布满了常春藤，在冷风中，只有它们保持着自己的本色，给高墙披上了一层厚软的绿色丝绒。这路靠近那幢楼房的一段，建成一条宽宽的走廊，两旁一些粗大的木架上安置着一些大理石的雕塑，它们几乎都是同一风格：没有完整的人体形象，往往是在一大块粗糙的石块中露出一个人头、一段肢体或一个局部的形象，它们虽然不完整，但颇有寓意，耐人寻味。啊！罗丹的又一魅力：象征。

“如果我认为一位雕塑家可以只表现栩栩如生的肌肉而不注意任

何主题，这并不是说我排斥他的工作中的思想性；如果我声明他不必去找寻象征，这并不是说我赞成从事缺乏精神意义的艺术的人。但是，老实说，一切都是思想，一切都是象征。”奥古斯特·罗丹先生如是说，他的眼睛仍然仰视着前上方。

我也应该说老实话，我倒的确喜欢罗丹雕塑中的这种象征性和它所具有的诗意，博物馆的展览室里那动人的形象和深藏的寓意，还历历如在我的眼前：这里是一个赤身的健壮男人，他步伐沉着有力在向前迈进，可惜，他没有脑袋，也像《米洛的维纳斯》那样断了两臂，这是罗丹自认为纲领性的作品《行走的人》，它蕴藏着罗丹对人类的物质之力与精神之力互不调和的见解，那强有力的身躯和庄严的步伐似乎象征着人的力量和他不断前进的伟大禀性，表现了雕塑家对人的赞赏与信心，而他缺乏头脑则似乎又象征着他的盲目，象征着他是在摸索前进，表现了雕塑家对人的某种悲观主义的情绪。这里是一个女人的头像，从粗糙的石块中长出来，像一株嫩芽破土而出，她的标题是《思想》，她那洁净清新而又安宁的神态，放射出一种理性的光辉，似乎象征着人类思想的明澈与清晰，而头像几乎全部包裹在粗石里，似乎又象征着思想的难产与艰辛。这里是一个男人，他跪在地上正亲吻一块大理石，大理石的前方朦胧地是一女性丰满的肉体，这标题是《人与他的思想》，对于这个人来说，他的思想，就像他最心爱的女性，他以亲吻女性的深挚热情，疼爱着他的思想，然而，这思想毕竟只是一块坚硬的石头。在这个形象中，寓含着多么深的哲理！这里是一个少女纯洁、天真而美丽的面孔，从嶙峋的大石中显露了出来，但她的头部还没有挣出巨石，其标题是《黎明》，象征着破晓。这里有几双手：一双手柔弱纤细，正徐缓地举起，并将合拢在一起，它的标题是《教堂》，它那庄重的姿势显然出自一种信仰的虔诚，它那轻柔的上举与舒展的动作，似乎是随着那向云端飘荡的圣歌；这是一双竖立在一块混沌的石块上的手，它们已经合拢，互相捂着一个圆形的东西，其标题是《秘密》，它们好像是从一个手臂上长出来的，简直不可分割，构成一个像圆柱的形状，给人一种特别神秘不可思议的印象；这是一只朦胧的手，我们只看见它的手腕和大拇指，手心中是一大块石头，其中的一部分已化为一对互相搂抱的男女，它的标题是《上帝之手》。这一只手掌握的是整个的自然与人类？那一对男女就是人类的祖先亚当与夏娃？这只手就是创造的象征？还有一只手，筋骨掌纹皆真实入微，手势沉着有力，它托着一个无头断臂的裸体美神，其标题是《罗丹之手》，它象征着艺术的创造。同是人的手，不同的姿态有不同的象征，具有丰富的含义。如果说，罗丹的一部分雕塑确有悲观主义的色彩，那么他所塑造的人类的手的形象，却表现了他对人类创造力充满的无限信心与赞颂。因为，世界、信仰、奥秘、艺术，无不在人的手里。也正是罗丹的这一双手，给雕塑艺术带来了象征、朦胧与诗意，在某种意义上开了现代雕塑艺术风格的先河。

这时，我走完了长廊，来到博物馆右侧的空地上，这里，在常春藤满布的高墙旁，在树木围绕中，站着罗丹的《加莱义民》。这是由6个比常人高二分之一的塑像组成的雕塑群体，取材于中世纪英法百年战争。加莱城在经过英勇抵抗后，终于被英军战败，为了避免屠城之灾，这6个义民挺身而出，作为全城的替罪人英勇就义。他们正走在就义的途中，衣衫褴褛，身体因在长期的围城中挨饿受苦而消瘦疲惫。他们有的神情严肃，态度从容，视死如归；有的勇敢坚强，不陷于个人的痛苦，而为将要把城门的钥匙交给英国人而深感悲愤；有的面对整个城市不幸的命运，宁可赶快就义；有的则对将要来到的死亡感到恐惧；还有的为留恋生活与亲人而感到忧伤，但他们仍作为这一个集体的成员，迎着死亡向前走，这是一组具有真实动人的历史内容的雕塑，悲怆的形象中放射出崇高的英雄主义光辉。

我再环视了这个巨大的庭院和博物馆的这幢楼房，准备向它们告别。这就是我所见到的罗丹的艺术“帝国”，我所理解的他艺术“帝国”的构成，我不敢说我的理解没有遗漏，但是，至少还有重要的一点，我不应该遗漏。

我不能遗漏的这点，是我在楼上最后一个大展览室里所见到的。那里陈列着 8 个巴尔扎克的塑像，塑造于 1891 年的共有 4 个：第一个根据德维利亚所作的巴尔扎克头胸像造型，相貌清秀英俊，像一个美少年，显然不符合人们心目中的巴尔扎克；第二个是巴尔扎克的全身塑像，他抱手于胸前，身穿礼服，面带微笑，丰采文雅，姿态潇洒；第三个也是全身塑像，巴尔扎克穿着正式的睡衣，系有腰带，像一个很讲究的、一丝不苟的绅士；第四个则无头，全身赤裸，双手放在腰后，身材矮壮，下体突出。塑造于 1892 年的有 2 个：一个是全身像，赤裸、强壮的身躯，两手交叉在胸前，眼睛傲视前下方；另一个是像雄狮一般的头像。第七个塑像成于 1896 年，这个巴尔扎克又没有头了，两手交叉在腹前，全身的肌肉强劲有力。最后，第八个塑像，才是人们通常见到的那一杰作，从最初一个塑像到最后一个塑像，罗丹在摸索如何表现巴尔扎克的形象与精神上，用了整整 7 年的时间。在同一个展览室里，还陈列着罗丹为雨果所作的不同的塑像，仅仅雨果像上的两个缪斯，他也花了 5 年！这是多么煞费苦心的探求，这是多么辛勤的劳动，这是奥古斯特・罗丹先生的劳作！这就是罗丹之手！

我深深为艺术家艰辛的劳动所感动，走出了这个大展览室，沿着有镂花栏杆的大理石楼梯下到博物馆的大厅，大厅里设有专柜出售关于罗丹雕塑艺术的书籍、资料和图片，品种甚多，每一种图文并茂，内容丰富，其中有一种是厚厚的一册，前面有着奥古斯特・罗丹先生大幅的肖像，他像一个严肃的学者，头戴老式的礼帽，身穿黑色的服装，须发皆白，他侧着头，眼光仰视着前上方，似乎在追踪一个遥远的目标。

我在大厅里坐了片刻，翻阅购来的资料，而后走出了大厅，来到巨大的院落里。

这时，雪已经停了。

我所见到的杂色的文化及其他

——蓬皮杜文化中心与圣但尼斯街

“您将来到了巴黎，一定要到国立图书馆去看看，那里的藏书，在世界上数一数二。”当我在坎布里奇向张凤举先生称赞美国国会图书馆之丰富、哈佛大学怀德纳图书馆之充实时，这位老人对我说。他是我的师辈的老师，可谓“师祖”，北京大学最早的教授之一。据说，在北大最早开文艺理论课程的就是他，他曾游学多国，学贯中西，抗战前一直旅居国外，现在已经80多岁了。

巴黎的国立图书馆的确名不虚传，仅目录室就相当于一个大图书馆，目录编印成书，足有上千本之多。试想，一个历史悠久、可以上溯到中世纪，典籍丰富，藏有书籍900万卷、期刊50万种、图片资料200万份、音乐唱片50万张的图书馆，岂不是一个浩瀚的知识海洋？一个人可以在这里“皓首”，但绝不可能“穷经”。既然像海洋一样浩瀚，这里的规章制度也就难免特别复杂、严格；不论是入馆、分室、借阅、复印，手续均甚为繁琐且一丝不苟，那种分门别类的严格的划分就像一道道壁垒，把人限定在一个地点，这对深入的专题研究和某个局部问题的细致探讨，确实再好不过，但我为了写《法国文学史》第三卷和编《法国现当代文学研究资料丛刊》，首先需要的还不是“点”的深入钻探，而是“面”上的广泛普查，因此，我逐渐就被蓬皮杜文化中心吸引了过去。在这里，进行浏览和搜集材料，要比国立图书馆来得方便，而且，这里还有五光十色的文化生活。

蓬皮杜文化中心的图书馆分三层，每层都是一个大厅，面积约与一个大足球场相等，大厅的一半都密密地排着书架，另一半是读者的座位，书籍皆开架展出，按作家姓氏的字母为序，读者可以自由取阅。三层大厅中，政治、经济、法学、历史等社会科学的书籍占一层，文学、美术、音乐的书籍也占一层，另一层则是期刊。在这里，古书与旧书是没有的，但是，近一二十年法国出版的书籍几乎全有。以法国文学而言，不仅有作家们的全部作品，而且有关于这些作家的重要研究论著以及重要资料，至于各家文学史专著更是齐全。它们都在你的眼前，你可以从 19 世纪跳到 20 世纪，从 20 世纪又跳到 17 世纪。你看了一部作品，就可以到另一个书架上去查阅有关的论著，如果又与另一个问题有关，你还可以找两部文学史来参考，而当你在任何一本书发现了有价值的论述和资料，你可以马上去复印。大厅里设有一些自动的复印机，另有自动换币机，你可以把 10 法郎的硬币换几次后，换成半法郎的硬币，然后，每投进半个法郎，机器就自动替你复印一页书。

资料如此丰富，条件如此方便，于是，这里就成为我在巴黎期间读书生活的主要场所，只要没有和法国文化界人士会见以及进行旅游参观的安排，只要不去跑书店和看电影，我总是来到这里进行工作，包括在这里写《巴黎对话录》，一待就是大半天，因而，蓬皮杜文化中心几乎成为我在巴黎的第二个家。

人文主义作家拉伯雷曾把“高兴做什么就做什么”，当作他理想中的德廉美修道院的信条，在蓬皮杜文化中心，人们虽然还没有自由自在到这个程度，至少是做到了“想看什么就看什么”，只需做到两点：一点是不喧哗，以免干扰其他的读者；一点是看完书后，把书归还到原来的书架上去，对于来这里追求读书乐趣的有文化教养的人来说，这是很容易做到的。因此，我在这里相当顺利地搜集到了我所需要的资料，以自己尚感满意的效率完成了工作计划，同时，还在这广阔的文化领域里，多少享受了拉伯雷信条的愉快。

当我工作了一段时间、想要略事休息的时候，我可以放下书本，到美术部那一大片书架跟前去，那里不仅有大量美术方面的论著，而且有大量的画册，我可以在那些或优美动人或别出心裁的线条、色彩和形象的世界里，一待就是个把小时。

我可以到另一个大厅里去随便翻阅各种报刊，每种报刊从创刊号至今，均皆齐全，近几年的报刊都分门别类，陈列在外，远期的则可向工作人员借阅。杂志之中，也有一些消遣性的，可是，巴黎街头报亭里公开出售的春宫画刊，这里是没有的，消遣性的杂志倒也不失为休息的去处，有趣的照片、社会新闻、别出心裁的广告，总能博人一笑，使人从枯涩的学术思考中解脱出来片刻。

我可以到大厅的一头或一个角落去看电视，朝着不同方向的几台电视机在不停地播放不同的节目，我可以站着看一会儿“无声电视”，也可以坐在电视机前舒适的坐椅上，戴上耳机，那就可以听见电视节目的声音了。巴黎虽然是一个众所周知的“性开放”的城市，可是，这里的电视节目却很“干净”，故无须有“耳濡目染”之虑。

当我工作告一段落，想要休息片刻的时候，我可以走出图书馆，到文化中心底层的“现状厅”去，那里的阅览室里，有 300 多种杂志的最近一期可供随便翻阅，有最近新出版的书籍可供浏览，上一个月全法国出版的新书，皆已编成目录，随便翻翻就可以了解不少各学科图书出版的情况，上一个月全法国录制出品的全部唱片也已编目，可以向你提供最新的音乐演奏的动向，如果你想要试听一下，那也很简单，这里有“唱片储库”，样本可供借出试播。那旁边还有好几排座位，每个位子都备有耳机，可调听不同的音乐节目，这是我喜欢来的地方。我乐于戴上耳机，闭目养神，懒洋洋地靠在座位上，听优美的古典乐曲、美国的现代情歌、诙谐的小调和节奏特别强的爵士乐，只有那些大喊大叫、有些歇斯底里的美国摇滚式的东西，因有碍休息，我总要避免。在我旁边，同样坐着各种各样的听众，在这里，坐相姿势大家都不讲究，只要不发出声响妨碍他人，就算是有教养的标志……

我还可以到“资料厅”去看幻灯片，厅里有好些排自动幻灯机供你使用，幻灯片的内容丰富，文学、艺术、宗教、历史、哲学、科技无所不包。古代故事、漫画故事、欧洲的教堂、现代各地风光、服饰的变化、文艺复兴时期的绘画、印度艺术、荷兰画派、法国19世纪的绘画……成套的幻灯片，都任你随意选择，可以根据目录表自己进行调整，每一个灯片在目录上又均有说明，图文对照可以增长知识。幻灯片均为彩色，画面艳丽明媚，景象清晰动人，又给人以强烈的美感，你坐在幻灯机前，往往不知不觉就过了一两个钟头。

我还可以漫步到其他大厅的各处，随便看看一些小型的展览。在这个角落里是乐器展览，展出一种类似中国的笙的西洋乐器，有实物，也有图片，展出的主题是这个乐器发展演变的历史过程以及它因地区不同而在形状结构上产生的差异。另一个走道旁展出的是彩色的火山图片资料，这里有世界各国、各地区各种不同类型的火山爆发的壮观奇景，图片以瑰丽的色彩呈现出自然灾害的惊心动魄的景象，使人的精神从这文明化的大厅里飞向了一个火热滚烫的空间。大厅里的另一块空地，展出了广告艺术，专题是法国航空公司历年来的美术招贴画，共有200件之多，风格丰富多彩，有漫画式的，有图案式的，也有现代派式的，各个均具匠心，又透露出情趣，艺术技巧与商业心理学水乳交融，招引着人们去体验法航的妙趣……所有这些小型展览，星罗棋布地散置在各处，它们都是赏心悦目的小摆设，过一段时间，原来的摆设全不见了，又换上了新的一批，同样美观、精巧而带有知识性，因此，我的“工间休息”每隔一段时间就又有了新的内容。

小型的展览，“工间休息”时可以走马观花，但文化中心里还有一些规模较大、具有学术价值或美学意义的展览，那就得专门花时间去享受了，这些大型展览也是定期更换，而在每一段时期，蓬皮杜文化中心里的大型展览同时总有好几个：

现代中东土质建筑艺术展览，在那个冬天最引人注意。在这里，可以看到中东与非洲的各种土质房屋建筑漂亮的模型、大幅的图画、照片和彩色幻灯片，这些建筑的式样、色彩、结构、装饰、花纹，均各异其趣，百花齐放，显示出人类无限的想象力与创造性。

大革命时期民间报纸的展览使我很感兴趣，这里展出的当时民间报纸宝贵的原件与复印件以及丰富的有关资料，都很有历史意义。

摄影展览显然是定期更换内容，我看的那次是专门展出保罗·纳斯（Paul Nash）的风景摄影，他似乎对残破凋零的自然景象特别感兴趣，总是摄取这类场景，以独特新颖的角度、现代派的风格、高超的摄影技巧，化“腐朽”为艺术的“神奇”。

贝克特展览有助于了解这个举世闻名的荒诞派戏剧家，这里展出了贝克特的剧本在世界各地上演的广告招贴画和剧照以及艺术家为他的作品人物所作的绘画。当然，上演得最多的是《等待戈多》，其次则是《美好的日子》与《最后的结局》了。有一张海报颇有意思，标明了《等待戈多》是第300场演出，在展览室里，有一台很大的电视，反复不断地播放着《等待戈多》的片段。

毕加索展览采取了一个特定的角度，只展出他从1895年以来各个时期从事艺术创作的环境和条件的景象，从他学习绘画艺术的学校，到他的最后一个画室，这些资料对于研究艺术史、对于研究毕加索这位像魔术师一样不断变换自己的创作手法和艺术风格并取得了辉煌成就的艺术大师的创作历程，显然都是很宝贵的。从这些资料照片中，也可以看到他创作艺术作品的部分情景，如他著名的《和平鸽》，原是画在像一面高大的墙一样的画布上，总共不到10根线条，鸽子有常人那样大，它的前面是一个奔跑着的裸体女性形象，比常人约大三倍。

文化中心的第三、第四层，是现代艺术展览馆，展出法国有代表性的现代派美术家的作品。我在巴黎时，这展览会上有罗伯特·德洛内（Robert Delaunay）、费尔南多·莱热（Fernand Léger）、亨利·玛蒂斯（Henri Matisse）、乔治·布拉克（George Brague）。德洛内从立体派成为抽象派，莱热则主要是立体派画家，玛蒂斯则是野兽派大师，布拉克则与毕加索同为立体派绘画的创始人。这些艺术家在20世纪初开始艺术创作，从40年代到60年代相继作古，是法国现代派绘画的“精华”。这次展览的作品大体有两类：一类有构图，完全是立体派式的；一类则无任何构图，只有色块的堆积与泼染，线条的错综交织。对于前一类，我一时还没有建立起感情，对于后一类，我却有些喜欢。倒不敢说我看出了什么奥妙，也不敢说窥视到了某种寓意，我觉得这类画作奥妙与寓意虽似乎都谈不上，然画家似乎把色彩无意地泼洒下来，构成了一种看起来相当纷繁而不规则、实际上颇为和谐悦目的画面，很适合于作印花布或任何平面的图案设计，而且，不同色彩、不同线条、不同点块、不同形状的组合，也能构成一种只可意会却很难言传的基调，从中透露出某种情绪……

如果说，上一个展览是艺术中一种新奇的玩意的话，那么更新奇的还有罗伯特·里曼（Robert Ryman）的“艺术品”展览，此人我所知不详，但展览占有相当大的面积，可见他颇有地位。他的“艺术品”不外是这样一些东西：白画幅上或白木板上涂抹着一些白颜色，或者白画布的某一个角上有一块异色，涂抹的形状与方式不同，就构成了不同的作品。坦率地说，我从这里看不出什么美感，也看不出多少艺术技巧，更谈不上什么思想、社会意义，至多有的白颜色涂抹得有点别致而已。展览会上，观众冷冷清清，我想，这种情况是否正说明了蓬皮杜文化中心对于艺术部门中任何别出心裁与花样翻新的东西，未免有点过于宽容，以至有点“曲高和寡”？

另外，有个展览倒既新奇又颇有意思，展出的是罗杰·迦约瓦（Roger Caillois，1933～1978）一种新奇的理论和它的标本。迦约瓦既是作家又是人类学学者，法兰西学士院院士，他的著作中有这么两本:《石头》与《沉思的石头》，是研究石头纹路的美学价值的，还配有大量的实物和图片。你不能否认，有些大理石、花岗石以及河岸旁鹅卵石上的纹路的确很动人，你看，迦约瓦所收集的这些标本，上面的色彩、线条各呈其美，但是，像他这样以此写出美学论著，倒是一件新鲜的事情，这是一种新的理论形态，而蓬皮杜文化中心就为此开了一个展览会……

这就是我在蓬皮杜文化中心所见识到的丰富的五光十色的文化生活，这里展示着一个文化的海洋，它向人们提供知识，给人们启迪思想，增长智慧，陶冶美感，在这里，我度过了不少愉快而有所获的时光。不过，这还不是蓬皮杜文化中心的全部，蓬皮杜文化中心还应包括它前面的广场和那通向文化中心的街口。在我看来，它们要算是文化中心不可分割的组成部分。它们的风貌构成了巴黎文化生活的另一个方面，从某些方面来说，我在那里得到的印象和感受，比在文化中心的大楼里所得到的，似乎还要深刻、复杂。

一进圣马丁街，离文化中心的大楼只有两三百米的街口，就可看到一座现代派的雕塑，色黑，形如倒卧之人，从这里开始，就弥漫着一种“文化味”，不过，它不属于文化中心里那种以现代化的技术装点得美观而精致的文化，而是属于一种民间的淳朴而粗糙并混合着酸甜苦辣的生活意味的文化。

这个黑色雕塑前，有一小块空地，是这种文化的第一个“舞台”。我经过这里的时候，总能看见有人在这里“表演”，经常是一个穿着绿色绒布的服装、围着鲜红色围巾的中年人，他面色苍白瘦削，一看就是营养不良、生活不安定所致。他坐在两个像小茶几一样的简陋的木制乐器前，一面弹拨着上面的琴弦，一面用低沉的嗓子唱着。他有时唱的是对故乡的怀念，有时是忧郁的情歌。他低着头，完全沉浸在自己的曲调和歌词里。在他的乐器前的地上，铺着他那件破旧的外衣，上面已经扔了一些硬币法郎，它仍在等待着观众更多的施舍……有时，这黑色的雕塑前站着一个戴旅行帽的青年人，他把帽子压得很低，使人看不清他的面孔。他在吹奏一支短笛，笛声清脆悦耳，他跟前同样放着一个接受施舍的小容器，可惜行人从他身边走过，无人肯停留。他吹奏了一阵，只好把容器拾起来走了……

再往前走十来米是一个古老的教堂，虽然到蓬皮杜文化中心去参观的外国旅游者络绎不绝，总要有人进到教堂里去看看，教堂里总是静静的。那里总有人在祈祷或默坐，墙上张贴着一些讲座的布告，有时，电影广告也以简朴而不刺眼的形式悄悄地侵入了这块圣地。教堂门前是第二个“舞台”，在这里，有时一个民间艺人坐在一副特制的乐器前，它像两个小小的风箱，上面有一些花花绿绿的图画，他的手不断地摇着风箱，脚不断地踏着风箱下的踏板，像水车带一样的簧片，就从一个风箱卷进另一个风箱，簧片上也有一些图画，艺术家则和着那远比风琴声粗糙单调的乐声，用粗哑的嗓子在叙唱一个故事。这种原始、简陋、带有几分外省乡土气息的艺术形式，却吸引了不少的观众，这个卖艺者的容器里的法郎自然也就更多一点……有时，则是那位穿绿衣的艺术家占据了教堂前的舞台，那是因为刮着北风，街口较冷，他的衣服单薄，教堂前似乎温暖一点。这时，他的琴声轻柔，像肖邦的风格，在黄昏的风里，似乎也有点颤颤悠悠……

教堂过去是一排店铺，有的专门出售巴黎的风景画片和明信片，景致迷人，色彩鲜艳，印刷精美，是专门为旅游者准备的。还有两三家食品店，从那里飘出的一阵阵烤糕点和烤鸡的香味，这些食物油亮亮的光泽和金黄的颜色，都显示着闻名遐迩的法国烤食技艺的高超，它也算是法兰西文明中的一个组成部分，虽然是不那么重要的一部分。另外还有两家咖啡馆，其中一家，据说是戏剧界人士经常聚会的地方，里面常演出小型的咖啡戏剧，即一种形式灵活、规模较小、带有一些即兴表演的戏剧。另一家也颇有风味，在门口立着一个用厚木板做成的厨师模型，它比常人要高大，表情滑稽，手里拿着一份菜单，正在招徕顾客。菜单上列着该店全部的营养项目。这是一个别出心裁的招牌广告，它那点艺术味，给蓬皮杜文化中心的氛围添上了些微的情致。

再下去就是蓬皮杜文化中心了，这里是什么情景，要看时间而定。若是上午比较早的时候，广场上冷冷清清，除了成群的鸽子，只有到图书馆去用功的学生匆匆而过；若是 10 点钟以后，这里就逐渐热闹起来，各种玩意儿都一个个冒了出来；若是午饭以后，广场上就一片熙熙攘攘，鼓声、琴声不绝于耳，一直喧嚣到夜晚的时候。

在几个人圈的里面是江湖艺人在卖艺。一处是两个光头的青年在作滑稽表演，不过，表演的成分少，胡闹的成分多；一处是一个赤着上身的胖子即将躺在一片铺着碎玻璃的地上，他的同伴用铁索套着他的脖子，不断吆喝着观众向地上扔钱，寒冷迫使他不断哆嗦着来回走动；另一处是一个精瘦的汉子，衣着破旧而油腻，手里拿着两根火杖，向围观的人们声言他要把火吞下去，然后再吐出来……

另一大群人的中心，有十来个阿拉伯青年击鼓而歌，旁边亦多为阿拉伯人，似乎是在举行联欢。

隔一段距离，有几个黑人在打鼓摇铃，一个赤膊的青年正跳着非洲的舞蹈，他不断地使劲顿脚，动作激烈，乐声也有些震耳。

广场远处，又响起了鼓声和铜号声，还有吉他与手风琴，前圈的观众席地而坐，外围的观众悄然静立，这是一群青年人正在进行不收费的演奏。

靠近文化中心的大门，坐着一排画家，他们专为旅游者当场画像，价格一律，每画一张收 20 法郎，只是风格与技法不同。有的画家做粗略的勾画，有的做漫画的夸张，有的进行细笔的摹写。采用前两种技法的画家赚钱特别容易，只用 20 分钟就可以画一张，然后高兴地把 20 个法郎装进自己的口袋。而那些外国游客，包括妙龄的美国女郎，体面的德国太太，却偏偏愿意让画家把自己画成一副滑稽丑怪的样子，只不过一定得在上面注明：“画于蓬皮杜文化中心”。

广场的边缘，是尚未出头的艺术家在举行临时的画展，他们挂出自己的画作，供人参观选购，有很生动的静物写生，有很优美的风景描绘，也有滑稽的时事漫画。这种画展流动性很大，今天是这两个画家，过了几天，又换了新来者，这使人感到，巴黎的艺术人才显然有点过剩，就像一杯盛满了的啤酒不断往外溢出泡沫。

还有广场旁的两家书店，这里什么书都有，构成一种光怪陆离的复合的文化现象：既有达·芬奇、德拉克洛瓦、戈雅等那些历史上最杰出的艺术大师的画集，卓别林、钱拉·菲利普等这些著名艺术家的剧照和图片，也有露着臀部的女网球运动员的“美术摄影”；既有巴尔扎克的《人间喜剧》、左拉的《萌芽》、莫里亚克的小说、斯坦贝克的《愤怒的葡萄》、曹雪芹的《红楼梦》、巴金的《家》等那些将永存于人类进步文库的杰作，也有尼采的《查拉斯图拉如是说》、爱伦坡的小说、纳勃科夫的《洛丽塔》等这些永远值得人们去分析和鉴定的作品，还有养狗术、养猫术的专著和画册，更有上百种封面上总画有枪、血迹、怪影、魔爪和裸体女人的无聊小说，它们堆成一大堆，便宜得出奇，40 个法郎就可以买 10 本，每本不到一个小面包的价钱。

我有好几次，就这样从圣马丁的街口漫步到广场，悠闲地观看。如果说，在蓬皮杜文化中心里，我获得了不少知识的话，那么，我在街道上、广场上，又增长了一些见识，同样也度过一些难忘的、有所获的时光。说到有所获，我还不能遗忘蓬皮杜文化中心的顶楼所带给我的一种感受。

蓬皮杜文化中心这幢建筑，形如长条的蛋糕卷，是建筑师理查·罗热尔与伦佐·皮阿诺别出心裁的现代派风格的杰作。它的全部管道都安装在楼外，像密布在没有竣工的建筑物外的脚手架，一条圆筒形的通道贴附着文化中心的大楼而上，你走进这一通道，里面的自动转梯就把你送上蓬皮杜文化中心的顶楼。在这顶楼上，我看着蓬皮杜文化中心大楼躯体上错综复杂的钢架与管道，看着这楼上现代化的展览厅，看着从圣马丁街到广场上一片色彩斑斓的人群，看着周围市区一片 19 世纪的红色屋顶和它上面像笙管一样参差不齐的透气筒，听着从广场上飘上来的一阵阵互不和谐的音乐，我强烈地感受到，在我眼前的是多么奇特的巴黎的杂色的文明，在这文明中，又存在着多么复杂、多么矛盾的成分和因素！如果把眼光再移动一下，看到离蓬皮杜文化中心不到 500 米的圣但尼斯街，那么，你就会感受到一种更加触目惊心的矛盾和对立！

一天，一位法国朋友请我们去做客，在那雅致的屋子里，我们一面听着录音机播放贝多芬的《月光曲》，一面共进精美的晚餐。晚餐后，主人建议驱车带我们巡游夜巴黎。

车行不久，进入了一条狭窄的街道。“这就是巴黎著名的圣但尼斯街。”主人向我们提示。

此街，我闻名已久，这次在缓缓前进的车子里，总算看清了这条街的面目。及至汽车驶出这条街，我才发现，它与圣马丁街平行并且相通，离蓬皮杜文化中心只有两三百米。

这条街夜晚闪亮着红红绿绿的霓虹灯，一家又一家的“性商店”、春宫电影院排列在街的两旁，门口都有淫秽的广告和裸体图片。据说，在那些性商店里，更有大量的春宫照片、春宫连环画，以及各种定期的春宫画报出售。街道很脏，地面有不少纸屑，店铺的正面粉刷得红红绿绿，庸俗不堪，侧面的墙则又黑又破。街道两旁有不少弄堂，弄堂口上和性商店的旁边都站立着招引顾客的妓女。她们有的涂抹得像妖精，有的粗壮放肆得像野兽，有的已年近半百、衰老疲惫，有的矮小瘦弱，像没有发育好的小男孩……街上的警察出乎意料的多，他们服装整齐漂亮，三三两两地结伴巡逻，与妓女们擦身而过，态度和蔼，举止文明。他们并不去管妓女，也不去管上前去和妓女谈交易的顾客以及双双消失在弄堂深处的人影。据说，他们只管酗酒闹事、争吵殴斗之人。哦！原来他们是为了以法律代表的身份保证这条街的营业能够秩序井然地进行。

美国，坎布里奇。哈佛大学一个明亮宁静的书房。朱虹领我来会见对中国进行过友好访问的丹尼尔·艾伦教授，他是美国文化史的权威。

“您来美国后，印象如何？”教授先生叼着他的大烟斗，笑着问我。

“我记得伏尔泰讲过这样一个故事……”我这样开头，接着，我简略地复述了这个故事的内容：掌握天下万国的神灵派巴蒲克到柏塞波里斯城去做一番考察，回来后向他报告这个城市的状况，巴蒲克完成了他的使命，最后用名贵的金属和劣等的泥土石子混合起来，塑成一个小小的人像呈给神灵，作为他关于这个城市的报告。

“我觉得，美国也像巴蒲克塑造的那个人像。”我最后这样回答艾伦教授的问题。

如果有人问我对巴黎的观感如何，那我就想用与艾伦教授的谈话作为我的回答。

1982 年

在圣女贞德广场上

法国，诺曼底省，鲁昂城。我面前是圣女贞德就义的广场，它是那么普通、朴素、简单。

一个真正的民族英雄，曾经拯救自己国家于万分危难之中，如果没有她，我们不知法国的历史会要怎么写；一个在历史的殿堂中身列前排的伟大人物，她的见识、热情、气概、勇气，都化为了一个个英雄业绩，永昭史册；一个朴实的农家女，至死她都保持着一个生死不移的信念，一种纯洁闪光的品格，一颗水晶般的灵魂。她就义于这个广场，活活地而且是慢慢地被敌人烧死，历史上任何慷慨悲歌的就义者，都没有死得像这个年仅 19 岁的少女这样惨烈、这样难熬，她的死本身就是万世传扬的英雄行为，是圣徒真正的慷慨就义、英勇殉难，足以构成世界上最感人的诗章。

鲁昂城中心的这个广场，就是 1431 年贞德就义的所在，在这里没有高耸在半空中的巨大纪念碑，没有振臂挥手、雄姿不可一世的雕像，也没有恢宏堂皇的纪念堂、陈列馆。说它是广场还不大确切，它只能说是被挤压在四周房舍中间的一块空地，并没有被后人开辟拓宽为多少公顷的辽阔空间。在空地中央只有一个不大的教堂，虽然它被称为“圣女贞德教堂”，但显然不是为她专用的，它仅仅是个纯粹的教堂，每个城市的这个角落或那个角落，哪里没有个把这种供市民做礼拜，举行婚礼、葬礼的宗教场所呢？

我们不能说这教堂完全没有自己的特定的标志，在它旁侧的一面爬满了常春藤的墙壁上竖着一块常人般大小的浮雕，一个着袍少女的双手被绑，合拢在胸前，她仰头向上，双目紧闭，似在默念上苍，在她的脚下熊熊火焰正在燃起，不难看出这是贞德最后就义的图景。另外，教堂大厅的一面有几扇大彩色玻璃，上面绘制着这个奥尔良少女的故事，从起兵勤王、抗击英军、建立丰功伟业到被出卖受审，最后英勇牺牲，共有十来幅，高悬在上，图像甚小，看不大清楚。玻璃窗上这些彩色绘画，与其说是纪念性的文化，不如说是纯粹的教堂装饰，一般人要从这种小幅彩绘中辨识出其历史内容与纪念内涵是很难的，就像布托在《曾几何时》中，描写一个人要弄清布勒斯顿教堂中彩绘玻璃上的内容，就须付出艰苦的努力去加以索隐与考证一样。

如果说，这个教堂有什么特征比较引人注意的话，那就是教堂本身的形状与结构，它与任何教堂的式样完全不同，更与巴黎圣母院、鲁昂大教堂那种哥特式建筑毫无近似之处，它是现代风格的，整体就像一个由玻璃墙构成的图书馆，占地面积不大，外观也很普通，只有那个大屋顶颇有特点，它呈棱形，陡峭度很大，像一座冰山，屋脊则如锋利的刀刃。它本身没有任何教堂的标志，只是在它旁边竖立着一个像电线杆一样细长的大石柱，高得出奇，最上端有一个十字架。

这个广场、这座教堂都没有明显的纪念标志，人们看不出它就是圣女贞德可歌可泣的历史最后一幕发生的所在。“怎么在这样一个神圣的地方，在这样一个举世闻名的历史古址，建立起这么一组令人费解的建筑？”我不禁这样想……

但是，教堂的一侧连着一面橙色的墙，上面刻着这样两行法文，一看就是献给贞德的：“让娜，世上没有你的雕塑，没有你的肖像，你知道，真正的英雄都是在世人的心底深深埋藏。”下面的署名是一个我很熟悉的名字：安德烈·马尔罗。

马尔罗的警句足以使人心潮澎湃。我感到它使得这个广场有了生命，使得这个广场呈现出了古老的历史，它似乎是一种无形无迹、无声无息，然而却十分嘹亮的声音，在这广场上空鸣响、缭绕……振聋发聩……它给我的震撼，足有1981年圣诞节我在巴黎圣母院亲眼见证了巴黎人信仰的虔诚时那样强烈……

然而，对这广场的理解，只是在我那次鲁昂之行后，在我由于这种那种机会，又不止一次重温了有关贞德的历史资料之后，才更趋具体、更趋深化……

1337年，英国与法国之间爆发了“百年战争”，战争的公开起因是法国王位继承问题，实际上是为了争夺在法国境内的领地与富庶的佛兰德尔城市，战争一直延续到15世纪中叶才结束。

战争一开始，英军即大举侵入法国并节节胜利，到1360年，法国正式把西南部大部领土割让给了英国。此后，虽战争有胜负，但英军占有法国大片土地的基本事实未有改变。到14世纪末、15世纪初，法国贵族统治集团又发生了勃艮第派与奥尔良派的内讧，前者公开与英国勾结，也占领了相当大范围的领土。于是，法国事实上已经一分为三，即英国人的法国与勃艮第的法国，还有正统王朝的法国，后者偏安于南方一隅，国力衰薄，当朝者是年方二十的太子查理，此人之可悲，并不在于他的年轻与缺乏经验，而是他的胸无大志，苟且无为，贪图小利。

贞德是南方香槟与洛林交界处东莱米乡的一个农家少女，1429年不过十七八岁，她容貌昳丽，身材相当高大，宗教信仰极为虔诚，品质淳朴，洁净无瑕。眼见外敌入侵、山河残破、战乱频仍、民族生活于水火之中，她忧国忧民，一种报效国家、献身社稷的强烈热情，自胸臆激荡而起。

她作为一个偏远农村中的小女子，其报效热情能在何种高度上凝聚起来成为具体实在的社会、政治目标？她不过有解救长期被英军围困的重镇奥尔良与拥戴查理太子为国王以振兴法国这两个任务而已，但给自己规定这样的使命，对于她这样一个既不识字也不会写字的普通农家女来说，就已经是极为非凡的了。她作为毫无社会经验、毫无社会地位、毫无社会影响，只有纯真的宗教信仰、只谙熟宗教传说的弱女子，如何才能冲出自己的身份、地位以及家庭、乡亲的固有限定性，而走上传统妇女难以想象的征途，投入国家民族的大业？她只能借助自己的宗教感情，只能宣称自己得到了神灵的启示与命令——“是天主派来的”，以迈出第一步，以引起公众注意，以逐步拥有社会影响。所有这些，她不见得做得很自觉，也许只是根据百姓的直觉，顺乎农民的本能。反正，她成功了，她以自己坚定的信念、诚挚的信仰取得愈来愈多人的信任与支持，包括得到国王的召见与任命。

于是，身披银白色盔甲，骑着一匹乌黑骏马，腰佩小斧与圣卡特琳娜宝剑，贞德率部出击了。王权的号召力，民族危难时刻的万众一心，再加上这位“年轻、美丽、温柔而果敢的圣母”的靓丽耀眼形象的激励，以及她中箭之后仍带头冲锋的英勇精神的鼓舞，使得法军斗志大盛，一鼓作气击溃英军，大获全胜。在 1429 年 4 月一举解了奥尔良城之围，从根本上扭转了整个战局，由此，贞德得了“奥尔良姑娘”的美名。

这个战役仿佛是一个超自然的奇迹，应验了贞德所说“解奥尔良之围”的预言，又成为另一预言“太子查理将加冕为王”的征兆……洛希古城。我面前正是当年查理的宫堡，宫堡的门口与屋檐上都是猎犬的石雕，说明这里是查理打猎的行宫。宫堡里，通道曲折，墙壁的石块整洁光亮。查理夫妇的起居室并不宽敞，不过十几平方米，与之通连的有几个大厅，每个都较为宽敞，其中的一个仍保持着中世纪原有的风貌。墙四周，按当时的式样，竖插着戈矛，墙上则是大幅的壁毯，厅里有几张古老的桌椅，地面上刻着后人的追记：“在此大厅里，1429 年 6 月 3 日及 6 月 5 日，圣女贞德敦促查理七世前往兰斯加冕为王。”

这年的 7 月 17 日，查理七世在兰斯完成了大典。加冕前后，王权大盛，王军所向披靡，举国光复的大业即可望垂成，但次年 5 月，贞德在康边战役中被勃艮第党人所俘，勃艮第人又把贞德卖给英国。英军视贞德为死敌，必欲置她于死地以打击法国的抵抗，而法国王朝中的贵族当权者从来就与这个农家女格格不入，心怀疑忌，查理七世又贪图小利，竟坐视不救。贞德在敌人手里受尽迫害，被英军控制下的教会法庭诬判为“女巫”，于 1431 年 5 月 30 日，在鲁昂城的广场上以火刑处死。

贞德抗敌勤王的壮举，无疑从一开始就披上了神灵启示、宗教使命的外衣，至少是带有一种神道的色彩，这是她的精神教育与见识经历两方面的主观条件所限定的。然而她这种壮举伟业的完成，却完全是一种社会历史必然性所决定的。她赋予自己的两个使命，其实不过是当时全民族的两个迫切的愿望与要求，她以神圣的名义凝聚起这两个愿望，以对中世纪黎民百姓来说是最易于理解的、最习以为常的方式激起群众为这种愿望而行动的热情与毅力，她的宗教神灵的外衣下有着十分具体、十分唯物的社会历史行为，对民族发展进程的积极作用是不言而喻的。

然而，“成也萧何，败也萧何”，贞德最后也是惨死在她的神圣性的外衣下。据史书记载，她是从不以“圣女”自居的，她常说她不通晓未来，虽然她完全是现实地、具体地在完成一个民族的、历史的任务，但她的神灵外衣却成为英国人诬陷她为“女巫”的借口，而“女巫”则不是简单地处死可以了事的，那就必须活活烧死。本来英国人已经俘获了这个大敌，完全可以用简单的方式从速加以处决，然而，他们却花了整整一年的时间通过宗教法庭，驱使那些宗教、神学博士等教会人物罗织罪状，诬陷贞德是散布“妖言”、宣扬“迷信”

的“女巫”。在道貌岸然的宗教法庭上，审问者为了诱使贞德回答失误，甚至就神的显灵问题向贞德提出了十分下流的提问：“圣米歇尔显灵时是不是赤身露体的？”“显灵中的女圣徒，她们是不是有肉体器官、躯干四肢？”

这是一个蓄意的预谋，从俘获贞德的第一天起，敌人就要把她当女巫烧死，正如历史学家米谢莱所指出的，在英国人看来，“如果少女不被判为女巫并被烧死，如果不把她所取得的胜利跟魔鬼联系起来，那么老百姓的思想里就会永远认定这一切都是奇迹，都是上帝的安排”。

据我从法国史学家的论著中所读到的记述，贞德在鲁昂城广场上的就义是极为惨烈的。英国人把柴堆摞得老高，火从柴堆的最下面燃起，逐渐烧到柴堆的最上面。整个焚烧过程持续的时间也就特别长，施刑者这样做，一方面表明他们绝对是认真行事，毫不马虎，另一方面也是要让捆绑在柴堆最尖端处的那个“女巫”慢慢地煎熬而死。贞德经受如此的酷刑时，没有呼天抢地，没有悲哭哀号，没有怨天尤人，只时不时发出这样一句悲叹：“鲁昂啊，鲁昂，我真要死在这里吗？”她甚至仍充满了对世人的慈悲情怀，眼见火焰已经升起，竟为行法事的修士担心，连忙叫他离开柴堆，她在柴堆的最高处看着这座古老的城市与广场上静观的人群，悲天悯人地这样说：“啊，鲁昂，鲁昂，我真害怕你要为我的死感到痛苦。”在她临终最难熬的时刻，人们则只听见她在不停重复两个字：“耶稣！”

这时，在广场上屏息静观的上万的人群都流泪哭泣了……事情刚一完结，不止一个残害者、刽子手就都忏悔了，敌人阵营里的骨干人物也承认：“我们烧死了一个真正的圣女！”……

所有这一切，就曾发生在我面前的这一片空间里，这一个广场上……如今，在这里已经很难看到历史的痕迹了，广场的周围环绕着盒形的建筑，它们诞生的年代绝不会早于19世纪末，只有几百米开外有一条达米叶特街，那里的房屋建筑还保留了中世纪的风貌，但是不是贞德时代的街道就很难说了，真正唯一的见证，大概就是更远处的鲁昂大教堂了，它始建于 12 世纪，高踞在鲁昂城上，俯视着这个城市的际遇兴衰，但它离广场甚远，它是否目睹了 1431 年广场上的那一幕？……

亲身经历了那一幕的广场，偏偏什么也没有，没有纪念堂，没有陈列馆，没有丰碑，没有雕塑……一个民族的伟大女儿，一个并没有叫这个民族多哺以乳汁、多花好些代价、多劳神费力、多付好多学费就卓然兀立于民族的大地上，并对这个民族的光复与发展做出了伟大贡献的伟大女儿，一个经过了好几个世纪历史的考核与审讯、于 1920 年才获得“圣女”称号的真正的伟大女儿，在属于她的这块壮烈的圣地上，却没有占有什么空间，没有拥有任何像样的物化的形式，只有墙上的那句马尔罗的哲理性名言，只有那座看起来相当低矮的教堂，它那耸立的大屋顶，似乎有点像一个高摞的柴堆，也许隐含着对圣女的哀思……面对着这个几乎什么也没有的广场，面对着这种简单、朴素、谦逊、低调的圣地，我猛然产生这样一个闪念：

“这就是一种文化！一种真正现代的纪念文化！”

1999 年 6 月 30 日

编订后记

此次再版，增补了《在圣女贞德广场上》一文，它是我第二次访法的产物。

原书中的各篇，只有极少的地方做了文字改动。即使个别历史景点（如巴黎公社墙）的由来，曾有学者提出过质疑，亦未做重新考核。称陶渊明的桃花源就在今湖南省桃源县的这类“历史位移”的例子实在太普遍了，这不是一个学术问题，而是人们长期形成的“历史误会”，世人是不会去在意的。且看今天的“桃花源故址”，修建得是如何惟妙惟肖，“煞有介事”，但经不经得起学术的细究，就是另一回事了，好在世人需要的是一个缅怀之情的寄托点，没有时间去做“绝对考证”。

在《米拉波桥下的流水》一书的《自序》里，我曾经这样说过：“巴黎是否尚有我意犹未尽、梦往神游的去处？那就是拉雪兹神甫公墓。那里聚居着不知多少高雅的灵魂，也许要算我在巴黎时去得最多的一个地方……”

这样一个我最偏爱的地方，至今我几乎还没有写过，为什么？

儿童时代，总是把最喜爱吃的菜留在碗底，准备最后慢慢享用。

我在将近20年前就准备写一本关于巴黎墓园的书。但愿今生能完成这个“最偏爱的”夙愿。

2001年11月9日